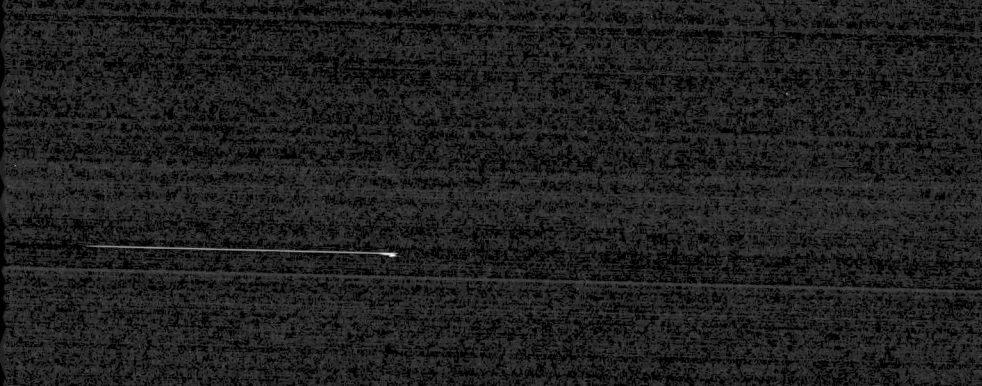

내가
사랑했던
것

What I Loved

Copyright ⓒ 2003 by SIRI HUSTBEDT
All rights reserved.

Korean translation copyright ⓒ 2013 by Mujintree
Korean translation rights arranged with International Creative Management, Inc.,
New York, N.Y. through EYA(Eric Yang Agency), Seoul.

이 책의 한국어판 저작권은 EYA(Eric Yang Agency)를 통한 International
Creative Management, Inc.와의 독점 계약으로 한국어 판권을 ㈜뮤진트리가 소유합니다.
저작권법에 의해 한국 내에서 보호를 받는 저작물이므로 무단 전재와 복제를 금합니다.

내가 사랑했던 것

시리 허스트베트 | 김선형 옮김

What
I Loved

mujintree
뮤진트리

전화를 끊고 나서 나는 우리가 영원히 서로에게서
자유로워질 수 없을 거라는 걸 깨달았다.
그 관계는 우리에게 어떤 기쁨도 주지 못했다.
나는 에리카를 놓고 싶지 않았지만, 이 질긴 인연에 반항심이 들었다.
우리는 부재로 인해 헤어졌지만, 바로 그 부재가
우리를 평생 족쇄로 얽어매고 있었다.

1부

WHAT I LOVED

01

어제 바이올렛이 빌에게 보낸 편지들을 찾았다. 책장 사이에 몰래 끼워져 있다가 스르륵 빠져나와 바닥으로 떨어졌던 것이다. 내가 편지 이야기를 알게 된 건 오래 전이지만, 빌도 바이올렛도 편지의 내용에 대해서는 말해주지 않았다. 그들이 내게 들려준 이야기는 다섯 통째, 그러니까 마지막 편지를 읽고 몇 분 후에, 빌은 루실과 재결합하겠다던 마음을 바꾸고 그린 스트리트의 건물 현관문 밖으로 걸어 나가 곧장 이스트빌리지에 있는 바이올렛의 아파트로 향했다는 게 전부였다. 내 손에 들린 편지들은, 헤아릴 수 없을 정도로 여러 번 되풀이한 이야기라는 매혹적인 마법에 걸린 듯 이상하리만치 묵직했다. 이제는 눈도 나빠서 읽는 데 한참 걸렸지만, 결국 나는 한 마디도 빼놓지 않고 끝까지 다 읽어내고야 말았다. 그리고 편지를 내려놓던 순간, 나는 오늘 이 책을 쓰기 시작하게 될 거라는 걸 알았다.

"스튜디오 바닥에 누워서 나를 그리는 당신을 봤어요." 네 번째 편지에서 그녀가 그런 말을 했다. "캔버스를 칠하는 당신의 팔과 당신의 어깨와, 그 중에서도 특히 당신의 손을 봤죠. 당신이 고개를 돌리고 내게로 걸어와 그 그림에 물감을 비비듯 내 살결을 만져 주기를 바랐어요. 그 그림을 꾹꾹 누르던 엄지로 내 몸을 세차게 눌러주길 바랐어요. 안 그러면 미쳐버릴 것만 같았지만, 난 미쳐버리지 않았고, 그때 당신은 내 몸에 한 번도, 단 한 번도 손을 대지 않았죠. 심지어 내 손을 잡고 악수조차 하지 않았어요."

바이올렛이 편지에 쓴 그림을 내가 처음 본 건 25년 전 소호 프린스 스트리트에 있는 어느 화랑에서였다. 그때는 빌도 바이올렛도 몰랐다. 단체 전시회였던 그때 걸려 있던 캔버스는 대부분 얄팍한 미니멀리즘 작품이어서 별로 내 흥미를 끌지 못했다. 빌의 그림은 벽 하나를 차지하고 따로 걸려 있었다. 대략 6피트 높이에 8피트 너비의 대형 회화 작품으로, 텅 빈 실내의 마룻바닥에 누워 있는 젊은 여인을 그린 그림이었다. 그녀는 한쪽 팔꿈치를 짚고 몸을 일으켜 그림 가장자리 너머 무언가를 바라보고 있는 듯했다. 캔버스가 있는 방향에서 환한 햇빛이 쏟아져 그녀의 얼굴과 가슴 부분을 환하게 밝히고 있었다. 오른손은 골반 뼈에 놓여 있었는데, 가까이 다가가서 보니 그 손에 택시가 들려 있었다. 뉴욕 거리를 지나다니는, 어디서나 볼 수 있는 흔한 노란 택시의 축소 모형이었다.

1분쯤 들여다본 후에야 나는 실제로 그 그림 속에 세 사람이 있다는 사실을 깨달을 수 있었다. 오른편 끄트머리, 그러니까 캔버스의 어둡게 칠해진 부분에서 그림에서 나가고 있는 한 여자가 눈에 띄었던 것이다. 프레임 속에 보이는 건 여자의 발과 발목뿐이었지만 그녀가 신은 로퍼는 지독하리만큼 세밀하게 묘사되어 있었고, 한 번 내 눈에 들어온 뒤로는 이상하게 자꾸만 그쪽을 쳐다보게 되는 것이었다. 보이지 않는 여인이 캔버스 전체를 장악하고 있는 여자만큼 중요한 존재가 되어버렸다. 세 번째 인물은 그림자에 불과했다. 얼핏 봤을 때는 내 그림자인 줄 알았지만 다시 보니 화가가 작품에 그려 넣은 것이었다. 남자의 티셔츠만 걸치고 있는 아름다운 여인은 그림 바깥의 누군가의 시선을 받고 있었던 것이다. 관찰자는 그녀의 배와 허벅지에 드리운 어둠을 처음 깨달았을 때 바로 내가 서 있던 그 자리에 서 있었던 듯했다.

나는 캔버스 오른편 명패의 작은 인쇄된 글씨를 읽었다. 윌리엄 웩슬러 작, 〈자화상〉. 처음에는 화가가 농담을 하는 줄 알았지만 곧 생각이 달라졌다. 남자의 이름 옆에 붙은 저 제목은 그의 여성적 측면이나 세 개로 분열된 자아를 지칭하는 걸까? 어쩌면 두 여인과 관찰자의 비뚤어진 서사가 직접적으로 화가를 설명해주는 것일 수도 있고, 제목은 그림의 내용과 전혀 무관하며 형식을 지칭하는 건지도 모른다. 이 그림을 그린 손은 회화의 일부에서는 스스로를 숨기면서 또 다른 부분들에서는 그 존재를 분명히 알리고 있다. 그 손은 마치 사진처럼 시각적 착란마저 일으키는 어자의 얼굴에서, 보이지 않는 창문에서 흘러들어오는 빛 속에서, 그리고 로퍼의 하이퍼리얼리즘 속에서 사라져 버린다. 그러나 여자의 헝클어진 긴 머리는 빨강, 초록, 그리고 파랑 물감을 두툼하게 발라 세차게 문질러 뒤섞어 그렸다. 신발과 그 위의 발목 근처에 보이는 검은색, 회색, 흰색의 두꺼운 줄무늬는 나이프로 칠한 것 같기도 했고, 고농도의 안료를 짙게 덧바른 부분에서는 남자의 엄지가 남긴 흔적들도 눈에 띄었다. 급작스러운, 심지어 격렬한 움직임이 있었던 것 같았다.

그 그림은 여기 이 방에 나와 함께 있다. 고개만 돌리면 볼 수 있다. 내 흐려진 시력 탓에 그 그림 역시 예전 같지 않지만. 처음 보고 나서 1주일 뒤 나는 2천 5백 달러를 주고 딜러에게서 그림을 샀다. 에리카는 처음 이 캔버스를 보았을 때 지금 내가 앉은 자리에서 겨우 몇 피트 떨어진 자리에 서 있었다. 차분하게 그림을 살펴본 그녀는 "꼭 남의 꿈을 들여다보고 있는 것 같네요, 그렇죠?"라고 말했다.

에리카의 말이 끝나고 그림을 돌아본 나는 그 혼성의 스타일과 변화하는 초점이 정말 꿈속의 왜곡을 연상시킨다는 걸 깨달았다. 여자의 입술은 살짝 벌어져 있었고 앞니 두 개가 조금 튀어나와 있었다. 화가는 그 앞니를 새하얗게 빛나도록 그렸고 살짝 지나치게 길다는 느낌이라, 얼핏 보면 짐승 같아 보이기까지 했다. 바로 그때였다. 내가 그녀 무릎 바로 밑에 든 멍을 본 건. 전에도 봤지만 그 순간, 한 끝이 누런 초록빛으로 변색된 그 보랏빛 그늘은, 마치 이 작은 상처가 사실상 회화의 주제라는 듯 내 눈길을 잡아끌었다. 나는 다가가서 캔버스에 손가락을 대고 멍의 윤곽선을 따라 쓸었다. 그 손짓이 나를 흥분시켰다. 나는 돌아서서 에리카를 보았다. 따뜻한 9월 낮이라 에리카는 맨팔이었다. 나는 허리를 굽혀 그녀 어깨의 주근깨에 키스를 하고 나서 목에 드리운 머리카락을 걷어 그 아래 부드러운 속살에 키스했다. 그녀 앞에 무릎을 꿇고 앉아 치맛자락을 밀어 올리고 손가락으로 허벅지를 훑어 올라가다가 혀를 썼다. 그녀 무릎이 살짝 내 쪽으로 구부러졌다. 그녀는 속옷을 벗어 씩 웃으며 소파에 던져 버리고 부드럽게 나를 뒤로 밀어 바닥에 눕혔다. 에리카는 내 몸 위에 걸터앉았고, 그녀가 키스를 해오자 머리카락이 후두두 내 얼굴로 쏟아졌다. 그리고 그녀는 다시 몸을 젖히고 티셔츠를 위로 벗고 브라를 풀었다. 난 내 아내의 그 모습이 좋았다. 나는 그녀 젖가슴에 손을 대고 한 손가락으로 왼쪽 젖가슴에 있는 완벽하게 둥근 사마귀를 빙글빙글 훑었고, 잠시 후 그녀는 다시 내 몸 위로 엎드렸다. 그녀는 내 이마와 뺨과 턱에 키스하고 바지 지퍼를 손으로 더듬기 시작했다.

그 시절에 에리카와 나는 거의 지속적인 성적 흥분 상태로 살고 있었다. 뭐든 계기가 될 수 있었다. 여차하면 우리는 침대에서, 마룻바닥에서, 그리고 한 번은 주방의 식탁 위에서 격렬하게 뒹굴었다. 여자 친구들은 고등학교 시절 이래로 내 인생에 들어왔다 또 나가곤 했다. 개중에는 짤막한 관계도 있었고 꽤 오래 간 연애도 있었지만, 항상 그 사이에는 간극들이 있었다 – 여자도 섹스도 전혀 없는 고통스러운 휴지기들. 에리카 말로는 그런 수난 덕분에 내가 더 훌륭한 애인이 된 거란다. 여자의 몸을 당연하게 여기지 않는다고. 그렇지만 그날 오후 우리는 그 그림 때문에 사랑을 나누었다. 그 후로 나는 어째서 한 여자의 몸에 생긴 타박상이 내게 그토록 에로틱했던 걸까 자주 생각하곤 했다. 훗날 에리카는 내 반응이 다른 사람의 몸에 자취를 남기고 싶은 내 욕망과 관련이 있다는 생각이 들었다고 했다. "살결은 부드럽잖아." 그녀의 말이다. "우리는 쉽게 베이고 멍들어. 그 여자가 맞아서 멍든 것처럼 보인다는 게 아니라. 그냥 평범한 작은 멍이지만, 그런 식으로 그려놓으니까 눈에 띄는 거지. 그렇게 그리면서 화가가 굉장히 좋아했던 것 같아, 마치 영원히 남을 작은 상처를 내고 싶었던 것처럼."

에리카는 그때 서른네 살이었다. 나는 그보다 열한 살 연상이었고 우리는 결혼한 지 1년째였다. 우리는 컬럼비아 대학의 버틀러 도서관에서 말 그대로 서로 부딪혔다. 10월 어느 토요일 늦은 아침이었고 서가는 대체로 비어 있었다. 나는 그녀의 발소리를 들었고, 나지막하게 윙윙 소리를 내는 타이머 등 아래 희미하게 겹겹이 늘어선 책들 너머로 그녀의 존재를 감지했다. 나는 찾던 책을 찾아 엘리베이터 쪽으로 걸어갔다. 전등 소리

말고는 아무 소리도 못 들었다. 모퉁이를 돌아서다가 나는 에리카에 걸려 넘어지고 말았다. 그녀는 서가 끝 마룻바닥에 주저앉아 있었다. 나는 간신히 몸을 가누었지만 안경이 그만 미끄러져 떨어지고 말았다. 그녀가 안경을 주워 주었고, 그걸 받으려고 내가 허리를 굽히는데 그녀가 일어서다가 머리로 내 턱을 받았다. 나를 바라보는 그녀 얼굴에 미소가 걸려 있었다. "몇 번만 이렇게 더 하다가는 정이 들겠어요. 전형적인 슬랩스틱 코미디잖아요."

내가 걸려 넘어진 여자는 예뻤다. 시원하게 큰 입매와 턱까지 짧게 자른 숱 많은 검은 머리의 소유자였다. 우리가 부딪치는 바람에 치마가 다리 위로 말려 올라가 있어서 솔기를 매만지는 그녀의 허벅지가 살짝 보였다. 치마를 정리하고 나서 그녀가 나를 올려다보고 다시 미소를 지었다. 그 두 번째 미소를 지으면서 그녀 아랫입술이 순간 파르르 떨렸는데 나는 초조함, 또는 창피함에서 우러난 그 작은 신호를 초대에 응할 거라는 뜻으로 받아들였다. 그게 없었다면 아마 나는 다시 한 번 사과를 하고 그대로 헤어졌을 거라고 확신한다. 그러나 그 순간적인 입술의 떨림은 그녀의 보드라운 면모를 노출했고, 조심스럽게 가리고 있는 육감적인 면을 일별하게 해 주었다. 커피는 점심이 되었고, 점심은 저녁이 되었고, 다음 날 아침 나는 리버사이드 드라이브에 있던 내 옛 아파트 침대에서 에리카 스타인 옆에 누워 있었다. 그녀는 아직도 잠들어 있었다. 빛이 창문으로 스며들어와 그녀의 얼굴과 머리카락을 환히 비추었다. 아주 조심스럽게 나는 손을 그녀 머리에 얹었다. 몇 분쯤 그대로 그녀를 바라보며 나는 그녀가 떠나지 않기를 바랐다.

이미 우리는 몇 시간 동안 줄곧 이야기를 나눈 터였다. 알고 보니 에리카와 나는 같은 세상에서 온 사람들이었다. 그녀의 부모님은 1933년에 10

대의 나이로 베를린을 떠난 독일계 유태인이었다. 부친은 저명한 정신분석학자가 되었고 어머니는 줄리아드의 발성 강사가 되었다. 스타인 부부는 모두 작고했다. 내가 에리카를 만나기 1년 전 불과 몇 달 간격으로 세상을 떠났다. 그해는 우리 어머니가 돌아가신 해이기도 했다. 1973년. 나는 베를린에서 태어나 그 곳에서 5년을 살았다. 그 도시에 대한 내 기억은 파편적이었고, 일부는 잘못된 것일 수도 있었다. 어머니가 내 어린 시절에 대해 말해준 것들을 조합해 만들어낸 이미지와 이야기들이었다. 에리카는 어퍼 웨스트사이드에서 태어났는데, 그곳은 내가 런던의 햄스테드에 있는 아파트에서 3년을 보낸 후 결국 정착하게 된 곳이었다. 웨스트사이드와 안락했던 콜럼비아 아파트를 떠나도록 부추긴 사람이 바로 에리카였다. 우리가 결혼하기 전에 '이주'를 하고 싶다고 말했던 것이다. 그래서 무슨 뜻이냐고 물었더니, 이제 웨스트 82번가의 부모님 아파트를 팔고, 시내로 들어오려면 한참 지하철을 타야 하는 삶을 살 때가 되었다고 했다. "여기서는 죽음의 냄새가 나요." 그녀가 말했다. "그리고 항생제와 병원과 썩은 사서토르테[1] 냄새도. 이사를 가야겠어요." 에리카와 나는 친숙한 우리 어린 시절 동네를 떠나 한참 남쪽으로 가서 예술가와 보헤미안들 사이 새로운 땅에 말뚝을 박았다. 부모님께 물려받은 돈을 써서 캐널과 그랜드 사이 그린 스트리트의 로프트로 이사했다.

인적 없는 휑한 거리, 야트막한 건물, 그리고 젊은 세입자들이 있는 새로운 동네는 내가 한 번도 굴레라고 생각해 본 적 없는 것들로부터 나를 해방시켜 주었다. 우리 아버지는 1947년 불과 마흔두 살의 연세에 돌아가셨지만 어머니는 계속 삶을 이어가셨다. 나는 두 분의 외동아들이었고,

---

[1] 비엔나에서 가장 유명한 제과점의 초콜릿 케이크

어머니와 나는 아버지의 유령을 공유했다. 어머니는 늙어 관절염에 걸리셨지만 아버지는 언제나 젊고 전도양양한 수재였다고 세상에 무엇이든 할 수 있을 의사였다. 그 '무엇이든'이 어머니에게는 '전부'가 되었다. 26년간 어머니는 아버지의 사라진 미래와 함께 브로드웨이와 리버사이드가 교차하는 84번가의 같은 아파트에서 살았다. 처음 교편을 잡았을 때는, 어쩌다 학생이 내게 '교수님'이 아니라 '허츠버그 박사님'이라고 부르면 어쩔 수 없이 아버지 생각이 났다. 소호에서 살게 되었다고 해서 과거가 지워지거나 망각이 찾아온 건 아니지만 모퉁이를 돌아설 때나 길을 건널 때, 고향을 잃고 떠돌던 어린 시절과 청년기를 떠올리게 하는 게 아무것도 없어 좋았다. 에리카와 나는 둘 다 사라진 세계의 난민에게서 태어난 자식들이었다. 우리 부모님은 문화적으로 독일에 동화된 유태인으로, 유태교란 조부모 세대에서 실천하던 종교일 뿐이었다. 1933년 이전에는 당신들이 '유태계 독일인'이라 믿고 살았지만, 이제 그런 구절은 세상 어떤 언어로도 존재하지 않는 사어死語가 되어버렸다.

   우리가 만났을 때 에리카는 럿거즈 대학 영문과 조교수였고 나는 벌써 콜럼비아 예술사학과에서 12년간 교편을 잡고 있었다. 나는 학위를 하버드에서 받았고 에리카는 콜럼비아에서 공부했는데, 그래서 그녀는 토요일 아침에 졸업생 자격으로 도서관에 들어와 서가를 헤매고 있었던 것이다. 예전에도 사랑에 빠진 적이 있었지만, 거의 예외 없이 나는 피로와 권태에 지치는 지점에 다다르곤 했다. 에리카는 결코 나를 지루하게 하지 않았다. 빌의 자화상에 대한 에리카의 논평은 전형적으로 그녀다웠다 ― 소박하고 직접적이고 핵심을 관통하는. 나는 단 한 번도 에리카를 하수下手로 여기고 생색을 낸 적이 없다.

예전에도 바워리 89번지 앞을 지나쳐 걸어간 적은 많았지만 단 한 번도 발길을 멈추고 살펴보지 않았다. 헤스터와 캐널 사이에 있는 낡아빠진 4층짜리 벽돌 건물은 무슨 도매 업체의 허름한 본사에 불과했을 뿐이다. 그러나 내가 윌리엄 웩슬러를 방문하기 위해 그 곳을 찾았을 때, 그런 점잖은 체면의 시대는 이미 오래 전에 끝장이 난 후였다. 한때 가게 전면이었던 유리창에는 널빤지가 마구 덧대어져 있었고, 거리로 곧장 이어지는 일층의 묵직한 금속문은 누가 망치로 가격이라도 한 것처럼 우그러지고 구멍이 뚫려 있었다. 수염투성이에 술이 담긴 종이봉지를 든 한 남자가 하나 밖에 없는 집 앞 계단에 앉아 빈둥거리고 있었다. 좀 비켜달라고 하자 그는 나를 보고 투덜거리더니 반쯤 뒹굴고 반쯤 굴러서 계단에서 내려갔다.

사람들에 대한 내 첫인상은 나중에 그들에 대해 좀 더 잘 알게 되면서 흐릿해지는 경우가 다반사지만 빌의 경우에는, 최소한 처음 몇 초간의 느낌이 우리가 우정을 맺었던 세월 내내 지워지지 않고 그대로 남았다. 빌은 화려한 매력의 소유자였다. 생면부지의 사람들을 홀리고 유혹하는 그런 신비스러운 자질이 있었다. 문간에서 나를 맞아준 그의 꼬락서니는 계단에 앉아 있던 남자 못지않게 부스스했다. 이틀은 깎지 않아 수염이 텁수룩했다. 숱 많은 검은 머리카락은 사방으로 삐죽삐죽 솟아 있었고 옷차림은 물감 범벅이었을 뿐 아니라 먼지투성이었다. 그렇지만 나를 바라보는 그에게는 어쩐지 내 마음을 끌어당기는 느낌이 있었다. 그는 안색이 백인 치고는 아주 까맸고, 투명한 초록 눈에는 아시아의 분위기가 풍겼다. 각진 턱과 넓은 어깨, 튼튼한 팔을 갖고 있었다. 189센티미터에 육박하는 장신인 그는, 나와 키 차이가 10센티미터 이상 날 리가 없는 데도 머리 위로 우뚝 선 느낌이었다. 내가 나중에 내린 결론은, 마술 같은 그의 매력의 비결은 뭔가 눈과 관련이 있었다. 그가 나를 보았을 때, 그 눈길은 참으로 곧았으며 창피한 기색은 비치지도 않았지만, 동시에 나는 그의 내면성, 그의 방심을 또한 감지할 수 있었다. 나를 향한 호기심은 진심으로 보였지만, 한편으로 그는 내게서 아무것도 바라지 않는다는 것도 알 수 있었다. 빌은 철두철미하게 자주적인 존재라는 분위기를 온몸으로 풍겼고, 그래서 불가항력적으로 사람을 매료시켰다.

"빛 때문에 여기로 잡았죠." 4층 로프트의 문을 열고 들어가는데 그가 말했다. 원룸 반대편 벽 쪽의 세 개의 긴 유리통창이 오후의 햇살로 빛나고 있었다. 건물이 좀 기울어져 있었는데, 그 말은 로프트 뒤쪽이 앞쪽보다 훨씬 낮다는 뜻이었다. 마룻바닥도 뒤틀려져서, 창문 쪽을 보니 마룻널이 호수에 이는 잔물결처럼 불룩불룩 튀어나와 있었다. 로프트 공간의 높은 쪽은 휑했고 가구라고는 등 없는 의자 하나가 덩그러니 놓여 있었고 톱질할 때 받치는 모탕 두 개와 낡은 문짝으로 만든 식탁, 스테레오 장비, 그 주위를 빙 둘러 플라스틱 우유배달통에 든 수백 장의 레코드와 테이프들이 쌓여 있었다. 벽에는 캔버스가 첩첩이 쌓여 있었다. 방에서는 심한 물감 냄새, 테레빈유, 그리고 곰팡내가 진동했다.

일상생활을 위한 필수품들은 낮은 쪽에 빽빽이 모아두었다. 뒤집어진 테이블이 발 달린 하얀 욕조에 기대어 세워져 있었다. 싱크 가까운 곳 식탁 옆에 더블베드가 놓여 있었고 책들이 빽빽하게 꽂혀 있는 거대한 책장 틈새에서 스토브가 툭 튀어나와 있었다. 그리고 그 옆 마룻바닥에도 책들이 산더미처럼 쌓여 있었고 사람이 앉은 지 수년은 된 것 같은 팔걸이의자 위에도 책들이 쌓여 있었다. 로프트의 어지러운 살림구역은 빌의 가난뿐 아니라 평범한 일상의 가재도구들에 대한 철저한 무심을 보여주고 있었다. 시간이 지나면서 빌은 부자가 되겠지만 사물에 대한 무관심은 끝내 변하지 않을 터였다. 그는 이상할 정도로 살던 장소들에 정을 붙이지 않았고 시시콜콜한 집안 살림은 쳐다보지도 않았다.

심지어 그 첫날에도 빌의 금욕주의, 순수를 향한 짐승처럼 무모한 욕망과 타협에 대한 저항이 고스란히 느껴졌다. 그가 하는 말뿐 아니라 물리적 존재감에서도 그런 느낌이 전해졌다. 그는 조용하고 나직한 말씨에 약간 절제된 동작의 소유자였지만, 그에게서 발산되는 강렬한 목적의식은 방안을 꽉 채우고도 남았다. 여느 거구들과 달리 빌은 목소리가 크지도 오만하지도 않고 남달리 매력적이지도 않았다. 그렇지만 그 옆에 서서 그림들을 바라보고 있자니 방금 거인을 소개받은 난쟁이 같은 기분이 들었다. 그런 감정이 내 논평을 더 날카롭고 사려 깊게 만들었다. 나는 내 입지를 확보하려고 싸우고 있었다.

그날 오후 그는 그림 여섯 점을 보여주었다. 세 점은 완성작이었고 나머지는 방금 착수한 그림들이었다-스케치의 선과 넓게 채색한 면. 내 캔버스도 같은 연작의 일환이었다. 모두 검은 머리의 젊은 여인을 그린 그림이었지만, 작품마다 여인의 체격은 편차가 심했다. 첫 그림에서 그녀는 비만이었다. 딱 붙는 나일론 반바지와 티셔츠를 걸친 산더미 같은 창백한 살덩어리였다. 탐식과 방치의 이미지로, 어찌나 거대한지 그녀 몸이 프레임 안에 구겨넣어진 것처럼 보일 정도였다. 그녀는 뚱뚱한 주먹에 아기 딸랑이를 꼭 쥐고 있었다. 남자의 길게 늘이진 그림자가 오른쪽 젖가슴과 거대한 배 위에 드리워져 점점 가늘어지다가 골반쯤에 가면 한 줄의 선이 되었다. 두 번째 작품에서 여인은 훨씬 말랐다. 속옷 차림으로 매트리스에 누워 자기 성애적이면서도 자기 비판적으로 보이는 눈길로 제 몸을 내려다보고 있었다. 그녀는 손에 보통 펜의 두 배 크기쯤 되는 만년필을 쥐고 있었다. 세 번째 그림에서 여자는 몇 파운드 정도 살이 쪘지만 내가 산 캔버스에 나오는 사람만큼 통통하지는 않았다. 그녀는 해진 플란넬 나이트가운을 입고 허벅지를 아무렇지도 않게 벌린 채 침대 끄트머리에 앉아 있었다. 무릎까지 올라오는 빨간 니삭스 한 켤레가 발밑에 널브러져 있었다. 다리를 보다가 나는 바로 무릎 밑에 흐릿한 빨간 선처럼 생긴 양말 고무줄 자국을 발견했다.

"아침에 몸단장을 하는 여자를 그린 얀 스틴Jan Steen의 그림이 생각나네요. 양말을 벗는 모습이었는데." 내가 말했다. "암스테르담 국립미술관에 걸려 있는 작은 그림이죠."

빌은 처음으로 나를 보고 미소를 지었다. "스물세 살 때 암스테르담에서 그 그림을 봤습니다. 그리고 계속 살결에 대해 생각하게 됐죠. 저는 누드에는 관심이 없습니다. 너무 예술가연하는 것 같아서요. 그렇지만 살결에는 정말 관심이 많지요."

우리는 한참 회화에서의 살결에 대해 이야기를 나누었다. 나는 주르바란Zurbaran의 성 프란시스의 손에 나 있는 아름다운 붉은 화인 이야기를 했다. 빌은 그륀발트Grunwald의 죽은 그리스도 피부색과 부셰Boucher의 누드가 보여주는 장밋빛 피부에 대해 말했다. 그는 그걸 "소프트 포르노 숙녀들"이라고 불렀다. 우리는 예수를 십자가에 매다는 것과 피에타, 그리고 십자가에서 내리는 모습들을 묘사하는 관습들이 계속 변화하는 이야기를 했다. 나는 폰토르모의 매너리즘이 늘 흥미롭더라고 말했고, 빌은 R. 크럼Crumb을 화두로 꺼냈다. "저는 그런 날 것의 느낌이 정말 좋습니다." 그가 말했다. "그 사람 작품의 흉물스러운 용기勇氣가요." 내가 조지 그로스에 대해 물어보자 그는 고개를 끄덕였다.

"친척입니다." 그가 말했다. "두 사람은 확실히 예술적인 친척이죠. 크럼의 연작 〈성기의 땅 이야기〉 본 적 있으세요? 페니스가 장화를 신고 뛰어다니고 있어요."

"고흐의 코처럼 말이지요." 내가 말했다.

그러자 빌은 내게 의학적인 드로잉들을 보여주었다. 나로서는 거의 아는 바가 없는 분야였다. 그는 책장에서 서로 다른 시대의 일러스트레이션들을 담은 책 십여 권을 꺼냈다. 의학적 유머의 도해, 18세기의 해부학적 그림들, 골상학적인 혹들이 난 남자를 그린 19세기의 그림, 그리고 비슷한 시기에 나온 걸로 보이는 여자 성기의 그림. 마지막은 허벅지를 쫙 벌린 여자의 사타구니를 그린 희한한 드로잉이었다. 우리는 나란히 서서 정밀 묘사된 음문, 음핵, 음순, 그리고 작고 시커먼 구멍 같은 질 입구를 빤히 들여다보았다. 선들은 잔혹하고 엄정했다.

"꼭 기계 도면 같군요." 내가 말했다.

"그래요." 그가 말했다. "그 생각은 미처 못해봤습니다." 그는 그림을 내려다보았다. "비열한 그림이에요. 모든 게 제자리에 있지만 고약한 만화에 불과하지요. 물론 화가는 그게 과학이라고 생각했겠지만."

"세상에 단순히 과학에 불과한 건 없다고 생각합니다." 내가 말했다.

그는 고개를 끄덕였다. "사물을 보는 데 있어 그게 문제죠. 아무것도 명료하지가 않아요. 감정, 아이디어가 눈앞에 있는 사물의 형태를 빚어내지요. 세잔은 벌거벗은 세상을 원했지만, 세상은 절대로 나신을 드러내는 법이 없습니다. 제 작품에서는 의혹을 창출하고 싶습니다." 그는 말을 멈추더니 나를 보고 미소를 지었다. "왜냐하면 우리가 확신할 수 있는 건 그것뿐이니까요."

"그래서 작품의 여인을 뚱뚱하고 마르고 중간 정도로 그린 겁니까?" 내가 말했다.

"솔직히 말씀드리자면, 그건 아이디어라기보다는 충동에 가까웠어요."

"그리고 혼성의 스타일도요?"

빌은 창가로 걸어가 담배에 불을 붙였다. 연기를 들이마시고 담뱃재를 바닥에 툭툭 털었다. 그리고 눈을 들어 나를 보았다. 커다란 그의 두 눈이 내 마음을 훤히 꿰뚫어보는 것만 같아 시선을 피하고 싶었지만 그러지 않았다. "저는 서른한 살인데, 선생님이 제 작품을 산 최초의 사람입니다. 우리 어머니를 셈에 넣지 않는다면요. 저는 10년 동안 작업을 해 왔습니다. 딜러들한테 퇴짜를 백 번은 맞았을 겁니다."

"드 쿠닝은 마흔이 될 때까지 첫 전시회를 열지 못했지요." 내가 말했다.

"제 말을 오해하신 것 같군요." 그는 느릿한 어조로 말했다. "사람들의 관심을 구할 생각은 없습니다. 그들이 무슨 이유로 관심을 갖겠습니까? 저는 선생님께서 무슨 이유로 관심을 갖는지 궁금한 겁니다."

그래서 나는 말해주었다. 우리는 그림을 앞에 놓고 바닥에 앉았고, 나는 모호함이 좋다고, 그의 캔버스들에서는 어디를 보아야 할지 모르겠는데 그런 점이 좋다고, 그리고 현대의 구상회화들은 지루한 경우가 많은데 그의 그림은 그렇지 않다고 말해주었다. 우리는 드 쿠닝에 대해서 이야기를 나누었다. 특히 빌에게 영감을 준 소품 〈가상의 형제와 함께 한 자화상〉을 논했다. 우리는 호퍼의 생경함에 대해서, 그리고 뒤샹에 대해서 이야기를 나누었다. 빌은 뒤샹을 "예술을 갈가리 찢는 나이프"라고 불렀다. 나는 그걸 은근히 비하하는 뜻으로 받아들였는데, 그때 그가 덧붙여 말했다. "뒤샹은 위대한 사기꾼이었어요. 전 정말 좋아합니다."

마른 여인의 다리에 그가 남겨둔 면도한 자국을 내가 가리키자, 그는 다른 사람과 함께 있으면 자꾸 한 가지 디테일에 눈길이 쏠린다고 말했다. 이가 나간 앞니라든가, 손가락에 붙인 밴드에이드, 혈관, 벤 상처, 뾰루지, 사마귀, 그리고 한순간 그 격리된 특징이 그의 시야를 장악하면 그 몇 초간을 작품에서 재현하고 싶어진다고도 했다. "보는 건 유동적이에요." 그가 말했다. 내가 그의 작품에 숨어 있는 서사들 얘기를 꺼냈더니 그는 자기에게 스토리란 몸에 흐르는 피와 같다고, 생명의 통로들이라고 했다. 그건 뜻 깊은 메타포였고, 끝내 잊혀지지 않았다. 화가로서 빌은 보이는 것에서 보이지 않는 것을 사냥하고 있었다. 역설이라면 그가 이런 보이지 않는 움직임을 구상회화로 재현하기를 선택한 사실이었다. 구상회화는 뭐니 뭐니 해도 동결된 유령, 표면이니까.

빌은 자기가 뉴저지 교외에서 성장했고, 아버지는 골판지 상자 사업을 창업해 성공하셨다는 얘기도 해주었다. 어머니는 유태인 자선단체에서 봉사활동을 했고 컵 스카우트 분대 학부모 대표였으며 나중에 부동산 공인중개사 자격을 따셨다고 했다. 부모님은 두 분 다 대학을 나오지 않으셨고 집안에는 책도 몇 권 없었다. 나는 사우스오렌지의 푸른 잔디밭과 조용한 주택들을 떠올렸다. 진입로에는 자전거들이 있고, 도로 표지판들, 차 두 대가 들어가는 차고들이 딸린. "저는 드로잉에 소질이 있었지요." 그가 말했다. "그렇지만 오랜 시간 동안 미술보다 야구가 훨씬 더 중요했습니다."

나는 필드스턴 스쿨에서 스포츠 때문에 굉장히 고생했다고 말해주었다. 깡마르고 근시였던 나는 외야에 시시 아무도 내 쪽으로 공을 보내지 않기만 바랐다. "도구를 사용하는 스포츠는 무조건 젬병이었지요." 내가 말했다. "달리기도 하고 수영도 할 수 있었지만, 손에 뭘 들면 떨어뜨렸어요."

고등학교 때부터 빌은 메트로폴리탄 미술관, 뉴욕 현대미술관, 프릭 컬렉션, 여타 갤러리들, 그리고 그의 표현을 빌면 '길거리'로 순례를 다니기 시작했다. "저는 미술관들만큼이나 길거리가 좋았습니다. 그리고 쓰레기 냄새를 한껏 들이마시며 몇 시간씩 시내를 하릴없이 헤매곤 했죠." 2학년 때 부모님이 이혼을 했다. 같은 해 그는 크로스컨트리 팀, 농구팀, 야구팀에서 탈퇴했다. "헬스장에 가서 운동하는 것도 그만뒀어요." 그가 말했다. "그래서 몸이 말랐죠." 빌은 예일 대학에 진학해 스튜디오 아트, 예술사, 그리고 문학 강의들을 들었다. 루실 앨코트를 만난 것도 그곳에서였다. 그녀의 부친은 법대 교수였다. "우리는 3년 전에 결혼했습니다." 그가 말했다. 나는 나도 모르게 로프트에서 여자의 흔적을 찾았지만 아무것도 보이지 않았다. "출근하신 겁니까?" 그에게 물었다.

"시인이에요. 여기서 두세 블록 떨어진 데 작은 방을 빌려서 살고 있죠. 거기서 글을 쓰고요. 프리랜스 카피라이터 일도 해요. 카피 교정을 보죠. 저는 하도급을 받아서 칠도 하고 석고 마감도 합니다. 그럭저럭 살고 있어요."

동정심 많은 의사가 빌을 베트남에서 구해주었다. 어린 시절과 청년기 내내 그는 심한 알레르기로 고생을 했다. 심하면 얼굴이 퉁퉁 붓고 하도 재채기를 해서 목이 쑤실 정도였다. 뉴아크의 징병 위원회에 신고하기 전, 내과의사는 '알레르기'라는 단어 옆에 '천식의 경향이 있음'이라는 구절을 덧붙여 써 주었다. 이삼년만 더 늦었어도 '경향'이라는 말로 빌이 1-Y 급을 딸 수는 없었으리라. 그러나 그때는 1966년이었고 베트남의 저항 세력이 절정에 달하는 건 아직 미래의 일이었다. 대학을 졸업한 후 그는 1년 동안 뉴저지에서 바텐더로 일했다. 어머니와 함께 살면서 버는 돈을 저축해 2년 동안 유럽을 여행했다. 그는 로마에서 암스테르담으로 파리로 옮겨 다니며 살았다. 여행을 계속 하기 위해서 그는 닥치는 대로 일을 했다. 암스테르담의 영어잡지사에서 서무 잡일도 보고 로마에서 카타

콤 여행안내도 했으며, 파리에서는 노인에게 영어 소설을 읽어주는 일도 했다. "그 사람한테 책을 읽어줄 때는 소파에 누워야 했어요. 내 자세에 아주 까다롭게 간섭했거든요. 신발도 벗어야 했지요. 내 양말이 뚜렷하게 잘 보이는 게 그 사람한테는 아주 중요했어요. 보수가 두둑해서 1주일은 꾹 참고 버텼습니다. 그리고 그만뒀어요. 3백 프랑을 가지고 떠나버렸죠. 수중에 단돈 3백 프랑뿐이었지요. 길거리로 걸어 나갔어요. 밤 열한 시쯤이었는데 거리에서 초췌한 노인이 손을 벌리고 서 있더군요. 그래서 그 돈을 줘 버렸어요."

"왜요?" 내가 물었다.

빌이 내게로 돌아섰다. "모르겠습니다. 그러고 싶었어요. 멍청한 일이었지만 절대 후회하지 않았어요. 해방감이 들었거든요. 그리고 이틀 동안 아무 것도 못 먹었지요."

"만용을 부린 거군요." 내가 말했다.

그는 나를 보고 말했다. "독립의 행위였죠."

"루실은 어디 있었습니까?"

"뉴 헤이븐에서 부모님과 함께 살고 있었어요. 그때 몸이 썩 좋지 못했거든요. 우리는 서로에게 편지를 썼지요."

나는 루실의 병에 대해 묻지 않았다. 그 얘기를 할 때 빌이 눈길을 돌리며 고통스러운 표정을 짓고 눈을 찌푸리는 걸 보았기 때문이다.

나는 주제를 돌렸다. "내가 산 그림에 자화상이라는 제목을 붙인 이유가 뭐죠?"

"그건 다 자화상이에요." 그가 말했다. "바이올렛과 같이 작업하면서 예전에 보지 못한 제 안의 영토를 구획하고 지도에 기록한다는 느낌이 들었습니다. 아니 어쩌면 그녀와 나 사이의 영토일지도 모르겠군요. 그 제목이 머리에 퍼뜩 떠올라서 쓴 겁니다. 자화상이 맞는 것 같았어요."

"그녀가 누구죠?" 내가 말했다.

"바이올렛 블룸. NYU의 대학원생입니다. 선생님께 보여드린 저 드로잉도 그녀가 준 거예요. 기계 도면처럼 생긴 그림 말입니다."

"무슨 공부를 하는데요?"

"역사요. 세기말 프랑스의 히스테리아에 대해 논문을 쓰고 있어요." 빌은 담배를 하나 더 꺼내 불을 붙이고 천정을 흘끗 바라보았다. "아주 똑똑한 아가씨예요. 걸출하죠." 그는 연기를 하늘로 뿜었고, 나는 희미한 동그라미를 그리며 연기가 창문에서 들어오는 햇빛을 받아 반짝이는 먼지와 뒤섞이는 모습을 지켜보았다.

"대부분의 남자들은 자기 자신을 여자로 그리지는 않을 겁니다. 선생님은 그녀를 빌려와 자신을 보여준 건데요. 그녀는 어떻게 생각하던가요?"

그는 잠깐 웃음을 터뜨리더니 말했다. "좋아해요. 전복적이라고 하지요. 더구나 난 남자가 아니라 여자를 좋아하니까요."

"그러면 그림자들은요?" 내가 그에게 물었다.

"그것도 제 그림자죠."

"정말 아쉽군요." 내가 말했다. "제 그림자인 줄 알았는데."

빌이 나를 보았다. "그야 그럴 수도 있죠." 그는 손으로 내 팔뚝을 꽉 붙잡더니 흔들었다. 이 느닷없는 동지애, 아니 심지어 애정이 담긴 몸짓에 나는 이상하리만큼 행복해졌다. 그 후로도 자주 그 일을 떠올렸던 건 그림자를 두고 나눈 그 사소한 대화가 내 인생의 향방을 바꾸어 놓았기 때문이다. 그건 하릴 없이 흘러가던 두 남자의 대화가 영영 돌이킬 수 없는 전환점을 넘어 우정으로 향한 순간이었다.

"댄스 내내 그녀는 둥둥 떠다녔지." 빌은 1주일 후 커피를 앞에 놓고 내게 말했다. "자기가 얼마나 예쁜지 모르는 것 같았어. 몇 년 동안이나 그녀를 따라다녔다네. 감정이 타올랐다 사그라졌다 또 타오르곤 했지. 무언가에 이끌려 계속 그녀에게 돌아가게 되더군." 빌은 그 후로도 몇 주일 동안 루실의 병세에 대해서는 아무 말도 하지 않았지만, 그녀 얘기를 하는 말투로 보아 병약한 여자라는 생각이 들었다. 그가 말하지 않기로 한 무언가로부터 지켜줄 필요가 있는 그런 여자 말이다.

내가 처음 루실 앨코트를 보았을 때, 그녀는 바워리 로프트의 문간에 서 있었고 한 순간 플랑드르 회화에 나오는 여자처럼 보였다. 창백한 피부, 뒤로 넘겨 묶은 옅은 갈색 머리카락, 그리고 커다란, 속눈썹이 없는 것처럼 보이는 파란 눈을 가지고 있었다. 에리카와 나는 바워리로 식사 초대를 받았다. 그 11월의 밤에는 비가 내렸고, 식사를 하는 동안 우리 머리 위 지붕을 때리는 빗소리가 계속 들려왔다. 누군지 몰라도 우리가 온다고 마루의 먼지와 담뱃재와 담배꽁초를 말끔히 치워놓고 또 빌의 작업 테이블에 커다란 하얀 식탁보를 깔고 촛불 여덟 개를 세팅해 놓았다. 요리는 루실이 한 것이었다. 형체를 알아볼 수 없는 야채들이 뒤섞인 맛없는 갈색 범벅이었다. 에리카가 예의바르게 요리 이름을 물었더니, 루실은 접시를 내려다보며 완벽한 프랑스어로 '플라 레 오 레귐Flageolets aux legumes(야채 소스 콩요리)'이라고 대답했다. 그리고 잠시 말을 멈추더니 눈을 들어 미소를 지었다. "하지만 플라 레가 신분을 위장하고 암행을 하는 것 같네요." 1초쯤 멈췄다가 그녀는 다시 말을 이었다. "저는 더 섬세하게 요리를 하고 싶은데요. 요리법에 파슬리가 들어가더라고요." 그녀는 접시를 물끄러미 내려다보았다. "그런데 파슬리를 빼먹었어요. 빌은 고기를 더 좋아할 텐데. 그이가 고기를 전에는 아주 많이 먹었어요. 그렇지만 이젠 내가 고기 요리를 하지 않는다는 걸 알아요. 제가 우리 몸에 좋지 않다고 믿게 되어서요. 그런데 레시피는 왜 이런지 이해가 안 돼요. 글을 쓸 때는 제가 굉장히 정확하거든요. 허구한 날 동사 걱정이죠."

"아내의 동사들은 기가 막히죠." 빌이 이렇게 말하며 에리카에게 포도주를 더 따라주었다.

루실은 남편을 보더니 약간 경직된 미소를 지었다. 빌의 말투에 비꼬는 기색이 없었기에 나는 왜 그 미소가 그렇게 불편한지 알 수가 없었다. 그는 자기가 아내의 시를 얼마나 좋아하는지 모른다고 몇 번이나 내게 말했고, 시집을 주겠다는 약속도 했었다.

루실 뒤로 나는 바이올렛 블룸이 비만형으로 그려진 초상을 보았고 혹시 육류를 먹고 싶은 빌의 욕구가 그 거대한 여성적 육체로 투사된 게 아닐까 생각해 보았다. 그러나 내 이론은 훗날 틀린 걸로 밝혀졌다. 같이 점심을 먹으면서 나는 빌이 콘비프 샌드위치며 햄버거, BLT 샌드위치를 행복하게 씹는 모습을 자주 볼 수 있었다.

"저는 스스로 규칙을 만들어요." 루실은 자기 시 얘기를 하며 말했다. "보통 쓰는 운율 규칙이 아니라, 어떤 구조를 선택하고 면밀하게 해체하는 거죠. 숫자들이 도움이 돼요. 명료하고 논박의 여지가 없으니까요. 어떤 시행은 번호를 붙였어요." 루실이 하는 말은 하나같이 이와 비슷하게 경직되고 무뚝뚝했다. 그녀는 예의바른 대화나 잡담을 용인하는 법이 없었다. 하지만 한편으로는 그녀가 하는 말 한 마디 한 마디에서 근저에 깔린 유머가 느껴졌다. 그녀의 말투는 마치 자기가 말하는 문장을 멀리서 바라보며 관찰하는 사람 같았다. 입에서 나오는 족족 소리와 형태를 감별하면서. 말하는 단어마다 솔직함이 여운처럼 울렸지만 진지함과 동시에 아이러니가 묻어나왔다. 루실은 동시에 두 개의 입장을 취하고 즐거워하고 있었다. 그녀는 자기 발언의 주체이며 또한 대상이었다.

에리카는 규칙에 대한 루실의 말을 듣지 못한 것 같았다. 그녀는 빌과 소설 이야기를 하고 있었다. 빌 역시 그 말을 들었을 리가 없지만, 두 사람의 토론에서도 법칙 이야기가 또 나왔다. 에리카는 빌 쪽으로 몸을 바짝 기울이며 미소를 지었다. "그러니까 선생님도 동의하시는군요. 소설이란 무엇이든 담을 수 있는 포대라는 것에."

"《트리스트람 샌디》 4장, 호라티우스의 장광설에 대한 얘기죠." 빌이 검지로 천정을 가리키며 말했다. 그는 오른편에서 소리 없는 목소리가 들려오기라도 하는 것처럼 글을 인용하기 시작했다. "나도 호라티우스는 이런 유행을 추천할 리 없다는 걸 잘 안다. 그러나 그 신사분은 서사시 아니면 비극 얘기만 하고 있었다 – (어느 쪽인지도 생각이 안 나지만) – 그게 아니라면 호라티우스 씨의 용서를 구해야 하겠다. 왜냐하면 나는 지금 시작한 이야기를 쓰는 데 있어 그의 법칙은 물론이고 이제까지 살았던 그 어떤 사람의 법칙에도 얽매이지 않을 것이기 때문이다." 빌의 언성이 마지막 구절에서 높아지자 에리카가 고개를 젖히고 웃음을 터뜨렸다. 대화가 헨리 제임스에서 새무얼 베케트에서 루이 페르디낭 셀린으로 정처 없이 흘러가는 사이 에리카는 빌이 엄청나게 소설을 탐독한다는 사실을 알게 되었다. 그리고 나와는 별 상관이 없는 두 사람만의 우정이 시작되었다. 디저트가 나올 무렵 – 시들시들해 보이는 과일 샐러드였다 – 에리카는 빌에게 럿거스 대학의 자기 학생들에게 와서 강연을 해달라고 부탁하고 있었다. 빌은 처음에 망설였지만 곧 그러마고 했다.

예의 바른 에리카는 바로 옆자리에 앉아 있는 루실을 모른 척 할 수가 없어서 빌에게 자기 수업에 와서 강의를 해달라고 부탁하고 나서부터는 그녀에게 온 관심을 집중했다. 아내는 루실의 말을 들을 때는 고개를 끄덕였고, 말을 할 때는 얼굴에 온갖 감정과 생각이 고스란히 지도처럼 드러나곤 했다. 반면 루실의 차분한 얼굴은 아무런 감정도 드러내지 않았다. 저녁이 깊어가면서 특유의 독특한 발언들은 일종의 철학적 리듬을 띠게 되었다. 끼워맞춘 논리의 딱딱 끊는 말투는 어쩐지 비트겐슈타인의 《논리철학논고》를 읽는 기분이었다. 에리카가 부친의 명성을 익히 들어 알고 있다고 말하자 루실은 "그래요, 법학교수로서 아버지는 아주 평판이 좋으시지요." 그러더니 잠시 후 이렇게 덧붙였다. "저도 법을 공부하고 싶었는데 그럴 수가 없었어요. 어렸을 때 아버지의 서재에서 법학서적을 읽으려고 애쓰곤 했어요. 열한 살이었지요. 한 문장이 다음 문장으로 이어진다는 건 알았지만, 두 번째 문장을 읽을 때쯤엔 첫 문장을 잊어버리고 세 번째 문장에 가면 두 번째 문장이 생각이 안 나더라고요."

"겨우 열한 살이었으니까요." 에리카가 말했다.

"아니요." 그녀가 말했다. "나이 때문이 아니에요. 아직도 잊어버리거든요."

"망각은 기억만큼이나 중요한 삶의 일부일 거예요. 우리는 모두 기억상실증 환자죠."

"그렇지만 우리가 잊었다면 말이에요." 루실은 나를 보며 말했다. "잊었다는 사실을 늘 기억하는 건 아니니까, 잊었다는 걸 기억하는 건 잊는 게 아닌 게 되는 거예요, 그렇지 않나요?"

나는 그녀를 보고 미소를 지으며 말했다. "시를 꼭 읽어보고 싶군요. 기대가 됩니다. 빌한테서 워낙 칭찬을 많이 들었거든요."

빌이 술잔을 들었다. "우리의 작품을 위해서." 그가 큰 소리로 말했다. "활자와 물감을 위해서." 그는 자신을 풀어놓았고 난 그가 약간 취했다는 걸 알았다. 그의 목소리가 '물감'이라는 말에서 갈라졌다. 한창 신이 난 그의 모습은 사랑스러웠지만 치켜든 술잔을 들고 루실 쪽을 바라본 나는 그 긴장된 억지웃음을 두 번째로 보았다. 남편 때문에 그런 표정이 나오는 건지 그냥 그녀 자신의 금제 때문인지 분간하기가 어려웠다.

떠나기 전 루실은 자기 작품이 실린 작은 잡지 두 권을 건네주었다. 악수를 청하자 그녀는 힘없이 내 손을 잡았다. 내가 그녀 손바닥을 꽉 움켜쥐었지만 별로 개의치 않는 기색이었다. 빌은 작별인사로 나를 꼭 안아주었고, 에리카와도 포옹을 하고 키스를 나누었다. 눈빛은 와인으로 번들거렸고 몸에서는 담배 냄새가 났다. 문간에서 그는 루실의 어깨에 팔을 두르고 몸을 바짝 끌어당겼다. 남편 옆에 있으니 루실은 아주 왜소하고 자의식이 강해 보였다.

집에서 나와 바워리 가로 나서자 아직도 비가 내리고 있었다.

내가 우산을 펴자 에리카가 나를 보고 말했다. "루실이 신은 로퍼 봤어?"

"무슨 얘기야?" 내가 말했다.

"루실이 그 로퍼, 우리 그림에 나온 그 신발을 신고 있었어요. 걸어 나가고 있던 여자가 루실이야."

나는 에리카를 바라보고 그 말을 곱씹었다. "발은 못 본 거 같아."

"놀라운데요. 자기가 다른 부분은 굉장히 찬찬히 뜯어보는 것 같던데." 에리카가 씩 웃었고, 나는 그녀가 장난을 걸고 있다는 걸 알았다. "그 로퍼가 어쩐지 의미심장하지 않아, 레오? 게다가 그 다른 여자도 있잖아. 고개를 들 때마다 그 여자가 보이더라고요. 약간 탐욕스럽고 흥분된 얼굴로 자기 속옷을 내려다보고 있는 그 말라깽이 여자가. 그녀가 어찌나 생생하게 살아 있는 것 같은지 테이블에 그 여자 자리도 마련해 놨어야 한다는 느낌이 들 정도였어."

나는 우산을 잡지 않은 손으로 에리카를 바짝 끌어당겨 안고 머리 위로 우산을 든 채 그녀에게 키스를 했다. 키스를 하고 나서 그녀는 내 허리에 팔을 둘렀고 그렇게 우리는 캐널 스트리트로 걸어갔다. "자." 그녀가 말했다. "어떤 시를 쓰는지 너무 궁금한데."

루실이 발표한 시 세 편은 비슷했다. 우스꽝스러움과 서글픔 사이 어딘가에서 표류하는 강박적이고 분석적인 성찰의 작품들이었다. 이제 그 시들 중에서 기억나는 건 4행밖에 없다. 비상하게 처연한 시구들이어서 혼자 여러 번 되풀이해 읊어보았다. "한 여인이 창가에 앉아 있다. 그녀는 생각한다/생각하며 절망한다/절망한다 그녀가 그녀 자신이라서/다른 사람이 아니라서."

의사들은 내게 실명까지 가지는 않을 거라고 말했다. 나는 황반 변성이라는 만성 질병을 앓고 있다. 눈에 구름이 끼었다고 해야 할까. 나는 여덟 살 때부터 근시였다. 흐릿한 시야는 새로울 게 없었지만 안경을 끼면 모든 게 완벽하게 보였다. 지금도 주변부의 시각은 살아있지만 바로 눈앞에는 늘 까끌까끌한 회색 반점이 보이고, 또 점점 짙어지고 있다. 과거의 그림들은 아직도 선명하게 보인다. 영향을 받은 건 현재고, 내 과거에 살았고 지금도 눈앞에 선한 사람들은 구름에 지워진 존재들이 되었다. 처음에는 이 진실이 소스라치게 놀라웠지만 동료 환자들과 주치의로부터 내 경험은 완벽하게 정상이라는 걸 알게 되었다. 예를 들어 1주일에 몇 번씩 책을 읽어주러 오는 라즐로 핑클맨은 해상도가 많이 약해졌지만, 눈앞에서 그를 보았던 기억은 흐려졌고 내 주변 시각은 선명한 화상을 유지할 여력이 없다. 라즐로의 모습을 말로 설명할 수는 있는데, 그건 스스로 그를 묘사하던 단어들을 기억하기 때문이다. 하관이 빠른 창백한 얼굴, 차렷 자세를 하듯 하늘로 뻗치는 숱 많은 머리카락, 작은 회색 눈 위에 커다란 검은 뿔테 안경. 그러나 이제 그를 똑바로 바라보면 얼굴은 초점이 맞지 않고 한때 내가 썼던 단어들만 허공에 걸려 있다. 그 말들이 그려내야 할 사람은 이젠 더 이상 온전히 기억해낼 수 없는 옛 그림의 흐릿해진 판본이다. 왜냐하면 내 눈은 항상 곁눈질로 그를 훔쳐보느라 피로에 지쳐 있기 때문이다. 갈수록 나는 라즐로의 목소리에 의지하게 된다. 그러나 책을 읽어주는 차분하고 조용한 말씨에서 나는 그의 수수께끼 같은 인성의 새로운 면모들을 발견하게 되었다. 그의 얼굴에서는 한 번도 볼 수 없었던 감정의 여운들을.

  눈은 내 일에 결정적으로 중요하긴 했지만 치매보다는 시력이 약해지는 쪽이 차라리 나았다. 이제는 쇠약해져서 갤러리들을 하릴 없이 돌아다니거나 속속들이 외우고 있는 작품들을 보러 미술관에 돌아갈 수도 없다. 그렇지만 나는 마음속으로 추억의 그림들을 카탈로그로 만들어 훑어보기도 하고 필요한 작품을 찾기도 한다. 강의실에서는 이제 슬라이드 포인터를 쓰는 걸 포기하고 굳이 가리키지 않고 그냥 세부묘사들을 설명한다. 요즘 나는 머릿속에 회화의 이미지를 떠올리고 최대한 또렷하게 보려고 노력하는 걸 불면증 치료로 쓰고 있다. 최근에는 피에로 델라 프란체스카를 떠올리려 애쓰고 있었다. 나는 40년도 더 된 옛날 〈회화의 투시도법〉에 대해 학위논문을 썼고, 한때 그토록 세밀하게 분석했던 그림들의 엄정한 기하학에 집중함으로써 나는 스멀스멀 표면으로 떠올라 나를 괴롭히고 잠을 설치게 하는 다른 그림들을 쫓는다. 길거리의 소음을 차단하고 침입자는 내 방 바로 바깥 비상구에 숨어 있다고 상상한다. 이런 방법은 효과가 있었다. 어젯밤에는 우르비노의 패널들이 내 선잠의 꿈속에 녹아들었고, 금세 의식을 잃었다.

한동안은 혼자 누워 잠을 청할 때마다 두려움과 싸워야 했다. 내 마음은 넓지만 몸은 예전보다 작아졌고, 지금도 계속 꾸준히 쭈그러들고 있는 기분이었다. 축소되는 판타지는 아마 나이가 들고 더 무방비 상태가 된다는 것과 연관이 있으리라. 삶의 원주가 닫히려는 시점이 되자 요즘 들어 어린 시절, 베를린의 몸센슈트라세 11번지의 기억들을 훨씬 더 자주 떠올리곤 한다. 그때 살던 아파트 구석구석을 속속들이 기억한다는 게 아니라 여전히 내 마음 속에서는 계단 2층을 올라가서 에칭 유리창을 지나 우리 집 문 앞까지 걸어갈 수 있다는 뜻이다. 일단 안에 들어가면 아버지의 연구실이 왼편에 있고 거실이 앞에 자리하고 있다는 걸 안다. 아파트 가구와 살림살이는 세세하게 생각나는 게 별로 없지만, 공간은 전체적으로 기억이 난다. 커다란 방들, 높은 천정, 그리고 시시각각 바뀌는 채광. 내 방은 아파트의 가장 큰 방에서 작은 복도를 따라가면 나온다. 그 방은 아버지가 매달 셋째 주 목요일에 음악을 좋아하는 다른 의사들 세 명과 함께 첼로를 연주하던 곳이다. 그리고 나는 침대에 누워 있는 나한테 연주 소리가 들리도록 어머니가 내 방 문을 열어놓곤 하던 기억이 난다. 아직도 나는 내 방 문을 지나 걸어들어가 창틀에 기어 올라갈 수 있다. 기어 올라가는 건 추억 속에서 나는 키가 그때와 같기 때문이다. 저 아래로 한밤의 안뜰을 보았고 포장도로에 깔린 벽돌의 선과 덤불의 암흑을 찾아냈다. 이렇게 걸어 다닐 때마다 아파트는 늘 텅 비어 있다. 나는 유령처럼 그 속을 돌아다니며 절반밖에 기억나지 않는 장소들로 돌아갈 때 실제 우리 뇌 속에서는 무슨 일이 일어날까 생각하기 시작한다. 기억의 시점은 무엇일까? 남자는 소년의 시각을 수정할까 아니면 인상은—한 때 우리가 내밀하게 알던 것의 자취는—비교적 안정적일까?

키케로의 웅변가는 기억나는 널찍하고 환한 방들을 걸어 다니며 쉽게 다시 찾아볼 수 있는 식탁과 의자들에 단어들을 흘려 놓았다. 당연히 나도 내 생애 첫 5년을 보낸 건물에 어휘를 할당해 놓았다. 어린 소년이 아파트에서 사라지고 나면 찾아오게 될 공포를 아는 남자의 정신으로 사유한 단어를. 베를린에서의 마지막 해에 나는 악몽을 꾸다가 목을 조르는 공포 속에서 비명을 지르며 잠에서 깨곤 했다. Nervös가 아버지가 쓰신 단어였다. Das Kind ist nervös. 우리 부모님은 내게 나치 이야기를 일절 하지 않고 집을 떠날 채비만 했다. 그래서 내 어린애 같은 공포가 당시 독일의 모든 유태인이 느꼈을 공포와 어느 정도까지 연결되어 있는지는 알기 힘들다. 어머니의 말투로 보면 전혀 예상치 못하다가 당한 눈치였다. 부조리하고 경멸적인 견해를 표방하던 정당이 갑자기 국가 권력을 장악했다. 어머니도 아버지도 애국자였고, 두 분 다 베를린 시절에는 국가사회주의가 전혀 독일인답지 않은 거라 여기셨다.

1935년 8월 13일, 부모님과 나는 파리로 떠났고, 거기서 런던으로 갔다. 어머니는 기차에서 먹을 샌드위치를 쌌다. 소시지가 든 갈색 빵이었다. 허벅지에 놓인 샌드위치를 기억한다. 그 바로 옆에 놓인 사각형 구겨진 밀랍종이로 싼 것이 다름아닌 모렌코프Mohrenkopf였기 때문이다. 커스터드가 가득 들어 있고 초콜릿을 겉에 바른 공 모양의 양과자였다. 그걸 먹은 기억은 없지만, 곧 내 것이 될 거라는 생각에 기뻐했던 기억은 또렷하다. 모렌코프는 생생하다. 열차 차창 빛이 비친다. 맨살이 드러난 무릎과 감색 반바지 단도 보인다. 우리의 엑소더스에서 남은 건 그게 전부다. 모렌코프 주위로는 무無가 있을 뿐이다. 그 빈자리는 다른 사람들의 이야기들, 역사적인 설명, 숫자, 그리고 사실들로 채워야 한다. 여섯 살 전에는 지속적인 기억이랄 게 전혀 없는데, 여섯 살 때는 벌써 햄스테드에 살고 있었다. 그 열차에 앉아 있던 때로부터 불과 몇 주일 전, 뉘른베르크 법안이 통과되었다. 유태인들은 더 이상 제 3 제국의 시민이 아니었고 떠날 수 있는 기회도 점점 줄어들고 있었다. 할머니, 삼촌과 숙모, 그들의 쌍둥이 딸 애나와 루스는 끝까지 떠나지 않았다. 가족들이 1944년 6월 아우슈비츠행 열차에 처넣어졌다는 걸 아버지가 알게 되었을 때 우리는 뉴욕에 살고 있었다. 그들은 모두 살해당했다. 나는 그들의 사진을 서랍 속에 간직하고 있다. 깃털이 달린 우아한 모자를 쓴 할머니가 할아버지 옆에 서 계시는 사진이다. 할아버지는 플랑드르에서 1917년에 사망하셨다. 데이빗 삼촌과 마르타 숙모의 공식 결혼사진과 머리에 리본을 달고 짧은 모직 코트를 입은 쌍둥이의 사진도 한 장 갖고 있다. 각 소녀들의 모습 바로 밑 하얀 여백에 마르타 숙모는 둘을 혼동하지 않도록 각자의 이름을 써 놓았다. 왼쪽이 애나고 오른쪽이 루스다. 기억이 있어야 할 자리에 사진속의 흑백 인물들이 대신 서 있지만 나는 언제나 그들의 이름 없는 무덤이 내 일부가 되었다고 느꼈다. 그때 쓰인 묘비명은 소위 나 자신에 새겨졌다. 오래 살면 살수록 '나'라고 말할 때 사실은 '우리'라고 말하고 있다는 확신이 든다.

   빌이 마지막으로 완성한 바이올렛 블룸의 초상화에서 그녀는 나체에 기아 상태였다. 온몸이 그녀 위에 우뚝 서 있는 보이지 않는 관찰자의 거대한 그림자에 가려 어두웠다. 캔버스에 바짝 다가서서 보니 신체 일부가 솜털로 뒤덮여 있는 게 눈에 띄었다. 빌은 그걸 '취모'라고 불렀고 굶주린 신체는 방어를 위해 털을 기르는 경우가 자주 있다고 말했다. 그걸 제대로 포착하기 위해 몇 시간 동안 의학적 기록사진들을 연구했다고. 뼈만 남은 그녀의 몸은 바라보기 괴로울 정도였고, 커다란 눈은 마치 열병에 걸린 듯 번들거렸다. 빌은 그녀의 앙상한 몸을 채색화로 그렸다. 처음에는 공들여 세밀한 리얼리즘으로 그리다가 파랑과 초록을 써서 대담무쌍하고 표현주의적인 붓질로 몸을 칠해 나가더니 허벅지와 목에는 빨간 색을 슬쩍 묻혔다. 흑백 배경은 내가 서랍 속에 간직하고 있는 그런 낡은 사진을 닮아 있었다. 바이올렛 뒤의 마루바닥에는 신발이 몇 켤레 놓여 있었다. 남자, 여자, 아이의 신발들은 무채색으로 칠해져 있었다. 이 초상화가 살인 수용소를 가리키는 거냐고 빌에게 물었을 때, 그는 그렇다고 대답했고, 우리는 한 시간 동안 아도르노 이야기를 했다. 그 철학자는 수용소 이후로 예술은 존재할 수 없다고 말한 적이 있었다.

내가 버니 윅스를 알게 된 건 컬럼비아의 동료 잭 뉴먼을 통해서였다. 웨스트 브로드웨이의 윅스 갤러리가 그렇게 잘 나갔던 건 버니에게 새로운 예술가들 냄새를 맡는 재주도 있고, 인맥도 있기 때문이었다. 그는 '모르는 사람이 없는' 사람이 되겠다고 작정한 그런 뉴욕 사람들 중 하나였다. '모르는 사람이 없다'라는 건 많은 사람들과 인맥을 맺는 게 아니라 중요하고 권력이 있다고 일반적으로 간주되는 소수의 사람과 친분을 맺는 걸 말한다. 버니를 빌에게 소개해 주었을 당시 버니 나이가 마흔 다섯 살쯤 되었을 테지만, 워낙 동안이라 그 나이대로 보이지 않았다. 그는 흠잡을 데 없는 최신 유행의 양복을 입고 밝은 컬러의 스니커즈를 신었다. 캐주얼한 운동화가 더해 주는 희미한 괴짜의 분위기는 예술계에서 늘 환영받기 마련이었고, 내가 보기에 버니 특유의 통통 튀는 느낌도 한층 더 살아나는 것 같았다. 그는 한 순간도 가만히 있지를 못했다. 층계를 뛰어 올라가고 엘리베이터에 팔짝 뛰어 타고 예술 작품을 살펴볼 때면 발뒤꿈치를 축으로 앞뒤로 흔들거렸으며 대화를 나눌 때면 무릎을 달달 떨었다. 사람들의 주의를 발에 돌림으로써 그는 지칠 줄 모르는 그의 추진력과 단 한순간도 쉼 없이 새로운 걸 쫓는 성향을 세계에 공표하는 셈이었다. 나는 버니에게 빌의 작품을 봐달라고 종용했고 잭한테도 버니한테 전화를 하라고 했다. 잭은 이미 빌의 스튜디오에 가 본 적이 있었으며, 이미 '늘 어났다 줄어들었다 하는 바이올렛들'의 팬으로 개종했던 것이다.

버니가 작품을 보러 왔을 때 나는 바워리에 없었지만 결말은 내가 바란 대로였다. 그림들을 그해 가을에 전시하게 되었던 것이다. "괴상한 그림들이더군." 버니가 내게 말했다. "좋은 의미에서 괴상해. 뚱뚱하고, 깡마른 관점이 히트할 거 같아. 제기랄, 세상에 다이어트 안 하는 사람이 어딨어. 게다가 자화상 부분도. 좋아. 지금 새로운 구상 작품을 선보인다는 건 약간 위험하지만 그 친구한테는 뭔가 있어. 그리고 인용들도 좋더군. 베르메르, 드 쿠닝, 그리고 혁명 이후의 거스턴[2]이 떠오르지."

전시회가 열렸을 즈음 바이올렛 블룸은 파리로 떠난 후였다. 나는 그녀가 떠나기 전 딱 한 번 만나본 적이 있다. 바워리 가 89번지의 계단에서였다. 나는 들어가고 있었다. 그녀는 나가고 있었다. 나는 그녀를 알아보고 인사를 했으며, 그녀는 잠시 계단 위에 멈춰 섰다. 바이올렛은 빌의 그림들에서보다 훨씬 아름다웠다. 동그란 얼굴을 검은 속눈썹과 초록색 눈이 꽉 채우고 있었다. 곱슬곱슬한 갈색 머리카락이 어깨에 흘러내렸고, 긴 코트로 몸매를 가리고 있었지만 나는 그녀가 깡마르지 않았으며 그렇다고 뚱뚱하다고 말할 수도 없다는 결론을 내렸다. 그녀는 따뜻하게 내 손을 잡고 흔들었고, 내 얘기를 다 들었다면서 이 말을 했다. "저는 택시를 들고 있는 뚱뚱한 그림을 좋아한답니다." 그러더니 죄송하지만 급한 일

---

[2] 필립 거스턴Phillip Guston. 캐나다 출생의 미국 화가이며 1950년대에 서정적인 추상표현주의 작품을 선보이다가 1960년대 말 서사적인 구상회화로 돌아섰다. 여기서 '혁명'은 추상에서 구상으로 파격적인 변신을 한 것을 말한다.

이 있다면서 층계를 후다닥 뛰어 내려갔다. 계단을 올라가던 나는 그녀가 내 이름을 부르는 소리를 들었다. 돌아서 보니 그녀는 벌써 거리로 나가는 문 앞에 서 있었다. "제가 레오라고 불러도 괜찮을까요?" 나는 고개를 끄덕였다.

그녀는 다시 층계를 뛰어올라와 나보다 몇 계단 밑에서 발길을 멈추더니 말했다. "빌이 정말로 선생님을 좋아해요." 그녀는 망설였다. "그러니까, 제가 좀 멀리 떠나거든요. 그래도 선생님이 빌 곁을 지켜주실 거라 생각하니 마음이 놓이네요."

나는 고개를 끄덕였다. 그녀는 몇 계단 더 올라와서 내 어깨에 손을 얹고는 진심으로 하는 말이라고 강조라도 하듯이 힘을 꼭 주어 움켜쥐었다. 그러더니 미동도 없이 서서 몇 초 동안 나를 똑바로 쳐다보았다. "좋은 얼굴을 갖고 계시네요." 그녀가 말했다. "특히 코가요. 아름다운 코를 갖고 계세요." 이 칭찬에 뭐라 반응할 겨를도 없이 그녀는 휙 돌아서더니 층계를 뛰어 내려가 버렸다. 나는 그녀 뒤로 세차게 닫히는 문을 바라보았다.

그날 밤에, 그리고 그 후로도 몇 날 며칠 동안, 나는 이를 닦을 때마다 거울에 비친 내 코를 찬찬히 살펴보았다. 이쪽저쪽으로 고개를 돌려보며 옆모습을 보려고 해 보았다. 코에 그리 오랜 시간을 쓴 적은 없었다. 멋지다기보다는 볼품없다고 생각했고 다시 봐도 특별히 매력적이라고 말할 수 없었지만, 내 얼굴 한가운데 달려 있는 그 코는 어쨌든 그날 이후 완전히 달라졌다. 그 변화를 이루어낸 것은 아름다운 젊은 여인의 말이었고, 그녀의 이미지는 내 방 벽에 걸려 있어 날마다 볼 수 있었다.

빌은 전시회를 위해 글을 한 편 써 달라고 부탁했다. 나는 한 번도 생존한 작가에 대한 글을 쓴 적이 없었으며 빌 역시 한 번도 글의 소재가 된 적이 없었다. '복수의 자아 Multiple Selves'라는 제목으로 쓴 소고는 이제 재판을 찍고 수개국어로 번역 출판되었지만, 당시 나는 그 열두 페이지를 선망과 우정의 행위라고 생각했었다. 도록은 없었다. 에세이는 호치키스로 찍어 개막일에 배포되었다. 나는 그 글을 3개월에 걸쳐 썼다. 논문을 수정하고 회의와 학생 면담을 하는 사이사이 짬을 내어 강의를 마치고 나서 또는 지하철에서 떠오르는 생각들을 끼적거렸다. 미니멀리즘이 대부분의 갤러리들을 장악하고 있는 시점에서 빌이 자기 작품으로 '어떻게든 해' 보려면 평단의 지지가 필요하다는 걸 버니는 알고 있었다. 내 논지는 빌의 예술이 서구 회화의 역사를 환기하면서도 그 전제를 완전히 뒤집었고 그 방식 또한 초기 모더니스트들과 본질적으로 다르다는 것이었다. 각각의 캔버스에 보는 사람의 그림자를 포함함으로써 빌은 관객과 회화 사이의 공간에 주목하도록 했고 이곳이야말로 모든 회화가 진짜로 작용하는 공간이다. 그림은 보이는 순간 그 자체로 존재할 수 있으니까. 그러나 관객이 차지하고 있는 자리는 또한 화가의 자리이기도 하다. 관객은 화가의 입장에 서서 자화상을 보지만 보이는 건 오른편 아래쪽 구석에 서명을 한 남자의 이미지가 아니라 다른 사람, 여자다. 그림 속의 여자들을 바라본다는 건 전통적인 에로틱한 관습으로서 본질적으로 모든 관객을 성적 정복을 꿈꾸는 남자로 화하게 한다. 수없이 많은 위대한 화가들이 그 환상을 전복하는 여인의 초상을 그렸지만—조르조네, 루벤스, 베르메르, 마네—내가 아는 한 그림 속 여인이 자기 자신이라고 관객들에게 선포한 남성 화가는 단 한 사람도 없다. 어느 날 저녁 그 점을 설명해준 건 에리카였다. "사실은 말이야." 그녀가 말했다. "우리 모두 내면에 남자와 여자를 가지고 있어요. 어쨌든 다들 아버지와 어머니한테서 나온 거잖아. 그림 속의 아름답고 섹시한 여자들을 볼 때면 늘 나는 그녀인 동시에 그녀를 바라보는 사람이기도 한 거고. 나를 바라보는 그 남자가 바로 나라고 상상할 수 있다는 사실, 거기서 에로티시즘이 나오는 거고. 그 둘 다가 되지 않으면 아무 일도 일어나지 않을 걸요."

에리카는 이 발언을 했을 때 침대에 일어나 앉아 해독이 불가능한 자크 라캉의 책을 읽고 있었다. 목이 깊이 파이고 소매가 없는 면 잠옷 차림에 머리를 뒤로 묶고 있어서, 보드라운 귓불이 보였다. "고마워요, 스타인 교수님." 나는 그녀에게 말하고 손을 그녀 배에 얹었다. "여기 정말 누가 있는 거야?" 에리카는 책을 내려놓고 내 이마에 키스를 했다. 임신한 지 3개월이 다 되어가고 있었지만 아직 우리만의 비밀이었다. 첫 두 달의 극심한 피로와 입덧은 지나갔지만 에리카는 전혀 다른 사람이 되어 있었다. 어떤 날은 행복감에 환하게 빛이 났지만 또 어떤 날에는 건드리기만 해도 눈물을 쏟을 것 같았다. 에리카는 원래 기복이 적잖은 성격인데, 훨씬 더 쉽게 폭발하는 것이었다. 어느 날인가는 아침식사를 하다가 뉴욕시의 임시 보육 체제에 대한 기사를 읽고 시끌벅적하게 흐느껴 울기도 했다. 조이라는 네 살짜리 소년이 이 집에서 저 집으로 떠돌아다닌다는 내용을 담은 기사였다. 또 하룻밤은 갓 태어난 아기를 배에 두었는데 그녀만 부두에 남겨두고 배가 떠나버리는 악몽을 꾸고는 서럽게 울며 잠에서 깨기도 했다. 또 어느 날 오후에는 양쪽 뺨을 타고 줄줄 흐르는 눈물을 방치한 채 소파에 앉아 있는 모습을 보기도 했다. 무슨 일이냐고 묻자 그녀는 훌쩍거리며 말했다. "인생은 슬퍼, 레오. 여기 앉아서 세상만사가 얼마나 슬픈가 생각하고 있었어."

내 아내의 이런 변화들, 신체적 정신적 변화들 또한 빌에 대한 내 에세이에 영향을 주었다. 캔버스에서 부풀어 올랐다 사그라지는 바이올렛의 몸은 단순히 다산성과 그 변화를 암시하는 정도가 아니었다. 관객/화가와 여성적 대상 간에서 발생하는 판타지들 중 하나는 수태가 될 수밖에 없다. 아무튼 수태는 복수複數다. 한 몸에 둘이, 남성과 여성이 공존하는 것이니까. 그 글을 읽은 빌은 씩 웃었다. 고개를 절레절레 흔들며 수염을 깎지 않은 얼굴을 손으로 한참 만지작거리며 아무 말도 하지 않았다. 자신이 있었지만 그래도 불안감이 왈칵 덮쳐왔다. "좋아." 그가 말했다. "아주 좋군. 물론 절반 정도는 내가 전혀 생각도 못한 거지만." 빌은 1분 정도 아무 말이 없었다. 그는 망설이다가, 입을 열고 말하려는 듯하다가 다시 입을 다물었다. 마침내 그가 말했다. "아직 아무한테도 말하지 않았는데 루실이 임신 2개월째야. 아이를 가지려 애쓴 지 벌써 1년 됐거든. 바이올렛과 작업하는 기간 동안 내내 우리는 아기를 바랐어." 내가 빌에게 에리카 얘기를 털어놓자 그는 이렇게 말했다. "난 늘 아이를 갖고 싶었다네, 레오. 그것도 아주 많이. 오래 전부터 나는 세상을 여행하며 지구에 씨를 뿌리는 백일몽을 꾸곤 했어. 내가 수백 명, 수천 명의 자식을 둔 아버지라고 상상하는 게 얼마나 좋은지 몰라." 그 말에 나는 웃음을 터뜨렸지만, 과잉의 정력과 증식이라는 판타지를 절대 잊지 않았다. 빌은 지구를 자기 자신으로 뒤덮기를 꿈꾸었다.

자기 전시회 개막식 중간에 빌은 사라져 버렸다. 그는 나중에 내게 스카치를 한 잔 하러 파넬리에 갔었다고 털어놓았다. 처음부터 그의 몰골은 말이 아니었다. '금연' 표지판 밑에 서서 담배 연기를 깊이 빨아 마시고 너무 꽉 끼는 재킷 주머니에 담뱃재를 털고 서 있을 때부터. 버니는 사람 모으는 데는 재주가 있었다. 손님들은 널찍한 하얀 공간을 빽빽이 채우고 이리저리 밀치며 손에 와인잔을 들고 큰 소리로 떠들었다. 내 에세이는 책상 위에 한 무더기 쌓여 있었다. 학회며 세미나에서도 논문을 발표했고 학회지며 정간물에도 글을 실었지만, 내 글이 팸플릿처럼 배포된 적은 없었다. 이런 새로운 현상에 기분이 좋았던 나는 가져가는 사람들을 유심히 살펴보았다. 붉은 머리의 미녀가 글을 집어 들고 처음 몇 줄을 읽었다. 읽으면서 입술을 달싹거리는 게 특히 고마웠다. 내가 쓴 단어들에 한층 깊은 관심을 보이는 것 같아서였다. 그 글은 테이프로 벽에도 붙여져 있었고 흘끗 쳐다보는 사람들도 몇 있었다. 가죽 바지를 입은 한 젊은이는 처음부터 끝까지 다 읽는 눈치였다. 잭 뉴먼이 나타나서 갤러리 여기저기를 비실비실 걸어 다니며 황망한 아이러니를 담은 표정으로 한쪽 눈썹을 치켜 올리고 있었다. 에리카가 잭을 루실에게 인사시켜 주자 그는 족히 30분 동안 그녀를 한구석에 붙잡아놓고 있었다. 고개를 들어 볼 때마다 그는 걱정스럽게 바짝 붙어서서 그녀를 내려다보고 있었다. 잭은 유부남이었고 두 번의 이혼경력이 있었다. 그러나 아내들과의 실패한 과거에는 전혀 개의치 않고 그는 스쳐가는 만남들을 추구했다. 그리고 그의 재치는 육체적 매력의 결여를 보상하고도 남았다. 잭은 이중턱, 산만한 배, 땅딸막한 다리를 하고도 전혀 불편함을 느끼지 못했으며, 여자들에게도 그런 외모를 편안하게 받아들이게 만들었다. 그가 턱도 없는 여자들을 밑도 끝도 없이 쫓아다니다가 결국 성공하는 걸 여러 번 본 터였다. 그는 잘 빚어진 찬사들로 여자들을 유혹했다. 루실 옆에 바짝 붙어 서서 입술을 움직이는 그를 보며 나는 그날 저녁에는 또 무슨 케케묵은 궤변을 쓰고 있을까 궁금했다. 잭이 작별인사를 하러 내 쪽으로 슬금슬금 다가오더니 턱을 문지르며 나를 똑바로 바라보고 말했다. "그런데 웩슬러의 와이프는 어때? 침대에서 흐물흐물 녹을 거 같아 아니면 계속 저렇게 뻣뻣할 거 같아?"

"전혀 모르겠군." 내가 말했다. "하지만 그쪽으로는 자네가 되도록 관심을 끊어주면 좋겠어. 자네 전공인 젊은 여학생들도 아니고, 게다가 임신까지 한 여자란 말이야!"

잭은 손바닥을 치켜들어 보이더니 짐짓 공포에 질린 표정을 지었다. "이런 세상에!" 그가 말했다. "그런 생각은 아예 해보지도 못했네 그려."

빌은 파넬리로 도망치기 전에 부모님을 내게 소개시켜 주었다. 두 번째 결혼으로 레지나 코헨이 된 레지나 웩슬러 부인은 풍만한 젖가슴에 숱 많은 검은 머리의 소유자로 치렁치렁 귀금속을 걸치고 지저귀는 듯한 다정한 목소리로 말하는 키 크고 매력적인 여인이었다. 말을 할 때면 고개를 모로 꼬고 긴 속눈썹 밑에서 나를 올려다보곤 했다. '근사한' 밤이라고 외치며 어깨를 들썩거리더니 화장실에 간다면서 '파우더 룸'이라고 말했다. 그렇지만 레지나가 작위적이기만 했던 건 아니다. 그녀는 점잖은 정장 차림의 손님들을 단 몇 초 훑어보고는 자신의 빨간 드레스를 가리켜 말했다. "내 꼴이 꼭 소방차 같네." 그녀는 느닷없이 호탕한 웃음을 터뜨렸고; 유머 감각이 겉치레를 단박에 상쇄하고 말았다. 그녀의 남편 앨은 각진 턱과 굵은 목소리, 분홍빛 얼굴의 소유자로 빌과 그의 작품에 진심으로 관심을 갖는 눈치였다. "사람 뒤통수를 치는 그림들이군요, 그렇지 않습니까?" 그가 그림을 보고 이렇게 말했을 때 나는 동의하지 않을 수 없었다.

나는 레지나가 떠나기 전 빌에게 편지 한 통을 건네는 걸 보았다. 내가 바로 옆에 서 있었기 때문인지 그녀는 내게 설명을 해 줘야겠다고 생각한 모양이다. "동생 댄이 오늘 못 온다고 보낸 편지예요." 잠시 후 그녀는 빌을 보고 말했다. "아버지가 방금 들어오셨네. 가기 전에 인사를 해야겠다."

나는 방금 엘리베이터에서 나온 키 큰 남자 쪽으로 다가가는 레지나의 모습을 지켜보았다. 아버지와 아들은 깜짝 놀랄 정도로 닮은 모습이었다.

싸이 웩슬러는 빌보다 홀쭉한 얼굴이었지만 검은 눈과 가무잡잡한 피부, 넓은 어깨와 튼튼한 사지가 아들과 너무나 닮아서 뒤에서 보면 누가 누군지 잘 알 수 없을 정도였다. 훗날 빌이 아버지의 초상화 연작을 시작할 무렵에 새삼 다시 떠오르게 될 기억이었다. 레지나가 그에게 말을 걸자 싸이는 고개를 끄덕이며 대답을 했지만 얼굴표정은 애매모호했다. 나는 그런 만남이 어색해서 그가 전 부인에게 정중하면서도 거리를 두는 태도를 취하는 거라 생각했지만, 그 표정은 끝까지 변하지 않았다. 그는 빌에게 다가가 손을 내밀었고 빌은 그 손을 잡고 흔들었다. 빌은 와 주셔서 고맙다고 아버지에게 인사를 하고 내게 소개를 해 주었다. 악수를 하면서 나는 그 남자의 눈을 들여다보았고 그 역시 내 눈길을 받았지만 별로 사람을 알아보는 표정이 아니었다. 그는 나를 보고 고개를 끄덕이더니 "축하하고 행운을 빕니다"라고 말하더니 임신한 며느리 쪽을 보고 똑같은 말을 되풀이했다. 앞으로 태어날 손자 얘기는 한 마디도 없었다. 그때쯤에는 루실의 드레스 밑으로 배가 작게 톡 튀어나와 있었는데도 말이다. 그는 모르는 사람 그림 쳐다보듯 회화 작품들을 흘낏 보더니 갤러리를 떠났다. 그렇게 갑자기 아버지가 다녀가신 것 때문에 빌이 심란해져서 자리를 뜬 건지, 아니면 그저 자기를 거부할까봐 두려워했던 예술계의 깐깐한 심판을 받아야 한다는 압박감 때문에 그랬는지는 모르겠다.

알고 보니 비평가들은 그를 내치기도 하고 받아들이기도 했다. 그 첫 전시회는 향후 빌의 경력이 흘러갈 기조를 정해 버렸다. 그에게는 늘 열렬하게 옹호하는 사람들과 격렬하게 비방하는 사람들이 있을 터였다. 일부 사람들의 증오와 일부 사람들의 숭배를 받는다는 건 빌에게 있어 고통스럽고도 즐거운 일이었겠지만, 빌 자신에게 비평가와 기자들이 어떤 의미든 그는 그들에게 있어 그보다 훨씬 더 크고 중요한 존재가 되었다. 첫 전시회를 열던 때 이미 빌은 비평가들에게 휘둘리기에는 너무 나이가 많고 고집이 셌다. 그는 내가 아는 사람 중 가장 내밀한 사람이어서 자기 상상 속 비밀의 방에는 오직 극소수의 사람만 들여보내주었다. 그 방의 가장 중요한 거주자가 과거에도 앞으로도 언제나 빌의 아버지라는 사실은 아이러니하면서도 슬픈 일이다. 생전에 싸이 웩슬러는 아들의 이룰 수 없는 갈망을 체현하는 존재였다. 그는 자기 삶의 사건들이 벌어질 때 그 자리에 존재하지 않았다. 마음 한구석은 늘 다른 데 가 있었던 것이다. 그리고 이처럼 부재不在하는 아버지의 특성을 빌은 끝까지 집요하게 추구했다. 장본인이 죽은 후까지도.

 빌은 개막식이 끝난 후 버니의 로프트에서 열린 약식 만찬에 참석했지만 대체로는 말이 없었고, 우리는 모두 집에 일찍 돌아갔다. 다음 날이었던 토요일, 나는 바워리로 그를 만나러 갔다. 루실이 뉴헤이븐의 부모님 댁에 가고 없었고 빌은 내게 아버지 이야기를 들려주었다. 싸이의 부모님은 어렸을 때 러시아를 떠난 이민자들이었는데 결국 로우어 이스트 사이드에 정착하게 되었다. 빌의 이야기로는 조부는 아내와 세 자식을 버리고 떠났고, 그때 장남이었던 부친 싸이의 나이는 열 살이었다고 한다. 집안에 전해 내려오는 이야기에 따르는 조부 모이쉬는 다른 여자와 바람이 나서 캐나다로 떠났고, 거기서 부자가 되어 자식 셋을 더 낳았다고 한다. 할아버지의 장례식에서 빌은 에스더 포이어스타인이라는 여자를 만났고, 그녀를 통해 집안 식구들이 한 번도 입에 올리지 않은 사실을 알게 되었다. 남편이 떠난 다음 날 레이첼 웩슬러는 리빙턴 스트리트의 집에 있는 손바닥만한 주방으로 곧장 들어가 오븐에 머리를 처박았던 것이다. 에스더의 집 문을 미친 듯이 두드렸던 건 싸이였고, 에스더를 도와 비명을 질러대는 레이첼을 가스 오븐에서 끌어낸 것도 싸이였다. 일찍이 죽음과 마주했던 경험에도 불구하고, 빌의 할머니는 여든 아홉까지 장수하셨다. 노조모를 묘사하는 빌의 말투에서 감상이라곤 찾아볼 수 없었다. "완전히 돌아서 제정신이 아닌 할매였어." 그는 말했다. "나한테 이디쉬어로 고래고래 울부짖다가 내가 무슨 말인지 못 알아들으면 핸드백으로 마구 때리곤 했다네."

"우리 아버지는 늘 댄을 예뻐했지." 빌이 말했다. 말투에는 아무런 원망도 배어있지 않았다. 빌의 남동생 댄이 불안하고 예민한 아이였고 20대 초반에는 정신분열증을 일으킨 적도 있다는 사실을 나는 이미 알고 있었다. 그 후로 댄은 병원과 중도시설[3]과 정신 건강 클리닉을 들락날락하며 살아왔다. 빌은 아버지가 약한 것들에 마음이 약하며 도움의 손길이 필요한 사람들에게 본능적으로 끌린다고 했다. 빌의 사촌 중에 래리라는 다운 증후군 환자가 하나 있는데, 싸이 웩슬러는 가끔 큰아들 생일을 잊을 때는 있어도 래리의 생일은 결코 잊는 법이 없는 사람이었다. "댄이 나한테 보낸 쪽지 좀 읽어 봐." 빌이 말했다. "그 머릿속에서 무슨 생각이 오가는지 그게 잘 보여주니까. 그 애는 미쳤지만 바보는 아니야. 가끔은 그 녀석 마음속에 적어도 다섯 사람의 삶이 있는 게 아닐까 싶다니까." 빌은 내게 손으로 쓴 글씨가 지저분하게 번진 쪼글쪼글한 종이 한 조각을 건네주었다.

공격해 형 RS W.!
통증에 도달해!

---

[3] 영구 수용시설에서 제공하는 임시 숙소. 수용시설 퇴소자들이 사회에 적응할 수 있도록 하기 위한 중간 단계의 저가 시설이다.

비트를 들어.

장미, 코트,

자동차, 쥐, 보트에 맞춰.

맥주에 맞춰. 전쟁에 맞춰.

여기로. 거기로.

그녀에게로.

우리는 과거에도, 지금도

그녀야.

사랑해, 댄(이)얼. (노) 디나이얼.[4]

쪽지를 읽고 나서 내가 말했다. "일종의 알파벳 뒤섞어 쓰기 수수께끼 같군."

"한참 걸려서야 깨달은 건데, 자세히 살펴보면 시의 단어들은 모두 첫 행의 글자들로 만들어져 있어. 서명을 한 마지막 행은 제외지만."

"'그녀'가 누구지? 동생이 이 그림들에 대해 알고 있었나?"

"어머니가 말해줬을 지도 모르지. 그 애는 희곡도 쓰거든. 어떤 건 운율도 맞아. 댄의 질병은 누구의 잘못도 아니야. 아기였을 때부터 어머니는 뭔가 잘못됐다는 느낌을 갖고 있었던 것 같아. 하지만 한편으로는 부모님이, 그러니까, 제대로 함께 살지 않았다는 게 좋을 건 없었겠지. 녀석이 태어났을 때 우리 어머니는 심히 낙심한 상태였다네. 어머니는 결혼 상대자가 어떤 사람인지 전혀 모르셨던 것 같아. 알게 되었을 때는 이미

---

4) Daniel과 비슷한 글자인 Denial(부정)을 갖고 말장난을 한 것.

너무 늦어버렸고."

　아마 우리는 모두 부모의 기쁨과 수난의 소산일지 모른다. 유전자의 각인만큼이나 부모의 감정들 역시 우리에게 새겨진다. 그날 오후, 빌은 마룻바닥에 주저앉아 있고 난 욕조에서 멀지 않은 의자에 앉아서 그에게 아버지의 죽음 이야기를 했다. 에리카 말고는 아무에게도 한 적이 없는 이야기였다. 아버지가 돌아가셨을 때 나는 열일곱 살이었다. 아버지는 뇌일혈을 세 번 일으키셨다. 처음에는 왼편 반신이 마비되어 얼굴이 일그러지고 말하기가 어려워졌다. 말씀을 하실 때면 발음이 줄줄 샜다. 뇌 속에 구름이 부옇게 끼어서 의식에서 단어들을 낚아채 간다고 투덜거리곤 하셨고, 몇 시간이고 멀쩡한 손으로 문장들을 타이핑하시다가 하얗게 지워진 어휘들을 생각해 내려고 손을 멈추고 몇 분씩 가만히 있기도 했다. 나는 쇠약해진 아버지의 모습이 끔찍하게 보기 싫었다. 아직까지도, 어느날 눈을 떠 보니 한쪽 다리나 한쪽 팔이 꼼짝 달싹 못하게 마비되었다거나 아예 몸에서 뚝 떨어져나가 버린 꿈을 꾸곤 한다. 우리 아버지는 도도하고 형식적인 분으로, 나와의 관계도 주로 내 질문에 대답을 해주는 선에서 그쳤다. 가끔은 내 바람보다는 훨씬 더 절제한 대답이 돌아오기도 했고, 몇 초면 될 대답이 30분짜리 강의가 되어버리는 일은 비일비재했다. 우리 아버지는 나를 하대하는 법이 없었다. 당신은 아들의 이해력에 굉장한 확신을 품고 계셨지만 사실 나는 신경계나 심장이나 자유주의나 마키아벨리에 대한 장광설이 지루했던 적이 많다. 그렇지만 아버지가 말씀을 그만두기를 바랐던 적은 없다. 아버지가 내게 눈길을 주며 내 곁에 앉아계시는 게 좋았고 말씀을 마무리할 때마다 어김없이 보여주시던 애정 표시들을 기다리곤 했다. 어깨를, 무릎을 툭툭 쳐주던 손길, 아니면 내 이름을 부르며 설교를 마무리할 때 그 목소리에 서리던 상냥한 떨림.

아버지는 뉴욕에서 재미 독일계 유태인 주간 신문이었던 〈아우프바우 Aufbau〉를 구독하셨다. 전시에는 실종자 명단이 실렸는데 아버지는 모든 이름을 빠짐없이 읽고 나서야 다른 기사를 읽기 시작했다. 나는 〈아우프바우〉가 오는 게 무서웠고 명단을 읽는 아버지의 몰입이, 구부정한 어깨와 무표정이 무서웠다. 아버지는 아무 말도 없이 가족을 찾아 헤맸다. 혹시 여기 식구들 이름이 있을까봐 보는 거라는 말을 한 적도 없었다. 아무 말도 없으셨다. 어머니와 나는 아버지의 침묵에 숨 막혀 죽을 지경이었지만, 괜한 말을 꺼내 그 침묵을 깨뜨리는 일은 없었다.

세 번째 뇌일혈이 아버지를 죽였다. 어머니는 어느 날 아침 일어나 옆에서 죽어 있는 아버지를 발견하셨다. 어머니가 우는 건 본 적도 들은 적도 없지만, 그날 아침에는 끔찍한 울음소리가 터져 나왔고 그래서 나는 부모님의 침실로 뛰어 올라갔었다. 어머니는 생경한 거친 목소리로 오토가 죽었다고 말씀하시더니 날 방에서 내쫓고 문을 닫으셨다. 나는 문밖에 서서 어머니의 애끓는 신음을, 숨죽인 울음과 거친 숨소리에 귀를 기울였다. 내가 얼마나 오래 거기 그렇게 서 있었는지는 도저히 알 길이 없다. 하지만 얼마쯤 시간이 지난 후 어머니는 문을 열었다. 그때는 얼굴도 차분했고 자세도 이상하리만큼 꼿꼿했다. 어머니는 내게 들어오라고 말씀하셨고 우리는 아버지의 시신 옆에 몇 분쯤 가만히 앉아 있었고, 그제야 어머니는 일어서서 다른 방으로 건너가 전화를 하셨다. 아버지는 보기에 끔찍한 모습은 아니었지만, 삶에서 죽음으로의 변화는 무섭고 섬뜩했다. 창문에는 아직 블라인드가 내려져 있었고 그 밑으로 두 줄의 찬란한 햇빛이 문득 내 눈에 들어왔다. 아버지와 단 둘이 그 방에 앉아서 나는 그 빛의 선을 찬찬히 뜯어보았다.

에리카와 루실이 둘 다 임신 5개월이 되었을 때 나는 우리 로프트에서 두 사람의 사진을 찍었다. 에리카는 카메라를 보고 씩 웃으며 한 팔을 루실의 어깨에 단단히 두르고 있었다. 루실은 왜소하고 수줍은 모습이었지만 한편으로는 만족스러워 보였다. 그녀는 왼손으로 배를 보호하듯 감싸고 있었고 눈길을 들면서 턱을 당기고 있었다. 한쪽 입매가 뒤틀려 공손한 미소를 짓고 있었다. 임신이 루실에게는 잘 맞았다. 사람이 부드러워져서 그 사진을 보면 보통은 숨어 있어 보기 힘든 그녀 성격의 부드러운 면면을 상기하게 되곤 했다.

4개월째가 되자 에리카는 콧노래를 부르기 시작했고 그 콧노래는 우리 아들이 태어날 때까지 계속되었다. 그녀는 아침식사 때도 콧노래를 불렀다. 아침에 현관문을 나설 때도 콧노래를 불렀다. 책상에 앉아 〈세 개의 대화〉 논문을 쓰면서도 콧노래를 흥얼거렸다. 그녀는 마르틴 부버, M. M. 바흐친, 자크 라캉에 대한 논문을 출산 2개월 반 전에 NYU의 학회에서 발표했다. 콧노래 때문에 나는 미칠 것 같았지만 참을성을 가지려고 안간힘을 썼다. 제발 그만하라고 하면 그녀는 언제나 화들짝 놀란 눈을 하고 나를 올려다보며 말하곤 했다. "내가 콧노래를 했어?"

임신 기간 중에 에리카와 루실은 친구가 되었다. 그들은 태동과 배 크기를 비교하곤 했다. 조막만한 옷을 같이 쇼핑했고 짜부라진 방광이나 툭 튀어나온 배꼽, 거대한 브라 사이즈를 놓고 음모를 꾸미는 사람들처럼 깔깔 웃곤 했다. 에리카의 웃음소리는 흰층 더 키갔디. 루실은 끝까지 과묵했지만 다른 사람들보다는 에리카와 함께 있을 때 편안해 보였다. 하지만 아기들이 태어나고 난 후에는 에리카에 대한 루실의 태도가 살짝 변한 것 같았다. 알아보기 힘들 정도로 미세하지만 더 냉정해졌다고 해야 할까. 에리카가 짚어 말해줄 때까지 나는 그런 기미를 보지도 느끼지도 못했거니와, 심지어 그런 말을 듣고도 한참 동안 진위를 의심했었다. 루실은 사회적으로 우아한 사람이 아니었다. 언행은 퉁명스럽고 무례한 데가 있었고, 설상가상 아기를 돌보느라 힘들어 기진맥진한 상태였다. 에리카는 그런 내 설명을 보통은 납득했지만 머지않아 또 그런 기분을 느끼곤 했다. 아주 작은 침처럼 콕콕 찌르는 거부감. 언제나 알쏭달쏭하고, 언제나 여러 가지 해석이 가능한 반응.

나는 루실을 만나면 시를 논했다. 그녀는 자기 시가 실린 잡지들을 계속해서 내게 주었고 나는 찬찬히 시간을 내어 읽은 후 평을 해주곤 했다. 내가 하는 평은 대개 질문이었다. 형식에 대해, 그녀가 하거나 하지 않은 선택들에 대한 질문들. 그러면 그녀는 쉼표와 마침표의 활용이나 단순한 딕션의 선호에 대해 열렬히 설명을 해주곤 했다. 그녀는 이런 세부사항에 집중하는 능력이 탁월했고, 그래서 나는 그녀와 나누는 대화가 즐거웠다. 에리카는 루실의 시를 좋아하지 않았다. 한 번은 그 시들을 읽다 보면 '먼지를 씹는' 기분이 든다고 털어놓은 적도 있다. 루실은 어쩌면 자기 작품에 대한 에리카의 불만을 눈치 채고 본능적으로 그런 비난으로부터 물러섰는지도 모른다. 아니면 에리카가 빌의 문학적 견해를 열렬히 포용하며 가끔 전화를 걸어 참고서적을 물어보기도 하고 이것저것 물어보기도 하는 게 싫었는지도 모른다. 잘 모르겠다. 하지만 시간이 지나면서 나는 두 여자가 더 이상 가까운 사이가 아니라는 걸 알게 되었고 루실은 에리카에게서 멀어질수록 내게 더 깊은 관심을 갖는 것 같다는 사실도 눈치 챘다.

에리카와 루실의 사진을 찍은 후 2주일쯤 되었을 무렵 싸이 웩슬러가 심장마비로 쓰러져 죽었다. 어느 날 저녁 퇴근을 하고 우편물을 뜯어보다가 당한 일이었다. 웩슬러는 혼자 살았고, 다음 날 아침 부엌 식탁 근처의 마룻바닥에서 흩어져 있는 청구서며 사업상 편지 두세 통, 카탈로그 몇 권 사이에 쓰러져 누워 있는 그를 발견한 사람은 동생인 모리스였다. 빌과 모리스 삼촌이 장례식을 관장했고 싸이의 막내 동생이 아내와 두 자식을 대동하고 캘리포니아에서 비행기를 타고 날아왔다. 장례식을 마치고 빌과 모리스는 사우스 오렌지의 대저택을 깔끔히 비웠고, 그 작업을 끝낸 후 빌은 드로잉에 착수했다. 그는 아버지 그림을 수백 장 그렸다. 기억에 의존해서 그리기도 하고 사진을 보고 그리기도 했다. 빌은 첫 전시회 이후로 새로운 작업을 거의 하지 않았는데, 일하기 싫어서가 아니라 돈을 벌어야 했기 때문이었다. 바이올렛 그림 두 장이 수집가들에게 팔렸지만 그렇게 들어온 돈은 순식간에 사라졌다. 빌은 루실이 아기를 가졌다는 사실을 알게 되자마자 석고 마감일을 닥치는 대로 떠맡아 했고, 건설 현장에서 하루 종일 막노동을 하고 집에 들어오면 너무 피곤해서 잠에 곯아떨어지기 일쑤였다. 싸이 웩슬러는 아들들에게 각기 30만 달러의 유산을 남겼고, 빌은 자기 몫의 돈으로 삶을 새롭게 재건하게 되었다.

우리 바로 위층 그린 스트리트 27번지가 매물로 나왔다. 빌과 루실이 그 집을 샀고 1977년 8월 초순 이사를 왔다. 바워리는 집세가 싸서 빌은 계속 그곳을 작업실로 썼다. 그 돈이면 "우리 작업을 할 시간을 벌어줄 수 있을" 거라고 그가 말했다. 그러나 그해 여름, 빌은 단 몇 시간도 그림을 그릴 시간을 내기 힘들었다. 하루 종일, 날이면 날마다 그는 톱질을 하고 망치질을 하고 드릴을 뚫고 흙먼지를 마셨다. 그는 휑한 공간에 시트락으로 벽을 세워 방을 만들었다. 배관공이 수전을 설치하자 욕조에 타일을 깔았다. 붙박이장을 설치하고 조명을 달고 부엌장을 걸었고 밤이면 바워리의 잠자는 아내 곁으로 돌아가 아버지를 그렸다. 상심이 에너지가 되었다. 빌은 아버지의 죽음이 새로운 시작을 선사했고 그해 여름의 초인적인 육체노동이 궁극적으로는 영적이라는 걸 알고 있었다. 그는 아버지의 이름으로 세상에 태어나지 않은 아들을 위해 일했다.

8월 초순, 매튜가 태어나기 불과 며칠 전, 버니 윅스와 나는 늦은 오후-아버지의 그림들에서 형성되고 있던-빌의 새로운 연작의 초반 기획을 살펴보기 위해 바워리로 들어갔다. 싸이 웩슬러의 드로잉들-앉아 있는 모습, 서 있는 모습, 달리는 모습, 잠자는 모습-을 휘휘 넘겨보던 버니가 어떤 그림을 보고 멈추더니 말했다. "그런데 말이야. 자네 부친과 멋진 대화를 나눈 기억이 있는데."

"개막식에서겠죠." 버니가 무미건조하게 말했다.

"아니, 2~3주일 후였네. 다시 돌아오셔서 그림들을 살펴보시더군. 내가 알아보고 인사를 했고, 2~3분 가량 이런저런 이야기를 했다네."

소스라쳐 놀란 목소리로 빌이 말했다. "갤러리에서 아버지를 만나셨다고요?"

"자네가 아는 줄 알았는데." 버니가 아무렇지도 않게 말했다. "적어도 한 시간은 머물다 가셨네. 느긋하게 아주 천천히 돌아보시더군. 한참 동안 그림을 쳐다보다가 다음 작품으로 넘어가곤 하셨지."

"다시 돌아오셨군요." 빌이 말했다. "다시 돌아와서 그림들을 보셨어요."

아버지가 윅스 갤러리에 다시 돌아왔다는 이야기는 빌에게 영원히 각인되었다. 아버지가 그를 사랑했다는 단 하나의 구체적인 물증이 되었던 것이다. 그 전에는 싸이가 상자 사업을 하느라 워낙 바빴고, 가끔씩 리틀 리그 경기나 학교 연극 또는 첫 전시회 개막식에 고개를 디미는 정도로 아버지의 의무와 호의를 충분히 표하는 거라 여겼다. 버니의 이야기는 빌이 내면에 품은 아버지의 초상에 한 층의 의미를 더했다. 그리고 또한 윅스 갤러리에 대한 빌의 충성도를 확고히 다지는 비이성적인 효과를 낳았다. 빌은 전령과 전갈을 혼동했지만 그건 별로 중요한 일도 아니었다. 버니가 벽에 걸린 싸이 웩슬러의 드로잉 몇 점 앞에서 발뒤꿈치를 딛고 앞뒤로 흔들흔들 서서 빌이 캔버스에 올리겠다고 말한 열쇠며 종이며 파편들을 손가락으로 훑고 있는 모습을 보고, 나는 그의 흥분을 감지했다. 버니는 장기전에 돌입하고 있었다.

출산은 폭력적이고 피범벅이며 고통스럽다. 그리고 아무리 정반대의 수사를 동원한다 해도 내 생각이 틀렸다고 믿게 만들 수는 없으리라. 밭에서 쭈그리고 앉아 이빨로 탯줄을 물어 끊고 태아를 등에 업고 낫을 들고 일어선 여자들 이야기를 들어본 적은 있지만, 나는 그런 여자와 결혼한 게 아니었다. 나는 에리카와 결혼했다. 우리는 함께 라마즈 수업에 가서 진 로머의 호흡법 조언을 열심히 경청했다. 버뮤다 쇼츠 차림에 밑창이 두꺼운 스니커즈를 신은 땅딸막한 여자 진은 출산을 '위대한 모험'이라고 칭하고 수강생들을 '엄마'와 '코치'들이라고 불렀다. 에리카와 나는 출산 과정에서 무릎을 깊숙이 구부리고 호흡해서 아기들을 몸 밖으로 밀어내는, 운동선수처럼 튼실한 미소를 띤 여자들의 비디오를 함께 보았다. 우리는 헐떡거리고 숨을 몰아쉬는 연습을 하며 진이 "바닥에 누워세요"라고 할 때마다 말없이 틀린 발음을 교정해 주었다. 마흔일곱이었던 나는 그 반에서 두 번째로 나이 많은 예비 아버지였다. 최연장자는 60대의 해리라는 우락부락한 남자로 과거 결혼 경험이 있으며 성인이 된 자식들도 있고, 지금은 둘째 아내에게서 둘째 자식을 낳으려고 노력하고 있다고 했다. 아내는 10대라 해도 좋을 동안이었지만 그래도 사실 20대 중반은 족히 되는 나이였다.

매튜는 1977년 8월 12일에 성 빈센트 종합병원에서 태어났다. 나는 에리카 옆에 서서 고통스러운 얼굴, 움찔거리는 몸, 꽉 쥔 주먹을 지켜보았다. 아주 가끔 나는 그녀의 손을 잡으려 팔을 뻗었지만 그녀는 내 손을 탁치며 고개를 저었다. 에리카는 비명을 질러대지는 않았지만, 복도 저편 다른 분만실의 한 여자는 폐가 터져 나가라 새된 비명을 지르며 울어대다가 가끔 스페인어로, 또 영어로 욕을 할 때만 울음을 그치곤 했다. 그녀에게도 분명 '코치'가 붙어 있을 터였다. 놀랄 만큼 조용한 몇 초가 지난 후 "씨발, 죠니! 가서 엿이나 먹어. 호흡 지랄 떨고 있네! 너나 호흡하라고! 난 죽는단 말이야!"라는 소리가 들려왔다.

끝이 가까웠을 때 에리카의 눈빛은 찬란하고 황홀하게 번득였다. 그녀는 힘을 주라고 하자 이를 악물고 짐승처럼 으르렁거렸다. 나는 수술복을 입고 의사 옆에 서서 축축한, 피범벅이 된, 아들의 검은 머리가 에리카의 사타구니에서 나오고, 곧이어 어깨와 나머지 몸이 따라 나오는 모습을 지켜보았다. 퉁퉁 붇은 작은 페니스와 닫히고 있는 에리카의 질에서 쏟아지는 피와 양수를 보고 피구에이라 박사가 "아들입니다"라고 하는 말까지 듣자 현기증이 덮쳤다. 간호사가 나를 의자에 밀어 앉혔고 다음 순간 나는 아들을 품에 안고 있었다. 그 쭈글쭈글한 빨간 얼굴과 한쪽으로 일그러진 부드러운 머리를 내려다보고 나는 "매튜 스타인 허즈버그"라고 말했고, 아기는 내 눈을 보고 찡그리며 웃어보였다.

늦게 찾아온 자식이었다. 나는 머리가 세고 주름이 지기 시작한 갓난아기 아들의 아버지였지만, 오랫동안 무자식으로 살았던 사람 특유의 열정으로 부모 노릇에 푹 빠져 버렸다. 맷은 가늘고 빨간 팔다리, 보랏빛 탯줄 꼭지, 그리고 머리 일부에만 까만 솜털이 돋아난 작고 기이한 생명체였다. 에리카와 나는 녀석의 괴상한 특징들을 찬찬히 살펴보며 오랜 시간을 보내곤 했다. 젖을 먹을 때 내는 게걸스러운 쩝쩝 소리, 겨자 빛깔의 변,

휘젓는 팔과 다리, 그리고 보기에 따라 천재 같기도 하고 바보 같기도 한, 골똘하게 응시하는 눈길까지. 1주일인가는 에리카가 아이를 '우리 벌거숭이 객식구'라고 부르곤 했지만, 아기는 곧 매튜나 맷이나 맷 보이가 되었다. 아기가 태어나고 처음 몇 달 동안, 에리카는 내가 예전에 한 번도 본 적이 없는 유능함과 편안함을 보여주었다. 그녀는 늘 초조하고 성마른 성격이었고 정말로 화가 나면 목소리가 불안한 쇳소리로 파르르 떨리곤 했는데, 그런 음조에 나는 온몸으로 반응하곤 했다. 맨살이 포크에 긁히는 것처럼. 그러나 에리카는 맷이 아주 어릴 때는 신경질 발작을 거의 하지 않았다. 심지어 평온하다시피 할 정도였다. 왠지 약간 다른 사람과 아예 새로 결혼을 한 기분이 들었다. 그녀는 늘 잠이 모자랐고 눈 밑 피부는 불면으로 시커맸지만 생김새는 내가 한 번도 본 적이 없을 정도로 부드러워졌다. 맷의 시중을 들다가 가끔 나를 볼 때는 다정하다못해 아리게 아플 정도로 강렬한 눈길을 보내곤 했다. 내가 침대에서 아직 책을 보고 있는데 에리카와 맷이 같이 내 곁에서 잠드는 일도 왕왕 있었다. 에리카가 안은 아기의 머리가 그녀의 젖가슴을 베고 있었다. 잠을 자면서도 그녀는 아기를 의식하고 있었고 조금만 끽끽거려도 깨곤 했다. 가끔 나는 책을 내려놓고 독서등 불빛으로 두 사람을 바라보았다. 지금 생각하니 젊지 않았던 게 다행이었다. 옛날이라면 몰랐을 사실을 알고 있었으니까. 내 행복이 드디어 찾아왔다는 사실을. 심지어 잠자는 아내와 아들을 지켜보면서 저 이미지를 마음에 새기라고 스스로에게 말하기도 했고, 그 이미지는 아직도 남아 있다. 의식적인 소망이 새긴 또렷한 화상이다. 베개를 벤 에리카의 옆모습, 뺨으로 흘러내린 까만 머리칼, 그리고 대충 자몽 한 알 크기만 한 맷의 작은 머리통이 엄마의 몸을 향해 돌아가 있는 모습이 지금도 눈앞에 선하다.

우리는 계몽주의 시대의 과학자들이 무색하리만큼 정확히, 만전을 기해 맷의 성장 발달 단계를 추적했다. 그 애 전에는 세상 누구도 미소를 짓거나 깔깔 웃거나 뒤집은 적이 없는 것처럼 말이다. 한번은 에리카가 요람 옆에서 소리쳐 나를 부르기에 달려가 봤더니, 아들을 가리키며 "레오, 봐! 자기 발이라는 걸 아는 거 같아. 발가락을 빼는 것 좀 봐. 자기 발가락인 줄 아는 거야!"라고 말하는 것이었다. 맷이 정말로 그때쯤 제 몸의 반경을 파악했는지 아닌지는 미제로 남아 있지만 아이는 점점 더 우리가 파악할 수 있는 인성을 가진 사람이 되어가고 있었다. 시끄러운 아이는 아니었지만, 간신히 들릴락 말락 소리만 내도 부모가 달려온다면 굳이 시끄러운 소리를 낼 필요가 없었을 것이다. 아기 치고는 이상할 정도로 정이 많았다. 맷이 9개월쯤 되던 어느 날 밤, 에리카는 아기를 재울 준비를 하고 있었다. 그녀는 아기를 안고 다니다가 젖병을 꺼내려 냉장고 문을 열었다. 잘못해서 겨자와 잼이 담긴 유리병이 바닥으로 떨어져 박살이 났다. 에리카는 그 무렵 이미 복직해 일하고 있었던 참이라 그만 피로감에 무너지고 말았다. 그리고 깨진 유리를 보고 울음을 터뜨렸다. 그녀가 울음을 그친 건 맷의 자그마한 손이 안쓰러워하면서 부드럽게 팔을 톡톡 두드리는 걸 느꼈을 때였다. 맷은 또 우리에게 뭘 먹여주는 걸 좋아했다. 반쯤 씹다 만 바나나 조각이라든가 곱게 간 시금치, 으깬 당근 같은 음식들 말이다. 끈적끈적한 손을 주먹 쥐고 와서는 내 입에다 맛없는 내용물을 쑤셔넣곤 했다. 우리는 이걸 아이의 마음이 넓다는 표시로 받아들였다. 앉아 있을 수 있게 되면서부터 맷은 엄청난 집중력을 보여주었고, 그 나이 또래 다른 아이들을 볼 때마다 나는 우리가 아이의 자질을 과장한 게 아니라는 걸 깨달았다. 집중력이 지속되는 시간도 굉장히 길었지만 아이는 말을 하지 않았다. 꾸륵거리고 옹알거리고 손으로 가리켰지만 말문이

트인 건 아주 늦었다.

에리카가 복직하면서 우리는 맷을 돌봐줄 유모를 구했다. 그레이스 셀웰은 키도 크고 뚱뚱한 50대 여자로 자메이카에서 성장기를 보냈다. 슬하에 성인이 된 자식 넷과 여섯 손주를 둔 그녀는 여왕처럼 당당한 자태였다. 그녀는 시끄러운 소리를 전혀 내지 않고 집안을 돌아다니면서 낮고 음악 같은 목소리로 말했고 어떤 소동이 일어나도 부처님처럼 차분하게 대처했다. 그녀의 후렴구는 딱 두 단어로 되어 있었다. "걱정 마세요." 맷이 울면 그녀는 아기를 안고 그 말들을 노래하곤 했다. "걱정 마." 에리카가 럿거스 대학에서 하루 근무를 마치고 황황히 돌아와 넋이 나간 듯 눈을 똥그랗게 뜬 채 부엌으로 뛰어 들어오면, 그레이스는 한 손을 그녀의 어깨에 얹고 "걱정 말아요"라고 말하고서 에리카가 장을 봐온 먹거리들을 정리하기 시작했다. 그레이스는 우리 집에 오면서 특유의 실용적인 철학도 들고 들어왔고, 그로부터 우리 모두는 마음의 위로를 얻었다. 마치 따뜻한 카리브 해의 산들바람이 로프트의 방들 사이로 불어오는 것만 같았다. 그레이스는 언제까지나 맷에게 요정 대모 노릇을 해줄 사람이었고, 함께 지내는 시간이 길어질수록 나는 더욱 더 그녀가 평범한 사람이 아니라 감정과 지성을 갖춘 존재라는 걸 느끼곤 했다. 중요한 일과 하찮은 일을 구분하는 그녀의 능력은 나나 에리카를 무색하게 했다. 맷을 그레이스에게 맡기고 에리카와 내가 외출을 했다 들어와 보면, 아이는 자고 있고 그녀는 아이 방에 함께 있곤 했다. 불은 언제나 꺼져 있었다. 그레이스는 책을 읽지도 않고 뜨개질을 하지도 않고 다른 소일거리를 찾지도 않았다. 정적 속에서 의자에 앉아 아기를 내려다보고 있었다. 자기만의 생각 속에서 충일한 채로.

마크 웩슬러는 8월 27일에 태어났다. 우리는 이제 위층 아래층에 사는 두 식구였다. 물리적인 거리가 가까워져 쉽게 서로 방문할 수 있었지만, 나는 특별히 빌을 더 자주 만나지는 않았다. 우리는 서로 책을 빌리고 읽은 기사들을 공유했지만, 우리 가정생활은 대체로 각자의 아파트 벽을 벗어나지 않았다. 첫 아기들은 정도는 달라도 모두 부모에게 충격을 주기 마련이다. 아기들의 요구가 워낙 절박하고 감정이 심하게 고조되기 마련이라, 가까이 사는 가족들은 서로의 부름에 응하게 되어 있었다. 빌은 스튜디오에서 하루 일을 끝내고 집에 오면 가끔 마크를 데리고 우리 집에 나를 보러 오곤 했다. "루실이 눈을 좀 붙이고 있어." 그는 말하곤 했다. "완전히 녹초가 돼서." 아니면 "좀 쉬게 해 주려고. 조용하게 해주는 게 좋을 거 같아서." 나는 이런 말들을 아무 질문 없이 그대로 받아들이곤 했지만, 간혹 빌의 목소리에서 묻어나는 염려를 눈치 챌 때도 있었다. 하지만 생각해 보면 빌은 언제나 루실을 걱정했다. 그는 아들을 수월하게 다루었다. 파란 눈의 꼬마 축소판 빌은 언제 봐도 평온하고 영양상태가 좋고 살짝 얼뜨기 같은 인상이었다. 매튜에 대한 나의 강박적인 관심은 마크에게까지 옮겨가지 않았지만, 자기 아들에 대한 빌의 애정은 맷에 대한 내 사랑 못지않게 열렬하다는 걸 잘 알고 있었기에 우리 둘의 삶이 마치 평행선 같다는 느낌은 공고해졌다. 아기 돌보기라는 정신없고 구질구질한 시련 속에서, 빌과 루실 역시 에리카와 나처럼 부부 관계에서 새로운 기쁨을 찾게 되었을 거라고.

하지만 루실의 무기력은 에리카와 전혀 달랐다. 훨씬 더 실존적인 데가 있었다. 단순히 밤에 잠을 못 자서 그러는 것 같지 않았다. 그녀는 우리를 자주 찾지도 않았다. 아마 두 달에 한번 꼴이었을까, 그리고 언제나 만나기 며칠 전에 전화를 걸어 약속을 하곤 했다. 약속 시간에 현관문을 열면 손에 시가 쓰인 종이를 한 묶음 들고 복도에 루실이 서 있곤 했다. 얼굴은 늘 창백했고, 침울한 표정에, 빳빳하게 경직되어 있었다. 빗질도 제대로 안 한 머리카락이, 보통은 더러워진 채로, 얼굴선을 따라 흐트러져 있었다. 대개는 청바지와 칙칙한 색깔의 구식 블라우스 차림이었지만, 단정치 못한 매무새에도 어여쁜 얼굴은 가려지지 않았고 난 허영심 없는 그녀를 좋아했다. 난 항상 그녀가 반가웠지만 루실이 찾아올 때마다 에리카는 루실이 자기를 잊었다는 느낌을 더 강하게 받았다. 루실은 에리카에게 정중하게 체면을 차렸다. 마크에 대한 질문을 하면 꾹꾹 참고 버티며 짤막하고 정확한 문장으로 대답한 후 곧 내 쪽을 보곤 했다. 단어를 아끼면서도 여운이 긴 시들은 철저히 처연하게 거리를 두는 목소리로 쓰여 있었다. 자전적인 내용들이 포함되는 건 불가피한 일이었다. 어떤 시에서는 남자와 여자가 침대에 나란히 함께 누워 잠을 이루지 못하지만 서로에게 한 마디도 하지 않는다. 서로 상대를 배려해서 아무 말도 하지 않지만, 결국 여자는 남자의 배려가 자기 생각을 안다는 터무니없는 확신에서 비롯된 거라는 느낌을 받는다. 그런 남자에게 짜증이 난 여자는 남자가 잠들고 나서도 한참 동안 깨어 있다. 루실은 그 시를 '인식과 각성'이라고 불렀다. 어떤 작품들에서는 아기가 나오기도 하는데, 희극적인 캐릭터로 '그것'이라고 불리 운다. '그것'은 울어대고 들러붙고 발로 차고 침을 뱉는데, 그 모습은 차라리 기기 장치가 맞이 가서 통제가 되지 않는 태엽장치에 가깝다. 루실은 절대 그 시들이 사적이라는 사실을 인정하지 않았다. 내 도움을 빌려 재조직할 수 있는 대상으로 취급했다. 그녀의 냉정함은 매혹적이었다. 아주 가끔씩 그녀는 자기가 쓴 시 구절을 읽으며 혼자 미소를 짓기도 했지만, 난 그녀 유머의 원천을 도저히 꿰뚫어 볼 수 없었다. 나란히 앉아 있다 보면 그녀가 항상 내 앞으로 내달려가고 난 그 뒤를 쫓고 있는 기분이 들었다. 가녀린 팔에 드리운 금발을 내려다 볼 때면 내가 파악하지 못한 게 대체 무얼까 스스로 묻게 되곤 했다.
 어느 날 저녁 나는 루실이 위층으로 돌아가려고 시들을 정리하기 시작하는 모습을 지켜보고 있었다. 눈길을 돌리는 편이 좋다는 걸 나는 알고 있었다. 지켜보고 있으면 그녀는 불편해 하며 연필이나 지우개 같은 걸 떨어뜨리기 일쑤였으니까. 작별 인사로 악수를 하면서 그녀는 내게 고맙다고 말하고 문을 열었다. 문밖으로 걸어 나가는 그녀를 본 그 순간, 나는 기묘하게 닮은 느낌을 포착했고 이윽고 내가 옳았다는 확신에 불현듯 사로잡혔다. 그 순간, 루실은 싸이 웩슬러를 떠올렸던 것이다. 두 사람을 엮는 공통점은 육체적인 것도 정신적인 것도 아니었다. 두 사람의 성격은 공통점이 거의 없었지만 단 하나, 다른 인간과 평범한 유대관계를 맺을 수 없다는 사실만큼은 예외였다. 루실은 빌에게만 잡을 수 없는 존재가 아니었다. 그녀를 아는 모든 사람들에게 잡히지 않는 사람이었다. 빌은 자기 아버지와 결혼한 것이었다. "그녀를 몇 년 동안 쫓아다녔다"고 말하지 않았던가? 계단을 올라가는 그녀 발소리를 들으며 나는 그가 아직도 아내를 쫓고 있지는 않을까 생각했다.

 맷이 두 살이 채 못 되었던 해 봄에 나는 빌과 루실의 부부싸움 소리를 들었다. 토요일 오후였고 나는 창가에 앉아 있었다. 손에 책을 들고 있었지만 맷 생각을 하느라 읽지 않은지 한참 되었다. 에리카가 아이를 데리고 새 운동화를 사러 갔고, 두 사람이 나가기 직전 맷은 처음으로 말을 했다. 맷은 어머니를 가리키고, 자기를 가리키고, 신고 있던 신발을 가리켰다. 내가 새 신발이 예뻤으면 좋겠다고 말했더니 맷은 "애애 잉발"이라며 웅얼거리는 두 마디를 내뱉었고 에리카와 나는 기쁨에 차 그 말을 "새 신발"로 통역했다. 아이는 말하기를 배우고 있었다. 나는 창문을 열고 따뜻한 산들바람을 집안에 들였다. 빌의 쿵쿵 울리는 저음이 말문이 트인 맷에 대한 내 몽상을 깨뜨렸다.

"당신 어떻게 그런 말을 할 수가 있어?" 빌이 고함을 쳤다.

"당신 들으라고 한 말 아니야. 당신한테 말하면 안 된다고 했단 말이야!" 한 마디 한 마디 할 때마다 루실의 언성이 높아졌다. 그녀의 분노에 나는 깜짝 놀랐다. 언제나 그토록 차분하게 자기 절제를 하던 사람인데.

빌이 으르렁거리며 맞받아쳤다. "그 말 난 못 믿어. 아무나 붙잡고 다 떠벌이는 여자잖아. 당신도 나한테 말을 옮길 줄 알고 그런 소리를 한 거야. 자기가 한 말을 책임지지 않아도 되니까. 그런 소리 한 적 없다는 건 아니지? 그렇지! 그래, 그럼? 진심으로 한 말이야?"

침묵이 흘렀다.

"내가 대체 여기서 뭐하고 있는 거지?" 빌이 버럭 소리를 질렀다. "어디 말을 해 봐!" 와장창 큰 소리가 났다. 빌이 뭔가를 치거나 발로 찬 모양이었다.

"깨졌잖아!" 루시의 목소리에서 분노가 들렸다. 파들파들 떨리는, 신경질적인 분노가, 그리고 그 분노기 내 온몸을 찌르듯 관통했다. 마크가 울기 시작했다. "입 닥쳐!" 그녀가 새된 비명을 질렀다. "입 닥쳐! 닥치라고!"

나는 창문을 닫으러 갔다. 마지막으로 들은 건 빌의 말이었다. "마크, 마크. 이리 와라."

다음 날 빌이 스튜디오에서 내게 전화를 해서 그린 스트리트에서 짐을 싸서 나왔고 다시 바워리에서 살게 됐다고 말했다. 비참한 심정에 목소리마저 잠겨 있었다. "내가 그리로 가줄까?" 내가 물었다. 몇 초간 그는 대답이 없었다. 그러더니 "그래, 그러면 좋겠군."이라고 말했다.

빌은 전날 내가 엿들은 말싸움에서 결정적인 역할을 한 수수께끼의 여자 얘기는 한 마디도 하지 않았다. 그리고 나 역시 엿들었다고 실토하지 않았기에 그녀에 대해 물어볼 길이 없었다. 나는 그저 그가 말을 하게 내버려두었다. 대체로 그가 하는 말은 변변한 해명이 되지 않았지만. 마크가 태어나기 전 루실은 빨리 엄마가 되면 좋겠다고 몇 번이나 되풀이해 말했지만, 출산 후에 실망한 것 같다고 그는 말했다. "지독하게 침울해 하면서 짜증을 냈어. 내가 무슨 짓을 하든 전부 다 그녀 신경을 긁는 것 같았지. 음식을 먹을 때 소리를 내면서 삼킨다든가. 이빨을 너무 박박 닦는다든가. 생각에 잠겨 있으면 방안을 서성거리는데 그럴 때마다 미칠 것 같다고 하더군. 내 양말에서는 냄새가 나고. 자기를 너무 많이 만진다고도 하고. 너무 일을 열심히 한다나. 너무 오래 집을 비우고. 아이에게 루 리드 노래는 불러주지 말라고 하고. 부적절하다면서. 내가 하는 경기들은 너무 험하다고 하고. 아이의 스케줄을 엉망으로 만든다고도 하더라고."

루실의 불평은 새로울 게 하나도 없었다. 기쁨이 사라진 부부 사이에서 흔히 볼 수 있는 일들이었다. 나는 늘 사랑은 어느 정도 거리를 둘 때 자라난다고, 서로 경외감을 갖되 각자의 존재로 남을 수 있어야 한다고 생각했다. 반드시 필요한 간격이 없다면 상대방의 세세한 물리적 존재 자체가 확대되어 흉측해질 테니까. 맞은편에 앉아있던 내가 보기에는, 빌이 바이런과 같은 남성적 아름다움의 이상형으로 보였다. 담배 연기를 들이마시며 생각에 잠겨 실눈을 뜨는 그의 이마에 검은 고수머리가 흘러내렸다. 그의 등 뒤에는 그가 전시회에 내놓기로 결정한 일곱 점의 아버지 초상화들이 놓여 있었다. 그가 싸이 웩슬러의 초상화 작업에 매달린 지 2년이 지났다. 초상화들이 각양각색의 포즈로 쉰 개는 있었을 테지만 빌은 단 일곱 점만 전시하기로 했다. 전부 아버지의 뒷모습을 그린 그림이었다. 그는 연작의 제목을 '놓쳐버린 남자들'이라고 붙였다. 오후의 햇살이 창가에 가라앉았고 커다란 방은 점점 어두워졌으며 우리는 벌써 한참을 아무 말도 하지 않고 있었다. 처음으로 나는 빌을 연민했고 그의 괴로움에 가슴이 아려왔다. 다섯 시쯤 되었을 때 나는 에리카에게 10분 내로 집에 가겠다고 약속했다고 말했다.

"이봐, 레오." 그가 말했다. "오랜 세월 동안 나는 루실이 다른 사람이라고 생각하고 살았어. 스스로를 기만한 거지. 아내 잘못은 아니야. 내 잘못이지. 그런데 이제 아들이 생겨 버렸군."

이 말에 직접 답하지 않고 나는 말했다. "별 건 아닐지 모르지만, 필요하면 내가 자네 곁에 있어줄게." 그 말을 하는데 웬일인지 나를 향해 계단을 뛰어 올라 오던 바이올렛, 빌 '곁에 있어 달라'고 했던 그녀의 말이 떠올랐다. 잠시 나는 그녀가 빌과 루실에 대해 내가 알지 못했던 뭔가를 알았던 걸까 생각했지만, 곧 다 까맣게 잊고 거의 1년을 그렇게 살았다.

루실은 그린 스트리트 로프트에 계속 머물렀지만 빌은 바워리에 살았다. 마크는 양 부모 사이에서 셔틀처럼 왔다 갔다 하며 1주일의 반은 루실과, 나머지 반은 빌과 함께 살았다. 두 사람은 날마다 전화 통화를 했고 빌도 루실도 이혼 얘기는 입 밖에도 꺼내지 않았다. 트럭과 소방차와 아기 기저귀가 바워리의 로프트에 나타났고, 7월이 되자 빌은 아들에게 보트처럼 생긴 아름다운 침대를 만들어주었다. 그는 침대가 거대한 요람처럼 흔들거릴 수 있도록 받침을 만들었고 짙은 마린블루로 칠했다. 빌은 아들에게 책을 읽어주고 음식을 먹여주고 화장실에 있는 작은 플라스틱 변기를 한 번 써 보라고 부추기기도 했다. 살림에 재주가 전혀 없으면서도 아이 입맛을 걱정하고 계단에서 굴러떨어질까 노심초사했으며 대부분의 장난감을 직접 골랐다. 빌이 청소는 신경도 쓰지 않아서 로프트는 그 어느 때보다 더러웠다. 개수대는 도자기가 어떻게 그런 색깔이 되나 싶을 정도로 희한하게 변색되었다. 연한 회색에서 오렌지를 거쳐 짙고 텁텁한 갈색까지 아우르는 팔레트였다. 먼지는 말할 필요도 없다. 그러나 부자는 그 커다랗고 비뚤어진 방에서 편안해 보였다. 먼지 쌓이고 담뱃재로 뒤덮인 마루에 탑처럼 쌓여 있는 더러운 빨래더미들 사이에서 사는 게 아무렇지도 않아 보였다.

빌은 무너지는 결혼생활에 대해 더 이상 별 말을 하지 않았다. 루실에 대해 불평하는 법도 없었지만, 마크를 보지 않을 때면 오랜 시간 작업하고 잠도 거의 자지 않았다. 그러나 사실을 말하자면 그해 여름 에리카와 맷과 내가 빌과 마크한테 놀러갈 때면 그 집에서 나와 뜨거운 거리로 나설 때마다 안도감이 느껴졌다. 스튜디오의 분위기는 답답하다 못해 숨이 막힐 지경이었다. 마치 빌의 슬픔이 의자마다, 책마다, 장난감마다, 그리고 개수대 아래 쌓여 있는 텅 빈 포도주병마다 스며들어 있는 것만 같았다. 아버지의 그림들에서 빌의 슬픔은 엄정하고 무자비한 손으로 그려낸 손에 잡힐 듯 생생한 아름다움의 형태를 띠었지만, 삶에서 고통은 그저 우울할 뿐이었다.

빌의 아버지 초상화 연작이 9월에 전시되었을 때, 루실은 개막식에 오지 않았다. 내가 거기서 만나자고 했지만, 그녀는 원고를 교정해야 해서 밤늦게까지 일해야 한다고 말했다. 그녀의 대답은 회피처럼 들렸고, 아마 내 표정에 그런 의혹이 떠올랐던 모양이다. 하지만 그녀는 완강했다. "마감이 있어요. 나로서는 어쩔 도리가 없네요."

전시된 그림은 하나도 남김없이 다 팔렸지만 구입한 사람들 중에 미국인은 없었다. 자크 뒤팽이라는 프랑스 사람이 세 점을 샀고 다른 그림들은 독일인 수집가 한 명과 제약사업을 하는 네덜란드인에게 갔다. 전시회가 끝난 후 빌은 콜로뉴, 파리, 그리고 도쿄의 갤러리에 픽업되었다. 미국인 비평가들은 당혹스러워했다. 한 비평가가 칭찬을 하면 또 다른 사람이 야만적인 혹평으로 무화했다. 비평을 써서 먹고 사는 사람들은 빌에 대해서 끝내 의견일치를 보지 못했다. 그렇지만 나는 수많은 젊은이들이 갤러리를 찾는다는 사실에 주목했다. 단순히 개막식 뿐 아니라 그림을 보러 들를 때마다 늘 그랬다. 버니는 이렇게 20대 화가며 시인이며 소설가들이 많이 찾는 전시회는 한 번도 본 적이 없다고 했다. "애들이 다 그 친구 얘기만 하고 있어." 그가 말했다. "이건 틀림없이 좋은 징조야. 늙은 구세대들은 다 죽어 없어질 테고 애들이 주인이 될 테니까."

 갤러리를 몇 번인가 찾은 후에야 나는 이 그림이나 저 그림이나 다 똑같아 보이는 남자의 등이 사실은 늙고 있다는 걸 깨달았다. 뒷목덜미에 잡힌 주름과 피부의 변화가 눈에 띄었던 것이다. 사마귀들이 더 많아졌다. 마지막 그림에서는 싸이의 귀 뒤에 작은 낭종이 있었다. 그러나 예술인지 본연의 모습인지 몰라도 모종의 기적 덕분에 모든 그림에서 머리카락만은 검었다. 빌이 그린 아버지의 모습은 항상 검은 양복을 입고 있었고 17세기 네덜란드 회화를 연상시켰지만 심도의 착시효과는 없었다. 남자의 등을 그린 매끈하고 선명한 이미지는 캔버스 왼편으로부터 빛을 받고 있었고 양복 복지의 주름 하나, 패딩을 넣은 어깨에 앉은 먼지 한 점, 구두의 검은 가죽에 집힌 갈라진 금 한 줄까지 정성껏 공들여 묘사되어 있었다. 그러나 우리 같은 관객들을 매료시키는 건 이 원래의 이미지에 빌이 부착해 부분적으로 원본을 가린 재료들이었다. 편지, 사진, 엽서, 사업상의 메모, 영수증, 모텔 열쇠, 영화 표 쪼가리, 아스피린, 콘돔—그리하여 결국 각각의 작품은 읽을 수 있고 또 읽을 수 없는 글씨가 중첩된 두꺼운 겹양피지일 뿐 아니라 웬만한 집안 구석의 잡동사니 서랍마다 꽉꽉 들어차 있는 온갖 작은 오브제들의 메들리가 되었다. 이질적인 소재를 회화에 풀로 붙이는 것 자체에는 혁신적인 게 전혀 없었지만, 그 효과는 예컨대 라우셴버그[5]의 밀도 높은 레이어링과는 전혀 달랐다. 빌의 캔버스에 붙은 편린들은 한 남자가 남긴 유산이었기 때문이다. 한 그림에서 다음 그림으로 넘어가면서 스크랩을 읽는 게 나는 아주 좋았다. 특히 크레용으로 쓴 편지 한 장이 마음에 들었다. "친애하는 싸이 삼촌, 징짜 머찐 경주용 자동차 감사합니다. 징짜 멋져요. 사랑으로, 래리." 그리고 "부디 참석하셔서 레지나와 싸이의 15주년 결혼기념일을 축하해 주십시오. 네, 정말로 그렇게 오래 되었답니다!"라고 쓰인 초청장도 찬찬히 뜯어보았다. 다니엘 웩슬러의 병원비 영수증과 뮤지컬 〈헬로, 돌리!〉에서 받은 플레이빌, 그리고 아니타 힘멜블라츠라는 이름과 함께 전화번호가 쓰인 찢어지고 구겨진 종이쪽지도 있었다. 한 사람의 삶을 조명하는 찰나적 통찰들에도 불구하고 캔버스와 재료에는 추상적 성격이, 필멸의 생경함을 전달하는 궁극적 백지상태가 있었다. 삶의 쪼가리들을 모두 다 긁어모아 거대한 산으로 쌓고 조심스럽게 옮겨 온갖 가능한 의미를 모두 추출해 낸다 해도, 그 총합이 삶 그 자체가 되지는 못하리라는 예감 말이다.

캔버스 위에 빌은 두꺼운 강화유리를 덮었고, 그로 인해 관객은 그 아래의 그림에서 두 겹 더 멀어지게 되었다. 강화유리는 작품을 기념비로 바꾸었다. 그게 없다면 오브제와 종이쪽지들을 만져볼 수도 있었겠지만, 그 투명한 벽 뒤에 봉인되어 있으니 남자의 이미지와 삶의 퇴적물은 아무

---

[5] Robert Rauschenberg(1925-2008). 미국의 팝아트 화가. 시사적 이미지를 실크스크린으로 프린팅해서 오브제를 부착한 컴바인 회화로 팝아트의 총아로 부상했다.

리 손을 뻗어도 닿을 수가 없었다.

  나는 웨스트 브로드웨이의 전시회를 일곱 번 내지 여덟 번 가서 봤다. 마지막으로 갔을 때는 막을 내리기 불과 며칠 전이었는데, 나는 헨리 해스보그를 만났다. 다른 갤러리들을 어슬렁거리다가 그를 본 적이 있어서 알아볼 수 있었다. 이런 저런 일로 한두 번 그와 이야기를 나눠 본 적이 있는 잭은 그를 '두꺼비 같은 사람'이라고 했었다. 해스보그는 소설가 겸 미술비평가로 도도한 산문과 신랄한 견해로 유명했다. 그는 왜소한 대머리였으며 늘 검은 색으로 패셔너블하게 차려입고 다녔다. 눈은 작고 코는 납작하고 입은 엄청나게 컸다. 습진일 수도 있는 뾰루지가 얼굴 한쪽을 뒤덮고 머리까지 올라와 있었다. 그는 내게 다가와 자기 소개를 했다. 내 작품을 잘 알고 있다면서 다른 저서 작업을 하고 있으면 좋겠다고 말했다. 비평집은 물론이고 《피에로》를 읽었으며 정말 좋았다는 것이었다. "대단했습니다"가 그가 쓴 단어였다. 그러더니 그는 별 일 아니라는 듯 화폭을 흘끗 보더니 말했다. "선생님은 마음에 드십니까?"

  그래서 좋다고 말하고 이유를 설명하려 하는데 그가 말을 끊었다. "시대착오적이라고 생각지는 않으세요?"

  나는 또 한 문장을 말하기 시작했다. "아니요, 저는 화가가 역사적 인용을 달리 활용하고 있다고…."

  해스보그가 또 내 말을 끊었다. 그는 나보다 30센티미터는 족히 작았다. 내 얼굴을 올려다보면서 그는 한 발자국 내게 가까이 다가섰는데, 그렇게 붙어서 있으니 갑자기 불편해졌다. "유럽의 갤러리들에 진출했다고 들었습니다. 어느 갤러리죠?"

  "모르겠습니다." 내가 말했다. "관심이 있으시면 버니에게 물어보시죠."

"흥미롭다고 하면 표현이 너무 강할지 모르겠습니다." 그가 말했다. 그러더니 미소를 지었다. "웩슬러는 내 취향에는 약간 지나치게 지적이라서요."

"사실은, 저는 작품에서 감정을 굉장히 많이 느끼게 되는데요." 내 말이 끝날 때까지 가만히 내버려 두었다는 사실에 놀라서 나는 잠시 말을 멈추었다가, 이어 말했다. "워홀에 대해 쓰신 글이 기억나는데요. 누군가의 작품이 사상을 체현하고 있다면, 그건 워홀이라고 하셨죠. 확실히 그건 지적이지요."

해스보그는 턱을 치켜 올린 채 심지어 아까보다 더 바짝 다가섰다. "앤디는 아이콘이죠." 그게 내 말에 대한 대답이라도 된다는 듯이 그가 말했다. "그 사람은 문화적 맥을 손가락으로 딱 짚고 있었어요. 앞으로 뭐가 도래할지 알고 있었고, 그게 왔죠. 선생님 친구분인 웩슬러는 샛길을 따라 달려내려가고 있는데…." 그는 말을 끝맺지 않았다. 자기 시계를 보더니 말했다. "이런, 늦었군요. 나중에 또 봅시다, 레오."

천천히 엘리베이터로 걸어가는 그를 지켜보며 방금 무슨 일이 일어난 건가 나는 스스로에게 물었다. 대화의 기조는 아첨과 찬양에서 모욕적인 친밀감으로 옮겨갔다. 그리고 그는 인사할 때는 나와 빌의 우정에 대해 언급하지 않다가 유럽의 갤러리에 대해 묻는다든가 하며 우리 관계를 암시하더니 나중에는 대놓고 빌을 "선생님 친구분 웩슬러"라고 불렀다는 사실도 깨달았다. 그러더니 결국 그는 하다 만 이야기를 마무리하며 우리가 무슨 오랜 친구라도 되는 것처럼 내 이름을 불렀다. 나는 나이브한 사람이 아니었다. 해스보그에게 있어 다른 사람들을 제멋대로 조종하는 건 이윤을 얻어내기 위한 세련된 게임이었다. 내부인의 특종, 예술계 가십, 자기 발언을 공개할 의도가 전혀 없었던 사람에게서 끌어낸 인용 등. 그는 경솔한 사람이었지만 또한 지적인 사람이었고, 뉴욕에서 그런 조합이면 출셋길이 창창했다. 헨리 해스보그는 내게서 뭔가를 원했지만, 나는 죽어도 그게 뭔지 알 수가 없었다.

그때쯤에는 에리카와 결혼한 지 5년이 넘어가고 있었는데, 나는 결혼 생활이 기나긴 대화 같다는 생각을 종종 했다. 우리는 굉장히 많은 이야기를 나누었고 나는 그녀의 말을 듣는 게 좋았다. 특히 저녁 때 맷이나 일 얘기를 할 때면 정말 좋았다. 그녀의 목소리는 피곤할 때 더 사랑스러웠다. 새된 느낌이 사라지고, 말하다가 중간에 가끔 하품이나 긴 하루가 끝났다는 작은 안도의 한숨이 섞이곤 했다. 어느 날 밤 우리는 맷이 잠들고 난 후에도 나란히 침대에 누워 벌써 몇 시간째 이야기를 나누고 있었다. 에리카는 내 가슴에 얼굴을 묻고 있었고 나는 그녀에게 매너리즘에 대한 논문 이야기를 해 주고 있었다. 대체로 폰토르모를 다룬 것으로, '왜곡'에 대한 장황한 정의와, 그런 단어의 의미를 이해하기 위해 파악해야 할 맥락을 설명하는 걸로 시작하는 글이었다. 그녀는 내 배를 손으로 쓸고 있었는데, 어느 새 그 손길이 내 음모에 닿아 있는 느낌이 왔다. "있잖아, 레오." 그녀가 말했다. "당신은 똑똑할수록 더 섹시해." 나는 에리카의 등식을 절대 잊지 않았다. 그녀에게 내 육체의 매력은 기민한 정신과 연계되어 있고, 이런 점에서 볼 때 저 꼭대기의 기관을 탱탱하고 늘씬하게 열심히 운동시켜 유지하는 게 현명하겠다는 생각이 들었다.

맷은 이제 단음절로 말하면서 박제 사자인형 '라'를 들고 집안을 배회하며 카랑카랑한 고음으로 음치처럼 혼자 노래를 부르는, 깡마르고 생각 깊은 소년으로 자라나 있었다. 제 생각을 또렷하게 말로 표현하지는 못했지만 우리가 하는 말은 전부 알아들었다. 에리카 아니면 내가 밤마다 책을 읽어주었는데 그럴 때면 새로 산 큰 침대에 꼼짝도 않고 누워서 암갈색 눈을 커다랗게 뜨고 집중해 이야기에 귀를 기울이곤 했다. 마치 머리 위 천정에서 이야기가 펼쳐지는 걸 볼 수 있는 것만 같았다. 가끔 밤에 깨기도 했지만 큰 소리로 우리를 부르는 일은 거의 없었다. 우리는 옆방에서 아이 소리를 들을 수 있었다. 그 애는 유창한 자기만의 언어로 동물이며 자동차며 블록들과 수다를 떨곤 했다. 대부분의 두 살짜리 아이들이 그렇듯 맷은 지쳐 떨어질 때까지 달리기도 하고 격렬하게 울기도 했으며 우리를 이래라 저래라 부려 먹기도 했지만 아장아장 걷는 그 아기의 내면에서 나는 낯설고 격렬하고 고독한 핵을 느낄 수 있었다. 그건 그 애 삶의 상당한 부분이 펼쳐지게 될 거대한 내면의 성소였다.

바이올렛은 1981년 6월 다시 나타났다. 나는 바워리 근처에 있었다. 학생 논문으로부터, 아니 학생들 그 자체로부터, 또 회의 때마다 끝도 없이 싸워대는 동료들의 언쟁에서 해방된 여름의 한껏 들뜬 기분을 만끽하며, 그랜드 스트리트의 이탈리아 델리에서 소시지를 좀 사서 빌한테 들르기로 했다. 헤스터 스트리트를 걸어가고 있는데 모퉁이의 중국 영화관 밖에 바이올렛과 함께 서 있는 빌이 보였다. 뒷모습밖에 보이지 않았고 머리도 짧게 잘랐지만 나는 단박에 바이올렛을 알아볼 수 있었다. 그녀는 빌의 허리를 꼭 감고 머리를 가슴에 묻고 있었다. 나는 그가 양손으로 그녀의 얼굴을 감싸 올려 키스하는 모습을 보았다. 바이올렛은 그에게 닿으려고 까치발을 하다가 잠깐 균형을 잃었고, 빌은 그녀를 붙잡고 소리 내어 웃으며 그녀의 이마에 키스를 했다. 두 사람 다 길 건너 인도에 얼어붙어 꼼짝도 않고 서 있는 나를 보지 못했다. 바이올렛이 또 빌에게 키스를 하고 포옹을 하더니 길을 따라 멀리 뛰어가 버렸다. 그녀는 꼭 남자애처럼 잘 뛰었지만, 곧 지쳐서 속도를 줄였고 팔짝 팔짝거리며 길을 걷다가 한 번인가 돌아서서 빌에게 키스를 날렸다. 그는 그녀가 모퉁이를 돌아갈 때까지 지켜보고 있었다. 내가 길을 건너 빌에게 다가가자 그가 나를 보고 손을 흔들었다.

내가 그에게 가자 그가 말했다. "자네 우리를 봤지."

"그래, 저 위에 델리에 갔다가…."

"괜찮아. 걱정 말게."

"돌아왔군."

"돌아온 지 한참 됐어." 빌은 내 어깨에 팔을 둘렀다. "자." 그가 말했다. "이층으로 올라가자고."

바이올렛 이야기를 내게 들려주던 빌의 눈에는 처음 그를 만났던 해 흔들림 없는 집중력으로 빛나던 광채가 서려 있었다. "시작은 예전부터였어." 그가 말했다. "내가 그녀를 그리던 때부터였지. 우리 사이에는 아무 일도 없었어. 그러니까 정사를 갖지는 않았지만 물론 감정은 있었지. 정말이지 난 조심스러웠어. 그녀한테 스치기만 해도 끝장이라는 생각을 했던 기억이 나는군. 뭐, 그러다 그녀가 떠났던 거지. 그렇지만 그녀에 대한 생각을 멈출 수 없었다네. 괜찮아질 거라고 생각했지. 성적인 이끌림이라면 다시 보지 않는다면 지나갈 거라고 말이야. 그런데 한 달 전 그녀 전화를 받고 나서 마음 한구석에서 딱 한 번만 만난 후에 '이런 여자한테 매달려 집착하느라 몇 년을 허송세월한 거야? 너 미쳤냐?' 스스로에게 그렇게 말하고 싶은 충동이 일더군. 그렇지만 막상 그녀가 문으로 들어서는데…." 빌은 턱을 비비며 고개를 절레절레 저었다. "보자마자 난 산산조각으로 무너졌어. 그녀 몸은…." 그는 차마 말을 맺지 못했다. "얼마나 내게 열띠게 반응하는지 몰라, 레오. 평생 나는 그런 걸 본 적이 없어. 그 비숫한 경험조차 없었다고."
 루실에게 바이올렛 이야기를 했느냐고 물었더니 그는 고개를 저었다. "미루고 있어. 루실이 날 다시 받아줄 거라는 얘기는 아니고. 그녀는 그럴 생각이 없으니까. 다만 마크가…." 그는 망설였다. "아이가 있으면 훨씬 복잡해지잖아. 불쌍한 애가 벌써 혼란스러워하고 있어."
 우리는 한참 아들들 이야기를 나누었다. 마크는 달변이었지만 주의가 산만했다. 맷은 말수가 별로 없었지만 혼자서도 잘 놀았다. 빌은 폰토르모 논문에 대해 물었고 나는 몇 분 동안 〈The Deposition〉의 길게 늘인 이미지 이야기를 하다가 거기서 나왔다.
 "가기 전에 뭐 보여주고 싶은 게 있네. 바이올렛이 빌려준 책인데."
 그 책은 프랑스인인 조르쥬 디디 위베르만의 저서였는데, 빌이 관심을 가진 부분은 사진들이었다. 그 사진들은 모두 파리의 살페트리에르 종합병원에서 찍은 것으로서 유명한 신경학 전문의 장 마르탱 샤르코가 히스테리아를 앓고 있는 여자들에게 행한 실험들을 기록하고 있었다. 빌은 수많은 환자들이 사진 촬영을 위해 최면 시술을 받았다고 설명했다. 어떤 사진들에서는 서커스에서 몸을 제멋대로 비틀고 접는 곡예사처럼 온몸이 뒤틀려 있었다. 그런가 하면 뜨개질 바늘만한 핀들이 꽂혀 있는 팔을 쳐들고 텅 빈 눈길로 카메라를 바라보고 있는 사진들도 있었다. 심지어 어떤 사진들에서는 무릎을 꿇고 기도를 하거나 신의 도움을 구하는 것처럼 보이기도 했다.
 그렇지만 지금 가장 또렷하게 기억나는 건 책 표지에 실렸던 사진이다. 어여쁜 검은 머리 소녀가 시트를 덮고 침대에 누워 있었다. 몸을 한쪽으로 뒤틀고 혀를 내밀고 있었다. 비정상적으로 길고 두꺼워 보이는 혀 때문에 그 몸짓이 훨씬 더 음란해 보였다. 그리고 그녀 눈빛에서 번득이는 장난기가 비친다는 생각도 들었다. 그 사진의 조명은 시트 아래 소녀의 어깨와 몸통이 얼마나 동그랗고 관능적인지를 최대한 강조하도록 세심하게 처리되어 있었다. 나는 한참 그 그림을 물끄러미 바라보았지만, 대체 내가 뭘 보고 있는 건지 알 수가 없었다.

"그 여자 이름은 오거스틴이야." 빌이 말했다. "바이올렛은 특히 그녀를 흥미로워했지. 병동에서도 강박적으로 사진을 찍어댔고 히스테리아의 핀업걸 같은 게 되어버렸어. 게다가 색맹이라더군. 히스테리 환자들 중 상당수는 최면에 걸렸을 때만 색깔을 알아봤나봐. 지나치리만큼 완벽하지 않나—사진술의 초기에 질병의 포스터 걸이 되었던 아가씨는 세상을 흑백으로 보았다니."

바이올렛은 당시 불과 스물일곱 살이었고 맹렬하게 논문을 쓰고 있었는데 그 논문은 격렬한 간질, 사지 마비, 홍반, 강박적 긁기, 음란한 자세, 그리고 환각과 같은 질병에 걸려 오래 전 죽고 없는 여자들에 대한 것이었다. 그녀는 그 히스테리 환자들을 '사랑스러운 광인들'이라고 불렀고 아무렇지도 않게 이름을 불렀다. 병동에서 만난 지 얼마 되지 않는 친구나 흥미로운 지인 정도로 여기는 것처럼 말이다. 대부분의 지식인들과 달리 바이올렛은 지성과 육신을 구분하지 않았다. 그녀의 생각은 존재 전체를 관통해 흐르는 것 같았고 사유는 육감적 체험 같았다. 몸짓은 따스하고 나른한 암시를 담고 있었고 자기 몸에서 느긋한 쾌감을 느끼는 듯 했다. 그녀는 스스로를 더욱 편안하게 해주는 일에 영원히 매진했다. 꼬물꼬물 의자에 앉아 목과 팔과 어깨의 자리를 잡았다. 다리를 꼬기도 하고 한쪽 다리를 달랑거리며 소파에 앉기도 했다. 생각에 잠길 때면 한숨을 쉬고 숨을 깊게 들이쉬고 아랫입술을 자근자근 깨물곤 했다. 가끔은 말을 하면서 자기 팔을 부드럽게 어루만지거나 경청하면서 자기 입술을 손가락으로 훑기도 했다. 내게 말을 걸 때면 손을 뻗어 내 손을 아주 살짝 건드리기도 했다. 에리카와 함께 있으면 드러내 놓고 애정을 표시했다. 그녀는 에리카의 머리칼을 쓰다듬거나 에리카가 한 팔로 그녀의 어깨를 감싸도 편안하게 두었다.

　루실 곁에서는 내 아내가 느긋하고 활짝 트인 것처럼 보였다. 바이올렛 옆에 대니 그녀의 예민한 신경과 상대적으로 경직된 몸이 두드러져 새삼스럽게 내성적이고 신중한 사람으로 다시 보였다. 하지만 두 여자는 보자마자 서로를 좋아했고 그 우정은 오래도록 지속되었다. 바이올렛은 여성적 전복의 이야기들로 에리카를 유혹했다. 병원이며 남편, 고용주며 남자들로부터 대담무쌍한 탈출을 감행한 여자들의 이야기였다. 그 여자들은 긴 머리를 짧게 잘라 버리고 남자로 위장하고 다녔다고 했다. 벽을 타넘고 창문에서 뛰어내리고 지붕에서 지붕으로 도약을 했다. 배를 타고 바다로 항해했다. 그러나 에리카는 특히 동물들의 이야기를 좋아했다. 프랑스의 수녀원 학교에 다니던 여학생들 사이에서 야옹야옹 난리가 났던 이야기를 들으며 에리카는 눈을 똥그랗게 뜨고 미소를 지었다. 매일 오후 정확히 똑같은 시간에 여학생들은 네 발로 기며 몇 시간 동안 시끄럽게 야옹거리며 울었고, 결국 온 동네가 그 소리에 들썩거리게 되었다. 또 다른 사건은 개와 같은 행위가 연루되어 있었다. 바이올렛은 1885년 조슬랭이라는 프랑스 마을에서 모든 여자가 발작을 일으켜 도저히 주체할 수 없이 개처럼 짖어대는 일도 있었다는 이야기를 전해 주었다.

　바이올렛은 자기 자신에 대한 이야기로도 에리카를 매료시켰다. 대부분은 내게 비밀이었고 약간의 암시만 흘릴 뿐이었지만, 바이올렛이 어렸을 때 수많은 침대를 넘나들었고 그 침대에 꼭 남자가 있었던 건 아니었다는 정도는 파악할 수 있었다. 서른아홉 평생 단 세 명의 남자들과 잠자리를 했을 뿐인 에리카에게 바이올렛의 에로틱한 모험은 흥미로운 일화 정도가 아니었다. 질투가 날 정도로 대담무쌍하고 자유로움을 표상하는 이야기들이었다. 바이올렛에게 에리카는 여성적 이성 그 자체였다. 대부분의 역사에서 모순어법이라고 치부되었던 개념 말이다. 에리카는 바이올렛에게 결여된 참을성 있는 정신을 지니고 있었다. 하나의 생각을 집요하게 파고들어 결실을 맺는 능력 말이다. 그래서 바이올렛은 허구한 날 에리카에게 질문이 있다며 우리 집을 드나들었다. 보통은 독일 철학-헤겔, 후설, 또는 하이데거-에 대한 질문이었다. 바이올렛은 그때 에리카의 학생이었다. 우리 집 소파에 누워 선생의 얼굴에서 눈길을 떼지 않았고, 실눈을 뜨고 얼굴을 찌푸리고 머리카락 가닥을 잡아 뜯으며 경청을 하곤 했다. 그런 몸짓이 복잡하게 꼬인 존재의 수수께끼를 풀어내는 데 무슨 도움이라도 될 것처럼 말이다.

바이올렛이 빌과 사귀지 않았다 해도 에리카나 내가 바이올렛을 그렇게 쉽게 받아들였을지는 잘 모르겠다. 빌이 우리 친구라거나 그가 그렇게 푹 빠져 있는 여자에게 호감을 가졌다든가 그런 감정만은 아니었다. 그저 우리는 빌과 바이올렛이 함께 있는 게 좋았다. 그들은, 그 두 사람은, 아름다웠고 내 마음은 아직도 연애를 하던 시절 두 사람의 육체에 대한 기억으로 가득 차 있다. 빌의 머리칼이나 허벅지에 손을 얹고 있던 바이올렛, 그녀를 굽어보던 빌, 그녀 귀를 핥던 그의 입술. 그들을 볼 때마다 나는 두 사람이 방금 사랑을 나누었거나 곧 사랑을 나눌 것 같다는 느낌을 받았다. 두 사람의 눈길은 결코 서로를 떠나지 않았다. 사랑에 넋 나간 사람들은 남의 눈에 우스꽝스럽게 보이기 쉬운 법이다. 연인들의 끝없는 구애, 애무, 그리고 키스는 그런 단계에서 벗어난 친구들에게는 견디기 힘든 것일 수도 있다. 그러나 빌과 바이올렛은 우리를 당혹스럽게 하지 않았다. 명백히 서로를 열렬히 사랑하면서도 자제심을 발휘해 나나 에리카가 함께 있을 때는 꾹 눌러 참았고, 아마 내가 가장 좋아했던 건 두 사람이 함께 창출하는 긴장감이었던 것 같다. 나는 늘 두 사람 사이에 보이지 않는 철사 줄이 있다는 느낌을 받았고, 그 줄은 팽팽하게 당겨지다 못해 끊어지기 일보 직전이었다.

바이올렛은 미네소타 주 던다스 근방 인구 623명의 농촌에서 성장했다. 알팔파 밭과 홀스타인 젖소와 해럴드 런드버그나 글래디스 흐르벡, 또는 러비 멍크마이어 같은 이름을 지닌 둔감한 캐릭터들이 있는 그녀 동네, 즉 중서부에 대해서 나는 아는 바가 거의 없었다. 그러나 상상할 수는 있었다. 영화나 책에서 훔쳐 본 망망한 하늘 아래 관판하게 펼쳐진 풍경의 이미지들. 그녀는 노스필드 근교의 소도시에서 고등학교를 졸업하고 같은 곳에 있는 세인트 올라프 칼리지를 다니다가 NYU 대학원으로 진학했다. 외가와 친가 모두 증조부님들이 노르웨이 이민자였고 대륙을 횡단해 와서 토양과 날씨에 맞서 싸우며 농장과 가족을 일구기로 작정하셨던 분들이었다. 시골에서 보낸 유년기는 아직도 바이올렛에게서 지워지지 않고 선연히 남아 있었다. 길게 끄는 중서부식 자음이나 착유기며 꿀망태에 대한 언급뿐 아니라 활기찬 정신의 성실함과 묵직함에서도 찾아볼 수 있었다. 바이올렛은 매력적이었지만 세련된 매력은 아니었다. 그녀와 말을 해 보면, 대화는 적고 침묵이 장악하는 탁 트인 공간에서 형성된 사고방식이라는 느낌이 들었다.

7월의 어느 오후 나는 바이올렛과 단둘이 있게 되었다. 에리카가 맷과 마크를 다시 그린 스트리트에 데려다주러 가면서 읽어봐 주기로 약속한 바이올렛의 논문 1장도 들고 갔던 것이다. 빌은 펄 페인트에 자재를 사러 가고 없었다. 창가 마룻바닥에 양반다리를 하고 주저앉아, 오거스틴의 이야기를 들려주고 있던 바이올렛의 갈색 머리칼에서 햇살이 빛났다. 이야기는 어느새 그녀 자신의 이야기로 변했다.

파리에서 바이올렛은 문서, 파일, 그리고 살페트리에르 종합병원에서 '옵세르바시옹'이라고 불렀던 케이스 스터디를 샅샅이 훑었다. 이런 자료를 조합해 몇몇 개인사의 윤곽을 대충 그려볼 수 있게 되었다. "그녀의 부모는 모두 하인이었어요." 바이올렛이 말했다. "그녀가 태어나고 얼마 되지 않아 두 사람은 아기를 친척한테 보내버렸죠. 6년 정도 친척 집에 얹혀살다가 그녀는 다시 수녀원 부설학교로 보내져요. 화를 잘 내는 여자애였어요. 말도 안 듣고 까탈스러운 아이였죠. 수녀들은 아이가 악마에 씌었다고 생각하고 얼굴에 성수를 부어 진정시키려 했어요. 열세 살 때 수녀들은 학교에서 그녀를 쫓아냈고, 그래서 다시 파리에서 하녀로 일하고 있던 엄마한테 돌아갔어요. 케이스 스터디에는 아버지가 어떻게 됐는지는 나오지 않더군요. 아마 자취를 감췄던 모양이에요. 하지만 오거스틴이 그 집안 아이들한테 노래와 바느질을 가르친다는 '조건' 하에 고용되었다는 이야기는 있어요. 노력의 대가로 좁은 옷방에서 잠을 잘 수 있게 되었지요. 그런데 알고 보니 그녀 어머니가 그 집 주인과 불륜의 관계였던 거예요. 기록에서는 그냥 '무슈 C'라고 칭하더군요. 오거스틴이 그 집에 들어오고 나서 소만간 무슈 C는 그녀를 성적으로 희롱하러 들기 시작했지만 그녀가 거절했어요. 결국 그는 면도날로 위협해 그녀를 강간하지요. 그리고 경련 발작과 사지 마비가 시작된 거예요. 그녀는 쥐들과 개들, 그리고 자기를 노려보는 커다란 눈알들을 환각으로 보게 돼요. 증세가 너무 심해져서 어머니가 살페트리에르로 데려갔는데, 거기서 히스테리 환자라는 진단을 받았죠. 열다섯 살이었어요."

"그런 치료를 받고 나서 미친 사람들이 굉장히 많을 텐데." 내가 말했다.

"처음부터 가망이 없었어요. 제가 지금 읽고 있는 어린 소녀들과 여자들이 다들 얼마나 비슷한 배경을 갖고 있는지 알면 놀라실 걸요. 대부분 다 찢어지게 가난했거든요. 부모나 친척들 집을 전전하며 빌붙어 살던 이들도 많고요. 유년기에 늘 어디 한 군데 뿌리박지 못하고 살았죠. 친척이나 고용주나 뭐 그런 사람들에게 학대를 당한 아이들도 몇 있고요." 바이올렛은 말을 멈추고 몇 초 동안 가만히 있었다. "'히스테리적인 성격' 운운하는 정신분석학자들이 아직도 있긴 하지만, 대부분은 히스테리아를 더 이상 정신병으로 치부하지도 않아요. 책에 남아 있는 한 가지는 '히스테리적 전환' 또는 '전환 장애'라는 거죠. 그건 어느 날 아침 일어나 보니 팔다리가 움직이지 않는다든가 하는데 아무런 육체적 이유가 없는 중세를 말해요."

"히스테리아가 의학적 창조물이라는 얘기군."

"아뇨." 바이올렛이 말했다. "그건 너무 단순해요. 의료 기관 역시 부분적으로 책임이 있지만 입원한 환자들 말고도 그토록 많은 여자들이 히스테리 발작을 일으켰다는 사실은 의사들 선에서 끝나는 문제가 아니라는 거죠. 혼절, 경련, 입에서 거품을 무는 일은 19세기에 훨씬 더 흔했던 중세예요. 이젠 더 이상 발병하지 않지요. 그게 이상하지 않아요? 제 말은, 유일한 설명은 히스테리아가 사실은 광범한 문화 현상이라는 거죠. 허가된 탈출구랄까."

"무엇으로부터의 탈출구?"

"한 가지 예를 들자면, 무슈 C의 집 같은 데로부터죠."

"오거스틴이 거짓 시늉을 했다는 건가?"

"아뇨. 그녀는 정말로 앓았다고 생각해요. 오늘날 입원을 했다면 정신분열이라든가 조울증이라고 진단을 내렸을 거예요. 하지만 솔직히 그런 병명들도 상당히 모호하잖아요. 제 생각에는 그녀의 병세가 그런 형태로 나타난 건, 그런 병이 대기 중에 퍼져 바이러스처럼 떠돌고 있기 때문이었을 거라고 생각해요. 신경성 거식증이 요즘 떠돌아 다니는 것처럼 말이죠."

내가 곰곰이 그녀의 논평을 생각해 보는 사이 바이올렛은 계속 말을 이었다. "우리가 어렸을 때 제 동생 앨리스와 저는 헛간에서 오랜 시간을 보내곤 했어요. 제가 아홉 살이 되고 앨리스가 여섯 살이 되던 해 여름에 우리는 건초더미 위에서 인형 놀이를 하고 있었죠. 서로 인형한테 말을 시키고 있었는데 갑자기 앨리스가 얼굴에 이상한 표정을 하더니 작은 창문을 가리키는 거예요. '저기 좀 봐, 바이올렛 언니. 천사가 있어.' 제 눈에는 네모난 햇빛 말고는 아무것도 보이지 않았지만 덜컥 겁이 나더라구요. 그리고 짧은 한 순간 거기 사람 형체가 있는 것만 같았어요. 창백하고 무게가 없는 어떤 존재가. 앨리스가 뒤로 넘어져 자빠지더니 허공에 발길질을 하면서 숨을 못 쉬는 거예요. 나는 그 애를 붙잡고 마구 흔들어 정신을 차리게 하려 했어요. 처음에는 장난인 줄 알았는데 아이 눈알이 희부옇게 까뒤집어지는 바람에 그게 아니라는 걸 알았죠. 엄마를 부르며 악을 쓰려 하는데, 내 침이 기도에 들이기 컥컥 숨이 막혀왔어요. 건초 속에서 발을 구르며 뒹굴었지요. 어머니가 집에서 달려 나와 사다리를 타고 우리가 있는 데로 올라왔어요. 우리는 다 제정신이 아니었어요, 레오. 어찌나 악에 받쳐 소리를 질렀는지 목이 다 쉬었죠. 엄마가 어느 쪽이 문제인지 찾아내는 데 1~2분쯤 걸렸을 거예요. 문제를 파악한 엄마는 나를, 정말로 세차게 밀쳐냈어요. 내가 앨리스의 무릎을 붙잡고 놓아주질 않았거든요. 어머니가 앨리스를 데리고 사다리를 내려가 병원으로 달려갔어요." 바이올렛은 부르르 떨며 한숨을 내뱉더니 말을 이었다. "저는 아버지와 집에 있었어요. 나는 부끄러워서 속이 다 메슥거렸어요. 패닉한 거죠. 전부 다 잘못한 거예요. 용감하지 못했을 뿐 아니라, 설상가상 내 마음 한구석에서는 숨이 넘어가는 척 연기를 했다는 걸 알고 있기 때문이에요. 그리고 그건 어느 정도까지만 진짜였다는 것도." 바이올렛의 눈에 눈물이 그렁그렁 맺혔다. "저는 방에 들어가서 숫자를 세기 시작했어요. 4천 몇인가까지 셌는데, 아빠가 들어오시더니 앨리스는 괜찮을 거라고 말해주셨어요. 병원의 엄마와 통화를 했다고 하셔서, 저는 아빠한테 매달려서 한참을 울었어요." 바이올렛은 내게서 고개를 돌렸다. "앨리스는 굉장히 심한 경기를 한 거예요. 간질이었거든요."

"겁을 먹었다고 스스로를 자책하면 안 되지." 내가 말했다.

바이올렛이 나를 보는데, 눈길이 갑자기 신중해졌다. "샤르코[6]가 어떻게 해서 히스테리아를 이해하기 시작했는지 아세요? 히스테리 환자들이 우연히 병원의 간질 환자들과 나란히 입원을 하게 됐대요. 머지않아 히스테리 환자들은 간질 발작을 하기 시작했던 거죠. 근처에 있는 것에 동화된 거예요."

에리카와 나는 8월에 2주일간 마사스 비니야드에 있는 집 한 채를 임대했다. 해변에서 1/4마일 거리에 있는 작고 하얀 집에서 맷의 네 살 생일을 축하했다. 그날 아침, 잠에서 깬 맷은 이상하게 조용했다. 아침 식

---

[6] Jean Martin Charcot(1825-93). 프랑스의 신경병리학자로 프로이트에게 직접적인 영향을 끼쳤다.

사 때 나와 에리카를 마주보고 식탁에 앉더니 자기 앞에 산더미처럼 쌓인 선물들을 차분하게 살펴보는 것이었다. 그 애 머리 뒤 부엌 창밖으로 초록색으로 펼쳐진 아담한 잔디밭과 풀잎에 맺힌 이슬의 반짝임이 보였다. 나는 아이가 포장지를 신나게 찢기를 기다렸지만 녀석은 꼼짝도 하지 않았다. 마치 무슨 할 말이 있는 눈치였다. 맷은 말을 하기 전에 미리 문장을 머릿속에서 구성하느라 한참을 조용히 있곤 했다. 아이의 언어 능력은 지난 1년간 급격히 향상되었지만 여전히 친구들 대다수보다 뒤처져 있었다.

"선물 풀어보고 싶지 않니?" 에리카가 물었다.

아이는 더미를 보고 고개를 끄덕이더니 우리를 쳐다보며 또랑또랑한 목소리로 물었다. "어쩌다가 그런 숫자가 내 몸에 들어온 거예요?"

"숫자?" 내가 말했다.

"4요." 맷의 암갈색 눈이 의문으로 커다랗게 떠졌다.

에리카가 식탁 반대편으로 손을 뻗어 아이의 팔에 얹었다. "미안해, 매티." 그녀가 말했다. "하지만 엄마 아빠는 무슨 얘긴지 잘 모르겠다."

"네 살이 됐다면서." 아이가 말했다. 그 애 목소리에서 완강한 고집을 읽을 수 있었다.

"아, 알겠다." 내가 천천히 말했다. "숫자가 네 몸에 들어가는 건 아니야, 맷. 사람들은 네가 네 살이 되었다고 말하지만 몸에는 아무 일도 일어나지 않는단다." 숫자를 맷에게 설명해주는 데는 한참이 걸렸다. 생일이 되면 마술처럼 그 숫자가 몸안에 들어가 자리를 잡는 게 아니라고, 그저 추상적인 상징에 불과하다고, 해나 컵이나 땅콩이나, 따지고 보면 세상 만물을 세기 위한 수단에 불과하다고 똑똑히 알려주어야 했다. 그날 밤 침실에서 들려오는 에리카의 목소리를 들으며 나는 다시 맷의 4에 대한 생각을 했다. 아내는 《알리바바와 40인의 도적》을 읽어주고 있었고 "열려라 참깨"를 읽을 때마다 맷은 그 마법의 주문을 함께 외웠다. '네 살이 된다'는 구절에서 혼동을 한 것도[7] 이상한 일은 아니었다. 어쨌든 그 애의 몸에는 기적적인 자질이 있었으니까. 몸에는 보이지 않는 내면이 있고 구멍과 통로가 있는 매끈한 표면이 있었다. 음식이 그 안으로 들어갔다. 오줌과 배설물이 밖으로 나왔다. 울 때는 소금기가 섞인 액체가 눈에서 흘러나왔다. '네 살이 된다'는 게 또 다른 육체적 변화를 뜻하지 않는다는 걸 어떻게 아이가 알겠는가? 새로운 숫자 4가 자기 심장이나 위장 옆에 들어가 자리를 잡는다든가, 아니 어쩌면 자기 머릿속에 둥지를 틀고 살게 하는 신체적인 "열려라 참깨" 주문이 아니라는 걸, 아이가 어떻게 알았겠는가?

그해 여름 나는 서양 회화의 변화하는 견해에 대해 글을 쓸 계획을 잡고 메모를 하기 시작한 참이었다. 보기의 관습에 대한 분석을 해 볼 생각이었다. 대규모의 야심찬 기획이자 위험천만한 작업이었다. 이 세상에서 표징은 다른 표징들과 혼돈되는 일이 잦았을 뿐 아니라 그 배후에 간직한 의미와도 헛갈리곤 했다. 그러나 아이콘의 표징은 말이나 숫자와는 다르게 기능하며, 닮음의 문제에 접근하되 자연주의의 함정에 빠져서는 안 되었다. 책 작업을 하는 동안 나는 종종 맷의 4를 떠올리곤 했다. 아주 유혹적인 형태의 철학적 오류를 피하지 않도록 일깨워주는 작은 경고였다.

바이올렛이 빌에게 처음 보낸 편지의 날짜는 10월 15일로 되어 있었다.

---

[7] turn four. '네 살이 된다'는 뜻이지만 맷은 '4라는 숫자를 돌린다'라는 뜻으로 직해한 것이다.

그녀는 이렇게 썼다. "사랑하는 빌, 당신은 한 시간 전에 날 떠났죠. 그렇게 불쑥 당신이 내 인생에서 사라져 버릴 줄은, 아무런 경고도 없이 자취를 감춰버릴 줄은 몰랐어요. 지하철역까지 당신과 함께 걸어가 당신이 내게 작별의 키스를 해준 후 집에 돌아온 나는 침대에 주저앉아 당신의 머리에 눌린 베개와 당신의 몸으로 주름진 침대보를 보았어요. 바로 몇 분 전 당신이 누워 있던 침대에 누워 화가 나지도 않고 울고 싶은 마음도 아니라는 걸 깨달았어요. 그저 놀라울 뿐이었죠. 마크를 위해 옛날의 삶으로 돌아가야 한다고 말했을 때, 그 말투가 너무 소박하고 슬퍼서 나는 시비를 걸 수도 없고 마음을 돌려 달라고 부탁할 수도 없었어요. 당신은 결심이 서 있었으니까요. 나도 그건 알 수 있었고, 그래서 눈물이나 하소연이 무슨 소용이 있을까 싶었어요.

6개월은 그리 긴 시간이 아니에요. 5월에 당신을 만나러 갔을 때부터 지금까지 6개월이 지났잖아요. 하지만 사실은 그보다 훨씬 더 오랜 시간이었거든요. 우리는 서로의 안에서 몇 년의 세월을 살았어요. 그 까만 페인트가 묻은 그 흉측한 회색 티셔츠 차림으로 계단 꼭대기에 서 있던 당신을 처음 본 그 순간부터 나는 당신을 사랑했거든요. 그날 당신한테서는 고약한 땀 냄새가 났고, 당신은 무슨 가게에서 살 물건 보듯 나를 보았죠. 왠지 몰라도 당신 눈에 서린 그 차갑고 엄격한 표정에 난 미칠 듯 사랑에 빠졌지만 전혀 내색하지 않았어요. 난 너무나 자존심이 강했거든요."

"난 당신의 허벅지를 생각해요." 두 번째 편지에서 그녀는 이렇게 썼다. "그리고 아침에 당신 살결에서 풍기는 따뜻하고 촉촉한 체취를, 당신이 처음 돌아누워 나를 볼 때 항상 내 눈에 들어오는 당신 눈초리의 아주 작은 속눈썹을 생각해요. 어째서 당신이 세상 그 누구보다 더 좋고 더 아름다운지 난 몰라요. 어째서 당신의 육체를 나는 생각하고 생각해도 또 생각하게 되는지, 당신의 등에 있는 작은 홈집들과 울퉁불퉁한 이랑들이 내겐 이렇게 사랑스러운지, 아니면 어째서 늘 신발을 신고 살았던 당신의 뉴저지 발의 하얗고 보드라운 발바닥이 다른 어떤 발보다 더 내 마음에 시리게 닿는지 난 알지 못해요. 하지만 그런 걸요. 시간이 더 많아서 당신의 몸을 차트로 정리하고 극점이며 윤곽선과 영토들을, 온화하기도 하고 격렬하기도 한 내륙의 지역들을 지도에 그려넣을 수 있다면 얼마나 좋을까요? 피부와 근육과 뼈를 아우르는 총체적인 지리를 말이에요. 말한 적은 없지만 당신의 지도 제작사로 평생을 살아가는 상상을 했었어요. 수년에 걸쳐 탐사를 하고 발견을 하고 내 지도의 모양을 바꾸면서 살아가는 거죠. 당신을 따라가려면 늘 다시 그려넣고 다시 측량을 해야 할 거예요. 틀림없이 내가 놓친 것들이 있을 거예요, 빌. 아니면 잊었거나. 왜냐하면 당신의 몸을 헤매던 시간 중 절반은 행복에 취해 눈이 멀어 있었거든요. 내가 보지 못한 고요한 지점들이 있어요."

다섯 통째, 그리고 마지막 편지에서 바이올렛은 썼다. "당신이 내게 돌아오기를 바라지만 그렇지 않더라도 나는 이제 당신 안에 있어요. 당신이 당신 자신에 대한 그림이라고 말했던 그림들과 함께 시작된 거죠. 우리는 우리 스스로를 서로에게 써 넣고 그려 넣었어요. 힘들죠. 얼마나 힘들지 당신은 알잖아요. 혼자 잘 때도 나는 당신이 나와 함께 숨 쉬고 있는 걸 느껴요. 그리고 제일 이상한 건 뭐냐 하면요. 혼자서도 괜찮다는 거예요. 혼자서도 행복하고, 혼자서도 살 수 있어요. 빌, 난 당신 때문에 죽지는 않을 거예요. 그저 당신을 원할 뿐이죠. 그리고 당신이 루실과 마크 옆에 영원히 남는다 해도, 나는 절대로 쓰레기통 뒤에서 달에 대한 노래를 부르던 그 남자의 목소리를 함께 들었던 그날 밤 내가 당신에게 주었던 걸 빼앗으러 찾아가지는 않을 거예요. 사랑해요, 바이올렛."

바이올렛과 빌의 이별은 딱 닷새 지속되었다. 15일에 그는 이층으로 짐을 싸서 들어와 결혼생활을 재개했다. 19일 그는 루실을 영영 떠났다. 빌과 바이올렛 모두 첫 날 나와 에리카에게 전화를 해서 무슨 일이 일어났는지 말해줬지만 메시지를 전하는 목소리에서는 아무런 감정도 드러나지 않았다. 그 시기 동안 나는 바이올렛을 딱 한 번 보았다. 16일 아침 계단 밑 복도에서 그녀를 만났던 것이다. 바이올렛이 전화해 소식을 전한 후로 계속 에리카가 연락하려 해 봤지만 허사였다. "목소리는 차분하게 들리는데." 에리카는 그렇게 말했었다. "틀림없이 지금 심정이 말이 아닐 거야." 그러나 바이올렛은 '말이 아닌' 몰골로 보이지 않았다. 심지어 슬픈 기색도 없었다. 그녀는 몸을 폭 감싸는 작은 네이비블루 원피스 차림이었다. 입술은 빨간 립스틱으로 반짝이고 있었고 흐트러진 것처럼 보이게 세심하게 손질한 머리를 하고 있었다. 하이힐은 새로 산 것 같아 보였고, 나를 보고 눈부신 미소를 지어 보였다. 손에는 편지 한 통을 들고 있었다. 어떻게 지내느냐고 물었더니 내 목소리에 배어나는 연민에 대한 반응으로 쌀쌀하고 또박또박한 말투로 그런 동정의 흔적 따위는 다 지워버리라는 경고를 하듯 대답했다. "난 괜찮아요, 레오. 빌에게 편지를 전하러 온 거예요. 우체국보다 빠르니까."

"빠른 게 중요한 거야?" 내가 물었다.

바이올렛은 흔들림 없이 내 눈을 바라보며 말했다. "속도와 전략. 지금 중요한 건 그거예요." 단번에, 단호한 몸짓으로, 그녀는 편지를 우편함에 떨어뜨렸다. 그러더니 하이힐 뒷 굽을 축으로 빙글 돌아 문으로 걸어갔다. 바이올렛은 자기가 생애 최고의 순간을 살고 있다는 사실을 알고 있었다고 확신한다. 곧은 자세, 살짝 치켜 든 턱, 타일 바닥에 또각거리는 구두 소리는 봐주는 사람이 없었다면 아까웠을 뻔 했다. 그녀는 나가기 전

뒤로 돌아 내게 윙크를 했다.
 빌은 결혼 생활을 다시 고려하고 있다는 얘기를 한 적이 없지만, 그가 루실에게 바이올렛 얘기를 하자마자 루실이 좀 더 자주 전화를 걸기 시작했다는 사실은 알고 있었다. 그리고 마크에 대한 의논을 하려고 몇 번 만났다는 것도 알았다. 루실이 무슨 말을 했는지는 몰라도, 그녀가 한 말은 빌의 죄책감과 의무감을 한꺼번에 건드렸을 게 틀림없다. 빌이 바이올렛을 버렸다면 그게 유일한 길이라고 진심으로 믿었기 때문이라고 확신했다. 에리카는 빌이 정신이 나갔다고 했지만, 그때 에리카는 이미 한쪽 편을 들고 있었다. 바이올렛을 사랑했을 뿐 아니라 루실에 대적하고 있기도 했던 것이다. 나는 오랫동안 빌을 보며 감지한 걸 에리카에게 또박또박 설명하려고 애썼다. 인성에 경직된 저류가 있어 가끔씩 그를 절대적인 입장으로 몰아넣곤 한다고. 빌은 언젠가 일곱 살 무렵에 이미 엄정하면서도 개인적인 윤리적 강령을 갖게 되었다고 말한 적이 있다. 다른 사람들보다 자기한테 더 엄격한 기준을 적용한다는 건 오만의 징표라는 걸 자기도 알고 있다는 생각이 들었지만, 그는 내가 아는 한 자기가 특별한 제약 속에 살아가고 있다는 생각을 끝내 버리지 못했다. 그건 자기 자신의 재능에 대한 믿음에서 기인하는 듯했다. 어린 시절 빌은 자기 나이 또래의 누구보다 더 빨리 달리고 더 세게 치고 더 야구를 잘 했다. 핸섬했고 학교에서 성적도 좋았고 마술사처럼 그림을 그렸으며 다른 재주 많은 아이들과 달리 자기 자신의 우월함에 대해 날카롭게 의식하고 있었다. 그러나 빌에게 영웅주의는 큰 대가를 치러야 하는 것이었다. 흐물흐물한 우유부단, 윤리적 약점, 뒤죽박죽 흐트러진 생각을 한다고 남을 탓하는 일은 절대 없었지만 자기 자신에게는 결코 용납하지 못했다. 결혼 생활을 한 번 더 시도해 보자는 루실과 풀타임으로 아버지가 필요한 마크 앞에서, 그는 내면의 법칙에 순응했던 것이다. 그 법칙이 바이올렛에 대한 감정에 반하는 명령을 내리는 한이 있어도 말이다.

빌과 바이올렛은 짤막한 이별과 재결합의 이야기를 좋아했다. 두 사람은 똑같은 식으로, 아주 단순하게, 무슨 동화처럼, 편지에 무슨 얘기가 있었는지는 쏙 빼놓고 그 이야기를 해 주었다. 어느 날 아침 빌이 일어나더니 바이올렛에게 헤어지자고 했다. 그녀는 지하철까지 그를 바래다주고 작별의 키스를 했다. 그리고 닷새 동안 날마다 바이올렛은 그린스트리트 27번지에 편지를 한 통씩 전달했고 매일매일 빌은 편지를 위층으로 갖고 올라가 읽었다. 19일에 다섯 통째 편지를 읽은 그는 루실에게 그들은 가망이 없는 사이라고 말하고 우리 건물을 떠나 이스트 7번가의 바이올렛 아파트로 걸어가 영원한 사랑을 고백했고, 울음을 터뜨린 바이올렛은 20분 동안 흐느꼈다.

이제 와서 생각해 보면 두 사람이 헤어져 있던 그 닷새는 강력한 의지를 지닌 두 정신의 전투였다는 생각이 든다. 그리고 편지를 읽고 나니 어째서 바이올렛이 이겼는지도 명백했다. 그녀는 빌에게 자기 마음대로 할 권리를 주었고 결코 따지지 않았다. 논증처럼 보이지 않게 빌이 아내가 아니라 자신을 선택해야 할 이유를 설득력 있게 주장했고, 루실의 이름은 딱 한 번 밖에 언급하지 않았다. 바이올렛은 루실은 시간과 아들, 그리고 정통성을 업고 있다는 걸 알고 있었고, 이들의 힘이 빌의 군건한 책임감에 의해 더욱 공고해져 있다는 점도 잘 알았다. 그러나 그녀는 빌의 윤리적 원칙에 절대 얽히지 않았다. 자기가 그에게 줄 수 있는 유일한 진실만으로 그를 무너뜨렸다. 바로 열렬하게 그를 사랑한다는 사실 말이다. 그리고 그런 열정이 바로 루실에게서 찾을 수 없는 거라는 점도 알고 있었다. 훗날 바이올렛은 편지 얘기를 하면서 공들여 쓴 편지라는 걸 분명히 밝혔다. "진지해야만 했어요." 그녀가 말했다. "그렇지만 추적거리는 감상주의는 안 될 말이었죠. 자기 연민의 흔적은 찾아볼 수 없는 잘 쓴 편지라야만 했어요. 포르노로 전락하지 않으면서 섹시해야 했고요. 잘난 체하고 싶지는 않지만 결국 훌륭하게 그 역할을 해 줬죠."

루실이 빌에게 돌아오라는 부탁을 했었다. 빌은 내게 그 얘기를 터놓고 해 주었다. 하지만 내 생각에는 막상 그가 돌아오자 그를 원하던 그녀의 욕망이 시들기 시작했던 것 같다. 겨우 두세 시간 같이 있었는데, 벌써 그가 한 설거지며 마크에게 읽어주던 동화―《바쁜 하루, 바쁜 사람들》이었다―까지 다 트집을 잡기 시작했다는 것이었다. 그간에는 루실이 냉정하고 자기 손 닿는 곳에 있어주지 않는다는 게 바로 빌의 마음을 사로잡았던 자질이었다. 루실 스스로 자기가 빌에게 행사하는 권력이 얼마나 큰 것인지 깨닫지 못했기에 더욱 그랬다. 그렇지만 사람을 귀찮게 들들 볶는 건 힘없는 자들의 전략이며 아무런 미스테리도 찾아볼 수 없는 짓거리다. 그 편지들에 활활 타오르는 의식으로 구현된 바이올렛의 명분을 도와준 건 집안일에 불평을 일삼는 루실의 지긋지긋한 잔소리였을 거라 생각한다. 그 시절에 대해 루실의 이야기는 끝내 듣지 못했으니 그녀 기분을 확실히는 알 수 없지만, 의식적으로든 무의식적으로든 그녀의 일부는 빌을 내치고 밀어냈을 거라는 생각이 든다. 그런 가능성을 생각하면 바이올렛의 승리는 어쩌면 그녀 생각보다는 조금 덜 대단한 것일지 모르겠다.

바이올렛은 바워리 가 89번지로 짐을 옮기고 빌과 동거하기 시작했다. 그리고 들어오자마자 청소를 시작했다. 유서 깊은 스칸디나비아 프로테스탄트의 계보에서 나온 게 틀림없는 광적인 열정으로 그녀는 박박 닦고 표백하고 스프레이를 뿌리고 윤을 내었고, 마침내 로프트는 생경하고 벌거벗은, 거의 비뚤어진 외양을 띠게 되었다. 루실은 우리 이층 이웃으로 남았고 양갈래로 나뉜 삶이 닷새 동안 잠시 유보되었던 마크는 두 집을 왕복하는 삶을 다시 시작했다. 빌은 안도감과 기쁨을 우리에게 내색하지 않았다. 그럴 필요가 없었다. 나는 그가 다시 내 등짝을 철썩 치고 다정하게 팔을 붙들기 시작했다는 걸 눈치 챘는데, 이상한 건 그가 다시 나와 신체적인 접촉을 재개하기 전까지 나는 그만둔 줄도 몰랐다는 사실이었다.

하루하루가 전례 의식처럼 당연하게 오고 또 갔다. 일상성과 친밀감의 읊조리는 기도처럼. 맷은 아침마다 아주, 아주 천천히 옷을 입으면서 음도 안 맞는 고음으로 혼자 노래를 불렀다. 일주일에 나흘 동안 에리카는 서류가방과 잉글리시 머핀을 손에 들고 문밖으로 씩씩하게 달려나갔다. 나는 맷을 학교에 데려다 주고 업타운에서 IRT를 들었다. 지하철에서는 머릿속으로 플리니우스 Gaius Plinius Secundus의 〈자연사〉에 초점을 맞춘 챕터에 쓸 문단들을 구상하면서 다른 사람들의 얼굴과 몸을 대충 보는 둥 마는 둥 했다. 내게 닿아오는 몸뚱어리를 느끼고 담배, 땀, 그리고 텁텁한 향수 냄새를 맡았다. 콜럼비아의 남학생들과 바나드의 여학생 몇 명을 데리고 서양미술에 대한 개관 수업을 하면서 그 이미지들 중 일부는 영원히 그들의 뇌리에 새겨지길 바랐다. 치마부에[8]의 금빛과 파랑의 추상이나 조반니 벨리니[9]의 〈초원의 마돈나〉의 생경한 아름다움이나 홀베인의 죽은 그리스도가 보여주는 공포라든가. 학생들이 고분고분하다고 끙끙거

---

8) Cimabue(1240년경~1302년경). 이탈리아 피렌체의 화가. 그의 작품으로 인정되는 것에는 현재 피렌체의 우피치미술관에 있는 〈성삼위일체의 성모〉(1290), 산타크로체 성당의 〈십자가에 못박힌 그리스도〉, 아레초의 성도미니크성당의 〈십자가에 못박힌 그리스도〉, 루브르미술관의 〈성모자 제단화〉 등이 있다.

리던 잭의 이야기를 들어주었다. "내가 진짜로 SDS의 그 괴짜들을 그리워하게 될 줄은 꿈에도 몰랐지 뭔가." 퇴근하고 들어오면 맷과 그레이스가 집에서 에리카와 나를 맞아주었다. 그 시간이면 맷이 그레이스의 무릎에 앉아 있는 경우가 많았다. 그 애가 '내 보드라운 집'이라고 부르는 곳이었다. 우리는 아이에게 밥을 먹이고 목욕을 시키고 '북쪽' 어디 있는 '루팃'이라는 나라에서 온 빨강머리의 야성적인 소년 군나의 이야기를 경청했다. 맷은 우리와 싸우기도 했다. 특히 그 애가 수퍼맨이나 배트맨으로 변신했을 때 우리가 감히 양치라든가 잘 시간 같은 지시로 그 전지전능함에 도전하면 저항이 엄청났다. 에리카는 바이올렛의 논문 교정을 도와주었다. 두 사람 사이에서는 아이디어들이 넘쳐흘렀고, 서로가 서로를 흥분시켰다. 아내가 문화적 오염과 주체의 문제에 대해 바이올렛과 오랜 통화를 한 날이면 머리가 지끈거리게 아픈 긴장을 풀어주려고 나는 등을 주물러 주곤 했다.

마크를 데리고 있지 않을 때 빌은 밤늦게까지 히스테리 설치작품 작업을 했다. 작업이 끝날 때쯤에 바이올렛은 이미 잠들어 있기 일쑤였다. 그녀는 빌이 제대로 앉아서 밥을 먹지도 않고, 밥을 먹더라도 무릎에 접시를 놓고 작품을 보고 앉아서 아무 말도 하지 않는다고 내게 말했다. 빌도 나도 그해에는 커피나 점심을 함께 할 시간이 나지 않았지만, 나는 또한 바이올렛 때문에 우리 우정의 형태가 전혀 다른 모습이 되었다는 사실을

---

9) Giovanni Bellini(1430년경~1516년). 야코포 벨리니의 아들(전처와의 아들, 또 서자라는 설도 있음.)로 젠티레 벨리니와 형제지간. 베네치아 파의 확립자로 조르조네, 티치아노들의 스승. 부친의 공방에서 수업하고, 초기에는 매형인 만테냐, 중기에는 안트넬로 다메시나의 영향을 받는다. 대표 작에는 〈산 조베의 제단화〉(1487년경, 베네치아, 아카데미 미술관), 〈그리스도의 변용〉(1487, 나폴리, 카포디몬테 미술관)등이 있다.

알고 있었다. 빌이 대놓고 나를 소홀히 했다는 얘기가 아니다. 우리는 전화 통화를 했다. 히스테리 작품에 대한 글을 써 달라고 부탁도 했다. 그리고 만날 때마다 그는 읽을거리를 내게 갖다 주었다. 〈로 코믹스Raw Comics〉[10]라든가 의학적 사진에 대한 책이나 난해한 소설 같은 것들이었다. 사실은 바이올렛이 빌의 내면에 열어준 통로가 그를 더욱 자기만의 고독 속으로 빠져들게 한 것이었다. 두 사람 사이에 오간 이야기나 사건들은 짐작할 수 있을 뿐이지만, 가끔 나는 그들의 친밀감이란 내가 절대 알지 못하는 용기와 치열함을 띠고 있다는 느낌을 받았고, 내 안의 결핍을 이처럼 의식하게 되자 막연한 불안감이 찾아왔다. 그 감정은 메마른 듯 텁텁한 맛으로 입안에 자리 잡았고, 나는 그 무엇도 충족시킬 수 없는 그리움으로 괴로워하게 되었다. 굶주림이나 목마름도 아니었고 심지어 내가 원했던 건 섹스도 아니었다. 어린 시절부터 가끔씩 느꼈던, 이름 없는 미지의 대상을 갈구하는 희미하지만 짜증스러운 욕구였다. 그해에는 밤에 잠자는 아내 옆에서 말똥말똥 눈을 뜨고 누워 공허한 입맛을 다시는 나날들이 며칠인가 있었고, 그럴 때면 나는 거실로 가서 창가 의자에 앉아 아침이 될 때까지 기다리곤 했다.

오랫동안 나는 댄 웩슬러를 사라진 남자들의 집안에서 나온 또 한 명의 사라진 남자라고만 생각했다. 조부인 모이쉬도 사라졌다. 아버지인 싸이는 머물렀지만 정신적으로는 쌩하니 내달려가 버린 지 오래였나. 이 3세대에 걸친 남자들 중 가장 젊은 댄은 뉴저지에 은닉되어 있었다. 심리상태에 따라 중도시설이나 병원에 사는 유령 거주민으로. 그해에 빌과 바이

---

[10] 1980년 만화가 아트 슈피겔만이 창간한 만화잡지.

올렛은 바워리 가에서 작은 추수감사 만찬을 차려 댄을 초대했다. 댄은 며칠 동안 빌에게 전화를 했다. 하루는 약속을 취소했다. 다음 날은 또 다시 간다고 했다. 그 다음날은 다시 전화를 걸어 못 가겠다고 했다. 그렇지만 마지막 순간 댄은 용기를 내어 버스를 타고 포트 오서리티 버스 터미널까지 왔고 마중 나온 빌을 만났다. 우리는 다 합쳐 일곱 명이었다. 빌, 바이올렛, 에리카, 댄, 매튜, 마크, 그리고 나. 레지나는 그 날 앨의 가족에게 갔고 블롬 가족은 연휴를 보내자고 뉴욕까지 오는 게 너무 멀고 비싸다고 했다. 댄의 광기는 숨길 수 없었다. 손톱 테두리는 심하게 때가 묻어 있었고, 목에는 잿빛의 피부 각질이 두껍게 들러붙어 있었다. 셔츠 버튼은 잘못 채워져 있어 상체 전체가 비뚤어져 보였다. 저녁 식사 때 나는 그 옆자리에 앉게 되었다. 나는 미처 냅킨을 펼쳐 무릎에 덮지도 않았는데 댄은 벌써 디저트 스푼을 집어 들고 무서운 속도로 칠면조와 스터핑[11]을 입안에 마구잡이로 쑤셔 넣고 있었다. 게걸스러운 먹성이 30초쯤 지속되었다. 그러더니 담배에 불을 붙이고 깊이 빨다가 느닷없이 나를 보고 들뜬 목소리로 커다랗게 말했다. "레오, 음식 좋아해요?"

"좋아해요." 내가 말했다. "음식은 대체로 다 좋아하죠."

"잘 됐네요." 하지만 실망한 목소리였다. 남는 손으로 그는 팔뚝을 심하게 긁기 시작했다. 손톱 때문에 피부에 줄무늬 자국이 남았다. 그러더니 그는 조용해졌다. 홍채가 더 검다는 것만 빼면 형과 꼭 닮은 커다란 눈이 불현 듯 내게서 멀어져갔다.

"음식을 좋아하나 봐요?" 내가 그에게 말했다.

---

11) 추수감사절 때 칠면조 속에 넣어 굽는 양념한 빵조각을 말함.

"별로요."

"어제 전화했을 때 크래커 먹고 있었잖아, 댄." 빌이 우리 말을 끊고 말했다.

댄이 웃음을 띠었다. "그건 맞아. 그랬어!" 이 말을 행복하게 하더니 식탁에서 일어나 서성거리기 시작했다. 엉거주춤 어깨를 구부리고 머리를 푹 숙여 바닥을 보고 걸으며 왼손으로 이상한 손짓을 했다. 엄지와 검지를 맞닿게 해서 O자를 그렸다가 주먹을 쥐었다가 1초 쯤 주먹을 움켜쥐고 있는가 하면 다시 O 표시를 하곤 했다.

빌은 동생을 못 본체 에리카와 바이올렛과 계속 이야기를 나누었다. 맷과 마크는 몇 분쯤 더 앉아 있다가 식탁에서 펄쩍 뛰어내려 자기네들은 '수퍼히어로'들이라고 시끄럽게 외쳐대며 뛰어다니기 시작했다. 댄은 서성거렸다. 일그러진 마루 널이 왔다갔다, 왔다갔다 할 때마다 끽끽거렸다. 댄은 혼자 중얼거리기도 하고 독백 중간중간 짤막하게 웃음을 터뜨리기도 했다. 바이올렛은 그를 계속 흘끗흘끗 바라보고 다시 빌 쪽을 보았지만, 빌은 고개를 저으며 괜히 방해하지 말라는 눈치를 주었다.

디저트를 다 먹고 나서 나는 댄이 방 저편 끝으로 물러나 빌의 작업대 근처 등 없는 의자에 앉아 있다는 걸 깨달았다. 나는 일어서서 그 곁으로 걸어갔다. 가까이 다가가자 그의 말소리가 들렸다. "너희 형은 절대 네가 그 더러운 술집으로 돌아가게 두지 않을 거야. 어머니는 이제 늙었어. 그냥 그래도 널 좋아하는 척할 뿐이야."

내가 그의 이름을 불렀다.

내 목소리에 그는 기겁을 했던 모양이다. 온몸이 화들짝 소스라치더니 바짝 경계를 했다. "미안합니다." 그가 말했다. "여기 있어도 괜찮으면 좋겠는데요. 생각을 해야 했어요. 굉장히 열심히 생각을 하던 중이란 말이에요."

나는 그 옆에 나란히 앉았다. 체취를 맡을 수 있을 정도였다. 댄은 땀 냄새가 지독했고, 셔츠 겨드랑이에는 커다랗게 젖은 흔적이 있었다. "무슨 생각 하고 있어요?"

"미스터리." 그가 말했다. 앞 팔뚝의 털을 몇 개 뽑더니 비비 꼬아 작은 매듭을 만들기 시작했다. "빌 형한테는 얘기했어요. 웃기죠. 양면이 있으니까? 남자와 여자 말이에요."

"그래요?" 내가 말했다. "어떤 면에서요?"

"이런 거예요. 리 씨가 될 수도 있고 테리 양이 될 수도 있어요. 내 말 알아들어요?"

"네, 알아요."

"내가 쓰고 있는 희곡의 남녀 주인공이에요." 그는 팔뚝 털 몇 가닥을 심하게 잡아 뽑고 담배 한 개비를 더 꺼내 불을 붙이고 천정을 빤히 노려보았다. 댄의 눈가는 시커멓게 그늘져 있었지만 초췌한 옆모습이 빌과 닮아서 나는 한순간 소년 시절 어린 두 사람이 진입로에 서 있는 모습을 상상해 보았다. 댄은 자기만의 생각 속으로 빠져들어갔고 O 표시가 다시 나타났다. 그의 손가락들은 급박하게, 그리고 신속하게 동작을 반복했다. 그는 일어서서 다시 서성거리며 걷기 시작했다. 바이올렛이 우리 사이에 끼어들었다.

"식탁으로 다시 오셔서 코냑 한 잔 하실래요?" 그녀가 물었다.

"고맙습니다, 바이올렛 누나." 댄이 정중하게 말했다. "그렇지만 난 그냥 담배나 피우면서 서성거릴래요."

몇 분 후 댄은 결국 식탁으로 왔다. 빌 옆자리에 앉더니 형에게 바짝 기대서 열렬하게 어깨를 두드리기 시작했다. "우리 형." 그가 말했다. "빌형, 우리 B.B., 빅 붐 빌…."

빌은 한 팔로 댄의 어깨를 감싸 안아 퍽퍽 치는 손길을 막았다. "맘 먹고 와 줘서 기쁘다. 여기 이렇게 있으니 얼마나 좋아."

댄은 활짝 웃더니 자기 앞에 있던 술잔을 들고 한 모금 마셨다.

한 시간 후, 설거지가 끝나고 그릇도 다 치웠다. 두 소년이 창가에서 블록을 갖고 노는 사이 바이올렛, 에리카, 빌과 나는 댄이 죽은 듯이 잠에 빠진 매트리스를 굽어보며 서 있었다. 그는 몸을 동그랗게 말고 무릎을 꼭 안고는 입을 벌리고 쌕쌕 부드러운 숨소리를 내고 있었다. 부러진 담배 한 대와 라이터가 그 곁의 담요 위에 놓여 있었다. "그 브랜디는 못 마시게 할 걸 그랬나 봐." 빌이 말했다. "리튬하고 상호작용을 일으킨 거 같아."

댄은 바워리를 자주 찾지 않았지만 빌이 정기적으로 통화를 한다는 걸 나는 알고 있었다. 가끔은 날마다 전화할 때도 있었다. 불쌍한 댄은 엉망진창이었다. 그의 삶은 나날이 신경쇠약과의 투쟁이었다. 언제라도 병원에 다시 입원해야 할 상황이 올 수 있었다. 격발하는 편집증에 시달리다 못한 그는 빌에게 전화를 해 아직도 자기를 좋아하느냐고 묻거나, 심지어 빌에게 자기를 죽이려 드는 거냐고 따지기도 했다. 그러나 병증에도 불구하고 댄에게는 형과 이어지는 자질들이 있었다. 두 사람 모두 쉽게 삭이기 힘든 격정과 교류하고 있었다. 빌은 일에서 그 강력한 감정의 배출구를 찾았다. "살려고 일하는 거야."라고 그는 언젠가 내게 말한 적이 있었다. 그리고 댄을 만난 후로 나는 그의 말이 무슨 뜻이었는지 훨씬 더 잘 이해하게 되었다. 예술을 창조한다는 건 빌에게 최소한의 평정을 유지하기 위해서, 계속 살아내기 위해서, 반드시 필요한 일이었다. 댄의 희곡과 시들은 대부분 미완성이었다. 누덕누덕 해어진 정신의 소산들은 꼬리를 물고 빙글빙글 돌면서 끝내 밖으로 탈출의 도약을 하지 못했다. 형은 두뇌와 배짱과 개인사에서 일상의 삶이 부과하는 긴장과 부담을 견뎌낼 힘을 얻었다. 동생에겐 아무것도 없었다.

날마다 머리 위에서 루실의 발소리가 들렸다. 독특한 그녀만의 걸음걸이가 있었다. 경쾌하면서 살짝 발을 끄는 걸음걸이. 층계에서 나와 마주치면 그녀는 언제나 자의식적으로 미소를 짓고 나서 대화를 나누기 시작했다. 빌이나 바이올렛 이야기는 한 마디도 꺼내지 않았고 내가 늘 그녀 작업에 대해 물어봐도 절대 다시는 자기 시들을 읽어보라고 주지 않았다. 내 종용에 못 이겨 그해 봄 에리카는 루실과 마크를 이른 저녁식사에 초대했다. 그녀는 신경 써서 드레스를 차려 입고 왔는데, 몹시 보기 흉한 기괴한 베이지색 포대 같은 옷이었다. 몸매를 숨기고 있었어도 영 잘못 고른 그 옷은 왠지 내 마음을 울렸다. 나는 그걸 그녀가 세속과 담을 쌓고 사는 또 하나의 표식으로 읽었지만, 그 흉함이 싫다기보다 어쩐지 짠하게 느껴졌다. 그날 저녁 테이블 맞은편에 그녀가 앉아 있을 때, 나는 그 창백한 달걀형 얼굴에 떠오른 엄한 표정을 보며 궁금해 했다. 그녀의 절제력 때문에 그 얼굴이 무생물이나 다름없는 아우라를 풍겼다. 무슨 초자연적인 요행으로 태어나기 수 세기 전에 그려진 자기 자신의 초상화 같았다.

그날 밤 마크와 맷은 헬로윈 의상을 어디선가 찾아내서 집안을 휘젓고 소리를 질렀다. 마크는 흑백의 뼈가 그려진 얇은 나일론 해골 옷을 입었고 맷은 가슴에 빨간 부직포 S자가 붙어 있는 파란 파자마를 입고 똑같은 재질의 망토를 두른 깡마른 난쟁이 슈퍼맨이었다. 맷은 마크를 '해골인간'이나 '뼈대가리'라고 부르기 시작했다. 1~2분쯤 지났을까, 별명들은 시끄러운 읊조림으로 변했다. "다 죽어 자빠진 해골이 해골아." 두 소년은 우리 로프트 창가에서 원을 그리며 쿵쾅거리고 발을 굴렀다. 묘지 파는 광인들처럼 똑같은 말을 계속 외쳐댔다. "해골! 해골! 죽음! 죽음!" 에리카가 애들을 지켜보았고, 나도 몇 번씩 고개를 돌려 보며 혹시나 너무 흥분해서 광란으로 이어져 눈물로 끝나지나 않을까 살폈지만 루실은 아들을 눈여겨보지도 않았고 맷이 놀이를 위해 지은 노래를 듣지도 않았다.

그녀는 휴스턴의 라이스 대학에서 문예 창작 강사직이 나서 맡을 생각을 하고 있다고 말했다. "텍사스에 한 번도 가본적이 없어요." 그녀가 말했다. "일을 맡으면 카우보이 한두 사람은 만나게 되겠죠. 한 번도 만나본 적이 없거든요." 루실은 가끔 말할 때 축약형을 회피하는 일이 있었는데, 그때까지는 눈치 채지 못했던 작은 버릇이었다. 그녀는 하던 말을 계속했다. "어렸을 때부터 카우보이들한테 관심이 가더라고요. 당연히 진짜 카우보이들 말고요. 내가 머릿속에서 꾸며낸 거죠. 실제 카우보이들을 만나게 되면 끔찍하게 실망하게 될지도 몰라요."

루실은 그 일을 맡아 이른 8월 마크를 데리고 텍사스로 떠났다. 빌과 이혼한 지 두 달째 되던 무렵이었다. 이혼이 확정되고 닷새 후 빌과 바이올렛은 결혼을 했다. 결혼식은 6월 16일, 조이스의 유태인 율리시즈가 더블린을 헤매던 날짜와 같은 날 바워리 로프트에서 치러졌다. 서약이 오간 후 불과 몇 분 후, 나는 바이올렛의 성 블룸은 블룸Bloom(제임스 조이스의 소설 《율리시즈》의 주인공 이름이 리오폴드 블룸이다—옮긴이)과 불과 ʊ 하나 차이리는 걸 깨달았고 그 무의미한 연결고리를 따라 빌의 이름인 웩슬러를 생각해 보게 되었다. 그 이름의 독일어 어원은 변화, 변화의 과정, 그리고 변화를 일으킨다는 의미를 갖고 있다. 꽃이 피고 변화하고, 라고 나는 생각했다.

빌과 바이올렛은 가족과 친구들에게서 멀리 떨어진 파리에서 결혼하고 싶어 했었다. 레지나와 바이올렛의 부모에게도 그렇게 하겠다고 말했었지만, 로맨틱한 공상은 복잡하기 짝이 없는 프랑스 법 때문에 좌절되었고 그들은 프랑스로 출발하기 전 급히 결혼했다. 행사에 실제로 참석해 목도한 사람은 맷과 댄과 에리카와 나 뿐이었다. 마크와 루실은 가족과 함께 케이프코드에 있었다. 레지나와 앨은 어디선가 크루즈를 타고 있었고, 블룸 가족은 그해 후반 미네소타에서 커플을 위한 리셉션을 계획했다.

기온이 무려 38도에 가까워서 우리 여섯은 찌는 더위에 숨이 턱턱 막혔다. 윤리문화학회에서 나온 키 작은 대머리 남자가 짧은 예식을 주관하는 동안 천정의 선풍기가 텁텁한 공기를 밀어내고 삐걱거리는 소리를 내며 빙글빙글 돌아갔다. 형식적으로 몇 마디를 하고 존 던의 〈좋은 아침〉을 읽어준 후 그는 빌과 바이올렛이 남편과 아내가 되었다고 선언했다. 불과 몇 분도 지나지 않아 바람이 일더니 창문으로 불어 들어왔고 비가 내렸다. 무섭게 비가 쏟아지더니 우리가 수프림즈의 테이프에 맞춰 춤을 추며 샴페인을 마시는 동안 천둥 번개가 쳤다. 우리 모두 춤을 췄다. 댄은 바이올렛과 에리카와 춤을 추었고 맷과 또 나와도 춤을 추었다. 그는 마룻바닥을 쿵쿵 발로 굴렀고 가끔 나지막하게 으르렁거리는 웃음소리를 냈다. 그리고는 한쪽 구석에서 혼자 서성거리며 담배를 피우고 싶은 충동에 또 빠져드는 것이었다. 에리카는 맷에게 양복 재킷을 입히고 보타이를 해 주고 회색 바지를 입혔지만, 아이는 결국 하얀 셔츠에 속옷 바람으로 맨발로 춤을 추었다. 머리 위로 꼬물꼬물 손을 흔들고 음악에 맞춰 앞뒤로 몸을 흔들었다. 신부와 신랑도 물론 춤을 추었다. 바이올렛은 몸을 떨고 발길질을 하고 고개를 뒤로 홱 젖혔고, 빌도 그녀와 함께 움직였다. 갑작스러운 충동에 휩싸여 그는 그녀를 획 안아들어 로프트 문을 넘어 층계참까지 나갔다가 함께 돌아왔다.

"빌 삼촌이 바이올렛한테 무슨 짓을 하는 거야?" 맷이 내게 물었다.

"안고 문지방을 넘어가는 거야." 나는 그 옆에 쭈그리고 앉아 문의 상징을 설명해 주었다. 맷은 눈을 커다랗게 뜨고 뚫어져라 보며 나도 엄마한테 그렇게 했느냐고 물었다. 그런 적 없다고 하고 그 애 얼굴을 보니 정력적인 빌 삼촌 옆에서 나의 남성성이 약간 빛 바래는 기분이 들었다.

빌은 루실이 마크를 데리고 뉴욕을 떠나는 걸 바라지 않았지만, 머물러 달라고 간절하게 부탁할수록 루실은 점점 더 완강하게 고집을 세웠다. 그래서 그는 아들을 두고 벌이는 전쟁의 첫 전투에서 패배했다. 빌의 유산으로 산 로프트는 그대로 남았다. 트럭, 저축 계좌, 루실과 함께 산 가구, 그리고 마크의 초상화 세 점은 합의에 의해 처분되었다. 빌과 바이올렛이 프랑스에서 돌아왔을 때 루실과 마크는 이미 텍사스로 가버린 뒤였고, 우리 머리 위의 로프트는 빌의 책들만 남기고 텅 비어 있었다. 바이올렛은 열심히 청소를 했고 두 사람이 이사를 들어왔다. 그러나 9월 후반, 텍사스로 이사 간지 채 몇 주도 되지 않았을 때, 루실이 빌에게 전화를 걸어 마크를 돌보면서 강의를 할 수가 없다고 말했다. 그녀는 마크를 비행기에 태워 아버지가 있는 집으로 보냈다. 결국 마크는 다시 엄마와 몇 년간 함께 살던 그린 스트리트에서 빌, 그리고 바이올렛과 함께 살게 되었다. 그러나 아파트는 아이 눈에 굉장히 다르게 보였으리라. 루실은 살림에 관심이 없었다. 빌처럼 지저분하지는 않아도 바닥에 산더미처럼 책들을 쌓아놓았고 발에 장난감이 밟혔으며 먼지뭉치들도 여기저기 떼로 돌아다니고 있었다. 바이올렛은 특유의 열정으로 새 아파트에 둥지를 틀었다. 대체로 텅 빈 방들은 하도 박박 닦아서 반짝반짝했다. 새로 변신한 아파트를 내가 처음 본 날, 빌이 손수 만들고 바이올렛이 짙은 터키 색으로 칠한 소박한 새 식탁에 투명한 유리 꽃병이 놓여 있었다. 꽃병에는 눈부신 빨간 튤립 스무 송이가 가득 꽂혀 있었다.

히스테리 연작으로 1983년 10월 후반 전시회를 열게 되었을 무렵에 나와 에리카가 1975년 이사 갔던 소호는 사라지고 없었다. 대체로 텅 빈 거리와 고요하고 볼품없는 분위기는 사라지고 그 자리에 번쩍거리는 새로운 풍경이 들어서 있었다. 갤러리가 줄지어 문을 열었다. 문짝이 뜯겨 나가고 새롭게 페인트가 칠해졌다. 휑하고 커다란 공간에 드레스, 치마, 스웨터들 예닐곱 점만 걸어놓은 옷집들이 느닷없이 툭툭 튀어나왔다. 마치 그 옷들도 무슨 예술작품이라는 듯이. 버니는 웨스트 브로드웨이에 있던 넓고 하얀 2층짜리 갤러리를 개조해 더 미끈하고 더 널찍하고 더 하얀 2층짜리 갤러리로 바꾸었고, 예술 작품 매상이 급증하자 버니는 더 빨리 달리고 더 높이 뛰었다. 길모퉁이나 카페에서 그와 마주치게 될 때마다 그는 안절부절 몸을 흔들어대며 새로 등장한 이런 화가 저런 화가 얘기를 하며 매진된 전시회와 급등하는 입장권 값에 대한 이야기를 신나게 떠들어대곤 했다. 버니는 돈 관념이 희미하지 않았다. 존경하지 않고는 배길 수 없는 환희와 뻔뻔함으로 이 변화를 열렬히 받아들였다. 붐과 대유행은 뉴욕에 리듬을 타고 왔다 갔지만 그때처럼 거액의 돈과 친숙함을 느낀 적은 다시는 없었다. 그 달러들에 이끌려 생소한 사람들이 떼거지로 동네에 몰려들었다. 버스들은 웨스트 브로드웨이에 정류장들을 만들어 관광객들을 내려놓았고, 대부분은 중년의 여자들이었다. 이 여자들은 무리를 지어 동네를 어슬렁거리며 이 갤러리 저 갤러리를 찾아다녔다. 보통 육상용 운동복 차림이었는데, 그 유행은 늙어가는 아기들처럼 보이게 만드는 볼

썽사나운 효과를 낳았다. 젊은 유럽 사람들이 와서 로프트를 샀다. 당시 유행하던 미니멀리즘에 따라 새 보금자리를 꾸미고 나서 그들은 거리와 레스토랑과 갤러리로 나와서 몇 시간 동안이나 빈둥거렸다. 잘 차려입은 옷차림만큼이나 속수무책이고 게으르게.

예술도 참 알 수 없지만 예술의 판매는 더욱 더 알 수 없는 일이다. 대상 자체는 팔리고 또 구입되고 이 사람 손에서 저 사람 손으로 옮겨 가게 되지만, 거래 과정에서 작용하는 요소들은 무수히 많다. 예술작품의 가치가 오르려면 특별한 심리적 기후가 필요하다. 그 순간 소호는 예술이 흥하고 가격이 급등하기에 딱 적절한 양의 정신적 열기를 제공해 주었다. 각 시대 별로 값비싼 작품들은 비구체적인 것들로 인해 배태된다. 가치 있는 관념 말이다. 이 관념은 예술가의 이름을 사물 그 자체로부터 분리하는 패러독스 효과를 낳게 되고 그 이름은 매매되는 상품이 된다. 대상은 그저 물적 증거로서 이름을 따라갈 뿐이다. 물론 예술가 자신은 이런 과정과 별 관련이 없다. 그러나 그 시절에 슈나벨[12], 살르[13], 피슬[14], 셔먼[15]은 마치 밤마다 내가 맷에게 읽어주던 동화책에 나오던 것과 마찬가지

---

12) Julian Schnabel. 1951년생. 미국의 신표현주의 화가이자 영화감독. 다양한 재료를 이용해 회화의 한계에 도전하였으며 고전과 신화, 역사적 이미지를 절충한 개인적이면서 암시성이 풍부한 작품을 창조했다

13) David Salle. 1952년생. 미국의 신표현주의 화가. 대중문화와 포르노그래피, 인류학 등에서 추출한 다층적이고 분석 불가능한 이미지의 파편들로 이루어진 그의 회화는 성적이고 심리적인 환상을 들춰내 보여준다

14) Eric Fischl. 1948년생. 1980년대 구상회화로의 복귀가 이어지면서 미국 현대미술을 대표하는 명성을 얻었다. 성적인 욕망으로 가득 찬 화면과 관음증적 시각을 통해 성의 기회주의와 도덕적 불안 등 미국 중산층 도시인의 삶의 이면을 적나라하게 드러냈으며, 동시에 그 기저에 깔려 있는 고독감과 절망감을 표현하였다.

인 마법의 주문이었다. 봉인된 문을 열고 텅 빈 주머니를 황금으로 채워 주었다. 웩슬러라는 이름은 그때 그처럼 활짝 꽃핀 마술을 부릴 운명은 아니었지만, 버니의 전시회 이후로는 여기저기서 속삭임처럼 그의 이름이 들려왔고, 서서히 내게도 빌 역시 소호에 드리워져 있던 그 이상한 날씨에 이름을 잃게 될지도 모른다는 느낌이 들 무렵, 느닷없이, 1987년 시월의 어느 날 그 모든 게 뚝 그쳐 버렸다.

그해 8월에 에리카와 나는 완성된 히스테리 작품 세 점을 봐 달라는 초대를 받고 바워리를 찾았다. 같은 테마로 여남은 개가 넘는 소품들이 아직 진행 중이었다. 회화, 드로잉, 그리고 작은 설치 작품들. 우리가 방에 들어갔을 때 나는 실내 한가운데 놓여 있는 거대하고 야트막한 상자들 — 높이 10피트, 너비 7피트에 깊이 1피트 — 을 보았다. 캔버스는 프레임 위로 팽팽하게 당겨져 있었고 소재는 상자 속에 봉인된 전기 조명으로 빛나고 있었다. 처음에는 표면만 눈에 들어왔다. 복도, 층계, 창문, 그리고 문이 차분한 색조로 칠해져 있었다. 갈색, 암갈색, 진초록과 파랑. 층계는 천정으로 이어졌지만 다른 층으로 접근할 수는 없었다. 창문이 열리면 벽돌 벽이 나왔다. 문이 양편에 나 있고 불가능한 각도로 기울어져 있었다. 소방용 비상구가 칠해진 외면에서 칠해진 내면으로 구멍을 통해 기어들어 왔고, 아이비 덩굴이 길게 따라들어 왔다.

사란 랩(음식을 싸는 랩의 상표명 — 옮긴이)을 연상시키는 덮개가 페인트칠한

---

15) Cindy Sherman. 1954년생. 미국의 여류 사진 예술가. '여성'과 '몸'이라는 주제를 다루면서 모더니즘과 가부장적 남성 사회가 규정한 여성상을 비판하며 여성의 진정한 자아확립과 주체회복에 대한 메시지를 표현했다. 1977년 〈무제 사진 스틸〉 시리즈부터 시작해 5단계의 주제의식을 지닌 작품들을 펴냈다.

상자 세 점의 전면 위를 단단히 덮고 있었다. 플라스틱에는 텍스트와 이미지가 새겨져 있되 색채는 없고 도드라진 부각만 남아 있었다. 이 단어와 그림의 효과는 알아볼 수 없었기에 뭐니 뭐니 해도 잠재의식을 노리고 있었다. 세 번째 상자의 오른편 밑에는 3차원의 사람이 있었다. 6인치 가량의 키에 실크햇과 긴 코트를 차려 입고 있었다. 활짝 열려 있는 듯 보이는 문을 밀고 있었다. 가까이서 들여다보고서야 문이 실제로 있다는 걸 알았다. 경첩이 있는 문으로 틈새를 통해 우리 동네 비슷해 보이는 거리가 보였다. 캐널과 그랜드 사이에 있는 그린 스트리트였다.

에리카는 첫 번째 상자에서 문을 찾아내 열어보았다. 그녀에게 바짝 기대서서 작은 방을 들여다보았다. 반대편 벽에 붙여져 있는 낡은 흑백 사진 위로 미니어처 천정 등이 혹독한 빛을 비추고 있었다. 여자의 머리와 토르소(목·팔·다리가 없는 동체만의 조각작품 — 옮긴이)를 뒷모습으로 보여주는 사진이었다. 'SATAN(사탄, 악마 — 옮긴이)'이라는 글자들이 커다란 글씨로 여자의 어깨뼈 사이를 가로질러 쓰여 있었다. 사진 앞에는 땅바닥에 무릎을 꿇은 또 다른 여자의 이미지가 있었다. 묵직한 캔버스에 그려서 오린 형상이었다. 노출된 등과 팔에다 빌은 티티앙(16세기를 대표하는 화가 — 옮긴이)을 연상시키는 진주 빛깔의 이상화된 살결 색조를 썼다. 어깨에서 끌어내린 나이트가운은 연하디연한 하늘빛이었다. 방안에 있는 세 번째 인물은 남자로, 작은 밀랍 조각이었다. 그는 오려낸 여자 위에 지리 교실에서 쓰는 깃 같은 포인터를 들고 그녀를 굽어보며 피부의 뭔가를 따라 짚는 것처럼 보였다. 나무 한 그루, 집 한 채, 그리고 구름 한 점이 떠 있는 조잡한 풍경이 있었다.

에리카는 머리를 젖히고 바이올렛에게 말했다. "피부묘기증(뾰족한 볼펜이나 연필로 그으면 그 모양대로 부어오르는 피부병 — 옮긴이)이네요."

"네, 그 여자들한테 그들이 그랬죠." 빌이 내게 말했다. "의사들이 뭉툭한 기구로 단어나 그림을 그리면 피부에 형상이 나타나곤 했어요. 그리고 그 글자의 사진을 찍었어요."

빌이 다른 문을 열자 같은 상자의 두 번째 방이 보였다. 후면의 벽은 창밖을 내다보는 여자를 그린 회화 이미지로 덮여 있었다. 검은 긴 머리는 한쪽으로 모아 벌거벗은 어깨에 늘어뜨렸다. 회화의 스타일은 17세기 네덜란드에서 곧장 따온 것이었지만 빌은 검은색으로 가볍게 드로잉을 덧칠해 이미지를 복잡하게 만들었다. 드로잉은 같은 여자였지만 렌더링의 스타일이 달랐고, 회화 위에 스케치가 중첩되어 있어 흡사 여자가 자기 유령과 함께 서 있는 느낌이 들었다. 한 번은 붉은 페인트로, 또 한 번은 검은 크레용으로, 팔에 두 번 반복해 쓰여 있는 글자는 'T. BARTHELEMY'였다. 글씨들이 피를 흘리고 있는 것처럼 보였다.

"디디-후베르만이 바르텔레미를 언급하고 있어요." 바이올렛이 말했다. "프랑스 어디 의사라는데 여자한테 자기 이름을 새기고 매일 오후 네 시 같은 시간에 상처에서 피를 흘리라고 명령을 내렸대요. 여자는 피를 흘렸고, 보고에 따르면 그 이름은 3개월 동안 또렷이 보였다고 하네요." 나는 계속해서 환히 밝혀진 작은 방을 들여다보았다. 아우구스틴 그림이 있는 방바닥에는 아주 작은 옷가지들이 몇 점 있었다. 페티코트, 미니어처 코르셋, 스타킹과 작은 부츠들.

바이올렛이 세 번째 문을 잡아당겨 열었다. 온통 흰색의 이 방은 작은 전기 샹들리에로 위에서부터 밝혀져 있었다. 캔버스는 복도처럼 보이는 배경에 완전히 옷을 차려입은 남자와 벌거벗은 여자를 보여주고 있었다. 여자 얼굴은 볼 수 없었지만 그 몸이 어쩐지 바이올렛을 연상시켰다. 여자는 방바닥에 누워 있고 젊은 남자는 그녀의 등을 깔고 걸터앉아 있었다. 왼손에 커다란 펜을 움켜쥐고 여자의 한쪽 엉덩이에 뭔가를 열심히 쓰고 있는 것처럼 보였다.

중간 상자에는 문이 두 개 달려 있었다. 첫 번째 문 뒤에는 작은 인형이 있었는데 내가 보기에는 골디락스[16] 같았다. 긴 금발머리, 체크무늬 드레스, 그리고 하얀 앞치마를 입고 있었다. 작은 인물은 생청을 부리고 있었다. 눈을 꼭 감고 입은 소리 없이 비명을 지르듯 벌리고 작은 방을 둘로 가르는 막대를 두 팔로 꼭 붙잡고 있었다. 발작을 하듯 온몸을 뒤틀어 드레스가 허리까지 걷어 올려져있었으며, 작은 얼굴을 찬찬히 뜯어봤더니 한쪽 뺨에 길게 죽 그어진 불그죽죽한 긁힌 자국이 보였다. 그녀를 에워싼 사방 벽에 빌은 흑백으로 그림자 같은 남자의 형상 열 개를 그려놓았다. 남자들은 하나같이 책을 한 권 들고 회색 눈으로 울부짖는 소녀를 보고 있었다.

중간 상자의 두 번째 문은 살페트리에르 병원의 사진과 유사한 흑백의 회화를 담고 있었다. 빌은 십자가에 못박힌 자세를 한 여자 사진 한 장을 활용해 자기 식의 쥬느비에브를 렌더링했다. 그녀의 의학적 시련은 성인들의 수난을 모밍하고 있었다. 마비, 발작, 그리고 낙인. 네 개의 비비 인형들이 그 사진-회화 앞의 마룻바닥에 하늘을 보고 똑바로 누워 있었다. 눈가리개가 그 눈에 둘러져 있고 입에는 테이프가 붙여져 있었다. 인형들을 찬찬히 살펴보면서 처음 세 개의 인형 입을 막은 테이프에 쓰여 있는 단어들을 읽었다. HYSTERIA, ANOREXIA·NERVOSA, 그리고 EXQUISITE MUTILATION이었다. 네 번째 테이프에는 아무것도 없었다.

[16) 영국의 전래동화 《골디락스와 곰 세 마리》의 주인공]

문을 밀어 열고 있는 사람이 하나 덩그러니 서 있는 세 번째 상자에는 다른 문 두 개가 잘 숨겨져 있었다. 첫 번째 문은 찾아냈는데 손잡이는 트롱프뢰유(실물과 착각할 수 있을 정도로 정교하게 그려진 그림 – 옮긴이) 스타일로 그려진 십여 개 다른 손잡이들 사이에 위장되어 숨겨져 있었다. 나는 다른 방보다 훨씬 비좁은 그 환히 밝혀진 방을 들여다보았다. 바닥에는 미니어처 목관이 하나 놓여 있었다. 그게 다였다. 에리카가 마지막 문을 열자 또 하나의 텅 비다시피 한 방이 나왔다. 아주 작은 필기체로 'key(열쇠)'라는 말이 적힌 더럽고 해진 종이쪽지 말고는 아무것도 없었다.

에리카는 허리를 굽히고 그린 스트리트로 통하는 문을 나서고 있는 실크햇을 쓴 작은 남자 조각을 찬찬히 살펴보았다. "저 남자도 실제 인물인가요?" 그녀가 말했다.

"여자예요." 바이올렛이 말했다. "찬찬히 살펴보세요."

나는 에리카 옆에 쭈그리고 앉았다. 재킷 밑으로 그 형체의 젖가슴이 보였다. 양복은 커 보였다. 발목까지 헐렁하게 늘어져 있었다.

"아우구스틴이에요." 바이올렛이 말했다. "저게 그 여자 이야기의 결말이에요. 그녀의 '관찰기' 마지막 글이죠. '9월 9일 – X…se sauve de la Salpetriere deguisee en homme.'"

"X?" 내가 말했다.

"그래요, 의사들은 글자와 암호를 사용해서 환자의 정체를 보호했거든요. 그렇지만 확실히 아우구스틴이었어요. 내가 추적해 봤거든요. 1880년 9월 9일 그녀는 남장을 하고 살페트리에르 병원을 탈출했어요."

어느새 벌써 초저녁이었다. 에리카와 나는 둘 다 직장에서 곧장 바워리로 온 길이었다. 굶주림과 피로가 나를 짓눌렀다. 나는 그레이스와 함께 집에 있는 맷을 생각했고, 또 이 상자들에 대해 어떻게 글을 써야 할까 고민하는데 빌이 한 팔로 에리카에게 계속 이야기를 하고 있는 바이올렛을 감싸 안았다. "살아 있는 여자들을 사물로 바꾼 거예요." 그녀가 말했다. "샤르코는 최면 상태에 빠진 여자들을 '인위적 히스테리 환자'라고 불렀지요. 그게 그가 쓴 용어였어요. 피부묘기증이 그 관념을 더 강력하게 만들었지요. 바르텔레미 같은 의사들은 여자들의 몸이 예술작품인 것처럼 서명을 했어요."

"사기의 냄새가 나요." 내가 말했다. "피 흘리는 이름들이라니. 피부에 손만 대도 그림이 나타난다니."

"그걸 위조한 건 아니에요, 레오. 전체적으로 볼 때 굉장히 연극적으로 보이는 건 사실이죠. 샤르코는 연구를 완전히 검은색으로 했어요. 악마주의, 마녀의 주술, 그리고 신앙치료의 역사적 기록에 매료되어 있었죠. 그 모든 걸 과학으로 설명할 수 있을 거라고 생각했던 것 같지만 피부묘기증은 사실이었어요. 심지어 저도 할 수 있는 걸요."

바이올렛이 마루에 앉았다. "약간 시간이 걸려요." 그녀가 말했다. "참을성을 갖고 기다려주세요." 그녀는 눈을 감고 숨을 들이쉬고 내쉬기 시작했다. 어깨가 축 처졌다. 입술이 벌어졌다. 빌은 그녀를 흘끗 내려다보더니 고개를 절레절레 젓고 미소를 지었다. 바이올렛은 눈을 뜨고 똑바로 앞을 바라보았다. 앞 팔뚝을 앞으로 내밀고 안쪽 살결을 다른 손 검지로 가볍게 훑었다. 바이올렛 블룸이라는 이름이 창백한 새김자로 피부에 나타났고, 처음에는 분홍빛 장밋빛깔이다가 차츰 조금씩 색이 짙어섰다. 그녀는 눈을 감고 다시 숨을 쉬었고, 한 순간이 지난 후 눈을 떴다. "마술이죠." 그녀가 말했다. "진짜 마술이에요."

바이올렛은 우리가 잘 볼 수 있도록 팔뚝을 내밀고 동글동글한 글씨를 손가락으로 문질러 보였다. 안쪽 팔의 발갛게 물든 피부의 글씨를 계속 쳐다보고 있는 사이 나와 살페트리에르 병원 의사들의 거리가 좁혀졌다. 의학은 남자들이 끝내 버리지 못한 판타지에 면죄부를 주었다. 피그말리온의 소망이 뒤죽박죽이 된 형태로. 진짜 여자와 아름다운 사물 사이의 어떤 것. 바이올렛은 미소를 짓고 있었다. 그녀가 팔을 옆구리로 내리자, 자기 손으로 빚은 상아 처녀에게 키스를 하고 포옹을 하고 옷을 입히는 오비드의 피그말리온이 떠올랐다. 소망이 현실로 이루어졌을 때, 그가 새로 생긴 따뜻한 살결에 손을 대자 손가락 자국이 남았다. 양반다리를 하고 바닥에 앉아 무릎에 팔을 괴고 있는 바이올렛의 팔뚝에 새겨진 이름은 아직도 선연했다. 최면에 걸린 여자들은 모든 명령에 복종했다. 허리를 굽혀, 무릎을 꿇어, 팔을 들어, 기어. 그들은 블라우스를 젖혀 어깨를 드러내고 벌거벗은 등짝을 내과의사의 마술봉 앞에 순순히 내어주었다. 손길만 닿아도 그가 생각하는 단어들이 살에 새겨진 글자로 나타났다. 전능한 꿈들. 우리 모두 그런 꿈들을 갖고 있지만 보통은 이야기며 백일몽 속에서 살아날 뿐이다. 그런 꿈들이 배회해도 좋다고 허락된 유일한 장소들 말이다. 나는 방금 전 보았던 작은 회화 한 점을 생각했다. 지금은 닫힌 문 뒤에 숨겨져 있는 그 그림에서 젊은 남자는 만년필촉을 누워 있는 여자의 부드러운 엉덩이에 대고 누르고 있었다. 볼 때는 코믹해 보였지만 기억 속에서는 뜨끈한 감각으로 되살아났고 그걸 끝장낸 건 빌의 목소리였다. "자, 레오." 그가 말했다. "뭐 생각나는 거 없어?"

나는 그에게 대답했지만 바이올렛의 팔이나 피그말리온이나 에로틱한 펜에 대해서는 아무 말도 하지 않았다.

회화의 평면성을 버리고 빌은 새로운 영역으로 도약했다. 동시에 그는 2차원적 이미지들을 3차원의 공간과 인형들과 상반되게 대치시킴으로써 회화의 관념을 가지고 유희를 계속했다. 그는 여전히 상반되는 스타일들을 써서 작업했고, 회화의 역사와 전반적인 문화적 이미지들을 인용했다. 그 중에는 광고도 들어 있었다. 나는 상자의 플라스틱 '살결'에 코르셋에서 커피에 이르기까지 온갖 것을 아우르는 낡고 또 새로운 광고들이 빽빽하게 프린트되어 있다는 걸 알아차렸다. 그 광고들 중에는 시도 있었다. 디킨슨, 횔덜린, 홉킨스, 아르토와 셀랑…. 고독한 시인들이었다. 셰익스피어와 디킨즈의 인용도 있었는데, 대체로 언어로 흡수된 것들이었다. 예를 들면 "온 세상은 무대다"라든가 "법은 병신이다" 같은 것들. 문 한 짝 위에서 나는 댄의 시 〈공격하라 W 형제들이여〉를 찾아냈고 그 시 근처에서 내가 아는 또 다른 시 제목을 해독해 낼 수 있었다. 대니얼 웩슬러 작 〈미스터리: 절반으로 뚝 잘라진 희곡〉이었다.

몇 주일에 걸쳐 나는 저서 작업을 내팽개치고 짧은 에세이를 썼다. 7페이지짜리였다. 이번에도 내 글은 복사되어 윅스 갤러리 테이블 위에 놓였다. 이번에는 엽서 크기로 축소한 상자 모형들과 소품들 몇 점이 함께 놓여 있었다. 빌은 그 짧은 에세이를 마음에 들어 했다. 그 상황에서 내가 할 수 있는 최선을 다한 작품이었지만, 사실은 한 달이 아니라 몇 년에 걸쳐 써야 그 작품들에 대해 제대로 말할 수 있었다. 당시에 나는 지금 알고 있는 걸 알지 못했다. 상자들은 손으로 잡을 수 있는 세 편의 꿈과 같았다. 빌은 그의 삶이 루실과 바이올렛 사이에서 갈라져 있을 때 꿈을 꾸었다. 빌이 그걸 알았든 몰랐든 남자처럼 차려 입은 작은 여자의 형상은 또 하나의 자화상이었다. 아우구스틴은 그와 바이올렛이 함께 만들어낸 허구의 자식이었다. 그 익숙한 거리로 나서는 그녀의 탈출은 곧 빌의 탈출이었고, 나는 아우구스틴이 나가 버린 그 똑같은 상자 속 방안에 남아 있는 것들을 뇌리에서 떨칠 수 없었다. 작은 목관과 'key'라는 단어. 빌은 그 하얀 방에 얼마든지 진짜 열쇠를 넣을 수 있었지만 그러지 않는 쪽을 택했다.

에리카와 나는 둘 다 맷을 갤러리에 데리고 가서 히스테리 상자들을 보여준 게 잘못이었을까 고민했다. 처음 갔다 온 후로 그 애는 '버니의 집'에 또 놀러 가자고 졸라댔다. 프론트 데스크에 놓여 있던 호일 포장된 초콜릿 한 그릇이 맷을 갤러리로 다시 유혹하는 데 일익을 담당했던 건 사실이지만, 아이는 말을 걸어주는 버니의 말씨도 아주 좋아했다. 버니는 어른들이 아이와 얘기할 때 흔히 쓰는 생색내는 말투로 목소리를 변조하지 않았다. "어이, 맷." 그는 말하곤 했다. "저 뒷방에 네가 좋아할 만한 게 있어. 야구 글러브에서 무슨 털 같은 게 자라난 것 같은 쿨한 조각이야." 이런 초대를 받으면 맷은 곧게 몸을 쭉 펴고 천천히 품위 있게 버니 뒤를 따라 걸어가곤 했다. 아이는 겨우 여섯 살이었지만 벌써 허세를 부릴 줄 알았다. 그러나 그 누구보다 그 무엇보다 윅스 갤러리에서 맷이 좋아했던 건 두 번째 히스테리아 작품 속에 있는 괴물 같은 소녀였다. 아이가 문을 열고 비명을 질러대는 소녀를 빼꼼 들여다 볼 수 있도록 안아 올려 줘야 했던 게 족히 백 번은 되었던 것 같다.

"그 작은 인형이 어디가 그렇게 좋으냐, 맷?" 나는 어느 날 오후 아이를 바닥에 도로 내려주고 결국 묻지 않을 수 없었다.

"속옷을 보는 게 좋아요." 아이는 사무적으로 말했다.

"자네 아이인가?" 어떤 목소리가 말했다.

눈을 들어 보니 헨리 해스보그가 있었다. 검은 스웨터, 검은 바지를 입고 프랑스 대학생처럼 빨간 스카프를 목에 둘러 한쪽 어깨에 흘러내리게 걸치고 있었다. 이런 적나라한 허영심의 표현을 보니 잠시 그가 안쓰럽게 느껴졌다. 그는 실눈을 뜨고 맷을 내려다보더니 다시 나를 올려보았다. "그냥 한 번 돌아보고 있는 거야." 그는 쓸데없이 큰 소리로 말했다. "오프닝은 놓쳤지만 확실히 들리는 얘기들은 있더군. 감정가들 사이에서 둔탁한 울음소리를 냈다고 해야 할까. 아무튼 아주 잘 쓴 글이야." 그는 아무렇지도 않은 말투로 말을 이었다. "물론 자네는 그저 과거의 거장들 연구만 하던 사람이지만." 그는 '과거의 거장'이라는 두 마디를 내키지 않는 듯 천천히 끌며 손가락으로 인용부호를 그리는 표시를 했다.

"고맙군, 헨리." 내가 말했다. "남아서 얘기를 나누면 좋겠지만 매튜와 나는 막 나가려던 참이었어."

우리는 새빨간 코를 빌의 작은 문에 처박은 해스보그를 뒤로 하고 나왔다.

"웃기는 사람이었어요." 맷이 거리에서 내 손을 잡으며 말했다.

"그래." 내가 말했다. "웃기는 사람이야. 하지만 외모는 마음대로 되는 게 아니잖니."

"하지만 말투도 웃기는 걸요, 아빠." 맷은 발걸음을 멈췄고 나는 기다렸다. 골똘히 생각하고 있다는 걸 나는 알 수 있었다. 내 아들은 그 당시 얼굴 표정으로 생각을 했다. 실눈을 뜨고, 코를 찡그리고 입을 앙다물었다. 몇 초가 지난 후 그는 말했다. "말투가 꼭 내가 다른 사람 흉내낼 때 같아요." 맷은 굵은 목소리를 냈다. "이렇게요? 나는 스파이더맨이다."

나는 매튜를 빤히 내려다보았다. "자, 네 말이 맞나, 맷." 내가 말했다. "남의 흉내를 내고 있는 거야."

"하지만 누구 흉내를 내는 건데요?" 맷이 물었다.

"자기 자신이지." 내가 말했다.

맷은 이 말에 깔깔 웃더니 말했다. "그건 바보 같아요." 그러더니 갑자기 노래를 부르기 시작하는 것이었다. "하, 하." 그는 노래를 불렀다. "럼펠스틸트스킨이 내 이름이지! 럼펠, 럼펠, 럼펠, 럼펠, 럼펠스틸트스킨이 내 이름이지!"

세 살이 되면서부터 맷은 날마다 그림을 그렸다. 거대한 머리에서 싹처럼 솟아난 팔이 달린 달걀 같은 사람들은 곧 몸뚱어리가 생기고 배경을 갖게 되었다. 다섯 살이 되자 아이는 길거리를 걸어 다니는 사람들의 옆모습을 스케치하고 있었다. 맷의 행인들은 지나치게 큰 코를 갖고 있고 동작이 좀 뻣뻣해 보였지만, 모습과 크기는 각양각색이었다. 뚱뚱하고 마르고 검고 황색이거나 갈색이거나 분홍색 사람들에게 정장과 드레스와 크리스토퍼 스트리트에서 본 게 틀림없는 모터사이클 복장도 입혔다. 그 애가 그리는 거리 모퉁이에는 쓰레기와 깡통들이 넘쳐나는 쓰레기통들이 놓여 있었다. 너저분한 쓰레기 위로 파리들이 둥둥 떠다녔고, 인도에는 갈라진 틈들을 에칭으로 새겨 넣었다. 구근처럼 부푼 개들은 신문지를 들고 대기하는 주인들 앞에서 오줌을 싸고 똥을 쌌다. 맷의 유치원 선생님인 미스 랑겐와일러는 교육계에 몸담고 살아온 평생 이렇게 디테일한 그림을 그리는 아이는 처음 봤다고 말했다. 그러나 매튜는 글자와 숫자 앞에서는 영 멈칫거렸다. 신문에서 b나 t를 보여주면 도망을 쳤다. 에리카는 커다란 색색의 글자가 정교하게 그려져 있는 ABC 책을 사 왔다. "Ball." 에리카는 이렇게 말하면서 비치볼 그림을 보여주었다. "B-A-L-L." 그러나 매튜는 볼도 B도 전혀 원하지 않았다. "일곱 마리 까마귀 읽어줘요, 엄마." 아이는 늘 그렇게 말했고 에리카는 지겨운 새 알파벳 책을 내려놓고 우리의 해어진 《그림 동화》를 집어 들곤 했다.

나는 가끔 맷이 너무 많은 걸 본다는 생각을 했다. 그 눈과 뇌에 세계의 경이로운 구체성이 홍수처럼 흘러넘쳐 파리의 습성이라든가 시멘트의 갈라진 틈이라든가 벨트가 버클로 채워지는 방식에 그토록 예민하게 반응하게 만드는 바로 그 재능 때문에 읽기가 힘들 거라는 생각이었다. 내 아들은 영어 단어가 페이지의 왼쪽에서 오른쪽으로 흘러가며 글자 뭉치들 사이의 빈 칸이 단어 사이를 끊는 표시라는 걸 이해하는 데 오랜 시간이 걸렸다.

    마크와 매튜는 방과 후 오후마다 함께 놀았고 그레이스는 당근 스틱과 사과를 주고 동화를 읽어주고 간간이 발발하는 분쟁을 조정했다. 날마다 다를 것 없는 일상은 2월에 깨졌다. 빌은 제 어머니가 크리스마스에 찾아온 후로 마크가 "아주 기분이 좋지 않았다"면서 그와 루실은 마크가 텍사스에서 그녀와 함께 사는 편이 좋겠다는 데 합의했다고 말했다. 나는 굳이 자세한 내막을 추궁하지 않았다. 아들 얘기를 몇 번 하지도 않았지만, 그때마다 빌의 부드러운 목소리는 꽉 메이고 눈길은 나를 지나쳐 어딘가를, 벽이나 책이나 창문 같은 데를 보곤 했다. 빌은 그해 봄 휴스턴에 세 번 방문했다. 긴 주말을 함께 보낼 때면 그와 마크는 모텔에 처박혀서 마노하를 보고 산책을 하고 스타워즈 캐릭터들을 가지고 놀고 《헨젤과 그레텔》을 읽었다. "그 애는 그 얘기만 읽어달라고 해, 아주 듣고 또 듣고." 빌이 말했다. "난 이제 다 외웠어." 빌은 마크는 제 어머니 곁에 두고 왔지만 동화책은 가지고 와서 그 이야기를 자기 식으로 해석하게 될 설치 연작 작업에 착수했다. 〈헨젤과 그레텔〉이 완성될 때쯤에는 루실과 미크가 다시 뉴욕에서 살게 된 후였다. 그녀는 라이스 대학에서 1년 더 교편을 잡아달라는 요청을 받았지만 거절했다.

    마크가 텍사스로 떠나고 오래지 않아 군나가 죽었다. 2년 동안 곁에 있었던 이 상상 속 소년이 죽고 나서 곧 맷이 '유령 소년'이라고 부르는 새로운 사람이 등장했다. 에리카가 맷에게 군나는 어떻게 죽었느냐고 묻자 그 애는 이렇게 대답했다. "너무 늙어서 더 살 수가 없었어요."

어느 날 저녁 맷의 이야기를 듣고 나서 에리카와 나는 맷의 침대 끄트머리에 걸터앉아 있었다. "유령 소년이랑 놀고 싶은 기분이에요." 그가 말했다.

"유령 소년이 누구니?" 에리카가 바싹 다가앉아 허리를 굽히며 말했다. 그녀는 입술을 아이의 이마에 대었다.

"내 꿈 속의 남자애예요."

"그 애 꿈을 많이 꾸니?" 내가 물었다.

맷은 고개를 끄덕였다. "얼굴이 없어서 말을 못하지만 날 수는 있어요. 피터팬처럼은 아니고, 그냥 약간 땅에서 떠올랐다가 다시 가라앉아요. 가끔 여기 있지만 또 어떤 때는 멀리 가버려요."

"어디로 가니?" 에리카가 물었다.

"몰라요. 난 거기 가본적이 없어서."

"그 애는 이름이 있니?" 내가 물었다. "유령 소년 말고 말이야."

"네, 하지만 아빠, 걔는 말을 못 하니까 알려줄 수가 없어요."

"아, 그래, 아빠가 깜박했다."

"그 애가 무섭지는 않지, 안 그러니, 맷?" 에리카가 말했다.

"그럼요, 엄마." 그 애가 말했다. "내 안에 있다고 해야 하나, 그렇거든요. 반은 내 안에 있고, 반은 내 밖에 있고, 그러니까 나도 진짜로 진짜는 아니라는 걸 알죠."

우리는 이 암호 같은 설명을 납득하고 맷에게 굿나잇 키스를 해 주었다. 유령 소년은 몇 년에 걸쳐 왔다 갔다 하곤 했다. 한참 후 그는 맷에게 추억이 되었다. 과거 시제로 언급하는 인물 말이다. 에리카와 나는 그 소년이 상처 입은 생물이며 연민의 대상이라는 걸 알게 되었다. 매튜는 날아보려고 애써 봤자 땅바닥에서 불과 몇 인치 밖에 떠오르지 못하는 소년의 볼품없는 비행 시도들 얘기를 하며 고개를 절레절레 젓곤 했다. 그의 말투는 이상하게 우월감을 드러냈다. 마치 자기 상상의 소산과 달리 매튜 허즈버그 자신에게는 굉장히 효율적인 큰 날개가 달려 있어 뉴욕 시 상공을 정기적으로 활공한다는 듯이 말이다.

유령 소년은 5월 바이올렛이 논문 심사를 받을 때까지도 여전히 활동이 왕성했다. 바이올렛과 에리카는 바이올렛이 심사 때 입고 갈 옷을 두고 몇 시간 동안 의논을 했다. 내가 불쑥 두 사람의 대화 중간에 끼어들어 심사위원들은 절대 박사 과정 학생들의 의상을 쳐다보지 않는다고 했더니 에리카가 말을 잘랐다. "자기는 여자가 아니잖아. 당신이 뭘 알아?" 바이올렛은 보수적인 치마, 블라우스, 그리고 낮은 단화로 결정했지만 속에는 빌리지의 의사 회사에서 빌린 고래뼈 코르셋을 입었다. "코르셋은 행운을 위해서예요." 바이올렛은 나와 에리카 앞에서 빙글 돌아 매무새를 보여주며 말했다. "내 히스테리 환자들에게 더 친밀감을 느끼게 해 주고, 또 들어가야 할 데를 잡아주기도 하거든요." 그녀는 자기 배를 내려다보았다. "요즘 엉덩이 깔고 앉아만 있었더니 좀 뚱뚱해졌어요."

"절대 뚱뚱하지 않아, 바이올렛." 에리카가 말했다. "관능적이지."

"저는 피둥피둥하다니까요. 아시면서." 바이올렛은 에리카에게 키스를 하고 내게도 키스해 주었다. 다섯 시간 뒤 그녀는 개선장군처럼 당당하게 돌아왔다. "그래도 어디 쓸 데가 있겠죠." 박사 학위 얘기였다. "이 근처에서는 일자리가 없다는 건 알고 있어요. 지난주 친구 얘기로는 전국에 프랑스 역사 쪽 교수직이 겨우 세 자리밖에 없대요. 백수가 운명인 거죠. 아무래도 저도 뒷자리에 앉은 손님한테 푸치니 아리아를 불러주거나 볼테르를 인용하면서 시내를 휘젓고 다니는 과잉 학력에 달변인 택시 운전사가 될지 몰라요. 손님들은 제발 입 닥치고 운전이나 하길 바랄 텐데 말이죠."

바이올렛은 택시 운전사가 되지도 않았지만 교수가 되지도 않았다. 일년 후 미네소타 대학 출판부에서 《히스테리아와 암시: 순응, 반항, 그리고 살페트리에르의 질병》이 출간되었다. 바이올렛이 차지할 만한 교수직들은 네브라스카나 조지아 같이 멀리 떨어진 곳에 있었지만, 그녀는 뉴욕을 떠나고 싶은 마음이 없었다. 스페인의 현대 미술관이 빌의 대형 히스테리아 작품 세 점을 구입했고 소품들도 수집가들에게 많이 팔렸다. 적어도 한 동안은 돈 걱정은 덜게 되었다. 그러나 첫 책이 출판되기 한참 전부터 바이올렛은 또 다른 문화적 전염병에 대한 두 번째 책을 구상하고 조사를 시작했다. 식이장애에 대한 책을 쓰기로 했던 것이다. 바이올렛이 자기 몸이 뚱뚱하다고 말한 건 과장이었지만, 풍만한 몸매가 내가 젊었을 때 영화계의 여왕으로 군림하던 육감적인 스타들과 더 닮아가고 있었던 건 사실이었다. 그녀는 자신의 몸이 유행에 뒤떨어진다는 걸 알고 있었다. 특히 맨하탄에서는 진정한 시크함을 위해 깡마른 몸매가 필수조건이었다. 바이올렛의 작업은 불가피하게 사적인 열정에 불을 지폈고, 음식은 그 중 하나였다. 그녀는 요리를 잘 했고 탐스럽게 먹었다. 먹다가 음식을 흘리는 일도 종종 있었다. 에리카와 함께 빌과 바이올렛 부부와 식사를 할 때면 거의 언제나 마지막엔 빌이 냅킨을 들고 일어나 부드럽게 바이올렛의 얼굴에 묻은 음식 조각이나 주스 자국을 지워주곤 했다.

바이올렛의 저작은 수년의 세월이 필요했지만 단순히 쿨한 학문적 연구 이상의 업적을 바라보고 있었다. 바이올렛은 소위 '역상의 히스테리아'라는 병중들을 폭로하는 사명을 띠고 일하고 있었다. "요즘 여자애들은 경계를 스스로 만들어요." 그녀가 말했다. "히스테리 환자들은 그 경계를 폭발시키고 싶어 했지요. 거식증 환자들은 그 경계를 세우기를 원하는 거예요." 그녀는 사료들을 숙독했다. 환상 속에서 그리스도의 성체-성혈, 상처에서 흘러나오는 피고름, 심지어 사라진 포피까지-라는 천국의 음식을 맛보기 위하여 지상의 음식을 거부하고 굶었던 성녀들을 연구했다. 연속으로 몇 달간 아무것도 먹지 않고 꽃향이나 다른 여자들이 먹는 모습만 보고 견뎠다는 여자들에 대한 의학적 보고들을 캐냈다. 그녀는 19세기, 그리고 20세기에 들어와서도 한참 동안 유럽과 미국 전역의 도시들에서 활동했던 헝거 아티스트[17]들의 삶을 탐구했다. 그녀는 런던의 유리 상자에서 공개적으로 금식을 한 사코라는 남자의 이야기도 해 주었다. 수백 명의 관람객들이 줄을 서서 말라빠져 가는 그의 몸을 스쳐갔다고 한다. 그녀는 의료원과 병원도 찾아다녔다. 거식증, 폭식증, 그리고 비만으로 고생하고 있는 여자며 소녀들을 인터뷰했다. 의사, 치료사, 정신분석학자, 그리고 여성잡지의 편집자들과도 이야기를 나누었다. 2층의 작은 서재에서 바이올렛은 책에 쓸 테이프를 무수한 시간 동안 축적했고, 만날 때마다 농담 삼아 새로 지은 책 제목을 말해 주었다. 〈살덩이와 뼈〉, 〈몬스터 마우스〉, 그리고 내 마음에 들었던 〈뚱뚱한 창녀와 왜소한 십대〉.

빌은 〈헨젤과 그레텔〉 작업이 진행되는 과정 중에 서너 번 나를 스튜디오로 초대했었다. 세 번째 방문에서 나는 불현 듯 빌이 선택한 동화 역시 음식이 소재라는 사실을 깨달았다. 이야기 전체가 먹고, 먹지 않고, 먹히는 문제에 집중하고 있었다. 빌은 〈헨젤과 그레텔〉을 별개의 설치 작품 아홉 점을 통해 이야기하고 있었다. 그 이야기가 흘러가는 동안 인물과

---

[17] 대중의 여흥을 위해 몇 달 간 음식을 먹지 않고 굶으며 기아 상태를 구경거리로 제공하는 사람들.

이미지는 서서히 커져 마지막 작품에서 드디어 인간의 크기에 도달하게 된다. 빌의 헨젤과 그레텔은 기아 상태의 아이들이다. 깡마른 팔다리와 거대한 눈만 봐도 20세기의 참극을 기록한 수백 장의 사진이 떠오르는 기아의 희생자들이다. 그리고 빌은 아이들에게 다 떨어진 맨투맨 셔츠, 블루진과 운동화를 신겼다.

첫 작품은 평방 2피트 크기 정도 되는 상자로 인형의 집 비슷한 모양이었다. 한쪽 벽을 올리면 속이 보였다. 헨젤과 그레텔을 오려내 세운 그림이 계단 꼭대기에 보였다. 그 밑에 또 남자와 여자의 컷아웃 형상이 소파에 앉아 있고 텔레비전이 그 앞에서 깜박거리고 있었다. 그림 뒤에 숨겨진 작은 전구가 그 명멸하는 빛을 발하고 있었다. 남자의 얼굴은 보이지 않았다. 그의 생김새는 그림자에 가려 분간이 힘들었지만 남편 쪽으로 돌리고 있는 여자의 얼굴은 팽팽하고 딱딱한 가면처럼 보였다. 네 등장인물은 검은 잉크로 그려서 (약간 딕 트레이시 만화를 연상시키는 스타일로 에칭되어 있었다) 컬러로 채색된 집안에 설치한 것이었다.

이어지는 세 점의 작품은 회화였다. 각각의 캔버스는 미술관 스타일의 화려한 금박 도금 액자로 표구되어 있었고, 뒤로 갈수록 조금씩 더 커졌다. 회화의 색채와 스타일은 얼핏 보기에는 프리드리히[18] 같았지만 곧 라이더[19]의 낭만적인 미국 풍경과 훨씬 유사하다는 걸 알 수 있었다. 첫 번째 회화는 아득히 먼 곳에서 본 아이들을 보여주고 있었다. 숲속에서 깨어나 부모님이 사라졌다는 걸 깨닫는 장면이었다. 작은 인물들은 커다랗고 섬뜩한 달 아래 서로를 꼭 붙잡고 있고, 서늘한 달빛이 헨젤의 조약돌

---

18) Caspar David Friedrich(1774-1840). 독일 낭만주의 풍경화가. 대표작으로 〈눈속의 떡갈나무〉 등이 있다.

들을 비추고 있다. 빌은 그 회화 다음에 숲의 바닥을 그린 또 다른 풍경화를 배치했다. 길게 이어진 빵부스러기가 검푸른 하늘 아래 창백한 송로버섯처럼 빛나고 있었다. 이 그림에서 잠든 아이들의 모습은 거의 보이지 않는다. 땅바닥에 나란히 누워 있는 그림자에 불과할 뿐이다. 세 번째 캔버스에서 빌은 얇은 황금빛 햇살이 나무들 틈새로 비쳐들어오는 사이 빵부스러기들을 향해 낙하하는 새들의 모습을 그렸다. 헨젤과 그레텔의 모습은 어디에도 보이지 않는다.

과자 집을 묘사하기 위해 빌은 표구된 캔버스를 버리고 집 모양으로 재단된 훨씬 큰 캔버스를 썼다. 아이들은 별개의 컷아웃으로 제작되어 지붕에 부착했다. 그는 집과 아이들을 넓고 거친 붓질을 써서 그 앞의 그림들보다 훨씬 더 눈부신 원색으로 그렸다. 굶주리고 버려진 두 아이들은 과자 집에 뻗어 배가 터져라 먹어치운다. 헨젤의 손바닥은 초콜릿을 쑤셔 넣느라 입을 꾹 누르고 있다. 그레텔은 툿시 팝을 깨무는 순간의 쾌감으로 눈을 가늘게 뜨고 있다. 집안의 과자들은 전부 다 알아볼 수 있다. 어떤 건 그려져 있었다. 도 다른 건 빌이 집의 표면에 풀로 붙인 진짜 과자의 상자며 포장지였다. 처클스와 허시 초콜릿, 스위타트, 주지프루트, 킷캣과 아몬드조이 등등.

마녀는 여섯 번째 작품에서야 나타나는데, 이 역시 회화였다. 역시 집 모양의 캔버스 속에는 그 전 작품보다 약간 차분한 색조로 잠든 소년과 소녀를 굽어보는 노파가 그려져 있다. 포식한 탐식자 특유의 행복감에 찬, 퉁퉁 부은 얼굴을 하고 있다. 세 인물 곁에는 더러운 접시들로 뒤덮

---

19) Albert Pinkham Ryder(1847-1917). 원문에는 Rider라고 되어 있는데 오타로 보인다.

인 식탁이 놓여 있다. 빌은 빵부스러기와 햄버거를 그리고 접시에 묻은 빨간 케첩 자국들도 그렸다. 그 방의 인테리어는 여느 미국 방 못지않게 진부하고 우울하지만 화풍의 에너지는 마네를 연상시킬 정도로 정력적이다. 이번에도 역시 빌은 텔레비전을 그려넣고 스크린에 땅콩버터 광고를 그렸다. 마녀는 더러운 브래지어와 살색 팬티스타킹을 신고 있고, 비치는 스타킹 속에서 납작해진 음모와 부들부들하고 도톰한 뱃살이 훤히 들여다보인다. 브라 밑으로 쭈그러진 젖가슴과 허리를 감고 늘어진 두 겹의 처진 피부도 불쾌한 광경이지만 진짜로 괴물 같은 건 마녀의 얼굴이다. 분노에 일그러진 눈은 두꺼운 안경 렌즈 너머에서 툭 튀어나와 있다. 한껏 벌린 입은 어마어마하게 커 보이고, 이빨을 때운 은이 줄줄이 빛나고 있다. 빌의 마녀 속에서 그 동화의 적나라한 공포가 현실로 화했다. 여자는 식인종이다.

일곱 번째 작품에서 빌은 다시 포맷을 바꾼다. 진짜 철제 새장 속에 헨젤의 형상으로 재단된 캔버스를 넣어두었다. 평면의 회화로 그려진 소년은 팔다리를 짚고 엎드려 있고, 철창 사이로 들여다보면 예전의 모습보다 훨씬 뚱뚱해진 모습이다. 옛날 옷은 더 이상 맞지 않고 배는 스냅버튼이 열린 청바지 위로 늘어져 있다. 새장 바닥에는 닭에서 나온 진짜 위시본(새 요리를 먹을 때 Y자 모양의 이 뼈를 둘이 잡아당겨 부러뜨리면 긴 쪽을 가진 사람의 소원이 이루어진다는 이야기가 있다—옮긴이)이 떨어져 있다. 깨끗하고 바짝 마른 하얀 뼈다. 여덟 번째 작품에서는 그레텔이 화덕 앞에 서 있다. 소녀는 예전의 만화 같은 모습과 닮은 두꺼운 마분지 컷아웃이지만 훨씬 통통하다. 빌은 앞모습과 뒷모습, 양면을 다 그렸다. 양쪽에서 다 볼 수 있게 전시되어 있었던 것이다. 소녀가 마주보는 화덕은 진짜고, 오븐의 문은 활짝 열려 있다. 그러나 오븐 속에는 불탄 시체가 없다. 화덕 뒷면은 제거되어 그 속에 보이는 건 뒤편의 텅 빈 벽뿐이다.

　마지막 작품은 커다란 사각형 캔버스에서 오려낸 문 밖으로 통통하게 살찐 아이들 둘이 나서는 모습을 보여주었다. 10피트 길이에 7피트 높이였다. 더 이상 과자 집이 아니라 고전적인 농장으로, 무수한 미국 교외의 풍경에서 빌려온 풍경이었는데 빛바랜 컬러 사진 비슷하게 그려져 있었다. 빌은 옛날 스냅사진들처럼 캔버스 주위에 얇은 흰색 프레임을 둘렀다. 판판한 손으로 아이들은 진짜 로프를 붙들고 있다. 그 몇 피트 앞쪽으로 한 남자의 실물 크기 3차원 조각이 서 있다. 그는 로프 반대편 끝을 잡고 마룻바닥에 엎드려 아이들을 동화 속에서 꺼내 자기 쪽으로 끌어당기고 있는 모습이다. 그의 발치에는 진짜 도끼가 놓여 있다. 아버지 같은 이 형상은 단색의 파랑으로 칠해져 있다. 남자의 온몸에는 파랑색을 배경으로 한 흰색 글씨로 《헨젤과 그레텔》 동화 전편이 인쇄되어 있다. "거대한 숲 바로 옆에는 아내와 두 아이를 둔 가난한 벌목꾼이 살고 있었습니다. 아들의 이름은 헨젤이고 딸은 그레텔이었습니다."

　구원의 말, 나는 남자의 몸에 새겨진 글씨를 보고 혼잣말로 읊조렸다. 그게 정확히 무슨 뜻이었는지도 몰랐지만, 그래도 그냥 그런 생각이 들었다. 완성된 〈헨젤과 그레텔〉을 보고 온 다음 날 밤 나는 팔을 치켜 올렸더니 피부에 글씨가 쓰여 있는 꿈을 꾸었다. 어떻게 그 말들이 새겨지게 된 건지도 알 수 없고 읽을 수도 없었지만 온통 대명사로 쓰인 명사들은 알아볼 수 있었다. 글씨를 문질러 씌워보려 애썼지만 아무리 해도 없어지지 않았다. 꿈에서 깨어난 나는 아무래도 빌이 만든 아버지 형상 때문인가 보다 생각했지만 곧 출혈하는 글씨를 몸에 새긴 여자의 이미지와 바이올렛의 이름이 그녀 살결에 남겼던 희미한 자국이 뇌리에 떠올랐다. 《헨젤과 그레텔》은 포식과 기아와 유년기의 공포에 대한 동화였지만, 해골 같은 아이들을 등장시킨 빌의 작품은 꿈꾸는 나의 정신 속에서 또 다른 연상을 발굴해냈다. 내가 최초로 배운 언어의 대문자가 죽음의 나치 수용소에 도착한 사람들의 팔뚝에 화인火印으로 새겨졌다는 것. 데이빗 삼촌이 식구들 중에서는 유일하게 그나마 오래 살아서 팔뚝에 숫자의 낙인이 찍혔다. 한참 동안 나는 뜬눈으로 침대에 누워 에리카의 숨소리를 들었다. 한 시간 후에 나는 조용히 방을 나와 책상으로 가서 서랍 속에 넣어 둔 데이빗과 마르타의 결혼사진을 꺼냈다. 새벽 네 시의 그린 스트리트는 쥐 죽은 듯 고요했다. 터덜터덜 캐널 가를 달려가는 트럭들 소리를 들으면서 사진을 찬찬히 살펴보았다. 마르타의 우아한 발목 길이 드레스와 삼촌의 양복을 관찰했다. 데이빗은 아버지보다 미남이었지만 두 분이 닮은 점을 알아볼 수 있었다. 특히 턱과 미간이 비슷했다. 삼촌에 대해서는 딱 한 가지 기억이 있다. 아버지와 함께 만나러 가고 있다. 우리는 공원에 있고 나무들 사이로 비치는 햇살이 풀밭에 빛살과 그늘로 무늬를 만들고 있다. 내가 풀을 열심히 구경하고 있는데 갑자기 데이빗 삼촌이 나타나서 내 허리를 안더니 그의 머리 위로 내 몸을 치켜들었다. 신나게 위아래로 올라갔다 내려갔다 했던 기억, 그리고 삼촌의 힘과 자신감이 기억난다. 아버지는 삼촌이 우리와 함께 독일을 떠나길 원했다. 그날 두 분이 말다툼을 하셨는지는 기억이 나지 않지만 두 분이 그 문제로 여러 번 싸웠고 데이빗이 끝까지 사랑하는 조국을 떠나는 걸 완강히 거부했다는 사실도 알고 있다.

〈헨젤과 그레텔〉이 전시되자 엄청난 논쟁이 일어났다. 그리고 그 난리법석의 배후에는 헨리 해스보그가 있었다. 그는 〈DASH:다운타운 아트신 헤럴드〉에 '글래머 보이의 여성혐오적 비전'이라는 헤드라인으로 기사를 실었다. 해스보그는 일단 "부유한 유럽 수집가들의 비위를 맞추려고 추상표현주의자들의 추레한 마초적 외양"을 답습했다고 비판했다. 그리고 작품이 '안일한 삽화'에 불과하다고 혹평을 한 후 '최근 들어 가장 기억에 남는 여성 증오의 뻔뻔스러운 예술적 표현'이라고까지 불렀다. 3단에 걸친 빽빽한 칼럼을 통해 해스보그는 씩씩거리고 부글부글 끓고 독을 뱉었다. 기사에는 대단한 영화배우처럼 선글라스를 낀 모습의 빌 사진이 함께 실렸다. 빌은 충격을 받았다. 바이올렛은 울었다. 에리카는 그 글이 '나르시즘적 증오'의 사례라고 했고 잭은 킬킬 웃으며 "그 왜소한 스컹크가 페미니스트의 허물을 쓰고 다니는 상상을 해 봐. 누가 누구 비위를 맞춘다는 거야!"라고 말했다.

내가 느꼈던 감정은, 해스보그가 그간 내내 공격할 때만 기다리고 있었다는 것이었다. 기사가 실렸을 무렵 이미 그때까지 빌에게 쏟아진 관심은 소수의 열렬한 증오를 살 만한 것이었다. 명성은 아무리 소소하더라도 불가피하게 질시와 잔인함을 수반하게 마련이다. 어디서 이름이 났느냐는 중요하지 않다. 학교 운동장이든 임원 회의실이든 대학 복도든 갤러리의 흰 벽이든. 근 세계로 나가면 윌리엄 웩슬러라는 이름은 별로 대단한 의미를 갖지 못했지만 뉴욕의 수집가들과 미술관들이라는 근친상간적인 동아리 속에서 빌의 평판은 뜨거워져 가고 있었고, 하다못해 그 정도의 희미한 불꽃이라도 헨리 해스보그 같은 위인들을 태울 만한 힘을 갖고 있었다.

수년에 걸쳐 빌은 정기적으로 그를 모르는 사람들의 증오를 촉발했고, 그런 일이 일어날 때마다 상처 입고 또 경악했다. 그의 핸섬한 얼굴이 곧 저주이기도 했거니와, 설상가상 낯선 사람들, 대체로 기자의 모습을 한 이방인들이 그의 강직한 도덕률을 감지하게 되면 그 사실이 엄청난 피해를 입히곤 했다. 타협을 용납하지 않는 그 윤리주의의 사람 미치게 만드는 확신 말이다. 어떤 사람들, 특히 유럽 사람들에게 이런 자질은 그를 낭만적인 인물, 매혹적이고 신비스러운 천재로 만들었다. 다른 이들, 대개 미국인들에게, 빌의 엄정한 확신은 뺨을 후려치는 모욕이었다. 그가 '평범한 사내'가 아니라는 솔직한 인정이었기 때문이다. 진실을 말하자면 빌은 창작품 중 상당수를 공개하지 않았다. 전시회는 엄혹한 숙청의 결과였고, 그 과정에서 그는 자기 기준에서 필수적이라고 간주하는 선까지 작품을 편집했다. 그리고 나머지는 숨겼다. 실패작이라고 생각하는 작품들도 있고 중복이라고 간주한 것들도 있었지만, 그가 독특하고 격리된 작품이라서 그룹으로 전시할 수 없다고 판단한 작품들도 있었다. 버니가 뒷방에서 전시하지 않은 작품들 몇 점을 팔긴 했지만 대다수는 빌이 그냥 혼자 보관하고 있었다. 그는 돈이 별로 필요하지 않은데다 자기 그림이나 상자들, 그리고 작은 조각들을 '오랜 친구처럼' 주위에 데리고 있는 게 좋다는 얘기를 한 적이 있다. 이런 시각에서 보면 빌이 수집가들의 비위를 맞추기 위해 자기 스타일을 창출했다는 해스보그의 비난은 웃음거리에 불과했지만 그 근저에는 절박한 소망이 자리하고 있었다. 헨리 해스보그에게 있어, 출세를 위해 다듬고 꾸미는 허영심에 시달리지 않는 예술가들이 있다는 사실을 인정한다는 건 마치 자아의 소멸과 같았으리라. 걸린 판돈이 워낙 컸기에 기사의 논조는 그 인간의 절박함을 반영하고 있었던 것이다.

기사가 나고 나서 버니에게 해스보그 얘기를 좀 더 들려달라고 했다. 알고 보니 그는 작가가 되기 전 화가였다. 버니에 따르면 해스보그는 아무도 원하지 않는 우중충하고 반추상적인 캔버스들을 만들며 수년 동안 고군분투하다가 결국 포기하고 예술비평가 겸 소설가로 새 출발을 했다고 한다. 70년대 초반 그는 마약 거래를 하며 세계의 조건에 대해 명상하는 로우어 이스트 사이드의 마약거래상에 대한 책을 출간했다. 책은 그럭저럭 호평을 받기도 했지만 해스보그는 그 책이 출간된 후 10년이 지나도록 다른 책을 끝내지 못했다. 비평은 많이 썼지만 빌이 첫 희생자는 아니었다. 70년대에 버니는 알리샤 컵이라는 화가의 전시회를 열었다. 파편화된 몸뚱어리들과 레이스 조각을 다룬 섬세한 조각들은 웍스 갤러리에서 아주 잘 팔렸다. 79년 가을 해스보그는 〈아트 인 아메리카〉지에 실은 비평에서 그녀의 작품을 난도질했다. "알리샤는 언제나 굉장히 마음이 약했지." 버니가 내게 해준 말이다. "하지만 그 기사로 인해 벼랑 끝으로 떨어졌어. 그녀는 한동안 벨뷰에 있다가 짐을 싸고 메인으로 이사가 버렸어. 마지막으로 소식을 들었을 때는 무슨 작은 통나무집에 처박혀서 고양이 서른 마리를 키우며 살고 있다더군. 한 번은 전화를 해서 작품을 팔 생각이 없느냐고 물어봤지. 뉴욕에 올 필요는 없다고 했어. 뭐라고 했는지 알아? '저 그거 이제 안 해요, 버니. 다 그만뒀어요.' 그러더라고."

이야기에서 뜻밖의 반전은 해스보그의 심술로 인해 〈헨젤과 그레텔〉에 대해 세 편의 비평이 더 나왔다는 것이다. 하나는 못지않게 적대적이었고 두 편은 찬사였다. 긍정적 기사 중 한 편은 〈대쉬DASH〉보다 더 중요한 잡지 〈아트포럼Artforum〉에 실렸고, 계속되는 논쟁은 갤러리로 점점 더 많은 사람들을 끌어모았다. 그들은 마녀를 보러 왔다. 해스보그를 격분하게 만든 건, 표면상으로는 빌의 마녀였다. 팬티스타킹이 어찌나 불쾌했던지 그는 한 문단 전체를 할애해서 스타킹과 그 아래 비치는 음모를 논했다. 〈아트포럼〉에 평을 실은 여자는 빌의 의상 활용을 변호하는 데 세 문단을 써서 팬티스타킹 논쟁을 이어갔다. 그 후로 빌이 만나본 적도 없는 화가들 몇 명이 전화를 걸어 공감을 표하고 작품을 칭찬했다. 의도는 그런 게 아니었지만, 해스보그는 결과적으로 빌의 마녀를 야외로 꼬드겨냈고 마녀는 오히려 논쟁이라는 마법을 통해 예술계에 주문을 걸어 버렸다.

마녀는 4월의 어느 토요일 오후 대화 속에서 돌아왔다. 바이올렛이 노크를 했을 때 나는 책상에 앉아 조르지오네 작품의 커다란 사진을 내려다보고 있었다. 유디트가 홀로페르네스의 절단된 머리를 발로 밟고 서 있는 채색 문이었다. 바이올렛은 빌려갔던 책을 내 책상에 놓더니 그림을 더 잘 보려고 한 손을 내 어깨에 얹고서 내 몸 위로 허리를 굽혔다. 방금 자기 손으로 잘라낸 남자의 머리를 맨발로 밟고 선 유디트의 얼굴에는 아주 희미하게 웃음기가 서려 있었다. 머리 역시 미소를 지을락 말락 한 표정이었다. 꼭 여자와 몸이 없는 머리가 비밀을 공유하고 있는 것처럼.

"홀로페르네스는 살해당하는 걸 즐기는 모습인데요." 바이올렛이 말했다. "이 그림은 전혀 폭력적으로 느껴지지 않아요, 그렇죠?"

"그래." 내가 말했다. "난 에로틱하다고 생각해. 섹스 이후의 고요함이랄까, 만족의 침묵이 암시되어 있어."

바이올렛은 내 팔을 따라 손을 쓸어내렸다. 이 친밀한 몸짓은 그녀에게 자연스러운 것이었지만, 나는 갑자기 셔츠를 통해 그녀 손가락을 의식하게 되었다. "맞아요, 레오. 당연히 맞는 말씀이죠."

그녀는 책상 옆으로 가더니 굽어보았다. "유디트는 금식을 했죠, 그렇죠?" 그녀는 손가락으로 유디트의 긴 몸을 훑었다. "꼭 두 사람이 혼합된 거 같아요, 그렇죠? 서로 뒤섞인 것 같죠? 제 생각엔 그런 게 섹스같아요." 바이올렛은 고개를 한쪽으로 돌렸다. "에리카는 아직 집에 안 왔어요?"

"맷하고 이것저것 할 게 있나 봐."

바이올렛은 의자를 가지고 와서 내 맞은편에 앉았다. 그녀는 책을 들어 사진을 자기 쪽으로 돌렸다. "그래요, 여기서 확실히 그런 거 같아요. 아주 신비스럽죠, 뒤섞인다는 거."

"새로운 생각인가?"

"꼭 그런 건 아니죠." 그녀가 말했다. "거식증 환자들이 외부에서 느끼는 위협을 논할 방법을 찾고 있다가 시작된 거예요. 그 여자애들은 지나치게 뒤섞인 거죠, 제 말이 무슨 뜻인지 아실지 모르겠지만. 다른 사람들의 욕구와 욕망을 자기 것과 분리하기 어려운 거예요. 시간이 지나면 폐쇄하는 걸로 반항을 하죠. 열려 있는 구멍을 모조리 닫아서 아무것도 아무도 들어오지 못하게 하고 싶은 거예요. 그렇지만 뒤섞인다는 건 세상의 이치잖아요. 세상이 우리를 통해 지나쳐요. 음식, 책들, 그림들, 다른 사람들." 바이올렛은 팔꿈치를 책상 위에 놓고 얼굴을 찌푸렸다. "젊을 때는 자기가 뭘 원하는지, 다른 사람들을 어느 정도까지 받아들여야 하는지 알아내기가 더 어려운 것 같아요. 파리에 살 때는 옷을 걸치듯 이런 저런 사상들을 걸쳐 봤어요. 허구한 날 스스로를 새롭게 창조했죠. 병동의 소녀들에 대한 이야기를 쫓아다니다 보면 근질근질해지고 안달이 났어요. 늦은 오후에 거리를 배회하며 여기저기서 발걸음을 멈추고 커피를 사 마시곤 했고요. 어느 날 카페에서 쥴스라는 이름의 젊은 남자를 만났어요. 자기가 방금—바로 그 날—출소했다고 하더군요. 강탈 혐의로 8개월 복역했다고 했어요. 굉장히 흥미롭다는 생각이 들어서 감옥에 대해 물어봤어요. 어떠냐고. 끔찍한 곳이지만 감방에서 책을 아주 많이 읽었다고 하더군요. 커다란 갈색 눈과 부드러운 입술을 가진 아주 잘 생긴 남자였어요. 왜 있잖아요, 늘 키스를 하는 것처럼 살짝 멍들어 보이는 그런 입술요. 아무튼 저는 그 남자한테 홀딱 반했죠. 그 사람은 또 나, 바이올렛 블롬이 야성적인 미국 처녀라는, 그런 생각을 했나 봐요. 고삐 풀린 채 파리로 나온 20세기 후반의 팜므 파탈 말이에요. 전부 다 멍청한 생각이지만 전 그게 좋았어요. 그와 사귀는 내내 무슨 영화 속 캐릭터라도 되는 것처럼 나 자신을 구경했거든요."

바이올렛은 내 책상에서 손을 떼고 오른쪽을 손짓해 보였다. "봐, 저기 그 여자가 그와 함께 있네. 이 장면은 조명이 환하면서도 약간 흐릿해서 여자가 더 예뻐 보이는 것 같아. 오글거리는 음악이 배경에서 연주되고 있구나. 쟤는 그에게 그 표정을 해 보이네? 아이러니하고 거리감 있고 속을 알 수 없는 표정 말이야." 바이올렛은 손뼉을 쳤다. "컷!" 그녀는 방 건너편을 바라보며 손가락으로 가리켰다. "저기 또 있다. 세면대에서 머리를 염색하고 있어. 돌아선다. 바이올렛은 사라졌어. 저건 V야. 백금발의 V가 줄스를 만나러 밤의 어둠 속으로 걸어들어가."

"머리를 금발로 염색했군." 내가 말했다.

"그래요. 그런데 내 새 머리를 보고 줄스가 뭐라고 한 줄 알아요?"

"아니."

"'꼭 피아노 레슨이 필요한 여자처럼 보여'라고 하더군요."

나는 웃음을 터뜨렸다.

"뭐, 웃어서도 괜찮은데요, 레오. 하지만 거기서 시작된 거예요. 줄스가 선생을 소개시켜 줬거든요."

"정말로 그 남자가 피아노 레슨을 받아보라고 해서 갔단 말인가?"

"내 변덕이었어요. 일종의 도전이기도 하고 명령이기도 했거든요. 아주 섹시했죠. 그리고 피아노 레슨을 안 받을 이유는 또 뭐예요? 그래서 마레의 아파트로 갔죠. 남자의 이름은 레나스였어요. 식물들을 아주 많이 갖고 있더군요. 큰 나무도 있고 작고 뾰족뾰족한 선인장과 고사리도 있고. 진짜 정글이 따로 없었어요. 거기 들어가자마자 뭔가 사건이 일어났다는 생각은 했지만 뭔지는 몰랐죠. 무슈 레나스는 뻣뻣하고 예의바른 사람이었어요. 우리는 처음부터 시작했죠. 아마 저는 미국 전역에서 피아노를 안쳐본 유일한 아이일 거예요. 아무튼, 저는 한 달 동안 화요일마다 무슈 레나스의 아파트에 갔어요. 소품들을 외웠죠. 그는 항상 '트레 코렉트 tres correct(아주 정확한—옮긴이)'한 사람이었어요. 따분할 정도로 정석이었죠. 하지만 그런데도 그 곁에 앉아 있으면 내 몸이 어찌나 강렬하게 의식되는지 내 것 같지가 않을 정도였어요. 제 가슴은 너무 큰 것처럼 보였고요. 벤치에 앉은 엉덩이는 너무 자리를 많이 차지하는 것 같죠. 새로 염색한 하얀 머리는 불타오르는 느낌이었어요. 연주를 하면서 저는 허벅지를 꼭 붙였어요. 세 번째 수업을 하는데 그는 약간 무섭게 화를 내면서 두어 번 야단을 쳤어요. 그렇지만 네 번째 수업에서는 정말로 내가 답답했나 봐요. 갑자기 레슨을 팽개치고는 고함을 치는 거예요. 'Vous etes une femme incorrigible(당신이라는 여자는 정말 구제불능이군).' 그러더니 이렇게 내 검지를 잡았어요." 바이올렛은 내 책상 위로 몸을 굽히고 내 손, 내 손가락을 움켜쥐더니 세게 쥐어짰다. 여전히 내 손가락을 쥔 채 벌떡 일어서서 내 쪽으로 몸을 굽혔다. 내 귓전에 입을 대고 그녀가 말했다. "그러더니 이렇게 속삭이는 거예요." 굵은, 쉰 목소리로 바이올렛이 말했다. "줄스."

바이올렛은 내 손가락을 툭 떨어뜨리고 자기 의자로 돌아갔다. "아파트에서 뛰쳐나왔어요. 레몬 나무를 하마터면 쓰러뜨릴 뻔 했다니까요." 그녀는 잠시 말을 끊었다. "있잖아요, 레오. 수많은 남자들이 절 유혹하려고 했었어요. 그런 데는 익숙했지요. 하지만 이건 달랐어요. 그 사람한테는 죽도록 겁이 났어요. 왜냐하면 그 모든 게 뒤섞임에 대한 거라서요."

"정확히 무슨 말인지 잘 모르겠는데." 내가 말했다.

"그가 내 손가락을 힘주어 잡았을 때, 마치 줄스가 그러는 것 같았다니까요, 아시겠어요? 쥴스하고 무슈 레나스는 모두 하나로 뒤섞여 있었어요. 그게 무서웠어요. 왜냐하면 좋았거든요. 흥분이 됐어요."

"그렇지만 무슈 레나스는 당신한테 매력을 느꼈을 수도 있잖아. 당신도 그 사람한테 끌렸을 거고. 그래서 그냥 쥴스를 이용했는지도 모르지."

"아니에요, 레오." 그녀가 말했다. "전 무슈 레나스에게 전혀 끌리지 않았어요. 쥴스라는 걸 알고 있었어요. 쥴스가 다 꾸민 일이었고, 전 쥴스의 판타지를 하나 연기해 준다는 생각 자체에 끌렸던 거예요."

"하지만 이미 쥴스의 애인이었잖아?"

"그렇죠, 하지만 그게 다였죠. 그걸로는 충분치 않았어요. 그는 제 3자를 끼워 넣고 싶어 했거든요."

나는 그녀에게 대답하지 않았다. 나는 그녀 상상보다 훨씬 더 그 이야기를 잘 이해했고, 그 식물로 가득한 아파트에서 무슨 일이 일어났든 이제는 그 이야기 속에 나까지 끼어들어간 느낌이었다. 에로틱한 전기의 사슬이 끊어지지 않고 계속 이어지듯이.

"혼합, 뒤섞임이 핵심적인 용어라고 결정을 내렸어요. 일방적인 용어인 '암시'보다 나아요. 우리는 스스로를 분리되고 폐쇄된 몸뚱어리들로 서로 부딪치면서도 여전히 닫힌 채로 남아 있는 존재라고 정의하죠. 그래서 거의 이야기하지 않는 문제들이 있는데 바로 그걸 설명해 주니까요. 데카르트는 틀렸어요. '나는 생각한다, 고로 존재한다'가 아니라 '나는 네가 존재하니까 존재한다'인 거예요. 그게 헤겔이죠. 짤막하게 요약한 판본이지만."

"좀 지나치게 짧은데." 내가 말했다.

바이올렛은 손사래를 쳤다. "중요한 건 우리가 항상 다른 사람들과 뒤섞이고 있다는 거예요. 가끔은 정상적이고 좋기도 하지만 가끔은 위험하죠. 피아노 레슨은 내게 위험하게 느껴지는 명백한 사례예요. 빌은 그림들 속에서 뒤섞여요. 작가들은 책에서 그렇게 하죠. 우린 항상 하고 있어요. 마녀를 생각해 보세요."

"빌의 마녀 말이지?"

"네. 〈헨젤과 그레텔〉은 마크의 이야기예요. 그 아이에게 사적으로 소구하는 그 아이만의 동화죠. 빌은 마크 때문에 그 그림을 그렸어요. 가끔 마크는 내게 말하죠. '바이올렛이 내 진짜 엄마야'라고. 그리고 2분쯤 지나면 굉장히 화가 나서 말해요. '진짜 엄마 아니야. 아줌마 미워.' 그저 내 얘기는 내가 마크와 함께 있을 때마다 루실도 함께 있다는 거예요. 그 애와 하는 놀이마다 루실이 걸어들어와요. 마크에게 말을 걸 때마다 내 등 뒤에서 속삭이고요. 우리가 그림을 그리면 같이 그려요. 블록 쌓기를 하면 같이 하고요. 야단을 쳐도 같이 쳐요. 고개를 들어 보면 루실이 있는 거예요."

"그러니까 마크의 눈에 바이올렛이 좋은 엄마와 마녀 사이를 오간다는 건가?"

"잠깐만요, 설명해 드릴게요." 그녀가 말했다. "내가 마크를 목욕시키고 나면 우리는 게임을 하는데 그게 벌써 1년이 넘었어요. 이제는 나한테 벌거벗은 몸도 보여주거든요. 옛날엔 절대 그러지 않았어요. 그 놀이는 프레몽 도련님이라는 건데 이렇게 하는 거예요. 마크는 프레몽 도련님이고 나는 하녀예요. 내가 그 애를 가운으로 감싸서 목욕탕에서 침대로 데려가죠. 침대에 눕히고 나서 나는 꼬마 도련님을 안아주고 키스해 주기 시작해요. 마크는 몹시 화난 척하면서 저를 해고하죠. 그러면 저는 착하게 굴고 절대 안아주지 않겠다고 약속하지만 내 마음을 어쩔 줄 몰라 결국 몸을 던져 아이를 붙잡고 키스하고 포옹을 하죠. 그러면 아이는 나를 또 해고해요. 그러면 전 제발 한 번만 더 기회를 달라고 애원하고요. 무릎을 꿇고. 우는 척도 하고. 그러면 아이는 마음을 누그러뜨리고 게임은 처음부터 다시 시작되는 거죠. 마크는 그 놀이를 한도 끝도 없이 계속할 수 있어요."

"너무 난해해, 바이올렛."

"루실이잖아요. 모르시겠어요? 루실이라니까요."

"그 놀이가." 내가 천천히 말했다.

"그래요, 그건 뒤섞이는 놀이에요. 그 애는 나를 거부하고, 멀리 보냈다가 다시 또 다시 나를 받아들여요. 그 애는 힘을 가지고 있어요. 그 놀이에서 나는 마크를 연기해요. 그 애가 연기하는 건…."

"어머니군." 내가 말했다.

"그래요." 바이올렛이 말했다. "루실은 절대 우리 곁을 떠나지 않을 거예요."

그 대화를 나눈 지 한 달 후, 나는 루실과 단 둘이 남는 상황에 처했다. 우리는 루실이 휴스턴에 있을 때 연락을 취하지 못했고, 가을에 그녀가 뉴욕으로 돌아온 후에도 내가 그녀를 보게 되는 건, 마크를 데리러 오거나 찾아왔을 때 우연히 복도에서 마주쳐 인사하거나 짤막한 대화를 나눌 때에 국한되어 있었다. 조르지오네의 회화와, 프레몽 도련님 놀이에서 드러나는 '뒤섞임'에 대한 바이올렛의 이야기는 나와 루실 사이에서 벌어진 일과 희한한 연관성이 있었다. 그날 밤 그 방에 있었던 사람들은 우리 둘 밖에 없었지만 과연 우리가 정말 단 둘이었을지 생각해보게 되곤 했다.

발단은 토요일 저녁이었다. 에리카와 나는 시내의 극단 후원자들을 위해 베풀어진 우스터 스트리트의 대규모 파티에 참석했었다. 처음 봤을 때 루실은 20대 초반으로 보이는 아주 젊은 남자와 굉장히 몰두해서 대화를 나누고 있었다. 머리를 올리고 늘씬한 목을 드러내고 있었으며, 전에 본 그 어떤 옷보다 예쁜 회색 드레스를 입고 있었다. 그 남자와 이야기를 나누면서 그녀가 가끔 강조하듯, 그리고 놀랄 만큼 힘주어 그의 팔뚝을 붙잡는 모습이 두드러지게 내 눈에 띠었다. 눈길을 마주쳐 보려고 했으나 그녀는 나를 보지 않았다. 사람이 우글우글하게 많은 그런 행사라 대부분의 대화는 산발적이었고 조명은 너무 희미해 제대로 사람 얼굴이 보이지도 않았다. 한참 뒤 우리는 루실의 모습을 시야에서 놓치고 말았다.

파티에서 한 반시간쯤 지냈을 때 에리카가 말했다. "저기 저 애 보여요?"

나는 돌아섰다. 방 건너편에 두꺼운 검은 안경을 쓰고 삐죽삐죽 하늘을 찌르는 금발 머리를 한 키 크고 깡마른 소년이 보였다. 뒤집어 놓은 빗자루와 꼭 닮은 헤어스타일이었다. 소년은 음식이 놓인 테이블 근처를 맴돌고 있었다. 나는 번개처럼 음식 접시로 향하는 손을 보았다. 소년은 브레드스틱 몇 개를 낚아채어 재빨리 치렁치렁한 레인코트 주머니에 쑤셔넣었다. 비도 오지 않는 따뜻한 봄날 저녁에 어울리지 않는 옷차림이었다. 몇 분 만에 그는 다람쥐처럼 롤빵, 포도, 치즈 두 덩이리, 그리고 적어도 반 파운드의 햄을 우비 주머니 여기저기 쟁여 넣었다. 몹시 불룩한 주머니에 비축한 음식이 만족스러운 표정으로 소년은 문쪽으로 걸어가기 시작했다.

"가서 말을 좀 해야겠어." 에리카가 말했다.

"아니, 그러지 마. 애한테 창피 주려고." 내가 말했다.

"도로 갖다 놓으라고 하지 않을 거야. 누군지만 알고 싶어서 그래."

그리고 잠시 후 에리카는 나를 라즐로 핑클만에게 소개시켜 주었다.

내가 손을 붙잡고 악수를 하자 그는 목 졸린 사람처럼 불편하게 고개를 끄덕였다. 보아하니 코트 단추가 턱 밑까지 채워져 있었는데, 컬러 근처에 쑤셔넣은 음식이 더 있는 모양이었다. 라즐로는 남아서 수다를 떨 생각이 없었다. 우리는 그가 문까지 뒤뚱뒤뚱 걸어가 사라지는 모습을 지켜보았다.

"저 남자애는 배가 고파 죽을 지경이야, 레오. 겨우 스무 살 밖에 안 됐는데. 브루클린에, 그린포인트에 산대. 일종의 예술가인가 봐. 해피아워 시간에 남은 음식들을 주워 먹고 이런 파티들에 들어와서 먹고 사나 봐. 다음 주에 저녁 먹으러 오라고 했어. 도와주고 싶어."

"오늘 밤에 가져간 음식만으로도 한 달은 너끈히 먹고 살겠던데." 내가 말했다.

"전화번호 받았어." 에리카가 말했다. "전화해서 꼭 오라고 할 거야."

밖으로 나가다가 우리는 다시 루실을 보았다. 혼자 벽에 힘없이 기대서 있었다. 에리카가 그녀에게 다가갔다.

"루실? 괜찮아요?"

루실은 얼굴을 들어 에리카를 보고, 나를 보았다. "레오." 그녀가 말했다. 눈이 반짝이고 얼굴에는 전에 본적 없는 부드러움이 담겨 있었다. 보통 뻣뻣한 그녀 몸의 관절들이 마리오네트 인형처럼 풀어져서, 우리가 앞에 서 있는데도 무릎에 힘이 탁 풀리는 듯 스르르 벽에서 미끄러져 내리는 것이었다. 에리카가 그녀를 붙들었다.

"스캇은 어딨어요?" 그녀가 말했다.

"스캇은 모르는데요." 에리카가 부드럽게 말했다. 그러더니 날 보고 말했다. "그 사람이 루실을 찼나봐. 여기 두고 갈 수는 없어. 술을 너무 많이 마셨어."

에리카는 다시 그린 스트리트로 걸어가서 아이를 보던 그레이스를 퇴근시켰다. 나는 택시를 타고 애비뉴 A와 B 사이의 이스트 3번가의 집까지 루실을 데려다 주었다. 자기 아파트 열쇠를 찾아 가방을 뒤질 무렵에는 루실도 좀 정신을 차린 상태였다. 파닥거리는 몸짓은 그녀의 의지를 따라주지 못했지만, 열쇠를 자물쇠에 맞추려고 애쓰는 모습에서 자의식의 베일이 다시 돌아오는 느낌이 들었다. 건물 이층의 좁은 싸구려 아파트는 고요했고 숨어 있는 방 어딘가에서 똑똑 수도꼭지의 물방울이 떨어지고 있는 소리만 들렸다. 옷가지 몇 점이 소파 위에 걸쳐져 있었고 책상 위에는 커다란 서류 더미가 놓여 있었고 마룻바닥에는 장난감들이 어지럽게 널려 있었다. 루실은 소파에 털썩 쓰러져 나를 올려다보았다. 머리카락이 흐트러져 발갛게 물든 얼굴에 몇 가닥 흘러내려와 있었다.

"마크는 오늘 밤에 빌과 함께 있습니까?" 내가 물었다.

"네." 그녀는 어찌해야 좋을지 모르겠다는 듯 머뭇거리며 손으로 머리칼을 쓸었다. "고맙습니다." 그녀가 말했다.

"괜찮아요?" 내가 물었다. "뭐 좀 갖다드릴까요?"

뜬금없이 그녀가 불쑥 내 손목을 잡았다. "잠깐만 여기 좀 계서 주세요." 그녀가 말했다. "부탁이에요."

나는 별로 머물고 싶지 않았다. 자정이 넘은 시각에 시끄러운 파티에 지쳐 있었지만, 그래도 난 그녀 곁에 앉았다. "텍사스에서 돌아오신 뒤로는 별로 얘기를 나눌 기회가 없었지요." 내가 말했다. "카우보이들 좀 만났어요?"

루실은 나를 보고 미소를 지었다. 알코올이 잘 맞나보다 나는 생각했다. 알코올의 효과가 남아 여전히 얼굴을 부드럽게 해주었고 내게 보여준 미소는 보통 때보다 훨씬 더 자연스러웠기 때문이다. "아뇨." 그녀가 말했다. "제일 비슷한 게 제스였어요. 가끔 카우보이 모자를 썼거든요."

"제스가 누군데요?"

"제자요. 하지만 남자친구이기도 했죠. 그 애 시를 교정해주면서 시작됐어요. 제 제안들을 전혀 마음에 들어 하지 않았고, 그렇게 화를 내는 게 전 흥미로웠죠."

"그래서 이 제스라는 친구와 사랑에 빠진 거예요?"

루실은 내 눈을 한참 동안 똑바로 쳐다보았다. "그 친구에 대한 관심은 아주 강렬했어요. 한번은 이틀 동안 따라다닌 적이 있지요. 저와 함께 있지 않을 때 뭘 하는지 알고 싶었어요. 몰래 따라다녔어요."

"다른 여자와 사귄다는 생각을 한 거예요?"

"아뇨."

"함께 있지 않을 때는 뭘 하던가요?"

"모터사이클을 타더군요. 책도 읽고. 집주인하고 얘기도 하고. 집주인 여자는 금발에 화장을 짙게 했어요. 먹기도 하고. 텔레비전을 정신건강에 좋지 않을 정도로 많이 보고. 어느 날 밤, 저는 그 친구 차고에서 잠을 잤어요. 그게 좋았어요. 그는 전혀 몰랐으니까. 그 집에 가서 한참 창문으로 그를 바라보다가 차고에서 자고 아침에 그가 깨기 전에 떠나곤 했죠."

"굉장히 불편했을 텐데요."

"방수포가 있었어요."

"제가 보기에는 사랑 같은 걸요. 약간 강박적이긴 하지만 그래도 사랑인 것 같아요."

나를 계속 쳐다보던 루실의 눈이 가늘어졌다. 얼굴은 창백하고 눈 밑에는 다크 서클이 드리워 있었다. 그녀는 고개를 저었다. "아뇨. 사랑하지 않았어요. 하지만 가까이 있고 싶었지요. 처음에 한 번은 그가 날 보고 가

버리라고 하더군요. 화가 나서 한 말이지 진심은 아니었어요. 그래서 떠났어요. 그는 날 뒤쫓아 왔고 다시 사귀게 되었죠. 그러다 몇 달 후 그 말을 또 하더군요. 이번엔 말투가 차분해서 진심이라는 걸 알았지만, 문 밖으로 쫓겨날 때까지 그 옆에 붙어 있었어요."

나는 말없이 루실을 바라보았다. 왜 이런 말을 하는 걸까? 사랑이 무엇인가라는 의미론적인 수수께끼 속에서 허우적거리게 된 걸까? 아니면 감정의 결여를 고백하는 걸까? 어째서 심히 사적이고 심지어 수치스럽기까지 한 이야기를 초급 논리 교과서에 나오는 까다로운 연습문제인 것처럼 늘어놓는 걸까? 루실의 맑고 푸른 눈을 들여다보던 나는 그 서늘한 차분함에 매료되면서도 짜증이 났고, 불쑥 따귀라도 때리고 싶다는 생각이 들었다. 아니면 키스를 하든가. 어느 쪽이든 나를 덮친 충동, 무표정한 표정의 바스라질 듯 위태로운 표면을 박살내고 싶다는 그 강렬한 충동을 해갈시켜 줄 터였다. 나는 고개를 숙여 그녀 쪽으로 다가갔고 반응은 즉각 돌아왔다. 그녀는 내 어깨를 움켜쥐더니 자기 쪽으로 끌어당겨 입술에 키스했다. 내가 그 키스에 응하자 그녀는 혀를 내 입 깊숙이 밀어 넣었다. 그녀답지 않은 공격성에 나는 놀랐지만 이미 동기를 따지고 있을 때는 아니었다. 내가 등에 달린 드레스의 단추를 풀기 시작하자 그녀는 입을 내 목덜미에 갖다 댔고, 그 혓바닥의 감촉, 그리고 내 피부를 잘근잘근 깨무는 치아가 느껴졌다. 깨무는 느낌은 작은 충격처럼 내 온몸을 타고 흘렀고, 난 그 희미한 폭력의 실마리를 이해했다. 루실은 온화한 신사를 원치 않았고 어쩌면 처음부터 그녀를 향한 내 욕망이 어차피 분노와 몹시 근접하다는 느낌을 받았는지 모른다. 나는 루실의 어깨를 움켜쥐고 소파에 던져 눕히고는 헉, 하는 숨소리를 들으며 그 얼굴을 내려다보았다. 루실은 미소를 짓고 있었다. 희미한, 알아보기조차 힘든 미소였지만 나는 보았다. 그리고 그 눈빛에 떠오른 의기양양한 승리감은 나를 계속 도발하고 부추겼다. 나는 그녀의 드레스를 허리께까지 내리고 팬티스타킹과 팬티를 마구 잡아당겼다. 그녀는 팬티를 벗기는 내 손길을 도와주었고 베이지색 덩어리를 차서 마룻바닥으로 던져 버렸다. 나는 옷을 벗지 않았다. 바지 지퍼를 내리고 그녀 허벅지를 붙잡고 쫙 벌렸다. 내가 들어가자 루실은 자그맣게 으르렁거리는 신음소리를 냈다. 그 후로는 별 소리를 내지 않았지만 맹렬하게 손톱으로 내 등짝을 파고들고 골반을 내 쪽으로 밀어붙였다. 땀을 흘리며 그녀 몸 위에서 신음하는데, 살결에 닿는 공기는 뜨끈하고 촉촉했다. 그녀 향수인지 비누인지, 아파트의 메마른 먼지 냄새와 뒤섞인 끈적끈적한 사향 냄새가 났다. 그리 오래 지속되었던 것 같지는 않다. 그녀는 목이 졸리는 듯한 비명소리를 냈다. 그리고 몇 초 후 내가 사정했고, 우리는 다시 소파에 나란히 앉아 있었다.

그녀가 일어섰고 나는 방에서 나가는 그녀를 지켜보았다. 그녀가 나가자마자 내 가슴에 후회가 철창처럼 툭 떨어졌다. 그녀가 돌아와서 몸을 닦으라고 밤색 타월을 건네주었을 때, 내 몸뚱어리는 기억 속 그 어느 때보다 무거웠다. 흡사 연료가 다 떨어진 탱크처럼.

루실의 욕실에서 나는 성기를 비누로 닦았다. 그리고 또 다른 밤색 타월로 몸을 닦으며, 나 자신과 지금 이 순간 사이에 틈새가 갈라지는 느낌을 받았다. 나는 벌써 아파트를 나가버린 것 같은 기분이었다. 불과 몇 분 전만 해도 루실을 향한 내 욕망은 치열하고 또 생생한 현실이었다. 나는 그 욕구에 입각해 행동했고 그로부터 쾌감을 얻었다. 그러나 벌써 그 섹스는 아득하게 멀어져 섹스의 유령만 남은 것 같았다. 바지춤을 추어올리면서 화가 노먼 블룸의 말을 인용하던 잭을 떠올렸다. "모든 남자들은 고추의 수인囚人이다." 거기 서서 루실의 나이트크림과 세면대에 말라붙은 아이스블루 줄무늬 치약을 보고 있던 내 마음 속에 그 말들이 스멀스멀 떠오르는 것이었다.

욕실에서 지나치게 오래 머물렀다 싶을 때가 되어서야 루실에게 돌아갔다. 그녀는 단추를 풀다 만 드레스 차림으로 소파에 앉아 있었다. 그녀를 보자 사과하고 싶은 마음이 들었지만, 그건 요령 없는 짓이라는 걸 잘 알고 있었다. 실수를 인정하는 셈이었으니까. 나는 그녀 곁에 앉아 손을 잡고 마음속에서 문장의 말머리들을 꺼내기 시작했다. 에리카를 사랑해요. 내가 대체 뭐에 씌었는지 모르겠⋯. 루실, 이건 그게 아니라⋯. 아무래도 얘기를 좀 해야⋯. 나는 온갖 상투적인 구절들을 다 취소하고 아무 말도 하지 않았다.

루실이 내쪽을 보았다. "레오." 그녀는 천천히, 단어 하나하나를 또박또박 발음했다. "아무에게도 말하지 않을 거예요." 그녀의 눈은 내 눈을 주시했고, 그 말들을 내뱉은 그녀의 입매가 단단하게 굳었다. 처음에는 안심이 되었다. 그녀가 이 밀회에 대해 누구한테 말할 거라는 생각 따위는 감히 해보지도 않았으면서도. 잠시 후 나는 어째서 숱한 다른 말들 중에서 하필 그 말을 제일 먼저 했을까 궁금해졌다. 말하지 않겠다니. 어째서 '누구에게도'가 우리 사이의 이 드라마에서 등장인물로 튀어나온 걸까? 나는 어떻게 하면 그녀의 감정을 상하지 않으면서 이 관계에서 빠져나갈 수 있을까 궁리하고 있었다. 갑자기 나는 그녀의 생각이 나를 앞질러 갔다는 걸 깨달았다. 그녀는 나를 어차피 더 이상 원치 않았다. 그녀가 원했던 건 이번, 이번 딱 한 번이었다.

그래서 나는 말했다. "나는 에리카를 아주 많이 사랑해요. 세상 그 무엇보다 내게 소중한 사람입니다. 내가 경솔⋯." 나는 말을 하다 말았다. 루실이 또 나를 보고 웃고 있었다. 전보다 더 활짝, 그리고 이번엔 만족감이나 연민의 미소가 아니었다. 민망한 눈치였다. 그녀의 얼굴이 빨갛게 물들어 있었다. "미안합니다." 나는 말을 더듬었고, 생각과 달리 사과가 입밖으로 흘러나와 버리고 말았다. 나는 일어섰다. "뭘 좀 갖다드릴까요?" 내가 물었다. "물 한 컵? 커피도 끓일 수 있는데." 나는 허공을 말로 마구 채우며, 그녀의 홍조를 막기 위해 떠들어대고 있었다.

"아니에요, 레오." 그녀가 말했다. 그녀는 내 손을 잡더니 찬찬히 살펴보다가 손바닥이 자기 쪽으로 오게 뒤집었다. "손가락이 기네요." 그녀가 말했다. "그리고 손바닥은 사각형이고. 언젠가 본 책에서 레오 같은 손은 심령술사들한테 많다고 했어요."

"내 경우에, 안타깝지만 그 책은 틀린 것 같은데요."

그녀는 고개를 끄덕였다. "안녕히 가세요, 레오."

"잘 있어요." 나는 고개를 숙여 그녀 뺨에 키스했다. 그러면서 어색하게 굴지 않으려고 엄청난 노력을 했다. 그리고 마음은 아파트에서 당장 도망치고 싶었지만, 왠지 우리 사이에 끝나지 않은 용무가 남은 느낌에 머뭇거렸다. 바닥을 내려보고 발치에 장난감이 한 개 보였다. 그 검고 빨간 물체는 금세 알아볼 수 있었다. 맷도 몇 개씩 갖고 있었기 때문이다. 트랜스포머라는 이름의 그 장난감은 자동차에서 인간을 닮은 로봇 같은 생물체로 변환할 수 있었다. 그 물체는 반반의 상태였다. 반은 사물, 반은 사람. 급작스러운 충동에 그걸 집어 들었다. 웬일인지 손을 대지 않고 그냥 내버려둘 수가 없었다. 한쪽을 뒤집어 변신을 완성했다. 전부 로봇이 되었다. 두 개의 팔, 두 개의 다리, 머리와 몸통. 나를 보는 루실의 눈길이 느껴졌다. "못생긴 장난감이죠." 그녀가 말했다.

나는 고개를 끄덕이고 트랜스포머를 테이블에 놓았다. 우리는 다시 인사를 나눴고 나는 나왔다.

침대로 기어들어와 에리카 옆자리에 눕자 그녀가 몇 초간 잠을 깼다. "루실 괜찮아요?" 그래서 나는 괜찮다고 했다. 그리고 루실이 얘기를 하고 싶어 하기에 좀 있다 왔다고 했다. 에리카는 돌아누워 다시 잠들었다. 어깨와 팔이 이불 위에 놓여 있었고, 나는 방의 침침한 불빛 속에서 잠옷의 얇은 어깨 끈을 빤히 바라보았다. 에리카는 나의 배반을 꿈에도 생각지 못할 터였고, 그 신뢰에 내 속이 뒤집어지는 기분이었다. 남편을 의심하는 여자였다면 차라리 죄책감이 덜했으리라. 아침에 나는 거침없이 똑같은 거짓말을 되풀이했다. 거짓말이 어찌나 능숙했는지 전날 밤의 일은 실제로 일어난 일이 아니라 일어났어야 하는 당위로 굳어지는 것 같았다. "아무에게도 말하지 않을게요." 루실의 약속은 우리의 연대였고, 내가 그녀와 섹스를 했다는 현실을 지우는 데 도움이 되었다. 그 일요일 아침 베이글 빵 한 바구니를 앞에 놓고 에리카와 맷이 앉은 식탁에 함께 앉아서 나는 맷이 링 이야기를 하는 걸 들었다. 링은 바로 옆에 있는 식료품점을 그만두고 다른 데 취직했다. "아마 나는 다시는 링을 보지 못할 거야." 아이는 계속 말을 이었지만 나는 내 목을 깨물던 루실의 이빨을 기억했고 하얀 피부에 대조되던 연한 갈색 음모를 눈앞에 떠올렸다. 루실은 불륜을 원치 않았다. 그건 확실했다. 그러나 그녀는 분명 내게서 뭔가 원하는 게 있었다. '뭔가'라고 말하는 건, 그게 무엇이었든 그저 섹스의 형태를 띠고 말았기 때문이다. 그 생각을 하면 할수록 나는 더욱 심란해졌다. 그 '뭔가'가 빌과 연관되어 있다는 의혹이 생겼던 탓이다.

나는 그 후로 몇 달 동안 루실을 보지 못했다. 우리 건물에 드나드는데 내가 못 보았거나, 빌과의 약속을 새로 조절해 마크를 보러 잘 오지조차 않게 되었든가 둘 중 하나였다. 그러나 그녀와 섹스를 하고 불과 몇 주도 안 되었을 때 나는 빌에게 루실의 병에 대해 물어보았다. 수년 전 그는 스쳐 가며 그 얘기를 한 적이 있었다.

빌이 거리낌 없이 대답해주는 바람에 수년에 걸쳐 말을 삼갔던 내가 바보가 되고 말았다. "자살 기도를 했었어." 그가 말했다. "기숙사에서 손목을 그어서 바닥이 피바다가 되어 있는 걸 내가 발견했지." 빌은 잠시 말없이 눈을 감았다. "팔뚝을 앞으로 내밀고 바닥에 앉아서 자기 피가 뚝뚝 흐르는 걸 아주 차분하게 바라보고 있더군. 나는 그녀를 붙잡고 수건을 손목을 동여매고 도와달라고 소리를 지르기 시작했어. 나중에 의사들 말로는 자상이 아주 깊지는 않았던 걸로 봐서 자살할 생각은 아니었던 거 같다고 했지만, 몇 년 후 그녀는 내게 피를 보고 있자니 좋더라는 얘기를 했어." 빌이 잠시 말을 멈췄다. "그리고 이상한 얘기를 또 하더군. '진정성이 있거든'이라고. 아무튼 한참 병원에 입원했다가 부모님과 함께 살게 됐지. 부모님은 나를 만나지 못하게 했어. 내가 악영향을 끼쳤다고 생각했나 봐. 그런데 말야, 그녀는 그런 짓을 했을 때 내가 별로 멀리 있지 않다는 걸 알고 있었어. 내가 찾으러 올 거라는 걸 알고 있었다고. 부모님은 내가 근처에 있으면 또 그럴까봐 겁이 나셨던 거지." 빌은 한순간 쓴웃음을 지으며 고개를 흔들었다. "아직도 죄책감이 들어." 그가 말했다.

"하지만 자네 잘못이 아니잖나."

"알아. 그녀의 그런 광기를 좋아했기 때문에 죄책감이 드는 거야. 드라마틱하다고 생각했거든. 그때 그녀는 아주 아름다웠어. 다들 그레이스 켈리를 닮았다고들 했지. 끔찍한 일이지만, 아름답고 피 흘리는 소녀는 못 생기고 피 흘리는 여자보다 더 호소력이 있는 법이야. 나는 스무 살이었고 바보천치였지."

그리고 나는 마음속으로 생각했다. 나는 쉰다섯인데 아직도 바보천치군. 빌이 일어나 서성거리기 시작했다. 그가 방에서 서성이는 걸 보며 나는 조심하지 않으면 루실과 나 사이의 비밀이 종기처럼 곪게 되리라는 걸 깨달았다. 그리고 반드시 비밀을 지켜야 한다는 것도 알았다. 고백해 봤자 누구에게도 좋을 게 없었다. 나 자신의 안도감 말고는. "루실은 항상 우리와 함께 있을 거예요." 바이올렛이 그렇게 말했었다. 어쩌면 바로 그거야말로 루실이 원했던 건지도 모른다.

한 달간 미루고 또 미루다가 라즐로 핑클먼이 드디어 저녁을 먹으러 왔다. 그날 저녁 에리카가 느꼈던 즐거움은 대체로 그가 먹는 걸 보는 데 기인했다. 그는 산더미처럼 쌓인 매시포테이토를 먹었고, 치킨 여섯 조각을 먹었으며, 적지만 의미심장한 양의 당근과 브로콜리를 먹었다. 애플 타르트 세 조각을 먹어치운 그는 드디어 대화를 나눌 준비가 된 것 같았다. 그러나 라즐로와 대화를 나누는 건 가파른 언덕을 올라가는 것과 같았다. 그는 거의 도착적으로 말이 짧아, 우리 질문에 한 단어나 한 문장으로만 말했고 그나마 어찌나 천천히 내뱉는지 말이 끝나기 전부터 지루해 죽을 지경이었다. 그럼에도 불구하고, 라즐로가 집에 갈 때쯤에는 우리도 그가 인디애너폴리스에서 자랐고 고아라는 사실 정도는 알게 되었다. 부친은 그가 아홉 살 때 돌아가셨고 그로부터 7년 후 어머니도 세상을 떠났다. 열여섯 살에 숙모와 삼촌이 그를 거두어 주었고, 그들은 그의 말에 따르면 '괜찮았'다. 그러나 그는 열여덟 살 때 '자기 예술을 하러' 뉴욕시로 왔다.

라즐로는 별의별 직업을 전전했다. 보조 웨이터 노릇도 하고, 철물점 점원, 그리고 자전거 배달부 노릇도 했다. 정말 절박할 때는 거리에서 빈 병을 모아 환불받은 돈으로 살기도 했다. 그때 그는 〈라 베이글 딜라이트〉라는 수상쩍은 이름의 브루클린 가게에서 카운터를 봤다. 라즐로에게 예술에 대해 물었더니 즉시 가방에서 슬라이드를 꺼냈다. 소년의 작품은 우리가 뉴욕에 처음 왔을 때 어머니가 사 주셨던 팅커토이 조립장난감을 연상시켰다. 그 기묘하게 생긴 조각들을 살펴보다가 나는 그 막대기들이 성기를, 남녀 모두의 성기를 닮았다는 사실을 깨닫게 되었다.

"작품이 전부 성적인 테마를 다루고 있어요?" 에리카가 그에게 물었다. 그녀는 웃으면서 말했지만 라즐로는 그런 유머에 끄떡도 하지 않았다. 그는 안경 너머로 에리카를 살펴보며 진지하게 고개를 끄덕였다. 금발의 빗자루가 그와 함께 끄덕였다. "제가 하는 게 그래요." 그가 말했다.

에리카가 라즐로를 위해 빌에게 접근했던 당사자였다. 빌이 조수를 고용하겠다는 얘기를 하고 다닌 지 한참 되었을 맨데, 에리카는 라즐로가 '완벽'할 거라고 확신해 마지않았다. 나는 소년의 자격조건에 좀 더 회의적인 쪽이었지만 빌은 에리카의 부탁을 뿌리칠 수 없었고, 라즐로는 결국 우리 삶에 고정된 존재가 되고 말았다. 그는 오후마다 바워리에서 빌을 위해 일하기 시작했다. 에리카는 한 달에 한 번쯤 그를 데려다 밥을 먹였고 맷은 그를 정말 좋아했다. 라즐로는 매튜의 비위를 전혀 맞추려 하지 않았다. 맷과 놀아주지도 않고 우리한테 하는 말보다 더 많이 해주지도 않았다. 그러나 젊은이의 쿨한 태도에 맷은 전혀 기죽지 않았다. 라즈의 무릎에 기어오르고 매혹적인 머리카락을 만지고 그가 한창 빠져들고 있던 야구 얘기를 끝도 없이 떠들어대고, 또 가끔은 양손으로 라즐로의 얼굴을 잡고 키스를 하기도 했다. 이렇게 맷이 열정적으로 애정 공세를 할 때면 라즐로는 의자에 무표정하게 앉아 최대한 말수를 줄이고 여느 때와 마찬가지로 음침한 얼굴을 하고 있었다. 그렇지만 어느 날 저녁을 먹으려고 휘적휘적 문지방을 넘는 깡마른 펑클먼의 다리에 맷이 두 팔을 꼭 두르고 매달려 있는 모습을 본 나는, 라즐로로서는 맷을 뿌리치지 않는 게 그 자체로 애정의 표현이라는 생각이 퍼뜩 떠올랐다. 당시로서는 그게 그의 최선이었던 것이다.

그해 1월, 동료 잭 뉴먼이 강의에서 가르친 적이 있는 대학원생 사라 왕과 은밀한 만남을 시작했다. 갈색 눈에 등까지 치렁치렁 내려오는 검은 머리를 지닌 아름답고 젊은 처녀였다. 그녀 전에도 여자는 많았다. 제인과 델리아와 6피트 1인치 키의 티나, 성적 욕구도 몸집만큼이나 왕성했던 여자였다. 잭은 외로웠다. 5년 동안 저술하고 있던 책 《소변기와 캠벨수프Urinals and Campbell's Soup》만으로는 리버사이드 드라이브의 커다란 아파트에서 보내는 저녁 시간을 도저히 다 채울 수가 없었다. 연애는 대체로 오래 지속되지 않았다. 잭의 성적 대상은 꼭 예쁠 필요는 없었지만 언제나 똑똑했다. 언젠가 그는 약간 슬픈 말투로 자기는 한 번도 머리 나쁜 여자를 유혹해 잠자리를 해본 적이 없다고 말했다. 그러나 심지어 똑똑한 여자들이라도 금세 잭에게 싫증을 냈다. 그가 진지하지 않고 여자들 자신보다 그들과 벌이는 게임을 더 사랑한다는 걸 아마 알아챘을 것이다. 어쩌면 아침에 눈을 뜨고 자기 옆에 누워 있는 머리가 다 빠져가는 남자를 보고 대체 어젯밤의 마법은 어떻게 됐나 싶었는지도 모른다. 모르겠다. 하지만 잭은 그 여자들을 모두 잃었다. 어느 날 늦은 오후에 나는 복도를 지나 잭의 연구실로 갔다. 논문 수정하느라 늦게까지 남아 있다가 프레드 치치오라는 젊은이가 프라 안젤리꼬에 대해 기가 막힌 소논문을 쓴 걸 발견하고 잭에게 보여주고 싶었다. 연구실 작은 창문에 눈을 대 보니 그와 사라가 꼭 껴안고 있었다. 잭의 오른손이 사라의 블라우스 속으로 사라졌고, 그녀 손은 책상 아래 어디로 들어가 보이지 않지만 잭의 표정을 보아하니 놀고 있는 것 같지는 않았다. 내가 무슨 광경을 보고 있는지 이해하자마자 나는 돌아서서 남들이 보지 못하도록 머리를 창문에 바짝 붙이고, 노크를 하기 전에 격심한 헛기침부터 했다. 단추는 다 채웠지만 얼굴은 여전히 발갛게 달아오른 사라가, 내가 문을 들어서자마자 도망치듯 나갔다.

나는 기다리지 않고 잭에게 하고 싶은 말을 했다. 책상 맞은편 의자에 앉아서 허구한 날 하는 설교를 늘어놓았다. 그런 무분별한 행동으로 인해 학과에서 신세를 온전히 망칠 수도 있다고 했다. 학생을 유혹하는 행위에 대해서는 기류가 좋지 않았다. 그녀와 헤어지거나 아니면 숨겨야만 했다.

잭은 한숨을 쉬고 나를 우울하게 바라보며 말했다. "나는 그 애를 사랑해, 레오."

"그 여자들을 다 사랑했지 않나, 잭." 내가 말했다.

그는 고개를 저었다. "아니, 사라는 달라. 그런 단어를 내가 전에 쓴 적이 있었나?"

잭이 티나나 델리아나 제인을 사랑한다고 말한 적이 있는지 기억이 나지 않았다. 그때 나는 루실 생각을 했고 그녀가 '강한 흥미'와 '사랑에 빠졌다'는 상태를 구분했던 기억이 났다.

"사랑을 핑계로 아무 짓이나 다 할 수 있는 건 아닐 거야." 나는 그에게 말했다.

IRT에서 나는 나 스스로 한 말을 곱씹어 보았다. 그 말들은 아무런 주저 없이 내 입 밖으로 튀어나왔다. 잭의 고백에 간결하게 맞받아친 대꾸로. 하지만 무슨 뜻으로 그런 말을 했던 거지? 사라에 대한 잭의 사랑을 믿지 않아서, 아니면 믿어서 그런 말을 한 건가? 결혼 생활을 해왔던 오랜 세월 동안 에리카를 사랑하는지 자문해 본 적은 한 번도 없었다. 만난 뒤 일 년 동안 내 마음은 온통 그녀로 인해 뒤흔들렸다. 심장이 쿵쿵 뛰었다.

그리움으로 신경이 팽팽해지다 못해 웅웅 울리는 소리가 들릴 지경이었다. 입맛이 사라지고 그녀와 함께 있지 않을 때면 금단증상에 시달렸다. 그런 광적인 흥분은 차츰 끝났지만 지하철 계단을 올라 입구로 나와서 차가운 잿빛 공기 속으로 들어갈 때면, 한시라도 빨리 그녀를 보고 싶어 어쩔 줄 모르는 내 마음을 실감하곤 했다. 집에 돌아오자 에리카와 매튜와 그레이스가 부엌에 있었다. 나는 에리카를 붙잡고 팔로 허리를 받치고 몸을 뒤로 젖힌 뒤 입에 힘차게 키스를 퍼부었다. 그레이스가 웃음을 터뜨렸다. 맷이 입을 딱 벌리자 에리카가 말했다. "다시 해줘요. 나 그거 좋아." 그래서 나는 또 했다. "이제 나도 해줘요, 아빠!" 맷이 외쳤다. 나는 허리를 굽히고 팔뚝으로 맷을 안고 작고 앙다문 입에 키스를 했다. 그레이스는 너무 재미있어한 나머지 부엌 의자를 잡아 빼고 털썩 주저앉아 족히 1분 동안 껄껄 웃었다.

작은 사건이었지만 나는 종종 마음속에서 바로 그 순간으로 돌아가곤 한다. 몇 년이 지난 후, 나는 그 일화를 멀리서 거리를 두고 상상하기 시작했다. 마치 문을 열고 들어온 그 남자가 영화 필름에 찍힌 것처럼 말이다. 나는 그가 코트를 벗고 열쇠와 지갑을 현관 진화기 옆에 내려놓는 모습을 본다. 다는 아니라도 회색으로 머리가 센 이마가 벗겨지고 있는 중년 남자가 짙은 갈색머리에 입술 위에 작은 사마귀가 난, 아직은 젊은 키 큰 여자를 붙잡고 키스한다. 나는 그날 변덕스러운 마음에 에리카에게 키스했지만 내 뜬금없는 욕망은 잭이 사라를 사랑한다고 말했던 그의 연구실, 거기서 더 나아가 루실이 똑같은 말을 두고 언어적 매듭으로 스스로를 꽁꽁 묶었던 소파로 거슬러 올라가는지 모른다. 나 말고는 아무도 그 키스를 추적할 수 없었다. 그 키스의 자취는 보이지 않는, 뒤죽박죽이 된 인간적인 상호작용의 흔적이었고 내 충동적인 재확인의 몸짓으로 절정에 올랐다. 나는 그 작은 장면을 좋아한다. 내 기억이 완전히 정확하든 아니든 요즘 내 눈에 보이는 그 어떤 장면보다도 선명하고 또렷하게 떠오르곤 한다. 집중을 하면 바로 눈앞에 에리카의 눈이 보이고 짙은 속눈썹이 눈 밑의 연한 살결에 부딪혀 파닥거린다. 앞이마에서 흘러내리는 머리카락이 보이고 내 팔에 걸쳐진 그녀 몸의 무게가 느껴진다. 무슨 옷을 입고 있었는지도 기억난다. 긴 소매의 줄무늬 티셔츠였다. 둥근 네크라인이 패여 쇄골이 드러나고 겨울 피부의 창백함마저 선히 보였다.

 그해 8월은 두 가족이 버몬트에서 함께 보낸 네 번의 8월들 중 첫 번째였다. 맷과 마크는 여덟, 아홉, 열 살이 되었고 우리가 매년 빌리던 커다란 낡은 농장에서 마침내 열한 살이 되었다. 그곳은 침실이 일곱 개 딸린 복잡하고 추레한 집이었다. 150년에 달하는 수명을 거치며 늘어나는 식구 수를 감당하기 위해 여기저기 덧붙여 지은 부속건물들 때문에 점점 확장되어 왔지만, 우리가 보았을 때는 1년 중 우리가 살 때 말고는 아무도 살지 않고 있었다. 어떤 노파가 유언으로 여덟 명의 손주들에게 남긴 집이었는데, 그 손주들도 이제는 노인이 되었고 집은 대체로 잊힌 자산으로 시들고 있었다. 워낙 예뻐서 아늑한 뉴잉글랜드의 전형적 마을로 집요하게 사진 촬영 장소로 활용되어 온 뉴페인에서 멀지 않은 곳에 있는, 동네 사람들이 산이라고 부르는 언덕마루에 자리 잡은 집이었다. 그 여름의 나날들은 내 마음속에서 다 함께 질주해 한 해의 휴가를 다음 해와 늘 구분할 수 있는 건 아니지만, 그곳에서 우리가 보낸 넉 달은 이제 나로서는 '상상'이라고 부를 수밖에 없는 자질로 물들어 있다. 그 추억의 진실을 의심한다는 뜻이 아니다. 내 추억은 선명하다. 어제 가본 것처럼 방 하나 하나를 다 기억한다. 내가 앉아서 저서 집필 작업을 하던 창가의 전망이 눈에 선하다. 아래층에서 놀고 있는 남자아이들과 별로 멀지 않은 곳에서 혼자 콧노래를 흥얼거리는 에리카의 목소리도 들린다. 옥수수 삶는 냄새도 맡을 수 있다. 그보다, 그 집의 일상적인 위로와 쾌감이 내 마음 속에서 '과거'에 의해 새로운 모습을 띠게 되었다는 얘기다. 그때 있었던 것들이 이제는 사라졌기에, 그 '과거'가 목가적으로 변했다. 그저 여름 한 철이었다면 그 푸르른 산은 지금 나를 사로잡는 마술을 절대 부릴 수 없었으리라. 반복이 주술을 걸었다. 책들과 미술도구와 장난감을 잔뜩 싣고 내 차와 빌의 트럭에 타고 북부로 달리던 길, 퀴퀴한 방안에 짐을 풀던 일, 바이올렛이 이끌었던 청소의 의례, 요리와 식사와 독서와 자장가, 네 어른이 땔나무 벽난로 곁에 앉아 밤이 깊을 때까지 대화를 나누던 일. 따뜻한 날도 있었고, 며칠인가 후덥지근한 날도 있었으며, 집을 싸늘하게 만들고 차창을 두드리던 비오는 날도 있었다. 담요를 깔고 누워 천체지도의 점들처럼 또렷하고 선명하게 빛나던 별들을 살피던 날도 있었다. 밤에 침대에 누워 있으면 부엉이 같은 소리로 울부짖으며 서로를 부르는 검은 곰 소리가 들려왔다. 사슴이 숲 가장자리에서 나와 집을 구경하러 오기도 했고, 한 번은 커다란 파란 왜가리가 집에서 30센티미터 거리에 착륙해, 창가에 서 있던 맷을 유심히 들여다보기도 했다. 맷은 그 새가 뭔지도 몰랐고, 자기가 본 걸 설명해 주러 내게 왔을 때는, 도저히 현실로 느껴지지 않을 정도로 커다란 유령 같은 새의 급작스러운 출현에 겁을 먹어 얼굴이 하얗게 질려 있었다.

빌과 바이올렛과 에리카와 나는 남자애들을 웨스턴의 데이 캠프에 보내 놓고 일을 했다. 오후 두 시가 되면 네 학부형 중 한 사람이 20분 동안 차를 몰고 아이들을 데리러 갔다. 에리카, 바이올렛과 나는 집안에서 일을 했다. 빌은 농장 헛간에 스튜디오를 차렸다. 그 다 쓰러져 가는 건물을 그는 바워리 2호라고 불렀다. 아이들 없이 우리 모두 각자 자기 일을 하던 그 시간들을 생각하면 이제 집단적인 꿈꾸기를 연상하게 된다. 내 귀에는 에리카의 전동 타이프라이터 소리가 들려왔다. 그녀가 쓰고 있던 책은 결국 나중에 《제임스와 대화의 모호함》이라는 제목으로 출판되었다. 바이올렛의 방에서는 테이프에 녹음된 숨죽인 소녀들의 읊조림이 들려왔다. 한 번은, 그 첫 해 여름, 물 한 잔을 가지러 그 방 문 앞을 지나치다가 아이처럼 유치한 목소리가 "난 제 뼈가 보이는 게 좋아요. 그 뼈를 보고 느끼는 게 좋아요. 나와 내 뼈 사이에 지방이 너무 많이 끼어 있으면 나 자신에게서 더 멀어진 느낌이 들어요. 아시겠어요?"라고 말하는 소리가 들려온 적도 있다. 빌의 작업장에서는 망치 소리, 가끔씩 쿠당탕 쿵탕 뭔가 깨어지는 소리들, 그리고 낮고 아득한 음악 소리가 들려왔다. 찰스 밍구스, 톰 웨이츠, 루 리드, 토킹헤즈, 모차르트와 베르디 아리아들, 슈베르트 가곡. 빌은 동화 상자들을 만들고 있었다. 각각의 상자가 이야기 하나씩을 담고 있었고, 보통은 그가 작업하는 이야기를 내가 알았기 때문에, 가끔은 말도 안 되게 긴 머리카락, 지나치게 높이 쌓은 성들, 그리고 뽑힌 손가락들의 이미지가 두치오의 성모상 사진을 열심히 보고 있는 내 의식 속으로 흘러 들어오기도 했다. 나는 중세와 초기 르네상스 예술의 판판함과 신비를 사랑했고, 역사의 흐름이라는 관점에서 그 교훈적인 암호들을 해독하는 일에 골몰했다. 예수 수난과 동정녀의 삶, 생경한 유혈의 기독교 속에 드러나는 성인들의 삶은 가끔 빌의 마술 같은 내러티브들이나 바이올렛의 굶주리는 소녀들, 자기부정과 자초한 고통이 미덕이 되는 젊은 여자들과 겹치기도 했다. 그리고 에리카가 거의 매일 오후마다 책을 읽어줬기 때문에, 헨리 제임스의 길게 늘인 문장들이 (필연적으로 선행하는 추상명사나 명사구에 의혹을 품게 만드는 무수한 조건절들을 포함해서) 내 산문을 감염시키는 느낌이 들 때도 있어서, 에리카의 목소리를 통해 나의 지면으로 표표히 흘러들어온 작가의 영향력을 떨치기 위해 문단을 퇴고해야 하기도 했다.

    캠프가 끝나면 아이들은 밖에서 놀았다. 구멍을 파고 다시 메웠다. 죽은 통나무와 낡은 담요로 요새를 만들고 도롱뇽과 딱정벌레와 거대한 사슴벌레도 몇 마리 잡았다. 그들은 성장했다. 첫해 여름의 두 어린 아이들은 마지막 여름 늘씬한 긴 다리의 소년들과 비슷한 구석조차 찾기 힘들었다. 맷은 여느 아이들처럼 놀고 웃고 뛰었지만 나는 여전히 그 애의 성격에서 또래들과 갈라놓는 강렬한 저류를, 독자적인 방향으로 아이를 끌고 가는 열정적인 중심을 느꼈다. 그 애는 마크를 태어나면서부터 알았고 둘 사이는 형제나 다름없었기 때문에, 둘의 우정 근저에는 차이를 서로 묵과하는 태도가 깔려 있었다. 마크는 맷보다 더 느긋하고 외향적이었다. 그래서 일곱 살을 넘겼을 무렵에는 보기 드물게 싹싹한 아이가 되어 있었다. 온갖 힘든 일을 겪었을 텐데도 성격만 봐서는 흔적을 찾을 수 없었다. 반면 맷은 치열하게 살았다. 베이거나 멍이 들어도 도통 울지 않으면서 무시를 당하거나 억울한 대접을 받으면 눈물을 줄줄 흘리곤 했다. 양심도 엄하다 못해 잔혹할 정도여서 에리카는 우리가 사고로 괴물 같은 초자아를 지닌 아이를 창조한 게 아니냐고 걱정했다. 내 입에서 야단이 떨어지기도 전에 맷은 사과부터 하고 보았다. "죄송해요, 아빠. 정말 잘못했어요!" 아이는 자신의 벌을 직접 정했고, 에리카와 나는 보통은 아이를 꾸짖기보다 달래는 걸로 마무리하게 되기 일쑤였다.

    맷은 과외의 도움을 받아 천천히, 그리고 꾸준하게 읽는 법을 배웠다. 책들이 점점 더 길고 복잡해졌고 그 책들은 몇 편의 영화들과 함께 그 아이의 상상력에 강렬한 영향을 미쳤다. 고아가 되고 감옥에 갇혔다. 반란을 주동하고 난파의 역경을 견뎌냈다. 새로운 은하계들을 탐험했다. 한동안은 마크와 숲속에서 원탁을 차려놓고 놀았다. 그러나 맷에게 압도적인 판타지는 야구였다. 그 애는 어딜 가나 글러브를 갖고 다녔다. 스탠스를 연습하고 스윙을 다듬었다. 유니폼을 입고 거울 앞에 서서 글러브로 상상의 볼을 받았다. 카드를 수집하고 밤마다 《베이스볼 백과사전》을 읽고 마음속으로 게임들을 꾸며냈는데 가상의 게임은 희생 스퀴즈로 끝나는 일이 적지 않았다. 나로서는 맷을 아끼는 마음에서 그 애가 조금 더 운동을 잘 했으면 좋겠다는 생각이 들 때가 있었다. 아홉 살이 되어 안경을 쓰기 시작하면서 타격은 훨씬 좋아졌지만 리틀리그 선수로서 보여준 발전은 타고 난 재주라기보다는 맹렬하고 지칠 줄 모르는 의지의 소산이었다. 베이스를 질주하는 모습을 지켜보면—새로 맞춘 안경을 끈으로 머리에 묶고 무릎과 팔을 마구 흔들면서—달리는 스타일이 다른 애들보다 우아하지 못할 뿐 아니라 결연한 의지에도 불구하고 그리 빠르지 않다는 걸 알 수 있었다. 그렇지만 그 녀석만 그런 건 아니었다. 적어도 초창기에 리틀리그는 온갖 실수로 뒤범벅된 희극이고, 아이들은 베이스에서 정신을 놓고 룰을 잊어버리고 쭉 뻗은 글러브로 곧장 날아오는 공을 놓치거나 잡더라도 발을 헛딛고 넘어지기 일쑤다. 맷은 멍하니 정신을 놓고 있는 것만 빼놓고 모든 실수를 다 저질렀다. 빌의 말대로 "집중력 하나는 챔피언감"이었다. 그 애에게 없는 건 챔피언의 몸이었다.

야구경기의 묘미는 빌과 맷 사이의 유대감을 다져주었다. 어린 제자를 종파에 입교시키는 그노시스교 사제처럼 빌은 맷에게 난해한 RBIRun Based In(타점)며 ERAEarned Run Average(방어율)를 잔뜩 가르쳤다. 손을 흔들고 팔을 퍼덕거리고 코를 만지고 귀를 잡아당기는 코치 사인의 방법론을 가르쳤으며 빛이 사라지고 어둑어둑해져 공이 잘 보이지 않게 될 때까지 마당에서 맷에게 공을 피칭하고 스로우했다. 정작 그의 아들은 야구 경기에 대한 관심이 뜨뜻미지근했다. 마크도 가끔 두 광신도들과 함께 하기도 했지만, 혼자 어디론가 사라져서 유리병에 벌레를 수집하거나 그냥 풀밭에 누워 하늘을 바라보기도 했다. 마크가 맷을 질투하는 기색은 전혀 보지 못했다. 아버지와 가장 친한 친구가 점점 우정을 쌓아가는 게 흡족하기 이를 데 없어 보였다.

빌은 맷이 열렬하게 열정을 쏟는 두 가지인 야구와 미술을 한 몸에 체현하고 있었고, 내 눈앞에서 빌을 향한 아들의 애정은 영웅숭배로 변했다. 우리가 버몬트에서 보낸 마지막 두 번의 8월에 맷은 빌이 작업을 끝낼 때까지 기다리기 시작했다. 야트막한 스튜디오 건물 밖의 목제 층계에 참을성 있게 걸터앉아서 기다렸는데, 대개는 무릎에 드로잉을 펼쳐두고 있었다. 스크린도어가 끽끽거리는 소리에 이어 발소리가 들리면 맷은 벌떡 일어나서 종이를 흔들었다. 나는 내가 맡은 일, 야채를 써는 일을 하면서 부엌에서 이런 장면을 자주 보았다. 빌은 작은 건물에서 나와 문밖에서 발길을 멈추곤 했다. 더운 날에는 맷이 나머지 층계를 뛰어올라 자기에게 다가오는 걸 바라보며 물감 닦는 행주로 이마와 뺨을 훔치기도 했다. 빌은 드로잉을 받아들고 미소를 지으며 고개를 끄덕거렸고, 팔을 뻗어 맷의 머리카락을 쓸어줄 때도 많았다. 한 번은 빌에게 선물로 주려고 그린 그림도 있었다. 플레이트에 선 재키 로빈슨을 색연필로 그린 드로잉이었다. 며칠 동안 붙잡고 그린 그림이었다. 9월에 뉴욕에 돌아온 빌은 스튜디오 벽에 그 그림을 걸어두었고, 몇 년 동안 떼지 않았다.

항상 야구장과 선수들을 스케치하면서도 맷은 뉴욕시를 드로잉과 회화로 그리는 걸 멈추지 않았다. 시간이 지나면서 이 그림들은 점점 더 복잡해졌다. 햇빛 찬란한 도시를 그리는가 하면 고요한 회색 하늘 아래의 풍경을 그리기도 했다. 바람이 불고 비가 오고 휘몰아치는 눈폭풍 속 뉴욕시를 그리기도 했다. 위에서 내려다보고, 옆에서 보고, 밑에서 올려다본 도시 풍경을 그렸고 거리마다 탄탄한 사업가들과 시크한 예술가들, 깡마른 모델과 건달들, 그리고 학교 가는 길에 우리가 항상 보는 시끌벅적한 광인들을 그려넣었다. 브루클린 브리지와 자유의 여신상과 크라이슬러 빌딩과 쌍둥이 빌딩을 그렸다. 이런 도시 풍경을 갖고 오면 나는 항상 찬찬히 시간을 들여 살펴보곤 했다. 면밀한 감상으로만 디테일을 찾아낼 수 있다는 걸 알고 있었기 때문이다. 공원에서 뒤엉켜 있는 연인들, 어쩔 줄 모르는 엄마 옆 길모퉁이에서 흐느껴 우는 아이, 길을 잃은 관광객들, 소매치기들, 그리고 쓰리카드 몬테 게임[20]을 하는 사기꾼들.

맷이 아홉 살이 되던 여름부터는 도시 풍경을 그린 드로잉마다 단골손님으로 등장하는 캐릭터가 생겼다. 턱수염을 기른 노인이었다. 그는 손바닥 만한 아파트 창틈으로 보였고, 에드워드 호퍼 그림에 나오는 은둔자처럼 늘 혼자였다. 가끔 회색 고양이 한 마리가 창가에 쭉 뻗어 있거나 그의 발치에 몸을 동그랗게 말고 앉아 있었지만, 다른 사람과 함께 있는 일은 절대 없었다. 나는 어떤 드로잉에서 그 남자가 의자에 구부정하니 앉아 머리를 손에 묻고 있는 모습을 본 적도 있다.

"이 불쌍한 남자가 계속 나오네." 내가 말했다.
"그건 데이브예요." 맷이 말했다. "데이브라는 이름을 지어줬어요."
"어째서 데이브지?" 내가 물었다.

---

[20] 주로 뉴욕 지하철에서 벌어지는 사기 카드놀이.

"몰라요. 하지만 그게 이름이에요. 외로운 사람인데요. 어쩐지 누군가를 만나야 할 것 같다는 생각이 들어요. 하지만 그림을 그리려고 보면 항상 혼자 있어요."

"불행해 보이네." 내가 말했다.

"안 됐어요. 친구라고는 듀랑고 뿐이거든요." 맷은 고양이를 가리켰다. "아빠도 고양이가 어떤지 아시잖아요. 사실 아무 관심도 없어요."

"글쎄다. 아무래도 친구를 사귀는 게…."

"아빠는 내가 꾸며낸 사람이니까 얼마든지 그렇게 할 수 있다고 생각하시겠지만요. 빌 아저씨 말로는 그런 식으로 되는 게 아니래요. 뭐가 옳은지 느껴야 되고, 또 가끔은 예술에서 올바른 건 슬프다고 하셨어요."

나는 아들의 진지한 얼굴을 들여다보고 다시 눈길을 떨구어 데이브를 보았다. 맷은 노인의 손에 돋은 혈관도 그려넣었다. 커피 잔과 접시가 그의 발 근처에 놓여 있었다. 아직도 아이의 그림이었다. 관점도 불안하고 인체도 약간 비뚤어졌지만 그 고독한 남자의 몸을 새긴 선들은 내게 큰 감동을 주었고, 나는 맷이 도시풍경을 건네줄 때마다 데이브를 찾기 시작했다.

오후가 깊어지면 우리는 산책 삼아 흙길을 따라 산을 내려갔다. 더튼의 농장 가판으로 차를 몰고 가서 저녁거리로 쓸 토마토며 고추며 콩을 골랐다. 볕 좋은 날이면 집에서 물과 몇 야드 거리의 연못에서 수영을 했다. 빌은 어디든 우리와 함께 가는 일이 흔치 않았다. 우리 중 누구보다 더 오래 일을 했던 것이다. 절대 요리를 하는 법도 없었다. 설거지를 도맡아 할 뿐이었다. 그러나 매해 여름마다 하루 이틀 정도는 태양이 작열하는 오후에 바워리 2에서 나와 우리와 함께 멱을 감곤 했다. 들판을 가로질러 연못가에서 사각 팬티만 남기고 훌훌 옷을 벗는 그의 모습을 우리는 지켜보곤 했다. 빌은 나이를 먹지 않는 남자였다. 처음 만난 날에서 단 하루도 나이를 먹지 않은 것 같았다. 그는 천천히 연못으로 들어와 점점 더 멀리 물살을 헤치고 나아가며 짐짓 놀란 척 시끄럽게 소리를 질러댔다. 엄지와 검지 사이에 담배를 끼우고 수면 위로 연기가 나는 꽁초를 치켜들고 들어올 때도 있었다. 버몬트에서 지낸 다섯 번의 여름 중에서 그가 잠수해서 머리를 적시고 실제로 수영하는 걸 본 건 단 한 번뿐이었다. 그러나 그때 내가 본 스트로크는 강하고 빨랐다.

  쉰여섯 살이 되던 여름, 나는 갑자기 내 몸이 달라졌다는 걸 깨달았다. 그건 빌이 수영을 하던 날 일어난 일이었다. 연못을 가로질러 가는 빌을 맷과 마크가 응원하는 소리가 들려왔다. 나도 수영을 하다가 검은 트렁크 수영복 차림으로 물가에 앉아 있었다. 내 몸을 내려다본 나는 발가락에 옹이가 생기고 앙상하다는 걸 깨달았다. 긴 정맥류가 왼쪽 다리에 툭 튀어나와 있었고 듬성듬성한 가슴 털은 하얗게 세어 있었다. 어깨와 상체는 이상하게 왜소해 보였고, 흰 피부는 이제 붉은 색과 갈색이 착색되어 흉했다. 그러나 내게 더 놀라운 건 복부를 빙 둘러 자리 잡은 부드럽고 하얀 지방질이었다. 나는 늘 호리호리했고, 아침에 바지 지퍼를 올릴 때마다 허리가 좀 꽉 낀다 싶었지만 특별히 걱정을 하지는 않았다. 사실은 내 변화를 제대로 따라잡지 못하고 살았던 거였다. 완전히 현실에 뒤처진 나 자신의 이미지를 품고 여기저기 걸어 돌아다녔던 것이다. 아무튼, 언제 내가 자신을 제대로 보겠는가? 면도를 할 때는 얼굴만 보인다. 가끔 시내의 창이나 유리문에 비친 모습을 슬쩍 보는 정도다. 샤워를 할 때는 몸을 박박 밀긴 하지만 결함을 찬찬히 뜯어보지는 않는다. 어째서 이런 보기 싫은 변화들 얘기를 한 번도 안 했느냐고 에리카에게 물었더니 그녀는 내 허릿살을 꼬집으며 말했다. "걱정 마, 여보. 난 당신이 늙고 뚱뚱해도 좋아."라고 말했다. 한동안 나는 변신의 희망을 품고 살았다. 맨체스터에 간 김에 아령을 사고 식단에서 로스트비프를 줄이고 브로콜리를 더 먹으려고 시도도 했지만, 내 결심은 곧 사라지고 말았다. 결핍을 견뎌낼 만큼 내 허영심이 강하지 못했던 탓이다.

매년 8월 마지막 주에 라즐로가 와서 빌이 작품을 싸는 걸 도와주었다. 바워리 2에서 밭을 건너 빌의 트럭까지 소재를 옮기는 그의 모습이 아직도 눈에 선하다. 타이트한 빨간 바지, 검은 인조가죽 부츠 차림에 완벽한 무표정이었다. 라즐로에게 캐릭터를 부여하는 건 얼굴이 아니라 헤어스타일이었다. 머리에서 솟아난 금발의 솔은 핑클만의 페르소나 속 깊이 숨겨진 일말의 유머감각을 시사했다. 무성영화 코미디언의 소품처럼 그 머리가 그를 대변했다. 운 나쁘고 나이브한 허구의 주인공, 우리 시대의 깡디드, 세상에 대해 심오하고 끝없는 놀라움으로 반응하는 그런 인물의 분위기 말이다. 사실 라즐로는 온순하고 소심한 사람이었다. 맷이 개구리를 한 마리 갖다 주면 찬찬히 뜯어보고, 물어보면 어떤 주제에 대해서는 짤막한 선언을 했으며, 일을 맡으면 접시들을 아주 천천히 엄정하게 닦곤 했다. 에리카가 그를 '다정'하다고 말했던 건 이런 기복 없는 성질 때문이었다.

에리카는 8월만 되면 편두통을 앓았고, 한번 발병하면 2~3일씩 지속되곤 했다. 왼쪽 눈 주변으로 흰색이나 분홍색 별들이 떠다니면 이윽고 격한 통증이 찾아왔고, 그러면 그녀는 온몸을 뒤틀며 구토를 했다. 두통에 얼굴의 혈색이 싹 사라지고 눈 밑의 피부를 아주 시커멓게 만들었다. 잠을 자고 잠을 깼다. 거의 아무것도 못 먹고 누가 근처에만 와도 질색을 했다. 무슨 소리만 나도 아파하며, 앓는 내내 자책을 하고 내게 미안하다고 계속 중얼거리는 것이었다.

에리카의 편두통이 세 번째 여름에도 발병하자 바이올렛이 나섰다. 두통이 찾아온 날은 축축하고 습한 날씨였다. 에리카는 우리 방에 조용히 들어가 처박혔고, 오후에 나는 일찌감치 그녀를 살펴보러 갔다. 문을 열어보니 셔터가 꼭 닫혀 있었다. 바이올렛이 에리카의 등에 걸터앉아 뭉친 어깨를 풀어주고 있었다. 나는 아무 말 없이 문을 잡아당겨 꼭 닫았다. 한 시간 후 다시 돌아가 보니 방안에서 바이올렛의 목소리가 들려왔다. 들릴락 말락 했지만 꾸준히 나는 소리였다. 문을 열었다. 문이 열리는 소리에 그녀가 얼굴을 들더니 날 보고 미소를 지었다. "이제 좀 나아, 레오." 그녀가 말했다. "나 훨씬 좋아졌어." 바이올렛에게 기적적인 치유력이 있는 건지 두통이 나을 때가 되어 나은 건지는 알 수 없지만 어느 쪽이든 에리카는 그 후로 바이올렛에게 의지했다. 휴가 첫 주에 통증이 발병하자 바이올렛은 의례 같은 속삭임과 마사지를 해 주었다. 바이올렛이 에리카에게 뭘 어떻게 해줬는지 물어본 적은 한 번도 없다. 두 사람의 닮은 점은 더욱 끈적해졌고 내가 보건대 음침한 구석이 있는 여성적 관계로 발전했다. 서로 쓰다듬고 낄낄 웃고 비밀을 공유하는 여자들 사이의 소녀 같은 친밀감 말이다.

그집 안에서는 또 다른 친밀감들이 피어났다. 대체로는 전적으로 일상적이고 진부했다. 나는 파자마 바람의 바이올렛을 보았고 바이올렛 역시 잠옷 바람의 내 모습을 보았다. 그녀의 부스스한 머리카락을 정리하는 데 머리핀들이 도움이 된다는 걸 알았다. 빌은 저녁식사 전에 늘 테레빈유와 비누로 씻긴 해도 목욕을 자주 하지는 않고 아침에 커피 한 잔 마시기 전까지는 뚱하다는 것도 알게 되었다. 에리카와 나는 빌이 집안일을 안 한다고 바이올렛이 찡찡거리는 소리도 듣고 바이올렛의 살림에 대한 기준이 황당무계하게 높은 거라고 불평하는 빌의 말도 들었다. 빌과 바이올렛은 장 볼 거리를 까맣게 잊고 '몇 년 전에 갖다 버렸어야 마땅한' 바지를 입고 돌아다닌다며 에리카가 나를 흉보는 소리를 다 들었다. 나는 맷의 빨래는 물론이고 흙이 묻어 딱딱해진 마크의 양말과 다 떨어진 속옷을 수거했다. 어느 날 저녁, 나는 화장실 변기에 묻어 있는 핏자국을 보고 생리하는 사람이 에리카가 아니라는 걸 알았다. 나는 휴지 한 장을 주워 물에 적셔서 얼룩을 깨끗이 지웠다. 그때는 그 얼룩이 중요하다는 걸 몰랐지만 그날 밤 에리카와 나는 바이올렛이 복도 저 끝 방에서 흐느껴 우는 소리를 들었고, 간간이 빌의 나지막한 목소리도 들을 수 있었다.

"아기 때문에 우는 거야." 에리카가 말했다.

"무슨 아기?"

"생기지 않는 아기."

에리카는 비밀을 지켜주고 있었다. 바이올렛이 아기를 가지려고 노력한 지 2년이 넘어가고 있었다. 의사들은 그녀에게도 빌에게도 아무 이상이 없다고 했지만, 바이올렛은 불임치료를 시작했고 지금까지는 실패의 연속이었다. "오늘 생리를 했네." 에리카가 말했다.

바이올렛의 울음이 그쳤을 때, 나는 언제나 자식들을 원했다고 했던 빌의 말이 생각났다. '수천 명의 아이들'이라고 했었다.

집안에는 텔레비전이 없었고, 텔레비전의 부재는 우리를 다른 시대의 여흥으로 돌려보내주었다. 저녁을 먹고 나서 밤마다 어른 한 명이 큰 소리로 이야기를 읽어주곤 했는데, 보통은 동화였다. 내가 읽을 차례가 되면 나는 빌이 챙겨온 숱한 민담 선집들 중 한 권을 넘겨보면서 아기를 간절히 원하는 왕과 여왕으로 시작하는 동화들을 피하려고 조심했다. 우리 중에서는 빌이 제일 잘 읽었다. 조용하면서도 뉘앙스가 살아 있었고, 의미에 따라서 문장의 박자도 달리 했다. 효과를 노려 말을 끊기도 했다. 가끔은 소년들에게 눈을 찡긋해 보이거나 대개 그에게 기대 앉아 있는 마크를 더 바짝 잡아당기기도 했다. 빌은 동화에 질리지도 않았다. 하루 종일 스튜디오에서 그 이야기들을 재창조하고 밤이면 얼마든지 아이들에게 또 읽어줄 채비가 되어 있었다. 빌은 당시 진행 중인 프로젝트가 무엇이든 자기 존재의 강박적인 실마리로 만들었고, 그걸 끝까지 붙잡고서 지칠 줄 모르고 따라 가곤 했다. 그런 열의는 전염성이 있었고 또 약간 피곤하기도 했다. 그는 내게 학문적 논문들을 읽어주고 복사한 드로잉들을 주고 3의 의미에 대해 논했다. 세 아들, 세 딸, 세 가지 소망. 조사와 희미하게라도 연루되어 있는 민요들을 틀었고 내가 반드시 읽어야 한다고 생각하는 작품들에는 연필로 X자를 쳐 놓았다. 나는 그를 뿌리치는 법이 거의 없었다. 새로운 생각을 들고 나를 찾아올 때면 빌은 언성을 높이거나 몸으로 흥분을 드러내는 법이 없었다. 눈빛에 다 드러나 있었다. 그때그때의 통찰로 불타올랐고 그 눈길을 우리 쪽으로 돌리면 어쩐지 듣지 않을 수 없을 것만 같은 느낌이 들었다.

오년 후 빌은 2백여개의 상자들을 만들어냈다. 친구가 쓴 시집의 삽화를 그렸고, 회화 작품과 드로잉 작업도 계속했는데 그 중 다수는 바이올렛과 마크의 초상이었다. 그리고 보통은 아이들을 위한 기계장치나 탈것을 만들고 있었다. 그런 원색의 장난감들은 굴러다니거나 날아다니고, 또 풍차처럼 돌아가곤 했다. 마크와 맷은 특히 미친 것처럼 보이는 소년 인형을 좋아했는데, 인형은 딱 한 가지 재주 밖에 없었다. 등의 레버를 당기면 입에서 혀가 쑥 튀어나오고 바지가 홀떡 벗겨져 발목까지 내려가는 것이었다. 장난감을 만드는 건 동화 상자를 만드는 기진맥진한 작업에서 벗어나 빌이 휴가를 보내는 방식이었다. 그것들은 다 똑같은 사이즈였다. 대략 3피트 높이 4피트 너비쯤. 그는 평면과 3차원의 형상을 모두 사용해서 진짜 오브제를 그려낸 오브제와 혼합했고 현대적 이미지들을 활용해서 옛 이야기를 들려주었다. 상자들은 작은 방처럼 구획되어 있었다. "이건 말풍선이 없는 2D와 3D 만화인 셈이지." 그는 내게 그렇게 말했다. 그러나 그 묘사는 사실을 오도하고 있었다. 축소된 모형 같은 상자들은 사람들이 인형의 집을 들여다보거나 처음 발견할 때의 평범한 매혹을 이끌어내고 있었지만 빌의 작은 세상 속 컨텐츠는 예상을 전복하고 기묘한 비현실의 정서를 이끌어낸다. 형식과 마술적 컨텐츠는 조셉 코넬[21]을 연상시키는 구석이 있었지만 빌의 작품들이 훨씬 더 크고 터프하고 서정성이 덜했다. 각각의 작품에 존재하는 긴장감은 비주얼한 논쟁을 떠올렸다. 초창기 작품들에서 빌은 관객이 이야기를 잘 알고 있다는 점을 믿고 새롭게 스토리텔링을 했다. 검은 피부에 검은 머리를 한 잠자는 숲속의 공주 인형은 병원의 병실 침대에 혼수상태로 누워 있었다. 정맥주사와 심전도계의 와이어가 환자의 회복을 비는 사람들이 보낸 정교한 꽃다발이며 화환들과 마구 뒤엉켜 있었다. 거대한 글라디올러스, 카네이션, 장미, 극락조, 고사리가 숨막히게 방을 뒤덮고 있었다. 분홍색 바구니에서 나오는 담쟁이덩굴은 그녀의 머리카락 속으로 파고들어 침대 옆 탁자에 놓인 공주 전화기의 수화기를 칭칭 감고 있었다. 뒤쪽으로 가면 또 다른 장면에서는, 성기가 발기한 벌거벗은 남자의 겉아웃이 잠자는 그녀의 짐상 위 허궁에 걸려 있었다. 남자는 손에 커다란 가위를 벌린 채 들고 있었다. 마지막 이

---

21) Joseph Cornell(1903‐1972). 미국의 조형예술 작가. 나무 상자 속에 낭만적인 구성을 한 작품들로 유명하다.

미지에서 소녀는 눈을 뜨고 침대에 앉아 있는 모습이다. 남자는 사라졌지만 꽃들, 주사 튜브, 그리고 와이어는 모두 잘려 마룻바닥에 무릎까지 오는 쓰레기더미가 되어 널려 있다.

나중에 빌은 훨씬 덜 알려지고 난해한 동화들을 각색해 상자로 만들었다. 그 중에는 앤드루 랑의 《바이올렛 페어리북The Violet Fairy Book》 중에서 우리가 함께 읽었던 동화인 '소년인 척했던 소녀'도 있었다. 어떤 공주가 아버지의 왕국을 구하기 위해서 젊은 남자로 변장한다. 포로가 된 공주를 구해주는 일을 포함해 헤아릴 수 없는 모험을 겪은 후 여주인공은 그 시련들로 인해 자신이 영웅이 되었다는 걸 깨닫는다. 아홉 개의 네모칸 중 마지막 이미지는 이야기의 주인공이 양복 차림에 넥타이를 하고 거울 앞에 서 있는 모습을 보여준다. 사타구니에는 누가 봐도 알 수 있는 불룩한 남성의 상징이 달려 있다.

1987년 여름 빌은 〈체인질링The Changeling〉[22]이라는 작품을 완성했다. 아직도 내가 빌의 연작 중에서 가장 좋아하는 작품이다. 잭이 제일 좋아하는 작품이기도 하다. 하지만 그에게 이 작품은 현대미술에 대한 것이었다. 다중의 정체성, 복제, 그리고 패스티시의 유희 말이다. 그러나 잭보다 훨씬 빌과 가까운 사이였던 나로서는 일곱 개의 방을 가진 작품이 그 내면의 삶에서 따 온 일종의 우화라고 믿지 않을 수 없었다.

첫 번째 방에는 작은 소년의 조각이 잠옷 차림으로 창문턱에 손을 얹은 채 창가에 서 있었다. 그 당시 맷과 마크와 같은 나이로 보였다. 열 살에서 열한 살 정도였다. 바깥은 밤이 되어 옆 건물의 창문 세 개가 전기 조명으

---

22) 사악한 요정이 바꿔치기한 아기를 말함

로 빛나고 있었다. 빌은 각 창문에 장면을 그려넣었다. 전화 통화를 하는 남자, 개를 데리고 있는 노파, 그리고 침대에 똑바로 누워 있는 나체의 연인들. 소년의 방은 옷가지며 장난감들이 널려 어지럽다. 이런 물건들 중 일부는 마룻바닥에 그림으로 그려져 있었다. 그 외에는 작은 조각들이었다. 상자에 아주 바짝 다가가보니 소년이 오른손에 바늘과 실을 들고 있다는 걸 알 수 있었다.

상자의 두 번째 방에서 소년은 잠든 모습이었다. 오른쪽으로 종이인형 여자가 창문을 통해 방으로 들어오고 있었다. 그림으로 그린 그 형상은 조잡해서 더 충격적이었다. 머리는 크고 팔은 짧고 무릎은 불가능한 각도로 꺾어진 여자는 아이의 그림을 연상시켰다. 한쪽 다리는 열린 창틈을 통해 들어와 있었고, 나는 종이 발에 붙어 있는 게 축소된 로퍼라는 걸 알아보았다.

세 번째 장면에서 이 희한한 작은 여자는 아직도 잠자는 소년을 침대에서 안아 올렸다. 다음 네모 칸은 아예 방이 아니라 상자 앞에 부착된 평면의 채색된 패널이었다. 캔버스에는 여자가 소년을 데리고 맨해튼의 거리를 지나가는 모습이 나타나 있었다. 나이아몬드 디스트릭트 어니쯤인 것 같았다. 이제 그녀는 종이인형 같은 모습을 벗어나 안고 있는 아이처럼 3차원으로 보였다. 아이를 팔에 안고 한 걸음 한 걸음 나아가는 여자의 등은 구부정하니 굽고 무릎은 부들부들 떨렸다. 똑같은 건 여자의 얼굴뿐이었다—점 두 개로 그린 눈, 일직선의 코, 그리고 또 일직선으로 쭉 그은 입이었다. 다섯 번째 방 안에서 여자는 타원형 머리에 똑같이 원초적인 얼굴이 그려진 조각이 되어 있다. 서서 유리 상자 안에서 잠들어 있는 소년을 굽어보고 있었다. 소년은 여전히 바늘과 실을 움켜쥐고 있다. 그녀 옆에 눈을 꼭 감은 다른 소년 하나가 더 있었다. 모든 면에서 투명한 관 속에 누워 있는 아이와 동일한 형상이었다. 작품의 여섯 번째 패널은 네 번째를 똑같이 복제한 것이었다―굽어보고 있는 여자, 잠든 소년, 다이아몬드 디스트릭트. 처음 봤을 때 나는 이 두 번째 회화를 굉장히 세밀하게 관찰했었다. 차별되는 특징이나 뭔가 희미하게나마 다른 점의 실마리를 찾아보려 했지만 그런 건 없었다. 마지막 장면은 상자 맨 밑의 칸을 다 차지하고 있었다. 여자는 사라졌다. 소년 하나, 아마도 두 번째 소년은 서사가 시작되었던 바로 그 방의 침대에 일어나 앉아 있었다. 미소를 띠며 환하게 불이 밝혀진 방에서 기지개를 켜고 있었다. 아침이 된 게 틀림없었다.

나는 늦은 8월의 어느 비오는 날에 바워리 2에서 그 작품을 처음 보았다. 빌과 나는 단 둘이었다. 그날 오후 창문 틈새로 비치는 빛은 희미했고 회색이었다. 이 범상치 않은 이야기를 어디서 찾았느냐고 빌에게 물었더니 그가 지어낸 얘기라고 말했다. "체인질링에 대한 민담은 수도 없이 많이 있어." 그가 말했다. "도깨비들이 아기를 훔치고 똑같은 복제품으로 바꿔 놓지만 아무도 차이를 알아보지 못하지. 이건 그저 무수한 자아분열에 대한 신화들 중 한 가지일 뿐이야. 그런 얘기들은 다이달로스의 걸어다니는 조각들에서 피그말리온을 지나 고대 영국 전설과 미국의 인디언 설화까지 사방에서 튀어나오거든. 쌍둥이, 더블, 거울. 데카르트에 대한 이야기 전에 내가 해 줬던가? 어디서 읽었는지 주워들었는지 모르겠지만, 데카르트는 물에 빠져 죽은 사랑하는 조카의 자동인형과 어딜 가든 함께 여행했다고 하더군."

"그럴 리가 있나." 내가 말했다.

"사실은 아니겠지만 좋은 이야기야. 히스테리아 환자들 때문에 이 모든 걸 하게 된 거야. 최면에 걸려 있을 때는 샤르코의 여자들이 어떤 의미에서 모두 체인질링이 되었던 거야. 그 몸에 정신이 남아 있다 하더라도 자기 자신의 복제품인 거지. 그리고 외계인들에게 몸을 빼앗긴 수많은 UFO 이야기들을 생각해 보라고. 다 같은 생각의 일환이야. 사기꾼, 가짜 자아, 살아 움직이는 텅 빈 몸, 아니면 죽은 것으로 바뀐 살아있는 존재 같은 것 말이야…."

나는 허리를 굽히고 로퍼를 가리켰다. "저 구두도 또 하나의 더블인가?" 내가 말했다. "바이올렛의 그림에 그려져 있던 것과 같은?"

한순간 빌은 혼란스러운 얼굴이었다. "맞아." 그는 천천히 말했다. "그 그림에는 루실의 구두를 사용했지. 잊고 있었어."

"의도적이었을 수도 있다고 생각했는데."

"아니야." 빌은 상자에서 돌아서서 작업대에 놓여 있던 스크루드라이버를 집어 들었다. 그리고 손에서 뒤집었다. "그 동안 만나던 남자하고 결혼할 거래." 그가 말했다.

"정말? 그게 누군데?"

"작가야. 《달걀 퍼레이드》라는 소설을 썼어. 프린스턴에서 강의하고."

"이름이 뭔데?"

"필립 리치먼."

"전혀 모르겠는데." 내가 말했다.

빌은 스크루드라이버 손잡이를 비볐다. "있잖아, 지금은 내가 그 여자하고 결혼한 적이 있다는 게 실감나지도 않아. 대체 내가 무슨 짓을 한 걸까 생각할 때가 한두 번이 아니야. 그 여자는 날 사랑하기는커녕 좋아하지도 않았는데. 내게 끌리지조차 않았어."

"어떻게 그런 말을 할 수 있어, 빌?"

"자기가 직접 한 말이야."

"화가 나면 사람들은 못 할 말이 없지. 그런 말을 했더라도 그저 상처를 주고 싶었기 때문일 거야. 말도 안 되는 소리라고."

"나한테 직접 얘기한 적은 없어. 다른 사람이 듣고 전해 준 말이거든."

나는 오래 전 그 봄날 오후 창문으로 흘러들어왔던 루실과 빌의 목소리를 기억했다. "그래도, 사실일 리가 없어. 내 말은, 어째서 결혼을 했겠어? 자네 돈을 보고 했을 리는 없잖아. 그때는 아무것도 없었는데."

"루실은 거짓말을 하지 않아. 적어도 그건 내가 인정해. 우리 둘 다 아는 친구한테 그녀가 말했어. 사악한 가십을 전화로 전해주고 같이 슬퍼해주는 걸로 악명 높은 사람이지. 아이러니는 이번에 그 가십은 내 인생에서 흘러나온 거라는 거고."

"어째서 직접 자네한테 얘기하지 않았지?"

"그럴 수가 없었을 거야." 빌이 잠시 말을 끊었다. "바이올렛과 동거하게 될 때까지 내 인생이 얼마나 엽기적인지 전혀 깨닫지 못했어. 바이올렛은 너무나 실재하고, 너무나 중요했어. 항상 나를 꼭 붙잡고 사랑한다고 말해주거든. 루실은 그런 말을 한 적이 없어." 빌은 말을 뚝 그쳤다. "단 한 번도." 그는 스크루드라이버를 내려다보던 눈길을 들었다. "수년 동안, 날이면 날마다, 나는 허구 속의 등장인물과 살고 있었지. 내가 만들어낸 사람 말이야."

"그건 루실이 자네와 결혼한 이유를 설명해주지는 못해."

"내가 졸랐어, 레오. 그 여자는 마음이 약했다고."

"아니야, 빌. 사람들은 자기 행동에 책임이 있어. 그녀 역시 자네와 결혼을 선택한 거야."

빌은 다시 스크루드라이버로 눈길을 돌렸다. "임신을 했어." 그가 말했다. "실수라고는 했지만 그 남자는 결혼을 하겠대. 행복한 것 같더군. 프린스턴으로 이사 간다고 하고."

"마크가 같이 가기를 바라는 거야?"

"잘 모르겠어. 내가 키우겠다고 고집을 피우면 아마 자기도 원한다고 할 사람이야. 안 그러면 관심이 덜할 거고. 내 생각에는 마크가 결정을 하게 해줄 생각이 있는 거 같아. 바이올렛은 루실이 우리에게서 마크를 멀리 데리고 갈까봐, 무슨 일이라도 일어날까봐 걱정이야. 루실에 대해서는… 거의 미신적인 데가 있으니까."

"미신?"

"그래, 그게 맞는 말인 거 같네. 루실이 우리에게 뭐라 말할 수 없는 힘을 갖고 있다고 생각해. 마크의 문제 뿐 아니라 다른 면에서도…."

나는 이런 화제에 맞장구를 치지 않았다. 루실이 행복과 새로운 결혼과 또 다른 아이를 가질 자격이 있다고 마음속으로 자신을 타일렀다. 마침내 이스트 3번가의 그 우울한 아파트에서 탈출할 수 있게 될 테니. 그렇지만 그녀의 행복을 비는 마음 저변에는 루실은 내가 이해할 수 없는 인간이었다는 심란한 의식이 깔려 있었다.

버몬트의 집에서 우리가 보낸 최후의 밤, 잠에서 깨어나 보니 에리카가 침대 끄트머리에 걸터앉아 있었다. 화장실에 가는 줄 알고 돌아누워 다시 잠들었지만, 반쯤 졸며 침대에 누워 있는데 복도에서 그녀의 발소리가 들리는 것이었다. 화장실을 이미 지나쳐 가고 있었다. 그녀를 따라 나가 봤더니 맷과 마크의 침실 밖에 서 있었다. 손가락으로 가볍게 손잡이를 건드리는 그녀는 눈을 뜨고 있었다. 손잡이를 돌리시는 않았다. 손을 내리더니 마법사가 마술을 하는 것처럼 손가락들을 그 위로 흔들었다. 다가갔더니 그녀가 나를 바라보았다. 남자애들은 나이트 조명을 켜고 있어 방문 아래 틈으로 빛이 새어나왔고, 희미한 불빛에 그녀의 얼굴이 간신히 보일 정도였다. 그때 나는 에리카가 잠에서 깬 게 아니라는 걸 깨닫고, 몽유병자들에 대한 오랜 조언을 기억해 내서 부드럽게 팔을 잡고 다시 침대로 이끌었다. 그러나 내 손길이 닿자 그녀는 시끄럽고도 단호한 목소리로 외쳤다. "무티!" 그 외침에 나는 소스라치게 놀랐다. 내가 팔을 놓자 그녀는 다시 손잡이로 돌아서서 검지로 다시 한 번 만지더니 마치 금속이 뜨거운 것처럼 금세 손을 치웠다. 나는 그녀에게 속삭이기 시작했다. "나야, 에리카. 레오야. 내가 당신을 침대로 다시 데리고 갈게." 그녀는 다시 똑바로 나를 보더니 말했다. "아, 당신이구나, 레오. 어디 있었어?" 한 팔로 그녀 어깨를 감싸 안고 나는 복도로 데리고 가서 부드럽게 침대에 눕혔다. 적어도 한 시간쯤 나는 등에 손을 얹고 움직이는 기척이 없는지 살피며 또렷한 정신으로 앉아 있었다. 그러나 에리카는 다시는 뒤척이지 않았다.

나는 우리 어머니를 "무티!"라고 불렀지만, 그 단어는 내 마음 속 심연으로 통하는 갈라진 틈새를 열어젖혔다. 나는 나이가 들었을 때가 아니라 젊었을 때의 어머니를 생각했다. 그리고 잠시 침대에 누워 있는 동안 허리를 굽히고 나를 보고 있는 어머니의 체취를 다시 떠올리고－분과 약간의 향수 냄새－뺨에 닿는 숨결과 머리를 쓰다듬을 때 머리카락을 쓸어주는 손가락을 생생하게 떠올렸다. Du musst schlafen, Liebling. Du musst schlafen(잠을 자야지, 아가. 잠을 자야 한단다). 런던의 내 방에는 창문이 없었다. 나는 누런 속벽이 길고 가느다랗게 드러날 때까지 침대 옆 동그랗게 고리로 연결된 담쟁이 무늬의 벽지를 쥐어뜯곤 했다.

9월에 웍스 갤러리에서 빌의 동화 상자들이 전시되었을 때, 겨우 몇 블록 남쪽에 있는 월스트리트에서 앞으로 한 달도 되지 않아 벌어질 주가 폭락은 세계의 종말만큼이나 있을 법하지 않아 보였다. 이백 명도 넘는 사람들이 개막일에 갤러리로 밀고 들어왔고, 보고 있자니 내 눈앞에서 그 사람들이 하나의 커다랗고 어지러운 덩어리로 뭉치는 것 같았다. 머리도 많고 팔다리도 많고 자기의 의지로 움직이는 괴물처럼. 나는 그날 밤 치이고 밀리고 음료수 세례도 당하고 팔꿈치로 찔리고 한쪽 구석으로 몰리기도 했다. 파티의 시끄러운 소음을 뚫고 가격이 매겨지는 소리가 들렸다. 빌의 상자 뿐 아니라 '지붕을 뚫고 올라간' 다른 예술가들의 가격도 논의되었다. 그 표현을 들으니 스카이라인 위로 떠다니는 달러 지폐들이 생각났다. 동화 상자가 얼마에 팔릴지 안다고 주장한 한 여자가 수천 달러까지 가격을 올려놨다는 걸 나는 확실히 안다. 제작비용은 비밀도 아니었다. 버니는 관심이 있는 사람이면 누구나 볼 수 있게 사무실에 가격표를 붙여 놓았다. 여자는 아마도 고의적으로 가격을 부풀렸을 것이다. 그녀는 말머리를 "내가 들었는데…"로 시작했다. 루머는 어쨌든 진실이나 다름없이 통했으니까. 주식시장과 마찬가지로 풍문이 현실을 만들었다. 그렇지만 갤러리에 모인 사람들 중에서 그 회화며 조각, 설치작품과 로우어 맨해튼에서 번성하고 있던 개념적 어쩌고저쩌고 등을 정크본드, 부풀린 숫자, 그리고 월스트리트에서 짤랑짤랑 울리고 있던 경종과 연관 지은 이는 거의 없었다.

    마지막으로 도착한 사람이 제일 먼저 떠났다. 이스트 빌리지의 작은 갤러리들이 사라지고 즉시 가죽옷과 스파이크 벨트를 파는 부티크들로 대체되었다. 소호는 시들기 시작했다. 기반을 다진 갤러리들은 충격을 견뎌냈지만 비용을 절감했다. 버니는 문을 닫지 않았지만 젊은 예술가들에게 건네주던 지원금을 깎아야 했고 조용히 뒷방의 개인컬렉션에서 거장의 드로잉들을 꺼내 팔았다. 영국 수집가가 '핫한 80년대 화가'들 몇 사람의 작품을 모조리 덤핑가로 팔고 손을 털자, 그 화가들의 명성은 즉각적으로 싸늘하게 식었고 그들의 이름은 몇 달도 되지 않아 향수어린 과거 속으로 사라져 '기억하라'는 서문과 함께 등장하는 일이 잦아졌다. 다른 이들은 잊혀졌다. 가장 유명한 사람들만 살아남았지만, 쿠오그나 브리지햄튼에 집 한 채 없는 경우도 있었다.

빌의 작품은 가격 절하되었지만 수집가들이 마구 내놓지는 않았다. 대부분의 작품들은 어차피 유럽에 있었고, 흔히 예술에 관심이 없는 젊은 층을 끌어들였기 때문에 독특한 위상을 확보하고 있었다. 프랑스에서 그의 갤러리는 동화 상자들의 포스터를 팔아 쏠쏠한 재미를 보고 있었고 도록도 제작 진행 중이었다. 한창 돈이 벌리던 시절에 바이올렛은 패셔너블한 옷가지와 로프트에 놓을 가구 몇 점을 샀지만 빌의 반소비주의는 끄덕도 하지 않았다. "아무것도 갖고 싶은 게 없대요." 바이올렛이 내게 말했다. "거실 협탁을 하나 샀는데 1주일이 지나서야 알아보는 거 있죠. 책을 놓고 컵을 놓기도 하면서 며칠이 지난 후에야 '이거 새 거야?'라고 묻더라고요." 빌은 은행에 돈이 있었기 때문에 슬럼프를 버텼고, 은행에 돈이 있었던 이유는 그가 과거에 대한 두려움 속에 살기 때문이었다. 석고칠을 하고 도배를 해야 했던 우울한 가난 말이다. 그때는 루실과 결혼한 상태였고, 나는 시간이 지날수록 빌이 자기 인생에서 그 시기를 점점 더 우울하고 어둡게 회상한다는 걸 알게 되었다. 돌이켜 보니 실제로 그 삶을 살 때보다 더 어둡고 고통스럽게 인식하게 된 것 같았다. 사람들이 다 그러하듯 빌 역시 자기 인생을 다시 썼다. 나이든 남자의 회상은 젊은이의 회상과 다르다. 마흔 살에 결정적으로 중요하다고 여겼던 것이 일흔에 보면 의미 없어 보일 수도 있다. 어쨌든 우리는 매 순간 우리를 폭격하는 찰나의 감각적 소재들로부터, 사물과 사람이 만드는 장면, 대화, 냄새, 그리고 촉감의 파편들이 연속적으로 이어지는 속에서 이야기를 만들어낸다. 우리는 대부분을 삭제하고 질서 비슷한 걸 부여한 모습으로 간직하고 살아가며, 그렇게 재조립된 기억이 우리가 죽을 때까지 이어진다.

그해 가을 나는 책을 탈고했다. 원고로 6백페이지에 달한 책의 제목은 《서구회화에서 보기의 짧은 역사》였다. 처음 시작할 때는 인식론적 엄정함이 끝까지 견지되어 예술적 비전과 철학적 이데올로기적 저의 사이의 종합적 논쟁이 되기를 바랐었다. 그러나 작업을 하면서 책은 더 길고, 느긋하고, 추정에 가까워졌으며, 무엇보다 더 정직해졌다고 믿는다. 어떤 스키마에도 들어맞지 않는 모호한 내용이 침범해 들어왔고, 나는 그냥 의문 그대로 남겨 두었다. 내 최초의 독자이자 편집자인 에리카는 산문과 부연설명들 일부에 영향을 주었으며, 나는 감사의 말에서 그 점을 분명히 밝히되 책 자체는 빌에게 헌정했다. 우정의 표시였을 뿐 아니라 겸손의 표시이기도 했다. 훌륭한 예술작품들에는 해석자의 눈길로 포착할 수 없는 소위 '과잉' 또는 '플레소라'가 불가피하게 있기 마련이다.

11월 17일에 에리카는 마흔 여섯 살이 되었다. 갑자기 쉰 살을 앞두게 된 그해 생일을 지내면서 그녀가 바빠지는 것 같았다. 그녀는 요가를 배우기 시작했다. 거실에서 런지를 하고 호흡을 하고 머리를 대고 물구나무를 서고 온몸을 꼬며 이런 괴로운 운동들을 하면 기분이 "기가 막히게 좋아진다"고 우겼다. 그녀는 "〈골든보울〉 아래"라는 논문으로 MLA 컨벤션에서 일대 소동을 일으켰고, 학회지에 완성된 챕터를 세 개 게재했으며 버클리 영문과가 훨씬 높은 급여로 제시한 교수직을 거절했다. 그러나 요가, 출판과 칭찬을 꾸준히 섭취하다 보니 건강은 좋아셨나. 신경도 잠잠해졌다. 두통도 덜했고, 휴식을 취할 때면 이마에 늘 잡혀 있던 주름도 보이지 않았다. 에리카의 리비도도 급격히 증가했다. 이빨을 닦고 있는 내 엉덩이를 움켜쥐곤 했다. 등을 살짝 깨물거나 복도에서 내 바지 속에 손을 집어넣기도 했다. 책을 읽고 있으면 방안에서 옷을 홀딱 벗고 침대로 슬그머니 올라와 내 몸 위에 기어오르기도 했다. 나는 이런 습격들을 환영했고 밤에 뒹굴다 보면 아침까지 그 자취가 지워지지 않는다는 걸 발견했다. 그해에는 휘파람을 불며 집을 나서는 일이 비일비재했다.

맷에 따르면, 랭클험 선생님의 5학년 반은 권모술수가 만연한 모양이었다. 열 살 열한 살짜리 아이들에게 인기는 절대적인 권력으로 지배했다. 학년 전체가 위계가 있는 파당으로 갈라져 서로 대놓고 싸우거나 프랑스 궁정을 연상시키는 교묘한 잔인성을 구사했다. 어떤 소년소녀들은 '사귄다'는 것도 알게 되었다. 이 막연한 표현은 피자 한 조각을 나눠먹는 것부터 은밀히 껴안고 애무하는 행위까지를 모두 포괄했다. 내가 아는 한 이런 짝짓기는 매주 달라졌지만 맷은 한 번도 선택을 받은 적이 없었다. 녀석은 내부자의 위상을 갈망했지만 굳이 나서서 추구할 준비는 되지 않은 느낌이었다. 10월 어느 날 방과 후 맷을 치과에 데려가던 날 나는 그 이유를 이해했다. 맷의 반에는 나도 몇 년째 알고 지내는 여자애들 몇 명이 있었는데, 이 애들이 그날 맷이 저녁을 먹으면서 들려준 드라마에서 결정적인 축을 담당하고 있었다. 그 아이들은 다 큰 여자처럼 보였다. 내가 지난번 봤을 때보다 키도 몇 인치씩 자라고 젖가슴도 커졌다. 엉덩이도 풍만해졌다. 한두 아이들의 입술에서는 립스틱이 반들거리고 있었다. 나는 미끄러지듯 맷의 곁을 스쳐지나가는 여자애들과 서로의 머리에 물고기 모양 크래커를 던지는 발육 불량의 남자애들 몇 명을 지켜보았다. 이런 여자애에게 접근하려면 엄청난 용기나 어마어마한 멍청함 둘 중의 하나가 필요했다. 맷에게는 둘 다 없는 것 같았다.

그는 방과 후에 마크나 다른 친구들 두세 명과 어울려 놀았다. 야구와 드로잉과 좋은 성적을 받기 위한 노력에 전력을 질주했다. 수학과 과학을 놓고 씨름을 했고 끔찍한 철자법으로 공들여 짧은 에세이를 썼으며 열렬하게 프로젝트 과제를 수행했다. 북랜드 꼴라쥬, 오븐에 넣으면 다 녹아 버리는 진흙으로 만든 스페인 갤리선, 아무리 해도 끝나지 않아 아직도 기억에 남는 지공예로 태양계 만들기. 1주일 동안 맷, 에리카와 나는 미끌미끌한 신문지 조각들을 가지고 끙끙거리며 금성과 화성과 천왕성과 달의 면들을 싸고 붙이고 측정했다. 토성의 고리가 세 번이나 축 늘어져서 다시 해야 했다. 프로젝트를 다 끝내고 가느다란 은 철사에 매달렸을 때, 맷은 나를 보고 말했다. "난 지구가 제일 좋아요." 정말 그랬다. 그 애가 만든 지구는 아름다웠다.

  마크가 어머니를 만나러 가는 토요일이면—그녀는 이제 새 남편과 함께 뉴저지 크랜베리에 살고 있었다—맷은 빌을 보러 스튜디오를 찾아가곤 했다. 우리는 아이가 혼자 바워리까지 걸어가게 하고는 도착하면 전화하기를 초조하게 기다렸다. 그러던 어느 토요일 맷은 빌과 단둘이 여섯 시간을 보냈다. 그 긴 시간 동안 빌하고 뭘 했느냐고 물었더니 "이야기를 나누고 작업을 했다"고 맷은 말했다. 나는 자세한 얘기를 기다렸지만 그 대답으로 끝이었다. 그해 봄 맷은 별 것도 아닌 일로 두서너 번 나와 에리카에게 분통을 터뜨렸다. 정말로 기분이 상하면 〈방해하지 마시오〉라는 표지판을 문에 걸어두곤 했다. 표지판이 없었다면 우리는 그 애 방안에서 벌어지는 진중한 몽상들을 전혀 몰랐을 지도 모른다. 그러나 그 메시지는 아이의 은둔을 명기해 주었고, 그 앞을 지나칠 때마다 나는 맷의 방어적 고독이 내 사춘기의 육체적 기억처럼 뼈를 관통하는 느낌이 되곤 했다. 그러나 맷의 호르몬 공황들은 그리 오래 지속되지 않았다. 결국 아이는 자기 방에서 나왔고, 보통은 신이 나 있었다. 우리 세 식구는 저녁 식사 때 활발한 대화를 나누었다. 그 주제는 타냐 팔리라는 이름의 열한 살짜리 아이의 아슬아슬한 옷차림부터 2차대전 중의 미국 외교 정책에 이르기까지 다양했다. 에리카와 나는 자유방임주의를 양육원칙으로 했고, 웬만해서는 기복이 심한 맷의 감정을 논하지 않았다. 자기 스스로도 이해할 수 없는 감정 기복을 탓하는 건 무감각한 짓 같았다.

맷을 통해 나 역시 경외와 비밀에 찬 나날을 되찾았다. 꿈을 꾸고 나면 차갑게 식던 허벅지와 위장의 뜨끈한 액체가 떠올랐고, 저녁 때 자위를 하려고 침대 밑에 숨겼던 화장지와 더러워진 휴지조각들을 변기에 버리고 물을 내리려고 몰래 화장실까지 가던 일들이 기억났다. 마치 내 몸에서 나오는 배설물이 무슨 장물이라도 되는 것처럼 헐떡거리며 한 번에 한 발자국씩 발을 떼곤 했다. 밤새 갑자기 자라난 세 가닥의 음모를 만지작거리고 겨드랑이를 아침마다 살펴보며 털이 더 자랐나 확인했다. 발기해서 온몸을 떨다가 보드라운 피부 아래 쓰라린 고독 속으로 퇴각했다. 몇 년 동안 생각해 본 적도 없는 사람인 리드 선생님 역시 내게 돌아왔다. 내 댄스 교사는 숨결에서 페퍼민트 냄새가 났고 가슴에 주근깨가 나 있었다. 동그랗고 하얀 어깨에 하얀 풀 스커트 끈 원피스를 입었으며, 폭스트롯이나 탱고를 추다 보면 아주 가끔 한쪽 어깨끈이 흘러내리곤 했다. 이 모든 일이 맷에게 일어날 텐데, 어떤 이야기를 해줘도 그 모든 일들을 수월하게 해줄 수 없을 거라는 생각이 들었다. 성장하는 몸은 그 나름의 언어가 있고, 고독은 최초의 선생이다. 그해 봄 몇 번인가 나는 맷이 13년 동안 우리 집 벽에 걸려 있던 〈자화상〉 앞에 서 있는 걸 보았다. 그 애의 눈길은 통통하고 젊은 바이올렛의 몸을 훑다가 외음부 근처에 놓인 작은 택시에 머물렀고, 나는 마치 처음 보는 것처럼 새삼스럽게 그 캔버스를 바라보고 그 에로틱한 힘을 다시금 고스란히 느꼈다.

그 초기 회화와 연작의 다른 그림들은 신탁처럼 보이기 시작했다. 아주 오래 전부터 이미 빌은 훗날 바이올렛이 죽도록 먹어서 거인이 되거나 굶다 못해 왜소해지는 사람들의 몸뚱이를 그녀 속에 품고 다니게 될 줄 알고 있었던 것처럼 말이다. 그해 바이올렛은 180킬로그램이 넘는 퀸즈의 젊은 여자를 정기적으로 방문하고 있었다. 앤지 노트는 모친과 함께 사는 플러싱의 집을 단 한 번도 떠나지 않았다. 모친도 비만이었지만 딸처럼 뚱뚱하지는 않았다. 노트 부인은 동네에서 맞춤 커튼을 제작하는 작은 사업을 하고 있었다. 앤지는 책을 팔았다. "열여섯 살에 학교를 그만둔 후로 갈수록 점점 더 뚱뚱해졌어요." 바이올렛이 말했다. "그렇지만 아기 때도 뚱뚱했고 어렸을 때도 뚱뚱했고 어머니는 처음부터 그녀의 입에 음식을 쑤셔넣었죠. 그녀는 걸어 다니는 입이었고, 컵케이크며 퍼지며 프레첼 몇 상자에 설탕 묻은 시리얼을 산더미처럼 담고 다니는 저장소였어요. 우리는 지방 이야기를 하죠." 바이올렛이 앤지의 사진을 보여주며 덧붙여 말했다. "자기 몸을 동굴로 만들어서 그 속에 숨었어요. 그런데 이상한 일은 말이죠, 난 그게 이해가 돼요, 레오. 내 말은, 그녀 관점으로 보면 그녀 밖의 모든 게 위험해요. 충격을 완충하는 그 많은 지방을 두르고 안전한 느낌을 받는 거예요. 당뇨병과 심장병에 걸릴 위험을 무릅쓰더라도 말이지요. 그녀는 성(性)의 시장 바깥에 있어요. 아무도 그 두툼한 지방을 뚫고 들어올 수 없을 테고, 그게 바로 그녀가 원하는 바죠."

또 어떤 날에는 바이올렛은 앤지한테 갔다가 뉴욕 종합병원에서 치료를 받고 있는 캐시를 찾아가기도 했다. 바이올렛은 단식을 하다가 죽음을 맞은 시에나 도미니카회의 성녀 카타리나 베닌카사의 이름을 따서 싱녀 캐서린이라고 불렀다. "그녀는 순수의 괴물이에요." 그녀가 말했다. "그 어떤 수녀보다 더 치열하고 정의감이 강했죠. 정신은 몹시 편협하고 또 협소한 수로로 흘렀지만 그 속에서 아주 잘 움직여서 무슨 연금술을 연구하는 중세 학자나 된 것처럼 기아를 옹호하는 논리를 술술 만들어내곤 했어요. 크래커 반개만 먹으면 기분이 뾰루퉁해지고 죄책감을 느꼈죠. 끔찍스러운 모습이었지만 눈은 자긍심으로 빛났어요. 그녀의 부모님은 너무 오래 기다리며 지켜봤어요. 그냥 방치해 버렸죠. 항상 너무나 착한 딸이었기에 대체 무슨 일이 생긴 건지 이해할 수가 없는 거예요. 그녀는 앤지를 뒤집은 역상이에요. 지방이 아니라 처녀성의 갑옷으로 보호받는다는 점이 다를 뿐이죠. 사람들은 전해질 균형을 걱정하더군요. 죽을 수도 있다고." 바이올렛은 다른 여남은 명들과 함께 앤지와 캐시를 자기 책에 써넣었다. 가명을 지어주고 병증을 개인사뿐 아니라 음식에 대한 미국의 '히스테리아'가 모두 작용한 소산으로 분석했다. 이를 그녀는 '사회학적 바이러스'라고 불렀다. '바이러스'라는 단어를 쓴 이유는 바이러스에게는 생도 사도 없기 때문이라고 설명했다. 바이러스는 생명 활동을 숙주에 의존하게 된다. 바이올렛의 처녀들이 빌의 새 작품으로 침투해 들어왔는지 아니면 단순히 그가 오래된 테마로 회귀하고 있었던 건지 알지 못하지만, 새로운 작품 작업을 계속하는 과정에서 나는 굶주림이 다시 한 번 그의 예술에서 자리를 찾았다는 걸 눈치 챘다.

〈O의 여정〉은 알파벳을 중심으로 구성되어 있었다. 그 스물여섯 개의 상자들을 보고 처음으로 '빌의 위대한 미국 소설'이라고 칭한 사람은 에리카였다. 그는 그 구절을 좋아해서 직접 인용해 쓰기도 했다. 이 작품이 대작 소설처럼 마칠 때까지 오랜 시간이 걸릴 거라 말하면서 말이다. 각 상자는 독립적으로 서 있는 작은 12인치 유리상자로 관객들이 사면에서 볼 수 있도록 되어 있었다. 투명 유리 안에 든 캐릭터들은 헤스터 프린(호손의 소설《주홍글씨》의 여주인공—옮긴이)처럼 가슴에 바느질해 붙이거나 그려넣은 커다란 글자들로 구분되었다. '소설'의 젊은 화가이자 주인공인 O는 금발이 아니라 빨간 머리이고 코가 좀 더 길다는 것—나는 이걸 피노키오의 인용이라고 파악했다—말고는 라즐로와 놀랄 만큼 닮은 모습이었다. 빌은 이 정육면체 속에서 자신을 잊고 몰두했다. 스튜디오에는 수백 장의 드로잉들, 작은 회화들, 축소판 의상을 만드는 천 조각, 인용문과 빌의 이런저런 아이디어들로 가득한 공책들이 둥둥 떠다녔다. 나는 로만 야콥슨의 논평과 유대교 신비주의자들에 대한 언급과 대피 덕을 주인공으로 하는 만화를 잊지 말라는 메모가 한 장에 다 적혀 있는 걸 본 적도 있다. 드로잉들 속에서 O는 처한 상황에 따라 늘어났다 줄어들었다 했다. 내가 제일 좋아하는 스케치들 중 하나에서는 초췌하게 여윈 O가 좁은 침상에 누워 자기가 그린 로스트비프 그림 쪽으로 힘없는 머리를 돌리고 누워 있었다.

 나는 그해 스튜디오를 정기적으로 방문했다. 빌은 내가 작업을 방해하지 않고 드나들 수 있도록 열쇠 한 벌을 주었다. 어느 날 오후 들어가 보니 그는 누워서 천정을 뚫어져라 노려보고 있었다. 네 개의 텅 빈 정육면체와 작은 인형들 몇 개가 주위에 널려 있었다. 내 인기척을 듣고도 빌은 움직이지 않았다. 나는 의자를 몇 피트 떨어진 곳에 가져다 놓고 앉아 기다렸다. 한 5분 정도 지난 후 그가 일어나 앉았다. "고마워, 레오." 그가 말했다. "B 부분에서 좀 끝까지 생각해 볼 문제가 있어서 말이야. 미롤 수가 없었어." 그러나 다른 때는 내가 가면 마룻바닥에 양반다리를 하고 주저앉아 손수 작은 옷이나 아예 인형 전체를 바느질해 만들고 있다가, 작업하는 눈길을 들지도 않은 채 따뜻하게 날 반겨주고 대화를 시작하곤 했다. "레오, 자네가 와 줘서 기쁘군." 그는 어느 날 저녁 말했다. "O의 어미니를 소개하지." 그는 분홍색 눈에 키가 크고 마른 플라스틱 인형을 치켜들었다. "이게 O의 불쌍한 어머니야. 오랫동안 고생했고 친절한 사람이지만 약간 술주정뱅이지. 나는 이 여자를 X라고 불러. Y는 O의 아버지야. 그는 육신을 가진 모습으로 등장하지는 않을 걸세. 그저 저 멀리, 아니면

O의 머리 위에서 둥둥 떠다니는 글자, 그러니까 사상, 관념이지. 그렇지만 어쨌든 X와 Y가 O를 낳은 거야. 말이 되잖나, 안 그런가? X는 이혼한 전 부인이라는 뜻의 ex-wife에서 예전이라는 뜻이고, X로 어떤 지점을 표시하기도 하지. 그렇지만 또한 X는 편지를 쓰고 나서 마지막에 덧붙이는 키스 마크이기도 하잖아. 이것 봐, 이 여자는 그를 사랑해. 그리고 여기 Y가 있는 거지. W-H-Y-에서처럼 커다란, 사라진 Y가." 빌은 웃음을 터뜨렸다. 그의 목소리와 얼굴을 보니 댄 생각이 나서, 나는 뜬금없이 불쑥 빌에게 동생의 안부를 물었다. "똑같지 뭐." 빌이 말했다. 눈빛이 잠시 흐려졌다. "똑같아."

내가 찾아갈 때마다, 책상과 마룻바닥에는 더 많은 캐릭터들이 쌓여갔다. 3월 어느 날 오후, 나는 철사로 만들어서 얇은 무슬린 천을 씌운 2차원의 인물을 집어 들었다. 천은 옷이라기보다 투명한 피부에 가까워 보였다. 소녀 인형은 무릎을 꿇고 애원하듯 팔을 위로 치켜들고 있었다. 가슴에 핀으로 고정된 C라는 글자를 보고 나는 성녀 캐서린을 떠올렸다. "그건 O의 여자 친구들 중 한 명이야." 빌이 말했다. "굶어 죽지." 그로부터 불과 1분 후에 나는 꼭 껴안고 포옹하고 있는 두 개의 작은 봉제인형을 발견했다. 이중의 형체를 들고 보니 두 어린 소년-하나는 검은 머리고 또 하나는 갈색 머리의-이 그들 허리에 붙어 있었고 아이들의 가슴에는 M이라는 글자가 꿰매져 있었다. 매튜와 마크에 대한 이 적나라한 인용에 나는 한 순간 굉장히 심란해졌다. 구별되는 점이 있는지 그림으로 그린 두 얼굴을 자세히 살펴보았지만, 아이들은 똑같았다.

"애들을 거기 넣은 거야?" 내가 물었다.

빌이 눈길을 들고 미소를 지었다. "한 가지 버전이지." 그가 말했다. "그 애들은 O의 동생들이야."

나는 조심스럽게 아이들을 내 앞의 유리 정육면체 속 제자리에 돌려놓았다. "마크의 아기 동생은 본 적 있나?"

빌의 눈이 가늘어졌다. "자유 연상인가, 아니면 내 M들의 숨겨진 의미들을 추정하고 있는 건가?"

"그냥 궁금해서."

"아니? 빨갛고 쪼글쪼글하고 입만 커다란 신생아 사진을 한 장 봤을 뿐이야."

〈O의 여정〉이 세부 묘사에서 빌의 삶을 전혀 반영하지 않았다 해도, 나는 인격화된 글자와 정육면체를 따라 나아가는 그들의 움직임이 빌의 허구적 자서전이라고 생각하기 시작했다. 바깥세계의 언어로부터 내면의 삶에 대한 상형문자로 가는 일종의 번역이랄까. 빌은 작품이 끝날 때쯤에 O는 사라질 거라고 했다. 죽는 게 아니라 그냥 자취를 감출 거라고. 끝에서 두 번째 정육면체에서 그는 반 밖에 보이지 않는다. 자기 자신의 유령이 된 것이다. 마지막 정육면체에서 O의 모습은 사라지고 없지만 그의 방에서 관객들은 반쯤 그리다 만 캔버스를 보게 된다. 빌이 그 캔버스에 뭘 그리려 하는지 나는 알지 못했고, 그 역시 몰랐을 거라 생각한다.

그해 9월 무렵 진짜로 사라지는 사건이 있었다. 작은 사건이었지만 수수께끼이기는 매한가지였다. 나는 맷에게 11살 생일 선물로 이니셜이 새겨진 스위스 아미 나이프를 주었다. 나이프는 책임감 있는 사용을 하라는 짧은 훈계가 딸려 있었는데, 맷은 그 규정을 철저히 따랐다. 그 중 가장 중요한 건 절대 학교에 가져가지 않는다는 것이었다. 맷은 그 나이프를 사랑했다. 작은 체인에 연결해 허리에 걸고 다녔다. "손닿는 데 두고 싶어서요." 그가 말했다. "정말 쓸모가 많거든요." 하지만 쓸모보다는 상징성이 훨씬 더 중요했을 터였다. 맷은 경비원들이 열쇠꾸러미를 달고 다니는 것처럼, 남성적 자존심의 상징으로서 그렇게 나이프를 달고 다녔다. 무기가 떨어지지 않았는지 확인하지 않아도, 부가물처럼 혁대에서 흔들리고 있었다. 잠자리에 들 때면 경건하게 침대 맡 협탁에 두고 잤다. 그런데 어느 날 오후 없어져 버린 것이다. 맷과 에리카와 마크와 그레이스는 옷장과 서랍을 샅샅이 뒤지고 침대 밑을 살폈다. 퇴근해서 돌아와 보니 맷은 눈물범벅이 되어 있었고 그레이스는 나이프가 밤사이 이불호청 사이로 들어갔는지 살펴본다고 호청을 다 뜯고 있었다. 협탁에 둔 게 확실한가? 그날 아침 나이프를 본 적이 있는가? 맷은 그렇다고 생각했지만, 깊이 생각할수록 헷갈리는 눈치였다. 우리는 며칠 동안 수색을 했지만 나이프는 끝내 나타나지 않았다. 나는 맷에게 12살 생일이 가까워질 때까지 변함없이 똑같은 나이프를 갖고 싶다면 하나 더 사주겠다고 약속을 했다.

그해에 맷과 마크는 함께 "가서 자고 오는" 서머 캠프를 가고 싶어 했다. 1월 하순에 빌, 바이올렛, 에리카와 나는 캠프 목록이 줄줄이 적혀 있는 두꺼운 책을 독파했다. 2월쯤에는 선택의 폭을 좁히고 캠프 몇 군데에서 보내온 설명서들을 철저히 해부했다. 우리의 해석학적 재능을 모두 동원해 죄 없는 브로슈어와 카피 안내문들을 해독했다. '비경쟁적 철학'이라는 게 대체 실제로 무슨 뜻인가? '이기면 장땡'이라는 사고방식의 건전한 결여를 말하는가 아니면 방만의 핑계일 뿐인가? 빌은 사진들을 연구하며 단서를 찾았다. 스타일이 너무 번쩍거리거나 인위적이면 의심부터 품고 보았다. 설명서에 문법 오류가 잔뜩 있다는 이유로 나는 두 개의 캠프를 배제했고, 에리카는 카운슬러들의 자격요건을 걱정했다. 결국 펜실베니아의 그린 힐이라는 이름의 캠프가 경쟁에서 승리했다. 소년들은 카탈로그 표지 그림을 좋아했다. 그린 힐 티셔츠를 차려입은 스무 명의 소년소녀들이 녹음이 우거진 나무 그늘 아래에서 카메라를 향해 활짝 웃고 있는 사진이었다. 캠프에는 우리가 바라는 모든 게 구비되어 있었다. 야구, 농구, 수영, 세일링, 카누, 그리고 회화를 포함한 미술교육, 댄스, 음악, 그리고 공연. 결정이 내려졌다. 우리는 수표를 송부했다.

콜럼비아 대학 학기가 얼마 있으면 끝나는 4월에, 빌, 마크, 매튜와 나는 금요일 저녁 쉬어 스타디움에 가서 뉴욕 멧츠의 경기를 보았다. 홈팀은 뒤쳐져 있다가 9회의 분투로 역전했다. 맷은 투구 하나, 플레이 하나를 유심히 음미했다. 선수들이 하나씩 나올 때마다 스탯을 큰 소리로 읊은 다음에 플레이트에서 어떻게 할지 자기 나름의 예측분석을 내놓았다. 경기가 진행되자 맷은 그 순간 멧츠의 운명에 따라 괴로워하고 끙끙 앓고 기뻐했다. 그리고 아이의 감정이 너무 고조되는 바람에 나는 경기가 끝나자 기운이 다 빠져 그제야 한숨 놓을 수 있었다.

그날 밤늦게 나는 협탁에 놓아줄 물 한 컵을 들고 맷의 침실을 찾았다. 에리카가 벌써 왔다 간 후였다. 허리를 굽히고 아이 뺨에 키스를 했지만, 아이는 내게 답 키스를 해주지 않았다. 실눈을 뜨고 1~2초쯤 천정을 노려보다 말하는 것이었다. "있잖아요, 아빠. 전 항상 세상에 얼마나 많은 사람이 있을까 생각해요. 경기 이닝 사이에도 생각하고, 그러면 진짜 이상한 기분이 들어요. 사람들이 다들 동시에 생각을 하고 있을까 하고요. 수십억 개의 생각들을요."

"그래." 내가 말했다. "우리 귀에는 들리지 않는 홍수처럼 밀어닥치는 생각들 말이지."

"네. 그리고 또 이런 희한한 생각도 들어요. 이 많은 사람들이 또 얼마나 다른 사람들과 서로 조금씩 다 다른 것들을 보고 있을까 하는 생각이요."

"사람은 모두 세계를 보는 방식이 다르다는 뜻이니?"

"아뇨, 아빠, 정말로 진짜로 말이에요. 오늘 밤 우리가 앉아 있던 자리에 앉아 있으면서, 우리는 옆자리에서 맥주를 들고 있던 아저씨들과는 조금 다른 경기를 봤잖아요. 똑같은 경기였지만 그 아저씨들한테 안 보이는 게 저한테는 보였을 거라는 생각이요. 그러니까 그런 생각이 들었어요. 내가 저기 앉으면 다른 게 보이겠구나. 그냥 경기뿐만이 아니에요. 그 사람들에게도 제가 보이고 저도 그 아저씨들을 봤지만, 저는 제 자신이 보이지 않고 그 아저씨들도 자기 자신은 안 보이는 거잖아요. 제 말 아시겠어요?"

"네 말뜻은 정확히 알겠구나. 나도 아주 많이 하는 생각이란다, 맷. 내가 있는 자리는 내 시야에서 빠져 있다는 거지. 다른 모든 이들에게도 마찬가지야. 우리는 그림 속에서 자신을 보지 못해, 그렇지? 일종의 구멍 같은 거지."

"그런데 그걸 수십억 개의 다른 생각을 하는 사람들과 합쳐서 생각해 보면요. 지금도 사람들은 생각하고 또 생각하고 있으니까요. 이런 하늘하늘한 느낌이 들어요." 아이는 잠시 말이 없었다. "차타고 집으로 돌아오는 길에 우리가 다 아무 말도 없을 때요. 저는 다른 사람들의 생각이 얼마나 계속 달라지는지 생각했어요. 경기 중에 했던 생각들이 우리가 차를 타고 집으로 오는 동안 새로운 생각들로 바뀌었어요. 그건 그때고, 지금은 지금인 거죠. 하지만 그 지금은 사라졌고 새로운 지금이 있는 거예요. 바로 지금, 바로 지금이라고 제가 말하고 있지만 그건 제가 말을 끝내기도 전에 끝나 버려요."

"어떤 면에서…." 내가 말했다. "네가 말하는 그 '지금'은 거의 존재하지 않는 거다. 느껴지기는 하지만 측량이 불가능하니까. 과거는 항상 현재를 잡아먹고 있단다." 나는 아이의 머리칼을 쓸어주다가 멈췄다. "아빠는 바로 그런 이유에서 늘 그림을 사랑했던 것 같아. 누군가 시간 속에서 캔버스를 제작하고, 다 만들어지면 회화는 현재 속에 남으니까 말이야. 그게 말이 되는 것 같니?"

"네." 아이가 말했다. "그럼요. 저는 오래, 오래 지속되는 것들이 좋아요." 매튜는 나를 올려다보았다. 그러더니 깊이 숨을 들이마셨다. "저는 결심했어요, 아빠. 예술가가 될 거예요. 어렸을 때는 메이저리그로 진출할 생각도 했지만요. 언제까지나 야구를 하긴 하겠지만 직업으로 갖지는 않을 거예요. 네, 저는 바로 여기 이 동네에 스튜디오를 마련하고 가까운 데 아파트를 얻어서, 마음 내킬 때마다 엄마와 아빠를 찾아올 수 있게 살 거예요." 아이는 눈을 감았다. "엄청나게 큰 그림들을 그리고 싶을 때도 있고 예쁘고 작은 그림을 그리고 싶을 때도 있어요. 어느 쪽인지 아직 잘 모르겠어요."

"아직 결정할 시간은 충분해." 내가 말했다. 맷은 배를 깔고 엎드려 이불보를 꼭 쥐었다. 나는 허리를 굽히고 아이 이마에 키스했다.

그날 밤 매튜의 방을 나서면서 나는 복도에서 발길을 멈추고 벽에 1~2분쯤 기대어 서 있었다. 내 아들이 자랑스러웠다. 폐에 신선한 공기가 흘러들어오는 것처럼 감정이 북받쳤고, 그러자 자긍심이라는 게 투사된 허영심의 한 형태가 아닌가 싶기도 했다. 매튜의 생각들은 내 생각의 메아리였고, 그날 밤 아이 이야기를 들으면서 나는 나 자신의 목소리를 들었지만, 거기 서 있다 보니 한편으로는 내가 갖지 못한 자질을 갖고 있는 매튜를 선망한다는 걸 깨닫게 되었다. 난 한 번도 그래본 적이 없는데 열한 살 나이에 그 녀석은 훨씬 대담하고 훨씬 더 확신에 차 있었다. 에리카에게 우리 대화에 대해 말해줬더니 그녀가 말했다. "우리는 정말 운이 좋아. 그런 아이를 갖게 되어서. 그 애는 정말 지구 최고의 아들이지." 그런 과장된 선언을 하고서 에리카는 돌아누워 잠들어 버렸다.

6월 27일, 우리 여섯 명은 렌트한 미니밴에 바글바글 모여 타고 펜실베니아로 떠났다. 빌과 나는 납덩이처럼 무거운 더플 백 두 개를 맷과 마크가 다른 일곱 명의 아이들과 함께 쓸 방에 갖다 넣어 주고 카운슬러 짐, 그리고 제이슨과 인사를 나누었다. 두 사람은 로렐과 하디의 청년 버전 같았는데-말라깽이와 뚱보-둘 다 만면에 미소를 띠고 있었다. 우리는 잠깐 캠프 총책임자를 만났는데, 정신없이 흔들어대는 악수를 하는 쉰 목소리의 털북숭이 남자였다. 우리는 캠프장을 돌아보고 식당, 호수, 테니스장, 그리고 극장을 보며 감탄했다. 우리는 아쉬워하며 천천히 작별인사를 했다. 맷은 내 팔에 뛰어 들어와 나를 꼭 안아주었다. 이제는 그런 애정표현은 밤에만 해주게 되었는데, 그날 작별인사 때만큼은 분명히 내게 예외를 적용해 주었다. 내 몸에 꼭 붙어 있는 아이의 티셔츠 아래로 갈비뼈가 느껴져서, 아이 얼굴을 내려다보았다. "사랑해요, 아빠." 그 애는 나지막하게 말했다. 나는 보통 때와 똑같이 답해 주었다. "나도 널 사랑한다, 맷. 사랑해." 아이가 에리카를 포옹하는 모습을 지켜보다가 엄마에게서 떨어지기가 약간 힘들어 보인다는 걸 눈치 챘다. 에리카는 맷의 모자를 벗기고 이마에 흐트러진 머리카락을 쓸어 넘겨주었다.

"매티." 그녀가 말했다. "엄마가 날마다 편지 보내서 창피하게 만들 거야."

"그건 하나도 안 창피해요, 엄마." 맷은 에리카를 꼭 안고 제 뺨을 쇄골에 대었다. 그러더니 턱을 치켜들고 웃었다. "이건 좀 창피하다."

에리카와 바이올렛은 맷과 마크에게 이빨을 닦으라는 둥, 세수를 하라는 둥, 잠을 충분히 자라는 둥 하등 쓸데없는 훈계를 하느라 미적거리며 우리를 잡아두었다. 자동차에 탄 우리는 뒤돌아서 아이들을 바라보았다.

아이들은 캠프장 본관 건물 옆의 잘 깎은 넓은 잔디밭에 서 있었다. 커다란 참나무가 머리 위로 가지들을 쭉쭉 뻗어 드리우고, 그 너머로 오후의 햇빛이 호수를 비추고 있었다. 햇살이 수면의 잔물결에 반사되어 반짝거렸다. 빌이 귀가 길에서 먼저 운전을 하기로 했기 때문에 뒷자리의 바이올렛 옆에 앉자마자 나는 다시 돌아서서 차가 기나긴 진입로를 지나 대로로 나오는 사이 멀어지는 두 아이의 형체를 바라보았다. 매튜는 손을 들어 우리에게 흔들고 있었다. 멀리서 보니 매튜는 자기한테 너무 큰 옷을 입고 있는 아주 작은 아이처럼 보였다. 넓은 바지통 아래로 다리가 어찌나 가느다란지, 바람에 펄럭이는 티셔츠 위로 쑥 올라온 길고 가는 목이 눈에 밟혔다. 아이는 아직도 손에 야구 모자를 들고 있었고, 머리칼이 바람에 휘날리며 자꾸 얼굴을 덮고 있었다.

2부

WHAT I LOVED

02

8일 뒤에 맷은 죽었다. 7월 5일 오후 세시경에 맷은 세 명의 카운슬러와 여섯 명의 소년들을 따라 델라웨어 강에 카누를 타러 갔다. 그 애의 카누는 바위에 부딪혀 전복되었다. 맷은 튕겨져 나갔고, 다른 바위에 머리를 부딪어 의식을 잃었다. 누가 와서 구할 사이도 없이 아이는 얕은 물에서 익사했다. 몇 달에 걸쳐 에리카와 나는 사건의 진행을 재구성하고 책임을 물을 사람을 찾아다녔다. 처음에는 배의 고물에 있던 맷의 카운슬러 제이슨을 탓했는데, 결국 몇 인치의 문제였기 때문이었다. 제이슨이 방향을 우측으로 2~3인치만 비껴 잡았더라면 사고는 없었을 것이다. 좌측으로 1인치만 더 갔다면 충돌은 일어났을지 몰라도 맷은 물속의 바위에 부딪히지 않았을 터였다. 우리는 또 러스티라는 이름의 소년을 탓했다. 러스티는 충돌 몇 초 전 벌떡 일어나 카누 중간의 자기 자리에서 벗어나 제이슨을 향해 엉덩이를 흔들었다. 그 몇 초 동안 카운슬러는 코앞에 있던 얕은 급류를 시야에서 놓치고 말았다. 몇 인치와 몇 초. 짐이 사이러스라는 소년과 함께 매튜를 강물에서 끌어냈을 때는 아이가 죽은 줄 몰랐다. 짐은 인공호흡을 하며 미동도 없는 맷의 몸에 공기를 불어 넣고 밀어냈다. 그들은 길가에서 지나가던 자동차를 불러세웠고 운전사 호덴필드 씨는 제일 가까운 종합병원으로 질주했다. 뉴욕 주 캘리쿤에 있는 그로버 M. 허먼 커뮤니티 종합병원이었다. 짐은 한 번도 쉬지 않고 맷에게 숨을 불어넣었다. 가슴을 누르고 공기를 불어넣고 또 불어넣었지만, 병원에서 맷은 사망 선고를 받았다. '선고'라는 건 이상한 말이다. 이미 오래 전 죽어 있었지만, 응급실에서 그 말을 내뱉고 나서야 끝이 났다. 선고가 죽음을 현실로 만들었다.

에리카는 그날 오후 늦게 전화를 받았다. 나는 부엌에 있던 그녀와 겨우 몇 피트 거리에 있었다. 나는 에리카의 얼굴이 변하는 걸 보았고 카운터를 꽉 부여잡는 손을 보았으며, 신음처럼 "아냐"라는 말을 내뱉는 소리를 들었다. 무더운 날이었지만 우리는 냉방을 켜고 있지 않았다. 나는 땀을 흘리고 있었다. 그녀를 보고 있자니 땀이 점점 더 비 오듯 흐르기 시작했다. 에리카는 공책에 뭔가 끼적끼적 받아 적었다. 손이 벌벌 떨리고 있었다. 말소리를 들으며 숨을 힘겹게 몰아쉬었다. 매튜에 대한 전화라는 걸 나는 알고 있었다. 에리카는 "사고"라는 말을 몇 번이나 하더니 병원 이름을 적었다. 나는 떠날 채비를 했다. 아드레날린이 온몸을 타고 파도쳤다. 지갑과 자동차 키를 가지러 달려갔다. 손에 키를 들고 돌아왔을 때 에리카가 말했다. "레오, 아까 전화한 그 남자. 그 남자가 매튜가 죽었대." 숨쉬기를 뚝 그치고 눈을 꼭 감은 채 나는 방금 에리카가 한 말을 마음속으로 되새겼다. 아냐, 라고 말했다. 속이 울렁거리며 욕지기가 목구멍까지 차올랐다. 무릎이 덜덜 떨려 테이블을 붙잡고 간신히 몸을 가누었다.

손이 나무 상판을 치는 순간 열쇠들이 짤랑거리는 소리가 들렸다. 그리고 나는 털썩 주저앉았다. 에리카가 테이블 반대편을 꼭 잡고 있었다. 하얗게 질린 그녀의 손등뼈를 보았고, 그 다음에 일그러진 그녀 얼굴을 보았다. "우리 그 애한테 가야 해." 그녀가 말했다.

내가 운전했다. 철저하게 내 앞에 펼쳐진 검은 도로 위 흰색과 노란색 선들만 생각했다. 차선에 집중하며 바퀴 아래로 사라지는 차선을 바라보았다. 차창 너머 태양이 이글거려 가끔씩 선글라스를 끼고도 실눈을 떠야 했다. 내 옆에는 내가 아는 사람 같지도 않은 여자가 앉아 있었다. 창백하고 움직임도 없고 말도 없는. 에리카와 내가 병원에서 아이를 봤고 아이가 여위어 보였다는 건 안다. 다리는 볕에 그을려 갈색이었지만 낯빛은 변색되어 있었다. 입술은 파랗고 뺨은 회색이었다. 그 애는 매튜였고 또 매튜가 아니었다. 에리카와 나는 복도를 지나 검시관과 이야기를 나누었고 방금 상을 당한 사람들을 둘러싸는, 숨죽인 경의의 분위기 속에서 이런 저런 절차를 결정했다. 그렇지만 사실을 말하자면, 세상은 더 이상 세상이 아니었다. 그리고 그 일주일을 돌이켜 보면, 장례식과 묘지와 조문객들을 생각해 보면, 어쩐지 얄팍하게 느껴진다. 내 시야가 변하고 내가 보는 모든 것들이 두께를 박탈당한 것처럼 말이다.

심도의 상실은 불신에서 온 것 같다. 진실로 충분치 않다는 걸 알게 된 것으로부터. 나는 온 존재로 맷의 죽음을 부정했고 언젠가 그 애가 문을 열고 들어올 거라는 기대 속에 살았다. 제 방에서 돌아다니다가 증계를 올라오는 아이의 소리를 들었다. 한 번은 "아빠"하고 부르는 소리도 들은 적이 있다. 그 애 말소리는 마치 한 발자국 떨어진 거리에서 들리는 듯 또렷했다. 실감은 아주 천천히, 또 간헐적으로 닥쳐왔고 그런 순간이면 내 주위의 세상 대신 자리 잡은 희한한 무대장치에 구멍이 뻥뻥 뚫리곤 했다. 장례식 이틀 후 나는 아파트를 배회하다가 매튜의 방에서 나는 소리를 들었다. 문틈으로 들여다보니 에리카가 맷의 침대에 누워 있었다. 아이의 이불을 덮고서 웅크리고는 베개를 부여잡고 깨물며 몸을 앞뒤로 흔들고 있었다. 나는 그녀에게 다가가 침대 끝에 앉았다. 에리카는 계속 흔들거렸다. 베갯잇이 침과 눈물이 지저분하게 번져 축축했다. 나는 그녀 어깨에 손을 올렸지만, 그녀는 몸통을 잡아 빼듯 벽 쪽으로 돌아누워 비명을 지르기 시작했다. 울부짖음이 그녀 목구멍 깊은 곳에서 솟아올랐다. 쉬어빠지고 애끓는 울음소리였다. "내 애기 내놔! 꺼져! 난 내 애기가 필요해!" 나는 손을 거뒀다. 그녀는 벽을 주먹으로 치고 침대를 두드렸다. 흐느껴 울며 그 말들을 하고 또 했다. 그녀 울음소리가 내 허파를 후벼 파는 것 같아 매번 숨을 참아야 했다. 거기 앉아서 에리카의 울음소리를 듣고 있자니 두려워졌다. 그녀의 슬픔이 아니라 나 자신의 슬픔이 겁이 났다. 그녀가 내는 소리들이 나를 갈기갈기 찢고 온몸을 쑤셔 대도록 내버려 두었다. 그래, 하고 혼잣말을 했다. 이게 진실이야. 이 소리들이 현실이야. 마룻바닥을 보며 거기 누워 있는 내 모습을 상상했다. 다 그만두려고, 나는 생각했다. 그냥 그만두려고. 나는 바짝 말라버린 느낌이었다. 그게 문제였다. 해묵은 해골처럼 바짝 말라버린 기분. 그래서 나는 사지를 허우적거리며 비명을 지르는 에리카가 부러웠다. 내 안에서는 그런 걸 찾아낼 수가 없어서, 그냥 그녀가 하게 내버려 두었다. 그녀는 결국 내 무릎을 베고 누웠고, 나는 빨간 코와 퉁퉁 부은 눈, 짓이겨진 그녀 얼굴을 내려다보았다. 네 손가락으로 그녀 뺨을 쓸어주며 턱까지 내려갔다. "매튜." 내가 그녀에게 말했다. 그리고 다시 말했다. "매튜."

에리카가 나를 올려보았다. 입술이 파슬파슬 떨리고 있었다. "레오." 그녀가 말했다. "우리 어떻게 살아?"

나날은 길었다. 이런 저런 생각을 했겠지만 지금은 기억나지 않는다. 대체로 나는 앉아 있었다. 읽지도 울지도 흔들지도 움직이지도 않았다. 지금 자주 앉곤 하는 그 의자에 앉아서 창밖을 바라보았다. 지나다니는 자동차들이며 쇼핑백을 든 행인들을 물끄러미 쳐다보았다. 노란 택시들, 반바지와 티셔츠를 입은 관광객들을 찬찬히 살펴보았고, 몇 시간을 그렇게 앉아 있다가 일어나 맷의 방에 가서 그 애의 물건들을 만졌다. 절대 뭘 집어 들지는 않았다. 그저 그 애가 모은 돌멩이 수집품들을 손가락으로 훑었다. 서랍 속에 든 티셔츠를 만졌다. 캠프에 가져갔던 더러운 물건들이 여전히 들어 있는 배낭에 손을 대 보았다. 엉망으로 어질러진 침대를 쓸어보았다. 우리는 여름 내내 침대를 정리하지 않았고, 방안의 물건 하나도 옮기지 않았다. 아침이 되어 일어나 보면 에리카는 매튜의 방에 가 있는 일이 잦았다. 가끔은 한밤중에 침대에 기어들어간 기억을 하기도 했다. 그러지 않을 때도 있었다.

　그녀의 몽유병이 도졌다. 밤마다는 아니고 1주일에 두세 번이었다. 이렇게 꿈속에서 거닐 때면 에리카는 항상 뭔가를 찾아 헤맸다. 부엌의 서랍을 벌컥 열어젖히고 찬장을 파헤쳤다. 서재 책장에서 책들을 꺼내고, 그 책들이 있던 자리에 휑하니 드러난 나무를 뚫어져라 노려보았다. 언젠가는 밤에 복도 한가운데 우두커니 서 있는 그녀를 발견한 적도 있다. 손이 보이지 않는 손잡이를 돌리고 보이지 않는 문을 활짝 열어젖히고는 허공을 움켜쥐고 그러모으기 시작했다. 나는 그녀를 동요시킬까봐 두려워 그냥 찾게 내버려 두었다. 잠든 상태에서 그녀는 맨 정신에서 잃어버린 결연함을 품고 있었고, 나는 옆에서 움직이거나 침대에서 일어나 앉은 기척을 느끼면 따라 일어서서 충실하게 그녀를 따라 로프트를 돌아다니며 의례적인 수색이 끝날 때까지 지켜보았다. 나는 야밤의 관객이자, 에리카의 무의식적 배회를 지키는 초병이 되었다. 층계참으로 이어지는 현관문 앞에 서서 그녀가 집을 나가 거리로 수색을 확장하면 어떡하나 걱정하며 밤을 보낸 적도 여러 번이지만, 뭔지 몰라도 그녀는 집안에서 잃어버린 걸 찾고 있었다. 가끔 그녀는 중얼거렸다. "어디다 틀림없이 뒀는데. 여기였어." 그렇지만 그녀는 잃어버린 물건이 뭔지 절대 말하지 않았다. 한참 그러다가 그녀는 포기하고 매튜의 방으로 가서 침대에 기어올라 아침이 될 때까지 잤다. 처음 에리카가 집안을 헤매기 시작한 몇 주일 동안은 나도 그녀에게 얘기를 했지만, 시간이 좀 지난 후부터는 아예 말도 하지 않았다. 할 말도 더 없었고, 무의식적인 수색을 자세히 묘사해 주면 괜히 그녀 마음만 더 아프게 할 뿐이었다.

우리는 어떻게 아이를 포기해야 할지, 어떻게 살아야 할지 알 수가 없었다. 정상적인 삶의 리듬을 찾을 수가 없었다. 일어나서 문밖에서 신문을 갖고 들어와 아침식사 상머리에 앉는 단순한 일과가 우리 아들의 역력한 부재 속에서 연기하는 일상의 잔인한 판토마임 같았다. 그리고 앞에다 시리얼 그릇을 놓고 상에 앉아 있어도 에리카는 밥을 먹지 못했다. 그녀는 원래 많이 먹지도 않았고 늘 말랐었지만 여름이 끝날 무렵에는 8킬로그램 가까이 살이 빠졌다. 뺨은 푹 꺼졌고, 똑바로 마주보고 있으면 두개골이 다 보일 정도였다. 먹어야 한다고 잔소리를 하긴 했지만 어차피 열 없는 짓이었다. 나 역시 음식 맛을 전혀 느끼지 못했고 꾸역꾸역 입안으로 쑤셔넣어야 했기 때문이다. 우리한테 밥을 먹인 건 바이올렛이었다. 그녀는 맷이 죽은 다음 날부터 나와 에리카 대신 요리를 하기 시작했고 가을이 완연할 때까지 그만두지 않았다. 처음에는 노크를 하고 집안에 들어왔다. 그리고 나중에는 아예 우리는 그녀가 들어올 수 있도록 문을 열어두었다. 저녁마다 계단에서 바이올렛의 발소리가 들렸고, 호일을 덮은 냄비들을 들고 들어오는 그녀 모습이 보였다. 바이올렛은 맷이 죽고 나서 처음 며칠 동안은 우리에게 별 말을 하지 않았고, 그녀의 침묵은 마음이 놓였다. 그녀는 음식 이름을 큰 소리로 읊곤 했다. "라자냐, 샐러드." 아니면 "그린빈과 쌀을 곁들인 치킨 커틀렛." 그리고는 테이블에 냄비들을 철푸덕 올려놓고 뚜껑을 열고 음식을 접시에 나누어 주었다. 8월에는 아예 남아서 에리카에게 음식을 먹으라고 독려했다. 먹을 걸 잘라 주고, 머뭇머뭇 에리카가 입에 넣고 뭘 좀 씹으면 어깨를 주물러주고 등을 어루만져 주었다. 그녀는 내게도 신체 접촉을 했지만 좀 달랐다. 내 윗 팔뚝을 움켜쥐고 세게 쥐어짜곤 했던 것이다. 마음을 진정시켜 주려는 건지 더 뒤흔들려는 건지, 어느 쪽인지 알 수가 없었다.

우리는 그녀에게 의지했고, 지금 돌이켜 생각해 보면, 그녀가 얼마나 열심히 일했는지 의식하게 된다. 그녀는 빌과 외식을 할 때도 우리 밥을 해서 갖다놓고 갔다. 8월에 2주일 동안 휴가를 떠날 때도 맨날 와서 일주일치 음식에 날마다 꼬리표를 붙여서 냉동실을 채워두곤 했다. 코네티컷에서 날마다 아침 열시에 전화를 걸어 우리 안부를 확인하고 "지금 당장 수요일 음식을 꺼내요. 그러면 저녁 먹을 때쯤 해동이 될 테니까."라는 말로 통화를 마무리하곤 했다.

빌은 우리를 혼자서 찾아오곤 했다. 바이올렛도 빌도 입 밖에 꺼내 말한 적이 없지만, 둘이 같이가 아니라 따로 해야 할 일을 했던 건 에리카와 내가 좀 더 그늘과 오랜 시간을 함께 시낼 수 있게 하기 위힘이었으리라. 장례식을 치르고 두 주쯤 지났을 때 빌이 매튜가 자기 스튜디오에 찾아왔을 때 그렸던 수채화를 가지고 왔다. 이번에도 도시의 풍경이었다. 에리카는 그림을 보더니 빌에게 말했다. "아무래도 나중에 봐야겠어요. 지금은 못 보겠어. 도저히…." 그녀는 우리를 두고 나가서 복도를 따라 걸어갔고, 침실 문이 그녀의 등 뒤로 닫히는 소리가 내 귀에 들려왔다. 빌은 내 옆에 의자를 당겨 앉고 수채화를 우리 앞 커피테이블에 놓더니 말하기 시작했다. "바람이 보이나?" 그가 말했다.

나는 그 광경을 내려다보았다.

"바람에 세차게 끌려간 이 나무들과 건물들을 보게. 도시 전체가 함께 흔들리고 있어. 그림이 온통 떨리고 있어. 열한 살짜리야, 레오. 그런데 이런 그림을 그렸네." 빌은 이미지들을 따라 손가락을 움직였다. "여기 깡통을 줍는 여자하고 엄마와 함께 있는 발레복 차림의 어린 소녀를 좀 보게. 여기 이 남자의 몸을 봐. 바람에 맞서 싸우면서 걸어가고 있잖아. 그리고 여기 듀랑고에게 밥을 주는 데이브가 있군…."

창문 너머로 그 노인이 있었다. 손에 그릇을 들고 허리를 굽혀 마루에 놓고 있었다. 구부정한 자세 때문에 데이브의 수염이 몸에서 떨어져 있었다. "그래." 내가 말했다. "데이브는 항상 저기 어딘가에 있지."

"그 애는 자네를 위해 이 그림을 그렸다네." 빌이 말했다. "자네를 위한 그림이야." 그는 수채화를 들어 내 무릎에 놓아 주었다. 나는 그 그림을 아주 조심스럽게 들고 사람들이 다니는 거리를 찬찬히 살펴보았다. 비닐 가방과 신문이 인도 근처에서 바람에 날리고 있었는데, 그때 문득 눈길을 들어보니 데이브의 건물 지붕에 아주 작은 형체가 눈에 띄었다. 소년의 윤곽선이었다.

빌이 그 아이를 손가락으로 가리켰다. "저 아이에게는 얼굴이 없어. 맷은 그렇게 그리고 싶었다고 하더군…."

나는 그 종이를 눈앞에 바짝 갖다 대었다. "그리고 발이 땅에 붙어있지 않군." 나는 천천히 말했다. 얼굴 없는 아이는 손에 무언가를 들고 있었다. 여러 개의 칼날들이 뾰족한 별처럼 활짝 펼쳐진 나이프였다. "유령 소년이야." 내가 말했다. "맷이 잃어버린 칼을 들고 있는 거야."

"자네를 위한 그림이야." 빌이 다시 한 번 말했다. 그때 나는 이 해명을 받아들였지만 지금 돌이켜 보면 그 선물 얘기는 빌이 꾸며낸 게 아닐까 하는 생각이 든다. 그는 내 어깨에 손을 얹었다. 나는 그럴까봐 두려웠었다. 그가 내 몸에 손을 대는데도 그대로 뻣뻣하게 굳어있고 싶지 않았던 것이다. 그러나 옆에 있는 사내를 돌아본 나는 그가 울고 있다는 걸 알았다. 눈물이 뺨을 타고 줄줄 흐르더니, 빌이 큰 소리로 엉엉 울었다.

그 후로 빌은 날마다 찾아와서 창가에 나와 함께 앉아 있었다. 보통 때보다 일찍 스튜디오에서 퇴근해서 집으로 왔고, 항상 똑같은 시간에, 다섯 시 정각에 찾아왔다. 종종 빌은 내 의자 팔걸이에 손을 놓고 한 시간 후쯤에 떠날 때까지 그렇게 있곤 했다. 댄과의 어린 시절이나 이탈리아를 배회하던 젊은 예술가 시절에 있었던 얘기들을 들려주기도 했다. 뉴욕에서 처음 칠 공사를 땄던 일을 생생하게 이야기해 주기도 했다. 고객 대다수가 하시디즘계 유태인인 집창이었단다. 그는 내게 〈아트포럼〉을 읽어주기도 했다. 필립 거스턴의 개정, 아트 슈피겔만의 〈쥐〉, 그리고 폴 셀란의 시에 대한 이야기를 해주었다. 나는 별로 그의 말을 끊지 않았으며, 그 역시 반응을 구하지 않았다. 매튜를 화제로 삼는 걸 두려워하지도 않았다. 가끔 그는 스튜디오에서 둘이 나누었던 대화를 전해주기도 했다. "그 애는 선에 대해 알고 싶어했어, 레오. 내 말은 형이상학적으로 말이야. 바라볼 때 사물의 테두리에 대해서 말이지. 색채의 덩어리들이 신을 갖고 있는지, 회화가 드로잉보다 우월한지 같은 것들을 알고 싶어 했지. 태양 속으로 걸어들어갔는데 아무것도 보이지 않는 꿈을 꾸었다고 여러 번 말했었네. 빛에 눈이 멀었다고 말이야."

빌은 맷 이야기를 하고 나면 항상 말이 없어졌다. 우리와 함께 있는 걸

견딜 정도로 기운이 나면 에리카는 몇 피트 떨어진 소파에 누워 있곤 했다. 그녀도 듣는다는 걸 나는 알고 있었다. 가끔은 고개를 들고 "더 얘기해 봐요, 빌"이라고 말하곤 했기 때문이다. 그러면 그제야 빌은 독백을 잇곤 했다. 나는 그가 하는 말을 빠짐없이 다 들었지만 그 단어들은 빌이 손수건으로 입을 틀어막고 말하는 것처럼 아득하게 들렸다. 그는 집에 가기 전 팔걸이에 두었던 손을 들어 내 팔을 힘차게 잡으며 말하곤 했다. "내가 여기 있네, 레오. 우리가 있어." 빌은 1년 동안 뉴욕에 있을 때면 날마다 찾아왔다. 여행을 할 때면 똑같은 시간에 전화를 했다. 빌이 없었다면 아마 나는 바짝바짝 메말라 바스라져서 바람에 날려가 버렸을 거라는 생각이 든다.

9월 첫 주 동안은 그레이스가 우리 집에 함께 살았다. 맷의 죽음에 그녀도 말수가 적어졌지만, 그 애 얘기를 할 때면 어김없이 '우리 아가'라고 불렀다. 상심이 그녀의 가슴에 박히고 한숨 소리 속에 자리를 잡았다. "사람으로서는 이해할 수가 없는 일이죠." 그녀는 내게 말했다. "우리 힘으로는 어쩔 수 없는 일이에요." 그녀는 이웃의 다른 집에 취직을 했는데, 우리를 떠나던 날 나는 왠지 그녀의 몸을 찬찬히 살펴보지 않을 수 없었다. 맷은 늘 그레이스의 풍만함을 사랑했다. 그레이스의 무릎에 앉아 있으면 삐죽 튀어나와서 안락한 휴식을 방해하는 뼈가 하나도 없다고 에리카에게 말한 적도 있다. 그러나 그 여자의 풍만함은 육체적일 뿐 아니라 영적인 것이기도 했다. 그레이스는 마침내 플로리다주 선라이즈로 이사했고 지금도 콘도에서 셸웰 씨와 함께 살고 있다. 오랜 세월이 지난 지금도 그녀는 에리카와 편지를 주고받으며, 에리카 말로는 그레이스의 거실에는 여섯 손주들의 사진 옆에 아직도 맷의 사진이 놓여 있다고 한다.

그해 가을 에리카와 내가 직장으로 돌아가기 바로 전에 라즐로가 찾아왔다. 장례식 후로는 처음이었다. 그는 야채 상자를 들고 들어와서 우리에게 고개를 끄덕여 인사를 하더니 상자를 마루에 놓았다. 그리고 그 속에 든 물건을 풀어 커피테이블에 올려놓았다. 파란 막대들로 만든 작은 조각은 예전에 본 해부학적 작품들과 전혀 관련이 없어 보였다. 판판한 짙은 파란색 나무판에서 건드리면 부서질 듯한 터진 사각형들이 솟아오른 형태였다. 작품은 이쑤시개로 만든 도시처럼 보였다. 바닥에 테이프로 제목이 붙여져 있었다. 〈매튜 허츠버그를 추모하며〉. 라즐로는 우리를 똑바로 보지 못했다. "저 아무래도 가야겠어요." 그는 웅얼거렸다. 그가 발을 떼기 전에 에리카가 팔을 뻗었다. 가느다란 그의 허리를 붙잡은 에리카는 그를 꼭 껴안아 주었다. 라즐로의 팔이 허공에서 허우적거렸다. 한 순간 그는 도망을 쳐야 할지 말아야 할지 모르겠다는 듯 양팔을 벌리고 있었지만, 곧 두 팔로 에리카의 등을 감싸 안았다. 손가락들이 일이 초쯤 가볍게 그 자리에 머물렀고, 그는 턱을 떨구어 에리카의 머리에 묻었다. 얼굴에 순간적인 경련이 일고 입가에 주름이 잡히는 듯 했지만 곧 사라졌다. 나는 라즐로의 손을 잡고 악수를 했고, 그의 따뜻한 손가락이 힘주어 내 손을 잡을 때 나는 꿀꺽 침을 삼키고 또 삼켰고 꿀꺽거리는 소리는 멀리서 들려오는 포화처럼 내 귓전에서 공명했다.

라즐로가 가고 나서 에리카가 내 쪽으로 돌아섰다. "당신은 울지를 않아, 레오. 한 번도 울지 않았어. 단 한 번도."

에리카의 붉은 눈시울과 축축한 콧밍울과 떨리는 입매를 바라보았디. 혐오스러웠다. "그래." 내가 말했다. "그랬지." 그녀는 내 목소리에서 억누른 분노를 듣고 입을 떡 벌렸다. 나는 돌아서서 성큼성큼 복도를 따라 걸었다. 매튜의 방에 들어가 그의 침대 옆에 섰다. 그리고 주먹으로 벽을 쳤다. 석고보드가 충격에 부서지고 찌릿한 통증이 손을 타고 흘러들었다.

통증에서 쾌감이 느껴졌다―아니 단순한 쾌감 이상이었다. 한순간 강렬하게 치솟아오르는 안도감을 느꼈지만 오래 가지는 못했다. 문간에 서서 나를 바라보는 에리카의 시선이 등에 느껴졌다. 돌아서서 그녀를 바라보자 그녀가 말했다. "무슨 짓을 한 거야? 당신 맷의 벽에다 무슨 짓을 한 거냐고?"

에리카와 나는 둘 다 직장에서 열심히 일했지만, 친숙하고 달라진 바 하나 없는 의무적인 일들은 옛날의 삶을 이어간다기보다는 시늉만 내고 있는 기분이었다. 나는 매튜가 죽기 전 예술사학과에서 교수로 일했던 레오 허츠버그라는 사람을 완벽히 기억하고 있었고, 그래서 무리 없이 그 사람 흉내를 낼 수 있었다. 어쨌든 학생들에게 필요한 건 내가 아니었다. 그 사람이었다. 강의를 하고 논문을 수정해 주고 상담시간을 준수하던 그 사람 말이다. 어쨌든 나는 예전보다 더 신중하게 의무를 수행했다. 일을 그만두지만 않는다면 흠 잡힐 이유도 없었으니까. 그리고 나는 동료며 학생들이 내 아들의 사망 소식을 알고 있고, 말없는 존경심의 벽을 둘러쳐서 나를 보호해 주고 있다는 걸 금세 깨달았다. 에리카 역시 나와 비슷한 자세를 취했다는 걸 난 알 수 있었다. 럿거스에서 퇴근하고 집에 돌아와 한 시간쯤 되면 그녀의 몸짓이 무뚝뚝하고 기계적으로 변했다. 논문을 수정한다면서 밤늦게까지 잠을 자지 않았다. 동료 교수와 통화할 때면 목소리가 마치 영화에서 패러디한 효율적인 비서의 전형처럼 들렸다. 결연하게 굳은 그녀의 얼굴에서 나는 나 자신을 보았지만, 그 투사된 상像은 마음에 들지 않았으며 보면 볼수록 더 추하게 보였.

우리의 차이는 에리카의 자세는 날마다 무너졌다는 것이다. 여름이 끝날 무렵 그녀는 몽유병으로 더 이상 걸어 다니지 않게 되었다. 대신 맷의 방에 가서 침대에 누워 지쳐서 도저히 울지 못할 때까지 울곤 했다. 에리카의 불행은 위험천만해서 건드리기만 하면 폭발했다. 몇 달 동안이나 나는 맷의 침대로 가 그녀 곁에 앉곤 했지만 앞으로 무슨 일이 벌어질지는 차마 예측조차 할 수 없었다. 어떤 날 밤에는 그녀가 나를 부여잡고 내 손과 얼굴과 가슴에 키스를 퍼부었고 또 다른 날은 내 팔을 때리고 가슴을 곤죽이 되도록 후려치기도 했다. 안아달라고 애원하다가 막상 안아주면 밀쳐내기도 했다. 한참 후 나는 에리카에 대한 내 반응이 로봇 같아졌다는 걸 알게 되었다. 나는 그녀를 안아준다거나, 내가 근처에 있는 걸 싫어하면 몇 피트 거리를 두고 의자에 앉아 있는 의무를 수행했다. 그러나 우리 사이에서 오간 몸짓과 말들은 곧 휘발되고 그 뒤에는 아무것도 남지 않는 것 같았다. 에리카가 러스티나 제이슨 얘기를 꺼내면 나는 차라리 귀머거리가 되고 싶었다. '긴장병 환자'처럼 굳어 있다고 나를 매도하면 눈을 꼭 감았다. 우리는 이제 한 침대에서 자지 않았다. 우리 사이에 섹스는 전혀 없었고, 나는 자위도 하지 않았다. 자위를 하고 싶은 유혹이 들긴 했지만, 자위가 약속하는 안도감도 곧 사라질 게 두려웠다.

 12월에 에리카는 체중 문제로 병원을 찾았고 의사는 정신 분석가를 겸하고 있는 다른 의사를 소개해 주었다. 매주 금요일마다 그녀는 센트럴 파크 웨스트 드라이브에 있는 닥터 트림블의 진료실을 방문했다. 닥터 트림블은 나를 만나고 싶다고 청했지만 거절했다. 알지도 못하는 사람이 어린 시절의 트라우마를 찾아 내 마음을 후벼 파고 부모에 대한 일들을 꼬치꼬치 캐묻는 건 정말이지 싫었다. 그러나 그때 갔어야 한다. 이제는 알겠다. 갔어야 한다, 에리카가 바랐으니까. 나의 거부는 돌아올 가망이 없이 그녀에게서 멀어져 가는 내 마음의 표징이었다. 에리카가 닥터 트림블과 상담을 하는 동안 나는 집에 앉아서 한 시간 동안 빌의 이야기를 들었고, 그가 집에 가면 창밖을 바라보았다. 온몸이 아프고 쑤셨다. 팔다리에 통증이 아예 고질적으로 자리를 잡았고 근육은 만성적으로 경직되어 있었다. 내 오른손, 벽을 뚫고 들어갔던 그 손은 낫는 데 오랜 시간이 걸렸다. 중지가 부러졌고 충격으로 손등 뼈 근처에 커다란 혹이 생겼던 것이다. 이 작은 기형과 쑤시는 몸이 내 마음에 유일한 만족감을 주었고, 그래서 의자에 앉아 있으면서 옹이진 손을 자주 문지르곤 했다.

에리카는 〈인슈어〉라는 액상 강장제를 몇 깡통씩 마셔댔다. 저녁에는 수면제를 복용했다. 몇 달이 지나자 그녀는 전보다 내게 훨씬 친절해졌지만, 새로운 호의는 어쩐지 몰개성적으로 느껴졌다. 마치 남편이 아니라 노숙자를 돌보는 것처럼 말이다. 맷의 침대에서 자는 건 그만두고 우리 침대로 돌아왔지만, 나는 그녀와 함께 자는 일이 거의 없었다. 대신 의자에 앉은 채로 잠자는 쪽을 택했다. 2월의 어느 날 밤, 일어나 보니 에리카가 내게 담요를 덮어주고 있었다. 눈을 뜨는 대신 나는 그냥 잠든 척했다. 내 머리에 그녀가 입술을 갖다 댔을 때, 나는 상상 속에서 그녀를 끌어당겨 목과 어깨에 키스했지만 실제로 그러지는 않았다. 그때, 나는 무거운 갑옷을 두른 사람 같았고, 그 육체적 요새 속에서 집요하게 단 하나의 소망에 매달려 살았다. 바로 나는 절대로 위로받지 않겠다는 것이었다. 뒤틀린 욕망이었지만 그 욕망은 생명선처럼 느껴졌다. 내게 유일하게 남아 있는 진실의 쪼가리 같았다. 에리카 역시 그런 내 감정을 몰랐을 리가 없었기에, 3월에 그녀는 변화를 선언했다.

"버클리의 자리를 수락하기로 했어, 레오. 아직도 나를 원한대."

우리는 종이상자에 담긴 중국음식을 먹고 있었다. 치킨과 브로콜리에서 눈길을 들어 그녀 얼굴을 살폈다. "당신은 이혼하고 싶다는 말을 그런 식으로 하는 거야?" '이혼'이라는 단어는 기묘한 어감이 느껴졌다. 그런 생각은 한 번도 해 본 적이 없다는 걸 그제야 깨달았다.

에리카는 고개를 젓더니 테이블을 내려다보았다. "아니, 이혼하고 싶은 건 아니야. 거기 계속 있을지는 모르겠어. 내가 아는 건 맷이 살던 집에 계속 살 수가 없다는 거야, 그리고 당신하고도 같이 살 수가 없어. 왜냐하면…." 그녀는 말을 멈추었다. "당신도 죽어버렸으니까, 레오. 나도 도움이 되지 못했어. 나도 알아. 오랫동안 제정신이 아니라 못되게 굴었어."

"아니야." 내가 말했다. "당신은 못되게 굴지 않았어." 도저히 그녀를 쳐다볼 수가 없어서 고개를 돌리고 벽을 보고 말했다. "정말로 떠나고 싶은 거야? 이사도 힘든 일이야."

"알아." 그녀가 말했다.

우리는 한참 말이 없었고, 그러다 그녀가 다시 말했다. "당신 아버지에 대해서 당신이 했던 말 생각나? 가족에 대해 알게 된 후에 어떻게 되셨는지. 당신이 그랬지. 아버지께서는 정지해 버렸다고."

나는 미동도 하지 않았다. 시선을 벽에 못 박고 있었다. "중풍이 덮쳤으니까."

"중풍이 오기 전에 말이야. 뇌일혈 전에 일어난 일이라고 당신이 그랬어."

의자에 앉아 계시던 아버지가 눈에 선했다. 벽난로 앞에 앉아 내게 등을 돌리고 계셨다. 나는 고개부터 끄덕이고 에리카를 보았다. 우리의 눈길이 마주쳤을 때, 반은 웃고 반은 울고 있는 그녀가 보였다. "우리 사이가 끝났다는 말은 아니야, 레오. 괜찮다고 해준다면 가끔 찾아오고 싶어. 편지도 쓰고 내가 뭘 하고 있는지 알려주고 싶어."

"그래." 나는 계속해서 고개를 주억거리기 시작했다. 용수철에 머리가 달려 있는 인형처럼 끝도 없이 계속해서. 양손으로 이틀 동안 깎지 않은 턱수염을 쓿며 얼굴을 비비면서 계속 고개를 주억거렸다.

"그리고 또, 우리 매튜의 물건을 정리해야 해. 당신이 그 애 그림들을 정리해 줄 수 있겠지. 몇 장은 액자에 넣고 다른 건 포트폴리오에 넣고. 그 애 옷과 장난감은 내가 알아서 할게. 그 중에는 마크한테 줄 만한 것도…."

그 일이 저녁마다 우리 시간을 차지했고, 나는 내가 그럴 능력이 있다는 걸 새삼 발견했다. 나는 폴더와 보관용 상자들을 사서 매튜가 그린 수백 장의 드로잉들, 학교 미술 과제, 공책과 편지들을 정리하기 시작했다. 에리카는 그 애의 티셔츠와 바지와 반바지들을 아주 조심스럽게 개었다. 그 애가 좋아했던 〈아트 나우〉 티셔츠와 군복 스타일의 바지들은 보관했다. 나머지는 마크나 자선단체에게 줄 상자에 넣었다. 장난감들을 모아 못 쓰는 것과 멀쩡한 것들을 나누었다. 에리카가 마분지 상자들 속에 파묻혀 맷의 방바닥에 앉아 있는 사이 나는 책상에서 드로잉들을 철했다. 우리는 천천히 일했다. 에리카는 매튜의 옷가지며 셔츠며 속옷과 양말을 손에서 쉽사리 떼어 놓지 못했다. 그 옷가지들이 얼마나 낯설었는지-끔찍하면서도 동시에 진부했는지. 어느 날 저녁, 나는 손가락으로 그 애가 그린 드로잉의 선을 따라 훑어보기 시작했다. 그 애가 그린 사람들과 건물과 동물들. 그런 식으로 나는 살아 있는 그 애 손의 움직임을 발견했고, 일단 그러기 시작하자 도저히 멈출 수가 없었다. 4월의 어느 날 저녁, 에리카가 와서 내 뒤에 섰다. 그녀는 종이 위에서 움직이는 내 손을 지켜보다가, 손을 뻗어 손가락으로 데이브를 짚더니 노인의 몸을 따라 훑었다. 그러더니 그녀는 울었고, 나는 내가 그녀의 눈물을 얼마나 끔찍하게 싫어했었는지 실감했다. 웬일인지 그때는 그 눈물이 싫지 않았던 것이다.

에리카의 임박한 출발로 인해 우리는 달라졌다. 곧 헤어지게 될 거라는 인식이 우리 둘을 좀 더 편안하게 풀어 주었고, 지금까지도 꼭 짚어 말할 수 없는 짐을 내려놓게 해주었다. 그녀가 떠나기를 바라지는 않았지만, 그녀가 떠나간다는 사실은 우리의 결혼이라는 기계에서 볼트 하나를 느슨하게 풀어주었다. 그때쯤 우리의 결혼은 기계가 되어 있었다. 반복해서 빙글빙글 돌아가는 비탄의 엔진.

그해 봄 나는 12명의 대학원생들에게 정물화 세미나를 가르쳤는데 4월에는 강의가 막바지에 다다라 있었다. 그날 교실로 들어갔더니 학생 중 한 명이, 에드워드 패퍼노가 따뜻한 공기가 실내로 들어오도록 강의실 창문을 열고 있었다. 그 햇살, 그 산들바람, 학기가 거의 다 끝났다는 사실 모두가 나른하고 피로한 분위기에 한 몫을 하고 있었다. 자리에 앉아 토론을 시작하려고 하다가, 나는 하품을 하며 입을 가렸다. 내 앞의 탁자에는 강의노트와 샤르댕의 〈물잔과 커피포트〉의 사진이 놓여 있었다. 학생들은 디드로와 프루스트와 공쿠르 형제가 샤르댕에 대해 쓴 글들을 읽었다. 컬렉션의 정물화들을 공부하기 위해 프릭 미술관에도 다녀왔다. 우리는 벌써 몇 점의 회화를 논했다. 나는 회화가 얼마나 단순한지를 지적하며 강의를 시작했다. 두 개의 대상, 마늘 세 통, 허브 줄기 하나. 나는 포트의 테두리와 손잡이에 머무는 빛과 마늘의 흰색, 그리고 물의 은빛을 언급했다. 그리고 나는 나도 모르게 그 그림 속 물컵을 뚫어져라 내려다보고 있었다. 아주 바짝 다가갔다. 붓질이 보였다. 또렷하게 볼 수 있었다. 브러시가 정확하게 파르르 떨리며 빛을 만들어냈던 것이다. 나는 침을 꿀꺽 삼키고 헐떡거리며 숨을 몰아쉬다 사레가 들고 말았다.

"괜찮으세요, 허츠버그 교수님?"이라고 말했던 건 마리아 리빙스턴이었을 것이다.

나는 목청을 가다듬고 안경을 벗고 눈을 훔쳤다. "물이…." 나는 나지

막힌 목소리로 말했다. "저 물컵이 내 마음에는 굉장히 와 닿는군." 고개를 드니 내 학생들의 놀란 얼굴들이 보였다. "물이 표상하는 건…." 나는 말을 잇지 못했다. "물이 부재의 표식인 것처럼 보여."

 나는 계속 침묵을 지켰지만 뜨끈한 눈물이 뺨을 타고 흐르는 걸 느낄 수 있었다. 학생들은 여전히 나를 물끄러미 바라보고 있었다. "오늘은 여기까지 해야겠구나." 나는 떨리는 목소리로 말했다. "나가서 좋은 날씨를 한껏 즐겨라."

 나는 열두 명의 제자들이 말없이 교실을 나가는 모습을 지켜보다가, 레티나 리브스가 아름다운 다리를 가졌다는 사실을 깨닫고 약간 놀랐다. 그날까지는 바지에 가려져 보이지 않았던 모양이었다. 문이 닫히는 소리에 귀를 기울였다. 복도에서 학생들이 숨죽여 대화를 나누기 시작하는 말소리가 들렸다. 텅 빈 교실을 햇살이 비추었고 바람이 일어 창문으로 들어와 내 얼굴을 스쳤다. 아무 소리도 내지 않으려고 애썼지만 그러지 못했다는 건 안다. 힘겹게 숨을 몰아쉬며 꺽꺽거렸고 깊고 흉측한 소리가 목구멍에서 흘러나왔으며, 한없이 길게 느껴진 시간 동안 나는 흐느껴 울었다.

 몇 주일 후에 나는 우연히 1989년의 달력을 찾아냈다. 약속과 행사들을 표시해 둔 작은 수첩이었다. 나는 책장을 넘기며 훑어보다가 맷의 야구 경기, 선생님 면담, 학교에서 주최한 미술전시회가 나올 때마다 멈추곤 했다. 4월로 넘어가니 14일에 커다란 글자로 '멧츠 경기'라고 써 놓은 게 눈에 띄었다. 그날로부터 정확히 1년 후, 나는 강의실에서 샤르댕 그림을 보고 복받쳐 울음을 터뜨리고 말았다. 그날 밤 맷과 나누었던 대화를 기억했다. 그 애의 침대 어디에 앉아 있었는지 정확한 자리도 기억했다. 내게 말하던 그 애의 얼굴도, 중간에 한참 그 애가 천정을 보고 말했던 것도 기억했다. 그 애의 방, 마룻바닥에 떨어져 있던 양말, 가슴께까지 끌어올려 덮고 있던 플레이드 면 담요, 잠옷 대신 입고 있던 멧츠 티셔츠도 기억했다. 연필 모양으로 디자인된 스탠드와 나이트 테이블에 비치던 불빛, 그 아래 놓여 있던 물컵도, 그 애의 손목시계가 물컵 왼쪽에 기대어 놓여 있던 것도 기억했다. 맷의 침대로 수백 잔의 물을 갖다 주었고 그 애가 죽은 후로도 많이 마셨다. 나는 밤에 곁에 물잔을 두고 자는 사람이다. 진짜 물컵을 보면서는 한 번도 아들 생각을 하지 않았지만, 230년 전 그려진 물컵의 이미지는 나를 붙잡고 내가 아직도 살아 있다는 고통스러운 자각 속으로 돌연히, 그리고 돌이킬 수 없이, 내던져 버렸던 것이다.

강의실에서의 그날 이후, 나의 슬픔은 전환점을 맞았다. 그때까지 나는 몇 개월을 자발적인 사후경직 상태로 살았다. 가끔 일하는 연기를 해야 하긴 했지만 자초한 매장 상태를 뒤흔들지는 못했다. 그렇지만 마음 한구석에서는 불가피하게 금이 가고 부서질 수밖에 없다는 걸 알고 있었다. 샤르댕이 그런 붕괴의 도구가 되었던 건 그 작은 그림이 나를 무방비 상태에서 급습했던 탓이다. 내 오감을 공격하는데 미처 대비하지 못했기에 나는 그만 산산조각으로 박살나 버렸다. 사실을 말하자면, 내가 다시 삶으로 돌아오는 걸 회피했던 건 재생이 얼마나 뼈저리게 괴로울지 분명히 알고 있기 때문이었다. 그해 여름, 빛, 소음, 색, 냄새, 공기의 작은 흔들림마저도 자극이 되어 내 감각을 쓰라리게 비벼댔다. 나는 늘 선글라스를 끼고 다녔다. 밝기가 살짝 변해도 아팠다. 자동차 경적 소리는 고막을 찢었다. 행인들의 대화, 웃음소리, 야유, 심지어 거리에서 혼자 노래를 부르고 있는 소리마저도 폭행으로 느껴졌다. 붉은 계열 색들은 견딜 수가 없었다. 진홍색 스웨터와 셔츠, 택시를 부르는 예쁜 소녀의 빨간 입술을 보면 고개를 돌릴 수밖에 없었다. 인도에서 일어나는 평범한 몸싸움, 사람의 팔이나 팔꿈치가 내 몸에 닿고, 낯선 사람의 어깨가 내 몸을 툭 치고 지나가면 척추를 따라 전율이 흘렀다. 바람은 나를 스치는 게 아니라 관통해 불었고, 내 해골이 딸각거리는 소리마저 들리는 것 같았다. 길거리에서 익어가는 쓰레기를 보면 발작처럼 욕지기가 나고 어지럼증에 시달렸지만, 그건 식당에서 나는 음식 냄새에도 매한가지였다. 뜨거운 버거와 치킨과 아시아 요리의 코를 찌르는 향료들. 내 콧구멍은 인공과 천연을 막론하고 모든 인간의 냄새를 빨아들였다. 콜롱과 오일과 땀과 코를 찌르는, 시큼하고 텁텁한 입냄새. 나는 전면공습을 당하고 있었으나 도저히 피할 길이 없었다.

그러나 최악은 그렇게 감각이 극단적으로 민감해졌던 몇 개월 동안 내가 가끔 매튜를 잊었다는 사실이다. 그 애를 생각지 않고 몇 분이 흘러갈 때가 있었다. 그 애 생전에는 한순간도 쉬지 않고 아이 생각을 해야 할 필요를 전혀 느끼지 못했다. 거기 있다는 걸 알고 있었으니까. 망각은 정상이었다. 그 애가 죽은 후로는 내 몸을 아예 기념비로 바꾸어 버렸다. 그 애만을 위한 생명이 없는 묘석으로. 눈을 뜨고 있다는 건 기억상실의 순간들이 있었다는 걸 의미했고, 그런 순간들은 매튜를 두 번 죽이는 느낌이었다. 내가 잊는다면 매튜는 아무데도 없었다. 세상에도 내 마음에도 어디에도 없어진다. 내 컬렉션은 그런 빈 칸들을 정답으로 채우려는 내 나름의 길이었다고 생각한다. 에리카와 함께 매튜의 물건을 계속 정리하면서 나는 몇 개를 골라 우리 부모님, 조부모님, 삼촌, 숙모 그리고 쌍둥이의 사진들과 함께 서랍 속에 넣었다. 내 선택은 순전히 육감의 문제였다. 초록색 돌멩이 하나, 1년 전 버몬트에서 빌이 생일 선물로 준 로베르토 클레멘트 야구 카드, 그 애가 디자인한 4학년 연극 〈호튼이 들은 소리는 누구일까〉의 프로그램, 그리고 듀랑고와 데이브를 그린 작은 그림까지. 데이브의 다른 많은 그림들보다는 유머가 깃들어 있었다. 노인은 얼굴에 신문을 덮고 소파에 누워 자고 있고 고양이가 그의 맨발가락을 핥고 있었다.

에리카는 8월 초순, 맷의 생일 닷새 전에 이사를 했다. 버클리의 아파트를 정리하려면 몇 주일은 걸릴 거라고 했다. 나는 책 짐을 꾸리는 걸 도와주고 같이 그녀의 새 아파트로 부쳤다. 그녀는 닥터 트림블과 헤어져야 했는데, 가끔은 럿거스를 떠나는 것보다, 빌과 바이올렛을, 심지어 나를 떠나는 것보다 에리카가 닥터 트림블과의 이별을 더 두려워한다는 느낌을 받을 때가 있었다. 그러나 에리카는 버클리에 있는 다른 의사의 연락처를 받아놓고 도착하자마자 며칠도 안 되어 상담을 시작했다. 그날 아침 나는 수트케이스를 대신 들고 층계를 내려가 건물 밖으로 나가서 택시를 잡는 데까지 그녀를 바래다주었다. 구름은 많았지만 햇살이 강렬해서, 선글라스를 끼고 있었는데도 빛에 움찔했다. 택시를 불러 세운 나는 운전사에게 미터를 켜고 잠깐만 기다리라고 말했다. 돌아서서 작별인사를 하려하자 에리카가 덜덜 떨기 시작했다.

"우리 사이가 좀 나아졌잖아, 그러니까." 내가 말했다. "요즘 들어서." 에리카는 자기 발치를 내려다보았다. 체중이 늘었는데도 치마가 허리선에 비해 너무 낮게 걸려 있는 게 눈에 들어왔다. "내가 상황을 확 바꿔 놔서 그런 거야, 레오. 자기가 날 미워하기 시작했잖아. 이젠 안 그럴 거고." 에리카는 턱을 치켜들고 내게 미소를 지었다. "우리는… 우리… 우리…." 그녀는 목소리가 갈라지더니 웃음을 터뜨렸다. "내가 무슨 말을 하려는 건지 모르겠네. 도착해서 전화할게." 그녀는 내게 쓰러지듯 안겨 두 팔로 내 등을 감쌌다. 내 몸에 닿는 그녀 몸이 느껴졌다―작은 젖가슴과 어깨.

축축한 얼굴이 내 목덜미로 무너졌다. 내게서 떨어진 그녀는 다시 미소를 지었다. 눈가의 주름이 자글자글 잡혔고, 난 그녀 입술 위에 있는 사마귀를 보았다. 그리고 나는 앞으로 나서서 그 사마귀에 키스했다. 그녀는 내가 사마귀를 겨냥했다는 걸 알고 미소를 지었다. "나 그거 좋았어." 그녀가 말했다. "다시 해줘."

나는 다시 그녀에게 키스했다.

미끄러지듯 차 안으로 들어가는, 그녀의 다리를 내려다보았다. 여름 내내 하얀 색 그대로였다. 그녀 허벅지 사이로 손을 넣어 피부를 만지고 싶은 충동이 벌컥 일었다. 성적 감정이 뜨끈한 밀물처럼 밀어닥쳐 내 마음이 격심하게 흔들렸다. 쾅 닫히는 차 문 소리를 들었고, 택시가 그린 스트리트를 달려가 우회전할 때까지 인도에서 지켜보고 있었다. 이제 와서 그녀를 원하다니—몇 개월의 시간을 다 흘려보낸 후에, 나는 혼잣말로 말했다. 그리고 돌아서서 건물 안으로 들어오다가, 에리카가 나라는 사람을 얼마나 잘 알고 있었는지 실감했다.

아파트는 별로 달라 보이지 않았다. 책장에 몇 군데 빈 데가 있었다. 침실의 우리 옷장이 더 넉넉해졌다. 그 모든 이야기가 오가고 그 모든 일들이 있은 후에도, 에리카는 짐을 거의 챙겨 가지 않았다. 그럼에도 불구하고, 로프트를 걸어 지나가면서 찬장의 빈틈들을, 텅 빈 옷걸이들을, 바로 하루 전만 해도 에리카의 구두들이 가지런히 늘어서 있던 횅한 바닥을 훑어보는데, 나도 모르게 숨이 막혀 헐떡거렸다. 몇 달 동안 그녀가 떠나는 순간에 대비해 왔지만 내가 그런 느낌을 받게 될 줄은 생각도 하지 못했었다. 싸늘한, 쥐어짜는듯한 공포. 그 엄정함을 부여잡고 나는 매달렸다. 내가 받아 마땅한 형벌이 찾아온 것이었다. 나는 이 방 저 방을 배회하며 싸늘한 불안감이 내 폐를 쥐어짜도록 방치했다. 사람 목소리를 들으려고 텔레비전을 켰다. 사람 목소리가 듣기 싫어서 다시 껐다. 한 시간이 지나고 또 한 시간이 지났다. 네시경 나는 겁에 질린 새처럼 아파트를 돌아다니다 기진맥진해 버렸다. 여전히 이 방 저 방을 걸어 다녔지만 보속을 조절하며 발걸음을 늦추었다. 화장실에 들어가서 약병들이 들어 있는 장을 열고 에리카의 옛날 칫솔과 립스틱을 하염없이 바라보았다. 장에서 립스틱을 꺼내 열어보았다. 립스틱을 돌려 갈색이 도는 붉은색을 살펴보았다. 다시 내려놓고 뚜껑을 닫은 후 나는 내 책상으로 가서 서랍을 열고 립스틱을 넣었다. 그 곳에 보관하려고 골라둔 물건 두 개가 더 있었다. 작은 까만 양말 한 켤레와 그녀의 나이트 테이블에 놓여 있던 머리핀 한 쌍. 그런 걸 모아둔다는 게 얼마나 부조리한지 내 눈에도 명백했지만 상관없었다. 한때 에리카의 것이었던 물건들을 서랍 속에 넣고 닫는 행위가 마음을 달래주었다. 빌이 도착했을 무렵에는 마음이 차분하게 가라앉은 뒤였다. 그러나 그는 보통 때보다 더 오래 머물렀고, 나는 그게 다 평온해 보이는 내 겉모습 뒤에 공황이 숨어 있다는 걸 그가 알아차렸기 때문이라고 믿어 의심치 않는다.

에리카가 그날 밤 전화했다. 목소리는 높고 약간 새된 소리가 섞여 있었다. "열쇠를 문에 꽂는 순간에는 기분이 좋았어." 그녀가 말했다. "하지만 안에 들어가서 앉아 주위를 둘러보니까 완전히 미쳤다는 생각이 드는 거야. 텔레비전을 보고 있었어, 레오. 나 절대로 텔레비전을 보지 않잖아."

"당신이 보고 싶어." 내가 말했다.

"그래."

그게 그녀의 반응이었다. 그녀도 내가 보고 싶다고 말하지 않았다. "편지 쓸게. 전화는 싫어."

첫 번째 편지가 그주 주말에 도착했다. 시시콜콜한 살림살이 얘기로 가득한 긴 편지였다. 아파트에 놓으려고 산 접란, 부슬부슬 비가 흩뿌리는 그날 날씨, 코디 서점에 갔던 얘기, 강의계획. 그녀는 편지가 왜 더 좋은지 설명했다. "팩스나 컴퓨터에서처럼 말들이 벌거벗고 있는 건 싫어. 봉투로 감싸주고 그 말들을 읽으려면 봉투부터 열어야 하게 만들어주고 싶어. 말들이 그 속에서 시간을 기다리길 바라—글쓰기와 읽기 사이의 휴지를. 우리가 서로에게 신중하게 말하면 좋겠어. 우리 사이에 놓인 물리적 거리가 현실이고 또 멀었으면 좋겠어. 이게 우리의 법이 될 거야—우리 일상과 수난을 아주, 아주 조심스럽게 글로 적는다는 거. 글자로 써야만 나는 내 광기에 대해 당신에게 털어놓을 수 있어. 광기 자체가 문제가 아니라 내가 맷 때문에 미치고 야만적이 된 거야. 글자들은 소리를 지를 수 없잖아. 전화로는 할 수 있고. 코디 서점에서 오늘 돌아와서 테이블에 책들을 놓고 화장실에 들어가서, 입안에 수건을 쑤셔 넣고 침실로 돌아왔어. 그래야 침대에 누워서 너무 시끄러운 소리를 내지 않고 비명을 지를 수 있으니까. 그렇지만 이제 다시 그 애가, 죽은 게 아니라 살아 있는 모습으로 보이기 시작했어. 1년 내내 그 들것에 누워 죽어 있던 모습만 보였거든. 멀리 멀리 떨어져서 우리 사이에 글자들만 두고 있으면, 다시 서로를 찾아가는 길을 보기 시작하게 될지도 몰라. 사랑해, 에리카."

나는 바로 그날 저녁 답장을 했고 에리카와 나는 결혼생활의 서신 교환 시대를 열게 되었다. 나는 거래조건을 충실하게 지키며 전화는 절대 걸지 않고 대신 긴 편지를 열심히 썼다. 직장이며 아파트에 대해 소식을 전했다. 동료 교수 론 벨링거가 새로운 기면증 약을 먹어보고 있는데 좀 부엉이눈이 되긴 했어도 교수회의에서 쓰러져 잠드는 일은 좀 적어졌다는 얘기도 해주고, 잭 뉴먼이 아직도 사라와 사귀고 있다는 얘기도 했다. 우리가 고용한 파출부 올가가 스토브를 어찌나 박박 닦았는지 돌돌 말아 쥔 철수세미에 '앞'과 '뒤'라고 새겨진 버너 표시가 싹 다 지워져 버렸다는 얘기도 했고, 당신이 떠났다는 걸, 정말로 떠나버렸다는 걸 알고 제정신이 아니었다는 얘기도 털어놓았다. 그녀는 내게 답장을 했고, 그렇게 계속 이어졌다. 우리가 알 수 없었던 건 상대방이 생략한 이야기들이었다. 서신에는 보이지 않는 구멍들이 꼬치로 꿰듯 주렁주렁 달려 있었다. 쓰지 않았을 뿐 생각하지 않았던 건 아닌 작은 구멍들. 그리고 시간이 갈수록 나는 매주 받는 편지 지면에 나타나지 않는 그 무언가가 남자가 아니기를 열렬하게 바라게 되었다.

향후 몇 달 동안 정신을 차려 보면 이미 저녁을 먹으러 빌과 바이올렛의 로프트로 올라가고 있는 나 자신을 발견한 일이 헤아릴 수도 없었다. 바이올렛은 저녁때쯤 전화해서 한 사람 상을 더 차릴까 묻곤 했고, 그러면 나는 좋다고 했다. 아래층에서 스크램블 에그나 콘플레이크를 먹는 게 더 좋다고 말해봤자 어차피 전혀 신빙성 없이 들렸을 터이다. 빌과 바이올렛이 나를 돌봐줄 수 있게 맡겨두면서, 나는 그들을 전혀 새로운 눈으로 다시 보게 되었다. 어둠과 그림자 속에서 수년 세월을 보낸 후 시하 감옥에서 기어 나온 사람처럼, 나는 그들의 화려한 생기에 약간 충격을 받았다. 바이올렛은 내 뺨에 키스를 하고 내 팔과 내 손과 내 어깨를 손으로 만졌다. 그녀의 웃음소리에는 귀에 거슬리게 시끄러운 음조가 섞여 있었고 가끔은 음식을 먹으면서 쾌감에 젖은 소리를 내기도 했다. 그렇지만 한편으로는 예전에 볼 수 없던, 가끔 정신을 놓는 순간들도 감지되곤 했다. 간간이 5초, 6초가량 내면으로 들어가 누군가를, 아니 무언가를 서글프게 생각하는 순간들. 소스를 젓고 있었다면, 손길이 멈추고 미간에 주름이 잡히고 멍하니 렌지를 바라보다가 정신을 차리고 다시 젓기 시작하는 것이었다. 빌의 목소리는 내 기억보다 더 거칠게 쉬고 더 음악적으로 들렸다. 나이와 담배 때문이겠지만, 올라갔다 내려갔다 하는 그 목소리와 잦은 침묵들을 새삼스럽게 주목해서 경청하게 되었다. 그에게 흡인력이 더해졌다는 느낌을 받았다. 밀도가 높아진 삶에서 느껴지는, 손에 잡힐 듯 구체적인 무게였다. 바이올렛과 빌은 조금 달라보였다. 마치 그들이 함께 하는 삶이 장조에서 단조로 변환한 것처럼. 맷의 죽음이 그들마저 바꿔놓았을 수도 있다. 맷이 죽어서 예전에 한 번도 보지 못했던 것들을 내가 그들에게서 보았을 수도 있다. 그것도 아니면 맷이 사라지고 난 후 사물을 보는 내 시선이 영영 판판으로 달라져 버렸을 수도 있다.

유일하게 변함없어 보이는 사람은 마크였다. 그 애는 예전에도 그저 맷의 귀여운 단짝 친구일 뿐 내 삶에서 큰 자리를 차지했던 적이 없다. 그리고 맷이 죽었을 때 마크도 내게서 사라졌었다. 그러나 2층에서 함께 식사를 하게 되면서 나는 마크를 좀 더 자세히 관찰하게 되었다. 키가 좀 크긴 했지만 그렇게 크지는 않았다. 갓 열세 살이 된 나이였지만 여전히 보드랍고 동글동글하고 어린 티 나는 얼굴을 하고 있었는데, 난 그게 그렇게 예쁠 수가 없었다. 마크는 아주 잘 생긴 소년이었지만 미모와는 상관없이 참 예뻤다. 표정 때문이었다. 항상 변함없이 범접할 수 없는 순진한 느낌을 주는 얼굴 표정은, 당시 그 애가 숭배하던 영웅 하포 막스[23]와 비슷한 데가 있었다. 저녁 식탁에서 마크는 킬킬 웃으며 광대 노릇을 하고 하포의 '퉁방울눈 얼굴'을 지어보이곤 했다. 〈하포 말하다〉에서 몇 대목을 읽어주기도 하고 〈식은 죽 먹기〉[24]에 나오는 '프레도니아 만세'를 부르기도

---

[23] 미국 흑백영화 시대의 코미디언으로 막스 형제의 일원. 막스 형제는 그루포, 하포, 치코, 제포로 구성되어 있었다.

했다. 하지만 뉴욕의 노숙자들이 불쌍하다는 얘기, 인종차별주의는 어리석다는 얘기, 그리고 양계장의 잔혹함 이야기를 할 때도 있었다. 이런 주제들을 깊이 파고드는 법은 결코 없었지만 불의에 대해 말할 때면 아직도 높고 소년다운 그 목소리에 배어나는 연민의 억양이 마음을 흔들곤 했다. 쾌활하고 기운차고 친절한 마크를 보면 마음이 한층 가벼워졌다. 나는 그 애를 만나는 게 기대되기 시작했고, 주말에 친어머니, 새아버지, 그리고 동생 올리버를 만나러 마크가 뉴저지 크랜베리로 떠나면 보고 싶고 허전하다는 걸 깨달았다.

겨울 방학 동안, 블룸 가족들과 크리스마스를 보내러 미네소타 행 비행기를 타기 며칠 전 빌과 바이올렛은 마크를 위해 뒤늦은 생일 파티를 열어 주었다. 열세 살 생일은 한참 전에 지났지만 빌에게 그 행사는 일종의 세속적 바르 미츠바(13세가 되면 행하는 유태인들의 성인식 ─ 옮긴이)로, 의례 없이 전통을 준수하는 방법이었다. 빌과 바이올렛은 에리카에게 초대장을 보냈지만 그녀는 오지 않기로 했다. 편지에서 그녀는 방학 동안 버클리에 남아 있기로 결정했다고 말했다. 몇 주일 동안 나는 마크에게 무슨 선물을 줄까 고민을 거듭했다. 그러다 결국 체스 세트로 결정했는데, 아름다운 보드와 조각된 말들은 처음 내게 체스를 가르쳐 주신 아버지를 떠올리게 했다. 마크는 체스를 배운 적이 없다는 걸 알고 있었기에 나는 선물과 농봉할 쪽지를 아주 소심스럽게 쓰고 싶었다. 첫 번째 쪽지에서는 배뉴 얘기를 했었다. 두 번째에서는 하지 않았다. 세 번째에는 짤막하게 용건

---

24) 1933년 발표된 엉뚱한 코미디 영화로 막스 형제의 최고 걸작으로 꼽힌다.

만 간단히 적었다. "뒤늦은 열세 살 생일 축하한다. 이 선물은 체스 레슨이 포함되어 있단다. 사랑한다, 레오 삼촌이."

마크의 파티에서 의연하게 잘해 볼 계획이었다. 잘 하고 싶었지만, 그럴 수가 없었다. 화장실에 몇 번씩 다녀와야 했는데, 용변 때문이 아니라 세면대를 붙잡고 1~2분 동안 과호흡으로 헐떡거리고 나서야 간신히 진정하고 다시 사람들에게로 돌아갈 수 있었기 때문이다. 파티에 60명은 온 것 같은데 그 중에 내가 아는 사람은 한 줌도 되지 않았다. 바이올렛은 이 사람 저 사람에게로 돌아다니다가 다시 부엌으로 가서 세 사람의 웨이터에게 지시를 내리곤 했다. 빌은 와인잔을 들고 배회하고 있었는데, 술잔을 하도 자주 비우고 채워서 눈가가 약간 붉고 목소리에 힘이 들어가 있었다. 앨과 레지나에게 인사를 하고 마크에게 축하를 했다. 파란 양복 상의에 빨간 넥타이, 회색 플란넬 바지 차림을 한 그 애는 놀랄 만큼 편안해 보였다. 마크는 나를 보고 씩 웃더니 나를 따스하게 안아주고 나서 곧 60대 초반의 조각가인 리즈 보샤르의 손을 잡고 악수를 했다. "휘트니에 걸려 있는 선생님 작품은 진짜 쿨해요." 마크는 조각가에게 말했다. 리즈는 고개를 모로 꼬더니 얼굴에 쪼글쪼글 주름을 잡으며 환한 미소를 지었다. 그러더니 허리를 굽혀 그에게 키스를 해주었다. 마크는 얼굴을 붉히거나 눈길을 돌리지 않았다. 당당하게 그녀를 바라보고 나서 잠시 후 다른 손님에게로 옮겨갔다.

마크와는 그간 익숙해졌고 점점 정이 들었다. 하지만 손님들 중에는 맷의 옛날 학교 친구들 몇 명이 섞여 있었는데 그 애들의 얼굴이 하나씩 눈에 들어오자 내 가슴에 늘 맺혀 있는 우리한 웅어리는 날카롭게 벼려진 아픔이 되었다. 루 클라인만은 마지막 봤을 때보다 적어도 6인치는 더 키가 자랐다. 그 애는 또 다른 맷의 친구인 제리 루와 함께 한구석에 서서 폰

섹스 광고를 보며 킬킬거리고 있었다. 길거리에서 주웠는지 오른쪽 위에 발자국이 찍혀 있었다. 또 다른 소년인 팀 앤더슨은 전혀 변한 데가 없었다. 쌕쌕거리는 숨소리 때문에 스포츠를 하지 못하는 발육장애의 창백한 소년을 맷이 안쓰럽게 여겼다는 기억이 났다. 나는 팀에게 말을 걸기는커녕 쳐다보지도 않았지만, 그 애가 선 자리 근처에 있는 의자에 앉아 있었다. 그 자리에서는 아이 숨소리가 들렸다. 딱 한 번만 보고 싶었지만, 나는 그 애를 등지고 앉아서 천식에 걸린 폐의 소리에 뜬금없이 끔찍스럽게 매혹되어 경청했다. 잡음 섞인 숨소리 하나하나는 그 애가 살아 있다는 - 연약하고 발육불량에 병들었을지도 모르지만 - 그래도 살아 있다는 증거였기에 집요하게 매달렸다. 그 애 안에 살고 있는 목쉬고 탐욕스러운 생명에 귀를 기울이며 그 생명이 나를 고문하도록 몸을 내맡겼다. 다른 시끄러운 소리들은 얼마든지 많았다 - 한창 누가 말하고 있는데 묵살하고 더 큰 소리로 말하는 사람 소리 - 깔깔 웃는 소리, 접시에 닿아 짤랑거리는 은식기 소리, 그러나 내가 듣고 싶은 소리는 팀의 숨소리뿐이었다. 더 가까이 다가가, 허리를 굽히고 내 귀를 그 애 입에 대어보기를 갈망했다. 그러지는 않았지만, 정신을 차려 보니 나는 주먹을 꼭 쥐고 의자에 앉아서 온몸이 덜덜 떨리는 불행과 분노를 억누르느라 남들한테 다 들리도록 꿀꺽꿀꺽 침을 삼켜대고 있었다. 그런데 그때 댄이 나를 구해 주었다.

헝클어지고 더러운 차림의 댄이 휘적휘적한 걸음걸이로 내쪽으로 다가오고 있었다. 그는 어떤 여자의 팔꿈치에 부딪혀 와인을 엎질렀고 소스라치게 놀란 그녀 얼굴에 대고 큰 소리로 사과를 하고는 계속 내쪽으로 걸어왔다. "레오!" 그는 기껏해야 4피트도 안 되는 거리에서 고함을 질렀다. "의사들이 약을 바꿔줬어요, 레오! 할돌 때문에 나무판처럼 **뻣뻣해져**서 허리도 못 굽혔거든요." 댄은 팔을 앞으로 뻗더니 마지막에는 프랑켄

슈타인의 괴물처럼 걸어왔다. "서성거리는 것도 너무 많이 하고요, 레오. 혼잣말도 너무 많이 했어요. 그래서 사람들이 날 데리고 세인트 루크 병원으로 가서 약을 조절해 줬어요. 샌디에게 내 희곡을 읽어줬어요. 간호사예요. 〈괴짜 소년과 괴짜 시체〉라는 제목이에요." 그는 말을 잠시 멈추더니 내게로 몸을 기울여 비밀을 털어놓듯 말했다. "레오, 이거 알아요? 당신이 거기 나와요."

댄은 내게 바짝 붙어 서서 활짝 입을 벌리고 웃고 있었고, 심하게 얼룩진 치아가 내 눈앞에 바로 보였다. 생전 처음으로 나는 댄에게서 깊은 감동을 받았고, 그렇게 가까이 있어준다는 사실 자체에 고마움을 느꼈다. 처음으로 그의 광기가 이상하리만큼 위로가 되고 친근하게 느껴졌다.

"나를 연극에 등장시켰어요?" 내가 그에게 말했다. "영광인데요."

댄은 수줍은 표정을 했다. "대사는 하나도 없어요."

"대사가 없어요?" 내가 말했다. "그냥 지나가는 행인이에요?"

"아니, 레오는 연극 내내 누워 있어요."

"죽어서?"

"아니요!" 댄은 쩌렁쩌렁한 소리로 외쳤다. 충격을 받은 얼굴이었다. "잠자는 거예요."

"아, 나는 잠자는 사람이구나." 나는 미소를 지었지만 댄은 나를 보고 웃어주지 않았다.

"아니, 내 말 진짜예요, 레오. 여기 레오가 있어요." 그는 자기 관자노리를 한 손가락으로 톡톡 두드렸다.

"기분 좋은데요." 그 말은 진심이었다.

다른 사람들이 다 집으로 돌아간 후 댄과 나는 몇 피트 거리를 두고 소파에 앉아 있었다. 이야기를 나누지는 않았지만 함께 우리만의 영역을 지키고 있었다. 미친 동생과 폐인이 된 '삼촌'은 파티를 견뎌내고 살아남기 위해 임시 동맹을 결성했다. 빌은 우리 가운데 앉아 한 팔에 하나씩 우리를 끼고 있었지만 눈길로는 마크를 좇고 있었다. 마크는 부엌에서 남은 케이크의 설탕장식을 찍어먹고 있었다. 우리는 까맣게 잊고 있던 루실을 그 순간 기억해 냈다. "루실하고 필립하고 올리버도 왔어야 하는 거 아니야?" 내가 빌에게 물었다.

"안 올 거야." 그가 말했다. "이상한 변명을 하더라고. 필립은 올리버가 뉴욕에 가는 걸 싫어한다고 했어."

"아니 대체 어째서?" 내가 말했다.

"몰라." 그 말을 하면서 빌은 미간에 주름을 잡았다. 루실에 대해 우리가 나눈 얘기는 그게 다였다. 심지어 멀리 떨어져 있어도 대화를 끊는 데는 천생 재주가 있는 여자라고, 나는 그런 생각을 했다. 그녀는 일상적인 대화라든가, 이번 경우처럼 단순한 초대에 특유의 괴팍한 반응을 보였고, 그러면 나머지 사람들은 당혹스러운 침묵에 휩싸이곤 했다.

나는 마크가 내 선물 포장지를 뜯어 체스보드를 볼 때 선 채로 굽어보고 있었다. 아이는 마루에서 폴짝 뛰어올라 내 허리를 두 팔로 껴안았다. 길고 힘겨운 생일 파티였기에, 그렇게 흥분할 줄은 몰랐고 나는 전혀 대비가 되어 있지 않았다. 나는 그 애를 꼭 안고 고개를 들어 소파에 앉아 있는 빌, 바이올렛, 그리고 댄을 바라보았다. 댄은 곯아 떨어졌지만 빌과 바이올렛은 눈물이 글썽글썽한 채로 미소를 짓고 있었고, 그들의 감정 때문에 더욱더 복받치는 내 마음을 억누르기 힘들었다. 나는 자제력을 잃지 않으려고 뚫어져라 댄만 바라보았다. 마크가 심하게 부풀었다 가라앉는 내 가슴의 요동을 느끼지 못했을 리 없고 포옹을 하고 한 발짝 물러선 다음에는 내 얼굴에 스치는 씰룩이는 경련도 보았을 테지만, 그 애는 여전히 행복한 얼굴로 나를 바라보았고, 나는 이유를 말로 형언할 수는 없지만 쪽지에 매튜 이야기를 쓰지 않은 게 천만다행이라는 생각에 깊은 안도감을 느꼈다.

　마크는 체스를 빨리 배웠다. 그 애의 플레이는 영리하고 지적이었고, 그런 능력에 나는 흥분했다. 그래서 나는 진실을 말해주었다. 너는 수를 이해할 뿐 아니라 훌륭한 플레이어에게 필요한 차분한 태도를 갖고 있다고. 그런 계산적으로 무심한 태도를 삼촌은 끝내 터득하지 못했는데, 그거야말로 훨씬 우월한 상대마저 불안하게 만들 수 있는 힘이라고. 그러나 내 열정이 더해갈수록 마크의 흥미는 시들었다. 학교 체스 팀에 들어가야 한다고 마크에게 말했더니 한 번 알아보겠다고 했지만, 정말 그랬을 것 같지는 않다. 마크가 재미를 느낀다기보다는 내 기분을 맞춰주고 있다는 걸 감지한 나는 눈치 빠르게 물러섰다. 플레이를 하고 싶으면 부탁을 하겠지, 라고 나는 빌에게 말했다. 마크는 끝내 그러지 않았다.

　나는 또 다른 삶에 침잠했다. 그해는 오로지 에리카만을 위해서 글을 썼다. 논문도 에세이도 쓰지 않았고 다른 책을 구상하지도 않았지만, 에리카에게는 매주 보내는 기나긴 편지들에서 모든 걸 털어놓았다. 가르치는 일에 새삼스럽게 더 열정을 쏟게 되고 학생들과 더 많은 시간을 함께 보낸다고 썼다. 상담시간에는 몇몇 학생들이 사생활에 대해 주절거려도 내버려둔다고도 썼다. 학생들이 하는 말을 다 듣는 건 아니지만 무슨 소리든 하고 싶은 말을 털어놓고 싶은 그들의 욕구는 인정하고, 또 내가 거리를 두면서도 우호적인 태도로 있어 주면 고마워한다는 걸 깨달았다는 얘기도 했다. 빌과 바이올렛과 마크와 함께 하는 저녁식사에 대한 얘기도 썼다. 나는 에리카를 위해 마크에게 주려고 찾은 코미디 무성영화 책의 제목들을 기록하고 마크에게 주려고 8번가의 가게에서 산 〈오페라에서의 하룻밤〉과 〈말 깃털〉의 영화 스틸 사진들 얘기도 하고 선물을 받았을 때 그 애가 지었던 행복한 얼굴도 묘사했다. 그리고 맷이 죽은 후로 〈O의 여정〉은 내 시간들을 혼자 차지하고 있는 사후세계의 분위기를 띠게 되었다고 말했다. 가끔 저녁 때 의자에 앉아 있으면, 마음속에서 그 이야기의 부분 부분이 선하게 눈앞에 떠오르곤 했다. O위에 걸터앉아 있던 B의 등에서 싹트고 있던 날개와 그 뚱뚱한 몸매, 그녀의 묵직한 팔이 오르가즘으로 쫙 펼쳐져 있고 얼굴은 베르니니의 테레사 성녀를 패러디해 모방하고 있었다. 강도가 들어 O의 그림, 그러니까 두 어린 M들의 초상화를 훔쳐가는 사이 문 뒤에서 서로 꼭 붙들고 있던 O의 동생들, 즉 두 M들의 모습도 떠올랐다. 그러나 제일 자주 떠오르는 건 O의 마지막 캔버스였다. 그가 사라져 버린 자리에 덩그마니 남아 있던 그림말이다. 그 캔버스에는 이미지가 없고 B라는 글자뿐이었다. O의 창조자와 작품 속에서 그 창조자를 체현했던 뚱뚱한 여자의 표식이었다.

어떤 날 밤에는 저녁식사를 끝내고 집에 돌아오면 내 셔츠에서 바이올렛의 냄새가 난다는 얘기는 에리가에게 하지 않았다. 그녀의 향수와 비누와 또 다른 것, 아마도 그녀의 살 냄새, 다른 향에 깊이를 더하고 꽃향기를 체취로, 인간적으로 바꾸어 놓는 냄새가 난다고. 그 희미한 냄새에 코를 묻고 숨 쉬는 걸 좋아한다는 얘기도, 그러면서도 동시에 그 향기에 저항하려 애쓴다는 말도 에리가에게는 하지 않았다. 또 다른 날 밤에는 셔츠를 벗어서 빨래바구니에 던져 버렸다.

3월에 빌과 바이올렛은 연휴에 마크를 좀 봐 달라는 부탁을 했다. 로스앤젤레스의 갤러리에서 〈O의 여정〉을 전시하게 되어서 함께 가기로 했다면서. 루실 역시 여행 중이었고 필립에게 아이 둘을 맡기는 건 좋은 생각이 아니었다. 나는 2층으로 잠시 이사해 마크와 살기로 했다. 우리는 서로 잘 통했고 마크는 살림에 제법 도움이 되었다. 설거지도 하고 쓰레기도 내놓고 자기 방 정리도 알아서 했다. 토요일 밤이면 마크는 테이프를 틀어놓고 립싱크로 팝송을 불러주었다. 상상 속의 기타를 들고 거실을 펄쩍펄쩍 뛰어 돌아다니기도 했다. 미친 듯이 빙글빙글 돌면서 짐짓 괴로운 표정을 하다가 마침내 마룻바닥에 풀썩 쓰러지며, 이름이 기억나지 않는 어떤 로큰롤 스타의 고뇌를 흉내 내기도 했다.

그러나 얘기를 해보니 마크가 보통 학교에서 가르치는 과목들—지리, 정치, 역사—의 내용은 거의 흡수하지 못하고 있었다. 그리고 그런 무지는 어쩐지 의지의 소산이라는 느낌이 들었다. 또래 아이들의 차이를 가늠할 때 나는 늘 매튜를 기준으로 삼곤 했지만, 과연 누가 맷을 정상성의 척도로 볼까? 죽기 전에 맷의 두뇌에는 늘 사소하든 중요하든 정보가 가득가득 차 있었다. 야구 통계에서 미국 남북전쟁의 전투들까지. 좋아하는 아이스크림 브랜드의 64개 맛 이름을 다 외웠고 그림을 보고 현대화가 수십 명의 이름을 알아맞출 수 있었다. 그 중 상당수는 나도 못 알아보는 것들이었다. 하포에 대한 애정을 제외하면 마크의 관심사는 더 평범했다. 팝 뮤직, 액션과 공포 영화들. 그렇지만 마크는 체스에서 느껴졌던 그 민첩한 사고와 영민한 두뇌로 그런 주제들을 파고들었다. 내용이 결여된 부분을 영민함으로 메꾸는 듯했다.

마크는 잠들기 싫어했다. 내가 함께 있는 동안 밤마다 그는 차마 헤어지기 싫다는 듯 내가 책을 읽고 있던 빌과 바이올렛의 침실 문간을 한참 어슬렁거리곤 했다. 그렇게 문간에 기대서서 수다를 떨다 보면 15분, 20분, 25분이 훌쩍 지나갔다. 사흘 밤 내내 나는 이제 삼촌도 잘 거니까 너도 자라고 타일러야 했다.

우리가 함께 했던 주말 동안 딱 하나 걸림돌이 있었다면 도넛이었다. 토요일 오후 나는 전날 사온 도넛 상자를 찾았다. 찬장을 뒤져 봤지만 아무데도 보이지 않았다. "도넛 네가 먹었니?" 나는 옆방에 있던 마크에게 큰 소리로 물었다. 그는 부엌으로 들어와 나를 바라보았다. "도넛이요? 아니요."

"이 찬장에 틀림없이 넣어뒀는데 이제 보니 없네. 이상하다."

"아쉽다." 그가 말했다. "저 도넛 좋아하는데. 집안의 수수께끼 그런 거 아닐까요. 사람들이 안 보고 있을 때 집이 음식을 먹어치운다고 바이올렛이 입버릇처럼 말하거든요." 그는 고개를 절레절레 젓더니 나를 보고 미소를 짓고 자기 방으로 사라져 버렸다. 잠시 후 휘파람으로 팝송을 부르는 소리가 들렸다. 음조가 높고 달콤하고 가락이 아름다운 노래였다.

다음 날 오후 세 시쯤 전화가 걸려 와서 내가 받았다. 한 여자가 수화기 너머에서 화가 잔뜩 나 고막을 찔러대는 소리를 질러대고 있었다. "당신네 아들이 불을 질렀어요! 당장 이리 오라구요!" 나는 내가 어디 있는지, 아니 모든 길 까맣게 잊고 말았다. 충격을 받아 말도 제대로 못하나가, 수화기에 숨을 크게 한 번 내쉰 후 말했다. "무슨 말씀이신지. 우리 아들은 죽었어요."

침묵.

"윌리엄 웩슬러 씨 아니세요?"

나는 설명을 했다. 그녀도 설명을 했다. 마크와 자기 아들이 옥상에 불을 질렀다는 것이다.

"그럴 리가요." 내가 말했다. "마크는 제 방에서 책을 읽고 있는 걸요."

"내기하실래요?" 그녀가 시끄럽게 소리쳤다. "지금 여기 내 앞에 서 있단 말입니다."

마크가 자기 방에 없는 걸 확인하고 나는 아래층으로 내려가 옆 건물로 아이를 데리러 갔다. 아파트 문을 열어준 여자는 아직도 덜덜 떨고 있었다. "성냥을 대체 어디서 구한 거죠?" 그녀는 문간을 지나 걸어가는 내게 새된 고함을 쳤다. "선생 책임이죠, 네? 안 그래요?" 나는 그렇다고 웅얼거리고서 남자애들이 성냥이야 어디서든 구할 수 있지 않겠느냐고 말했다. 대체 어떤 불을 지른 걸까? 그게 궁금했다. "불! 불이라고요! 어떤 종류든 그게 무슨 상관이죠?" 마크 쪽을 돌아보니 아이의 얼굴은 무표정했다. 아무런 호전성도 보이지 않았다―아무 감정도 읽히지 않았다. 다른 아이는 열 살도 채 안 되어 보였는데 눈물에 젖어 눈시울이 벌개져 있었다. 아무리 쓸어 넘겨도 다시 얼굴로 내려와 흩어지는 앞머리와 씨름하는 아이의 코에서 코딱지가 비어져 나와 있었다. 나는 힘없이 사과를 하고 말없이 마크를 집으로 데리고 왔다.

우리는 마크의 방에서 이야기를 나누었다. 마크는 옥상에서 아까 그 애, 더크를 만났는데 이미 불을 지르고 있었다고 했다. "저는 그저 서서 구경을 했을 뿐이에요."

나는 무엇을 태웠느냐고 물었다.

"그냥 종이랑 뭐 그런 거죠. 별 거 아니었어요."

불은 금세 통제 불능으로 번질 수 있는 거라고 경고를 했다. 집밖으로 나갈 때는 삼촌한테 꼭 말하라는 얘기도 했다. 마크는 눈으로 내 말들을 차분하게 받아들이며 경청했다. 그러더니 놀랄 만큼 적대적인 목소리로 말하는 것이었다. "그 애 엄마는 미쳤어요!"

마크의 눈에서는 아무것도 읽을 수 없었다. 빌과 도드라지게 닮은 눈이었지만 아버지의 활력은 전혀 없었다. "미친 게 아니라 겁이 나서 그랬던 거 같다." 내가 말했다. "아들 때문에 걱정이 되어서 굉장히 겁이 난 거야."

"그렇겠죠." 그가 말했다.

"마크, 다시는 그런 짓 하지 마라. 말리는 것도 네가 할 일이야. 그 꼬마보다 네가 훨씬 큰 형이잖니."

"맞아요, 레오 삼촌." 그 애의 목소리에 확신이 배어 있어서 나는 안심이 되었다.

아침에 마크에게 프렌치토스트를 만들어 먹이고 학교에 보냈다. 작별 인사를 할 때 나는 손을 내밀었지만 마크는 대신 포옹을 해주었다. 두 팔을 둘러 안아보니 아이는 작게만 느껴졌고, 내 뺨에 자기 뺨을 대는 품새가 매튜를 떠올리게 했다. 열한 살 때의 내 아들이 아니라 네 살, 다섯 살 때처럼.

마크가 학교에 가고 나서 나는 계단을 올라 옥상으로 가서 화재의 잔해를 찾았다. 더크가 사는 옆 건물로 넘어가야 하는 게 아닐까 생각했었지만 재와 쓰레기 더미는 우리 건물에 있었다. 그래서 나는 살펴보려고 쭈그리고 앉았다. 마음도 좀 켕기고 우스꽝스러운 기분도 들었지만 나는 근처에 있던 철사 옷걸이로 그을린 잔해를 헤쳐 보았다. 대단한 모닥불은 아니었고 별로 오래 가지 못할 작은 불장난에 불과했다. 타다 만 누더기들이 몇 점 보여서 하나 집어 들어 보았다. 운동 양말 쪼가리였다. 깨진 병의 파란 파편들이 종잇소각들 사이에 흩어져 있었고, 그리고 나는 타다 남은 상자 일부를 보았다. 텅 빈 도넛 상자였다. 라벨의 몇 글자는 아직도 읽을 수 있었다. ENTE.

마크는 거짓말을 했다. 너무나 천연덕스럽게 바이올렛의 말을 인용하기까지 했다. 너무나 수월하게 미소를 지었다. 아이를 의심한다는 생각은 해본 적도 없었거니와 더 이상한 점은 마크가 도넛을 다 먹었다고 말했어도 난 전혀 개의치 않았을 거라는 사실이었다. 도넛은 어차피 그 애를 생각하고 샀던 거니까. 나는 마분지 조각을 손에 들고 녹슨 급수탑들과 벗겨지는 타르를 위시한 로우어 맨하탄의 황량한 스카이라인을 내다보았다. 시들시들한 햇살이 구름을 뚫고 나오려 애쓰고 있었고 바람이 불기 시작했다. 나는 재와 유리를 누가 옥상에 버리고 간 낡은 장바구니에 쓸어 담았고, 재 때문에 회색으로 물든 손을 보며 뜻밖에도 죄책감을 느꼈다. 왠지 마크의 거짓말에 연루된 공범이 된 기분이었다. 옥상에서 내려올 때 나는 타다 남은 마분지 상자는 나머지 쓰레기와 함께 장바구니에 넣지 않았다. 아래층 우리 집에 내려와 조심스럽게 잔해를 서랍속에 넣어두었다.

빌과 바이올렛에게 화재에 대한 얘기는 일언반구도 꺼내지 않았다. 마크는 내가 그 얘기를 하지 않아 좋아했을 테고, 아래층의 레오 삼촌은 자기편이라고 믿었을 것이다. 그리고 그게 내가 바라는 바였다. 화재 사건은 꿈들이 그러하듯, 막연하게 불편한 감각만 남겨두고 흘러가 버렸다. 나는 수집품을 살펴보러 서랍을 열 때 말고는 평소에 거의 생각조차 하지 않고 살았다. 서랍을 열어볼 때면 내가 왜 그 마분지 조각을 보관하기로 했을까 의아해지곤 했다.

그러나 나는 그걸 옮기지도 않고 버리지도 않았다. 내 마음 속 한구석에서 그 자리가 맞는 자리라고 느꼈던 것 같다.

1991년 가을, 미네소타 대학 출판부에서《잠긴 육신들:현대의 육체 이미지와 식이장애 탐구》를 출간했다. 바이올렛의 책을 읽다보면 사라진 도넛과 불탄 상자가 가끔 내 의식 속으로 흘러들어오곤 했다. 그 책은 단순한 질문에서 출발했다. 어째서 서구에 살고 있는 수천 명의 소녀들이 현재 자발적으로 굶주리고 있는가? 어째서 또 다른 소녀들은 폭식을 하고 구토를 하는가? 어째서 비만이 늘어나고 있는가? 어째서 한때 희귀했던 이런 질병들이 대규모 전염병으로 번져가고 있는가?

바이올렛은 이렇게 쓰고 있다. "음식은 우리의 쾌락이며 속죄이고, 우리의 선이며 악이다. 100년 전의 히스테리아와 마찬가지로, 음식은 식이장애로 중증 질환을 앓아본 적이 없는 수많은 사람들을 감염시킨 문화적 강박의 초점이 되었다. 강박적인 달리기, 헬스클럽과 건강식품 전문점의 부흥, 롤핑, 마사지, 비타민 요법, 장세척, 다이어트 센터, 보디빌딩, 성형 시술, 담배와 설탕에 대한 도덕적 단죄, 그리고 오염물질에 대한 공포 이 모든 게 극단적으로 연약한 육신이라는 관념의 증거다. 육신은 무너지는 역치를 지닌, 항상 위협에 시달리는 것으로 간주된다."

논증은 거의 400페이지에 걸쳐 이어진다. 첫 장은 역사적인 배경을 소개하고 있다. 그리스인들과 신들의 이상적인 육신을 재빨리 훑어본 후 한참 동안 중세 기독교, 성녀들과 육신의 수난을 숭배하는 컬트, 전염병과 기근이라는 광범한 현상을 논하는 데 힘애했다. 신고전주의적 르네상스 육체들과 동정 마리아와 모성적 육신을 억압했던 종교개혁을 언급하고 나서, 섬큼섬큼 18세기의 의학적 드로잉들과 계몽주의에서 탄생한 해부학에 대한 강박을 훑고 지나간 후 마침내 헝거 아티스트와 라세그 박사의 굶주린 소녀들 이야기에 도달한다. 라세그 박사는 그녀들의 질병을 묘사하기 위해 처음으로 '거식증'이라는 말을 쓴 내과 의사다. 19세기를 지나 20세기로 들어오면서 바이올렛은 바이런 경의 금식과 폭식, J. M. 배리〈〈피터팬〉의 작가—옮긴이〉의 성장발육에 영향을 주었을 고질적인 자기부정에 주목하고, 빈스방거[25]의 엘렌 웨스트 사례연구로 넘어갔다. 엘렌 웨스트는 거식증이 지극히 희귀한 병으로 간주되고 있던 1930년 단식으로 사망한 젊고 고뇌에 찬 이타주의자였다.

바이올렛은 우리 몸이 살 뿐 아니라 관념으로 구성된다고 주장한다. 마른 몸에 대한 현대의 강박은 '유행'을 탓할 수 없다는 것이다. 왜냐하면 유행은 더 넓은 문화의 한 가지 표현일 뿐이니까. 핵위협과 생화학전, 그리고 에이즈를 흡수한 시대에 완벽한 육체는 갑옷이 되었다. 견고하고 반짝거리는, 아무것도 뚫을 수 없는 갑옷이. 바이올렛은 '강철 같은 근육'이라든가 '방탄 복근' 같은 구절을 포함한 운동 테이프와 프로그램, 운동기기 광고에서 증거를 찾아 열거했다. 성녀 캐서린은 교회 권위에 항거해 예수를 위해 금식했다. 20세기 후반의 소녀들은 부모님과 적대적이고 경계 없는 세계에 저항해 굶는다. 풍요 속에서 여위었다는 건 정상적인 욕망을 초월한다는 걸 보여주며 비만은 살로 몸을 감싸 보호하며 모든 공격을 피할 수 있다는 걸 보여준다. 바이올렛은 심리학자와 정신분석학자와 의사들의 말을 인용했다. 특히 거식증의 경우, 자기 몸을 말로 할 수 없는 걸 표현하는 저항의 기점으로 삼아 소녀들이 자치권을 복원하려는 잘못된 시도라는, 보다 널리 퍼져 있는 관점을 논한다. 그러나 개인사는 집단적인 전염을 설명해 주지 못하며, 바이올렛은 식이장애 배후에 사회적인 급변들이 자리하고 있다는 강력한 주장을 전개한다. 예를 들어 구애의 의례라든가 성적인 코드가 무너지고 젊은 여성들이 무정형, 무방비의 상태로 남게 되었다는 것이다. 그리고 바이올렛은 '애착'에 대한 발육 연구와, 음식이 정서적 전투가 실제로 벌어지는 지점이 되는 유아와 어린이 연구를 인용해 '혼합'이라는 개념을 자세히 설명했다.

---

25) Ludwig Binswanger. 스위스의 정신분석학자

지면의 상당 부분을 사연들이 차지하고 있는데, 계속 읽어나가면서 나는 개별적 사례들이 가장 흡인력이 강하다는 사실을 깨달았다. 엄청난 비만의 일곱 살 소년 레이먼드는 치료사에게 자기 몸이 젤리로 만들어져 있으며 피부에 구멍이 나면 내장이 쏟아져 나올 것만 같다고 말했다. 몇 달 동안 섭취하는 음식의 양을 줄여나간 베레니스는 결국 건포도 한 알로 끼니를 대신하게 되었다. 그녀는 칼로 건포도를 네 조각으로 잘라서 1/4 조각을 적어도 한 시간 반 동안 빨았으며, 마지막 조각이 입안에서 녹아 없어지면 "배가 터질 것 같다"고 선언했다. 나오미는 포식을 하러 어머니의 집에 간다. 부엌 식탁에 앉아 그녀는 엄청난 양의 음식을 게걸스럽게 집어삼키고 위장 속에 들어간 음식물을 비닐봉지에 다 토한 뒤 잘 묶어서 어머니가 보라는 듯 집안 곳곳에 놓아둔다. 아니타는 음식 건더기를 지독하게 무서워한다. 그래서 액상의 식단으로 문제를 해결했다. 얼마 후 그녀는 색채도 싫어하게 되었다. 액체는 순수하고 맑아야 했다. 물과 1칼로리 스프라이트만 먹고 살던 그녀는 열다섯 살 나이로 사망했다.

바이올렛이 설명한 것 같은 과잉을 생각한 건 아니지만, 나는 마크가 먹는 데 죄의식을 느껴서 도넛에 대해 거짓말을 한 게 아닐까 의심스러웠다. 바이올렛에 따르면 대체로 엄격하고 정직한 사람들이 음식과 얼룩진 관계를 맺게 되었을 때 거짓말을 하기 쉽다. 나는 루실을 처음 만난 날 저녁 그녀가 요리한 콩, 시들시들한 야채의 갈색 요리를 기억해 냈고, 그와 동시에 우리가 함께 잤던 그날 밤 커피테이블의 모습도 새삼 뇌리에 떠올랐다. 다른 잡지 더미 맨 위에 〈프리벤션〉이라는 제목의 잡지가 여러 권 놓여 있었다.

에리카는 처음에 그랬던 것처럼 신속하게 내 편지에 답장을 주지 않았다. 가끔은 2주일이 지나서야 그녀의 편지가 도착했고, 그러면 나는 식은땀을 흘리며 며칠을 안달복달했다. 문체도 예전과 똑같다고 하기 어려웠다. 편지글은 솔직하고 허심탄회했지만 말투에서 절박함이 느껴지지 않았다. 내게 쓰는 건 거의 다 리히터 박사에게도 말했을 만한 얘기였다. 그녀가 일주일에 두 번 만나는 정신과 의사이자 정신분석 상담사이자 심리치료사 말이다. 그녀는 또한 같은 과의 젊은 여교수 레나타 도플러와 절친한 사이가 되었는데, 주로 포르노그래피에 대해 난해하고 학문적인 논문을 쓰는 학자였다. 그러니 레나타와도 종종 이야기를 나누었을 테고, 바이올렛이나 빌과는 정기적으로 통화를 하는 걸 알고 있었다. 그런 전화 통화에서 무슨 이야기가 오갔는지 나는 되도록 생각지 않으려 애썼다. 빌과 바이올렛이 에리카의 목소리를 듣는다는 상상도 하고 싶지 않았다. 아내의 세계는 확장되었고, 그 세계가 점점 커지면서 그 속의 내 자리는 줄어들었을 거라는 생각이 들었다. 그러나 가끔씩 이런 저런 문장들이 여전히 희미하게 남아 있는 미련의 증거처럼 보이면 나는 놓치지 않으려 매달렸다. "밤이면 당신을 생각해, 레오. 나는 잊지 않았어."

  5월에 그녀는 6월에 일주일 간 뉴욕에 체류하게 되었다고 편지로 알려왔다. 나와 함께 머무르긴 하겠지만 우리가 함께 했던 옛날의 생활을 다시 시작하자는 뜻은 아니라고 편지는 분명하게 밝히고 있었다. 그날이 다가올수록 불안감이 고조되었다. 그녀가 도착하는 날 아침에는 절정에 달해 마음속으로 비명이라도 지르는 기분이었다. 곧 에리카를 다시 만난다는 생각 자체가 흥분보다는 상처를 주었다. 마음을 진정시키려고 로프트를 마구 배회하다 보니 내가 칼에 찔린 사람처럼 가슴을 부여잡고 있는 것이었다. 자리에 앉아서 그 상처받은 느낌을 풀어보려 애썼지만 도저히 되지 않았다—온전히 풀 수가 없었다. 그러나 맷이 갑자기 사방에 존재하게 되었다는 사실만은 분명했다. 로프트 전체에 그 애 목소리가 온통 메아리처럼 울려 퍼졌다. 가구에 그 애 몸이 닿았던 자리가 자국처럼 찍혀 있는 것 같았다. 심지어 창문에서 비치는 빛마저 매튜를 초혼했다. 절대 잘 될 리가 없어, 나는 혼자 생각했다. 절대 안 될 거야. 에리카는 문으로 들어오자마자 울기 시작했다.

우리는 싸우지 않았다. 오래도록 서로 만나지 않았지만 원망을 품고 있지는 않은 옛 연인들처럼 친밀하게 대화를 나누었다. 하룻밤에는 레스토랑에서 빌과 바이올렛을 만나 저녁을 먹었는데, 옷장에 숨어 있던 남자에 대해 빌이 말해준 헤니 영맨 농담에 에리카가 너무 심하게 폭소를 터뜨리는 바람에 사래가 들어 바이올렛이 등을 두드려 주기도 했다. 적어도 하루에 한 번 에리카는 맷의 방 문간에 몇 분쯤 서서 남아 있는 것들을 바라보았다. 침대, 책상과 의자, 그리고 빌한테 받아서 내가 액자에 넣은 도시 풍경 수채화. 우리는 두 번 사랑을 나누었다. 내 육체적 고독은 절박한 색채를 띠게 되었고, 에리카가 다가와 내게 키스하자 나는 그만 그녀를 덮쳐 버렸다. 그녀는 내 공격을 받고 내내 떨었으며 오르가즘을 전혀 느끼지 못했다. 그녀가 쾌감을 느끼지 못한다는 사실에 사정이 시들해졌고, 끝나고 나자 공허감이 닥쳤다. 그녀가 떠나기 전날 밤, 우리는 다시 한 번 시도했다. 나는 그녀를 조심스럽게, 부드럽게 다루고 싶었다. 조심스럽게 팔을 애무하고 키스했지만, 그녀는 그렇게 머뭇거리는 내가 짜증스러웠던 모양이나. 그녀는 내게 돌진해 엉덩이를 움겨잡더니 손가락으로 살을 꼬집었다. 굶주린 듯 키스를 퍼붓더니 내 몸을 타고 올라왔다. 절정에 달했을 때 그녀는 작고 날카로운 소리를 냈고, 내가 사정을 끝낸 후까지 한숨을 쉬고 또 쉬었다. 그러나 우리의 사랑에는 도저히 떨쳐낼 수 없는 쓸쓸함이 깔려 있었다. 슬픔은 우리 둘 다에게 있었고, 내 생각에 그날 밤 우리는 우리 자신을 연민했던 것 같다. 침대에 함께 누워 있는 부부를 남처럼 내려다보고 있는 것처럼 말이다.

아침에 에리카는 내가 원하지 않는다면 이혼하고 싶지 않다고 한 번 더 다짐했다. 나는 이혼은 싫다고 말했다. "당신 편지들 너무 좋아." 그녀가 말했다. "아름다워."

그 말이 신경에 거슬렸다. "당신은 떠나게 돼서 기쁜 모양이야." 내가 말했다.

에리카는 내 얼굴 가까이로 얼굴을 갖다 대고 실눈을 떴다. "내가 떠나는 게 당신도 기쁘지 않아?"

"모르겠어." 내가 말했다. "정말로 모르겠어."

그녀는 내 얼굴에 손을 대고 쓰다듬었다. "우리는 망가졌어, 레오. 우리 잘못이 아니야. 맷이 죽었을 때 우리 이야기가 끝난 것 같았어. 그 애 안에 당신이 너무 많이 들어 있어서…."

"적어도 우리에겐 서로가 남아 있다고 생각할 수도 있잖아." 나는 그녀에게 말했다.

"알아." 그녀가 말했다. "알아."

그녀가 가고 나서 나는 죄책감을 느꼈다. 격렬하게 휘몰아치는 감정 속에서 에리카가 용감하게도 짚어냈던 안도감을 감지할 수 있었기 때문이다. 오후 두 시에 나는 늙은 주정뱅이처럼 의자에 앉아 스카치 한 잔을 마셨다. 다시는 낮술은 하지 말자고 다짐하면서, 알코올 기운이 머리로 들어와 사지로 퍼지는 걸 느꼈다. 내 의자의 해어진 쿠션들에 기대앉으며 나는 나와 에리카에게 무슨 일이 일어난 건지 깨달았다. 우리는 다른 사람들을 원했던 것이다. 새로운 사람들이 아니라 옛날의 사람들. 우리는 매튜가 죽기 전의 우리 자신을 원했던 건데, 남은 평생 우리가 무슨 짓을 하고 살더라도 그 사람들을 되돌릴 길은 없었다.

　그해 여름 나는 고야의 〈암흑의 그림들〉[26]을 연구하기 시작했다. 고야의 괴물과 고울(송장을 먹는다고 알려진 귀신—옮긴이)과 마녀들을 살펴보는 일이 하루에 몇 시간씩을 차지하게 되었고 고야를 괴롭힌 악마들은 내 악마를 쫓는데 도움이 되었다. 그러나 밤이 오면 나는 또 다른 상상 속 공간을 거닐었다. 그 가정법의 영토에서 나는 맷이 말을 하고 그림을 그리는 모습을 지켜보았고 내 곁에는 에리카가 변함없는 모습으로 있었다. 눈을 뜬 채 빠져드는 몽상은 순전히 자학적인 고문 행위였지만 그 즈음에 매튜는 내 꿈에 찾아오기 시작했다. 그리고 그럴 때면 살아있을 때처럼 생생하게 존재했다. 그 애의 몸도 옛날과 다름없이 진짜였고, 온전했고, 손으로 만질 수 있을 정도로 또렷했다. 나는 맷을 안고 말을 걸고 머리칼을 쓸어보고 손을 만졌고, 눈을 뜨고 있을 때는 도저히 불가능한 걸 가질 수 있었다. 매튜가 살아 있다는 부동의, 희열에 찬 확신을.

　고야로 인해 우울증이 심해지지는 않았지만, 그의 잔혹한 회화들은 나로 하여금 자유로이 과감한 사고를 할 수 있도록 면죄부를 주었다. 예전의 삶에서 꼭 닫아둔 채 내버려 두었던 문들을 열어볼 허락이 떨어진 것이다. 만일 고야의 정열적인 이미지들이 없었다면 바이올렛의 피아노 레슨이 그렇게 놀랄 만큼 강력한 기세로 다시 밀어닥쳤을까, 나는 잘 모르겠다. 그 백일몽은 저녁식사 때 빌과 바이올렛을 만나고 와서 시작되었다. 바이올렛은 젖가슴이 드러난 분홍색 선드레스를 입고 있었다. 그날

---

[26] 72세의 늙고 귀먹고 고독했던 고야가 인간의 무용성無用性 및 비관적인 면들을 그린 연작으로, 스페인의 프라도 미술관이 소장하고 있다.

오후 오래 산책을 해서 뺨과 코가 약간 붉었고, 그녀는 내게 극단적 자기애와 대중문화, 그림, 인스턴트 커뮤니케이션, 그리고 후기 자본주의의 새로운 질병을 다루는 새 저서 이야기를 했지만 난 무슨 말인지 알아듣기가 힘들었다. 내 눈길은 계속해서 홍조로 물든 얼굴과 맨살이 드러난 팔로, 다음에는 젖가슴으로 그리고 손가락, 분홍색 매니큐어를 칠한 손가락으로 향했던 것이다. 그날 저녁 나는 일찍 식사를 마치고 나와서 서랍 속 물건들을 바라보며 한참 시간을 보냈고, 그 다음에는 〈타우로마퀴아〉 드로잉들에서 시작되는 고야의 드로잉이 실린 커다란 도록 책장을 넘겨보기 시작했다. 투우를 그린 화가의 스케치는 바이올렛의 피아노 레슨 내지 무슈 레나스와의 조우와 별 공통점이 없었지만, 선의 느슨한 에너지와 맹렬한 렌더링은 처음처럼 나를 취하게 했다. 나는 페이지를 계속 넘기면서 야수와 괴물들 그림을 더욱 더 갈구했다. 한 장도 빠짐없이 다 외우고 있는 그림들이었지만, 그날 밤에는 그 육욕적 분노가 내 마음을 불태워 시커멓게 그을렸다. 그리고 마녀의 안식일에 염소를 타고 가는 젊고 벌거벗은 여인의 드로잉을 다시 보니 질주와 굶주림이 절절히 느껴졌고 고야의 확신에 찬, 신속한 손길에서 태어난 그 광기의 질주가 종이를 멍들게 하는 잉크라는 걸 알았다. 야수는 달리지만 기수는 통제 불능이다. 그녀는 머리를 젖히고 있다. 머리카락이 뒤로 출렁이며 다리는 짐승의 몸에 오래 붙어 있을 것 같지 않아 보인다. 나는 여자의 그늘진 허벅지와 창백한 무릎을 손으로 만졌고, 그 손짓을 통해 파리로 날아갔다.

    나는 그 판타지를 내 마음대로 바꾸었다. 어떤 날 밤에는 길 건너에서 창문을 통해 레슨을 보는 정도로 만족했지만 또 가끔은 내가 무슈 레나스가 되기도 했다. 열쇠구멍을 통해 관음하거나 마술처럼 그 장면 위를 떠다니며 바라보는 줄스가 되는 날도 있었지만, 바이올렛은 언제나 우리 중

한 사람의 옆자리 피아노 의자 위에 앉아 있었으며 우리 중 한 사람은 언제나 손을 뻗어 그녀의 손가락을 홱 낚아채고는 그녀의 귓전에 쉬어터지고 완강한 목소리로 "줄스"라고 속삭였고 그 이름을 말하는 소리에 바이올렛의 몸은 항상 욕망으로 빳빳하게 굳어졌고 머리는 뒤로 젖혀졌으며, 우리 중 한 사람이나 또 다른 사람이 바로 그 피아노 의자에서 그녀를 가졌다. 분홍색 원피스를 걷어 올리고 각양각색의 작은 팬티를 벗겨 내리고 그녀의 몸에 들어가면 그녀는 큰 소리로 쾌감의 비명을 질렀고, 그게 아니면 우리 중 한 사람이 야자수 화분 아래로 그녀를 끌어내려 마룻바닥에서 그녀의 사타구니를 벌리고 요란하게 섹스를 하면 그녀는 쉬지 않고 비명을 질러대며 오르가즘에 도달했다. 나는 헤아릴 수도 없는 양의 정액을 그 판타지에 쏟았고 나중에는 어쩔 수 없이 실망감을 느꼈다. 내 포르노그래피라고 다른 것보다 유달리 멍청할 것도 없고 친구의 아내를 놓고 해롭지 않은 정신적 성교를 즐기는 사내가 나 뿐은 아니라는 걸 알고 있었지만, 그래도 그 비밀은 괴로웠다. 하고 나서 에리카를, 그리고 빌을 생각하는 날이 하루 이틀이 아니었다. 간혹 나는 바이올렛 대신 다른 모습을 떠올려 보려고 노력했다. 그녀 자리를 대신할 이름 없는 어떤 대역을. 그러나 도저히 되지 않았다. 바이올렛이어야만 했고 그 이야기라야만 했다. 두 사람도 아니고 세 사람이어야만 했다.

빌은 숫자에 대한 녹랍석 작품들의 연작을 제작하느라 늦게까지 일했다. 〈O의 여정〉과 마찬가지로 유리 상자 속에서 진행되는 작품이었지만 이번에는 사방 2피트로 두 배는 컸다. 그는 카발라, 물리학, 야구 스코어, 그리고 증시 보고서 등 다양한 자료에서 영감을 끌어냈다. 0에서 9 사이의 숫자를 하나 골라 하나의 작품에서 그 숫자로 유희를 벌였다. 그림을 그리고 자르고 조각하고 왜곡하고 수의 표식을 해체해서 인식할 수 없게 만들었다. 그는 숫자에 해당하는 인물, 사물, 책, 창문, 그리고 언제나 글을 써 넣었다. 엄청난 인용들이 난무하는 현란한 예술이었다. 무, 여백, 구멍, 일신론과 개인, 변증법과 음양, 삼위일체, 운명의 여신 3인, 그리고 세 가지 소망, 황금의 사각형, 7개의 천국, 세피로트의 7개 하위 교단, 9명의 뮤즈, 지옥의 7원, 북유럽 신화의 9개 세계 뿐 아니라 〈결혼생활을 위한 다섯 가지 손쉬운 비법〉이라든가 〈7일만에 가느다란 허벅지 만들기〉와 같은 대중적 언급도 포함되어 있었다. 1번 유리 상자와 2번 유리 상자는 12단계의 프로그램을 다루고 있다. 《부모들이 가장 많이 저지르는 여섯 가지 실수》라는 책의 축소판 모형이 유리 상자 6번 바닥에 놓여 있었다. 말장난들은 보통 세심하게 위장된 형태로 등장했다 — one, won(1, 이겼다). two, too(2, 또한)와 Tuesday(화요일). four, for, forth(4, 위하여, 앞으로). ate, eight(먹었다, 8). 빌은 이미지와 언어 양면에서 각운에도 특별한 애착을 갖고 있었다. 9nine번 상자에서는 한쪽 유리벽에 한 줄의 선line에 해당하는 기하학적 형상을 그려 넣었다. 3번 상자에서는 만화에서 볼 수 있는 흑백의 죄수복을 입고 족쇄를 끌고 있는 작은 남자가 문을 열고 자기 감방으로 들어갔다. 숨어 있는 각운은 'three'와 맞는 'free'였다. 그 상자의 벽을 세심하게 살펴보면 다른 언어로 병치되는 각운을 볼 수 있다. 독일어인 drei(3)가 한쪽 유리벽에 새겨져 있었던 것이다. 같은 상자 바닥에는 책에서 잘라낸 사진이 한 장 놓여 있는데, 그 사진에는 아우슈비츠의 입구가 찍혀 있다. Arbeit Macht Frei. 숫자마다 온갖 연상들이 자의적으로 춤을 추며 하나로 어우러져, 소망이 실현되는 꿈으로부터 악몽까지 다양한 분위기를 지닌 마음의 작은 풍경을 창출한다. 밀도가 높긴 해도 유리 상자들의 시각적 효과는 심란하지 않았다. 각각의 오브제, 페인팅, 드로잉, 소정의 텍스트, 또는 조각된 형상은 숫자와 그림과 언어적 연상들이 이루어내는 필연적인-광적일지언정-논리에 따라 유리 속에서 적절한 제자리를 찾았다. 각각의 색채는 화들짝 놀랄 정도로 강렬했다. 각각의 숫자에 주제별 색깔이 배당되었다. 빌은 괴테의 색상표와 그 색상표를 활용해 착시를 일으키는 두꺼운 숫자 그림들을 그려낸 알프레드 젠센의 작품들에 관심이 있었다. 그는 각 숫자에 색채 하나씩을 할당했다. 괴테처럼 흑백을 포함하면서도 시인의 의미에는 크게 신경 쓰지 않았다. 0에서 1은 흰색이었다. 2는 파랑이었다. 3은 빨강, 4는 노랑, 그리고 그는 색채를 혼합했다. 5는 하늘색, 6은 자줏빛 계열, 7은 주황색 계열, 8은 초록색 계열, 그리고 9에서는 검정과 회색 계열의 색채를 썼다. 다른 색채들과 편재하는 신문활자들이 항상 기본적 틀을 침범하고 들어왔고, 단일한 색깔에서 무수하게 달라지는 채도가 각각의 유리 상자를 장악했다.

숫자 연작은 기량의 절정에 오른 사람의 작품이었다. 빌이 이전에 해왔던 모든 작업의 유기적인 확장이었고, 이런 상징들의 매듭은 폭발적인 효과를 낳았다. 오래 들여다보고 있을수록 축소판 설치 작품들은 내면의 압력으로 폭발하기 일보 직전으로 보였다. 긴밀하게 조직된 의미론적 폭탄들을 통해 빌은 의미의 자의적인 근원 그 자체를-페이지에 적힌 하찮은 끼적거림과 줄표, 선과 고리로 창출되는 그 특수한 사회적 계약을-적나라하게 드러냈다.

몇몇 작품에서 빌은 이해를 위해 기호를 습득하는 따분한 일에 대해 언급한다. 마크의 수학 숙제 한 쪼가리, 잘근잘근 씹은 자국이 있는 연필 지우개, 그리고 9번 유리 상자에서 내가 제일 좋아하는 부분인 책상에서 깊이 잠든 소년의 모습이 있다. 소년의 뺨이 수학 책장을 반쯤 가리고 있다. 이런 권태의 그림들은 알고 보니 내가 생각했던 것보다 훨씬 더 사적이었다. 빌은 마크의 학교 성적이 너무 나빠서 교장한테서 다른 일을 찾아보라는 은근한 암시를 받았다고 털어놓았다. 교장은 퇴학이 아니라고, 다만 학생과 학교가 맞지 않을 뿐이라고 강조했다. 마크가 아무리 아이큐가 높아도 집중력과 끈기 부족을 보상할 수는 없다고 했다. 교육과정이 이렇게 엄격하지 않은 학교가 더 맞을지 모른다고도 했다. 빌은 새 학교 문제로 루실과 몇 시간에 걸쳐 통화를 했고 결국 루실은 마크를 받아줄만한 곳을 찾아냈다. 프린스턴 근처에 있는 '진보적'인 학교였다. 학교는 한 가지 조건을 걸고 마크를 받아주었다. 8학년을 다시 다니라는 것이었다. 열네 살이 된 가을에 마크는 크랜베리로 이사를 가서 어머니와 함께 살게 되었고 주말을 뉴욕에서 보냈다.

그해 마크는 6인치나 키가 자랐다. 나와 함께 체스를 두던 작은 소년은 훤칠하고 깡마른 십대가 되었지만 성격은 기본적으로 변함이 없었다. 마크처럼 십대의 부담을 전혀 느끼지 않는 아이는 본 적이 없었다. 몸도 마음만큼 가벼웠고 발걸음에는 무게가 전혀 실리지 않았으며 몸짓은 우아했다. 그러나 빌은 끝까지 아들이 학교에서 지진아처럼 행동하는 걸 걱정했다. 학교 성적표는 유별났다. A가 D로 곤두박질치는 일이 다반사였다. 교사들은 '무책임'하다든가 '부진'하다는 등의 형용사를 썼다. 나는 상투적인 말로 빌을 위로했다. 그 애는 아직 철이 덜 들었어, 하지만 시간이 지나면 좋아질 거야, 같은 소리를 하곤 했다. 불량 학생이었다가 위대한 인물이 된 사람들이며 최고의 학생이었지만 평범한 수준에 머무른 이들의 이름을 읊었다. 그런 위로는 보통 효과가 있었다. "좋아지겠지." 빌은 입버릇처럼 말했다. "기다려 보게. 제 길을 찾을 거야, 학교에서도 말이야."

마크는 주말에 나를 찾아오기 시작했다. 보통은 일요일 오후에 어머니 집으로 돌아가기 직전을 틈타서 찾아왔다. 나는 계단을 내려오는 그 애 발소리를, 문을 두드리는 소리를, 그리고 아파트 문을 열어주면 보이는 거리낌 없이 환한, 근심 없는 얼굴을 기다리게 되었다. 마크는 잡지들을 오려 작은 콜라쥬들을 만들기 시작했는데, 그 중에는 상당히 흥미로운 것들도 있었다. 어느 봄날 오후에 그 애는 커다란 쇼핑백을 들고 우리 집 문 앞에 나타났다. 문을 열고 보니 지난 번 봤을 때보다 키가 훌쩍 자라 있었다. "이제는 삼촌 눈높이랑 똑같구나. 넌 아버지보다 더 키가 크겠다."

나를 보고 웃고 있던 마크의 얼굴이 그 말에 뾰루퉁해졌다. "더 크지는 않았으면 좋겠어요." 그가 말했다. "키는 이만하면 충분한데."

"키가 얼마나 되는데. 5피트 10인치? 남자 키로 그 정도면 그렇게 크지 않지."

"전 아직 어른이 아니잖아요."

내가 놀란 표정을 지었는지 마크는 어깨를 으쓱하며 말했다. "걱정 마세요. 사실 별로 신경 안 써요." 쇼핑백을 치켜들며 그가 말했다. "아빠가 삼촌한테 이거 보여드리래요."

소파에 같이 앉아서 마크는 커다란 마분지를 한 장 꺼냈다. 반으로 접혀서 책처럼 펼쳐지게 되어 있었다. 양쪽은 잡지 광고에서 오려낸 사진들로 뒤덮여 있었다. 모두 젊은이들의 사진이었다. 그리고 광고에서 글씨와 단어들도 오려내서 이미지들 위에 붙여 놓았다. CRAVE(갈망하다), DANCE(춤추다), GLAM(글램), YOUR FACE(너의 얼굴), 그리고 SLAP(철썩)이었다. 솔직히 말해서 내가 보기에는 진부한 이미지들이었다. 시크와 아름다움을 혼란스럽게 뒤죽박죽 뒤섞어 놓았을 뿐. 그런데 그때 양쪽 페이지 한가운데 작은 아기 사진이 똑같이 붙어 있는 걸 발견했다. 나는 아기의 통통하고 축 늘어진 뺨을 내려다보았다. "이게 너니?" 나는 이렇게 물으며 웃음을 터뜨렸다.

마크는 내 기분을 맞춰줄 생각이 전혀 없었다. "그 사진은 두 장 있었어요. 엄마가 가져도 좋다고 하셔서."

그런데 한쪽 사진의 오른쪽과 또 다른 사진의 왼쪽에 사진 두 장이 더 눈에 들어왔다. 둘 다 스카치테이프를 여러 겹 붙여 희미해져 있었다. 나는 좀 더 찬찬히 들여다보았다. "이것들은 뭐니?" 내가 물었다. "역시 똑같은 사진 두 장이구나, 맞니?"

스카치테이프 밑으로 야구 모자를 쓴 희미한 머리와 길고 마른 몸매를 간신히 알아볼 수 있었다. "누구니?"

"아무도 아니에요."

"어째서 테이프로 덮어놓은 거지?"

"모르겠어요. 그냥 그랬어요. 생각하고 한 거 아니에요. 그냥 보기 좋다고 생각했어요."

"하지만 잡지에서 오린 사진이 아닌데. 어디 다른 데서 구한 사진이 틀림없어."

"그래요, 하지만 누군지 몰라요."

"사진 이 부분의 양쪽이 똑같구나. 나머지는 다르지만. 하지만 한참 봐야 알 수 있어. 그 주변으로 하도 여러 가지 일들이 진행되고 있어서, 그렇지만 이 사진들은 섬뜩한데."

"그게 나쁜 거라고 생각하세요?"

"아니." 내가 말했다. "좋은 것 같다."

마크는 마분지를 접어서 가방에 넣었다. 그리고 소파에 기대어 앉아 다리를 우리 앞의 커피테이블에 올려놓았다. 운동화가 어마어마하게 컸다—신발 사이즈가 11이나 12쯤 되어 보였다.

그 애 나이 또래 소년들이 좋아하는 헐렁하고 광대 같은 바지를 입고 있는 게 눈에 띄었다. 우리는 한참 아무 말도 없이 앉아 있었고, 그러다 나는 불쑥 떠오른 질문을 던졌다. "마크, 매튜가 보고 싶니?"

마크는 나를 보았다. 눈을 크게 뜨고 말하기 전에 잠시 입술을 앙다물었다. "항상 그래요. 날이면 날마다."

나는 소파에서 그 애의 손을 더듬어 찾아 잡고 흡, 소리 내어 숨을 들이쉬었다. 감정이 복받쳐 헐떡이는 내 숨소리가 귓전에 들려왔고, 시야가 흐려졌다. 그 애의 손을 잡자 힘주어 내 손을 꼭 쥐는 그 애의 손길이 느껴졌다.

마크 웩슬러는 열다섯에서 몇 달이 모자란 나이였다. 나는 예순 둘이었다. 태어날 때부터 그 애를 알고 지냈지만 그때까지는 친구라고 생각해본 적이 없었다. 그런데 갑자기 나는 그 애의 미래가 곧 나의 미래라는 걸 깨달았다. 곧 남자가 될 이 소년과 오래도록 이어갈 우정을 원한다면 그럴 수 있다는 걸 깨닫자, 그 생각은 나 스스로에게 약속이 되었다. 마크에게 정성과 사랑을 쏟겠다는 약속. 그 후로 나는 그 순간을 수도 없이 되짚어 보았지만, 최근 2~3년 들어서는 내 삶의 다른 사건들과 함께 생각하게 되면서 제3자의 관점에서 보게 된다. 나는 손수건을 꺼내고 안경을 벗고 눈물을 훔친 후 하얀 천에 시끄럽게 코를 푸는 내 모습을 본다. 마크는 아버지의 오랜 친구를 연민 어린 눈길로 바라본다. 성황을 아는 제3자라면 그 장면을 제대로 파악했을 것이다. 매튜의 죽음이 남긴 내 마음의 빈자리는 결코 마크로 채워질 수 없음을 알 것이다. 한 소년이 다른 소년의 자리를 대체하는 게 아니라 두 사람이 함께 나누는 부재를 넘어 다리를 놓는 행위라는 걸 분명히 이해할 수 있었으리라. 그렇지만 내가 틀렸듯, 그 제3

자의 시각 역시 틀렸을 수 있다. 나는 나 자신과 마크를 모두 잘못 읽었다. 문제는 내가 가능한 모든 관점에서 그 장면을 고찰해도 실마리 하나 찾을 수 없다는 사실이다. 나는 말이나 몸짓이나 심지어 사람들 사이에서 오가는 보이지 않는 감정을 하나도 배제하지 않았다. 내가 틀렸던 건, 그 상황에서, 틀릴 수밖에 없었기 때문이었다.

그 생각이 떠오른 건 다음 주였다. 마크에게는 아무 말도 하지 않았지만 에리카에게 편지를 보내 어떻게 생각하느냐고 물어보았다. 나는 마크가 콜라쥬 작업을 할 수 있도록 매튜의 방을 작업실로 쓰게 해주자고 했다. 위층 집에 있는 마크의 방은 좁아서 여분의 공간이 필요했다. 그런 변화는 맷의 방이 더 이상 아무도 살지 않는, 아무도 쓰지 않는 공간으로, 죽은 사람을 기리는 거대한 능으로 남지 않는다는 뜻이기도 했다. 매튜의 가장 친한 친구였던 마크는 그 공간에 다시 활기를 불어넣을 터였다. 나는 꾸준하게 명분을 세웠고 에리카에게 마크가 맷을 날마다 그리워한다고 하면서 허락해준다면 내겐 큰 의미가 있는 일이 될 거라고 말했다. 솔직하게, 외로워질 때가 많은데 마크가 곁에 있으면 기분이 좀 나아진다고 터놓고 말했다. 에리카는 즉시 답장을 보냈다. 마음 한편으로는 방을 포기하고 싶지 않은 게 사실이라고, 하지만 한참 생각해 보니 좋을 것 같다고 했다. 그 편지에서 그녀는 레나타가 데이지라는 이름의 딸을 낳았는데 자기가 대모가 되었다는 얘기도 했다.

마크가 방을 차지하기 전날, 나는 문을 열고 안에 들어가서 한참 동안 침대에 앉아 있었다. 그토록 열렬히 변화를 갈망하던 마음 대신 이제 와서 했던 말을 돌이킬 수는 없다는 쓰라린 실감이 닥쳐왔다. 맷의 수채화를 찬찬히 살펴보았다. 그걸 치울 수는 없었다. 그게 유일한 조건이라고 마크에게 말해야겠다고 생각했다. 맷을 추모하는 공간 따위는 필요없어, 하고 나는 스스로를 타일렀다. 그 애는 내 안에서 살고 있으니까. 그러나 그 말들을 생각해 내자마자 그런 위로의 클리셰가 끔찍스럽게 변해 버렸다. 나는 관 속에 누워 있는 맷을 상상했다. 그 애의 작은 뼈와 머리카락과 두개골이 흙 속에 파묻혀 있는 모습을, 그리고 나는 덜덜 떨기 시작했다. 대체라는 오래된 판타지가 내 마음속에서 스멀스멀 올라왔고, 그 애 대신 내가 죽지 못했다는 사실이 저주스러웠다.

마크는 종이와 잡지와 가위와 풀과 철사와 새로 산 붐 박스를 '작업실'로 갖고 왔다. 그해 봄 내내 마크는 일요일마다 그 방에서 한 시간가량 머물면서 사진을 잘라서 마분지에 붙였다. 한 번에 15분을 내리 일하는 걸 보기가 힘들었다. 일을 할 만하면 그만두고 나와서 내게 농담을 하고 전화를 걸거나, 잠깐 '칩스'를 좀 사와야겠다며 동네로 뛰쳐나가곤 했다.

마크가 자리를 잡고 나서 얼마 되지 않아 빌이 찾아와 방 구경을 시켜달라고 했다. 그는 잡지 오린 것들과 마분지, 공책 더미와 연필과 펜들이 잔뜩 꽂혀 있는 컵을 보고 마음에 든다는 듯 고개를 끄덕였다.

"이런 데가 생겨서 기쁘군." 빌이 말했다. "중립적이니까. 엄마네 집도 아니고 우리 집도 아니고."

"루실의 집에서 사는 얘기는 절대 하시 않아." 새삼스럽게 깨닫는 사실이었다.

"우리한테도 전혀 말해주지 않아." 빌은 몇 초간 말이 없었다. "그런데 루실하고 얘기를 해보면 항상 불평만 늘어놓거든."

"무슨 불평?"

"돈. 마크의 생활비, 옷값, 학교 등록금, 의료비를 전부 내가 내거든 ─ 그 집에서 먹는 음식 값만 빼고 말이야. 그런데 바로 지난번에 글쎄 애가 너무 많이 먹어서 장보는 돈이 하늘을 찌른다고 하지 뭔가. 그리고 실제로 아이가 먹지 말았으면 하는 음식에 딱지를 붙여놓는다는 거야. 1페니까지 다 따지고."

"어쩌면 그래야 하는 상황인지도 모르잖아. 월급이 적은가?"

나를 보는 빌의 표정이 분노로 딱딱하게 굳어 있었다. "달랑 동전 두 푼밖에 수중에 없을 때도 내 자식 먹이는 돈이 아깝지는 않았어."

6월이 되자 마크는 노크도 하지 않고 들어왔다. 자기 열쇠를 갖고 있었다. 텅 비다시피 했던 맷의 방은 발 디딜 틈도 없이 어질러진 10대의 보금자리가 되었다. 레코드, CD, 티셔츠, 그리고 헐렁한 배기팬츠들로 장이 가득 찼다. 공책, 전단지, 잡지들이 책상 위에 산더미처럼 쌓였다. 마크는 두 방을 오락가락하며 살았다. 두 로프트가 집 한 채인 것처럼 왔다 갔다 하면서. 가끔은 하포 시늉을 내며 들어와서 프린스턴 근처의 야드 세일[27]에서 산 나팔을 불며 거실을 돌아다니기도 했다. 한참 연기를 계속하는 일도 자주 있었고, 가끔 정신을 차려 보면 내 옆에 서서 내 팔을 자기 무릎으로 감고 있기도 했다. 그해 여름 마크가 콜라쥬를 만들었는지 모르겠는데, 행여 그랬다 해도 아무에게도 보여주지 않았다. 그는 느긋하게 쉬며 책도 좀 읽었고 나로서는 이해할 수 없는 음악을 들었다. 하지만 어차피 거실의 내 귀에 들리는 건 디스코 노래의 베이스 리듬 비슷한 기계적인 쿵쿵 소리뿐이었다. 빠르고 꾸준하고 끝도 없이 이어지는 쿵쿵 소리. 그는 왔다가 또 가곤 했다. 6주일 동안은 코네티컷의 캠프에 참가했고, 1주

---

27) 집 앞에서 쓰던 살림살이나 중고품을 내놓고 파는 것.

일은 엄마와 함께 케이프에서 보냈다. 빌과 바이올렛은 마크가 캠프에 간 4주일 동안 메인에 있는 집을 한 채 빌렸는데, 그 건물은 죽어가는 몰골이었다. 에리카는 뉴욕에 오지 않기로 했다. "상처를 굳이 다시 헤집고 싶지 않아"라고 그녀는 썼다. 나는 고야와 단 둘이 남아 살면서 그들 모두를 그리워했다.

가을에 마크는 다시 주말에 방문하는 일상적 리듬을 다시 찾았다. 대개 프린스턴에서 금요일 저녁 기차를 타고 와서 토요일에 내 로프트에 나타나곤 했다. 일요일에 또 와서 한두 시간쯤 있다 가는 일도 흔했다. 내가 빌과 바이올렛네 집에서 저녁을 먹는 일도 한 달에 두 번으로 줄었기 때문에 나만의 상념에서 벗어나 쉬기 위해서는 마크의 충실한 방문에 의존할 수밖에 없었다. 마크가 처음 '레이브' 이야기를 한 건 10월 언제쯤이었다. 젊은이들이 대규모로 모여서 밤새도록 노는 모임이었다. 마크에 따르면 레이브를 찾으려면 내부자와 인맥이 있어야 한다고 했다. 소위 '내부자' 중에는 수만 명에 달하는 다른 10대들이 있는 게 분명했지만, 마크의 열정에 찬물을 끼얹기에는 역부족이었다. '레이브'라는 말만 나와도 온 얼굴이 기대감으로 또릿또릿해지는 것이었다.

"집단광기의 일종이죠." 바이올렛이 내게 말했다. "종교 없는 부흥회, 90년대의 평화 명상 집회처럼 말이에요. 아이들은 광적인 흥에 겨워 밤새도록 노는 거예요. 마약도 있다는 얘기는 들었는데 마크가 집에 올 때 보면 취한 기미는 전혀 없었어요. 알코올은 금지래요." 바이올렛은 한숨을 쉬며 손으로 목을 문질렀다. "열 다섯 살이니까요. 그 많은 에너지를 어디 쏟긴 해야 하는데." 그녀는 다시 한숨을 쉬었다. "그래도, 걱정이 돼요. 어쩐지 루실이…"

"루실요?" 나는 그녀에게 물었다.

"별로 중요한 건 아니에요." 그녀가 말했다. "내가 그냥 좀 편집증인가 봐요."

11월에 나는 〈보이스〉지에서 루실이 겨우 6블럭 떨어져 있는 스프링 스트리트에서 시 낭송회를 한다는 광고를 보았다. 매튜의 장례식 이후로 얘기해본 적이 없어서 그녀의 이름이 활자로 인쇄되어 있는 걸 보니 불쑥 낭송을 들으러 가고 싶어졌다. 마크는 우리 아파트의 파트타임 하숙생이 되었고, 그 아이에게 느끼는 친밀감 때문에 루실이 더 가깝게 느껴졌다. 그러나 바이올렛이 끝맺지 못한 문장과 루실의 야박함에 대해 빌이 했던 이야기가 가봐야겠다는 결정에 한몫 했던 것도 사실이다. 매몰차게 구는 건 빌다운 일이 아니었기에 내 눈으로 보고 판단하고 싶었던 것 같다.

루실의 낭송회장은 조명이 침침하고 실내를 나무로 꾸민 바였다. 문을 열고 들어가자마자 어둠을 뚫고 손에 종이 한 묶음을 들고 저쪽 벽 근처에 서 있는 루실이 보였다. 뒤로 가지런히 묶은 머리를 하고 작은 천정 등불빛에 비친 창백한 얼굴은 눈 밑 그늘이 한층 깊어 보였다. 그 거리에서 보니 사랑스러워 보인다는 생각이 들었다. 가녀리고 외로워 보였다. 그녀 쪽으로 걸어갔다. 그녀가 얼굴을 들어 나를 보더니, 잠시 후 입도 벌리지 않고 뻣뻣하게 웃음을 지었다. 그러나 막상 입을 열고 말을 할 때는 차분하니 위안을 주는 목소리였다. "레오, 이거 놀라운데요."

"시 낭송을 듣고 싶어서요." 내가 말했다.

"고마워요."

우리는 둘 다 말이 없었다.

루실은 불편한 눈치였다. "고맙다"는 말이 종결의 분위기를 띠고 우리

두 사람 사이에 덩그러니 걸려 있었다.

"제가 반응을 잘못했죠, 그렇죠?" 그녀가 말하며 고개를 저었다. "제가 '고맙다'고 하면 안 되는 거죠. '이렇게 와 주시니 기뻐요'라든가 '와 주셔서 고맙습니다'라고 했어야죠. 낭송이 다 끝난 다음에 '시가 마음에 드는군요'라고 말을 했다면, 그때는 제가 그냥 '고마워요'라고 할 수 있겠지만요. 그랬다면 방금 뭐가 어떻게 된 걸까 생각하며 어리둥절하게 우리 둘이 이렇게 서 있을 필요도 없고."

"사교적인 관계란 게 지뢰밭이죠." 내가 말했다. 관계[28]라는 말에 나는 잠시 흠칫했다. 언어 선택이 잘못됐어, 나는 생각했다.

그녀는 그 말을 못 들은 척하고 종이를 내려다보았다. 손이 떨리고 있었다. "전 낭송이 힘들어요." 그녀가 말했다. "몇 분쯤 준비를 해야겠어요." 루실은 멀찌감치 걸어가서 의자에 앉아 혼자 읽기 시작했다. 입술은 달싹이고 손은 여전히 떨렸다.

서른 명 정도의 사람들이 그녀의 낭송을 들으러 왔다. 우리는 테이블에 앉았고, 손님들 중 상당수가 시를 낭송하는 동안 맥주를 마시고 담배를 태웠다. '부엌'이라는 시에서 루실은 사물의 이름을 하나씩 열거했다. 목록이 점점 길어지면서 빽빽하게 채워진 언어적 정물화가 만들어지기 시작했고, 나는 간간이 눈을 감고 그녀가 읽는 음절의 박자 하나하나를 귀담아 들으려 애썼다. 또 다른 시에서 그녀는 이름 없는 친구가 내뱉은 문장 하나를 철저히 해부한다. "설마 너 진심으로 하는 말은 아니지." 그런 발언에 본질적으로 내재된 윽박지름을 위트를 섞어 논리적으로, 그리고

---

[28] 대화를 뜻하는 intercourse라는 말에는 성교라는 뜻이 있다. 언어의 이중성을 살려 '관계'로 번역했다.—옮긴이.

뒤틀어 분석하는 내용이었다. 시 한 행 한 행을 읽으며 그녀가 미소를 지었다고 생각한다. 계속해서 그녀가 시를 읽어나가자, 나는 차츰 작품의 어조는 결코 달라지지 않는다는 사실을 이해하게 되었다. 신중하고 간결하고, 간극에 태생적으로 내재한 희극이 배어있는 시들은 사물이건 사람이건 통찰이건 무엇 하나 우선권을 차지하게 내버려 두지 않았다. 시인의 경험이 아우르는 장은 민주화되다 못해 평평하고 단조롭게 정리되어 물리적으로나 정신적으로나 근접 관찰한 특수성들로 구성된 거대하고 단일한 장으로 화했다. 예전에는 내가 왜 알아채지 못했는지 그게 놀라울 따름이었다. 그녀 곁에 앉아서 그녀가 쓴 글을 주시하던 기억도 났고, 깨끗하고 경제적인 문장들을 결정하는 데 작용한 배후의 논리를 설명해주던 그녀 목소리도 기억났다. 그러자 우리 사이의 잃어버린 동지애가 어쩐지 그리워지는 것이었다.

낭송회가 끝난 후 그녀의 시집 《카테고리》를 사서 사인을 받으려고 줄을 서서 기다렸다. 일곱 명 중 마지막이 나였다. 그녀는 '레오에게'라고 쓰고서 나를 올려다보았다.

"뭔가 재미있는 말을 쓰고 싶은데 머리가 하얗게 아무 생각도 안 나네요."

나는 그녀가 앉아 있는 테이블로 허리를 굽혔다. "그냥 '친구 루실로부터'라고만 쓰세요."

그녀의 펜이 페이지를 가로질러 움직이는 모습을 지켜보며, 나는 택시를 잡아주겠다고, 아니면 어디로 가는지 몰라도 바래다주겠다고 말했다. 그녀가 펜스테이션으로 가는 길이라고 해서 차가운 11월의 밤으로 나섰다. 우리 곁을 스치는 바람이 휘발유와 아시아 음식 냄새를 실어왔다. 거리를 걷다 본 그녀의 낡은 베이지색 비옷에는 단추가 하나 없었다. 여미지 않은 코트에서 달랑거리는 실밥에 연민의 정이 왈칵 솟구치더니, 문득 어깨를 부여잡고 소파에 눕히던 그때 그녀 허리까지 뒤틀려 올라가 있던 회색 원피스와 얼굴로 쏟아져 흘러내리던 머리카락의 기억이 밀어닥쳤다.

함께 걸으며 내가 말했다. "오기를 잘했어요. 시들이 좋군요, 아주 좋아요. 연락을 좀 하고 지내야겠습니다. 특히나 요즘 제가 마크를 워낙 자주 보니까요."

그녀는 고개를 돌리고 영문을 모르겠다는 얼굴로 나를 올려다보았다. "전보다 더 자주 보신다구요?"

나는 발걸음을 멈췄다. "그러니까 방 때문에요, 아시죠?"

루실은 인도에서 가만히 서 있었다. 어리둥절한 표정으로 나를 보는 그녀 입가의 깊은 주름이 가로등 불빛에 도드라져 보였다. "방이요?"

폐가 점점 짓눌리는 기분이 들었다. "매튜의 방을 작업실로 내줬어요. 지난 봄부터 쓰기 시작했지요. 주말마다 와요."

루실은 다시 걷기 시작했다. "그건 몰랐어요." 그녀는 차분하게 말했다.

나는 마음속에서 몇 가지 질문들을 던지기 시작했지만, 루실의 발걸음이 빨라지고 있다는 게 신경 쓰였다. 그녀는 손을 들고 택시를 부르더니 나를 보았다. "와 주셔서 고마워요." 그녀는 아까 미처 하지 못한 말을 했지만, 장난기가 살짝 엿보이는 건 두 눈 뿐이었다.

"덕분에 즐거웠습니다." 내가 말하면서 손을 잡았다. 한순간 그녀 뺨에 키스를 할까 생각해 보기도 했지만, 앙다문 턱과 꼭 다문 입술 때문에 멈칫해서 대신 그녀의 손을 힘주어 꼭 잡았다.

그때 우리는 웨스트 브로드웨이까지 나와 있어서 택시가 북쪽으로 달리는 걸 지켜보고 있자니 워싱턴 스퀘어 파크 위 하늘에 걸린 달이 보였다. 아직 이른 시간이었다. 초승달의 형상과 그 위에 살짝 흐트러져 있는 구름은 그날 오후 내가 보고 있던 고야의 초기 마녀 주술 회화들 중 한 점에 그려져 있던 달의 모습을 거의 똑같이 복제하고 있었다. 염소의 형상을 한 판은 둥글게 원을 그리고 선 마녀들에게 에워싸여 있다. 그를 둘러싼 소름끼치는 밀교 신도들의 모습에도 불구하고, 이교도의 신은 텅 빈 눈과 얼빠진 표정을 하고 있어 어쩐지 순진해 보인다. 마녀 둘이 그에게 갓난아기를 바친다. 하나는 회색의 야윈 아이고, 또 하나는 장밋빛에 통통하다. 발굽의 위치로 보아 판은 분명히 통통한 아기를 원하는 눈치다. 길을 건너면서 나는 빌의 마녀와, 마법에 걸린 모성에 대한 바이올렛의 논평을 생각했고, 그녀가 루실에 대해 하려던 말이 뭘까 새삼스럽게 궁금해졌다. 그리고 마크의 침묵도 의아했다. 무슨 뜻일까? 그 애에게 물어보는 상상을 해보기도 했지만, "어째서 매튜의 방 얘기를 어머니에게 하지 않았니?"라는 질문은 왠지 터무니없이 말이 안 되는 데가 있었다. 모퉁이를 돌아 그린 스트리트로 가서 우리 건물까지 걸어오다 보니, 어느새 내 기분은 축 처져 있었고 점점 커져가는 슬픔이 나를 집까지 따라왔다.

마크가 즐기는 밤의 사교생활은 다음 몇 개월 동안 점점 더 고조되었다. 저녁에 허겁지겁 약속에 맞춰 층계를 뛰어 내려가는 발소리가 들렸다. 여자아이들이 큰 소리로 웃고 새된 비명을 질렀다. 남자아이들은 고함을 지르고 남자다운 걸걸한 목소리로 욕설을 내뱉었다. 하포에 대한 마크의 사랑은 DJ들과 테크노가 차지하고 바지통은 점점 넓어져 갔지만, 매끈한 어린 얼굴에 서린 아이처럼 경탄하는 표정은 끝내 사라지지 않았고, 또 그 바쁜 와중에도 늘 나를 위해서는 시간을 내주곤 했다. 우리가 이야기를 나눌 때면 마크는 주방 벽에 기대서서 스패출러를 만지작거리거나 상인방을 붙잡고 말 그대로 문간에 매달려 다리를 덜렁거렸다. 실제로 우리가 나누었던 이야기 중에서는 별로 생각나는 게 없는 것도 참 이상한 일이다. 마크의 대화 내용은 보통 지루하고 대단할 것도 없었지만, 이야기 솜씨는 훌륭했고 내 기억에는 그게 가장 뚜렷하게 남아 있다. 진지하고 호소력 있는 목소리 톤, 너털웃음, 그리고 기다란 몸의 나른한 움직임.

1월 하순 토요일 아침에 마크와 나의 관계는 뜻밖에 작은 전기를 맞게 되었다. 부엌에서 〈타임즈〉를 읽으며 커피 한 잔을 마시고 있는데 아파트 뒤쪽에서 희미한 휘파람 소리가 들려오는 것이었다. 소스라치게 놀라 꼼짝도 않고 귀를 기울이는데 그 소리가 다시 들렸다. 매튜의 방까지 소리를 따라가 문을 열어보니 마크가 침대에 대자로 뻗어서 잠든 채 코로 휘파람을 불고 있었다. 반으로 찢어서 수백 개쯤 되어 보이는 안전핀으로 다시 이어붙인 모양의 티셔츠를 입고 있었다. 빈틈으로 맨살이 보였다. 혁대도 없이 입은 어마어마하게 큰 바지가 허벅지까지 흘러내려, 고무 밴드에 제조사 이름이 쓰여 있는 팬티가 훤히 드러나 보였다. 사타구니 사이로 곱슬곱슬한 음모가 삐져나와 있었고, 처음으로 나는 마크가 남자라는 걸, 적어도 육체적으로는 남자라는 걸, 실감했다. 그런데 왠지 이 진실에 겁이 덜컥 나는 것이었다.

그 방에서 자도 좋다는 얘기는 한 적이 없었거니와, 한밤중에 내 허락도 없이 들어왔다는 생각이 신경에 거슬렸다. 나는 방을 눌러보았다. 마크의 배낭과 코트가 방바닥의 운동화 옆에 산더미처럼 쌓여 있었다. 돌아서서 맷의 그림을 보니 유리 위에 짧은 치마에 플랫폼 구두를 신은 창백하고 마른 소녀 다섯 명의 사진이 붙어 있었다. 소녀들의 머리 위에 〈클럽 USA 걸〉이라는 말이 쓰여 있었다. 짜증은 분노가 되어 폭발했다. 나는 침대로 가서 마크의 어깨를 부여잡고 마구 흔들기 시작했다. 아이는 낑낑거리더니 눈을 떴다. 나를 보면서도 알아보지 못하는 눈치였다. "나가." 내가 말했다.

"여기서 뭐하는 거냐?" 따져 물었다.

마크는 눈을 꿈벅거렸다. "레오 삼촌." 그는 희미하게 미소를 지으며 팔꿈치를 짚고 일어나서 두리번거렸다. 입을 떡 벌린 채로. 얼굴이 무기력하고 바보처럼 보였다. "와우." 그가 말했다. "이렇게 화를 내실 줄은 몰랐네요."

"마크, 여기는 내 아파트야. 여기 있는 네 방에서 작업을 하고 음악을 들을 수는 있지만, 여기서 자도 되는지는 나한테 물어봐야 하는 거라고. 빌과 바이올렛이 아마 죽도록 걱정하고 있을 거다."

마크의 눈빛에 서서히 초점이 잡혔다. "네."

"하지만 윗집에 들어갈 수가 없었어요. 어떻게 해야 할지 몰라서 그냥 이리 온 거예요. 아저씨를 깨우고 싶지도 않았거든요, 너무 늦은 시각이라. 게다가…" 그는 말하며 고개를 모로 꼬았다. "가끔 주무시기 힘들어하실 때가 있잖아요."

나는 언성을 낮추었다. "열쇠를 잃어버린 거냐?"

"어떻게 된 건지 모르겠어요. 어쩌다 열쇠고리에서 빠졌나 봐요. 아빠하고 바이올렛을 깨우기도 싫었는데, 저한테 아저씨 집 열쇠가 있어서 그냥 썼을 뿐이에요." 그 말을 하며 마크의 눈이 동그랗게 커졌다. "아무래도 잘못 생각했던 모양이네요." 그는 한숨을 쉬었다.

"당장 윗집에 가서 아버지와 바이올렛에게 네가 무탈하다고 얘기를 해."

"그럴게요." 그가 말했다.

나가기 전에 마크는 내 팔을 붙잡고 똑바로 내 눈을 들여다보며 말했다. "그저 삼촌은 제게 진정한 친구라는 말씀을 꼭 드리고 싶어요, 레오 삼촌. 진짜 친구요."

마크가 가고 나서 나는 다시 차갑게 식은 커피를 마셨다. 몇 분도 지나지 않아 나는 화를 냈던 걸 후회했다. 마크의 잘못은 판단 착오였을 뿐이었다. 그 이상은 전혀 아니었다. 밤에 와서 자면 안 된다는 말을 내가 실제로 했던가? 문제는 마크가 아니라 매튜였다. 나는 아들의 침대에 누워 있는 마크의 성숙한 몸을 보고 심히 동요했던 것이다. 6피트에 달하는 소년-남자가 내 상상 속에서 아직도 그 침대에서 자고 있는 열한 살 아이의 보이지 않지만 신성한 윤곽선을 범했던 것일까? 어쩌면 그럴지도 모른다. 하지만 내가 정말로 화가 치민 건 스티커를 보았을 때였다. 그 수채화는 그 방안에서 절대 건드리면 안 되는 한 가지 물건이라고 분명히 말해두었다. 마크는 알겠다고 했었다. "좋아요. 맷은 훌륭한 화가였죠." 마크는 별 생각이 없었던 거라고 나는 마음속으로 생각했다. 생각이 없을지 몰라도 악의가 있는 건 아니라고. 후회가 밀려오자 마땅한 분노도 아무것도 아닌 것이 되어버렸고, 나는 2층으로 올라가 빨리 아이에게 사과를 해야겠다고 마음먹었다.

바이올렛이 문을 열어주었다. 빌의 것처럼 보이는 길고 흰 티셔츠 한 장만 걸친 차림이었는데, 천을 통해 그녀의 젖꼭지가 다 보였다. 뺨이 발갛게 물들어 있었다. 땀에 젖은 머리카락 몇 가닥이 앞이마에 붙어 있었다. 그녀는 미소를 지으며 내 이름을 불렀다. 빌은 그녀 뒤로 몇 피트쯤 떨어져 서 있었고, 하얀 목욕가운을 걸치고 담배를 물고 있었다. 어디를 봐야 할지 몰라 나는 바닥을 보고 말했다. "사실 마크를 보러 온 거야. 할 말이 있어서."

빌이 대답했다. "미안한데, 레오. 이번 주말에 오기로 했다가 막판에 어머니와 함께 있겠다고 하더라고. 루실이 마크하고 올리버를 데리고 그 근처 마구간으로 승마를 하러 간다던데."

나는 빌을 보고 다시 바이올렛을 보았다. 그러자 그녀가 미소를 띠고 말했다. "우리는 주말을 좀 방탕하게 보내고 있었어요." 그녀는 고개를 젖히고 기지개를 켰다. 티셔츠가 허벅지까지 올라갔다.

나는 실례하겠다고 하고 나왔다. 바이올렛의 셔츠 아래 젖꼭지에는 미처 대비를 하지 못했다. 얇은 하얀 천 아래로 희미하게 비치는 시커먼 음모나 섹스를 마치고 살짝 부드럽고 바보스럽게 보이는 그녀 얼굴에도 무방비 상태였다. 쉬지도 않고 나는 아래층으로 걸어 내려와 면도날을 찾아서 맷의 그림을 덮고 있는 스티커를 긁어내었다.

다음 주말 마크에게 왜 거짓말을 했느냐고 따지자 그 애는 놀란 얼굴을 했다. "거짓말하지 않았어요, 레오 삼촌. 엄마하고 약속을 바꿨거든요. 아빠한테 전화를 했는데 두 분이 외출하고 없더라고요. 아무튼 뉴욕까지 와서 친구들을 좀 만났는데, 그리고 나서 열쇠에 문제가 생긴 거예요."

"그런데 왜 네가 여기 왔었다는 얘기를 빌하고 바이올렛에게 하지 않았니?"

"그러려고 했지만 좀 복잡한 거 같더라고요. 오후에 올리를 봐주겠다고 엄마하고 약속했기 때문에 버스를 타고 다시 돌아가야 한다는 생각이 나기도 했고."

나는 두 가지 이유에서 그 얘기를 믿어주기로 했다. 진실이란 게 불운과 오류가 뒤범벅되어 흐리멍덩할 때가 많다는 걸 인정하기 때문에, 그리고 커다랗고 차분한 파란 눈을 하고 내 앞에 서 있던 마크를 보면서 그 애가 진실을 말하고 있다는 걸 절대적으로 확신했기 때문에.

"제가 다 잘못하는 건 알아요." 그가 말했다. "하지만 정말 그럴 생각은 아니에요."

"우리도 다 잘못을 한단다." 내가 말했다.

그 토요일 늦은 아침 바이올렛의 이미지가 아무리 비벼도 지워지지 않는 짙은 얼룩처럼 내 기억을 변색시켰고, 그녀를 기억할 때면 늘 빌도 함께 떠오르게 되었다. 담배를 들고 눈길을 내게 고정시킨 채 그녀 뒤에 서 있던, 소진의 쾌감으로 묵직해진 그의 거대한 덩치가. 그 두 사람의 그림에 나는 밤마다 잠을 설쳤다. 침대에 누워 있어도 신경은 미친 듯 질주했고 몸은 침대에 푹 가라앉기커녕 둥둥 떠서 부유하는 것만 같았다. 아예 일어나 책상에 앉아서 서랍 속의 물건을 조심스럽게, 질서정연하게 꺼내 살펴볼 때도 있었다. 에리카의 양말을 만지고 맷이 그린 데이브와 듀랑고의 그림을 골똘히 들여다보았다. 숙모와 삼촌의 결혼식 사진을 고찰했다. 어느 날 밤 나는 마르타의 부케에 장미가 몇 송이나 섞여 있는지 헤아렸다. 장미는 일곱 송이였다. 그 숫자는 /을 표현한 빌의 유리 상자와 그 바닥을 뒤덮고 있던 두터운 먼지 층을 떠올리게 했다. 유리 상자를 들어보면, 밑에서 하얀 숫자가 보였다. 온전한 모양이 아니라 해체되는 육신처럼 조각조각으로 보였다. 옥상에서 건진 타다 만 마분지의 매끈한 표면을 손가락으로 훑고 있다가, 내 손을 내려다보니 손등 뼈 바로 밑에서 파란 혈관이 도드라지게 불거져 있었다. 루실이 언젠가 이런 손은 영매의 손이라고 했는데, 문득 다른 사람의 마음을 꿰뚫어볼 수 있다면 어떨까 궁금해졌다. 나 자신에 대해서도 아는 게 별로 없었다. 계속 내 손을 찬찬히 뜯어보고 있자니, 오래 볼수록 남의 손처럼 생경해지는 것이었다. 죄책감이 느껴졌다. 적어도 갈비뼈 아래로 가라앉던 우리한 아픔에 나는 그런 이름을 붙였다. 나는 탐욕의 죄인이었다. 날마다 맞서 싸워야 하는 이 게걸스러운 욕망. 그러나 대상은 불분명했다. 두터운 매듭으로 맺힌 내 욕망들 속에서 유일한 한 가닥의 갈망은 바이올렛이었다. 내 죄책감은 전체 이야기 속에 얽매여 있었다. 나는 돌아서서 내가 가진 바이올렛의 그림을 바라보았다. 그리로 걸어가 그녀의 이미지 앞에 서서 손을 내밀고 빌이 캔버스에 그려 넣은 남자의 그림자를—그의 그림자를—만져 보았다. 그때 나는 처음 그 그림을 보았을 때, 그 그림자가 내 것이라고 착각했던 일을 기억했다.

에리카는 바이올렛이 걱정된다고 편지에 썼다. "바이올렛은 마크에 대해서는 비합리적인 두려움에 시달리고 있어. 아이를 낳지 못한다는 사실을 마침내 실감하게 된 것 같아. 마크를 루실과 공유해야 한다는 게 너무나 싫대. 지난번 전화 통화 때는 "내 아들이었으면 좋겠어요. 너무 겁이 나요"라는 말만 되풀이했어. 그렇지만 뭐가 그렇게 겁나냐고 물으면 모르겠다고 하더라고. 빌이 일본이나 독일로 여행을 떠나면 당신이 좀 살펴봐야 할 거 같아. 내가 바이올렛을 얼마나 아끼는지, 그리고 맷이 죽은 후 그녀가 우리를 위해 해준 걸 얼마나 고맙게 여기는지, 당신도 알고 있지."

이틀이 지난 후 저녁에 빌과 바이올렛이 윗집으로 식사초대를 했다. 마크가 어머니 집에 갔기 때문에 우리 셋은 늦은 시각까지 함께 있었다. 대화는 고야에서 바이올렛이 계속 하는 대중문화 분석과 빌의 새 프로젝트—온갖 방으로 통하는 백한 개의 문들—를 지나 마크로 옮겨갔다. 마크는 화학 수업을 아예 포기했다. 입술에 피어싱을 했다. 오로지 레이브를 위해 살고 있었다. 이 모든 일이 엄청나게 놀라운 건 아니었지만, 그날 저녁 나는 바이올렛이 마크 얘기를 할 때마다 차마 말을 끝맺지 못한다는 걸 깨달았다. 다른 주제가 나오면 그녀는 늘 그렇듯 편안한 달변으로 마침표까지 할 말을 마무리하곤 했지만 마크 얘기만 나오면 머뭇거렸고, 단어들은 결말을 맺지 못하고 허공에 둥둥 뜨곤 했다.

빌은 그날 밤 술을 많이 마셨다. 자정쯤이 되자 그는 소파의 바이올렛을 두 팔로 껴안고는 세상에 살았던 여자들 중에서 가장 훌륭하고 아름다운 여자라고 선언을 했다. 바이올렛은 빌의 포옹에서 몸을 빼더니 말했다. "이제 됐다. 당신이 나를 영원히 사랑한다고 하면 술을 너무 많이 마신 거야. 이제 오늘밤은 여기까지 하고 마무리해요."

"난 괜찮아." 빌이 말했다. 그의 목소리는 걸걸하고 퉁명스러웠다.

바이올렛이 그를 보았다. "당신은 괜찮아." 그녀는 손가락으로 면도하지 않은 그의 뺨을 따라 짚으면서 말했다. "당신보다 더 괜찮은 사람은 아무도 없어요." 나는 그를 보고 미소 짓는 그녀의 손이 움직이는 모습을 지켜보았다. 두 사람을 많이 보아 왔지만 그녀의 눈이 그때만큼 차분하고 맑은 건 처음이었다.

빌은 그녀 손길이 닿자 누그러졌다. "마지막 건배." 그가 말했다.

우리는 잔을 치켜들었다.

"내가 진심으로 사랑하는 소중한 이들을 위하여. 내 사랑하는 불패의 아내 바이올렛을 위하여. 절친하고 충실한 내 최고의 친구 레오를 위하여. 그리고 우리 아들 마크를 위하여. 그 녀석이 고뇌의 사춘기를 잘 견뎌내길."

바이올렛이 그의 불분명한 발음을 듣고 웃었다.

빌은 말을 계속했다. "지금처럼 우리가 언제까지나 한 가족이기를. 한평생 서로 사랑하기를."

그날 밤에는 피아노 레슨이 없었다. 눈을 감으면 떠오르는 사람은 빌 뿐이었다.

이듬해 가을에서야 나는 바워리를 찾았다. 빌은 그림을 그리고 계획을 했지만 9월이 되어서야 겨우 문의 설치 작업을 시작했다. 늦은 10월의 일요일 오후였다. 하늘은 찌무룩하고 날씨는 몹시 추워졌다. 철문에 열쇠를 꽂아 돌리고 허름하고 어두운 복도로 들어서는데 오른편에서 문이 열리는 소리가 났다. 오래도록 버려져 있던 방들에서 생명체의 기척이 나는 바람에 소스라쳐 돌아서니 사슬 여러 줄 사이로 한 남자의 두 눈과 하얀 눈썹과 짙은 갈색 코가 보였다. "게 누구요?" 쩌렁쩌렁 외치는 소리가 어찌나 깊고 풍부한지 메아리가 울릴 것만 같았다.

"빌 웩슬러의 친구입니다." 이렇게 말해 놓자마자 나는 왜 내가 낯선 사람한테 여기 온 이유를 굳이 해명하고 있나 의아해졌다.

대답 대신 그는 문을 쾅 닫았다. 그의 모습이 사라진 후 시끄럽게 짤랑거리는 소리와 두 번의 찰칵 소리가 이어졌다. 새로운 입주민이 누굴까 궁금해 하며 계단을 오르던 나는 막 나오는 길의 라즐로를 만났는데, 그의 오렌지색 비닐 바지와 검은 뾰족코 구두가 유달리 눈에 띄었다. 마주치자 그는 쿨하게 "안녕하세요, 레오"라고 천천히 말하며 미소를 지어 보였고, 그러자 치아가 보였다. 앞니 하나가 다른 앞니와 살짝 겹쳐 있었는데, 희귀한 것도 아니었건만 그 순간에는, 그러고 보니 라즐로의 이빨을 본 적이 없다는 실감이 들었다. 라즐로는 계단에서 멈춰섰다.

"쓰신 관점 책 읽었어요." 그가 말했다. "빌한테서 받았어요."

"정말로?"

"훌륭했어요."

"그래, 고맙다, 라즐로. 정말 으쓱한 기분인데."

라즐로는 움직이지 않았다. 그는 층계를 내려다보았다. "언젠가 모시고 저녁 식사 대접이라도 해야겠다고 생각했는데요." 그는 말을 하다 말고 고개를 위아래로 끄덕이며 짤막하게 오렌지색 허벅지를 두드리며 박자를 맞췄다. 마치 귀에 들리지 않는 재즈 곡조가 흘러나와 하던 말을 방해한 것 같았다. "선생님과 에리카가 저를 도와줬죠." 허벅지를 다섯 박자 더 치고. "아시다시피."

웅얼거리듯 뱉은 "아시다시피"는 "괜찮으시겠어요?" 대신 나온 말인 것 같았다. 그래서 나는 기꺼이 같이 식사하겠다고 했다. 라즐로는 "쿨하네요"라고 말하더니 계단을 계속 내려갔다. 내려가면서 그는 같은 음악에 맞춰 난간을 두드리고 고개를 끄덕였다. 그 음악이 틀림없이 그 마음속 보이지 않는 복도 어딘가에서 연주되고 있었을 터였다.

"라즐로가 어떻게 된 거지?" 나는 빌에게 물었다. "일단 날 보고 웃더니 저녁식사에 초대하던데."

"사랑에 빠졌어." 빌이 말했다. "핑키 나바츠키라는 아가씨하고 미칠 듯이, 열렬하게 연애를 한다네. 〈브로큰〉이라는 무용단에서 공연하는 굉장한 미모의 댄서야. 엄청 흔들어대고 몸을 뒤틀고 갑자기 격렬하게 발차기도 하고. 아마 자네도 어디서 읽어본 적이 있을 텐데."

나는 고개를 저었다.

"라즐로의 작품도 나아지고 있어. 그 나무막대들을 컴퓨터로 작업하고 있거든. 그래서 이제 움직이기도 하고, 내가 보기에 그 작품은 흥미로워. P.S.1.에서 단체전에 참여해."

"그리고 1층에 목소리 써렁써렁한 사람은 누구야?"

"밥 씨야."

"그 방들을 임대 준 줄은 몰랐는데."

"임대 아니야. 무단 점거하고 있는 거야. 여기 들어온 지는 얼마 되지 않아. 어떻게 들어왔는지는 모르겠는데 아무튼 지금은 들어와 살고 있어. 자기 이름이 '밥 씨'라고 하더군. 내가 집 주인한테는 비밀로 해주겠다고 했어. 아옐로 씨는 베이온에서 어차피 절대 안 나오니까 말이야."

"미친 사람이야?" 내가 말했다.

"아마 그렇겠지. 뭐 난 상관없어. 평생 정신 나간 사람들과 살았는데 뭐. 게다가 그 사람도 비를 피할 지붕은 있어야 하고. 내가 그 사람에게 낡은 부엌용품을 좀 갖다 주고 바이올렛이 담요와 접시 몇 장, 자기 아파트에서 쓰던 핫플레이트를 갖다 줬어. 그 사람은 바이올렛을 좋아해. '미녀'라고 부른다니까."

스튜디오는 거대한 건설현장이 되어 있었다. 온갖 자재들이 빼곡히 들어차 있어 실제보다 훨씬 비좁아 보였다. 다양한 크기의 문짝들이 차곡차곡 놓인 단열 석고보드들 옆에 잔뜩 쌓여 있었다. 톱밥과 자투리 목재들이 바닥을 온통 뒤덮고 있었다. 그러나 내 앞에는 높이가 서로 다른 참나무 문짝들 세 개가 작은 방들과 연결되어 있었는데, 이 방들은 너비도 높이도 모두 문과 똑같았고 다만 깊이는 서로 달라 보였다.

"중간 문을 열어 보게." 빌이 말했다. "안에 들어가서 문을 닫아야 해. 폐소공포증 같은 건 없지?"

나는 고개를 저었다.

문은 높이가 겨우 5피트 5인치밖에 되지 않아서 그 공간으로 들어가려면 허리를 굽혀야 했다. 들어가 문을 잡아당겨 닫고 나니 깊이가 대략 6피트쯤 되는 온통 사방이 하얀 상자 속에 구부정하니 서 있게 되었다. 채광용 유리천장에 바닥은 흐릿한 거울이었다. 발치에 작은 걸레 더미 같은 게 보였다. 서 있는 게 너무 불편해서 누더기를 살펴보려고 무릎을 꿇었지만, 손을 대 보니 석고였다. 처음에는 나를 노려보고 있는 뾰루퉁한 내 잿빛 얼굴의 침침한 상만 보이다가 문득 석고에 뚫린 구멍이 눈에 들어왔다. 뺨을 거울에 대고 안을 들여다보았다. 석고 아래쪽으로 어린 아이의 파편화된 이미지가 그려져 있었고, 그 상이 다시 거울에 투영되고 있었다. 작은 소년은 거울 속에 떠 있는 것처럼 보였으며, 팔다리는 몸통과 분리되어 있었다. 폭력이나 전쟁의 그림이 아니라 어딘지 꿈같고 기묘하게 친숙했다. 자기 자신의 흐릿한 상을 보지 않고는 볼 수 없는 이미지이기도 했다. 나는 눈을 감았다. 다시 눈을 뜨자 거울이 물이 가득 찬 자궁처럼 보였고, 소년은 더 멀어보였다. 그리고 나는 더 이상은 보고 싶지 않다는 걸 깨달았다. 약간 어지럽고 메스꺼웠다. 너무 빨리 일어나려 하다가 머리를 천정에 부딪고 문손잡이를 잡았다. 손잡이가 돌아가지 않았다. 갑자기 필사적으로 이곳에서 벗어나야 한다는 생각이 들었다. 무섭게 잡아당겼더니 문이 열렸고, 나는 뛰쳐나오다 하마터면 빌을 덮칠 뻔했다.

"괜찮나?" 그가 말했다. "식은땀을 흘리고 있잖아."

빌이 나를 부축해 의자에 앉혀 주었다. 나는 창피하고 미안해서 더듬더듬 사과를 하며 심호흡을 했고, 그 문 너머에서 내게 무슨 일이 일어났던 걸까 생각했다. 우리는 적어도 1분쯤 아무 말도 하지 않았고, 급작스럽게 혼절 직전에 이르렀던 나는 몸을 추슬렀다. 그 석고 덩어리 밑에 있던 영상을 다시 생각해 보았다. 그러고 보니 석고 덩어리는 붕대 같기도 했다. 소년은 몸이 조각 조각 잘라진 채로 기름처럼 묵직한 액체 속에 떠 있는 것처럼 보였다. 결코 온전한 몸으로 떠오르지 않을 터였다.

나는 헐떡이며 말했다. "맷. 익사한다는 거. 지금까지 난 이해를 못했어."

빌을 올려다보니 깜짝 놀란 얼굴이었다. "난 전혀 그런 의도가…."

나는 그의 말허리를 잘랐다. "아니. 그냥 그런 식으로 느껴졌을 뿐이야."

빌은 내 양쪽 어깨에 손을 짚고 잠시 힘껏 부여잡았다. 그러더니 창가에 유일하게 남은 빈 공간으로 가서 창밖을 내다보았다. 몇 초인가 조용하던 그가 말했다. "난 매튜를 사랑했네, 자네도 알지." 그의 말소리는 아주 차분했다. "그 애가 죽기 바로 전 해에, 난 그 애가 어떤 아이인지 속에 어떤 재능을 간직하고 있는지 알게 되었지." 빌은 손을 유리창으로 가져갔다.

나는 의자에서 일어나 그에게로 걸어갔다.

"자네를 부러워했네." 그가 말했다. "내 바람은…." 그는 잠시 말을 끊고 코로 숨을 쉬었다. "아직도 마크가 좀 더 그 애를 닮았다면 하고 바라면서, 그런 내 마음에 기분이 나빠지지. 맷은 모든 걸 열린 마음으로 대했어. 나와 항상 생각이 일치했던 건 아니지." 빌은 떠오르는 기억에 미소를 지었다. "나와 언쟁을 했지. 마크도 좀…."

나는 아무 말도 하지 않았다. 또 잠시 조용하다가 그가 다시 말을 이었다. "매튜가 살아 있었더라면 마크에게도 훨씬 더 좋았을 거야. 물론 우리 모두 그렇지만…. 맷은 자기가 발 딛고 선 땅을 잘 알고 있었지." 빌은 바워리를 내려다보았다. 머리의 새치가 눈에 띄었다. 이제는 급속히 늙고 있다는 생각이 들었다. "맷은 성장하고 싶어 했어. 예술가가 되었을 거야. 그렇게 믿네. 재능이 있었거든. 욕구도 있었고. 작업에 대한 열망도 있었지." 빌은 머리카락을 쓸었다. "마크는 아직 아기야. 훌륭한 재능들을 갖고 있지만 왠지 활용할 줄을 몰라. 난 그 애 때문에 겁이 나네, 레오. 네버랜드에서 추방당한 피터팬 같아." 빌은 몇 초 동안 또 말이 없었다. "10대 시절의 내 기억은 도움이 안 돼. 나는 사람들이 많이 모이는 데를 늘 싫어했거든. 유행에는 관심이 없었고, 다들 좋다고 하면 나는 흥미가 뚝 떨어졌어. 마약, 플라워 파워, 로큰롤. 나한테는 맞지 않았어. 나는 성상들을 바라보고 카라바죠와 17세기 회화를 베껴 그렸네. 심지어 제대로 반항도 못 했어. 반전 운동은 했지. 시위에서 행진도 하고, 그렇지만 솔직히 말하자면 그 수사의 대다수가 내 마음에는 영 거슬렸다네. 정말로 원했던 건 그림을 그리는 거였어." 빌은 내 쪽으로 돌아서더니, 밖에서 바람을 막는 것처럼 성냥불을 한 손으로 감싸 막고 담배에 불을 붙였다. 입술을 앙다물더니 그가 말했다. "그 애는 거짓말을 한다네, 레오. 마크는 거짓말을 해."

나는 고통스러운 빌의 표정을 보았다. "그래." 내가 말했다. "나도 가끔 그런 의심을 품었지."

"작은 거짓말들, 아무 이유도 없는 거짓말들을 할 때가 있더군. 가끔 그냥 거짓말을 하기 위해 거짓말을 하는 게 아닐까 생각해."

"그러다 말 수도 있잖아." 내가 말했다.

빌은 내게서 눈길을 돌렸다. "오랫동안 거짓말을 해왔어. 어린애였을 때부터."

빌의 솔직한 말이 내겐 불편하게 들렸다. 거짓말을 한 과거가 있는 줄은 모르고 있었다. 마크는 도넛 먹는 일로 거짓말을 했고 맷의 방에서 자고 난 다음날 아침에도 아마 십중팔구 거짓말을 늘어댔으리라. 그러나 그 이상의 거짓말에 대해서는 전혀 몰랐다.

"그렇지만 한편으로…." 빌이 말했다. "그 애는 착한 마음씨를 갖고 있어. 온화한 성정을 가진 아이지, 우리 아들은." 그는 내게 담배를 흔들어 보였다. "자네를 좋아해, 레오. 자네하고 같이 있으면 자유로운 기분이 든

대. 자네한테는 이야기를 할 수가 있다더군."

나는 창가로 가서 빌 곁에 섰다. "나도 마크와 만나면 좋아. 지난 몇 달 동안 꽤 많은 이야기를 나누었지." 나는 돌아서서 거리를 보았다. "내 이야기들을 귀담아 들어주었어. 나 역시 그 애 말을 경청했고. 그러니까, 마크는 텍사스에 살 때 맷이 함께 있다는 상상을 자주 했다고 하더군. '상상의 맷'이라고 불렀다고 해. 학교에 가기 전에 방에서 '상상의 맷'과 대화를 나눴다는 거야." 나는 바워리 건너편의 지붕들을 바라보다가 인도에 누워 있는 한 남자를 내려다 보았다. 두 발을 종이봉지로 감싸고 있었다.

"그건 몰랐어." 빌이 말했다.

그가 담배를 다 태울 때까지 나는 곁에 서 있었다. 그의 눈빛이 아득하게 멀었다. "상상의 맷이라." 그 말을 한 번 하더니 한참 동안 침묵을 지켰다. 그는 발로 담뱃불을 비벼 끄고 다시 창문을 바라보았다. "당연하지." 그가 말했다. "우리 아버지는 내가 미쳤다고 생각하셨거든. 절대로 내가 제대로 벌어먹고 살지 못할 거라 생각하셨어."

그리고 나는 곧 빌을 혼자 두고 나왔다. 계단을 다 내려와서 현관문을 열고 거리로 나서는데 다시 밥 씨의 목소리가 들렸다. 이번에는 등 뒤에서 나는 소리였다. 울림이 풍부하고 아름다운, 모난 데 없는 베이스 음색에 어쩔 수 없이 귀를 기울이게 되어 나는 문간에서 발길을 멈추고 섰다. "하느님께서 네게 빛을 비추어 주시기를. 네 머리와 네 어깨와 네 팔다리와 네 온몸에 빛나는 은혜의 빛을 내려주시기를. 구원해 주시고 사탄의 파멸의 길에서 자비와 선함으로 너를 지켜 주시기를. 하느님께서 함께 하시기를." 나는 돌아서지 않았지만 밥 씨가 문에 난 작은 틈새를 통해 축복의 기도를 읊었을 거라 믿어 의심치 않았다. 바깥으로 나선 나는 구름을 밀치고 나온 태양의 눈부신 광채에 실눈을 떴고, 캐널 스트리트로 꺾어질 무렵 무단점거자의 이상한 축복 덕분에 발걸음이 한층 가벼워졌다는 걸 깨달았다.

이듬해 1월, 마크는 나를 티니 골드에게 소개시켜주었다. 5피트 키에 심각한 저체중이었던 티니는 눈 밑과 입술에 회색기가 도는 하얀 피부의 소유자였다. 원래의 백색 금발은 파랗게 물들어 부스스했고, 금빛 고리가 코 밑에서 반짝이고 있었다. 두 살짜리의 옷처럼 생긴 분홍색 테디 베어 셔츠를 입고 있었다. 악수를 하려고 손을 내밀었더니 그녀는 머나먼 섬에서 기괴한 인사 의례를 행하는 이방인처럼 놀란 눈치로 그 손을 잡았다. 힘없는 손을 거두고 난 그녀는 마룻바닥을 뚫어져라 노려보았다. 마크가 맷의 방에 뭘 두고 왔다며 찾으러 뛰어간 사이 나는 티니에게 예의바르게 몇 가지 질문을 던졌는데, 그녀는 눈길 한 번 들지 않고 짤막하고 불안하게 끊어지는 단문으로 대답했다. 학교는 나이팅게일이었다. 집은 파크 애비뉴였다. 패션 디자이너가 되고 싶다고 했다. 마크는 돌아와서 말했다. "티니한테 드로잉을 좀 보여드리라고 하려고요. 재주가 대단하거든요. 그거 아세요, 오늘이 티니의 생일이에요."

"생일 축하한다, 티니." 내가 말했다.

그녀는 마룻바닥만 쳐다보다가 얼굴이 새빨갛게 되어 고개를 앞뒤로 흔들었지만 대답은 하지 않았다.

"어이." 마크가 말했다. "그러고 보니 생각났다. 생신이 언제세요, 레오 삼촌?"

"2월 19일." 내가 말했다.

마크가 고개를 끄덕였다. "1930년, 맞죠?"

"그래." 나는 약간 어리둥절한 채 대답했지만, 내가 미처 뭐라 말할 새도 없이 그들은 훌쩍 문밖으로 사라져 버리고 말았다.

티니 골드는 내게 묘한 인상을 남겼다. 아련하면서도 섬뜩한 그 느낌은, 언젠가 런던의 베스널 그린 유년기 박물관에서 수백 점의 인형들을 지나쳐 걸어갈 때와 비슷했다. 아기 같기도 하고 광대 같기도 하고 상심한 여자 같기도 했던 티니는 신경망이 몸에 새겨진 사람처럼 상처받은 모습이었다. 마크의 10대다운 외모―헐렁한 바지, 아랫입술에서 반짝이는 금 징, 최근 즐겨 신는 플랫폼 운동화 덕분에 무려 195센티미터로 커진 어마어마한 장신―차분한 태도와 허물없고 친절한 매너는 푹 떨군 티니의 눈길과 깡마르고 뻣뻣한 몸과 날카로운 대조를 이루었다.

그 자체만 놓고 보면 옷차림이란 중요하지 않지만, 마크의 새 친구들이 표방하는 시들시들한 영양실조의 미학을 보고 있자면 낭만주의자들이 결핵을 미화했던 일이 떠올랐다. 마크와 친구들은 자아 관념을 갖고 있었고, 질병이 그 관념의 한 축을 담당하고 있었지만 나로서는 병명을 파악할 수가 없었다. 우울한 얼굴, 깡마르고 피어싱을 한 몸뚱어리들, 염색한 머리카락과 플랫폼 신발은 얼핏 보면 해로울 게 없어 보였다. 사실 그보다 더 이상한 유행들도 지나가지 않았던가. 나는《젊은 베르테르의 슬픔》을 읽고 나서 노란 재킷을 입고 창밖으로 몸을 던진 젊은이들의 이야기를 떠올렸다. 자살 광풍. 괴테는 그 소설을 진저리나게 싫어하게 되었지만, 당시 그 책은 수많은 젊은이들과 마음 여린 이들을 폭풍처럼 휩쓸었다. 티니를 보면 유행처럼 휘몰아치는 죽음이 떠올랐던 건, 다른 마크 친구보다 병색이 완연했던 탓만은 아니었다. 그보다 내가 그 집단에서는 아파 보이는 게 매력이라는 걸 이해하기 시작했던 때문이었다.

그해 봄에는 빌과 바이올렛을 잘 보지 못했다. 여전히 윗집에서 가끔 저녁식사를 함께 했고 빌과 가끔 전화 통화도 했지만, 두 사람의 분주한 삶이 내게서 그들을 빼앗아갔다. 그들은 3월에는 일주일 간 파리에서 숫자 연작을 전시하러 갔고 거기서 곧장 바르셀로나로 갔으며, 빌은 예술 학교에서 학생들에게 강의를 했다. 집에 있을 때도 저녁 약속이며 오프닝에 참석하느라 외출하는 것이 일쑤였다. 빌은 조수 두 사람을 더 고용했다. 휘파람 부는 목수 데미온 다피노는 문짝 제작을 돕고 머시 뱅크스라는 우울한 처녀는 메일에 답하는 일을 맡았다. 빌은 전 세계에서 밀려드는 강연, 토론, 강의, 또는 그냥 패널로 앉아 있어 달라는 청탁들을 정규적으로 거절해야 했기에 대신 "죄송하지만 사양하겠습니다"를 써줄 머시가 필요했다.

어느 날 오후 그랜드 유니언에서 줄서서 기다리고 있던 나는 〈뉴욕〉 잡지를 한 부 들고 훑어보다가 미술 전시회 개막식에 참석한 빌과 바이올렛의 작은 사진을 보았다. 빌은 아내를 한 팔로 안고 굽어보고 있었고 바이올렛은 카메라를 보고 웃고 있었다. 그 사진은 비판적인 고향에서도 은근히 유명세를 타고 있던 빌의 변화하는 위상을 잘 보여주는 증거였다. 오랜 시간에 걸쳐 진행된 일이기도 했다. 그의 이름 자체를 매매 가능한 상품으로 변화시킨, 그 제 3자로의 전환. 나는 잡지를 샀다. 집에 와서 나는 그 사진을 오려 서랍에 넣었다. 그 사진을 거기 보관하고 싶었던 이유는, 사진의 작은 차원들이 거리를 등비로 재현하고 있었던 때문이다. 내게서 아주 멀리 멀리 떨어져 서 있는 두 인물. 그 전에 내 서랍에는 빌과 바이올렛을 떠올리게 만드는 물건은 하나도 없었고, 나는 그 이유를 잘 알고 있었다. 그곳은 내가 놓쳐버린, 그래서 그리워하는 것을 기록하는 장소였으니까.

음침한 구석이 있긴 했지만 서랍은 비탄이나 자기연민을 위한 게 아니었다. 언제부터인가 나는 그 서랍이, 물건 하나하나가 아직 미완성인 커다란 몸뚱어리의 한 부분을 표현하는 유령 같은 해부학적 표상이라고 생각하게 되었다. 각 사물은 부재를 표상하는 유골이었고, 나는 이 파편들을 서로 다른 원칙에 따라 배열하는 데서 쾌감을 느꼈다. 시간 순서의 서술은 단 하나의 논리를 제공하지만, 내가 각 사물을 어떻게 읽느냐에 따라 심지어 그것조차 바뀔 수 있었다. 에리카의 양말이 캘리포니아로 그녀가 떠났던 걸 의미하는지, 아니면 맷이 죽고 우리 결혼이 파경으로 치닫기 시작하던 그 날의 표상인지? 며칠 동안 나는 이런 저런 시간표들을 작성해 보다가 포기하고, 더 비밀스러운 연상의 체계를 구축하고 있을 수 있는 관계들을 모조리 찾아내 시험해 보았다. 어느 날인가는 에리카의 립스틱을 맷의 야구 카드 옆에 두었다가 또 다른 날에는 도넛 상자 근처로 옮겼다. 야구 카드와 도넛 상자의 연결고리는 모호해서 더욱 흥미진진했지만 일단 찾아내고 나니 명백했다. 립스틱은 에리카의 채색된 입술을, 도넛 상자는 마크의 굶주린 입을 떠올렸다. 연상은 구순기적인 것이었다. 나는 한동안 쌍둥이 사촌 안나와 루스의 사진을 그네들 부모님의 결혼사진과 한데 묶어 두었다가, 나중에는 맷의 연극 팸플릿을 한쪽 옆에 두고 나머지 한쪽 옆에는 빌과 바이올렛의 사진을 두었다. 그 사물들의 의미는 배치에 따라 달라졌으며, 나는 그걸 유동적 통어법이라고 불렀다. 나는 밤에 잠자리에 들기 전에만 이 놀이를 했다. 한두 시간쯤 그러고 있다 보면 사물의 위치를 옮기는 행위에 정당한 근거를 대기 위한 엄청난 정신노동 때문에 피곤해졌다. 서랍은 결국 효과 만점의 안정제였던 것이다.

5월의 첫 번째 금요일에 아파트 밖 층계에서 시끄러운 소리가 나는 바람에 잠에서 깨어났다. 불을 켜고 시계를 보니 4시 15분이었다. 일어나서 거실로 나가, 현관문 근처로 가까이 다가가자 층계참에서 웃음소리가 들리더니 분명히 우리 집 자물쇠가 돌아가는 소리가 나는 것이었다.

"거기 누구야?" 나는 큰 소리로 외쳤다.

누군가 꺅 비명을 질렀다. 문을 열어 보니 마크가 문지방에서 펄쩍 뒤로 물러서는 것이었다. 나는 복도로 나갔다. 층계참의 전등이 마모되었는지 어두컴컴했고, 유일한 빛은 위층에서 비치고 있었다. 나는 마크에게 두 명의 동행이 있다는 걸 알아차렸다. "무슨 일이냐, 마크?" 나는 눈을 가늘게 뜨고 그를 노려보며 말했다. 벽 쪽으로 뒷걸음질을 쳤지만 얼굴은 뚜렷하게 알아볼 수 있었다.

"안녕하세요." 마크가 말했다.

"새벽 네 시야." 내가 말했다. "대체 여기서 뭐 하고 있니?"

다른 사람 하나가 앞으로 나섰다. 나이가 불분명한 유령 같은 형체였다. 침침한 빛에 얼굴이 몹시 창백해 보였지만 병색이 짙어서 그런건지 연극 분장 때문인지는 알 수 없었다. 그의 발걸음이 불안하게 흔들려서 발밑을 내려다보니 굉장히 굽이 높은 플랫폼 신발을 신고 있었다. 그는 내 쪽으로 작은 손을 흔들어 보였다. "레오 삼촌이시겠네." 그는 가성으로 징징대는 소리를 내더니 낄낄 웃었다. 입술이 파랗고 말할 때 손이 떨렸다. 그러나 남자의 눈길은 날카로웠고, 심지어 감시하는 듯 내 눈을 줄곧 노려보고 있었다. 1~2초쯤 흐른 후 그는 눈을 떨구었고 나 역시 세 번째 사람에게로 시선을 돌렸다. 그는 계단에 앉아 있었다. 아주 어려 보이는 소년이었다. 다른 두 사람과 함께 있지 않았더라면 기껏해야 열한 살이나 열두 살 정도로 보았을 것이다. 아주 긴 속눈썹에 작은 분홍색 입술 하며 섬세하고 여성적인 외모의 소년은 무릎께에 초록색 지갑을 꼭 움켜잡고 있었다. 지갑의 잠금 장치가 열려 있었고, 그 속으로 아주 작은 큐브들이 뒤섞여 있는 게 보였다. 빨강, 하양, 노랑, 그리고 파랑색. 소년은 레고 블록을 갖고 있었다. 그는 소리 내어 하품을 했다.

소녀의 목소리가 내 머리 위쪽에서 들려왔다. "불쌍해라. 너 피곤하구나." 눈길을 들어보니 티니 골드가 층계 꼭대기에 서 있었다.

비틀비틀하며 한 걸음 한 걸음 계단을 내려올 때마다 그녀가 걸친 타조 털 날개가 흔들렸다. 줄타기를 하는 곡예사처럼 깡마른 두 팔을 쫙 펼치고 내려오는 모습이 겨우 몇 인치만 더 가면 난간을 잡을 수 있다는 걸 전혀 모르는 사람처럼 보였다. 그녀는 턱을 가슴에 꼭 붙이고 밑을 내려다보았다.

"좀 도와줄까, 티니?" 나는 복도로 나서며 말했다.

창백한 남자가 불안하게 나를 피해 물러섰고, 나는 그가 바지 주머니에서 뭔가를 만지작거리는 걸 알아챘다. 다시 마크를 돌아보니 눈을 똥그랗게 뜨고 나를 쳐다보고 있었다. "다 괜찮아요, 레오 삼촌." 그가 말했다. "주무시는데 깨워서 죄송해요." 마크의 목소리는 좀 다르게 들렸다. 훨씬 낮게 들렸는데, 그냥 억양이 달라져서 그랬는지도 모르겠다.

"우리 얘기를 좀 해야겠다, 마크."

"안 돼요. 나가려던 참이거든요. 가야 해요." 벽 쪽에서 나와 돌아서기 직전 찰나의 순간 마크의 티셔츠가 내 눈을 스쳤다. 뭐라고 쓰여 있었다. ROHYP…. 그는 계단 아래로 뛰어내려갔다. 허연 남자와 어린 애가 그 뒤를 어슬렁거리며 따랐다. 티니는 아직도 나 있는 데까지 내려오지도 못했다. 나는 문을 잡아당겨 닫고 자물쇠를 잠근 후 웬만해서는 걸지도 않는 사슬을 걸었다. 그리고 나는 한 번도 해보지 않은 짓을 했다. 불을 딸깍 끄고 침실로 돌아가는 것처럼 발소리를 냈던 것이다. 그런 잔꾀가 얼마나 먹힐지는 전혀 알 수 없었지만, 현관문에 귀를 대자 창백한 남자가 큰 소리로 말하는 소리가 들렸다. "오늘밤에 K는 물 건너갔네, 응, M&M?"

못 보고 지나칠 수가 없는 아이러니였다. 스파이로 변신해 문에 귀를 대고 엿들었는데, 주위들은 언어는 내가 도저히 이해할 수 없는 말이었던 것이다. 그러나 M&M이라는 이름은 내 온몸을 싸늘하게 만들었다. 초콜릿에서 따온 그 이름이 그들 중 누군가의 별명이라는 건 잘 알고 있었지만, 빌의 작품 〈O의 여정〉에 나온 어린 등장인물들도 M&M이었기 때문에 혹시나 내포된 의미가 있을까 마음이 불편해졌다. 그런데 요란한 우당탕 소리가 들리더니 층계에서 신음소리가 나서 나는 황급히 문을 열고 나가 무슨 일이 일어난 건지 살펴보았다.

티니가 내 발밑의 층계참에 누워 있었다. 계단을 내려가서 부축해 일으켰다. 팔을 붙잡고 부축해 계단을 내려가는 동안 그 애는 한 번도 나를 보지 않았다. 터무니없는 신발은 10대의 필수 요소인 모양이었다. 티니는 턱도 없이 굽이 높은 검은 페이턴트 가죽 메리제인 구두를 신고 있었다. 멀쩡한 정신으로도 그런 구두를 신고 다니는 게 보통 힘든 일이 아니었을 텐데, 티니는 취해서 제정신이 아니었다. 내가 팔을 붙잡고 있는데도, 골반 밑으로는 이쪽저쪽으로 마구 흔들렸다. 계단 밑으로 내려와 나는 문을 열어주었다. 열쇠도 없고 잠옷 차림이라 더는 밖으로 나갈 수가 없었다. 그랜드 스트리트쪽을 보니 블록 끝에 마크와 패거리가 서 있었다.

"괜찮겠니, 티니?" 그 애를 내려다보며 물었다.

그녀는 인도에서 고개를 끄덕였다.

"저 애들하고 같이 갈 필요 없다." 나는 불쑥 말했다. "다시 우리 집으로 들어와도 돼. 아저씨가 차를 불러주마."

올려다보지도 않고 그녀는 싫다고 고개를 흔들었다. 그리고 그들이 있는 쪽으로 걷기 시작했다. 나는 문간에 서서 계속 지켜보았다. 처음에는 오른쪽으로, 다음에는 왼쪽으로 휘청거리며 비뚤비뚤 걸어 세 친구 쪽으로 걸어가는 모습을. 비틀비틀 흔들리는 발목으로 걸어가는 날개달린 작은 형체는 영원히 날 수 없을 터였다.

다음 날 아침 나는 빌에게 전화를 걸었다. 망설이는 마음도 있었지만 그 사건은 아무래도 불안하고 신경이 쓰였다. 16살 나이에 마크는 지나치게 방만한 자유를 누리고 있는 것처럼 보여서, 빌과 바이올렛이 아이를 너무 풀어놓는다는 생각이 들던 참이었다. 그러나 알고 보니 빌은 마크가 시내에 있는 줄도 몰랐다. 어머니 집에 있다가 그날 오후 기차로 도착하는 줄 알고 있었던 것이다. 루실은 아이가 프린스턴의 학급 친구네 집에서 자고 오는 줄 알고 있었다. 마크가 그날 오후 도착하자 빌은 내게 전화를 해서 윗집으로 좀 올라오라고 했다.

빌과 바이올렛이 거짓말을 추궁하자 마크는 무릎만 쳐다보고 있었다. 그게 다 "어쩌다 보니 일이 꼬여서" 그런 거라고 주장하면서. 거짓말을 하지는 않았다는 것이었다. 제이크네 집에 놀러가려고 했는데 제이크가 친구를 만나러 뉴욕에 가기로 해서 같이 왔다고 했다. 그러면 제이크는 어젯밤에 어디 있었니? 빌이 따져 물었다. 레오는 복도에서 제이크를 못 봤다고 하던데. 마크는 제이크가 다른 친구들이랑 같이 가버렸다고 했다. 빌은 마크에게 거짓말을 하면 신뢰가 깨어지니 이젠 그만하라고 말했다. 마크는 거짓말을 했다는 걸 격하게 부정했다. 자기가 한 말은 다 사실이라는 것이었다. 그때 바이올렛이 마약 이야기를 꺼냈다.

"난 바보가 아니에요." 마크가 말했다. "마약하면 폐인 된다는 건 알고 있어요. 헤로인 다큐멘터리도 봤는데, 진짜 무서웠단 말이에요. 그건 절대 안 해요."

"티니는 어젯밤에 많이 취했던데." 내가 말했다. "그리고 그 창백한 친구는 낙엽마냥 파들파들 떨고 있었고."

"티니가 엉망이라고 해서 나까지 그런 건 아니에요." 마크는 나를 똑바로 쳐다보았다. "테디가 몸을 떠는 건 연기의 일환이구요. 그는 예술가거든요."

"테디 누구?" 빌이 말했다.

"테디 자일즈요. 아빠도 들어보셨을 거예요. 퍼포먼스를 하고 정말 근사한 조각을 팔아요. 잡지에도 여러 번 나왔고 기사에서 다뤄진 적도 많아요."

빌을 보니 얼굴에 희미하게 알겠다는 기미가 스치는 눈치였지만 그는 아무 말도 하지 않았다.

"자일즈가 몇 살이니?" 내가 물었다.

"스물 한 살이요." 마크가 말했다.

바이올렛이 말했다. "어째서 레오 삼촌네 아파트에 들어가려 한 거니?"

"안 그랬어요!" 절박한 목소리였다.

"자물쇠가 돌아가는 소리를 들었다, 마크." 내가 말했다.

"아니에요! 그건 테디였어요. 테디는 열쇠가 없다구요. 위층의 우리 아파트인 줄 알고 문손잡이를 돌린 거라고요."

나는 마크의 눈을 똑바로 바라보았고 그 애도 내 눈길을 받았다. "어젯밤에 내 열쇠를 쓰지 않았다는 거니?"

"네." 그는 전혀 망설임 없이 대답했다.

"그럼 우리 아파트에서 뭘 하려고 했던 거니?" 바이올렛이 말했다. "집에 온 건 한 시간 전이잖니."

"내 카메라를 갖고 나가서 사진을 찍으려고 했어요."

빌은 얼굴을 비볐다. "이번 달 말까지 여기 있는 동안은 집밖에 나가지 마라."

믿을 수 없다는 듯 마크는 입을 떡 벌렸다. "하지만 제가 무슨 짓을 했다고 이러세요?"

빌은 피로한 목소리로 말했다. "애야, 나와 네 엄마에게 거짓말을 하지 않았다 해도, 학교 공부는 해야 할 거 아니냐. 공부를 시작하지 않으면 절대 졸업 못할 거야. 그리고 또 한 가지. 레오 삼촌의 열쇠는 돌려드려라."

마크는 아랫입술을 비죽 내밀고 뾰루퉁한 표정을 했다. 보들보들한 어린 얼굴에 떠오른 그 표정은 방금 아이스크림이 한 그릇 더 나오지 않는다는 얘기를 듣고 불만에 가득 찬 두 살짜리 같았다. 그 순간 갓난아이 같은 생김새의 머리와 아직도 자라고 있는 기다란 몸은, 마치 머리가 미처 몸을 따라잡지 못한 것처럼 이상하게 어울리지 않아 보였다.

다음 주 토요일 오후 나를 만나러 왔을 때 마크에게 테디 자일즈에 대해 물어보았다. 외출 금지를 당했는데도 마크의 기분은 전혀 달라진 데가 없었다. 머리카락을 초록색으로 염색한 건 알아봤지만 거기에 대해서는 아무 말도 하지 않기로 했다.

"네 친구 자일즈는 잘 지내니?"

"괜찮아요."

"예술가라고 했지?"

"네. 유명해요."

"그래?"

"적어도 아이들 사이에서는요. 그렇지만 이제 갤러리며 뭐며 다 갖췄어요."

"어떤 작품을 하는데?"

마크는 복도 벽에 기대서서 하품을 했다. "쿨해요. 이것저것 자르거든요."

"어떤 것들을?"

"설명하기가 힘들어요." 마크는 혼자 미소를 지었다.

"지난주에 넌 덜덜 떠는 것도 연기의 일환이라고 했지. 그 말이 무슨 뜻인지 모르겠더라."

"연약해 보이는 데 집착하거든요."

"그리고 그 작은 남자애는? 걔는 누구니?"

"미(Me)요?"

"아니, 너 말고. 네가 작은 남자애는 아니잖니?"

마크가 웃음을 터뜨렸다. "아뇨, 그게 걔 이름이에요, 미."

"아시아나 인디언 이름이냐?"

"아뇨. M-E, 그러니까 그냥 '나'라는 뜻이에요. 나는 '나'다."

"부모님이 일인칭 대명사를 이름으로 지어준 거야?"

"에이, 아니죠." 마크가 말했다. "자기가 바꾼 거예요. 다들 그냥 미라고 불러요."

"열두 살 정도로 보이던데." 내가 말했다.

"열아홉 살이에요."

"열아홉?"

"그 애가 자일즈의 애인이냐?" 나는 날선 질문을 던졌다.

"와우." 마크가 말했다. "삼촌이 그런 질문을 할 줄 몰랐는데요. 하지만 아니에요. 그냥 친구예요. 정말 알고 싶으시다면, 테디는 게이가 아니라 바이에요."
 마크는 나를 잠시 살피다가 말을 이었다. "테디는 천재예요. 다들 우러러 보죠. 버지니아에서 찢어지게 가난한 성장기를 보냈대요. 어머니는 창녀였고 아버지가 누군지도 몰라요. 열네 살 때 집에서 도망쳐서 한참 전국을 떠돌아다녔어요. 그러다가 뉴욕에 와서 오데온에서 웨이터로 일하기 시작했대요. 그 후로 예술을, 퍼포먼스를 하기 시작했고요. 스물네 살밖에 안 되는데 엄청나게 많은 일을 했죠." 나는 마크가 자일즈의 나이가 스물한 살이라고 말했던 걸 기억했지만 그냥 넘기기로 했다. 마크는 잠시 말을 끊었다가 내 눈을 보았다. "그렇게 나랑 닮은 사람은 처음 봐요. 우리는 늘 그런 얘기를 하죠. 우리가 서로 얼마나 똑같은가 하고."

 2주일 후, 버니 웍스의 전시회 오프닝 만찬에서 테디 자일즈 얘기가 다시 나왔다. 나로서는 빌과 바이올렛과 함께 하는 외출이 오랜만이라 그 만찬을 고대했지만, 내 자리는 그날 저녁 버니가 데이트 상대로 데려온 롤라 마티나라는 젊은 여배우와 방금 전시회를 개막한 화가 질리언 다운즈 사이에 배정되어 있어서 빌이나 바이올렛과는 별로 이야기를 나눌 기회가 없었다. 빌은 질리언 저쪽 옆에 앉아 심도 깊은 대화를 나누고 있었다. 질리언의 남편 프레디 다운즈는 버니에게 말을 걸고 있었다. 자일즈 얘기가 나오기 전에 롤라는 내게 자기가 이탈리아의 텔레비전 프로그램에서 게임쇼 진행을 맡고 있다는 말을 하고 있었다. 일할 때 입는 옷은 게임의 과일 테마와 관련된 비키니들로 구성되어 있었다. "레몬 옐로우." 그녀가 말했다. "스트로베리 레드, 라임 그린, 대충 그림이 그려지시죠." 그녀는 자기 머리를 가리켰다. "그리고 저는 과일 모자를 써야 해요."
 "카르멘 미란다[29] 스타일로요." 내가 말했다.

롤라는 전혀 모르겠다는 멍한 표정으로 나를 보았다. "쇼는 굉장히 멍청하지만 이탈리아어도 배웠고 영화 배역 한두 개도 들어왔어요."

"과일 없이요?"

그녀는 깔깔 웃더니 벌써 반 시간째 천천히 흘러내리고 있던 뷔스티에[30]를 추켜올렸다. "과일은 빼고요."

버니를 어떻게 알게 되었느냐고 묻자 그녀가 말했다. "지난주에 어떤 갤러리에서 만났어요. 테디 자일즈 전시회요. 세상에, 진짜 역겨웠어요." 롤라는 혐오스럽다는 표정을 하더니 벌거벗은 어깨를 으쓱해 보였다. 그녀는 아주 젊고 아주 예뻤으며, 말할 때마다 귀걸이가 긴 목덜미에 흔들리며 부딪혔다. 그녀는 포크로 버니를 가리키며 큰 소리로 말했다. "우리가 만난 전시회 얘기를 하고 있어요. 진짜 역겹지 않았어요?"

버니가 롤라 쪽을 보았다. "뭐." 그가 말했다. "뭐 나야 다른 의견을 낼 생각은 없지만 그 친구는 엄청난 반향을 불러일으켰어. 처음에는 클럽들에서 퍼포먼스를 하는 걸로 시작했다지. 래리 파인더가 그 친구를 보고 갤러리로 작품을 갖고 들어온 거야."

"작품이 어떤데 그래?" 내가 말했다.

"절단한 몸뚱어리들이야. 여자들하고 남자들, 심지어 아이들도." 롤라는 미간에 주름을 잡으며 입술을 쭉 늘려 불쾌감을 표시했다. "피하고 내장이 온군데 쏟아져 있고, 또 무슨 클럽에서 했다는 쇼에서 찍은 사진늘도 있었어요. 관장기를 내뿜는 사신이었는데. 빨간 물이있겠지

---

[29] 1909–1955. 브라질 출신의 가수로 연극과 영화를 넘나들며 뮤지컬에서 활동했다. 과일을 매단 모자를 쓰고 이국적인 노래를 부른 것으로 유명하다.
[30] 끈 없는 코르셋처럼 생긴 의상. 드레스의 상의로 많이 쓰인다.

만 꼭 피처럼 보였다고요. 아우, 세상에, 눈을 가리지 않을 수 없었어요. 너무너무 흉측해서."

질리언이 빌을 보았다. 그녀는 눈썹을 치켜 올렸다. "자일즈 뒤를 누가 봐주기 시작했는지 알아요?"

빌은 고개를 저었다.

"해스보그요. 〈블래스트〉에다가 장문의 글을 기고했어요."

짤막하게 고통스러운 표정이 빌의 얼굴을 스쳤다.

"뭐라고 썼는데요?" 내가 물었다.

"자일즈가 폭력을 찬양하는 미국 문화를 폭로했다고요." 질리언이 말했다. "헐리우드 호러를 해체한 거라나 뭐라나."

"질리언과 같이 전시회에 가 봤는데요." 프레드가 말했다. "굉장히 진부하고 얄팍하다는 생각이 들던데요. 작정하고 쇼킹하려 들지만 실제로는 별로 그렇지가 않아요. 요즘 예술가들이 워낙 파격적으로 나오니까 그 정도는 양순한 거죠. 성형수술로 얼굴을 바꿔서 피카소나 마네나 모딜리아니 작품처럼 보이게 했던 그 여자라든가. 항상 그 여자 이름이 생각이 안 난다니까요. 톰 오터니스가 그 개를 쐈던 거 기억나요?"

"강아지요." 바이올렛이 말했다.

롤라의 얼굴이 경악으로 축 처졌다. "강아지를 쐈다고요?"

"다 테이프로 녹화했어요." 프레드가 설명했다. "그 왜소한 남자가 온 군데를 다 뛰어다니더니 빵, 하고 쐈죠." 그는 잠시 말을 멈췄다. "하지만 강아지가 암에 걸렸던가 뭐 그랬을 거예요."

"어차피 병들어 죽을 개였다는 거예요?"

아무도 롤라의 말에 대답하지 않았다.

"크리스 버든은 자기 팔을 쐈죠." 질리언이 거들었다.

"어깨였어." 버니가 수정했다. "자기 어깨였죠."

"팔이나 어깨나." 질리언이 미소를 지었다. "똑같은 데죠 뭐. 슈바르츠코글러, 그거야 말로 파격적인 예술이죠."

"뭘 했는데요?" 롤라가 물었다.

"뭐, 한 가지를 들자면…." 내가 그녀에게 말했다. "자기 성기를 길이로 잘라서 그 과정을 전부 사진으로 찍었어요. 굉장히 엽기적이고 유혈이 낭자했죠."

"그런 짓 한 남자가 또 있지 않아요?" 바이올렛이 말했다.

"밥 플래너건." 버니가 말했다. "그렇지만 그건 못이었어요. 망치로 거시기에 못을 박았죠."

롤리의 입이 떡 벌어졌다. "역겨워요." 그녀가 말했다. "내 말은, 정신병이라고요. 그런 게 무슨 예술이야. 그냥 역겨운 짓이죠."

나는 고개를 돌려 롤라의 얼굴을 보았다. 완벽하게 뽑아 다듬은 눈썹, 작은 코, 그리고 반짝이는 입술까지. "당신을 뽑아서 갤러리에다 전시하면 그대로 예술이 될 걸요." 내가 그녀에게 말했다. "내가 본 작품들 중에는 훨씬 못한 것들도 많았어요. 규범적 정의는 더 이상 통하지 않아요."

롤라는 어깨를 들썩거렸다. "그러니까 사람들이 예술이라고 하면 뭐든 다 예술이 된다는 거예요? 심지어 나라도?"

"맞아요. 내용이 아니라 관점이 문제죠."

바이올렛이 몸을 당겨 팔꿈치를 테이블에 올려놓았다. "그 전시회에는 저도 갔었어요. 롤라가 옳아요. 조금이라도 진지하게 바라본다면 그건 끔찍스러워요. 그런데 한편으로는 농담 같은 느낌이 들더라구요. 재치 있는 한 마디 농담 같은 거요." 그녀는 잠시 말을 끊었다. "순전히 냉소적인 건지 뭔가 다른 게 있는지 파악하기 어려워요. 그런 가짜 몸뚱어리들을 난

도질하면서 가학적인 쾌감을 느끼는 건지…."
 대화는 다시 자일즈에게서 멀어져 다른 예술가들로 흘러갔다. 빌은 계속 질리언과 이야기를 나누었다. 그래서 후에 이어진 뉴욕에서 제일 맛있는 빵에 대한 열띤 토론이나 어쩌다 보니 또 하게 된 구두와 구두 가게들에 대한 논쟁에는 참여하지 않았다. 롤라는 심지어 그 긴 다리를 들어 내가 듣고도 금방 잊어버린 굉장히 이상한 이름의 디자이너가 만들었다는 스틸레토 힐을 보여주기까지 했다. 집으로 걸어 돌아오는 길에 빌은 아무 말이 없었다. 바이올렛이 우리 둘 가운데서 팔짱을 끼었다.
 "에리카가 있으면 좋겠어요." 그녀가 말했다.
 나는 잠시 아무 대답도 하지 않았다. "그녀가 여기 있고 싶어 하질 않아, 바이올렛. 몇 번이나 서로 방문할 계획을 잡았는지 몰라. 6개월마다 뉴욕에 오겠다는 편지를 보내지만, 곧 발을 빼곤 하지. 나도 캘리포니아로 가는 비행기 표를 세 번이나 끊었지만 그때마다 에리카는 편지를 보내서 만날 수 없다고 말했지. 그렇게 강한 여자가 아니래. 캘리포니아에서 사후의 삶을 살고 있는 거라면서, 그게 자기가 원하는 바라고 했어."
 "산 사람도 아닌데 논문을 참 많이도 썼네요." 바이올렛이 말했다.
 "논문을 좋아하지." 내가 말했다.
 "아직도 당신을 사랑해요." 바이올렛이 말했다. "내가 알아요."
 "아니면 나라 반대편에 사는 나라는 사람의 관념을 사랑하는 건지도 모르지."
 그 순간 빌이 발길을 멈췄다. 바이올렛의 팔을 놓고 밤하늘을 올려다보더니 두 팔을 펼치고 큰 소리로 말했다. "우리는 아무것도 몰라. 우리는 뭐 하나 아무것도 아는 게 없단 말이야." 우렁찬 그의 목소리가 거리에 울려 퍼졌다. "아무것도 모른다고!" 쩌렁쩌렁하게 그 말을 외친 그는 눈에 떠게 속이 후련해 보였다.

바이올렛이 빌의 손을 잡고 끌어당겼다. "그건 알았으니까 이제 우리 집으로 가요." 그는 저항하지 않았다. 바이올렛에게 손을 잡힌 그는 고개를 숙이고 구부정한 어깨를 한 채로 한 블록을 황황히 걸었다. 어머니 손을 잡고 집까지 걸어가는 어린아이처럼 보인다는 생각이 들었다. 한참 후, 나는 빌의 감정 폭발을 도발한 게 뭘까 궁금해졌다. 에리카에 대한 이야기 때문일 수도 있지만, 아까 밝혀진 사실 때문일 수도 있었다. 마크가 하필 고른 친구의 강력한 후원자가 바로 제 아버지의 작품에 대해 지금껏 가장 혹독한 리뷰를 썼던 장본인이라는 사실 말이다.

빌은 지인을 통해 마크가 여름 동안 일할 아르바이트 자리를 알아봐 주었다. 해리 프로인드라는 이름의 화가였다. 프로인드는 민간과 공공기관의 지원을 받아 뉴욕의 어린이를 주제로 트리베카에서 진행하는 대규모 아트 프로젝트에서 일할 인력이 필요했다. 그 거대한 임시 작품은 '어린이의 달'인 9월 행사의 일환이었다. 디자인에는 거대한 깃발, 크리스토[31] 스타일의 가로등 포장, 각 구의 아이들이 그린 드로잉의 확대본 등이 포함되어 있었다. "주 5일, 아홉시부터 다섯 시까지 근무, 육체노동." 빌이 내게 말했다. "그 녀석한테는 좋을 거야." 일은 6월 중순에 시작했다. 아침에 커피를 들고 앉아 고야에 대한 문단을 두세 개 더 짜내는 하루의 일과를 시작하며, 마크가 출근하려고 층계를 뛰어 내려가는 소리가 들렸다. 그러면 나는 책상으로 자리를 옮겨 글을 쓰기 시작했지만, 이후 한두 주

---

31) 부부 설치미술가 크리스토와 잔느 클로드Christo and Jeanne-Claude 중 남편. 불가리아 출생으로, 거대한 규모로 공공건물과 자연을 포장하는 대지미술가 또는 환경미술가로 유명.

일은 테디 자일즈와 그의 작품 생각 때문에 정신이 산란했다.

5월이 끝날 무렵 나는 파인더 갤러리의 전시회가 끝나기 전에 보러 갔다. 롤라의 묘사는 크게 과녁을 비껴가지 않았다. 전시회는 학살의 잔해처럼 보였다. 폴리에스터 레진과 유리섬유로 만든 9구의 시체가 사지 절단되고 복부가 찢어발겨지고 머리가 잘린 채 누워 있었다. 바싹 마른 피 같은 것으로 바닥이 얼룩져 있었다. 고문을 시뮬레이션하는 도구들이 단상들 위에 전시되어 있었다. 사슬톱, 칼 몇 개, 그리고 총. 벽에는 거대한 자일즈의 사진 네 장이 걸려 있었다. 세 장에서는 퍼포먼스를 하고 있었다. 첫 사진에서는 하키 마스크를 쓰고 들칼을 들고 있었다. 두 번째 사진에서는 여장을 하고, 금발의 마릴린 가발과 드레스를 입고 있었다. 세 번째 사진에서 그는 관장기를 스프레이하고 있었다. 네 번째 사진은 '자기 자신'으로서의 자일즈를 보여주려는 의도로 보였다. 평범한 옷차림을 한 그는 파란색 긴 소파에 앉아 왼손에 텔레비전 리모컨을 들고 있었다. 오른손은 사타구니를 주무르는 것처럼 보였다. 그는 창백하고 차분했으며, 아무리 봐도 마크가 말한 것처럼 젊은 나이는 아닌 것 같았다. 나라면 자일즈가 적어도 서른은 넘었다고 생각했으리라.

전시회는 불쾌했을 뿐만 아니라 형편없었다. 공정을 기하기 위해 나는 스스로 그 이유를 자문해 봐야 했다. 새턴이 자기 아들을 잡아먹는 고야의 그림 역시 못지않게 폭력적이다. 자일즈는 고전적인 호러의 이미지들을 가져다 문화 속에서 자신의 역할에 대한 논평의 목적으로 썼다. 리모컨은 텔레비전과 비디오를 명백하게 지시하고 있었다. 고야 역시 작품을 보는 사람 누구나 즉각적으로 알아볼 수 있는 초자연의 민담 이미지를 빌려왔고, 그 역시 사회에 대한 논평이었다. 그런데 어째서 고야의 작품은 살아 있는 느낌이고 자일즈의 작품은 죽은 것 같을까? 매체가 달랐다. 고야에서는 화가의 손길이 물리적으로 현존한다는 실감이 느껴졌다. 자일즈는 기술자들을 고용해 살아 있는 모델에게서 시체의 본을 뜨고 자기 대신 제작하도록 시켰다. 그러나 작품을 맡겨 제작한 다른 예술가들을 높이 평가한 적도 있지 않은가. 고야는 심오했다. 자일즈는 얄팍했다. 그러나 가끔 얄팍함 자체가 요점일 때도 있다. 워홀은 표면에 헌신했다. 문화의 텅 빈 겉치레에. 앤디 워홀의 작품을 사랑하지는 않았지만 그 관심은 이해할 수 있었다.

우리 어머니가 돌아가시기 직전의 여름에, 나는 혼자 이탈리아를 여행하며 피에몬테에서 바랄로까지 사크로 몬테[32]와 마을 위 성당들을 보러 갔다. 베들레헴의 영아 학살을 기리는 성당에서 진짜 머리카락이 붙어 있고 진짜 옷가지를 걸친 통곡하는 어머니들과 살해당한 영아들의 상像들을 보았는데, 내게 있어 그 효과는 가슴이 찢어지는 듯했다. 파인더 갤러리로 들어가서 자일즈의 폴리에스터 희생자들을 보았을 때, 나는 전율했지만 그들과 연계성을 별로 느끼지 못했다. 조각들의 속이 텅 비었다는 사실도 부분적으로는 이유가 될 수 있겠다. 무수한 인공 장기, 심장, 위장, 신장과 쓸개들이 난도질당한 시체들 사이에 흩어져 있었으나, 절단된 팔을 자세히 들여다보면 속에는 아무것도 없었다.

그럼에도 불구하고 자일즈의 예술을 설명하기란 쉽지 않았다. 〈블래스트〉에 실린 해스보그의 기사를 읽었을 때, 나는 그가 단순한 루트를 택했

---

[32] 사크로 몬테(Sacro Monte, Sacri Monti의 단수형)는 북부 이탈리아에서 15세기 말부터 유행해 유럽으로 퍼져나갔던 종교 건축문화로, 산지에 지어진 일련의 종교 건축물 지구를 뜻한다. 피에몬테와 롬바르디아의 사크리 몬티(Sacri Monti of Piedmont and Lombardy)는 이탈리아에서 가장 유명한 사크로 몬테 유적지이다.

다는 걸 깨달았다. 호러 이미지를 평평한 스크린에서 3차원의 갤러리로 옮겨 오는 행위가 관객으로 하여금 어쩔 수 없이 그 의미를 재고할 수밖에 없게 만든다는 주장이었다. 해스보그는 몇 페이지에 걸쳐 쉬지 않고 떠들어 대고 있었다. 산문은 과장법의 형용사들로 굴러갔다. "기발하다", "눈길을 뗄 수 없다", "경이롭다" 등. 그는 보드리야르를 인용했고, 자일즈의 변화하는 정체성들에 헐떡거리며 찬사를 늘어놓았으며, 마지막으로 길고 거창한 문장을 통해 그야말로 '미래의 예술가'라고 선포했다.

해리 해스보그는 또한 자일즈가 마크가 말해준 대로 버지니아주 출신이 아니라 텍사스 주 베이타운에서 태어났다고 썼으며, 해스보그 판 자일즈의 인생에서 예술가의 모친은 창녀가 아니라 아들에게 헌신적이었던 근면한 웨이트리스였다. "우리 어머니가 영감의 원천이다"라는 자일즈의 말이 인용되어 있었다. 그로부터 몇 주일에 걸쳐 나는 자일즈가 호러 영화의 끔찍스러운 이미지들을 재생산했다는 사실에 있어서는 해스보그가 옳았을지 몰라도, 관객에게서 창출하는 효과에 대해서는-적어도 내 경우에는-틀렸다는 생각을 하게 되었다. 그 작품들은 아무것도 비판하지 않고 아무것도 드러내지 않았다. 그것들은 문화의 내장들로부터 배설된 시뮬라크라, 즉 순전히 관객을 자극하려는 의도를 지닌 불모의 상업적 배설물이었다. 그리고 해스보그에 대한 나의 편견을 감안하고 봐도, 그가 자일즈를 그토록 좋아하는 이유는 그 사내의 작품이 자기 목소리의 시각적 체현이기 때문이라는 느낌이 들기 시작했다. 그가 예술이나 예술가들에 대한 기사를 쓸 때 흔히 취하는, 잘난 척하고 냉소적이며 즐거움이라고는 찾아볼 수 없는 어조 말이다. 그는 딱 자기처럼 글을 쓰는-덜 지적이지만-동료들을 다수 거느리고 있었다. 요즘 유행하는 미끈한 감언이설을 쓰는 문화 기자들 말이다. 그런 언어를 나는 지독하게 싫어하게 되었는데, 그 이유는 파악할 수 없는 의미란 존재하지 않는다고 오만하게 암시하는 그 젠체하는 어휘들은 미스터리나 모호성의 여지를 허락하지 않기 때문이다.

자일즈의 작품을 성급하게 판단한 건 아니지만, 나는 결국 판단을 내렸고, 마크가 이런 공허한 학살의 장면들이며 그런 장면을 창조해 낸 남자에게 끌린다는 사실이 걱정스러워졌다. 자일즈는 출생지나 나이를 말할 때마다 약간씩 얘기가 달라지곤 했다. 해스보그는 자일즈가 스물여덟이라고 썼다. 물론 자일즈가 자기 배경을 흐리고자 했을 테고, 아마도 목적은 자신을 둘러싼 신화를 창출하려는 것이었겠지만, 그런 모호한 언행이 마크에게 좋을 리는 없었다. 그 애는, 아주 잘 봐줘서 말할 때, 진실을 지나치게 자주 왜곡하는 버릇이 있었으니까.

7월 초순 늦은 아침에 나는 웨스트브로드웨이에서 우연히 마크와 마주쳤다. 인도에 쭈그리고 앉아 코커스파니엘을 쓰다듬으면서 개 주인과 이야기를 나누고 있었다. 그는 개의 주둥이에 얼굴을 바짝 대고 나지막한 목소리로 다정하게 말했다. 내가 인사를 하자 그는 화들짝 놀라며 일어서서 말했다. "안녕하세요, 레오 삼촌." 개를 보며 그가 말했다. "안녕, 탈룰라." 나는 어째서 일하러 가지 않았느냐고 물었다.

"해리가 오늘은 정오까지 나올 필요 없다고 했어요." 그가 말했다. "지금 가던 참이에요."

마크와 함께 거리를 걸어가는데, 젊은 여자가 옷가게에서 머리를 불쑥 내밀더니 마크에게 손을 흔들었다. "안녕, 마키. 자기 잘 지내?"

"다리엔." 마크가 큰 소리로 대답했다. 그는 상냥한 미소를 지어보이며 한 손을 들어 손가락을 꼼지락거렸다. 그런 손짓은 어쩐지 마크답지 않다는 생각이 들었지만, 마크 쪽을 돌아보니 날 보고 환하게 웃으며 말하는 것이었다. "정말 좋은 여자예요."

블록 끝까지 다다르기 전에 마크를 부르는 사람이 또 있었다. 이번에는 더 어린 소년이었다. 그는 길 건너에서 "더 마크!"라고 외치며 달려왔다.

"더 마크?" 나는 불쑥 내뱉었다..

마크는 참 희한한 별명을 붙여 줬죠, 라고 하는 듯이 눈썹을 치켜 올렸다.

소년은 나를 못 본 척했다. 헐레벌떡 달려와 숨이 찬지, 그는 마크를 올려다보았다. "나야, 프레디. 기억해? 클럽 USA에서?"

"그럼." 마크가 말했다. 재미없다는 말투였다.

"오늘 밤에 바로 이 근처에서 진짜 쿨한 사진전 오프닝이 있어. 너도 가 보면 좋을 거 같아서."

"미안." 마크는 똑같이 간결한 목소리로 말했다. "못해."

나는 프레디가 뻔히 드러나는 실망감을 숨기려고 입술을 앙다무는 모습을 지켜보았다. 프레디는 턱을 치켜들더니 마크를 보고 웃음을 지었다.

"그럼 다음에, 응?"

"당연하지, 프레디." 마크가 말했다.

프레디는 다시 길 건너로 달려가다가, 지나치는 택시를 아슬아슬하게 스쳤다. 기사가 경적을 눌렀고 시끄러운 소리가 2~3초간 거리에 울려 퍼졌다.

자칫하면 사고를 당할 뻔한 프레디를 지켜보던 마크는 짝다리를 짚고 어깨를 축 늘어뜨린 자세로 섰는데 아마 태연해 보이려고 그랬던 것 같다. 그러더니 그는 나를 바라보고 허리를 곧게 펴더니 어깨를 젖혔다. 눈길이 마주쳤을 때 내 얼굴에 스치는 희미한 혼란을 읽었는지 그는 잠시 머뭇거렸다. "뛰어가야겠어요, 레오 삼촌. 지각하면 안 되니까."

나는 시계를 봤다. "빨리 가야겠네."

"그럴게요." 마크는 엄청나게 큰 바지를 깃발처럼 발목 양편으로 휘날리면서 전력으로 달리기 시작했고, 속옷이 밴드 밑으로 몇 인치는 훤히 드러나 보였다. 바지는 너무 길어서 밑단 안쪽솔기가 다 해지고 찢어져 있었다. 나는 잠시 서서 달려가는 그 애 모습을 보고 있었다. 마크의 모습이 점점 더 작아지더니 모퉁이를 돌았다.

집으로 돌아오는 길에 나는 마크가 나의 내면에 풀어놓은 두 가지 이야기를 깨달았다. 두 개의 서사는 포개져 있었다. 표면적인 이야기는 다음과 같이 흘러갔다. 수천 명에 달하는 다른 10대들처럼 마크는 자기 삶의 일부를 부모님에게 숨기고 살아왔다. 당연히 그는 마약도 해보고, 여자들과 자기도 하고, 어쩌면, 요즘 들어 드는 생각이지만 남자애들 한두 명과도 자본 게 틀림없었다. 그는 지적이지만 학교 성적은 형편없었는데, 그 사실은 수동적인 반항을 암시했다. 그는 부모에게 거짓말을 해왔다. 내 아파트에 있는 자기 방 이야기를 어머니에게 하지 않았고 내 허락도 없이 그 방에서 잠을 자기도 했다. 또 한 번은, 새벽 네 시에 그 방으로 몰래 들어오려고 시도하다가 실패했다. 그는 테디 자일즈 예술의 폭력적인 콘텐츠에 매혹되었지만, 생각해 보면 헤아릴 수 없이 많은 젊은이들 역시 그건 마찬가지였다. 그리고 마지막으로, 그 또래의 어린애들이 다 그러하듯, 마크는 자기한테 뭐가 잘 맞는지 찾아보려고 다양한 페르소나들을 시험해 보았다. 또래한테 하는 언행과 어른들과 있을 때 하는 행동이 달랐다. 이 판본의 마크 이야기는 평범했다. 정상적으로 좌충우돌의 사춘기를 보내는 백만 명의 다른 아이들과 다를 바가 없는 이야기였다.

다른 이야기는 그 위를 덮고 있는 이야기와 비슷하고, 내용도 동일했다. 마크는 거짓말을 하다가 들켰다. 나 혼자 '유령'이라고 부르는 불쾌한 사람과 친구가 되었고 마크의 몸과 목소리는 그 순간 말하고 있는 대상에 따라 변했다. 그러나 이 두 번째 서사에는 첫 번째 서사의 매끈함이 결여되어 있다. 구멍들이 숭숭 뚫려 있고 그 간극들 때문에 이야기하기가 힘들다. 10대의 삶에 대한 더 포괄적인 허구에 의존해 거친 구멍들을 메우려 하지 않고 해답도 없이 뻥 뚫린 채로 내버려 둔다. 그리고 그 위에 깔린 좀 더 안심이 되는 이야기와 달리, 마크가 열세 살 때 시작된 게 아니라 훨씬 더 이른, 미지의 시점에서 기원해 나를 미래보다는 과거로 뛰어들게 만들며, 분절된 그림과 소리들이라는 파편적 형태로 나타난다. 나는 루실이 위층에 살던 때 우리 문을 열고 들어오던 어린 마크의 모습을 본다. 무서운 고무 가면 속에 머리를 가린 모습이었다. 마크의 아버지가 아들의 머리에 등갓을 씌워 그린 초상화가 눈앞에 떠올랐고—그 캔버스에서 어디라고 짚어 말할 수 없지만 둥둥 떠다니던 작은 몸—머뭇거리다가 한숨을 쉬다가 결국 문장을 끝맺지 못하던 바이올렛의 목소리가 귓전에 들렸다.

  나는 그런 지하의 이미지들을 억누르고 표면의 일관성 있는 이야기에 집중했다. 그게 더 안락하고 합리적이었다. 아무튼 나는 비탄하는 존재가 되어버렸으니까. 매튜의 부재로 인해 나는 마크의 성격에 내재한 미묘한 뉘앙스들에 과도하게 민감해졌지만, 결과적으로 그런 건 별 의미가 없을지도 모른다. 나는 예측 가능한 이야기들을 믿지 않게 되었다. 내 아들은 죽었고 내 아내는 스스로 추방 생활을 자처하고 살고 있었다. 그러나 내 삶이 사고로 뒤흔들렸다고 해서, 다른 사람들이 정해진 길대로 터벅터벅 걷다가 오랜 세월 후 애초의 예상과 별로 다르지 않은 모습으로 변해가는 그런 삶을 살지 않는다는 뜻은 아니라고 스스로를 타일렀다.

그해 여름 빌은 내게 돌아왔다. 거의 날마다 찾아왔고, 나는 바워리에서 제작되고 있던 문들의 진행 과정을 볼 수 있었다. 빌은 스튜디오에서 긴 시간 작업을 하면서도 나를 위해 시간을 내 주었고, 나는 빌이 그렇게 나를 보고 싶어 하는 심리는 일부 마크에 대해 느끼게 된 새로운 낙관주의의 결과라는 걸 감지했다. 근심은 늘 빌에게서 후퇴의 형태로 나타났고, 세월이 지나면서 나는 후퇴의 외적 표시들을 알아볼 수 있게 되었다. 거침없는 손짓과 몸짓이 사라졌다. 시선은 방 건너편의 사물에 초점을 맞추고 있지만 실제로 대상을 보고 있지는 않았다. 줄담배를 피우고 책상 밑에 스카치 한 병을 숨겨두었다. 나는 빌의 심리적 기후에, 그 안에서 점점 높아지다가 조용히 폭풍처럼 휘몰아치는 내면적 압력에 예민했다. 마음속의 태풍들은 대체로 마크로 시작해서 마크로 끝이 났지만, 한창 격하게 휘몰아치고 있을 때는 나를 위시해 그 누구와도 대화를 나누기가 힘들었다. 바이올렛은 예외였을지 모르겠다. 나는 모른다. 나는 빌의 내적 격랑이 거짓말을 하고 무책임하게 구는 마크에 대한 분노가 아니라 자기 자신에게 돌리는 이글거리는 분노 내지 의혹이라는 느낌을 받았다. 그와 동시에 그는 바람의 방향이 달라진다는 걸 기꺼이 믿으려 애썼고, 아들의 행동에서 드러나는 미세한 암시들이 앞으로 다가올 더 좋은 날의 표상이라고 믿고 매달렸다. "그 일은 그만두지 않고 계속 하네." 빌이 내게 말했다. "그리고 굉장히 재미있어 해. 자일즈와 클럽 무리들도 안 만나고 자기 또래 애들과 어울리더라고. 얼마나 안심이 되는지 모르겠어, 레오. 녀석도 자기 삶에서 방향을 찾게 될 줄은 알았지만." 바이올렛이 책을 쓰기 위한 연구를 하러 다녔기 때문에 나는 그녀보다는 빌이나 마크를 훨씬 자주 만났고, 자주 보지 못하게 되니 상상 속 그녀의 쌍둥이 – 내가 마음 속에서 침대로 데리고 가던 여자 – 를 억누르는 데도 큰 도움이 되었다. 그러나 에리카는 바이올렛과 정규적으로 이야기를 나누었고 편지로 바이올렛이 전보다 나아졌고 덜 불안해 한다는 얘기를 전해주었다. 바이올렛도 마크에게서 프로인드 일자리와 연관해 새로운 결심을 느꼈다는 것이었다. "그 프로젝트가 어린이를 주제로 한다는 사실에 마크가 진심으로 감동 받은 눈치라고 말해 줬어. 그 부분에 마크가 공감한 것 같다고 하더라고."

밥 씨는 여전히 바워리에 살고 있었고, 빌을 만나러 갈 때마다 사슬을 걸어 잠근 문틈으로 의심스러운 눈초리를 하고 나를 바라보았다. 그리고 내가 나올 때마다 축복을 해주었다. 밥 씨가 빌과 바이올렛에게는 전신을 드러낸다는 걸 알고 있었지만, 나는 그 우울한 얼굴의 단편밖에 볼 수 없었다. 빌은 말하지 않았지만 그 노인이 그의 책임이 되었다는 사실을 이해했다. 빌은 밥 씨를 위해 계단 밑에 식료품들을 놓고 가곤 했고, 한 번은 깔끔한 글씨로 쓰인 쪽지가 빌의 책상 위에 놓여 있는 걸 본 적도 있다. "그냥 땅콩버터 말고 '크런치'란 말이야!" 그러나 내가 아는 한 빌은 단순히 아래층의 이웃을 자기 인생에서 의무적으로 떠맡아야 할 존재로 인정해 버린 것 같았다. 내가 아래층의 무단 점거자 이야기를 꺼내면 고개를 절레절레 흔들며 미소를 지었지만 갈수록 태산인 밥 씨의 요구에 대해서는 한 마디도 불평하지 않았다.

8월 중순 빌과 바이올렛은 마사스 비니어드에서 휴가를 보내는 2주일 동안 마크가 나와 함께 지내도 되겠느냐고 물었다. 마크는 일을 내팽개치고 갈 수가 없는데 그렇다고 아파트에 애를 혼자 두고 가는 것도 마음이 편치 않다고 했다. 나는 좋다고 하고 마크에게 열쇠를 주었다. "이건 우리 사이 신뢰의 표시니까 2주일이 다 지나더라도 계속 갖고 있으면 좋겠다." 그는 손을 내밀었고 나는 손바닥에 열쇠를 놓아주었다.

"내 말 알겠지, 마크?"

그는 흔들림 없는 눈길로 나를 바라보며 고개를 끄덕였다. "그럼요, 레오 삼촌." 아랫입술이 복받치는 감정에 파르르 떨렸고 우리는 함께 하는 2주일을 시작했다.

마크는 열띤 어조로 프로인드 일자리 이야기를 했다. 설치를 도와주고 있는 커다란 색색의 깃발들에 대해서, 함께 일하는 젊은 남녀들에 대해서—레베카와 라발과 샤네일과 지저스라고 했다. 마크는 운반하고 기어오르고 망치질을 하고 톱질을 했으며 하루 일이 끝나면 팔이 쑤시고 다리가 후들거린다고 했다. 다섯 시에서 여섯 시쯤 집에 돌아오면 낮잠을 자고 나서야 기운을 차리기 일쑤였다. 밤 열한 시쯤 되면 외출을 해서 보통 아침까지 돌아오지 않았다. "제이크하고 자고 올게요." 그는 이 말과 함께 전화번호를 남겼다. "루이자네 집에 있을 거예요. 부모님이 손님방에서 자도 된다고 하셨어요." 또 다른 전화번호. 그는 아침 여섯 시에서 여덟 시 사이쯤 슬그머니 들어와 출근할 때까지 잠을 잤다. 스케줄은 날마다 바뀌었다. "열두 시까지는 안 가도 돼요." 그런 말을 하거나 "해리가 오늘은 제가 필요 없대요"라고 할 때도 있었고, 그러면 오후 네 시까지 혼수상태에 빠져 들곤 했다.

가끔 친구들이 우리 집 문 앞까지 와서 마크를 데리고 밤에 외출하기도 했다. 대부분은 머리를 양 갈래로 묶고 뺨에 반짝이 분을 바른 아기 같은 옷차림의 키 작은 백인 소녀들이었다. 어느 날 저녁 갈색 머리 아가씨 하나가 핑크색 리본에 고무 젖꼭지를 묶어 목에 걸고 문 앞에 왔다. 마크의 여자친구들은 유아 같은 옷차림에 어울리는 목소리에 전위된 감정이 배어 있는 높고 얄팍한 어조로 애교를 떨고 지저귀고 짹짹거렸다. 음료를 내놓기라도 하면 내가 무슨 불멸의 묘약이라도 내놓았다는 듯이 호들갑스럽게 고맙다고 인사를 했다. 프레디 앞에서는 터프한 척을 했던 마크지만 여자애들과 함께 있을 때는 허세를 부리거나 지겹다는 듯 행동하지 않았다. 마리나, 시씨, 제시카, 그리고 문라잇(브루클린 유리세공업자의 딸)과 함께 있을 때 그의 말투는 변함없이 다정하고 진지했다. 허리를 굽혀 그녀들과 이야기를 나눌 때 그의 핸섬한 얼굴은 애정으로 누그러지곤 했다.

마크가 친구들과 외출한 어느 날 밤, 나는 톰슨 스트리트의 오멘에서 라즐로와 핑키를 대동하고 식사를 했다. 죽은 고양이들 이야기를 처음 꺼낸 건 핑키였다. 핑키 나바츠키는 예전에도 몇 번 본 적이 있지만 그날 저녁까지는 그렇게 긴 시간을 함께 보내 본 적이 없었다. 그녀는 20십대 초반의 키 큰 처녀였고, 빨강머리, 회색 눈에 결정적으로 진중한 분위기를 풍기는 살짝 휘는 매부리코를 갖고 있었으며 목이 아주 길었다. 많은 댄서들이 그렇듯 항상 턴아웃[33])을 하고 선 탓에 발걸음이 달라져서 약간 오리걸음처럼 보였고, 고개는 대관식의 여왕처럼 꼿꼿하게 치켜들고 있었다. 그리고 나는 그녀가 말할 때 팔과 손을 움직이는 몸짓을 구경하는 게 즐거웠다. 몸짓을 할 때 그녀는 사지를 전부 다 써서 어깨에서부터 팔을 움직이곤 했다. 또 그런가 하면 팔꿈치를 구부리고 내 쪽으로 몹시 단호하게 손을 펼쳐 보이기도 했다. 그녀의 동작에는 가식적인 데가 전혀 없었다. 그저 자신의 근육 조직과 우리 같은 대다수 사람들로서는 생각조차 할 수 없는 특이한 관계를 맺고 있을 뿐이었다. 고양이 얘기를 하기 전에 그녀는 내 쪽으로 몸을 기울이고 손바닥을 천정 쪽으로 뒤집었다. "어젯밤에 살해당한 고양이들 꿈을 꿨지 뭐예요. 〈포스트〉에 실린 그 사진 때문인 거 같아요."

---

33) 발끝을 밖으로 하고 서는 발레의 자세

살해당한 고양이라니 금시초문이라는 말을 미처 꺼내기도 전에 핑키가 설명을 해 주었다. 가죽을 벗겨 꼬치에 끼우고 사지를 절단한 고양이들이 도시 전역에서 발견되고 있다는 것이었다. 벽에 못 박혀 있기도 하고, 문간에 걸려 있기도 하고, 아니면 단순히 뒷골목이나 인도나 지하철 플랫폼 한가운데 놓여 있기도 했다.

라즐로는 그 동물들 모두가 신체 일부에 옷가지를 걸치고 있다고 말해 주었다. 기저귀를 차고 아기 옷을 입고, 파자마나 스포츠 브라를 걸치고 있다는 것이었다. 그리고 하나같이 S.M.이라는 서명이 되어 있었다. 그 글자들 때문에 아마 테디 자일즈가 범인이라는 루머가 시작되었던 것 같다. 자일즈는 자신의 여장 페르소나를 '여자-괴물She-Monster'이라고 불렀다. 그 이니셜은 수줍게, 하지만 별로 은근하지는 않게 사도매저키즘 (Sadomasochism, 가학 피학성 변태 성욕)을 지칭하고 있었다. 자일즈는 고양이 살해 혐의를 전면 부인했지만, 라즐로의 말에 따르면 그 동물 사체를 '치열한 정점에 오른 최고의 게릴라 예술'이라고 일컬음으로써 애매한 의심의 여지와 충격적 효과를 둘 다 놓치지 않고 남겨 두었다고 한다. 자일즈는 또한 그 예술가가 부럽다면서 자신이 무명의 '영속자/창조자'에게 영감을 주었기를 바란다고 말했다. 마지막으로 그는 미래의 '모방범copycat'들에게 축복을 내린다고 했다. 이런 논평에 동물 보호 단체들이 격분해서 들고 일어났고 아침에 출근한 래리 파인더는 갤러리 문에 빨간 페인트로 〈살해 방조자〉라고 쓰여 있는 것을 발견했다. 나는 신문의 치열했던 격론도 놓치고 지역 뉴스에 나왔던 짧은 영상도 보지 못했다.

라즐로는 생각에 잠겨 음식을 씹다가 코로 긴 한숨을 내뱉었다. "완전히 담을 쌓고 사시는군요, 아시죠, 레오?"

나는 그렇다고 시인했다.

"라즐로." 핑키가 말했다. "사람들이 다 자기 같은 건 아니야. 늘 세상 만사를 체크하고 살 필요는 없잖아. 레오는 생각할 거리가 달리 많으시니까."

"기분 상하게 해드릴 생각은 없었어요." 라즐로가 내게 말했다.

내가 그 말에 전혀 기분 상하지 않았다고 두 사람을 다독거리고 난 후 라즐로가 말을 이었다. "자일즈는 떠들썩하게 광고가 될 만한 일이면 무슨 말이든 할 위인이죠."

"그건 사실이야." 핑키가 말했다. "그 고양이들과 전혀 상관이 없을 수도 있어요."

"빌과 바이올렛도 이 일을 알고 있나?"

라즐로가 고개를 끄덕였다. "하지만 마크가 자일즈를 이제 만나지 않는다고 생각하고 있어요."

"그렇지만 자네는 그게 아니라는 걸 아는군."

"같이 있는 걸 우리가 봤어요." 핑키가 말했다.

"라임라이트에서 지난 화요일에요." 코로 흐흡 소리가 나도록 숨을 들이쉬고 나서 라즐로가 말했다. "빌한테 말하기는 정말 싫지만, 해야죠. 애가 아버지 머리 꼭대기에 올라가 있어요."

"자일즈가 고양이들을 죽이고 다니지 않는다고 해도요." 핑키가 탁자 위로 몸을 굽히며 말했다. "소름 끼치는 인간이에요. 전에 한 번도 본 적이 없는데, 화장이나 옷차림이 아니라 눈빛이 어쩐지 굉장히 기분 나빴어요."

작별인사를 하기 전 라즐로가 내게 슬쩍 봉투를 하나 건네주었다. 이젠 이런 작별 선물이 나도 익숙했다. 라즐로는 빌한테도 이런 봉투들을 두고 가곤 했다. 보통 내게는 생각해 볼 만한 인용문을 타이핑해서 주었다. 이미 토머스 번하트의 독설을 대접받은 적이 있었던 것이다. "벨라스케즈, 렘브란트, 조르조네, 바흐, 헨델, 모차르트, 괴테… 파스칼, 볼테르, 모두가 얼마나 부풀려진 괴물들인지." 그리고 특히 내 마음에 들었던 필립 거스턴의 말도 있었다. "알면서도 얼마나 모르는지는 세상에서 가장 위대한 수수께끼다." 그날 밤 봉투를 뜯어 읽어보니 이렇게 쓰여 있었다. "키치는 항상 합리성으로 도피하는 과정 중에 있다. 헤르만 브로흐."

나는 죽은 고양이들이 일종의 키치인가 자문해 보았다. 그 생각은 동물 제물, 존재의 사슬, 평범한 도살장, 그리고 마침내 애완동물에 대한 반추로 이어졌다. 어린 시절 마크가 흰 쥐, 기니피그, 그리고 피퍼라는 이름의 잉꼬를 키웠던 기억이 떠올랐다. 어느 날 피퍼는 새장 문에 목이 걸려 죽었다. 그 사고 이후 마크와 매트는 빳빳하게 굳은 작은 사체가 담긴 구두상자를 들고 우리 로프트를 돌아다니며 그들이 아는 노래들 중 유일하게 비가로 쓸 수 있는 노래를 불렀다. "스윙 로, 스윙 채리엇Swing Low Swing Chariot"이었다.

다음 날 일하러 갔던 마크가 돌아왔을 때 나는 차마 자일즈나 고양이 이야기를 꺼낼 수가 없었고, 저녁식사 때는 마크가 그날 하루의 일과에 대해 할 말이 어찌나 많은지 도저히 그 주제로 이어질 적당한 말머리를 찾을 수가 없었다. 그날 아침에는 마크가 제일 좋아하는 확대 그림을 설치했다고 했다. 브롱크스에 사는 여섯 살짜리 아이의 그림으로 자기 거북이와 함께 한 모습을 그린 자화상이었다. 거북이는 공룡과 굉장히 닮은 모습으로 그려져 있었다. 오후에는 그의 친구 지저스가 사다리에서 떨어졌지만 바로 밑 땅바닥에 산더미처럼 쌓여 있던 거대한 캔버스 천 깃발들 덕분에 살았다. 마크는 그날 밤 외출 준비를 위해 화장실에 처박혔고, 휘파람 소리가 들려왔다. 그는 식탁에 이름이 적힌 전화번호를 놓아두었다.

앨리슨 프레데릭스: 677-8451. "앨리슨네로 전화하시면 저한테 연락하실 수 있어요." 그가 말했다.

마크가 나가고 나서, 막연한 의심이 내 마음 속에서 동하기 시작했다. 자넷 베이커가 부르는 베를리오즈 성악곡을 듣고 있었지만, 음악은 폐를 옥죄는 불안감을 쫓아낼 수 없었다. 나는 마크가 테이블에 놓고 간 이름과 전화번호를 물끄러미 쳐다보았다. 20분쯤 망설이다가 나는 수화기를 들고 전화를 걸었다. 남자가 받았다. "마크 웩슬러와 통화하고 싶은데요." 내가 말했다.

"누구요?"

"앨리슨의 친구입니다."

"여기 앨리슨이라는 사람 없습니다."

나는 번호를 다시 보았다. 다이얼을 잘못 돌렸는지도 모른다. 아주 조심스럽게 나는 다시 전화번호를 눌렀다. 똑같은 남자가 전화를 받자 나는 끊었다.

다음 날 아침 마크에게 전화번호가 틀렸다고 따지자 그는 영문을 모르겠다는 얼굴을 했다. 주머니를 뒤지더니 전화번호를 꺼내 전날 밤 썼던 작은 쪽지 옆에 놓았다. "뭘 잘못했는지 알겠네요." 그 애는 밝고 낭랑한 목소리로 말했다. "이 번호 두 개를 바꿔 썼어요. 여기 보세요. 48이지 84가 아니에요. 죄송해요. 서두르다 그랬나 봐요."

순진한 그 얼굴을 보니 바보가 된 기분이었다. 그래서 나는 자일즈와 함께 있는 모습을 보았다는 라즐로의 이야기와 고양이 소문 때문에 기분이 나빴다고 솔직히 털어놓았다.

"아, 레오 삼촌." 그가 말했다. "곧장 저한테 말씀하시지 그러셨어요. 다른 친구들하고 나갔다가 테디와 우연히 만났는데, 이젠 그렇게 친한 사이 아니에요. 하지만 이 말씀은 드려야겠어요. 테디는 사람들에게 충격을 주는 걸 좋아해요. 그게 그 사람 특징인데, 사실 파리도 못 잡을 위인이거든요. 자기 아파트에서 파리들을 이렇게 잡아서 옮기는 것도 봤는걸요." 마크는 양손을 오므렸다. "불쌍한 고양이들. 생각만 해도 역겨워요. 있잖아요, 엄마네 집에 고양이가 두 마리 있거든요. 미라벨하고 에스메랄다예요. 저한테는 최고의 친구들이나 마찬가지죠."

"아마 자일즈의 작품이 너무 폭력적이라 그런 소문이 생긴 걸 거야." 내가 말했다.

"하지만 다 가짜잖아요!" 마크가 말했다. "그 차이를 모르는 사람은 바이올렛 밖에 없는 줄 알았는데." 마크는 눈을 굴렸다.

"바이올렛이 그 차이를 모른다고?"

"뭐, 그게 꼭 진짜라도 되는 것처럼 군다구요. 심지어 공포영화는 아예 못 보게 해요. 대체 무슨 생각을 하는 걸까요? 텔레비전에서 봤다고 내가 나가서 토막 살인이라도 할까 봐요?"

마크는 우리가 함께 하던 두 번째 주에 몹시 창백한 얼굴이었지만, 녹초가 될만도 했다. 친구들은 하루 종일, 그리고 한밤중에 시도 때도 없이 전화를 해서 마크, 마키, 그리고 더 마크를 찾았다. 무슨 일이라도 제대로 하려면 전화를 받지 않고 나중에 메시지를 듣는 수밖에 없었다. 화요일 새벽 두 시쯤 깊이 잠들어 있던 나는 전화 소리에 깨었고 받아 보니 남자의 굵직한 소리가 "M&M?"이라고 물었다. "아닙니다." 나는 대답하고 나서 잠시 후, "혹시 마크 말씀이신가요?"라고 물었다. 짤깍하는 소리가 나더니 통화가 끊어져버렸다. 끝도 없이 걸려오는 전화들, 변덕스럽게 들어왔다 나갔다 하는 마크의 동향, 아파트에 어지럽게 흩어져 있는 마크의 물건들 때문에 정신이 산란해지기 시작했다. 나는 이제 다른 사람과 함께 사는 데 익숙하지 않았기에 잘못된 자리에 갖다 놓는 물건들도 많았고 몇몇 잃어버리기도 했다. 2~3일쯤 자취를 감췄던 나의 펜은 소파 쿠션 뒤에서 나왔다. 부엌칼이 없어졌다. 그리고 어머니가 선물로 주신 은색 레터오프너는 종적을 감췄다. 스타라이트 테크노니 머신 파라다이스를 광고하는 전단지로 벽이 도배되었다. 사방에 운동화들이 돌아다녔다. 운동화만 스무 켤레쯤 갖고 있는 것 같았다. 바지, 스웨터, 양말과 티셔츠가 침대 위에, 의자 위에, 그리고 방바닥에 무더기로 널려 있었다. 어떤 건 아직도 목이나 허리 부분에 라벨이 붙어 있었다. 방에 들어가서 책상 위에 놓여 있던 비디오테이프를 집어 들었다. 〈킬러들 풀려나다Killers Unleashed〉였다. 본 적은 없지만 기사를 읽은 적은 있는 영화였다. 처음에 부모를 죽이고 도둑질과 살인을 마구잡이로 일삼으며 전국 횡단을 하는 소년과 소녀의 실화를 바탕으로 한 영화였다. 저명한 감독이 찍은 영화였고, 상당한 논쟁을 불러 일으켰었다. 나는 테이프를 내려놓다가 바로 몇 인치도 안 되는 곳에서 뜯지 않은 레고 상자를 보았다. 포장지 겉면에는 명랑한 작은 경찰관이 경례 자세로 한 팔을 치켜들고 있었다. 책상 위를 살펴보니 껌종이, 초록색 토끼발, 어딘가의 열쇠, 돌돌 말린 빨대, 오래된 스타워즈 모형들, 개 만화가 그려진 스티커가 보였고, 이상하게도 부서진 인형의 집 가구 조각들이 눈에 띄었다. 그리고 또 복사한 전단지가 한 장 있어서, 나는 집어 들고 읽어보았다. 처음부터 끝까지 대문자로 인쇄되어 있었다.

너는 왜 이 이벤트에 왔는가? 레이브 현장은 테크노가 다가 아니다. 마약에 대한 것만도 아니다. 이 현장은 단순히 유행이 아니다. 연대와 행복을 말하는 특별한 무엇이다. 자기 자신으로 산다는 것, 그리고 그 자체로 사랑받는다는 것이다. 우리 사회로부터의 피난처가 되어야 한다. 그러나 현재 우리의 현장은 해체되고 있다. 우리 현장에 필요한 건 전선과 도발적 태도가 아니다. 터프한 건 외부 세계만으로도 충분하다. 심장을 열고 즐거운 감정이 흐르게 하라. 주위를 돌아보고, 한 사람을 고르고, 이름을 묻고 친구가 되어라. 경계를 철폐하라. 심장과 마음을 열어라. 레이버들이여 단결하여 우리 현장을 생생한 활력으로 지키자!

무명의 필자는 종이 테두리를 따라 손 글씨로 작은 슬로건들을 적어 넣었다. "리얼해야 한다!" "너 자신이 되어라!" "행복하라!" "집단 포옹!" 그리고 "너는 아름다워!" 등이었다.

조잡하게 쓰인 전단지의 이상주의에는 어쩐지 안쓰러운 데가 있었지만, 표현된 감정만은 순수하기 짝이 없었다. 그 텍스트는 오래 전 어른이 된 플라워 칠드런[34]을 생각나게 만들었다. 심지어 60년대에도 나는 '경계를 철폐'하는 게 세상에 큰 도움이 될 거라 믿기에는 너무 나이가 들어 있었다. 조심스럽게 전단지를 다시 내려놓고 책상에서 고개를 들어 맷의 수채화를 찬찬히 살펴보았다. 먼지를 털어줘야겠네, 하고 나는 생각했다. 그리고 데이브의 아파트 창문을 들여다보고 2~3분 간 노인의 모습을 살펴보는데, 매튜는 열여섯 살에 어떤 소년이 되었을까 문득 궁금해졌다. 그 애도 레이브에 다니고 머리카락을 초록색 핑크색 파랑색으로 염색했을까? 방에서 나온 후 몇 시간이 지나도록 수채화의 먼지를 뒤아야겠다는 걸 잊지 않고 있었지만 그때쯤 되니 쓰레기, 천박한 표지판들, 그리고 한

---

[34] 1960년대의 미국 웨스트코스트 록을 대표하는 그룹으로 히피의 사회적 운동을 상징.

심한 선언문이 돌아다니는 그 혼란스러운 방으로 돌아가고 싶은 마음이 싹 사라져 버리고 말았다.

마크와 함께 지내는 마지막 며칠은 쥐어짜는 불안감으로 엉망진창이 되었다. 불안감은 마크가 아파트에서 나가는 순간부터 밀어닥쳐서 다시 그 애를 보면 순식간에 사라지곤 했다. 마크의 물리적 존재에는 거의 마술적인 힘이 있다는 생각마저 하게 되었다. 그 애를 보고 있으면 언제나 그 애를 믿게 되었다. 얼굴에 떠오르는 거리낌 없는 진지함이 내 모든 의혹을 쫓아버렸다. 그러나 시야에서 사라지면 둔탁한 불안이 다시 스멀스멀 떠오르곤 했다. 금요일 밤 화장실에서 나온 그 애의 하얀 얼굴과 목에는 초록색 반짝이가 묻어 있었다.

"난 네가 걱정이 된다, 마크. 그렇게 무리해서야 진이 다 빠지지 않겠니. 집에서 조용히 하루 쉬면 좋을 것 같은데."

"전 괜찮아요. 친구들이랑 노는 건데요 뭐." 마크는 손을 뻗어 내 팔을 두드렸다. "정말이에요, 그냥 음악 듣고 영화 보고 그러는 거예요. 문제는, 이제 제가 젊다는 거예요. 저는 젊고, 젊으니까 재미도 보고 이것저것 경험해 보고 싶은 거예요." 그는 나야말로 "너무 작고 너무 늦다too little, too late"는 경구의 살아 있는 체현이라는 듯 연민 어린 눈길로 나를 보았다.

"내가 네 나이 때, 우리 어머니가 해주신 이야기를 난 절대 잊지 않고 살았다. '정말로 하고 싶지 않은 일은 아무것도 하지 말라'고 하셨지."

마크의 눈이 커다래졌다.

"네 양심에 거리끼거나, 욕망의 순수성이 의심스럽거나, 애증의 감정이 든다면 하지 말라는 뜻이야."

마크는 진중하게 고개를 주억거리더니 또 몇 번이나 되풀이해 끄덕였다. "근사한 말씀인데요." 그가 말했다. "기억해 둘게요."

토요일 밤, 나는 마크가 다음 날 떠날 거라는 생각을 하며 잠자리에 들었다. 빌과 바이올렛이 곧 돌아온다는 확신이 수면제처럼 작용해 마크가 열한 시 근처에 집을 나가자마자 나는 잠이 들었다. 그날 밤이 흘러가는 사이 나는 바이올렛과의 에로틱한 모험으로 시작하는 기나긴 꿈을 꾸었다. 바이올렛은 전혀 그녀처럼 보이지 않았다. 그러더니 내가 병원의 기나긴 복도를 걷는 꿈으로 바뀌었고, 그곳의 침상에서 나는 에리카를 찾아냈으며 그녀가 딸을 출산했다는 사실을 알게 되었다. 그러나 아기 아버지가 누구인지는 알 수 없었고 나는 에리카의 침대 옆에 무릎을 꿇고 앉아 아버지가 누구든 상관없다고, 내가 아버지가 되어 주겠다고 말하고 있었는데 아기가 병동에서 사라졌다. 에리카는 실종된 아이에게 이상하게 무심했지만 나는 절망에 빠졌고, 느닷없이 침상에 누워 있는 환자는 내가 되었다. 에리카는 내 옆에 앉아 위로한답시고 내 팔을 꼬집고 있었지만 그건 전혀 위로가 되지 않았다. 나는 정말로 누가 내 팔을 꼬집는다는 희한한 감각을 느끼며 잠에서 깨어났다. 눈을 뜬 나는 놀라서 소스라쳤다. 마크가 내 몸 위에서 허리를 굽히고 내 얼굴에서 불과 몇 인치도 안 되는 거리에 머리를 디밀고 있었다. 그는 펄쩍 뛰어 물러서더니 문 쪽으로 걷기 시작했다.

"맙소사." 내가 말했다. "너 뭐하고 있는 거냐?"

"아무것도 아니에요." 그가 속삭였다. "다시 주무세요." 그는 내 침실 문간에 다다랐고 복도의 천정 불빛에 옆모습이 드러났다. 내게서 놀아서는 그 애 입술이 아주 빨갛게 보였다.

나는 팔이 아직도 따끔거렸다. "나를 깨우려고 했던 거니?"

마크는 돌아서지도 않고 말했다. "삼촌이 주무시다 소리를 지르시기에 괜찮으신지 살펴보러 왔어요." 의도적이고, 기계적으로 들리는 목소리였다. "어서 다시 주무세요." 그는 부드럽게 문을 닫고 사라졌다.
 나는 침대 옆 스탠드를 켜고 팔뚝을 내려다보았다. 희미하게 아른거리는 붉은 기미가 보였다. 파스텔 크레용의 흔적처럼 보이는 그 색깔을 배경으로 털 몇 가닥이 보였다. 팔뚝을 얼굴에 더 가까이 대어보니 수두 자국 같은 작고 불규칙하게 푹 들어간 흔적들이 원형의 패턴으로 나 있는 게 보였다. 마음속에 떠오른 단어에 숨이 가빠졌다. 이빨. 시계를 보았다. 새벽 다섯 시였다. 손가락을 다시 빨간색에 대어보니 크레용이 아니라 덜 미끈거리고 부드러운 재질이었다ㅡ립스틱이다. 나는 침대에서 나와 문으로 걸어가 잠갔다. 침대로 돌아온 나는 복도 건너편 방에서 분주하게 돌아다니는 마크의 소리를 들었다. 나는 팔뚝을 빤히 노려보며 자국을 세심하게 살폈다. 심지어 살짝 내 팔을 깨물고 나서 피부에 난 이랑을 비교해 보기도 했다. 맞아, 나는 혼잣말을 했다. 날 깨물었어. 내 팔에 톱니 모양으로 새겨진 벌건 원은 아주 서서히 희미해졌다. 압력에 피부가 찢어진 것도 아니고 피가 난 것도 아닌데도 말이다. 그게 대체 무슨 뜻일까? 그러고 보니 마크를 뒤쫓아 가서 해명을 요구할 생각조차 못했다는 생각이 들었다. 2주일 동안 나는 마크에 관한 한 신뢰와 불신 사이에서 휘청거리고 있었지만, 내 근심은 광기를 의심하는 쪽으로 기울지는 않았었다. 이 느닷없고 불가해하며 철저히 비합리적인 행위는 나의 평정심을 완전히 전복하고 말았다. 나중에 만나서 물으면 또 대체 뭐라고 할까?
 나는 몇 시간이 흐르도록 잠에서 깨었다 또 잠들었고 잠들었다가 또 깨었다. 열 시쯤 간신히 침대에서 기어 나와 무거운 몸을 이끌고 커피머신으로 갔더니, 마크가 시리얼 한 그릇을 앞에 놓고 식탁에 앉아 있었다.
 "세상에, 늦잠을 주무셨네요." 그가 말했다. "전 일찍 일어났는데."
 나는 냉장고의 커피 봉지를 꺼내 시꺼먼 내용물을 숟가락으로 떠서 필터에 담기 시작했다. 대답은 불가능해 보였다. 커피를 기다리면서 나는 마크를 물끄러미 쳐다보았다. 그애는 마시맬로우가 든 색색의 시리얼을 입안에 쑤셔 넣고 있었다. 그는 그 혐오스러운 혼합물을 행복하게 씹으면서 나를 보고 웃었다. 갑자기 나는 밤새 미쳐버린 건 바로 나라는 느낌이 들었다. 나는 팔뚝을 보았다. 물린 자국은 전혀 없었다. 확실히 일어난 일이야, 나는 마음속으로 말했다. 그렇지만 어쩌면 마크는 기억을 못할지 몰라. 어쩌면 약에 취했거나 심지어 잠들어 있었는지도 몰라. 에리카는 몽유병으로 걸어 다닐 때 나와 대화를 나누기도 했잖아. 나는 커피 잔을 식탁으로 들고 갔다.

"레오 삼촌, 떨고 계세요." 마크가 말했다. 투명한 파란 눈에 근심이 서려 있었다. "괜찮으세요?"

나는 달달 떨리는 손을 식탁에서 치웠다. 목구멍에 걸린 질문—어젯밤에 내 방에 와서 내 팔뚝을 깨문 거 기억나니?—은 죽어도 입술에서 소리가 되어 나오지 않았다.

그는 숟가락을 내려놓았다. "그거 아세요?" 그가 말했다. "어젯밤에 여자애를 하나 만났어요. 이름은 리사예요. 정말 예뻐요. 그리고 나를 좋아하는 것 같아요. 삼촌한테 소개시켜 드릴게요."

나는 커피 잔을 들었다. "잘 됐구나." 내가 말했다. "만나보고 싶네."

9월 둘째 주에 빌은 화이트 스트리트에서 해리 프로인드와 우연히 마주쳤다. 빌은 해리에게 일주일 밖에 남지 않은 어린이 프로젝트의 공개에 대해 물어보고, 마크가 일꾼으로 쓸 만하냐고 물었다. "글쎄…." 프로인드가 말했다. "내 밑에서 일했던 1주일은 일을 아주 잘 했는데, 그러다 사라져 버렸어. 그 후로 본 적이 없는데."

빌은 프로인드의 그 말을 내게 인용하고 또 다시 인용했다. 그 사람이 정말 그런 말을 했다는 걸 스스로 확인하려는 것처럼 말이다. 그러더니 그가 말했다. "마크는 미친 게 틀림없어."

나는 놀라다 못해 망연자실했다. 2주일 동안 날마다 마크는 집에 와서 직장에서 보낸 일과를 상세한 디테일로 묘사했다. "프로젝트가 어린이를 주제로 하고 있어서 정말 멋져요. 특히 대변해줄 사람이 없는 가난한 어린이들 말이에요." 그게 마크가 내게 한 말들이었다. "그런데 마크가 뭐라고 해명을 하던가?" 나는 빌에게 물었다.

"해리의 일이 지루하고 마음에 안 들어서 그만두고 딴 일자리를 찾았다더군. 〈스플릿 월드〉인가 하는 잡지에서 잔심부름 일을 해서 최저임금이 아니라 시급 7달러를 벌었대."

"그런데 왜 그냥 그렇게 말하지 않은 거지?"

"그만두면 내가 싫어할 줄 알았다고 중얼중얼거리더군."

"하지만 그 많은 거짓말들은…." 내가 말했다. "다른 일자리를 구하는 것보다 거짓말을 하는 게 더 나쁘다는 걸 모르는 건가?"

"내가 계속 일렀는데도." 빌이 말했다.

"그 애는 도움이 필요해." 내가 말했다.

빌은 담배를 주섬주섬 찾았다. 한 개비를 꺼내 불을 붙이더니 내 쪽을 피해 연기를 불었다. "루실과 긴 시간 이야기를 나누었다네." 그가 말했다. "사실, 말은 내가 거의 다 했지만. 그녀는 내 말을 듣고 있었고, 한참 내가 열을 내고 난 다음에 무슨 육아 잡지 같은 데서 주워들은 소리를 한마디 하더군. 그 필자 말로는 10대들 상당수가 거짓말을 하고, 그것도 성장의 일환이라나. 그래서 이건 단순히 거짓말이 아니라고 했네. 아카데미상을 받을 만한 연기라고 말이야. 이건 완전히 미쳤다고! 그녀는 대답이 없었고, 나는 수화기를 손에 들고 분노에 부들부들 떨다가 그냥 끊어버렸네. 그러지 말았어야 되는데, 아무래도 루실은 이 사태가 얼마나 심각한지 전혀 이해를 못 하는 것 같아."

"그 애는 도움이 필요해." 내가 다시 말했다. "정신과 상담 말이야."

빌은 입술을 꾹 다물고 천천히 고개를 끄덕였다. "우리가 의사를, 치료사나 뭐 아무튼 사람을 찾아보고 있네. 처음도 아니야, 레오. 전에도 심리치료를 받은 적이 있어."

"그건 몰랐군."

"텍사스에서 무셀 박사라는 사람에게 상담 받은 적이 있어. 그리고 뉴욕에서도 1년 동안 상담을 받았지. 이혼 때문에 말이야. 우리는 도움이 될 줄…" 빌은 손으로 얼굴을 감쌌고, 나는 잠시 그 어깨가 들썩이는 걸 보았다. 그는 창가의 내 의자에 앉아 있었다. 나는 그 옆에 앉아 위로의 뜻으로 팔뚝에 손을 얹고 있었다. 그가 두 손가락 사이에 느슨하게 끼운 담배에서 하늘로 피어오르는 연기를 지켜보고 있자니, 지저스의 추락 얘기를 하던 마크의 진지한 표정이 새삼 기억났다.

거짓말이 늘 이중적인 건 아니다. 입 밖으로 소리 내어 하는 말은, 하지는 않았지만 할 수도 있었을 말과 공존한다. 거짓말을 그만두면, 말과 내면의 믿음 사이에 있는 간극이 닫히고 입으로 한 말과 생각의 언어, 그러니까 적어도 다른 사람들이 듣기에 적합한 생각의 언어와 짜맞추려는 길로 들어서서 걸어가게 된다. 마크의 거짓말은 온전히 허구의 형태를 갖추게 된 서사를 조심스럽게 유지 관리해야 했기 때문에 단순한 거짓말에서 벗어난 것이다. 마크의 거짓말은 아침에 일어나서 직장에 출근을 했다가 집에 돌아와서 기나긴 9주일 동안 날마다 일과 보고서를 써야 했다. 마크와 함께 지냈던 14일을 돌이켜 보니, 거짓말이 결코 완벽하지 않았다는 걸 깨닫게 되었다. 마크가 여름 내내 야외에서 일했다면 달걀 껍데기처럼 하얀 색일 리가 없다. 갈색으로 탔을 테니까. 그리고 일정표는 좀 너무 자주 바뀌었고 지나치게 편리했다. 그러나 현란한 거짓말이 완벽할 필요는 없다. 거짓말하는 사람의 기교보다는 듣는 사람의 기대와 소망에 더 의존하기 마련이니까. 마크의 부정직함이 폭로된 후, 나는 그 애가 내게 해준 말들이 진실이기를 내가 얼마나 바랐었는지 절감했다.

거짓말이 드러난 뒤로 마크는 예전보다 짜부라진 모습으로 보였다. 그 애는 일반적인 슬픔의 분위기를 풍겼지만-고개를 숙이고 어깨를 축 늘어뜨리고 둥그렇게 뜬 상처받은 눈빛으로 돌아다니는-어째서 그런 거짓말을 했느냐고 직접 물어보면 열없는 목소리로 일을 그만두면 아버지가 실망하실까봐 두려웠다고 대답할 뿐이었다. 거짓말이 '멍청한' 짓이었다는 데 동의하며 '창피하다'고 말하기도 했다. 그 일자리에 대해 늘어놓은 그 많은 거짓말들 때문에 우리 대화가 완전히 없던 일로 되어버렸다고 내가 말했더니, 마크는 열을 올리며 일 말고 다른 문제에 대해서는 거짓말을 한 적이 없다고 우겼다. "전 레오 삼촌이 정말 좋아요. 진심으로 아낀다고요. 그저 제가 멍청한 짓을 했을 뿐이에요."

빌과 바이올렛은 3개월 동안 마크의 외출을 금지했다. 루실도 벌을 주었느냐고 마크에게 물었더니 그 애는 놀란 얼굴로 "엄마한테는 아무 잘못도 안 했는걸요."라고 대답했다. 그러더니 프린스턴은 어차피 '지루하다'는 것이었다. 거기 있을 때는 '좋은' 일이라곤 하나도 없으니 근신을 당하던 말던 재미 보는 쪽으로는 아무 차이도 없다고 했다. 이 말을 할 때 그 애는 내 소파에 앉아 있었는데, 팔꿈치를 무릎에 올리고 양손으로 턱을 괸 자세였다. 아이는 무료하게 무릎을 떨면서 똑바로 앞을 바라보았다.

갑자기 아이가 혐오스럽고 얄팍하고 낯설게 보였다. 하지만 그때 아이가 고통으로 커다랗게 치뜬 눈빛으로 고개를 돌리는 바람에 내 감정은 연민으로 바뀌었다.

 마크를 다시 본 건 10월이 되고도 한참 후였다. 근신 처분에서 하루의 말미를 받고 웍스 갤러리에서 열린 아버지의 작품 백한 개의 문 전시 개막식에 왔을 때다. 제일 작은 문은 불과 높이가 6인치였는데, 그 말은 관객이 문을 열고 들어가서 안을 보려면 마룻바닥에 누워야 한다는 뜻이었다. 제일 큰 문은 12피트 높이에 달해서 갤러리의 천정에 닿을 정도였다. 번잡한 개막식이 시끄러웠던 건 사람들의 말소리뿐 아니라 열렸다 닫혔다 하는 문소리 탓도 컸다. 사람들은 줄을 서서 큰 문들을 열고 들어갔고, 한 사람씩 번갈아 작은 문들 속을 들여다보았다.
 공간들은 각기 다 달랐다. 비유적인 공간들이 있는가 하면 추상적인 공간들도 있고, 문 너머에서 3차원 형상과 오브제가 나타나기도 했다. 내가 처음 보았던, 석고 더미 아래 거울 속에서 떠다니던 소년처럼 말이다. 어떤 문을 열고 들어가면 관객의 눈앞에 삼면의 벽과 바닥이 모두 똑같은 빅토리아식 실내를 파격적으로 다른 스타일로 그린 그림들이 펼쳐지기도 했다. 또 다른 문 뒤에는 벽과 마루가 또 다른 문들로 통하는 것 같은 그림이 그려져 있었는데, 그 문들에는 모두 '출입금지' 표지가 붙어 있었다. 작은 방 하나는 완전히 빨강색으로 칠해져 있었다. 아주 작은 여자의 조각이 바닥에 앉아 있었는데, 조각상의 턱은 폭소로 치켜들려져 있었다. 그녀는 웃음을 참느라 배를 쥐고 있었는데, 자세히 살펴보면 뺨에 반짝이는 폴리우레탄 눈물이 보였다. 높다란 문 하나를 열고 들어가면 실물크기의 아기가 기저귀를 차고 바닥에서 울고 있었다. 높이가 1피트 밖에 되지 않는 또 다른 문이 열리면 그 작은 방 천정에 머리가 스쳐 헐고 있는 녹색 남자가 나타났다. 그는 앞으로 쭉 내민 손에 포장한 선물을 들고 있는데, 선물에는 'FOR YOU'라는 꼬리표가 달려 있었다. 문을 열면 나타나는 형상 중에는 컬러 사진처럼 평면인 것도 있었다. 다른 건 사람모양으로 재단한 캔버스였고 또 다른 것들은 만화였다. 2차원의 흑백 만화로 그려진 남자가 부셰[35] 회화에서 빠져나온 것처럼 생긴 3차원의 여성과 사랑을 나누고 있는 그림도 있었다. 여자의 프릴 달린 치마가 걷어 올려져있었고 비현실적으로 창백하고 매끈한 허벅지는 말도 안 되게 거대한 남자의 종이 페니스를 삽입할 수 있도록 쫙 벌려져 있었다. 어떤 방의 내부는 두꺼운 플라스틱 너머에서 헤엄치는 아크릴 물고기들이 있는 수족관처럼 보였다. 숫자와 글자들이 반대편 벽에 드러나 있었는데, 심지어 인간의 자세를 취하고 있기도 했다. 숫자 5는 찻잔을 들고 테이블 앞 작은 의자에 앉아 있었다. 거대한 문자 B는 침대보를 깔고 누워 있었다. 또 다른 문들 너머로 들어간 관객들은 사람의 신체 부위 딱 하나씩을 보게 되기도 했다. 문을 열면 머리숱이 없어지고 있는 노인의 라텍스 머리가 관객을 보고 웃고 있거나, 팔다리가 없는 여자가 이빨 사이에 그림붓을 물고 있는 모습이 나타나기도 했다. 어떤 문 뒤에는 온통 새카만 텔레비전 스크린 네 개가 있기도 했다. 크기가 다를 뿐 밖에서 보이는 문의 모양은 다 똑같았다. 얼룩진 오크목에 황동 손잡이가 달린 문이었고, 방의 외측 벽은 모두 흰색이었다.

그날 저녁 빌을 보았을 때는, 프로인드가 진실을 폭로하기 전에 그가 프로젝트를 거의 끝냈다는 사실에 마음이 놓였다. 오프닝에서 쏟아지는

---

[35] Francois Boucher, 1703~1770. 프랑스 로코코 미술의 전성기를 대표하는 화가.

관심은 오히려 그에게 상처를 주는 것처럼 보였다. 마치 따뜻한 축하의 말 한 마디 한 마디가 내장에 꽂히는 비수인 것처럼 말이다. 그는 원래 홍보와 사람들을 싫어했지만, 다른 때는 농담으로 가시 돋친 질문들을 받아치거나 좋아하는 사람들과 긴 대화를 나누면서 쓸데없는 잡담을 피하는 모습을 본 적도 있었다. 그날 저녁 그는 또 다시 파넬리 식당으로 불쑥 도망처 버릴 만반의 태세를 갖추고 있었다. 그러나 빌은 끝까지 머물렀다. 바이올렛, 라즐로, 그리고 나까지 모두들 그를 정기적으로 살폈다. 한번은 포도주를 좀 천천히 마시라고 바이올렛이 그의 귓전에 속삭여 말하는 소리를 듣기도 했다. "여보." 그녀는 말했다. "저녁 먹기도 전에 완전히 고주망태가 되겠어."

반면 마크는 좋아 보였다. 근신 처분을 당하는 바람에 형식을 막론하고 모든 사교 생활에 대한 열의가 한층 더해진 모양이었다. 이 사람 저 사람 대화 상대를 바꾸어 가며 계속 수다를 떠는 그를 나는 지켜보았다. 대화를 나눌 때면 마크는 온 정신을 집중해 주목했다. 더 잘 들으려는 듯 앞으로 몸을 바짝 기울이고 고개를 모로 꼬았으며, 가끔은 얘기를 듣느라 실눈을 뜨기도 했다. 미소를 지을 때도 절대 상대의 얼굴에서 눈길을 떼지 않았다. 테크닉은 단순했지만 효과는 강력했다. 값비싼 검은 정장 차림의 여자가 그의 팔을 톡톡 두드렸다. 나이 지긋한 노인은 빌의 작품을 사들이는 프랑스 수집가였는데, 마크가 무슨 말을 하자 웃음을 터뜨리더니 몇 초 후 마크를 안아주는 것이었다.

7시 즈음에 테디 자일즈가 헨리 해스보그와 함께 갤러리에 들어왔다. 자일즈는 지난 번 봤던 때와는 전혀 다른 사람으로 변신해 있었다. 청바지와 가죽 재킷 차림이었지만 화장기는 전혀 없었다. 어떤 여자에게 웃어주고 나서 해스보그 쪽을 돌아보고 대화를 나누기 시작하는 그의 모습을 나는 계속 지켜보았다. 표정은 멀쩡하고 진지했다. 빌이 그들을 볼까봐 슬슬 걱정이 되어서, 빌이 못 보게 내가 중간에 가로막고 서야겠다는 말도 안 되는 생각을 막 하고 있던 참에, 어린아이가 질러대는 소리를 들었다. "싫어! 싫어! 여기서 달과 함께 있고 싶단 말이야! 싫어, 엄마, 안 돼!" 목소리가 들리는 쪽을 돌아보니 한 여자가 어떤 문 앞에 납작 엎드려 속에 있는 어린 아이와 이야기를 나누고 있었다. 아이는 문 너머 딱 자기 하나 들어갈 만한 공간에 행복하게 들어앉아 있었다. "사람들이 기다리잖니. 이 사람들도 다 달을 보고 싶어하고 있어."

그 문 뒤에는 달들이 많이 있었다. 달의 지도, 달 사진, 달에서 한 발을 드는 닐 암스트롱, 〈별이 빛나는 밤〉에 나오는 반 고흐의 달, 흰색과 빨강과 오렌지색과 노랑으로 그려진 초승달과 보름달들을 비롯해 쉰 개가 넘는 달 그림들이 있었는데 그 중에는 치즈로 된 달과 눈코입이 그려진 초승달도 있었다. 아이 어머니가 안에 손을 넣어 끌어낸 건 발버둥을 치며 통곡하는 어린 소녀였다. 돌아서서 다시 자일즈와 해스보그 쪽을 보니 그 사이 사라지고 없었다. 나는 잰 걸음으로 갤러리를 한 바퀴 돌아보았다. 지나치며 보니 아이는 아직도 눈물이 글썽글썽한 채로 엄마 품에 안겨 '달'을 찾고 있었고, 기껏해야 두 살 반 정도밖에 안 되어 보였다. "다시 돌아오자." 어머니는 딸의 검은 머리칼을 쓰다듬으며 말했다. "우리 달을 보러 또 오자."

버니의 사무실 문쪽으로 돌았더니 그 앞에 자일즈와 마크가 기대 서 있었다. 마크는 자일즈보다 훨씬 키가 컸기에, 허리를 굽혀야 그의 말을 들을 수 있었다. 숄을 두른 덩치 큰 여자가 내 앞에서 시야를 막고 서 있었지만, 한쪽으로 몸을 기울여 두 사람 사이에서 작은 물건 같은 게 오가는 걸 놓치지 않고 볼 수 있었다. 마크는 슬쩍 손을 주머니에 찔러 넣으며 행복하게 웃는 것이었다. 마약이야, 라고 나는 생각했다. 나는 그들 쪽으로 성큼성큼 걸어갔고 마크가 턱을 치켜들고 나를 보았다. 그는 미소를 지으며 주머니에서 손을 빼 환하게 웃었다. "테디가 저한테 뭘 줬는지 아세요? 원래 테디 어머니 거였대요."

마크는 손바닥을 펼쳐 작고 둥근 로켓을 보여주었다. 열어보니 아주 작은 사진 두 장이 들어 있었다.

"이건 제가 6개월 때 모습이고, 이건 다섯 살 때의 모습이에요." 자일즈는 사진을 하나씩 가리켜 보이며 말했다. 그리고 손을 내밀었다. "저를 기억 못 하실지도 모르겠네요. 테오도어 자일즈라고 합니다."

나는 그의 손을 잡고 흔들었다. 손힘이 상당했다.

"사실 오늘 가야 할 파티가 하나 더 있어서요." 그는 무뚝뚝하게 말했다. "다시 뵙게 되어 대단히 기쁩니다, 허츠버그 교수님. 틀림없이 또 볼 기회가 있겠지요."

자일즈는 휘적휘적 당당한 발걸음으로 문을 향해 걸어갔고 나는 다시 마크쪽을 보았다. 딴판으로 달라진 자일즈의 행동거지, 아기 때 사진을 넣은 로켓 따위의 달달한 선물, 창녀인지 웨이트리스인지 뭔지 정체를 알 수 없는 수수께끼의 어머니가 다시 돌아온 것, 이 모든 게 합쳐져 내 마음을 혼란스럽게 헤집어 놓는 바람에 나는 마크를 보고 입을 떡 벌렸다.

마크는 나를 보고 미소를 지었다. "뭐가 잘못됐어요, 레오 삼촌?"

"완전히 다른 인물이구나."

"연기라고 했잖아요. 왜 있잖아요, 예술의 일부 같은 거. 저게 진짜 테디예요."

마크는 로켓을 내려다보았다. "평생 받아본 선물 중에서 제일 좋아요. 정말 다정한 사람이에요." 그는 몇 초쯤 아무 말도 없이 바닥만 물끄러미 바라보고 있었다. "사실 삼촌한테 말씀드릴 일이 있었어요. 생각을 좀 해 봤는데요. 외출은 금지지만 예전처럼 토요일 일요일에 삼촌을 찾아갈 수는 있을 거 같아요." 그는 고개를 푹 떨구었다. "삼촌이 그리워요. 건물 밖으로 나가지는 않을 테니까요, 아빠와 바이올렛도 부탁드리면 괜찮다고 하실 거 같고요." 그는 입술을 깨물며 미간을 찌푸렸다. "어떻게 생각하세요?"

"그건 어떻게 해 볼 수 있을 것 같구나." 내가 말했다.

그해 가을은 조용했다. 고야 책은 한 문단 한 문단 힘겹게 진척되었다. 나는 그해 여름 마드리드로 여행을 가서 프라도 박물관에서 오랜 시간을 보낼 일만 고대하고 있었다. 나는 수재너 필즈와 긴밀한 협조 관계 속에서 연구를 했다. 그녀는 다비드의 초상화, 그 초상화들이 혁명, 반혁명과 맺은 관계, 그리고 그 속에서 여성의 역할에 대한 논문을 쓰고 있었다. 수재너는 얇은 철테 안경을 쓰고 심하게 바짝 깎은 짧은 머리의 진중하고, 발을 질질 끌고 걷는 여자였지만 시간이 지나자 내 눈에는 짙은 눈썹에 둥글고 평범한 그 얼굴이 매력적으로 보이게 되었다. 물론 궁하다 보니 수많은 여자들이 예뻐 보였던 건 사실이다. 거리에서, 지하철에서, 또 커피숍이나 레스토랑에서 나는 다양한 연령과 외모의 여자들을 관찰했다. 앉아서 커피를 홀짝거린다거나 신문과 책을 보고, 서둘러 약속 장소로 달려가는 여자들을 바라보며 천천히 마음속으로 그녀들의 옷을 벗기며 나체가 된 모습을 상상했다. 밤이면 바이올렛이 여전히 내 꿈속에서 피아노를 쳤다.

진짜 바이올렛은 수집해 놓은 녹취록을 듣고 있었다. 똑같은 질문에 대한 사람들의 답변이 수백 시간도 넘게 녹음되어 있었다. "자기 자신을 어떻게 보세요?"라든가 "원하는 게 뭐죠?"와 같은 질문들. 낮에 집에 있다 보면 그 사람들의 목소리가 바이올렛의 서재에서 천정을 뚫고 스며들어 왔다. 무슨 말을 하는지는 잘 들리지 않았지만, 중얼거리는 소리, 속삭임, 웃음소리, 기침소리, 말더듬는 소리는 들렸고 가끔은 목이 꺽꺽 메도록 흐느껴 우는 소리도 들렸다. 그리고 테이프를 되감는 소리가 들리면 바이올렛이 같은 문장이나 구절을 반복 재생하고 있다는 걸 알 수 있었다. 내게 책 얘기를 하지 않게 된지는 이미 오래였고, 에리카 얘기를 들으니 그녀에게도 책 내용에 대해서는 알쏭달쏭한 태도를 보이는 모양이었다. 에리카가 확실히 아는 건 바이올렛이 기획안 자체를 뒤엎고 다시 구상했다는 것뿐이었다. "아직은 말하고 싶지 않다고 하네." 에리카는 편지에 이렇게 썼다. "하지만 내 느낌으로는 책의 내용이 달라진 건 마크 일이며 거짓말과 관련이 있는 것 같아."

마크는 12월 첫 주까지 매 주말마다 가택연금 상태로 지냈다. 빌과 바이올렛은 마크가 뉴욕에 있을 때 우리 집에 오는 건 허락해 주었고, 아이는 충실하게 두 시간씩 토요일마다 찾아왔다. 일요일에는 크랜베리로 돌아가기 전에 와서 잠깐 이야기를 나누곤 했다. 처음에는 나도 마크를 경계하며 조금 쌀쌀맞게 대했지만, 한 주일 한 주일이 흘러갈수록 계속 화를 내고 있기가 힘들어졌다. 마크가 무슨 말을 할 때 내가 드러내어 놓고 의심하면 너무 심하게 싱처빈은 표정을 했기 때문에, 나는 그 말을 믿어도 좋으냐고 따지지 않게 되었다. 매주 금요일 마크는 의학박사이자 심리치료사인 몽크 박사를 만났고, 그런 정규적 상담을 통해 마음도 차분해지고 철도 드는 것 같았다. 나는 마크의 여자 친구인 리사와도 만났는데, 리사가 마크를 아끼고 걱정한다는 소박한 사실만으로도 굳었던 마음이 누그러지는 것이었다. 마크의 친구들이 다 반가운 건 아니었지만 티니, 자일즈, 그리고 '미'라는 이름의 이상한 소년은 그린 스트리트에 끝내 찾아오지 않았고, 마크도 그 아이들의 이름을 절대 입에 올리지 않았다. 그리고 자일즈가 준 로켓도 절대 걸고 다니지 않았다. 열일곱 나이에 예쁜 금발 소녀였던 리사는 열정적인 운동가였다. 채식주의, 기후온난화, 멸종 위기에 처한 호랑이의 종 이야기가 나오면 얼굴 양 옆에 정신없이 손부채질을 하곤 했다. 이런 손짓은 바이올렛을 연상시켰고, 나는 마크도 두 사람의 닮은 점을 느꼈는지 궁금했다. 리사는 누가 봐도 마크에게 홀딱 반해 있었고, 나는 부상당한 티니를 생각하며 여자 보는 눈이 나아져서 정말 다행이라고 내심 기뻐했다. 리사는 자기 '삶의 목표'가 자폐아들을 가르치는 교사가 되는 거라고 말했다. "제 남동생이 자폐가 있어요. 그리고 찰리는 음악 치료 프로그램을 받으면서 정말 좋아졌거든요. 음악이 단절된 마음을 열어주는 것 같아요."

"그 애는 아주 도덕적이에요." 마크는 벌칙의 마지막 날이던 12월의 토요일에 내게 말했다. "열네 살 때 한참 마약 문제로 고생하다가 치료를 받고 나서 계속 끊고 지냈대요. 심지어 맥주도 한 잔 안 마셔요. 그런 건 이제 안 믿는대요."

리사의 고결한 금욕 얘기에 내가 고개를 끄덕거리자 마크는 자발적으로 두 사람의 성생활에 대한 이야기를 꺼냈다. 나로서는 굳이 듣지 않아도 되는 이야기인데도. "우리는 아직 성교를 못했어요. 둘 다 미리 계획이 있어야 된다고 생각하거든요. 그러니까 먼저 의논을 해야 된다는 거죠. 큰일이니까 서두르면 안 되는 거잖아요."

뭐라 말해야 할지 알 수가 없었다. '서두른다'는 말로 내 평생 가졌던 모든 첫 성교들을 아울러 표현할 수 있다 해도 과언이 아니기에, 이런 어린애들이 섹스 문제로 심사숙고할 필요성을 느낀다는 게 왠지 서글펐다. 마지막 순간 내게서 물러나는 여자들도 있었고 다음 날 아침 뜨겁게 달아올랐던 열정을 후회하는 여자들도 있었지만, 성교를 앞두고 회담을 해본 경험은 없었다.

마크는 봄이 될 때까지 토요일과 일요일마다 계속 찾아왔다. 토요일에는 시간을 엄수해 11시에 도착했고 내가 의례적으로 해치우는 잔일을 보러 다니는 길에도 같이 다녔다. 은행에도 가고 식료품점에 장도 보러 갔으며 와인숍에도 동행했다. 일요일이면 늘 다시 돌아와서 작별 인사를 하고 갔다. 나는 마크의 충성심에 감동했고 그의 학교 소식을 들으면서 기운을 냈다. 그는 어휘 퀴즈에서 98점대를 받았다고 자랑스럽게 말했으며, 《주홍글씨》에 대한 논문이 '죽여주었다는' 말도 하고 이상적인 소녀인 리사 이야기도 더 많이 해 주었다.

3월 어느 날 바이올렛이 늦은 오후 전화를 걸어 잠깐 내려와 단둘이 이야기를 나눌 수 있겠느냐고 했다. 너무 범상치 않은 부탁이라 나는 그녀가 오자마자 "괜찮아? 무슨 일 있어?"라고 다그쳐 물었다.

"나는 괜찮아요, 레오." 바이올렛은 우리 집 식탁에 앉더니 날 보고 건너편에 앉으라고 손짓했다. "리사를 어떻게 생각해요?"

"아주 마음에 들던데." 내가 말했다.

"나도 그래요." 바이올렛은 식탁을 내려다보았다. "그런데 뭐가 잘못됐다는 느낌 받은 적 없으세요?"

"뭐가? 리사 말인가?"

"아뇨, 마크와 리사요. 전부 다."

"리사가 정말로 마크를 좋아한다고 생각했지."

"나도 그렇게 생각해요." 그녀가 말했다.

"그런데?"

바이올렛은 팔꿈치를 식탁에 올려놓고 내 쪽으로 바짝 몸을 기울였다. "어렸을 때 '잘못된 그림 찾기' 게임 해본 적 없으세요? 방이나 거리의 장면이나 집 그림을 보는 거예요. 찬찬히 살펴보면 등갓이 뒤집어져 있다거나 새에 깃털이 아니라 털가죽이 달렸다거나 막대사탕이 부활절 장식에서 툭 튀어나와 있다거나 그런 걸 보게 되는 거 있잖아요? 뭐랄까, 마크와 리사를 보면 난 그런 기분이 드는 거예요. 그 애들이 그림이라고 치면, 더 오래 들여다보고 있을수록 점점 더 뭔가 잘못됐다는 생각이 드는데 뭔지를 모르겠어요."

"빌 생각은 어때?"

"아직 아무 말도 안 했어요. 그간 얼마나 괴로워했는지 몰라요. 마크가 일자리 건으로 거짓말을 한 후로는 작업도 못 했는데, 이제야 정신을 좀 차리고 있거든요. 그이는 마크가 좋아진 거나 리사 일이나 몽크 박사와의 상담 치료에 상당히 감명을 받고 있어요. 차마 그냥 직감만 믿고 그런 얘기를 할 수가 없더라고요."

"그렇게 굉장한 거짓말을 했던 사람을 믿기는 아주 힘들지." 나는 말했다. "하지만 눈에 띄는 거짓말은 못 찾겠던데. 바이올렛은 어때?"

"나도 그래요."

"그러면 무죄 추정의 원칙을 따라줘야 할 거 같은데."

"그 말을 해주시면 좋겠다고 생각했어요. 무슨 일이 날까 봐 너무나 겁이 났거든요." 바이올렛의 눈에 눈물이 그렁그렁 고였다. "밤마다 뜬눈으로 그 애의 정체가 뭘까 걱정을 해요. 자기 자아를 너무 많이 감추고 있는 게 무서워 죽겠어요. 아주 오랫동안 말이에요, 레오. 내 말은, 마크가 어린 애였을 때부터…." 그녀는 말끝을 맺지 못했다.

"말해 봐요, 바이올렛." 내가 말했다. "거기서 그만 두지 말고."

"가끔씩, 늘, 늘 그런 건 아니고요, 그냥 가끔씩, 그 애한테 말을 걸면 이상한 기분이 드는데…."

"드는데…." 내가 거들었다.

"내가 그 애가 아닌 다른 사람한테 말하고 있는 느낌이요."

나는 눈을 가늘게 떴다. 바이올렛은 식탁 위에 엎드렸다. "그게, 그게 난 굉장히 마음이 심란했어요. 그리고 빌, 글쎄요, 빌은 자기 나름대로 우울증과 싸워 이겨야 했으니까요. 그이는 마크에 대해 크나큰 기대를, 크나큰 기대를 품고 있어요. 그런데 그이가 실망하지 말았으면 좋겠어요." 그녀는 눈물을 뚝뚝 떨어뜨리며 덜덜 떨기 시작했다. 나는 일어서서 식탁을 돌아가 그녀의 어깨에 손을 얹었다. 그녀는 한 번 파르르 떨고는 몹시 급작스럽게 울음을 뚝 그쳤다. 그녀는 속삭이듯 내게 고맙다고 말하고는 포옹을 해주었다. 그 후로도 몇 시간 동안 내 몸에 닿았던 그녀의 따뜻한 온기와 목덜미에 스친 젖은 얼굴의 감촉이 사라지지 않고 남아 있었다.

5월의 셋째 토요일에 나는 보통 때보다 훨씬 이른 시각에 은행까지 걸어갔다. 학기말인데다 날씨도 좋아서 바깥 산책에 마음이 동했다. 아침의 햇살과 아직 인적 없는 거리에 기분이 한창 들뜬 채 북쪽 하우스턴 스트리트 위쪽의 시티뱅크로 향했다. 은행에는 대기자도 없어서 일주일 생활비를 인출하려고 현금 출납기로 직행했다. 주머니에서 지갑을 꺼내 열어 보니 은행 카드가 보이지 않았다. 당황해서 마지막으로 쓴 게 언제인가 생각하려 애썼다. 그 전 주 토요일이었다. 나는 늘 카드를 다시 제자리에 넣었다. 기계 스크린에 "제가 무슨 일을 도와드릴까요?"라는 안내가 뜨는 걸 본 나는 그 문장에서 나온 "제가"라는 말에 대해 생각하기 시작했다.

자동 현금 출납기가 그런 인칭대명사를 쓸 자격이 있던가? 그 물건은 메시지를 전하고 온갖 작업을 수행했다. 그것만 제대로 하면 일인칭의 특권을 누릴 수 있단 말인가? 그리고 마치 스크린의 텍스트에 해답이 나타난 것처럼 나는 깨달았다. 돌연 명백하고 뼈아픈 진실이 뇌리를 쳤고, 그 타격은 컸다. 나는 집에 있을 때 언제나 지갑과 열쇠를 전화 옆에 두었다. 이 습관 덕분에 출근하기 전에 양복상의나 코트 주머니들을 뒤지지 않아도 되었다. 마크가 "생신이 며칠이세요, 레오 삼촌?"이라고 물었던 기억도 떠올랐다. 21930. 내 비밀번호였다. 마크는 내 생일을 신경 써 축하해 준 적이 한 번도 없었다. 그 애가 몇 번이나 나를 따라 은행에 갔더라? 수도 없이 여러 번. 늘 화장실에 간다거나 맷의 방에 가보고 온다면서 눈앞에 선하게 펼쳐져 있는 지폐 다발을 지나쳐 어디론가 사라지지 않았던가? 은행에 손님 여남은 명이 들어와서 내 뒤로 줄이 늘어서 있었다. 지갑을 펼치고 입을 떡 벌린 채 망연자실하게 서 있는 내 모습을 한 여자가 의심스럽게 쳐다보았다. 황급히 그 여자 곁을 지나쳐 반쯤 뛰고 반쯤 걸어 집에 돌아왔다.

아파트에 들어오자마자 나는 은행 거래 내역을 뽑고 수표책을 꺼냈다. 둘 다 꼼꼼하게 살펴볼 일은 거의 없었다. 거래명세서가 우편으로 날아오면 서류를 철해 놓고 다음 세금 낼 때까지 까맣게 잊고 지냈다. 주거래 계좌는 손댄 흔적이 없었지만 기고문이며 고야 책 건으로 받은 소액의 선금을 합쳐 7천 달러 정도를 넣어두었던 저축예금 계좌는 남은 잔액이 거의 없었다. 스페인 여행을 가려고 모아 두었던 돈이었다. 마크에게 여행 이야기도 했고, 심지어 계좌에 대한 얘기도 얼핏 했던 것 같다. 남아 있는 돈은 6달러 31센트뿐이었다. 인출 내역을 보니 12월 이후부터 도시 전역에 걸친 곳에서 돈을 빼내 갔으며, 심지어 나로서는 이름도 들어본 적 없는 은행들도 있었다. 새벽 한두 시가 허다했으며, 기록된 날짜는 모두 토요일이었다.

나는 빌과 바이올렛에게 전화를 걸었지만, 빌의 부드러운 목소리가 메시지를 남기라고 안내했다. 그래서 들어오면 내게 곧장 전화를 걸라고 말하고 끊었다. 그리고 나는 루실에게 전화를 걸었다. 낭독회 이후로 그녀와는 한 번도 말을 섞은 적이 없었다. 그녀가 전화를 받자마자 나는 용건을 말하기 시작했다. 내가 말을 다 끝내자 그녀는 최소한 5초가량 아무 말도 없었다. 그러더니 작고 무미건조한 목소리로 말했다. "어떻게 마크라고 확신하세요?"

나는 언성을 높였다. "비밀번호요. 녀석이 내 생일을 물었어요! 대부분의 사람들이 생년월일을 쓴다고요! 그리고 날짜도요! 날짜가 전부 그 애가 왔다간 날과 일치해요! 몇 달 동안 날강도질을 했단 말입니다! 경찰에 신고할 수도 있어요! 마크는 범죄를 저지른 겁니다. 이해 못하겠어요?"

루실은 아무 말도 하지 않았다.

"나한테서 7천 달러 가까이 되는 돈을 훔쳤단 말입니다!"

"레오." 루실이 단호하게 말했다. "진정해요."

나는 진정 못한다고, 진정하기 싫다고, 그리고 혹시라도 마크가 여느 때처럼 우리 집에 들르지 않고 곧장 루실의 집으로 가면 즉시 카드를 빼앗으라고 말했다.

"그렇지만 그 애가 훔친 게 아니면요?" 그녀는 변함없이 차분한 목소리로 말했다.

"그 녀석 짓이라는 건 아시잖습니까!" 나는 울부짖듯 외치고 수화기를 내려놓았다. 내려놓자마자 루실에게 분풀이를 한 게 후회되었다. 내게서 돈을 훔쳐 간 건 그녀가 아닌데. 확실한 증거 없이 마크를 비난하고 싶지 않았던 거다. 내게 명백한 사실이 그녀 눈에는 뚜렷이 보이지 않았던 건데, 루실의 차분하고 거리감 있는 목소리가 내 분노에 맞서자 마치 불에 가솔린을 끼얹는 거나 마찬가지였다. 충격, 연민, 심지어 절망의 감정이라도 표현했더라면 아마 고래고래 소리를 지르지는 않았을 것이다.

한 시간도 못 되어 마크가 우리 집 문을 두드렸다. 문을 열어주자 그는 나를 보고 미소를 지으며 말했다. "안녕하세요? 잘 지내시죠?" 그리고 잠시 아무 말도 없다가 다시 말했다. "무슨 문제 있어요, 레오 삼촌?"

"내 카드 돌려다오." 내가 그에게 말했다. "당장 내 카드 내놔."

마크는 어리둥절한 표정으로 실눈을 뜨고 나를 곁눈질했다. "무슨 말씀이세요? 무슨 카드요?"

"내 현금 지급 카드를 지금 당장 내놓으란 말이다. 안 그러면 내가 알아서 돌려받을 테니까." 나는 그 애 면전에 주먹을 휘둘렀고, 그러자 그는 두 발자국 뒤로 물러섰다.

몹시 놀란 얼굴이었다. "레오 삼촌 미쳤군요. 나한테는 삼촌 카드 없어요. 있다 한들 그걸로 뭘 하겠어요? 진정하세요."

마크의 핸섬한 얼굴과 소스라치게 놀란 눈, 검은 고수머리와 느긋하고, 별다른 반응을 보이지 않는 몸이 마치 폭력을 부르는 것 같았다. 나는 녀석의 은색 루렉스 스웨터 멱살을 잡고 벽으로 밀어붙였다. 나보다 10센티미터는 더 크고, 마흔 살이나 젊고, 분명 나보다 훨씬 힘도 셀 마크는 내가 미는 대로 벽으로 밀려가 순순히 붙들려 있었다. 그는 아무 말도 하지 않았다. 그의 몸은 봉제인형처럼 흐물흐물했다.

"당장 카드 꺼내라." 나는 이를 악물고 그에게 으르렁거렸다. "그리고 나한테 줘. 안 그러면 피터지게 패줄 테니까."

마크는 멍하니 경악한 표정으로 계속 나를 바라보고 있었다. "저한테 없어요."

나는 그 애 얼굴에 대고 주먹을 흔들었다. "이게 네 마지막 기회야."

마크는 뒷주머니에 손을 넣었고, 나는 그를 풀어주었다. 그는 지갑을 꺼내 열더니 내 파란 카드를 슬며시 꺼냈다. "레오 삼촌, 삼촌 돈을 갖고 싶은 마음은 굴뚝같았지만 절대 쓰지 않았어요. 한 푼도 가져가지 않았어요."

나는 그에게서 물러섰다. 이 아이는 미쳤어, 나는 생각했다. 경외감이 내 온몸을 관통해 흘렀다. 오래된 경외, 어린 시절의 두려움, 괴물과 마녀와 어둠속 도깨비에 대한 경외감이. "몇 달 동안이나 내 돈을 훔쳤잖니, 마크. 내 돈을 거의 7천 달러나 가져갔다고."

마크는 눈을 끔벅거렸다. 불편해 보였다.

"전부 기록되어 있어. 인출 기록이 전부 서류로 남아 있다고. 너는 토요일에 내가 은행에 갔다 오면 카드를 훔쳤다가 일요일 아침에 갖다 놨어. 앉아!" 나는 버럭 소리를 질렀다.

"앉으면 안 돼요. 엄마한테 오늘은 일찍 집에 간다고 말씀드렸어요."

"아니." 내가 말했다. "아무 데도 못 간다. 너는 범죄를 저질렀어. 경찰을 불러서 체포하게 만들 수도 있어."

마크는 앉았다. "경찰이요?" 그는 영문을 모르겠다는 듯 조그만 소리로 말했다.

"아무리 내가 멍청하고 정신이 없는 사람이라도, 결국은 들킬 거라는 사실을 알았을 텐데. 이게 동전 몇 개가 아니잖니."

마크는 내 눈앞에서 돌로 변했다. 입 밖에 움직이지 않았다. "아뇨. 끝까지 모르실 줄 알았어요."

"그 돈이 마드리드 여행비였다는 걸 알고 있었잖아. 비행기와 호텔 값을 지불하기 위해 그 돈을 내가 찾으러 가면 어떻게 될 거라는 생각은 했을 거 아니냐?"

"그런 생각은 못해봤어요."

도저히 믿을 수가 없었다. 나는 믿기를 거부했다. 나는 그 애를 끈질기게 타이르고 윽박지르고 꼬치꼬치 따져 물었지만 똑같이 죽어버린 대답만 돌아왔다. 나한테 도둑질을 들켜서 '창피'하다는 것이었다. 그 돈을 마약 사는 데 썼느냐고 물었더니 누가 봐도 명명백백한 진심을 담아 자기는 마약을 공짜로 얻을 수 있다고 말하는 것이었다. 이런 저런 물건들을 샀다고, 그는 말했다. 레스토랑에도 갔다고 했다. 돈이 순식간에 없어지더라고, 해명했다. 그 대답들은 황당무계하게 느껴졌지만, 이제는 그때 그 의자에 앉아 있던 얼어붙은 인간이 내게 진실을 말하고 있었다고 믿는다. 마크는 자기가 내 돈을 훔쳤다는 것도 알고, 그런 짓이 잘못이라는 것도 잘 알고 있었다. 그러나 나는 또한 그 애가 아무런 죄책감이나 수치심을 느끼지 않았다는 걸 확신한다. 그는 도둑질에 대해 그 어떤 합리적인 설명도 내놓지 못했다. 그는 마약중독자가 아니었다. 누구한테 빚을 진 것도 아니었다. 한 시간 후 그는 나를 보더니 대놓고 말했다. "돈을 갖고 있는 게 좋아서 돈을 훔쳤던 거예요."

"나도 돈을 갖고 있는 게 좋아." 나는 그를 보고 악을 썼다. "하지만 그렇다고 친구의 은행 계좌를 털진 않는다고."

마크는 그 주제에 대해 더 이상 아무 할 말이 없었다. 그렇다고 나를 보던 눈길을 거두지도 않았다. 계속 내 눈을 바라보고 있기에 나 역시 그 눈을 들여다보았다. 맑고 푸른 홍채와 반짝이는 새까만 동공을 보니 불현듯 유리가 떠올랐다. 마치 그 눈 너머에는 아무것도 없고 마크는 장님인 것 같았다. 그날 오후 두 번째로 내 분노는 경외감으로 바뀌었다. 그의 정체는 무엇인가? 나는 스스로에게 물었다? 누구인가, 가 아니라 무엇인가? 나는 그를 보고 그는 나를 바라보다가, 결국 내가 먼저 그 죽은 눈에서 고개를 돌리고 전화기로 가서 빌에게 전화를 걸었다.

다음날 아침 빌은 내게 7천 달러의 수표를 건넸지만 나는 거절했다. 자네가 진 빚이 아니라고 말했다. 마크가 천천히 시간을 두고 갚으면 된다고 했다. 빌은 억지로 수표를 내 손에 쥐어주려 했다. "레오, 제발 받아주게." 우리 집 유리창에서 들어오는 빛에 그의 피부가 회색으로 보였고, 체취에 담배와 땀 냄새가 심하게 섞여 있었다. 전날 밤 바이올렛과 함께 와서 사연을 들었던 때와 똑같은 옷을 입고 있었다. 나는 고개를 저었다. 빌은 방안을 서성거리기 시작했다. "내가 뭘 잘못한 거지, 레오? 그 녀석한테 말을 하고 또 해도 전혀 못 알아듣는 것 같아." 빌이 발걸음을 재촉했다. "몽크 박사와 통화를 했네. 우리 모두 다시 그 여자를 만나러 가야겠어. 거기 루실도 왔으면 좋겠다고 하더군. 그리고 괜찮다면 자네도 따로 만났으면 하던데. 마크에 대해서는 강경 조치를 취하고 있네. 외출은 금지야. 전화 통화도 금지했고. 어디를 가나 우리가 따라다닐 생각이네. 기차역에 데리러 나가고, 집까지 데려오고, 의사한테 데려가고. 학교를 마치면 우리와 함께 여기서 살면서 취직도 하고 자네한테 돈도 갚게 해야지." 빌이 멈춰 섰다. "우리 생각에 바이올렛한테서도 돈을 훔치고 있었던 것 같아. 지갑에서 말이야. 돈이 나가는 걸 별로 신경 쓰지 않는 사람이거든. 결국 알아채기까지 오랜 시간이 걸렸지만…." 그는 말을 뚝 그쳤다. "레오, 정말 미안하네." 그는 고개를 저으며 손을 내밀었다. "자네의 스페인 여행은…." 그는 눈을 감았다.

나는 일어서서 양손으로 그의 어깨를 짚었다. "자네가 한 짓이 아니야,

빌. 자네가 아니라고. 마크가 내 돈을 훔친 거야."

빌은 턱이 가슴에 닿도록 고개를 숙였다. "원래 아이를 진심으로 사랑한다면 이런 일은 일어날 수가 없는 거 아닌가?" 그는 매서운 눈길로 나를 올려다보았다. "어떻게 이런 일이 있을 수가 있지?"

나는 아무런 대답도 할 수 없었다.

몽크 박사는 푸석푸석한 반백에 부드러운 목소리와 간결한 몸짓으로 이야기하는 키 작고 통통한 여성이었다. 그녀는 간단한 진술로 면담을 시작했다. "웩슬러 씨 부부께 말씀드린 얘기를 해드리겠어요. 마크 같은 아이들은 치료가 어렵습니다. 제대로 소통을 하기가 굉장히 어려워요. 한참 시간이 지나면 부모는 보통 포기를 하게 되고 아이는 세상에 혼자 나가서 정신을 차리거나 철창신세가 되거나 아니면 죽게 되죠."

단도직입적인 그녀 말에 나는 충격을 받았다. 죽음. 나는 아이를 도와주려 노력해야 한다는 둥 몇 마디를 중얼거렸다. 그 애는 아직도 어렸다, 아직 어렸다.

"그 애의 인성이 아직 고착되지 않았을 가능성은 있습니다. 아시겠지만 마크의 문제는 성격적인 거예요."

맞아, 라고 나는 생각했다. 성격의 문제였다. 너무나 오래된 단어다. 성격이라니.

나는 내가 느꼈던 분노에 대해, 배신감과 마크의 매력이 지니는 비현실적인 효과에 대해 털어놓았다. 화재와 도넛 이야기도 했다. 진료실 창밖으로 잎이 돋아나기 시작하는 작은 나무 한 그루가 보였다. 긴 가지들마다 맺힌 매듭들이 나중에 커다란 꽃송이가 될 것이다. 그 나무 이름이 생각나지 않았다. 맷과 마크의 우정 얘기를 하고 나서 나는 말없이 그 나무를 바라보았고, 그 나무의 정체가 대단히 중요하기라도 한 것처럼 하염없이 응시하며 이름을 기억하려 애썼다. 그러다 갑자기 생각이 났다. 수국이었다.

"그러니까 말입니다." 내가 그녀에게 말했다. "내 생각에 죽기 전에 매튜가 마크에게서 거리를 뒀던 것 같아요. 이제 기억나는데 캠프로 가는 차 안에서 서로 아무 말도 하지 않았거든요. 그리고 중간에 맷이 큰 소리로 말했었죠. '자꾸 꼬집지 마'라고요. 그때는 대단치 않게 느꼈어요. 남자애들끼리 서로 신경을 긁는 일이라는 게." 꼬집기는 깨물기로 이어졌고, 내가 이야기를 마쳤을 때 몽크 박사는 눈썹을 치켜 올리며 매서운 눈을 했다.

그러나 깨물기에 대해서는 아무 말도 하지 않기에 나는 이야기를 계속했다. "마크에게 제 아버지 가족 이야기도 했어요." 내가 말했다. "거의 기억이 나지 않는다고 했죠. 심지어 사촌들을 만나본 적도 없거든요. 아우슈비츠-비르케나우에서 죽었어요. 데이빗 삼촌은 '라거(수용소)'에서는 살아남았지만 캠프에서 행진해 나오다가 죽었습니다. 마크에게 제 아버지는 뇌일혈로 돌아가셨다는 말도 했습니다. 내 얘기를 들을 때 그 애 얼굴은 너무나 심각했어요. 심지어 눈물이 비친 것 같기도 한데…."

"그런 얘기를 여러 사람들에게 하지는 않으셨겠죠."

나는 고개를 젓고 수국을 바라보았다. 그 순간 나 자신을 잃어버린 느낌이 늘었다. 내가 아닌 다른 사람이 말하고 있는 것처럼. 계속 나무만 물끄러미 바라보는데, 뭔가 빨간 게 마음의 눈으로 보였다. 창문 너머로, 아주 새빨간 것이.

"어째서 하필이면 마크에게 얘기를 하시게 된 건지 아세요?"

나는 그녀를 보고 고개를 가로저었다.

"매튜에게도 말했나요?"

내 목소리가 떨렸다. "마크에게 훨씬 더 많은 얘기를 했지요. 맷은 겨우 열한 살 나이에 죽었으니까요."

"열한 살은 정말 어린 나이죠." 그녀가 부드럽게 말했다.

나는 고개를 끄덕거리고 나서 흐느껴 울었다. 전혀 알지도 못하는 여자 앞에서 울었다. 진료실에서 나와 그녀의 작고 깔끔한 화장실에서 넉넉하게 준비되어 있는 크리넥스 화장지로 얼굴을 훔치며 나보다 먼저 여기 들어와서 변기 옆에서 눈물과 콧물을 닦은 그 많은 사람들을 상상했다. 센트럴 파크 웨스트에 자리한 건물에서 나와서, 나는 길 건너 잎이 벌써 무성하게 다 돋아난 나무들을 바라보며 이루 말할 수 없이 생경한 느낌을 받았다. 살아 있다는 건 불가해한 일이라는 생각이 들었다. 의식 그 자체가 불가해한 것이다. 세상에 평범한 건 아무것도 없다.

1주일 후 마크는 나와 바이올렛, 빌 앞에서 서약서에 사인을 했다. 그 문서는 몽크 박사의 아이디어였다. 흑백으로 명백히 기재된 조건에 동의함으로써 마크가 윤리는 궁극적으로 사회적 계약이며, 기본적인 인간적 법률에 대한 합의이고, 그게 없다면 사람들 사이의 관계가 퇴락해 혼돈으로 빠져들 수밖에 없음을 이해하게 되기를 바랐던 것 같다. 문서는 십계명을 요약해 만든 개인 판본 같았다.

　　나는 거짓말을 하지 않겠습니다.
　　나는 도둑질을 하지 않겠습니다.
　　나는 허락없이 외출하지 않겠습니다.
　　나는 허락없이 전화를 받지 않겠습니다.

제 용돈과 이번 여름, 내년, 그리고 장래에 레오에게서 훔친 돈을 전액 벌어서 갚겠습니다.

아직도 서류들 사이에 내 사본이 남아 있다. 맨 밑에는 어린애 같은 글씨로 꼬불꼬불하게 쓴 마크의 서명이 있다.

여름 내내 토요일마다 마크는 갚을 돈을 들고 우리 집 앞에 찾아왔다. 아파트에 그 애를 들이기가 싫어서, 마크는 복도에 선 채로 봉투를 열어 지폐를 내 손에 건네주어야 했다. 그 애가 돌아가고 나면 나는 책상에 둔 작은 공책에 금액을 적었다. 마크는 빌리지의 한 빵집에서 점원으로 일하면서 벌어서 내게 돈을 갚았다. 빌이 아침마다 직장에 데려다주고 저녁때는 바이올렛이 데리고 왔다. 그녀는 매일 마크가 어떻게 하는지 가게 주인에게 물었고 대답은 항상 같았다. "잘 하고 있어요. 착한 애예요." 비스큐소 씨는 틀림없이 그렇게 과잉보호를 하는 엄마를 둔 마크를 불쌍하게 여겼을 것이다. 가족, 나, 직장 동료들 외에 마크가 유일하게 만나는 사람은 리사였다. 그녀는 1주일에 두세 번씩 꼬박꼬박 찾아왔고, 가끔은 마크가 읽을 책을 팔밑에 끼고 오기도 했다. 바이올렛은 이 책들이 보통 동네 서점의 대중심리 서적 코너에서 온 것이고, '먼저 자기 자신을 사랑하는 법을 배워라'라든가 '최고의 모습이 되고 가장 행복한 상태가 되지 못하게 막는 기저의 믿음과 싸워라'는 등 독자에게 훈계를 하는 '내석 병화'의 처방들로 넘쳐난다고 말했다. 리사는 마크를 개조하는 일에 매달려 몇 시간 동안이나 계몽의 길을 설명했다. 바이올렛 말로는 마크가 일하거나 먹거나 고요한 영혼에 대해 리사와 이야기를 나누지 않을 때는 잠만 잔다고 했다. "그게 다예요." 그녀가 말했다. "잠만 잔다고요."

8월 하순 빌은 문 전시회를 준비하기 위해 도쿄로 갔다. 바이올렛은 마크와 함께 집에 남았다. 빌이 떠나고 나서 목요일 아침 아홉 시에 바이올렛이 목욕가운 차림으로 우리 아파트로 내려왔다. "마크가 없어졌어요." 그녀는 부엌으로 들어오며 말했다. 직접 커피를 한 잔 따르더니 식탁에 나와 함께 앉았다.

　"창문으로 나가서 화재용 비상문을 통해 옥상으로 가서 계단을 타고 정문으로 나갔어요. 옥상 문이 잠겨 있나 봤지만 오늘 아침 확인했을 때는 열려 있더군요. 그 동안 내내 그랬던 것 같은데, 보통은 아침이 되기 전에 돌아왔겠지요. 밤새 밖으로 돌아다니니 피곤해서 그렇게 자고 또 잤던 거죠. 난 아마 끝까지 몰랐을 거예요." 그녀가 말했다. "하지만 어젯밤 새벽 두 시쯤 전화벨이 울렸어요. 누군지는 몰라요. 어떤 여자애였어요. 자기 이름은 밝히려 하지 않았지만 내게 마크가 어디 있는지 아느냐고 묻더군요. 그래서 자고 있는데 깨우고 싶지는 않다고 했죠. 그랬더니 '잘도 자고 있겠네요. 방금 봤는데'라고 하더군요. 엄청나게 시끄러운 소리들이 들렸는데 아무래도 클럽 같았어요. 그러더니 마크를 도와주고 싶다고 하더군요. '마크 어머니시잖아요. 아셔야만 해요.' 웃기죠. 저는 그 애 엄마가 아니라는 말을 안 했어요. 그냥 듣기만 했죠. 그랬더니 그 애가 해줄 얘기가 있다고 하더군요." 바이올렛은 깊이 숨을 들이마시고 커피를 홀짝거렸다. "사실이 아닐지도 모르지만, 여자애 말로는 마크가 밤마다 테디 자일즈와 함께 있대요. 그리고 '여자-괴물이 동굴에서 나왔어요'라고 말했어요. 하지만 난 그 애가 무슨 소리를 하는지 몰랐어요. 중간에 말을 끊어보려고 했지만 그냥 다급하게 자기 할 말만 하더군요. 자일즈가 멕시코에서 남자애를 샀다고요."

　"샀다고?" 내가 말했다.

"그렇게 말했어요. 남자애 부모가 몇백 달러를 받고 자일즈에게 팔았고, 그 후로 남자애가 자일즈를 사랑하게 되었고, 자일즈는 그 애한테 여장을 시켜서 한동안 어딜 가나 데리고 다녔다고요. 그 애 얘기는 몹시 뒤죽박죽이었는데 어느 날 밤 둘이 싸워서 자일즈가 남자애의 새끼손가락을 잘랐다는 거예요. 그리고 자일즈는 아이를 응급실로 데리고 가서 다시 손가락을 봉합하게 했는데, 그 후로 얼마 되지 않아서, 그 애가, 라파엘이 종적을 감췄대요. 자일즈가 그 애를 살해해서 사체를 이스트리버에 유기했다는 소문이 돈다고 했어요. '그 사람은 미쳤어요'라고 말하더군요. '그런데 그 인간이 당신네 아들한테 발톱을 박았다구요. 그래서 어쨌든 알고는 계셔야 한다고 생각해서 드리는 말씀이에요.'라고. 정확히 그렇게 말했어요. 그러더니 전화를 끊어버렸죠."

"빌한테 말은 했고?"

"해보려 했죠. 호텔에 메시지를 남겼지만 급한 일이라고 하진 않았어요. 불쌍한 그 사람이 도쿄에서 뭘 어떻게 하겠어요?" 바이올렛은 깊은 생각에 잠긴 얼굴이었다. "문제는, 내가 겁이 난다는 거예요."

"이 중 하나라도 희미하게나마 근거가 있는 말이라면 당연히 그래야지. 자일즈는 무시무시한 위인이야."

바이올렛은 마치 말을 하려는 듯 입을 벌렸다가 다물었다. 그녀는 머리를 끄덕거리더니 내게서 고개를 돌렸고, 나는 아름다운 그녀의 목과 옆모습을 감탄하며 바라보았다. 그녀는 아직도 아름나웠다. 어쩌면 나이가 든 지금 더 아름다운 것 같기도 했다. 그녀의 자아와 얼굴은 젊었을 때 없던 새로운 조화를 이루고 있었다.

마크는 다음 주 일요일에 제 어머니 집에 나타났다. 빌과 바이올렛 말로는, 마크가 자기가 그 전에는 한 번도 집에서 나간 적이 없으며 라파엘에 대한 이야기는 '말도 안 되는 헛소리'라고 주장하며 '지루해서' 친구들을 좀 만나러 도망친 거라고 해명했다고 했다. 일주일 뒤부터 그는 다시 어머니 집으로 돌아가서 학교에 다녔다. 금요일마다 빌이나 바이올렛 둘 중 한 사람이 역까지 마중을 나가서 지하철을 타고 몽크 박사한테 데려가 치료를 받게 하고 기다리고 있다가 다시 그린 스트리트까지 데리고 왔다. 그의 가택 연금은 계속되었다.

그 후로 몇 달 동안 마크의 행동은 눈에 띄는 패턴으로 굳어졌고, 난 그 패턴을 '공포의 리듬'이라고 불렀다. 연속으로 몇 주일 동안 그는 꽤 잘하고 있는 것처럼 보였다. 학교에서 A와 B를 받아왔고, 협조적이고 도움을 주었으며 친절했고 일주일에 한 번씩 내게 용돈으로 빚을 갚았다. 빌과 바이올렛은 그와 신뢰, 정직에 대해 긴 대화를 나눈다고 했고, 계약서를 준수하는 일이 '궤도에서 이탈하지 않게' 도와주는 것 같다는 얘기도 했다. 그는 몽크 박사에게 마음의 부담을 털어놓았고, 박사는 '발전'이 보인다며 기뻐했다. 그러다가 주위 사람들이 마음이 편해져서 조심스럽게 낙관적인 감정을 갖게 될 즈음에, 마크는 화르륵 불길이 되어 타오르곤 했다. 10월에 바이올렛은 한밤중에 침대가 텅 비어 있고 지갑 속의 현금이 모조리 없어졌다는 걸 발견했다. 마크는 일요일 아침에 다시 나타났다. 11월에 계부인 필립은 출근하러 나왔다가 자동차에 푹 들어간 홈집이 커다랗게 나 있는 걸 발견했다. 12월에는 빌이 마크를 데리고 동네 식당에 점심을 먹으러 갔다. 햄버거를 주문한 후 마크는 화장실에 가겠다며 자리를 비웠다. 그리고 사흘 뒤 루실의 집에 나타났다. 2월에 마크의 역사 교사는 남자 화장실에서 마크가 토하고 있는 걸 발견했다. 배낭에는 1리터 들이 보드카가 들어 있고 호주머니에는 발륨 알약이 들어 있었다.

이런 사건들은 어김없이 큰 틀에서 똑같은 각본으로 짜인 듯 일어났다. 첫째로 불행한 발각, 두 번째로 손해를 입은 사람의 폭발, 세 번째 마크가 다시 나타나고 강력하게 혐의를 부인하는 것. 그렇다, 도망친 건 사실이다, 그러나 절대 나쁜 짓은 한 적이 없다. 도시를 걸어 다니다 왔을 뿐이다. 그게 전부다. 혼자 있고 싶었다. 필립의 자동차를 한밤중에 몰고 나간 적 없다. 문에 찍힌 자국이 있다면 누구 다른 사람이 스테이션 웨건을 훔쳤을 것이다. 그렇다, 그날 밤 집에서 도망친 건 사실이지만 돈을 훔치지는 않았다. 바이올렛이 오해한 거다. 그 돈을 썼거나 잘못 셌을 것이다. 격분해서 무죄라고 우기는 마크의 주장은 경악스러울 정도로 비합리적이었다. 확실한 증거를 제시해야만 그는 죄를 시인하곤 했다. 다시 돌이켜 생각해 보면, 마크의 행동은 하나같이 역겨울 정도로 예측 가능했지만, 우리 중 그 누구도 그때는 돌이켜 보지 않았고, 그 애의 행동은 악순환을 거듭했지만, 우리는 천리안이 아니었다. 폭동이 언제 일어날지 날짜를 예측할 수가 없었다.

  마크는 해석적 난제가 되었다. 내가 보기에는 그 애의 행동을 두 가지로 읽을 수 있었는데 그 두 가지 해석은 모두 일종의 이중성을 띠었다. 첫 번째 해석은 마니교적인 것이었다. 마크의 이중적 삶은 빛과 어둠을 오가며 흔들리는 진자를 닮았다. 그의 일부는 진심으로 잘 하기를 원했다. 부모와 친구를 사랑했지만, 정기적으로 급작스러운 충동에 사로잡혀 실천에 옮기지 않을 수 없는 것이었다. 빌은 이렇게 해석된 이야기를 굳게 믿었다. 마크의 행위에 대한 또 다른 모델은 지리적 단층에 비유되었다. 소위 좋은 충동들은 고도로 발달한 지각과 같아서 그 속에 숨어 있는 걸 전반적으로 위장한다. 그러다 간혹, 불안하고 동요하는 지하의 기운들이 지표로 화산처럼 밀고 올라와 폭발한다. 나는 이

것이 바이올렛의 가설, 아니 정확하게 말해 그녀가 두려워하는 가설이라고 생각하기 시작했다.

그러나 어느 쪽으로 읽기를 선택하든, 마크의 충동적이고 발작적인 일탈은 바이올렛과 빌에게 잔인한 보복을 가했다. 동시에, 내 돈을 훔침으로써, 마크는 아버지와 계모를 내게 더욱 가깝게 끌어당겼다. 우리는 모두 희생자들이었고, 예전에 존재했던 금기들은 마크의 도둑질 앞에서 전복되었다. 한 때 마크를 보호하겠다는 명목으로 말하지 않고 남겨두었던 빌과 바이올렛의 불안감들은 우리 대화의 일부로 녹아들었다. 바이올렛은 마크의 배신에 격분했다가 용서하고, 다시 격분했다가 용서하기를 거듭했다. "애증의 롤러코스터를 탄 기분이에요." 그녀가 말했다. "항상 똑같은 놀이기구를 타고 또 타고 있다고요." 그러나 그런 좌절감에도 불구하고 바이올렛은 마크를 십자군 원정과 같은 필생의 사명으로 삼았다. 그녀의 책상에 다른 책들과 함께 돌아다니는 D. W. 위니콧의《박탈과 일탈 Deprivation and Delinquency》을 나는 허투루 보지 않았다. "우리는 그 애를 잃지 않을 거에요." 그녀는 내게 말했다. "우리는 맞서서 싸울 거예요." 문제는 바이올렛의 격렬한 싸움이 눈에 보이지 않는 적수를 상대로 하고 있다는 사실이었다. 그녀는 열정과 정보로 무장했지만 앞으로 진격할 때마다 전장에는 아무 저항도 하지 않는 호감 가는 젊은이 말고는 아무것도 찾을 수 없었다.

빌은 투사가 아니었고, 십대의 동요에 대해 단 한 권의 책도 읽지 않았다. 그는 시름시름 앓았다. 하루가 다르게 늙어갔고, 흰 머리가 늘었고, 구부정해지고, 더 정신이 산란해졌다. 그를 보면 한 때 강력했던 육체가 차근차근 쪼그라들고 있는, 상처 받은 거대한 짐승이 떠올랐다. 바이올렛은 가끔씩 마크에 대한 분노를 격렬하게 발산하며 오히려 지칠 줄 모르는 기운을 얻었다. 빌은 분노를 느끼더라도 자기 자신에게 돌렸고, 나는 그가 서서히, 꾸준히 제 살을 깎아먹는 모습을 지켜보게 되었다. 빌을 아프게 하는 건 마크의 죄목이 아니었다. 집에서 달아나고, 보드카와 발륨을 섞고, 계부의 자동차를 훔치고, 심지어 거짓말을 하고 도둑질을 했다는 사실이 문제가 아니었다. 이 모든 건 상황이 달랐더라면 용서해 줄 수도 있었다. 차라리 대놓고 반항을 했더라면 빌은 훨씬 더 수월하게 받아들였을 것이다. 마크가 무정부주의자였더라면 이해를 해줄 수도 있었다. 방탕한 삶을 옹호하며 대들거나 심지어 멍청한 생각대로 살겠다고 아예 가출을 했더라면 빌은 아마 그렇게 하라고 놓아주었을 것이다. 그러나 마크는 그러지 않았다. 마크는 빌이 오랫동안 힘겹게 싸워왔던 모든 것들을 체현하는 존재가 되었다. 얄팍한 타협, 위선, 그리고 비겁. 내게 속내를 터놓을 때면 빌은 세상 그 무엇보다 자기 아들이 혼란스럽다고 했다. 마크에게 삶에서 원하는 게 뭐냐고 물었더니 정말 진심을 담아 사람들이 자기를 좋아했으면 좋겠다고 대답했다는 얘기를 기가 막혀 죽겠다는 말투로 했었다.

빌은 날마다 작업실에 갔지만 작업은 하지 않았다. "거기까지 걸어가면서, 뭔가 떠오르길 바라지만 전혀 떠오르지 않아. 봄 전지훈련의 박스 스코어를 읽지. 그리고 마룻바닥에 누워서 머릿속에서 야구 경기들을 상상하는 거야. 어렸을 때 하던 것처럼. 야구 경기는 끝나지 않고 계속 이어지지. 플레이를 낱낱이 복기하다 보면 잠이 든다네. 몇 시간 동안 자면서 꿈을 꾸고, 그러고 나면 일어나서 집에 오는 거야."

빌에게 해줄 수 있는 건 함께 있는 것뿐이어서 난 그렇게 했다. 퇴근해서 곧장 바워리로 가는 날이 허다했다. 우리는 바닥에 주저앉아 저녁식사 시간까지 이야기를 나누었다. 마크 얘기만 하는 건 아니었다. 나는 에리카에 대한 불만을 토로했다. 그녀가 내게 보내는 편지들은 늘 우리에게 아주 작은 희망이 있다는 느낌을 버리지 못하게 했다. 우리는 어린 시절의 이야기들을 나누었고 그림과 책 이야기를 했다. 다섯 시쯤 되면 그는 포도주 한 병을 따거나 스카치를 한 잔 따라 마시곤 했다. 그 후로 취기에 흐릿한 시간들이 이어지면, 길어지는 하루의 오후 볕이 창문을 통해 들어와 우리 머리 위를 비추었고, 알코올 기운으로 생기를 찾은 빌은 손가락으로 천정을 가리키며 새뮤얼 베케트나 모 삼촌 이야기를 했다. 그는 물기어린, 분홍빛 눈으로 바이올렛을 사랑한다고 다짐하고 이 모든 일에도 불구하고 마크에 대한 희망을 버리지 않겠다고 말하곤 했다. 한심한 농담과 음담패설과 멍청한 말장난에 포효하듯 웃어 제꼈다. 예술계는 달러와 마르크와 옌으로 지은 종이 탑이라며 욕을 하다가 진지하게 자기는 이제 완전히 메말라서 예술가로서의 생명이 끝나버렸다고 말했다. 그 문들은 '모든 것들에' 고별을 고하는 백조의 노래였다면서. 그러나 일분 후에는 또 그간 젖은 카드보드지의 색채에 대해 생각을 굉장히 많이 했다고 말하는 것이었다. "비온 뒤 거리에서 보면 아름답잖아. 하수구에 처박혀 있거나 깔끔하게 끈으로 묶어 다발로 있어도 예쁘고."

그건 드라마의 오후였다. 빌의 드라마. 빌은 단 한 번도 날 지루하게 한 적이 없다. 그와 가까이 있으면 육중한 무게가 느껴졌기 때문이다. 그 남자는 삶이 묵직하게 들어찬 사람이었다. 우리는 너무나도 흔히 가벼움을 선망한다. 무게가 하나도 느껴지지 않고 아무런 짐도 짊어지지 않는 것처럼 보이는 사람들, 걷지 않고 둥둥 떠다니는 사람들, 그런 사람들은 일상의 중력에 저항하며 우리를 매혹한다. 그들의 부주의는 행복의 시늉을 내지만, 빌은 절대 그런 걸 용인하지 않았다. 그는 늘 돌덩이였다. 커다랗고 육중한 돌덩어리로, 내면으로부터 자석 같은 인력으로 충전되어 있었다.

나는 그 어느 때보다 더 그에게 이끌렸다. 시련을 겪고 있는 그 앞에서 나는 방어막과 질투심을 모두 버렸다. 한 번도 나는 그런 감정을 성찰해 본 적이 없다. 인정한 적도 없다. 그러나 그때 나는 인정했다. 그를 질투했었다고. 강력하고, 완고하고, 욕정에 가득 찬 빌을 질투했다고. 만듦이 끝났다는 느낌이 들 때까지 만들고 만들고 또 만드는 빌을 질투했다고. 나는 루실로 인해 빌을 질투했고. 바이올렛 때문에 질투했다. 그리고 마크 때문에도 질투했다. 오로지 살아 있다는 이유만으로. 진실은 씁쓸했지만 빌은 아픔으로 인해 성격이 전에 없이 유약해졌고, 그런 유약함으로 인해 우리는 좀 더 평등해졌다.

바이올렛이 3월 초순 어느 저녁 타이 음식이 든 갈색 종이가방을 들고 바워리로 우리를 찾아왔고 우리는 그걸 바닥에 앉아서 먹었다. 우리는 기아 상태의 난민들처럼 저녁을 게걸스럽게 먹어치우고 나서 작업실에 남아 밤늦은 시각까지 이야기를 나누고 술을 마셨다. 바이올렛은 매트리스로 기어들어가 똑바로 눕더니 그 자세로 우리에게 이야기를 했다. 한참 후 우리는 모두 침대 위에 자리를 잡았다. 바이올렛이 가운데 눕고, 빌과 내가 그녀 양옆에 누웠다. 흡족해진 세 명의 주정뱅이들은 찔끔 찔끔 대화를 이어갔다. 새벽 한 시 경에 나는 집에 돌아가야 한다고, 안 그러면 다음 날 출근을 절대 못할 거라고 말했다. 바이올렛이 빌의 팔을 붙잡더니, 또 내 팔도 부여잡았다. "5분만 더요." 그녀가 말했다. "오늘밤에 나 행복해요. 이렇게 행복한 적은, 아주, 아주 오랜만이에요. 모든 걸 잊고 자유롭고 멍청해지니까 너무나 좋네요."

반시간 후 우리는 캐널 스트리트를 따라 그린 스트리트로 걷고 있었다. 우리는 여전히 꼭 팔짱을 끼고 있었고, 바이올렛은 여전히 나와 빌 사이에 있었다. 그녀는 우리에게 노르웨이 민요를 불러주었다. 피들 연주자와 피들에 대한 노래였던 것 같다. 빌이 후렴을 같이 불렀다. 그의 목소리는 깊고 우렁차고 단조로웠다. 집으로 씩씩하게 행진해 가던 길에 나도 그 무의미한 가사의 소리를 흉내 내며 노래를 불렀다. 노래를 하는 사이 바이올렛은 턱을 높이 치켜들고 있었고, 그녀 얼굴은 우리 머리 위 가로등 불빛을 받아 빛났다. 공기는 차가웠지만 맑고 건조했고, 내 팔을 꼭 껴안고 매달리는 그녀의 발걸음이 가벼웠다. 2절로 넘어가기 전에 그녀는 깊이 심호흡을 하더니 하늘을 보고 미소를 지었고, 그때, 계속해서 그녀를 내려다보고 있던 나는 1~2초쯤 눈을 꼭 감고 세상 모든 걸 보지 않은 채 오로지 우리 목소리에서 울리는 부푼 행복에 집중하는 그녀를 보았다. 우리 모두 그날 밤에는 느낄 수 있었다. 아무 이유도 없는 행복의 귀환을. 빌과 바이올렛에게 잘 자라는 인사를 하고 문을 닫았을 때, 아침이 되면 그 감정이 사라지고 없으리라는 걸 깨달았다. 무상함은 그 축복의 일부였다.

몇 달 동안 라즐로는 귀를 쫑긋 열고 온갖 소식을 물어왔다. 대체 어디서 정보를 얻는지 확실히는 모르겠다. 그는 갤러리들을 배회했고, 핑키와 함께 밤에 외출도 자주 했다. 내가 아는 건 가십이나 풍문이 떠돌기 시작하면 하나같이 라즐로가 있는 방향으로 흘러들어가더라는 사실뿐이다. 주목할 만한 헤어스타일에 야하고 천박한 옷차림을 하고 커다란 검은 안경을 쓴 키 큰 청년은 발설하는 것보다 훨씬 더 많은 정보를 수집했다. 이상적인 스파이는 눈에 띄지 않아야 한다지만, 나는 라즐로야말로 완벽한 사립탐정이라고 생각하게 되었다. 현란한 외모는 검은 옷 일색의 뉴욕 사람들 속에서 마치 등대 불빛 같았지만 바로 그 현란함 덕분에 의심을 전혀 사지 않았다. 그 역시 한 소년의 실종과 살인에 대한 요란한 뒷이야기들을 들어 알고 있었지만, 그런 얘기들마저도 테디 자일즈의 기계 같은 지하 홍보 전략의 일환이라는 믿음을 갖고 있었다. 테디 자일즈의 홍보 기계는 예술계가 낳은 신예 앙팡테리블로서 입지를 다지기 위해 온갖 섬뜩한 이야기들을 제조하고 있다는 것이었다. 오히려 라즐로는 다른 소문을 더 걱정했다. 자일즈가 남녀를 막론하고 '젊은이들을 수집'하고 있으며, 마크가 그의 총아라는 소문이었다. 자일즈가 아이들로 이루어진 소그룹을 이끌고 브루클린과 퀸즈를 약탈하러 가서 무의미한 파괴 행위를 하거나 지하실에 무단 침입해 찻잔과 설탕 통 같은 물건들을 훔친다는 얘기가 돌고 있었다. 라즐로의 정보원에 따르면, 이런 작전을 나서기 전 10대들은 피부색과 머리카락 색을 바꾸고 위장을 한다는 것이었다. 소년들은 소녀로, 소녀들은 소년으로 위장했다. 톰킨스 스퀘어 파크의 노숙자들을 잔인하게 괴롭혔던 이야기들도 돌았다. 그들의 쇼핑카트를 넘어뜨리고 담요와 음식을 훔쳤다는 것이었다. 라즐로는 또한 '낙인'에 대한 기괴한 이야기들도 듣고 왔다. 자일즈의 측근들만 신체에 무슨 표식 같은 걸 한다고 했다.

이런 일이 하나라도 실제로 일어나고 있는지는 파악하기 어려웠다. 확실히 입증할 수 있는 사실은 테디 자일즈가 예술계의 스타로 부상하고 있다는 것이었다. 최근 〈욕조에서 죽은 금발여인〉이라는 작품이 영국의 한 수집가에게 거액에 팔리는 바람에, 그는 논쟁적일 뿐 아니라 값비싼 작가로 명성을 한층 더 휘날리게 되었다. 자일즈는 '엔터테인먼트 아트'라는 신조어를 만들어냈고, 인터뷰를 할 때마다 그 말을 무기 휘두르듯 쓰곤 했다. 고급 예술과 대중예술의 경계는 사라졌다는 해묵은 주장을 들고 나오되, 거기에 예술은 엔터테인먼트와 하등 다를 게 없다는 주장을 덧붙였다. 여흥으로서의 가치가 달러로 매겨진다는 것이다. 비평가들은 이런 논평을 영악하게 절정에 달한 아이러니로서, 또는 여명처럼 밝아오는 광고의 진실로 대환영했다. 예술도 다른 모든 것과 마찬가지로 현금으로 굴러가는 새로운 시대를 선도한다는 것이었다. 자일즈는 다양한 페르소나를 섭렵하며 인터뷰를 했다. 어떤 때는 여자 옷을 차려 입고 엉터리 가성으로 논평을 했다. 또 다른 때는 정장에 넥타이를 매고 주식거래를 논하는 브로커같은 말투를 썼다. 어째서 사람들이 자일즈에게 매료되는지는 이해할 수 있었다. 주목을 갈구하는 게걸스러운 그의 욕망이 그로 하여금 정기적으로 자신을 개조하도록 강요했다. 변화는 뉴스였고, 자기 예술이 보다 대중적인 장르들에서 하찮은 관습으로서 오랫동안 자리 잡아온 이미지들로부터 구축한 거라는 사실에도 불구하고 언론의 주목은 그에게 언제나 기쁨을 주었다.

늦은 3월, 빌은 다시 작업을 시작했다. 새 프로젝트는 그린 스트리트의 어떤 여자와 그녀의 아기에서 출발했다. 나 역시, 빌과 바이올렛의 로프트 창문으로 그녀를 본 적이 있다. 그러나 그녀가 빌의 작품에서 완전히 새로운 지평을 열어줄 장본인이라고는 꿈에도 생각지 못했다. 우리가 본 광경에 비범한 데라고는 하나도 없었지만, 나는 바로 그거야말로 빌이 원했던 거라는 믿음을 품게 되었다. 농도 짙은 구체성을 담보한 매일의 일상 말이다. 이를 위해 빌은 영화, 아니 비디오로 눈을 돌렸다. 나는 보수적인 사람이라 빌처럼 기교적으로 뛰어난 화가가 비디오카메라로 관심을 돌린다는 건 재능을 배반하는 짓이라는 기분이 들었지만, 테이프를 보고 나서 생각이 바뀌었다. 카메라는 빌을 거리로 내보내 기운 빠지게 만드는 자기 자신의 생각들로부터 그를 해방시켜 주었다. 거리에서 그는 수천 명의 아이들과 눈앞에서 시각적 편린으로 펼쳐지는 그네들 삶의 이야기를 찾아냈다. 그 아이들은 빌의 정신적 건강을 지켜내기 위해 꼭 필요했고, 그 아이들을 통해 빌은 오랫동안 살아오며 끝내 우리 어린 시절을 상실하게 된 우리 모두에 대한 비가를 짓기 시작하려 했다. 빌의 애도에는 감상의 자취를 찾아볼 수 없을 터였다. 그의 작품에는, 아직까지도 유년기에 대한 우리의 관념을 흐릿하게 어지럽히는 빅토리아 시대의 아지랑이에 내어줄 자리가 없었다. 그러나 무엇보다 중요한 건, 마크가 없이 마크에 대한 그의 고뇌를 표현할 길을 찾았다는 점이라고 생각한다.

우리는 일요일 오후, 마크가 벌써 기차를 타고 크랜베리로 떠나고 난 직후에 그 여자를 보았다. 빌과 내가 창가에 서 있는데 바이올렛이 빌 뒤로 들어와 허리를 팔로 감싸 안았다. 그녀는 뺨을 그의 스웨터에 대고 그의 옆으로 와서 그의 팔을 잡아당겨 자기 어깨에 둘렀다. 잠시 우리 세 사람은 침묵 속에서 저 밑의 행인들을 바라보고 서 있었다. 택시 한 대가 정차하고, 문이 열리고, 갈색 롱코트 차림의 한 여자가 아이를 허리춤에 엉거주춤 걸치고, 양손에 짐 꾸러미들을 잔뜩 들고서 유모차를 밀며 나타났다. 우리는 그녀가 아이를 한쪽 골반에서 반대편으로 옮겨 업고 지갑을 뒤지더니 지폐 한 장을 꺼내 택시 기사에게 지불하고 왼손과 오른발로 유모차를 펼치는 모습을 지켜보았다. 그녀는 겹겹이 껴입은 아기를 유모차에 내려놓고 벨트로 몸을 가로질러 묶었다. 동시에 아이가 울기 시작했다. 여자는 인도에 쭈그리고 앉아서 장갑을 벗고 황급히 호주머니에 집어넣고 커다란 퀼트백을 뒤져 뭔가를 찾기 시작했다. 그리고 아이의 빙한복 후드의 끈을 풀고 한손으로 유모차를 앞뒤로 흔들기 시작하더니 허리를 굽혀 아기의 얼굴에 바짝 다가앉았다. 그녀는 미소를 지으며 말을 걸기 시작했다. 아기는 유모차에 몸을 편안히 기대고, 세차게 빨면서 눈을 감았다. 여자는 시계를 흘끗 쳐다보더니 일어서서 네 개의 가방들을 유모차

핸들에 걸고 나서 유모차를 밀고 거리를 따라 걷기 시작했다.

나는 유리창에서 돌아섰는데, 빌은 여전히 여자를 지켜보고 있었다. 그날 오후에 그는 그녀에 대해 아무 말도 하지 않았지만, 다 같이 바이올렛의 프리타타를 먹으며 마크가 마지막 학기 수업을 무사히 마치고 고등학교 졸업을 할 수 있을까 이야기를 나누는 동안 나는 빌에게서 생각의 경도를 감지했다. 그는 바이올렛과 내가 하는 말을 듣고 대답도 했지만, 한편으로 마음 한구석은 벌써 아파트를 나서 인도를 따라 걷고 있는 것처럼 거리감이 느껴졌다.

다음 날 아침 그는 비디오카메라를 구입해서 걷기 시작했다. 그 후로 석 달 동안 빌은 아침 일찍 집을 나서 오후 늦게까지 들어오지 않았다. 촬영을 마치면 작업실로 가서 저녁 시간 때까지 스케치를 했다. 그러나 주말에는 일분일초도 마크 곁에서 떨어지지 않았다. 빌 말로는 둘이서 대화를 나누고 영화를 빌려 보고 또 이야기를 나눈다고 했다. 마크는 빌의 장애아가 되었다. 갓난아기처럼 시중을 들어야 하는 존재, 한순간도 눈길을 뗄 수 없는 존재였다. 한밤중에 빌은 아들이 창문을 기어 올라가 사라져 버리지는 않았는지 기척을 살피곤 했다. 한때 처벌의 형태를 띠었던 아버지로서의 경계심은 불가피한 발작적 광포함을 예방하기 위한 수단이 되었다. 그는 포악하게 발작하게 되면 소년이 갈기갈기 찢겨져버릴까봐 두려워했다.

빌이 새 프로젝트를 통해 원기를 회복하긴 했지만, 그 흥분에는 광적인 구석이 있었다. 보면 그 눈빛은 옛날의 또렷한 초점을 되찾은 게 아니라 뜨겁게 이글거리는 열기를 띠고 있었다. 그는 잠을 거의 자지 않았으며, 몇 파운드나 살이 빠졌고, 어느 때보다도 더 수염을 자주 깎지 않았다. 옷에서는 담배 냄새가 났고, 하루가 저물면 그의 숨결에서 포도주나 스카치 냄새가 풍겼다. 일정은 꽉 차 있었지만 그해 봄에는 빌을 자주 볼 수 있었다. 가끔씩 날마다 오후에 만나기도 했다. 그는 우리 집이나 연구실로 찾아오곤 했다. "레오, 빌일세. 바워리에 잠깐 들르지 않겠나?" 나는 논문이나 강의 준비로 늦게까지 일해야 하는 날에도 늘 좋다고 했다. 왜냐하면 전화기를 타고 들려오는 그의 목소리가 함께 있어줄 사람을 절실하게 갈구하고 있었기 때문이다. 한창 작업을 할 때 내가 들어가면, 그는 늘 하던 일을 멈추고 내 등을 두드리거나 어깨를 잡고 흔들며 그날 오후 놀이터에서 보고 테이프로 포착한 아이들 이야기를 들려주었다. "어린애들이 얼마나 미쳤는지 잊고 있었어." 그는 말했다. "완전히 제정신들이 아니야."

무르익은 4월 어느 오후, 빌은 루실을 찾아가 한 번 더 결혼 생활을 유지해 보려 했던 그날의 이야기를 불쑥 꺼냈다.

"그 문으로 들어서서 내가 처음 한 일은 쭈그리고 앉아서 마크에게 다시는 떠나지 않겠다고, 우리 모두 같이 함께 살 거라고 말한 거였어." 빌은 고개를 돌리고 수년 전 아들을 위해 만들었던 침대를 찬찬히 바라보았다. 아직도 냉장고에서 멀지 않은 곳 한쪽 방구석에 놓여 있었다. "그리고 난 그 애를 배신했지. 흔히들 하는 얘기를 했어. 그 애를 사랑하지만 더 이상 엄마와는 살 수 없다고. 다섯 통째 편지를 받고 문밖으로 걸어 나가는데, 그 애가 "아빠!"하고 소리를 지르기 시작했어. 층계참에서도 그 애 소리가 들렸네. 계단을 내려오는 내내 그 애 울음소리가 들렸고 거리로 나서서 떠나가는 그 순간에도 그 소리가 들렸지. 결코 그 애 목소리를 잊을 수 없을 거야. 죽임을 당하는 아이 같은 소리였어. 그렇게 끔찍한 소리는 내 평생 들어본 적이 없다네."

"어린 애들은 막대사탕을 달라고 하거나 잠이 올 때도 그렇게 울기 마런이야."

빌은 나를 돌아보았다. 눈살을 찌푸리더니 나지막하지만 통렬한 목소리로 말하는 것이었다. "아니야, 레오. 바로 그거였던 거야. 그런 종류의 울음소리가 아니었어. 달랐어. 소름끼쳤다고. 아직도 귓전에 그 소리가 울려. 아니, 나는 그 애를 버리고 나 자신을 선택한 걸세."

"후회하지는 않는 거지, 그런가?"

"어떻게 후회할 수가 있나? 바이올렛은 내 목숨인데. 난 살기로 한 걸세."

5월 7일 오후에 나는 빌을 만나러 가지 않았다. 그에게서 전화도 없었고 해서 나는 집에 머물러 있었다. 전화벨이 울렸을 때 나는 몇 시간 전에 받은 에리카의 편지를 다시 읽고 있었다. 곰곰이 생각하게 만드는 문장들은 다음과 같았다. "내게 좀 변화가 생겼어, 레오. 한 발자국을 내딛게 되었어. 항상 나보다 앞서 달려 나가는 내 마음에서가 아니라, 내 몸에서 일어난 변화야. 아픔 때문에 꼼짝달싹도 할 수 없던, 늘 맷 주위에서 빙빙 돌기만 하던 내 몸에서 말이야. 난 당신이 보고 싶다는 걸 깨달았어. 비행기를 잡아타고 뉴욕으로 당신을 만나러 가고 싶어. 당신이 나를 보고 싶지 않대도, 이제 질려 버렸다고 해도 이해해. 그렇다고 해도 원망하지 않을게. 하지만 내가 원하는 걸 말하고 있는 거야." 에리카의 진심을 의심하지는 않았다. 그런 확신이 유지될까 그게 의심스러웠다. 또 한편으로 그 말들을 읽어 내려가는데, 정말로 그녀가 올지도 모른다는 생각이 들었다. 그 생각에 초조해져서, 수화기를 들면서도 나는 에리카가 혹시 정말로 찾아오기로 한 게 아닐까 하는 생각에 정신이 팔려 있었다.

"레오?"

전화선 끝의 상대방은 이상하게 반쯤 속삭이는 소리로 말했고, 난 그 목소리를 알아듣지 못했다. "누구세요?"

잠시, 아무도 대답하지 않았다. "바이올렛이에요." 그녀는 더 큰 소리로 말했다. "바이올렛이요."

"무슨 일 있어?" 내가 말했다. "대체 무슨 일이야?"

"레오?" 그녀가 다시 말했다.

"그래, 듣고 있어."

"나 작업실에 있어요."

"무슨 일인데?"

이번에도 그녀는 대답하지 않았다. 수화기에 대고 그녀가 숨을 쉬는 소리가 들려와서 나는 다시 한 번 질문을 되풀이했다.

"바닥에 쓰러져 있는 빌을 발견했어요…."

"다쳤어? 앰뷸런스는 부른 거야?"

"레오." 바이올렛은 나지막하게, 천천히, 또박또박 속삭여 말했다. "내가 발견했을 때 이미 죽어 있었어요. 그이는 죽은 지 한참 됐어요. 들어오자마자 죽은 것 같아요. 여전히 재킷을 입고 있고 카메라가 그이 옆 마룻바닥에 떨어져 있거든요."

나는 그녀 말이 옳다는 걸 알지만 그래도 말했다. "확실해?"

바이올렛이 긴 숨을 내쉬었다. "그래요. 확실해요. 그이 몸이 싸늘해요, 레오." 이제 속삭이지는 않았지만 바이올렛이 그렇게 낯설고 억양 없는 목소리로 말하자 나는 그녀의 차분함에 덜컥 겁이 났다. "밥 씨가 왔었는데, 지금은 갔어요. 기도하는 소리가 들리는 거 같아요." 그녀는 단어 하나하나를 신중하게 말했다. 대사를 정확하게 읊으려고 심히 노력하는 것처럼 음절을 하나씩 또렷이 발음했다. "있잖아요. 마크를 데리러 기차역에 갔었는데 애가 날 따돌리고 도망간 거예요. 그래서 작업실에 전화를 걸어서 메시지를 남겼어요. 빌이 아직 외출 중이려니, 하지만 내가 도착할 때까지는 들어와 있겠거니, 그렇게 생각했거든요. 마크에게 너무 화가 나서, 지독하게 화가 나서 빌을 꼭 봐야 직성이 풀리겠더라고요. 웃기죠. 지금은 그렇게 화가 났던 게 아무 의미가 없어요. 어쨌거나 상관도 없어요. 빌이 벨소리를 듣고도 문을 열어주지 않기에 그냥 내가 문을 열고 들어왔죠. 그이를 보고 내가 비명을 질렀나 봐요. 그래서 밥 씨가 올라왔던 거 같은데, 그런 기억은 나지도 않아요. 와 주시면 좋겠어요, 레오. 그리고 누구든 사람이 죽으면 불러야 할 사람들을 부르는 걸 좀 도와주세요. 왜인지 모르겠는데 난 못하겠어요. 그리고 사람을 불러주시면, 나는 그이와 다시 단둘이 있고 싶어요. 제 말 아시겠지요?"

"지금 당장 가."

택시 차창으로 나는 익숙한 거리와 표지판과 캐널 스트리트의 군상을 보았다. 모든 게 이상할 정도로 또렷하게 보였지만, 이런 광경들은 어쩐지 더 이상 나와 무관한 것 같은 느낌이 들었다. 손에 잡히지도 않고, 택시가 멈춰 내가 내리면 더 이상 붙잡을 수도 없을 것처럼 말이다. 그런 감정을 나는 잘 알고 있었다. 예전에도 겪어본 적이 있는 감정이었다. 건물로 들어가 낡은 열쇠장이 가게 문 뒤에서 밥 씨가 기도하는 소리를 들을 때도 여전히 그런 느낌이 들었다. 그의 목소리는 이제 익숙해진 셰익스피어의 여운으로 쩌렁쩌렁 울리지 않았다. 알아들을 수도 없이 올라갔다 내려갔다 하는 음조로 읊조리고 있었고, 꼭대기 층으로 올라가서 또 다른 목소리가 들리기 시작하자 차츰 희미해졌다. 속삭이다시피 하는 바이올렛 목소리가 내 위로 몇 계단 위의 방안에서 흘러나오고 있었다. 작업실 문은 열려 있었지만 활짝 열어젖혀진 건 아니었다. 바이올렛의 낮은 목소리가 계속해서 말했지만, 무슨 말인지는 알아들을 수가 없었다. 나는 문 뒤에서 발길을 멈추고 한순간 주저했다. 그 방안에서 빌을 보게 될 거라는 걸 잘 알고 있었기 때문에. 내가 느낀 건 두려움이라기보다는 망자가 주는 범접할 수 없는 낯설음에 맞닥뜨리게 되는 경험 자체였지만, 그런 느낌은 금방 사라졌고 나는 문을 당겨 활짝 열었다. 불이 꺼져 있고 늦은 오후의 햇살이 창문을 가득 채워 바이올렛의 머리카락에 아련한 빛을 드리우고 있었다. 그녀는 양반다리를 하고 방 저편 끝 마룻바닥 책상 옆에 털썩 주저앉아 있었다. 그녀는 무릎에 빌의 머리를 누이고 그를 굽어보며, 처음에 나한테 전화할 때 썼던 그 잘 알아듣기도 힘든 목소리로 말을 걸고 있었다. 멀리서 봐도 빌이 죽었다는 걸 알 수 있었다. 미동도 없는 그의 육신을 보고 휴식을 취하고 있다거나 잠들었다고 착각할 수는 없었다. 나는 부모에게서, 또 자식에게서 그 가차 없는 정적을 보았기에 방 저편에 있는 빌을 바라보면서도 바이올렛이 품고 있는 게 시체라는 걸 뚜렷이 알아볼 수 있었다.

그녀는 내가 들어오는 기척을 듣지 못했고, 몇 초간 나는 꼼짝도 하지 않았다. 커다랗고 익숙한 방 문간에 우두커니 선 채로 벽에 겹겹이 쌓여 있는 캔버스들과 그 위 선반에 쌓인 상자들과 창 아래 높이 쌓여 있는 수천 장의 드로잉들이 가득한 포트폴리오들과 축축 처지고 있는 익숙한 책장, 연장이 든 나무 상자들을 바라보았다. 찬찬히 그 풍경을 마음에 새기는데 실고 네보난 넝어리 세 개로 뭉져져 마룻바닥에 툭 널어진 침침한 햇살 속으로, 공기 중에 부유하는 먼지가 유독 눈에 들어왔다. 바이올렛 쪽으로 걷기 시작하자 발소리에 그녀가 턱을 들고 내 눈길을 똑바로 마주 보았다. 1초도 못 되는 찰나 그녀 얼굴이 일그러지더니, 그녀는 곧 손으로 입을 가렸다. 잠시 후 손을 치웠을 때 그 얼굴은 다시 평정을 되찾은 후였다.
　바이올렛 옆에서 발길을 멈추고 빌을 내려다보았다. 뜬 눈이 공허했다. 그 눈 뒤엔 아무것도 없었고, 그 허허로움이 내 마음을 아프게 찔렀다. 바이올렛이 감겨줬어야 하는 건데, 라는 생각이 들었다. 나는 무의미한 몸짓으로 손을 치켜들었다.
　"있잖아요. 사람들이 그이를 데려가지 않았으면 좋겠어요. 하지만 그래야 하는 거죠. 저 여기 한참 있었어요." 그녀는 눈살을 찌푸렸다. "지금 몇 시죠?"
　나는 시계를 보았다. "다섯 시 십 분이군."
　빌의 표정은 평온했다. 몸부림이나 통증의 흔적은 전혀 보이지 않았고, 피부는 내 기억보다 더 젊고 매끈해 보였다. 죽음이 세월의 흔적을 쓸어간 것 같았다. 파란 작업 셔츠에는 기름때 같은 얼룩이 묻어 있었고, 가슴 호주머니의 짙은 얼룩들을 보고 있자니 마음이 심하게 흔들렸다. 불쑥 내 입술이 달싹거리는가 싶더니 나도 모르게 작은 소리를 내고 말았다. 그 신음소리를 나는 재빨리 억눌렀다.
　"네 시쯤에 왔어요." 바이올렛이 말하고 있었다. "마크가 오늘 학교에서 조퇴했대요." 그녀가 고개를 끄덕였다. "그래요, 내가 여기 네 시에 왔어요." 그리고 그녀는 나를 올려보고 매섭게 말했다. "어서 해요! 가서 전화를 하라구요!"
　전화기로 걸어가 물끄러미 내려다보다가 911을 돌렸다. 달리 아는 번호가 없었다. 주소를 말해주었다. 심장마비인 것 같다고, 하지만 잘 모르겠다고 말했다. 여자는 경찰관을 보내겠다고 말했다. 이의를 제기하자 그녀는 절차일 뿐이라고 했다. 검시관이 와서 사인을 밝힐 때까지만 머물러 있을 거라고 했다. 수화기를 내려놓자 바이올렛이 쌀쌀맞게 나를 보고 말했다. "이제 가주시면 좋겠어요. 그이와 단둘이 있고 싶어요. 아래층에서 사람들을 기다리고 계세요."

나는 아래층에서 기다리지 않았다. 바로 방 바깥에 있는 층계에 앉아 있었고, 문은 활짝 열어두었다. 거기 앉아서 보니 벽에 커다랗게 금이 가 있었다. 예전에는 한 번도 본 적이 없었다. 나는 손가락으로 그 금을 따라 짚어보며 기다렸다. 그리고 굳이 무슨 말을 하는지 이해하려 하지도 않고 빌에게 이런 저런 이야기를 속삭이는 바이올렛의 말소리에 귀를 기울였다. 그리고 아래층에서 기도를 읊조리는 밥의 소리도 들었고, 바깥의 시끄러운 차량 소리와 맨해튼 브리지에서 경적을 빵빵 울리는 성마른 운전자들의 소리도 들었다. 층계에는 빛이 거의 없었지만 바로 내 밑에서 거리로 이어지는 철문은 밥의 실내등에서 흘러나오는 빛에 둔탁하게 번들거리고 있었다. 나는 머리를 양손에 묻고 작업실에서 흘러나오는 친숙한 냄새를 들이쉬었다. 물감, 곰팡이 핀 걸레, 그리고 톱밥. 아버지처럼 그 역시 갑자기 쓰러져 죽었구나, 그냥 바닥에 쓰러져 죽었구나, 그런 생각이 들었다. 그리고 통증이든 경련이든 시작되었을 때 자기가 죽을 걸 빌이 알았을까 궁금했다. 어쩐지 그랬을 것만 같았고, 그 평온한 얼굴은 자기 삶의 끝이 찾아왔다는 사실을 순순히 받아들였다는 뜻이라고 느껴졌다. 그러나 그건 마룻바닥에 널브러져 있는 그의 사체라는 잔혹한 광경을 누그러뜨리기 위해 나 자신에게 했던 거짓말일지도 모른다.

나는 비디오테이프 편집에 대해 선날 나누었던 대화를 재구성해보려 애썼다. 한두 달 후에 시작할 계획이라면서 편집기며 편집과정에 대한 설명을 해주었다. 내가 제대로 알아듣는 게 거의 없다는 사실이 분명해지자 그는 너털웃음을 터뜨리며 말했다. "나 때문에 지루해 죽겠지, 안 그런가?" 그러나 그건 사실이 아니었다. 전혀 지루하지 않았고, 그래서 그렇게 말했다. 그럼에도 불구하고, 거기 층계에 앉아 있을 때, 더 단호한 어조로 말해야 했던 게 아닐까, 혹시 그 전날 작별인사를 할 때 우리 사이에 암묵적인 거리가 남아있진 않았을까, 빌의 눈에 희미한 실망감이 서려 있지는 않았을까 걱정이 되었다. 혹시 빌은 자기가 갑작스레 비디오에 열광하게 된 사실에 판단을 보류하는 내 마음을 감지하고 약간 마음의 상처를 받았던 건 아닐까. 20년 동안 지속되었던 우정의 마지막에 오갔던 이 사소한 대화에 집중하는 건 어리석은 짓이라는 걸 알고 있었지만, 그래도 그 기억에 마음이 아렸고 또 한편으로 테이프건 뭐건 다시는 그와 이야기를 나눌 수 없다는 날카로운 실감이 덮쳐왔다.

한참 후, 나는 바이올렛이 어느새 말을 그쳤다는 사실을 깨달았다. 밥씨 소리도 들리지 않았다. 그 정적이 불안해서 나는 일어나 문 너머 방안을 들여다보았다. 바이올렛은 빌 곁에 누워서 그의 가슴을 베고 있었다. 한 팔은 빌의 몸통 아래로 들어가 보이지 않았고 다른 팔은 그의 목을 감고 있었다. 빌 곁에서 그녀는 왜소해 보였고, 움직이지 않는데도 살아 있는 것처럼 보였다. 내가 잠시 나가 있던 몇 분 간 빛이 바뀌어서, 아직 두 사람이 보이긴 해도 그들 몸에는 그림자가 드리워져 있었다. 나는 빌의 옆얼굴 윤곽선과 바이올렛의 뒤통수를 보다가, 다음 순간 바이올렛이 빌의 목에 두르고 있던 팔을 들어 어깨로 옮기는 모습을 보았다. 내가 지켜보는 사이 바이올렛은 빌의 어깨를 한없이 어루만지고 또 어루만졌고, 그러면서 그 미동도 없는 거구에 달라붙어 제 몸을 흔들었다.

지난 몇 년의 세월 동안 차라리 그 순간을 목격하지 않았다면 얼마나 좋았을까 바랐던 때가 여러 번 있었다. 심지어 그때 그 순간에도, 마루에 함께 누워 있는 두 사람을 바라보고 있던 그 순간에도, 나 자신의 고독한 삶이 품은 진실이 거대한 유리 감옥처럼 나를 가두고 옥죄어들었다. 나는 복도에 서 있는 남자, 헤아릴 수 없는 시간들을 보냈던 방안에서 벌어지는 마지막 장면을 바라보는 사람이었다. 그러나 나는 차마 끝까지 문지방을 넘어가도 좋다고 스스로를 풀어줄 수 없었다. 그러나 지금은 바이올렛이 빌의 시체와 남아 순간순간에 매달리던 모습을 볼 수 있어서 다행이었다는 생각이 든다. 그리고 나 역시 끝까지 고개를 돌리지도, 층계로 돌아가지도 않았던 걸 보면 그들을 바라보는 일이 중요하다는 걸 알았던 게 틀림없다. 나는 문간에 서서 그들을 지켜보다가 초인종 소리를 듣고서, 다른 공무원이 와서 빌이 자연사했다고 선고할 때까지 근처에서 어슬렁거리는 희한한 임무를 맡고 온 두 젊은 경관에게 문을 열어주었다.

3부

WHAT I LOVED

03

—

 우리 아버지는 언젠가 길을 잃은 이야기를 해 주셨다. 열 살이 되던 여름 아버지 부모님의 여름별장이 있던 포츠담 근처의 시골에서 일어난 일이었다. 태어날 때부터 매년 여름은 그곳에서 보냈기에 별장을 둘러싼 숲이며 언덕이며 초원들은 속속들이 외우고 있었다. 우리 아버지는 숲속으로 들어가기 바로 전에 당시 형과 말다툼을 했다는 사실을 강조해 말했다. 당시 열세 살이었던 데이빗이 동생을 같이 쓰던 방문 밖으로 쫓아내고 자기도 사생활이 필요하다고 외치며 방문을 잠가 버렸다. 싸우고 나서 우리 아버지는 분노와 원망으로 잔뜩 달아오른 채 집에서 뛰쳐나왔지만, 머지않아 화는 식고 나무들 사이를 돌아다니는 게 즐거워졌다. 발길을 멈추고 짐승들이 남긴 자취를 살피기도 하고 새 소리에 귀를 기울이기도 했다. 그는 걷고 또 걸었는데, 어느 순간 갑자기 자기가 어디 있는지 전혀 알 수 없어져 버렸다. 그는 돌아서서 왔던 길을 되돌아가려고 했지만, 공터고 바위고 나무고 도무지 낯익어 보이는 거라곤 하나도 없었다. 마침내 그는 숲 밖으로 나왔고 정신을 차려 보니 집 한 채와 초원이 내려다보이는 언덕 위에 서 있었다. 자동차 한 대와 정원이 보였지만, 그는 무엇 하나 알아보지 못했다. 몇 초가 지난 후에야 그 풍경은 바로 자기 집과 정원이며 차는 가족의 감색 자동차라는 걸 깨달았다. 아버지는 그 이야기를 내게 들려주시면서, 고개를 절레절레 저으며 그 순간을 단 한 번도 잊은 적이 없다고, 당신에게 있어 인지와 두뇌의 신비를 설명해 준 순간이라고 했다. 아버지는 인지는 주인 없는 땅이라면서 아무것도, 아무도 알아보지 못하게 만드는 신경학적 참상들에 대한 강의를 늘어놓기 시작하셨다.

아버지가 돌아가시고 수년이 지난 후에 나도 뉴욕에서 비슷한 경험을 했다. 파리에서 교편을 잡고 있는 친구와 그가 묵고 있는 호텔 바에서 만나 한 잔 하기로 해서 찾아갔는데, 직원에게 길을 묻고 나서 보니 어느 새 내가 대리석 마루가 깔린 길고 빛나는 복도를 따라 걷고 있었다. 오버코트를 걸친 한 남자가 내 쪽으로 성큼성큼 걸어오고 있었다. 몇 초가 지난 후에야 나는 낯선 사람인 줄 알았던 그 남자가 바로 복도 끝의 거울에 비친 나 자신의 모습이라는 걸 깨달았다. 간헐적으로 그렇게 짧은 시간 방향감각을 상실하는 건 그리 드문 일이 아니지만, 인식이 우리 생각보다 훨씬 유약한 것임을 시사하고 있다는 점에서 갈수록 점점 더 내 흥미를 끌었다. 일주일 전만 해도 내가 오렌지 주스라고 생각하고 컵에 따른 음료가 우유였던 적이 있다. 몇 초 동안은 우유 맛이라는 걸 느끼지조차 못하고 주스 맛이 역겹다고 생각했었다. 나는 우유를 아주 좋아하지만 그런 건 중요하지 않다. 중요한 점은 내가 기대했던 맛이 아니라 다른 맛이었다는 사실이다.

그런 순간, 친숙하던 것이 파격적으로 생경해질 때, 그 당혹스러운 소외감은 단순히 두뇌의 장난이 아니라 시각을 구축하는 외부의 표지판들을 잃어버렸기 때문이다. 아버지가 길을 잃지 않았다면 당연히 가족의 별장을 알아보았을 것이다. 전방에 거울이 있다는 사실을 내가 알았다면 즉시 나 자신을 보았을 테고, 우유가 우유인 줄 알았더라면 우유 맛을 느꼈으리라. 빌이 죽은 이듬해 내내 나는 계속해서 길을 잃은 느낌에 시달렸다. 내가 뭘 보고 있는지 모를 때도 있었고 또 보면서도 어떻게 해석해야 할지 모를 때도 많았다. 이런 경험들이 내 안에 자취를 남기고 또 남기면서 거의 항구적인 불안으로 굳어졌다. 가끔은 흔적도 없이 싹 사라지기도 했지만 대체로는 나날의 일상적 행위들 근저에 도사리고 있는 그 존재가 느껴졌다. 철저히 길을 잃었던 기억이 드리우는 내면의 그림자였다.

회화의 역사적 관습과 그런 관습이 지각에 미치는 영향을 숙고하며 그토록 오랜 세월을 보내고 나서 풍문으로 들은 코뿔소를 그리는 뒤러의 입장에 서게 되었다니 아이러니였다. 화가의 유명한 피조물은 실제의 짐승과 대단히 닮았지만 결정적으로 잘못 그린 부분들이 수없이 많았다. 나 역시 그해 내 삶의 일부였던 사람과 사건들을 재구성함에 있어 그런 오류들을 저질렀다. 내 주제는 물론 인간적이었고, 따라서 제대로 그리기 어려운 것으로, 아니 어쩌면 불가능한 것으로 악명이 높았지만, 내가 저지른 수많은 오류들은 워낙 막중했기에 그림 자체가 거짓이라고 불러도 마땅할 정도였다.

또렷하게 보기 어려운 증세는 눈이 나빠지기 한참 전무터 날 괴롭혔다. 예술 뿐 아니라 삶에서도. 보는 사람의 관점 문제였다. 그날 밤 맷이 자기 방에서 지적했듯이, 사람과 사물을 볼 때 우리는 자기가 그린 그림 속에 없다. 관객은 진정한 소점消點이고 캔버스에 꽂혔던 핀의 자국이며 영점이다. 나는 거울과 사진과 드물게는 홈 무비에서만 스스로에게 온전하게 보이는데, 그런 제한을 벗어나 언덕 꼭대기에서 나 자신을 원경으로 보고 싶을 때가 자주 있다. '내'가 아니라 저 골짜기 밑 한 지점에서 다른 지점으로 옮겨 다니는 작은 '그'로서 나를 보고 싶은 것이다. 그러나 거리를 둔다고 해서 정확성이 보장되지는 않는다. 가끔 도움이 될 때가 있기는 하지만 말이다. 오랜 세월에 걸쳐 빌은 내게 움직이는 기준, 항상 내가 시야에서 놓치지 않는 사람이 되었다. 그와 동시에 그는 내게서 교묘히 빠져나가기 일쑤였다. 그에 대해 내가 너무나 많이 알았기 때문에, 내가 그와 가까웠기 때문에, 나는 그와 함께 한 경험들의 다양한 파편들을 단일하고 일관된 이미지로 그러모을 수가 없었다. 진실은 유동적이고 상충적이며, 나는 기꺼이 그 사실을 인정하고 살 의향이 있었다.

그러나 대개의 사람들은 모호성을 불편하게 여긴다. 빌의 삶과 작품 세계를 끼워 맞추려는 작업은 사후 거의 즉각적으로, 〈뉴욕타임즈〉에 실린 부고와 동시에 시작되었다. 길고 산만한 기사에는 물론 더 기분 좋은 찬사의 말들도 있었지만, 동 신문에 실렸던 독설에 가까운 리뷰에서 한 문장을 인용한 점이 특기할 만했다. 이해할 수 없지만 유럽과 남아메리카, 일본에서 추종자들을 대거 양산한 '컬트 예술가'라는 꼬리표를 붙이는 내용이었다. 바이올렛은 그 기사를 끔찍하게 싫어했다. 기자와 신문에 독설을 퍼부었다. 내 면전에 대고 신문 페이지를 흔들며 빌의 사진 한 장 알아볼 수 있을 뿐 나머지 그에게 헌정된 일곱 문단에서는 아무리 찾아도 그가 없더라고, 빌의 부고에 빌이 없다고 했다. 기자들이란 다 대중적으로 용인된 의견을 전달하는 도관에 불과하며, 고인에 대한 똑같이 정신 나간 기사들을 이리저리 끼워 맞춘 멍청한 요약본 외의 다른 글을 써내는 부고 기자는 거의 없다고, 뻔한 사실을 새삼 상기시키는 것이 그녀에게는 아무 소용도 없었다. 그러나 몇 주일을 지내면서 바이올렛은 전 세계에서 날아온 편지들에서 위로를 찾았다. 빌의 작품을 보고 그 속에서 무언가 의미를 찾아 간직한 사람들이 쓴 편지들이었다. 젊은이들도 많았고, 예술가도 수집가도 아니고 어쩌다 보니, 그것도 사진으로 우연히 작품을 접하게 된 평범한 사람들도 많이 있었다.

훗날 '위대하다'는 평가를 받은 예술을 알아보지 못하는 경우는 역사 속에서 너무나 빈번하게 일어나다 못해 '클리셰'가 되었다. 반 고흐는 이제 그림의 작품성뿐 아니라 '생전에 인정받지 못한 예술'이라는 명분에 몸 바쳐 순교한 사람으로서 추앙된다. 수백 년 간 무명이었던 보티첼리는 19세기에 새로이 태어났다. 두 사람의 명성이 겪은 변화는 그저 재교육의 문제였다. 새로운 예술의 관습들이 생겨나 이해를 가능하게 했던 것이다. 빌의 작품은 예술 비평가들에게 위기감을 줄 만큼 복잡하고 사변적이었으나, 또한 훈련 받지 않은 사람들의 이목을 끌 만큼 단순하고 종종 서사적이기도 한 힘을 갖고 있었다. 예컨대 나는 〈O의 여정〉은 살아남을 거라 믿는다. 그리하여 갤러리들에 빼곡하게 걸려 있는 최신 유행 장난이며 경박한 부조리들이 짧은 햇살 속 전성기를 누리고 나서 앞서간 수많은 작가들처럼 시들어버릴 때에도, 유리 상자들과 알파벳 캐릭터들은 버텨낼 것이다. 내가 옳은지 알 길은 영영 없겠지만 나는 그 믿음을 꼭 붙들고 있고, 아직까지는 판단이 틀리지 않았다. 빌이 세상을 떠난 후 5년 동안 그의 명성은 더욱 공고해졌으니까.

그는 수많은 유작을 남겼고 그 중에는 전시된 석이 한 번도 없는 작품들도 상당수였다. 바이올렛, 버니, 그리고 갤러리 직원들 몇 명이 캔버스, 상자, 조각, 프린트, 드로잉, 공책은 물론 빌의 마지막 프로젝트의 일환이었던 미완성의 테이프까지 다 정리하는 작업에 착수했다. 분류 작업 초기에 바이올렛은 "의지할 사람이 필요하다"면서 내게 좀 와 달라고 부탁했었다. 한 달 만에 한 남자의 인생이 빼곡하게 들어차 있던 창고는 책상과 의자밖에 없는 휑하고 섬뜩한 방, 거의 다 빈 책장들로 변해버렸고, 아무도 옮길 수 없었던 나무 상자들 위로 시시각각 변하는 햇빛이 비추었다. 새로 발견한 작품들도 있었다. 아기 때 마크를 그린 섬세한 드로잉들, 우리 중 그 누구도 존재를 몰랐던 루실의 그림 몇 점. 어떤 그림에서 루실은 공책에 글을 쓰고 있었고, 얼굴이 부분적으로 가려져 있었지만 책장의 말들에 얼마나 무섭게 집중하고 있는지 눈과 이마에 다 드러나 있었다. 캔버스 한가운데 공들여 손으로 쓴 글씨로 "그것은 울고 또 울었다"라는 문구가 커다랗게 쓰여 있었다. 그 문구는 루실의 가슴과 어깨 사이를 갈라놓았고, 그녀가 있는 차원과는 전혀 다른 차원에서 존재하는 것처럼 보였다. 캔버스에 적힌 날짜는 1977년 10월이었다. 나와 에리카의 드로잉도 한 장 있었는데, 그건 빌이 기억을 되살려 그린 게 틀림없었다. 우리는 포즈를 취해준 적이 없을 뿐 아니라 그림을 본 적도 없었다. 우리는 버몬트 집 밖의 애디론댁 의자에 앉아 있는 모습이었다. 에리카가 내게 기대어 손을 내 의자 팔걸이에 얹고 있었다. 바이올렛은 그 그림을 찾자마자 우리에게 주었고, 나는 바로 다음 날 액자를 맞추러 갔다. 에리카는 왔다가 이미 돌아간 후였다. 그녀가 상상했던 뉴욕 여행은—우리가 화해할 수 있을지도 모른다는 암시를 품었던—친구를 묻는 불행한 여행이 되어 버렸다. 우리는 끝내 따로 만나서 우리의 이야기를 하지 못했다. 나는 내 책상 근처의 벽에 빌의 드로잉을 걸고 종종 들여다보았다. 빠른 선으로 획획 그려낸 에리카의 손을 보면, 빌이 내 아내의 파르르 떠는 손가락을 포착해낸 것 같았다. 그리고 그 스케치를 볼 때마다 어김없이 그녀가 빌의 장례식장에서 어떻게 몸을 떨었는지, 어떻게 그녀의 온몸이 경미하지만 역력한 경련으로 흔들렸는가를 떠올리게 되곤 했다. 그녀의 차가운 손을 잡고 내 양손으로 덮어주었던 기억이 나고, 아무리 힘주어 손을 꼭 잡아줘도 그녀 신경 어딘가 깊은 곳에서 생겨난 그 전율을, 끝내 멈출 수 없었던 기억이 나곤 했다.

예술가가 죽으면 작품이 육신을 서서히 대체하기 시작해서 세상에서 물적으로 그를 대체하게 된다. 어쩔 수 없는 일일 것이다. 의자나 접시처럼 쓸모 있는 물건들은 다음 세대에게 유산으로 물려지면, 잠시 예전 주인의 자취가 남아 있는 듯 하다가도 금세 사라지고 실용적인 기능만 남게 된다. 반면 아무짝에도 쓸모없는 예술은 일상에 편입되기를 거부하며, 예술에 힘이 있다면 그건 예술가의 삶과 함께 호흡하는 능력이 아닐까 싶다. 예술사학자들은 이런 얘기를 하는 걸 싫어한다. 우상이며 페티시에 따라붙는 마술적 사고를 암시하게 되기 때문이다. 그러나 나는 수도 없이 그 힘을 체험했고 빌의 작업실에서도 느꼈다. 미술작품 운반업자들이 와서 바이올렛, 버니, 그리고 내가 지켜보는 가운데 수많은 나무들과 상자들을 정교하게 포장하고 세심하게 분류하는 동안 나는 바로 두 달 전에 와서 빌의 시체를 비닐 가방에 넣어 똑같은 빙에서 끌고 나긴 두 사람의 장의사들을 떠올릴 수밖에 없었다.

빌 자신과 빌의 예술이 동일하지 않다는 사실을 대부분의 사람들보다 훨씬 더 잘 알고 있었지만, 그가 남기고 간 작품에 어떤 아우라를 허락할 필요 역시 이해가 되었다. 매장과 부패라는 냉혹한 진실에 맞서 싸울 일종의 영적 후광 말이다. 빌의 관이 땅 속으로 내려질 때, 댄은 무덤가에서 앞뒤로 몸을 흔들었다. 가슴 앞으로 단단히 팔짱을 끼고 허리께부터 앞으로 푹 숙였다가 뒤로 젖히기를 끝없이 반복했다. 기도하는 정통파 유태인처럼 댄은 육체적인 활동의 반복에서 위로를 얻는 것 같았고, 나는 그런 그의 자유가 차라리 부럽기까지 했다. 그러나 가까이 다가가서 본 그의 얼굴은 황폐해져 있었고 눈은 광기에 달떠 응시하고 있었다. 그날 한참 후 그린 스트리트에서 바이올렛은 댄에게 빌이 진짜 열쇠를 넣어서 W라는 글자로 작업한 작은 캔버스를 주었다. 댄은 그걸 받아 자기 셔츠 밑에 넣고 오후 내내 그 작은 그림을 품고 있었다. 날씨가 더워서 혹시 그림을 땀범벅으로 만드는 게 아닐까 걱정이 되긴 했지만, 어째서 그 그림을 맨살에 대고 있으려 하는지는 알고 있었다. 그 자신과 그림이 절대로 떨어지지 않기를 바랐던 그는, 나무와 캔버스와 금속 안 어딘가에서 자기가 형을 만지고 있다고 상상했던 것이다.

나는 꿈속에서 빌을 다시 살려냈다. 우리 집 문으로 들어오거나 내 책상 옆에 나타나곤 했고, 나는 항상 "하지만 난 자네가 죽은 줄 알았는데"라고 말했다. 그러면 그는 "죽었지. 잠깐 얘기나 하려고 돌아왔을 뿐이야."라거나 "자네를 살펴보러 왔어? 괜찮은가 싶어서"라고 말하곤 했다. 그러나 한번은 꿈속에서 내가 똑같은 질문을 했더니 "그래, 죽었지. 이제 우리 아들과 함께 있네."라고 말하는 것이었다. 나는 그와 싸우기 시작했다. "아니야, 매튜는 내 아들이야. 마크가 자네 아들이라고."라면서. 그러나 빌은 절대 인정하려 하지 않았고, 꿈속에서 나는 미친 듯 화를 냈으며 그런 오해가 괴로워 어쩔 줄 모르며 잠을 깼다.

빌의 작품 대부분이 작업실에서 나간 후에도 바이올렛은 날마다 바워리에 갔다. 빌의 개인적인 물품들, 대체로 편지와 책들 중에 애매하게 남은 것들을 정리하러 간다고 했다. 아침에 어깨에 커다란 가죽 가방을 메고 건물에서 나가는 그녀의 모습을 자주 볼 수 있었다. 그녀는 저녁 여섯 시, 어떤 때는 일곱 시가 되도록 돌아오지 않았고, 집에 돌아오면 종종 나와 저녁을 함께 먹었다. 내가 요리해서 그녀를 대접했고, 내 요리솜씨는 그녀보다 한참 못했지만 늘 그녀는 황송할 정도로 고맙다고 말했다. 차츰차츰 나는 바이올렛이 내 집에 도착하고 나서 반시간 가량은 좀 이상해 보인다는 걸 깨닫기 시작했다. 눈빛이 어쩐지 유리처럼 번들거리고, 그 비틀어지고 번들거리는 표정은 왠지 섬뜩하게 걱정스러운 데가 있었다. 특히 문간에 나타난 뒤 처음 몇 분이 심했다. 나는 그래도 말은 하지 않았는데, 내 눈앞에 보이는 모습을 뭐라 말로 옮길 수가 없기 때문이었다. 대신 나는 음식이나 내가 읽고 있는 책에 대해 잡담을 늘어놓았고, 아주 서서히 그녀 얼굴은 더 친숙해지고 더 존재감이 생겼다. 그녀가 지금 이곳으로 돌아오고 있는 느낌이었다. 빌이 죽고 나서 바이올렛이 두서너 번 우는 소리를 들은 적도 있고, 밤이면 침실 천정으로 스며들어오는 애끓는 흐느낌 소리에 귀 기울인 적도 있었지만, 내 앞에서 그녀는 슬픈 티를 내지 않았다. 그녀의 강인함은 찬탄할 만했지만 자칫 깨질 듯한, 결연한 분위기를 풍기고 있어 가끔 마음이 불편하기도 했다. 그런 터프함은 블룸가의 특징인 듯했다. 슬픔은 혼자 삭여야 한다고 믿었던 유서 깊은 선조들에게서 물려받은 스칸디나비아 사람의 자질 말이다.

바이올렛이 마크에게 같이 살자고 한 것도 그 자존심 때문이었을 것이다. 루실에게도 7월부터는 마크를 데리고 살면서 뉴욕시에서 일자리를 알아보게 하겠다고 말했다. 마크는 고등학교를 간신히 졸업했지만 대학 지원은 하지 않았고, 미래는 그 앞에 지도조차 없는 광활한 황무지처럼 펼쳐져 있다. 바이올렛에게 마크를 돌볼 기운이 있기나 한 거냐고 물었더니 그녀는 파르르 날을 세우며 빌이 바라는 일일 거라고 쏘아붙였다. 눈살을 찌푸리고 입술을 앙다물며 자기가 결정한 일이니 더 이상 왈가왈부하고 싶지 않다는 점을 분명히 하는 것이었다.

마크가 이사를 들어오기로 한 전날, 바이올렛은 작업실에서 귀가하지 않았다. 아침에 전화로 근처 식당에서 저녁을 사고 싶다고 말했었다. "장은 보지 마세요." 그녀가 말했다. "일곱 시까지 집에 들어올게요." 여덟시에 나는 그녀에게 전화를 걸었다. 통화중이었다. 30분이 지나도 여전히 통화중이었다. 나는 바워리까지 걸어갔다.

거리로 통하는 문이 활짝 열려 있기에 안을 들여다본 나는 밥씨의 전신을 처음으로 보았다. 나이를 확실히 알 수 없는 남자로 둥글게 휜 척추와 가녀린 다리가 근육질의 팔과 날카로운 대조를 이루고 있었다. 그는 복도를 쓸고 있었고, 두껍게 쌓인 먼지 더미를 내 발 옆으로 밀어 바깥 인도로 버렸다. "밥씨?" 내가 물었다.

고개를 들어 나를 보지도 않고 그는 마룻바닥만 무섭게 노려보았다.

"바이올렛이 걱정이 돼서요. 저녁을 같이 먹기로 했거든요."

남자는 대답도 없고 미동도 없었다. 나는 그를 돌아서 계단을 오르기 시작했다.

"발 조심하쇼." 그는 쩌렁쩌렁하게 말했다.

꼭대기에 올랐을 때 그가 한 마디 덧붙였다. "미녀한테 가는 길 조심하란 말요!"

작업실 문도 열려 있어서, 나는 들어가기 전에 호흡부터 가다듬었다. 방안에 조명이라고는 밑에 첩첩이 쌓인 서류 더미를 비추는 빌의 책상 스탠드 불빛뿐이었다. 휑하고 허전한 로프트는 대낮에 본 적이 있지만 저녁 어스름에 보니 한눈에 들어오지가 않아 황량한 공간이 훨씬 더 넓어 보였다. 처음에는 아무도 보이지 않았지만, 창가로 시선을 돌리자 밖에서 흘러들어오는 침침한 빛 속으로 빌이 걸어 들어오는 모습이 보이는 것이었다. 유령을 보니 숨이 턱 막혔다. 빌의 초췌한 유령이 담배를 피우며 유리창 앞에서 서 있었다. 내게 등을 돌리고 있는 모습이었고, 야구 모자를 쓰고 파란 작업용 셔츠, 검은 청바지를 입고 있었다. 나는 그에게로 걸어갔고, 내 발자국 소리에 얼굴이 일그러지고 쭈그러든 빌이 돌아섰는데, 알고 보니 그는 바이올렛이었다. 바이올렛이 담배를 피우는 건 본 적이 없었다. 그녀는 엄지와 검지 사이에 담배를 끼우고 있었는데, 생전에 빌은 필터 말고 남은 게 별로 없을 때 꽁초를 그런 식으로 들곤 했다. 그녀는 내게로 걸어왔다.

"지금 몇 시에요?" 그녀가 말했다.

"아홉시가 넘었어."

"아홉 시요?" 마치 그녀는 생각 속에 그 번호를 못 박기라도 하려는 듯이 말했다. "오시지 말지 그랬어요." 그녀는 꽁초를 떨어뜨리고 발로 비볐다.

"우리 같이 저녁 먹기로 했잖아."

바이올렛이 나를 흘겨보았다. "아, 그렇죠." 혼란스러운 표정이었다. "잊어버렸네요." 몇 초 후에 그녀가 말했다. "뭐, 아무튼 오셨네요." 그녀는 자기 자신을 내려다보고 한 손으로 빌의 셔츠 소맷자락을 쓸었다. "표정에 근심이 가득하세요. 걱정 마세요. 난 괜찮으니까. 빌이 죽고 난 다음 날에 여기로 돌아왔어요. 혼자 돌아보고 싶었거든요. 그이 옷이 한구석에 떨어져 있었고, 책상 위에서 담배 한 갑을 찾았죠. 싱크대 위 찬장에다 넣어뒀어요. 버니에게 그 속에 있는 건 사적인 거니까 손대지 말라고 했죠. 버니가 작품을 정리하고 나서 다시 여기 오기 시작했어요. 이제 내 일이 됐어요. 여기 와서 머물다 가는 게. 어느 날 오후에 찬장으로 가서 그이 바지와 셔츠와 담배를 꺼냈어요. 처음에는 그냥 쳐다보다 만지기만 했죠. 다른 옷들은 아직 다 집에 있지만 대체도 다 깨끗해서요. 깨끗하게 빨았기 때문에 죽은 거죠. 이 옷에는 물감이 묻어 있어요. 그이가 이 옷을 입고 작업을 했잖아요. 그래서 한참 지나니까 그냥 만지고 싶지만은 않더라고요. 그걸로 만족이 되지 않았어요. 그이 옷을 걸치고서 내 몸을 만지고 싶었어요. 그리고 카멜 담배를 피우고 싶었어요. 하루에 한 대씩 피우고 있었어요. 그게 도움이 되더라구요."

"바이올렛." 내가 말했다.

그녀는 마치 내가 아무 말도 하지 않은 것처럼 굴며 방안을 둘러보았다. 나는 바닥에 열린 상자가 하나 있고 물감 튜브가 나란히 줄지어 놓여 있다는 걸 알아챘다. "여기 있으면 위로받는 기분이에요." 그녀가 말했다.

재키 로빈슨을 그린 맷의 그림이 아직도 빌의 책상 근처 벽에 걸려 있었다. 그 그림에 대해 물어보고 싶었지만 그러지 않았다.

바이올렛이 내 쪽으로 몸을 기울여 내 팔에 손을 얹었다. "그이가 죽을까봐 두려웠어요." 그녀가 말했다. "선생님께도, 다른 누구에게도 말하지 않았지만요. 우리는 누구나 사랑하는 사람들이 죽을까봐 두려워하잖아요. 그렇지만 언젠가부터 그이 몸이 좋지 않다는 생각이 들었어요. 숨을 너무 힘들게 쉬었어요. 잠도 잘 못 잤고요. 한번은 눈을 감는 게 싫다고 그랬어요. 밤에 죽을 것만 같대요. 마크가 선생님 돈을 훔치고 나서 그이는 잠자리에 들지도 않고 밤새 뜬눈으로 위스키를 마셔댔어요. 새벽 세 시에 나가보면 텔레비전을 켜 놓은 채로 소파에서 졸고 있었죠. 그러면 신발과 바지를 벗겨주고 뭘 좀 덮어주고 오거나, 아니면 침대로 데리고 오곤 했어요." 그녀는 잠시 바닥을 내려다보았다. "행색도 엉망이고, 항상 우울했어요. 아버지 얘기도 굉장히 많이 했고요. 댄의 병 얘기도 하고, 댄을 도와주려고 그렇게 애썼는데 아무 소용도 없었다고도 했어요. 우리가 끝내 갖지 못했던 우리들의 아기 얘기도 했지요. 가끔은 우리 아기를 입양해야 한다고도 했지만, 그러다 또 너무 위험하다고 말을 바꿨죠. 좋은 아버지가 되려고 애썼지만 하나부터 열까지 다 잘못 했다고. 정말 증세가 나빠지면 이제까지 누가 자기에 대해서 쓴 혹평이란 혹평은 다 꺼내서 줄줄 인용하곤 했어요. 전에는 한 번도 그런 데 신경 쓰는 것 같지 않았는데, 그게 다 쌓였던 거예요, 레오. 비평가들한테 그이가 워낙 힘한 취급을 당했잖아요. 다른 사람들이 그이 작품에 광적으로 충성을 바친다는 사실 때문에 비평가들이 그런 악감을 품었던 건데, 그이는 자기한테 일어났던 좋은 일들은 전부 잊어버렸어요." 바이올렛은 방 건너편을 바라보며 자기 팔을 쓰다듬었다. "나만 빼고요. 그이는 끝까지 나를 잊지 않았어요. 내가 그이 귀에 대고 '이제 침대로 와요'라고 속삭이면 그이는 손으로 내 얼굴을 감싸고 키스해 주었죠. 보통은 약간 취한 상태로 말하곤 했어요. '내 사랑, 난 당신을 너무나 사랑해'라든가 또 그런 감상적인 얘기들을 했죠. 마지막 몇 달은 좀 나았어요. 아이들과 비디오테이프 작업으로 행복해 보였죠. 정말로 촬영이 그이를 살게 한다고 생각했었어요." 바이올렛은 고개를 돌려 벽을 바라보았다. "날마다 집에 가는 일이 조금씩 더 힘들어져요. 그냥 여기서 그이와 함께 있고 싶어요."

바이올렛은 빌의 셔츠 호주머니에서 카멜 담뱃갑을 꺼냈다. 담배 한 개비에 불을 붙이고 성냥을 흔들어 끄며 말했다. "오늘은 한 대만 더 피울래요." 그녀는 입에서 길게 한 줄기 연기를 내뿜었다. 그리고 우리는 적어도 일분 간 서로 한 마디도 하지 않았다. 이제 눈이 어둠에 익숙해져서 방이 훨씬 밝아보였다. 나는 바닥에 놓인 유화물감 튜브들을 찬찬히 바라보았다.

바이올렛이 침묵을 깨뜨렸다. "선생님한테 들려드릴 얘기가 있어요. 자동응답기 메시지에요. 옷을 찾은 그날 들은 거예요." 바이올렛이 책상으로 가서 기계의 버튼을 여러 번 눌렀다. 소녀의 목소리가 말했다. "M&M은 그들이 나를 죽였다는 걸 알아요." 그게 다였다.

일 초쯤 버니의 목소리로 새 메시지가 들려왔지만 바이올렛이 기기를 꺼버렸다. "빌은 죽던 날에 이 메시지를 들었어요. 불이 깜박이고 있지 않았거든요. 틀림없이 들어와서 메시지들을 확인했을 거예요."

"그렇지만 말이 안 되는 얘기잖아."

바이올렛이 고개를 끄덕였다. "알아요. 하지만 내 생각에는 지난 번 밤에 전화해서 내게 자일즈 얘기를 해주었던 그 애인 것 같아요. 빌은 통화한 적이 없으니까 알았을 리가 없지만요." 그녀는 나를 올려다보며 손을 내 손에 올렸다. "그 사람들이 마크를 M&M이라고 불러요. 그 거 아셨어요?"

"그래."

바이올렛이 내 손등을 꼭 움켜쥐었다. 세게 붙드는 손길에서 그녀가 떨고 있다는 게 느껴졌다.

"아, 바이올렛."

내 목소리가 그녀를 무너뜨린 것 같았다. 그녀의 입술이 파르르 떨렸고 무릎이 덜덜 떨리더니, 그녀는 내게 쓰러지듯 안겼다. 나는 두 팔로 그녀를 감싸 안았고 그녀는 내 허리를 꼭 붙잡고 뺨을 내 목에 대었다. 나는 야구 모자를 벗기고 그녀의 머리에 한 번, 딱 한 번 키스를 했다. 덜덜 떠는 그녀의 몸을 안고 흐느껴 우는 소리에 귀를 기울이면서 나는 빌의 체취를 맡을 수 있었다. 담배, 테레빈유, 그리고 톱밥.

마크에게 있어 상喪은 바람이 빠지는 것 같았다. 그 애 몸을 보면 나는 공기주입이 필요한 짜부라지고 바람 빠진 타이어가 생각났다. 턱을 치켜

올리거나 한 손을 드는 것조차 어마어마한 노력이 필요해 보였다. 동네 서점에서 점원으로 일하지 않을 때면 워크맨을 끼고 소파에 누워 있거나 굼뜬 몸짓으로 이 방 저 방 돌아다니며 상자에 든 크래커를 집어먹거나 트윙키 초콜릿 바를 갉아먹었다. 그는 하루 종일도 모자라 저녁때까지 냠냠 짭짭 먹고 게걸스럽게 집어삼키며 지나가는 자리마다 셀로판지, 비닐봉지, 그리고 마분지 상자를 흔적으로 남겼다. 저녁식사에는 별 관심이 없었다. 깨작깨작 음식을 집어먹다 접시에 음식을 거의 다 남기곤 했다. 바이올렛은 마크에게 먹는 버릇에 대한 잔소리를 한 마디도 하지 않았다. 마크가 간식을 먹는 걸로 아버지를 잃은 슬픔을 헤쳐 나가려 한다면 굳이 말리지 않을 생각이었다.

바이올렛도 식사를 거의 하지 않았지만, 그래도 함께 식사하는 습관은 이듬해까지 이어졌다. 음식 준비는 우리 셋 모두에게 하루에서 가장 중요한 의례였다. 나는 장을 보고 요리를 거의 도맡아 했다. 바이올렛이 야채를 썰었고 마크는 식기세척기에 접시들을 차곡차곡 쌓는 시간만큼은 그나마 똑바로 서 있었다. 집안일이 끝나면 마크는 소파에 누워 텔레비전을 보기 일쑤였다. 바이올렛과 나도 가끔 함께 텔레비전을 봤지만, 이삼 주일이 지나자 멍청한 시트콤이며 강간범이나 연쇄살인범들이 나오는 천박한 드라마에 짜증이 나기 시작해서 인사를 하고 아래층으로 내려가거나 커다란 방 한구석에서 조용히 책을 읽었다.

의자에 앉아서 나는 두 사람을 연구 대상으로 삼았다. 마크는 바이올렛의 손을 잡거나 머리를 그녀 가슴에 기댔다. 그녀의 다리에 자기 다리를 포개거나 그녀 곁에 딱 붙어서 소파에 몸을 말고 앉아 있곤 했다. 마크의 몸짓이 그렇게 유아적이지 않았다면 볼썽사나웠을 수도 있는 광경이었다. 그러나 계모에게 다가붙는 마크는 어린이집에서 기나긴 하루를 보내고 녹초가 된 덩치 큰 어린애 같았다. 전에도 물론 아버지와 바이올렛에게 꼭 저렇게 기대는 모습을 본 적이 있지만, 그래도 나는 바이올렛에게 들러붙는 마크의 행동이 빌의 죽음에 대한 또 다른 반응이라고 해석했다. 우리 아버지가 돌아가셨을 때 나는 어머니를 모시고 어른 남자 노릇을 하려고 굉장히 애썼고, 한참 시간이 지나자 연기는 진짜처럼 느껴지기 시작하더니 결국 진짜가 되었다. 돌아가시고 1년쯤 지났을 무렵 학교에서 돌아와 보니 어머니가 아파트 거실에 앉아 계셨다. 의자에 앉아 힘없이 얼굴에 손을 묻고 엎드려 있었다. 다가가면서 나는 어머니가 울고 계셨다는 걸 알아차렸다. 아버지가 돌아가신 당일 말고는 한 번도 어머니가 우는 모습을 본 적도 없고 울음소리를 들은 적도 없었다. 그리고 빨갛게 부어오른 얼굴을 들고 나를 보던 어머니는 내가 전혀 모르는 사람 같았다. 아예 우리 어머니가 아닌 것 같았다. 그때 어머니 옆 테이블에 놓여 있던 사진 앨범이 보였다. 어머니는 내 손을 잡고 처음에는 독어로, 그 다음에 영어로 대답해 주셨다. "Sie sind alle tot. 다들 죽어버렸어." 어머니는 손을 내밀어 나를 붙잡고 내 허리띠 바로 위에 뺨을 대셨는데, 그 머리의 무게에 버클이 눌려 살을 꼬집었던 기억이 난다. 어색한 포옹이었지만 나는 계속 서 있었고 어머니가 울지 않아서 그나마 안심이 되었다. 어머니는 1분 가량 나를 아주 꼭 안아주었는데, 그러자 이상할 정도로 의식이 명료해지는 느낌이 들었다. 마치 갑자기 그 방안, 아니 그 너머의 모든 것들까지 훤히 꿰뚫어 볼 수 있는 눈이 생긴 것 같았다. 나는 어머니의 어깨를 쥔 손에 힘을 꼭 주며 내가 지켜드리겠다는 마음을 전하려 했고, 어머니는 내게서 떨어지며 미소를 지으셨다.

그때 나는 열여덟 살이었고 세상 무엇에 대해서도 그 누구에 대해서도 아는 게 없었다. 공부는 열심히 하지만 실수투성이로 간신히 하루하루 살아가고 있었다. 그럼에도 불구하고 어머니는 더 낫고 더 좋은 사람이 되겠다는 내 마음을 읽으셨고, 그걸 얼굴에 훤히 드러내셨다. 자긍심, 슬픔, 그리고 불쑥 남자답게 구는 나를 보고 약간 재미있기도 한 마음. 나는 마크가 무기력을 떨치고 바이올렛을 위로할 수 있을까 궁금했지만, 솔직히 말하자면 나는 굼뜨고 느린 마크의 상태 기저에 뭐가 도사리고 있는지 이해할 수가 없었다. 마크는 애정결핍이었지만 강요하지는 않았고, 계속되는 피로는 트라우마를 겪은 사람 특유의 마비상태라기보다는 차라리 권태에 가까워 보였다. 가끔은 저 애가 아버지가 영영 돌아오지 않는다는 사실을 제대로 알고 있기나 한 건가 싶을 때도 있었다. 의식적 사고가 닿을 수 없는 내면 어딘가에 그 진실을 감추어 두었을 수도 있을 것 같았다. 마크의 얼굴에는 전혀 비탄의 흔적이 없어서, 어쩌면 인간은 죽는 존재라는 생각 자체에 면역성이 생겼는지도 모른다는 생각마저 들게 했다.

바이올렛이 작업실에서 감정을 터뜨렸던 밤 이후로 몇 주일이 지나자 바이올렛은 슬픔을 보다 공공연하게 터놓고 말했으며, 몸도 차츰 경직상태가 풀리기 시작했다. 그녀는 계속해서 아침마다 바워리까지 걸어갔다 오곤 했고, 거기서 뭘 하는지 말하지는 않았지만 이런 얘기는 했었다. "해야 할 일을 하는 거예요."라고. 작업실에 도착하면 빌의 옷을 입고 하루 한 개비의 담배를 피웠을 테고, 그녀가 달리 또 뭘 했든 간에 모두 남편의 죽음을 기리기 위한 일이었을 거라고 나는 믿어 의심치 않았다. 따로 떨어져서 바이올렛은 의식석으로 상렬하게 남편을 추모했으며, 일단 마크가 있는 집으로 돌아오면 최선을 다해 그 애를 돌보았다고 나는 믿는다. 그녀는 그 애 뒷바라지를 했고 옷을 빨아 주었고 아파트 청소를 했다. 저녁에 텔레비전 앞에서 마크 곁에 앉아 있는 바이올렛을 보면 드라마를 보고 있는 게 아니라는 걸 알 수 있었다. 그저 마크 가까이 있고 싶었던 것이다. 마크의 머리나 팔을 어루만져 주다 보면 바이올렛은 아예 텔레비전에서 고개를 돌리거나 멀리 방구석을 바라보게 되기 일쑤였지만, 그녀는 어루만지던 손길을 그치는 일이 거의 없었다. 그래서 나는 마크의 유아적인 의존성에도 불구하고, 마크가 바이올렛을 필요로 하는 것만큼이나 바이올렛 역시, 아니 어쩌면 훨씬 더 마크를 필요로 한다는 생각을 하게 되었다. 한두 번은 두 사람이 소파에서 같이 잠든 적도 있다. 바이올렛이 가끔 아예 잠을 이루지 못한다는 걸 알고 있었기에, 나는 그들을 깨우지 않았다. 조용히 일어나서 방에서 나왔다.

마크가 내 돈을 훔쳤다는 사실은 잊지 않았지만, 빌이 죽고 나니 도둑질은 아예 전혀 다른 시대의 일처럼 느껴졌다. 마크의 범죄 행위가 내 마음에서 훨씬 더 큰 자리를 차지했던 게 까마득한 과거의 일 같았다. 사실은 빌이 워낙 괴로워했기 때문에 내 분노는 이미 희미해져 사라져 버렸던 것이다. 빌이 마크 대신에 속죄를 치렀고, 자기 것인양 마크의 죄과를 짊어졌다. 제 몸을 채찍질하는 보속을 통해 빌은 내가 잃어버린 7천 달러를 자기가 아버지로서 실패했다는 증거로 바꾸고 말았다. 나는 그의 참회를 바랐던 적이 없다. 마크의 사죄를 바랐지만 녀석은 내게 찾아오지도 않고 용서를 구하지도 않았다. 마크는 일주일에 한 번씩 빚을 갚았고 십 달러, 이십 달러, 삼십 달러씩 늘어나는 액수를 갖다 주었지만, 더 이상 거래를 중재할 빌이 사라지자 돈도 뚝 끊겼고 나는 차마 그 돈을 달라고 말할 수가 없었다. 그래서 마크가 8월 초순 어느 금요일에 집 앞에 나타나 백 달러를 건네주었을 때 나는 놀랐다.

마크는 지폐를 주고 잠시 앉지도 않았다. 내 테이블에 기대서서 바닥만 바라보았다. 나는 그 애가 무슨 말을 할 때까지 기다렸고, 한참 말이 없다가 그는 고개를 들어 말했다. "한 푼도 빼놓지 않고 갚을게요. 생각을 많이 했어요."

또 다시 아무 말도 없었다. 그래도 나는 반응을 보임으로써 그를 돕지는 않을 생각이었다.

"아빠가 바라실 일을 하고 싶어요." 그는 마침내 말했다. "다시는 아빠를 못 본다는 게 믿기지가 않아요. 내가 달라지기 전에 아빠가 돌아가실 줄은 몰랐어요."

"달라진다고?" 내가 말했다. "무슨 얘기냐?"

"늘 내가 달라질 거라는 걸 알고 있었어요. 옳은 일을 하고 대학에 가고 결혼을 하고 그런 거 있잖아요. 그래서 아빠가 나를 자랑스러워하게 되고 그간 일어났던 온갖 나쁜 일들은 다 잊고 예전처럼 돌아갈 거라고 생각했어요. 아빠 마음을 아프게 해드렸다는 걸 알아요. 그래서 지금 괴로워요. 잠을 이루지 못할 때도 있어요."

"너는 늘 잠만 자잖니." 내가 말했다.

"밤에는 못 자요. 침대에 누워서 아빠 생각을 하다 보면 실감이 나요. 내 인생에서 아빠만큼 좋은 건 없다는 길요. 바이올렛은 나한테 정말 잘해주지만 아빠와는 달라요. 아빠는 날 믿어주었고 내가 본질적으로는 착하고 좋은 점이 많다는 걸 아셨고 그건 엄청난 의미가 있었어요. 전 스스로를 증명해 보일 시간이 있을 거라고 생각했었죠."

마크의 눈에서 눈물이 흐르기 시작했다. 맑은 두 줄기 눈물이 뺨을 타고 줄줄 흘러내렸다. 그는 아무 소리도 내지 않았고 표정에 변화도 없었다. 퍼뜩 저런 식으로 우는 사람은 생전 처음 본다는 생각이 들었다. 코를 훌쩍이거나 흐느끼지도 않았는데도 엄청난 양의 눈물을 흘리고 있었다. "아빠는 저를 아주 많이 사랑해 주셨어요." 그가 말했다.

나는 그제야 마크에게 고개를 끄덕였다. 그 순간까지 나는 거리를 유지하면서 이런 저런 일을 겪으면서 그 애를 대할 때 취하게 된 딱딱하고 의심에 찬 태도를 견지하고 있었지만, 내 마음이 약해지는 걸 느낄 수 있었다.

"이제 삼촌께 보여드릴게요." 결단에 찬 우렁찬 목소리로 마크가 말했다. "아빠한테 보여드릴 수 없으니까 삼촌께 보여드릴게요. 그러니까 이제…." 그는 고개를 가슴에 푹 떨구고 흐르는 눈물 너머로 바닥을 흘끔 보았다. "제발 믿어주세요." 목소리가 복받치는 감정에 떨리고 있었다. "제발 저를 믿어 주세요."

난 의자에서 일어나 마크에게 다가갔다. 고개를 들어 나를 보는 마크의 얼굴에서 빌이 보였다. 닮았다는 사실이 갑자기 실감났고, 섬광 같은 깨달음이 아들의 모습에서 아버지를 환기했다. 꼭 닮은 얼굴이 무방비였던 나를 급습했고, 그 후 이어진 찰나의 순간 나는 몸속에서 빌의 상실을 체감했다. 위장을 쥐어짜고 가슴과 폐로 복받쳐 올라 숨을 막히게 하는 통증이었다. 마크와 바이올렛 둘 다 나보다는 빌과 훨씬 더 가까웠기에 나는 두 사람에 대한 예의로 나의 아픔을 숨기고, 깊이를 알 수 없는 불행을 심지어 나 자신조차 모르게 억눌러 왔었다. 그런데 망령처럼 빌이 한 순간 마크에게 나타났다가 사라져 버렸던 것이다. 느닷없이 그를 돌려받고 싶은 마음이 복받쳤고, 그럴 수 없어서 미칠 듯이 화가 났다. 주먹으로 마크를 죽도록 패면서 빌을 돌려내라고 외치고 싶었다. 그 아이에게는 그럴 힘이 있다는 느낌이 들었다. 그야말로 아버지를 말려 죽인 장본인이라고, 근심과 고뇌와 두려움으로 제 아버지를 죽음으로 몰고 갔다고, 그러니 이제 이야기를 거꾸로 돌려 빌을 다시 살려내라고 하고 싶었다. 완전히 미친 생각들이었다. 그리고 마크 앞에서 서 있던 그 순간에도 나는 그게 다 얼마나 미친 생각인지 알았고, 그 애가 내게 하던 말은 자기가 잘못했다고, 앞으로는 모든 게 달라지면 좋겠다는 얘기였다는 걸 깨달았다. 나는 손에 백 달러를 쥐고 있었다. 마크는 고개를 앞뒤로 흔들며 후렴구처럼 "제발 절 믿어주세요"라고 말하고 또 말했다. 고개를 숙이고 내려다보니 마크의 운동화 끈과 발가락 사이에 눈물이 고여 작은 웅덩이를 이루고 있었다. "난 너를 믿는다." 내 말소리는 이상하게 들렸다. 감정이 복받쳐서가 아니라 그 무미건조하고 평범한 어조가 그때 내 감정을 반의 반도 표현할 수 없었기 때문이다. "네 아버지가 나한테 어떤 사람이었는지 너는 아마 상상도 못 할 거야. 내게는 한없이 소중한 사람이었다." 그건 멍청하고 진부한 표현이었지만, 그 말을 내뱉던 순간에는 그 말들이 한동안 남몰래 내 마음속에 꼭 가둬뒀던 진실로 인해 생생하게 살아나는 것만 같았다.

그 다음 주말 마크의 실종은 어딘가 재연再演 같은 데가 있었다. 그는 우리에게 어머니한테 갔다 오겠다고 했다. 바이올렛은 기차삯을 주고 혼자 보냈다. 다음 날 아침 그녀는 지갑에서 2백 달러가 없어진 걸 발견하고 루실에게 전화를 걸었지만 루실은 주말여행에 대해 전혀 모르고 있었다. 사흘 뒤 마크는 그린스트리트에 다시 나타나서 자기가 돈을 훔치지 않았다고 열렬히 항변했다. 바이올렛이 우는 동안, 나는 빌의 부재 속에서 그녀 곁을 지키며 실망한 아버지 역할을 했는데 나로서는 연기력조차 필요 없는 일이었다. 마크가 하는 말이 진심이라고 믿은 게 겨우 일주일 전이었으니까. 나는 혹시 바로 그런 순간에 마크가 발동이 걸리는 게 아닐까 의심하기 시작했다. 배신으로 뒤통수를 치기 전에, 일단 먼저 상대방이 누구든 자신의 의연한 진지함을 믿게 만들어야 하는 게 아닐까 하고. 완벽한 반복을 거듭하는 기계처럼 마크는 예전에 했던 일을 집요하게 되풀이했다. 거짓말을 하고, 물건을 훔치고, 훌쩍 사라지고, 다시 나타나고, 되레 자기가 억울함을 호소하다가 분노하고 울고 새어머니와 화해하고.

물리적 거리와 믿음은 밀접한 연관성이 있다. 나는 마크와 가까이 살았다. 그 인접성과 접촉이 내 감각을 덮쳐 감정을 좌우지했다. 그 애와 겨우 몇 인치 간격을 두고 있을 때면 불가피하게 그 애가 하는 말을 부분적으로나마 믿지 않을 수 없었다. 아무 것도 믿지 않는다면 철저히 절연을 해야 했을 것이다. 마크뿐 아니라 바이올렛까지 피해서 망명을 해야 했다. 그래서 나는 두 사람을 피해 일과를 짰다. 읽고 일하고 저녁거리 장을 보던 때는 저녁식사의 아우라가 기다려졌다. 음식, 작업실을 방문하고 돌아오던 바이올렛의 생경하고 달뜬 표정, 디제이며 테크노에 대한 마크의 잡담, 내 팔이나 어깨에 닿던 바이올렛의 손길, 작별인사를 할 때 내 뺨에 닿는 그녀의 입술, 그녀의 살결과 향수 냄새에 섞여 풍기던 빌의 체취.

내게, 그리고 어쩌면 바이올렛에게도, 다시 옛날의 패턴으로 돌아간 마크의 재발과 바이올렛이 부과한 벌-또 외출 금지였다-은 형편없는 연극처럼 아득한 느낌으로 다가왔다. 우리는 무슨 사태가 일어나고 있는지 잘 알았지만, 이야기와 대화는 너무나 과장되고 익숙해서 우리 감정을 약간 무의미하게 만들었다. 그게 문제였던 것 같다. 우리는 마크의 범죄에 더 이상 괴로워하지 않게 된 게 아니라, 괴로움을 유발하는 원인이 최악으로 저열한 형태의 심리 조작이라는 걸 인식했던 것이다. 이번에도 또 우리는 똑같은 따분한 플롯에 속았다. 바이올렛이 마크의 배반을 참고 넘긴 것은 마크를 사랑하기 때문이기도 했지만 더 이상 새삼스럽게 그의 배신이 어떤 의미인지 똑바로 마주 할 기운이 없기 때문이기도 했다.

3주일 후에 마크는 다시 종적을 감추었다. 이번에는 내 책장에 놓여 있던 중국 한나라 시대의 말馬 조각과 바이올렛의 보석함을 훔쳐 달아났다. 보석함 속에는 바이올렛이 어머니에게서 받은 진주와 빌이 마지막 결혼 기념일에 그녀에게 선물한 사파이어와 다이아몬드 귀걸이가 들어 있었다. 귀걸이 하나만 해도 값어치가 무려 5천 달러에 달했다. 내 집에서 어떻게 그 말을 챙겨 나갔는지 알 수가 없다. 아주 크지는 않았으니 내가 지켜보지 않을 때 여러 번 갖고 나갔을 수도 있다. 그러나 나는 그가 떠난 다음 날 아침까지 그 말이 없어진 줄도 모르고 있었다. 이번에는 이삼일이 지나도록 마크가 돌아오지 않았다. 바이올렛이 서점에 전화를 걸어 마크를 봤는지 물어보니, 매니저는 마크가 출근하지 않은 지 벌써 몇 주일이 되었다고 말했다. "어느 날 안 오더라고요. 통화를 해보려고 했는데 마크가 준 번호로 전화가 안 돼서 윌리엄 웩슬러를 찾아봤는데 전화번호부에 등재되어 있지 않더군요. 그래서 다른 사람을 고용했습니다."

바이올렛은 마크가 돌아오기를 기다렸다. 사흘이 지나고, 나흘, 하루하루 지날 때마다 바이올렛은 줄어드는 것 같았다. 처음에는 그녀가 줄어드는 게 착시인 줄 알았다. 마크의 부재에 대해 우리 둘이 함께 느끼는 불안감의 시각적 은유가 아닐까 생각했었다. 그러나 닷새째 되던 날, 나는 바이올렛의 바지가 허리께에서 헐렁하게 흘러내려 있고 목과 어깨와 팔의 둥근 살집이 자취를 감췄다는 걸 알았다. 그날 저녁 식사 시간에 제발 음식을 좀 먹으라고 졸라보았지만 나를 보고 고개를 흔드는 그녀의 두 눈에 눈물이 글썽거렸다. "부실하고 마크의 학교 친구들한테 다 전화를 해 봤어요. 아무도 그 애 행방을 몰라요. 죽었을까봐 겁이 나요." 그녀는 일어서서 부엌장을 열고 컵과 접시를 모두 꺼내기 시작했다. 그 후로 이틀 동안 나는 찬장을 정리하고 마룻바닥을 닦고 렌지 밑에 들러붙은 먼지를 칼로 긁어내고 로프트의 화장실을 표백제로 닦는 바이올렛의 모습을 지켜보았다. 사흘 째 되던 날 밤 저녁거리가 든 봉지를 들고 위층으로 올라갔더니 바이올렛이 고무장갑을 끼고 비눗물이 든 양동이를 손에 든 채로 문을 열어주는 것이었다. 나는 인사도 하지 않았다. "됐어. 청소는 이제 그만해. 다 끝났어, 바이올렛."이라고 말했다. 놀란 눈길로 나를 쳐다보더니 그녀는 양동이를 내려놓았다. 그리고 전화기로 가서 윌리엄즈버그의 라즐로에게 전화를 걸었다.

반시간도 못 되어 그가 현관 초인종을 눌렀다. 인터콤 버튼을 누른 바이올렛은 라즐로의 목소리가 들리자 깜짝 놀라 소리를 질렀다. 꽉 막힌 다리, 교통 정체, 그리고 태만한 지하철 노선들은 다른 모든 뉴욕 시민의 발을 묶었지만, 라즐로 핑클만의 앞길을 막지는 못하는 모양이었다. "날 아온 거야?" 바이올렛은 문을 열어주며 물었다. 라즐로는 희미한 웃음을 짓더니 방안으로 씩씩하게 걸어 들어와 자리에 앉았다. 나는 라즐로를 보고만 있어도 마음이 달래지는 느낌을 받았다. 익숙한 헤어스타일, 큼직한 까만 선글라스, 길쭉한 포커페이스를 보고 있자니 그가 마크의 실종을 좀 알아보겠다고 말하기도 전에 기운이 나는 것이었다. "시간을 잘 재고 있어." 바이올렛이 말했다. "그러면 주말에 수임료를 지급할 때 돈을 좀 더 얹어서 줄게."

라즐로가 어깨를 으쓱했다.

"진심이야." 그녀가 말했다.

"난 어쨌든 잘 살아요." 그가 말했다. 알쏭달쏭한 소리를 하더니 곧장 바이올렛에게 말했다. "댄이 바이올렛에게 줄 희곡을 쓰고 있다고 했어요."

"전화로 시를 읽어줘?" 내가 물었다.

"네. 하지만 하루에 하나밖에 들을 수 없다고 했어요. 영감에 과부하가 걸리는 건 조심해야 한다고요."

라즐로는 선글라스 너머에서 눈살을 찌푸렸다. "그럼요." 그는 한 손가락으로 천정을 가리켰고 나는 빌의 손짓을 알아보았다. "큰 소리로 노래를 불러라." 라즐로가 말했다. "죽은 얼굴에 대고. 들리지 않는 귀에 대고 세차게 박아라. 시체 위에서 펄쩍 펄쩍 뛰어 깨어나게 하라."

"불쌍한 댄." 바이올렛이 말했다. "빌은 깨어나지 않을 텐데."

라즐로는 앞으로 몸을 기울였다. "댄은 마크에 대한 시라고 했어요."

바이올렛은 몇 초인가 그를 똑바로 바라보고 있다가 눈을 내리깔았다.

라즐로가 가고 나서 나는 저녁식사를 차렸다. 내가 상을 차리는 동안 바이올렛은 조용히 식탁에 앉아 있었다. 가끔씩 뒷머리를 정리하거나 자기 팔을 어루만지고 있다가 내가 식탁에 음식접시를 내려놓자 이렇게 말하는 것이었다. "내일 아침에 경찰에 전화를 해야겠어요. 그 애는 항상 그러기 전에 돌아왔는데."

"그건 내일 걱정해." 내가 말했다. "지금은 일단 먹어야 해."

바이올렛이 음식을 내려다보았다. "웃기지 않아요? 평생 비만이 되지 않으려고 얼마나 애쓰면서 살았는데요. 옛날에는 슬플 때 음식을 먹었는데, 이제는 아무것도 넘길 수가 없어요. 보고 있으면 다 회색으로 보여요."

"회색 아니야." 내가 말했다. "저 맛있는 포크찹을 보라고. 근사한 카스틸랴의 갈색이지. 저 매력적인 그린빈은 짙은 옥색이고. 저 갈색과 녹색의 조합을 매쉬 포테이토의 연한 빛깔과 연관해서 감상해 보라고. 완전히 흰색은 아니고 아주 희미하지만 노란 빛이 돌지. 그래서 나는 색채를 더하려고 토마토 조각을 그린빈 근처에 놓았지. 맑은 빨강이 접시를 환하게 해주고 눈에 즐거움을 주잖아." 나는 그녀 옆자리 의자로 옮겨 앉았다.

"그렇지만 시각적인 만족감은 만찬의 시작일 뿐이야."

바이올렛은 계속해서 우울하게 접시를 바라보고 있었다. "게다가 식이장애에 대해서 책 한 권을 통째로 다 썼는데 말이에요." 그녀가 말했다.

"내 말을 아예 안 듣는구나." 내가 말했다.

"듣고 있어요."

"그럼 좀 마음을 편하게 먹어. 우리는 저녁을 먹으러 앉은 거니까. 포도주를 좀 들어."

"하지만 안 먹고 있잖아요, 레오? 음식이 식고 있어요."

"난 나중에도 먹을 수 있어." 나는 그녀의 잔을 들어 입에 대 주었다. 그녀는 아주 조금 홀짝이며 마셨다. "여기 좀 봐. 냅킨이 아직도 식탁에 그대로 있네." 웨이터처럼 과장되게 멋을 부리며 나는 냅킨 한 귀퉁이를 잡아 흔들어 펼친 다음 그녀 무릎에 떨어뜨렸다.

바이올렛이 미소를 지었다.

나는 허리를 굽히고 그녀 접시 너머로 손을 뻗어 나이프와 포크를 들고 포크찹을 작게 한 조각 자르고 매시포테이토를 약간 올렸다.

"뭐하시는 거예요, 레오?" 그녀가 말했다.

포크를 접시에서 치켜드는데 그녀가 고개를 돌려 나를 보았고 그때 눈썹 사이에 생긴 두 줄의 주름이 눈에 들어왔다. 한 순간 그녀 입술이 파르르 떨려 나는 그녀가 울 거라 생각했지만, 그녀는 울지 않았다. 나는 음식을 그녀 입술로 가져갔고, 망설이는 그녀에게 고개를 끄덕였고, 그러자 그녀는 어린 아이처럼 입술을 벌려 내가 주는 고기와 감자를 먹었다.

바이올렛은 내게서 음식을 받아먹었다. 나는 아주 천천히 움직이면서, 씹고 삼킬 시간을 충분히 주고 포크에서 한 입 받아먹을 때마다 잠시 쉬고 와인을 한 모금씩 마시게 했다. 내가 조심스럽게 먹여주어서 그녀가 보통 때보다 더 얌전하게 먹었던 것 같다. 바이올렛은 입을 꼭 다물고 천천히 씹었고, 가끔 한 입씩 음식을 받아먹을 때만 입술을 벌려 씹다 만 음식이 살짝 보였기 때문이다. 우리는 처음 몇 분간은 둘 다 아무 말도 하지 않았고, 나는 그녀의 물기어린 눈이 보이지도 않고 씹을 때마다 내는 소리도 들리지 않는 척했다. 목구멍이 불안감에 비좁아지고 힘이 들어갔는지 꿀꺽거릴 때마다 꽤 큰 소리가 나서 그녀는 얼굴을 붉혔다. 나는 그런 그녀의 주의를 다른 데로 돌리려고 말을 걸기 시작했다. 대부분은 말도 안 되는 헛소리로 미식에 대해 아무렇게나 떠오르는 대로 지껄였다. 별이 가득한 밤하늘 아래 시에나에서 먹어본 레몬 파스타와 잭이 스톡홀름에서 꾸역꾸역 먹은 스무 가지 다른 종류의 청어 얘기를 했다. 오징어와 베네치아 리조토에 들어가는 인디고색 먹물 얘기를 했고, 뉴욕으로 저온살균하지 않은 치즈를 밀반입하는 지하 사업과 프랑스 남부에서 한 번 본 적이 있는 코로 냄새를 맡아 트러플 버섯을 찾는 돼지에 대해서도 떠들었다. 바이올렛은 한 마디도 하지 않았지만 눈이 맑아졌고, 동네 식당의 지배인이 문으로 걸어 들어오는 영화배우를 보고 인사를 하러 달려가다가 발이 걸려 땅딸한 할머니를 덮쳤다는 얘기를 시작하지 입가에 살짝 즐거운 기미를 비추기 시작했다.

    마지막에는 접시 위에 토마토 한 조각밖에 남지 않았다. 포크로 찍어 바이올렛의 입으로 가져갔는데, 이빨 사이로 점액질의 붉은 조각을 미끄러뜨려 넣어주다가 씨 약간과 과즙을 흘려 턱에 묻히고 말았다. 나는 그녀의 냅킨을 잡고 부드럽게 얼굴을 닦아주기 시작했다. 바이올렛은 눈을 감고 고개를 살짝 뒤로 젖히더니 미소를 지었다. 눈을 뜨고 나서도 웃음기는 가시지 않았다. "고마워요." 그녀가 말했다. "식사가 정말 맛있었어요."

다음 날 바이올렛은 경찰서에 실종자 신고를 했고, 전화를 받은 사람한테 절도 얘기는 하지 않았지만 마크가 예전에도 자취를 감춘 적이 있다는 말은 했다. 라즐로와 통화를 하려 했지만 그는 집에 없었다. 그날 늦은 오후 작업실에서 겨우 한두 시간 머무르다 집에 돌아온 바이올렛은 위층으로 나를 불러 그녀의 테이프들 중에서 테디 자일즈와 연관된 부분을 들어 보라고 했다. "마크가 어쩐지 자일즈와 함께 있을 것 같아요." 그녀가 말했다. "그런데 전화번호가 등재되어 있지 않고 갤러리에서도 연락처를 주지 않겠다고 하네요." 서재에 앉아 함께 테이프를 듣고 있다가, 나는 축 처졌던 바이올렛의 표정이 흥미로 팽팽하게 살아나고 손짓에서도 몇 주일 동안 보지 못했던 활력이 느껴진다는 걸 깨달았다.

"자기 이름이 버지니아Virginia라고 하는 여자애에요." 바이올렛이 말했다. "두 번째 I를 길게 발음해요. '버진virgin'이나 '버자이너vagina'처럼요."

젊은 여성의 목소리가 문장 중간부터 시작되었다. "⋯ 가족이요. 우리는 그렇게 생각해요. 테디가 집안을 꾸리는 가장 같아요. 그러니까 우리보다 나이도 많으니까요."

바이올렛의 목소리가 끼어들었다. "정확히 몇 살인데요?"

"스물 일곱 살이요."

"뉴욕에 오기 전 자일즈의 삶에 대해 아는 게 있어요?"

"저한테 사연을 다 말해 줬어요. 플로리다에서 태어났고요. 어머니는 돌아가셨고, 아버지는 누군지 알지도 못한대요. 삼촌 손에 컸는데 날마다 그를 때려서 캐나다로 도망을 쳤고 거기서 우편배달부로 일했고, 그 다음에 이리로 와서 클럽이며 예술 쪽으로 들어왔대요."

"그 사람 인생에 대해서는 하도 다른 얘기를 많이 들어서요." 바이올렛의 목소리가 말했다.

"나한테 말해주던 느낌으로 봐서 확실히 이게 진짜예요. 어린 시절 애기가 나오니까 정말 슬퍼했거든요."

바이올렛은 라파엘과 잘린 손가락에 대한 소문 얘기를 꺼냈다.

"저도 그 얘기 들었어요. 하지만 안 믿어요. 우리가 두꺼비라고 부르는 애가-아, 그러니까 여드름이 진짜 심하거든요-그런 얘기를 퍼뜨리고 다녀요. 또 무슨 소리를 하는 줄 아세요? 테디가 자기 어머니를 죽였대요. 계단에서 밀어 떨어뜨렸는데 사고처럼 보였기 때문에 아무도 그 살인을 알아내지 못했대요. 테디는 '여자-괴물' 연기를 계속 하느라 그 따위 소리를 떠들고 다니지만 사실 정말로 엄청 젠틀한 남자예요. 게다가 테디가 어떻게 태어나기도 전에 죽은 사람을 죽일 수가 있겠어요?"

"태어나기도 전에 어머니가 죽었을 리는 없죠."

침묵. "아니, 내 말은 태어난 직후요. 하지만 중요한 건 테디가 다정하다는 거예요. 저한테 자기가 수집한 소금 후추 통들을 보여줬단 말이에요. 정말이지 너무너무 귀여워요. 세상에, 작은 동물하고 꽃하고 머리에 소금하고 후추가 나오게 구멍이 송송 뚫려 있는 기타 치는 조그만 남자들하고…."

바이올렛은 테이프를 멈추고 앞으로 돌렸다. "이제 리라는 남자애 얘기 좀 들어보세요. 그 애에 대해서는 잘 모르는데 혼자 산다는 것만 알아요. 가출소년일지도 모르겠어요." 그녀가 '재생' 버튼을 누르자 리가 말하기 시작했다. "테디는 자유를 의미해요. 전 그걸 높이 사죠. 그는 사기 표현과 더 고차원적인 의식을 뜻해요. 정상성 어쩌고 하는 헛소리에 대항하고 대놓고 그렇게 말하죠. 우리 사회는 똥통이고 테디는 그걸 알고 있어요. 그의 예술은 날 흥분시켜요. 진짜라고요."

"진짜가 무슨 뜻이에요?" 바이올렛이 그에게 물었다.

"그러니까 진짜요, 정직하다고요."

침묵.

"한 가지 말씀드릴게요." 리가 계속 말했다. "제가 아무데도 갈 데가 없을 때 테디가 받아줬어요. 그 사람이 없었으면 아마 길거리에서 오줌을 싸고 살았을 거예요."

바이올렛은 테이프를 앞으로 돌렸다. "이건 재키예요." 남자의 목소리가 들려왔다. "이봐요, 자일즈는 돼지예요. 거짓말이고 가짜예요. 이건 내가 직접 겪어보고 하는 말이에요. 인위성은 내 삶이라고요. 이 근사한 몸매에 들어간 돈이 얼만데. 지금의 나 자신도 내가 만든 거지만 그런 내가 가짜라고 하면 내면이 가짜라는 얘기예요. 그 소름끼치는 새끼는 영혼이 있어야 할 자리에 가짜 모조품을 달고 다닌다는 거지. '여자-괴물'이라니 그런 개소리가 어디 있대." 재키의 목소리가 높아져서 역동적인 가성이 되었다. "그 '여자-괴물' 연기는 추하고 잔혹하고 멍청해요. 그리고 진짜 바이올렛한테 말해주는 건데 이건 정말 충격이야. 남자든 여자든 머리에 뇌세포 하나라도 있는 사람 중에 그런 사실을 똑똑히 보지 못하는 사람이 있다는 건 충격이라니까."

바이올렛이 녹음기를 멈췄다. "테디 자일즈에 대해서는 이게 다예요. 대단히 도움이 되는 건 아니죠."

"마크에게 테이프에 녹음되어 있던 그 이상한 메시지 얘기는 물어봤어?"

"아뇨."

"왜?"

"뭐가 있다 해도 나한테 말할 리가 없다는 걸 어차피 알기도 하고, 그 테이프가 빌의 심장마비와 관련이 있다는 느낌을 주고 싶지 않기도 해서요."

"그런 것 같아?"

"모르겠어요."

"빌이 우리가 모르는 뭔가를 알고 있었다고 생각해?"

"그랬다면 바로 그날 알았을 거예요. 나한테 숨겼을 리가 없어요. 그건 확실해요."

그날 밤에는 바이올렛에게 밥을 먹여줄 필요가 없었다. 우리는 기분전환으로 내 집에서 같이 요리를 했고 그녀는 자기 몫의 파스타를 남김없이 먹었다. 내가 그녀에게 두 잔째 포도주를 따라주자 그녀가 말했다. "블랑슈 위트먼 얘기 제가 한 적 있나요? 진짜 이름은 마리 위트먼이었던 것 같은데, 하지만 보통은 블랑슈라고 해요."

"못 들은 것 같은데. 그런데 이름은 어디서 들어본 것 같고."

"'히스테리 환자의 여왕'이라고 하죠. 히스테리아와 최면에 대한 샤르코의 시범에 나와요. 굉장히 인기가 좋았거든요. 유행에 민감한 파리 사람들 모두가 와서 여자들이 새처럼 지저귀고 한쪽 다리로 뛰어다니고 온몸에 핀이 꽂히는 모습을 구경했어요. 그렇지만 샤르코가 죽고 난 후로는 블랑슈 위트먼이 한 번도 히스테리 발작을 일으키지 않았죠."

"샤르코 때문에 발작을 했다는 건가?"

"샤르코를 선망하고 그를 기쁘게 해주고 싶어 했죠. 그래서 그가 원하는 걸 준 거예요. 신문에서는 종종 사라 베른하르트와 비교되곤 했어요. 수인이 죽고 난 후에도 그녀는 살페트리에르 병원을 떠나기 싫어했죠. 계속 남아서 방사선 기술자가 됐어요. 그때는 엑스레이 초기라서 결국 방사능에 감염되어 죽었어요. 팔다리를 하나씩 잃었죠."

"이 얘기를 하는 이유가 있는 거야?" 내가 물었다.

"네. 속임수, 기만, 거짓말, 그리고 쉽게 최면에 걸리는 성질을 소위 히스테리 증세라고 해요. 마크 얘기 같죠?"
"그래, 하지만 마크는 사지마비가 오거나 발작을 하지는 않잖아, 안 그래?"
"그렇죠. 그렇지만 그건 우리가 원하는 그 애의 행동이 아니잖아요? 샤르코는 여자들이 공연을 하길 원했고 그래서 여자들은 공연을 했어요. 우리는 마크가 다른 사람들을 배려하기를 바랐고, 그래서 우리와 함께 있을 때 그 애는 그런 겉모습을 한 거예요. 자기가 생각하기에 우리가 바라는 것 같은 연기를 해준 거죠."
"하지만 마크는 최면에 걸린 게 아니잖아. 그리고 난 정말 그 애를 히스테리 환자라고 해도 되는지 모르겠어."
"마크가 히스테리라는 게 아니에요. 의학적 언어는 끊임없이 변하니까요. 질병들이 서로 겹치죠. 어떤 질병이 돌연변이를 일으켜서 다른 걸로 변하기도 해요. 최면은 단순히 암시에 대한 저항을 낮추는 데 불과해요. 솔직히 애초부터 마크가 대단히 저항을 했는지조차 잘 모르겠지만요. 내가 하는 말은 아주 간단한 얘기예요. 연기와 배우를 분리하는 게 항상 쉽지는 않다는 거죠."

다음날 아침 라즐로가 바이올렛에게 전화를 했다. 〈라임라이트〉에서 〈클럽USA〉를 거쳐 〈터널〉까지 클럽들을 돌며 이틀 밤을 꼬박 보내면서 아귀가 맞지 않는 정보들을 주워들었다고 했다. 그렇지만 마크가 테디 자일즈와 함께 여행을 하고 있다는 데는 모두의 의견이 일치했다. 테디 자일즈는 로스앤젤리스 아니면 라스베거스에 있었다. 아무도 확실히 알지 못했다. 새벽 세 시에 라즐로는 우연히 티니 골드와 만났다. 티니는 할 말이 굉장히 많은 눈치였지만 라즈에게 털어놓을 수는 없다고 했다. 빌이 없는 지금 유일하게 얘기를 할 사람은 '마크의 삼촌 레오'라고 말했다. 내일 오후 네 시까지 내가 티니의 집에 가면 '사건의 전말'을 이야기해 줄 각오가 되어 있다고 했다. 내가 그 얘기를 들었을 때 '내일'은 오늘이 되어 있었고, 그래서 나는 이스트 76번가와 파크애비뉴의 주소로 무장하고 오후 세시 십오 분에 희한한 사명을 수행하러 길을 나섰다.

내가 신분을 밝히자 도어맨이 호스스러운 로비를 지나 엘리베이터까지 안내해 주었고, 엘리베이터 문은 7층에서 자동으로 열렸다. 필리핀 사람으로 보이는 한 여자가 문을 열어주었고, 현관 복도 너머로 보이는 광활한 아파트 실내는 거의 전체가 파우더 블루 빛깔로 장식되어 있었고 황금빛으로 군데군데 변화를 주고 있었다. 티니가 복도로 이어지는 문 뒤에서 나타나 내쪽으로 몇 발자국 다가오더니 발길을 멈추고 바닥을 내려다보았다. 공간에 비해 너무 작아 보였고, 값비싼 흉물에 당장이라도 집어삼켜질 것만 같았다.

"수지." 티니가 문을 열어준 여자를 보며 말했다. "이 분은 마크의 삼촌이세요."

"착한 애예요." 수지가 말했다. "아주 다정한 소년이에요."

눈길을 들지도 않고 티니가 말했다. "이리 오세요. 제 방에서 얘기해요."

티니의 방은 비좁고 어지러웠다. 창문에 달린 작은 실크 커튼을 제외하면, 그녀의 성역은 나머지 아파트와 공통점이 거의 없었다. 셔츠, 드레스, 티셔츠와 속옷이 천을 씌운 의자에 마구 흩어져 있었고 그 뒤로 아무렇게나 던져 놓은 잡지더미에 깔려 일부가 찌그러진 날개도 보였다. 화장품이든 단지, 병, 그리고 작은 케이스들이 책상 위에 로션, 크림, 그리고 교과서 몇 권과 함께 어지럽게 널려 있었다. 책장을 살펴보던 나는 새로 산 작은 레고 상자에 눈길이 머물렀다. 아직 비닐 덮개도 벗기지 않은 상태로 예전에 마크의 방에서 본 것과 정확히 똑같았다.

티니는 침대 끄트머리에 걸터앉아 맨발로 카펫을 꾹꾹 누르며 자기 무릎만 물끄러미 쳐다보고 있었다.

"왜 나한테 얘기하고 싶은지 잘 모르겠다, 티니." 내가 말했다.

조그맣고 높은 목소리로 그녀가 말했다. "넘어졌을 때 친절하게 대해주셨잖아요."

"그렇구나. 우리는 마크가 걱정이 돼. 라즐로가 알아낸 바로는 로스앤젤리스에 있을지도 모른다던데."

"제가 듣기로는 휴스턴이에요."

"휴스턴?"

티니는 자기 무릎만 계속 들여다보았다. "전 그 애를 사랑했어요."

"마크?"

티니는 열렬하게 고개를 흔들더니 코를 훌쩍거렸다. "아무튼 전 그렇게 생각했어요. 마크는 제게 별별 말을 다 해줬고, 전 온통 들뜨고 자유롭고 제정신이 아니었어요. 한동안은 좋았어요. 난 정말 그 애가 날 사랑한다고 믿었거든요?" 그녀는 아주 짧은 순간 나를 바라보더니 다시 눈길을 깔았다.

"무슨 일이 생겼는데?" 내가 물었다.

"끝났죠."

"하지만 끝난 지 꽤 오래 되지 않니, 안 그래?"

"우리는 꼬박 2년 동안 만났다 헤어졌다 했지만 굉장히 가까웠어요."

나는 리사를 생각했다. 마크가 리사를 만나던 기간이었다. "그렇지만 우리는 널 못 봤는데." 내가 말했다.

"마크는 부모님이 내가 찾아오는 걸 싫어한다고 했어요."

"그렇지 않아. 마크는 외출 금지 상태였지만 친구들은 놀러 올 수 있었어."

티니가 고개를 앞뒤로 흔들었고, 그러자 오른뺨에서 흘러내리는 굵은 눈물방울이 보였다. 티니는 이십 초 동안 고개를 흔들기만 했고 나는 말을 해보라고 부추겼다. 마침내 티니가 입을 열었다. "처음에는 놀이처럼 시작됐어요. 저는 배에 '더 마크'라는 문신을 하려 했었죠. 테디가 실없이 농담을 하면서 자기가 해주겠다고 했어요. 그러더니…" 티니가 셔츠를 걷어 올리자 M과 W가 겹친 작은 흉터가 드러났다. M의 아랫부분이 W의 윗부분과 만나 하나의 글자를 만들고 있었다.

"자일즈가 너한테 이런 짓을 했어?"

그녀가 고개를 끄덕였다.

"그리고 마크도? 마크도 거기 있었어?"

"옆에서 도왔어요. 내가 비명을 질렀지만 마크가 날 붙잡아 눌렀어요."

"맙소사." 내가 말했다.

침대에 놓인 토끼 봉제인형을 들고 귀를 쓰다듬는 티니의 얼굴에서 눈물이 줄줄 흘러내렸다. "선생님이 생각하시는 그런 애가 아니에요. 처음에는 나한테도 너무 다정했지만 그러다 변하기 시작했어요. 내가 《사이코랜드》라는 책을 줬거든요. 전용기를 타고 전 세계를 돌아다니는 어떤 돈 많은 남자 이야기인데, 그는 가는 도시마다 누군가를 숙여요. 마크는 그 책을 아마 스무 번은 읽었을 거예요."

"그 책 서평은 몇 개 본 적이 있다. 무슨 패러디인 줄 알았는데. 사회적인 풍자라고."

티니는 잠시 고개를 들어 멍한 눈길로 나를 바라보았다. "네, 뭐…"

그녀는 하던 말을 계속했다. "그게 섬뜩하게 소름이 끼치더라구요. 그리고 가끔 여기서 자고 갈 때면 진짜 이상한 목소리로 말하기 시작했어요. 있잖아요, 보통 때 목소리가 아니라 일부러 꾸며낸 것 같은 목소리요. 지치지도 않고 계속 그래서 그만두라고 해도 절대 멈추지 않아요. 그래서 내가 손으로 입을 막으면, 그래도 계속 하는 거예요. 그러더니 결국 우리 아버지가 어깨 통증 때문에 드시는 코데인을 훔치는 바람에 제가 부모님 앞에서 굉장히 곤란했어요. 부모님은 저라고 생각했는데 마크가 그랬다고 말할 용기가 안 나더라고요. 왜냐하면 그때쯤은 마크가 무서웠기 때문이에요. 계속 자기가 가져가지 않았다고 했지만 전 알아요. 마크 짓이라는 걸. 그리고 애들이 그러는데 마크와 자일즈는 밤에 나가서 재미로 강도짓을 한다고 했어요. 돈을 뺏을 때도 있지만 넥타이나 스카프나 벨트 같은 것처럼 말도 안 되는 멍청한 물건들을 빼앗아간다더라고요." 티니는 눈물을 흘리다가 부르르 몸을 떨었다. "내가 그 애를 사랑했다고 생각했어요."

"강도짓에 대한 소문이 사실이라고 생각해?"

티니가 어깨를 으쓱했다. "이젠 못 믿을 말이 없어요. 댈러스로 가서서 마크를 찾으실 거예요?"

"휴스턴이라고 들었는데."

"댈러스 같아요. 모르겠어요. 어쩌면 벌써 왔을지도 몰라요. 오늘 무슨 요일이에요?"

"금요일."

"아마 돌아왔을 거예요." 티니는 새끼 손가락의 손톱을 물어뜯기 시작했다. 생각을 하고 있는 것 같았다. 손가락을 입에서 빼더니 말했다. "자일즈의 집에 있을 수도 있어요. 하지만 십중팔구 〈스플릿 월드〉 사무실에 있을 거예요. 가끔 애들이 거기서 자요."

"주소가 필요해, 티니."

"자일즈 집은 프랭클린 스트리트 21번지 5층이에요. 〈스플릿 월드〉는 이스트 4번가에 있어요." 티니는 일어나서 서랍을 뒤지기 시작했다. 그녀는 잡지를 하나 꺼내 내게 건네주었다. "번지수는 거기 있어요."

잡지 표지에는 변기에 머리를 기대고 죽은, 아니면 죽어가고 있는 청년을 찍은 음산한 사진이 실려 있었다. 칼로 그은 손목을 허벅지에 놓은 채로 청년은 현란한 피 웅덩이 속에 앉아 있었다.

"멋진 사진이네." 내가 말했다.

"전부 다 그런 식이에요." 그녀가 지루하다는 어투로 말했다. 그러더니 턱을 들고 나를 적어도 삼 초쯤 보았다. 다시 눈길을 떨구고 나서 그녀는 말을 이었다. "이런 얘기를 다 말씀드리는 건 앞으로는 더 이상 나쁜 일이 없었으면 해서예요. 마크의 아버지한테 전화드렸을 때도 그런 마음이었어요."

한순간 나는 숨이 턱 막혔지만, 일부러 더 차분하게 물었다. "너 마크의 아버지와 얘기를 한 적이 있니? 그게 언제냐?"

"꽤 오래 됐어요. 그 다음에 금방 돌아가셨다는 얘기를 들었거든요. 아주 슬픈 일이에요. 좋은 분 같았는데."

"집으로 전화를 했어?"

"아니요, 작업실로 했을 거예요."

"그 번호가 어디서 났니?"

"마크가 전화번호를 다 줬어요."

"마크의 아버지에게 배의 상처 얘기를 했니?"

"그랬을 거예요."

"그랬을 거라고?" 나는 목소리에 짜증이 배어나지 않도록 조심해야 했다.

티니는 카펫을 발끝으로 세게 밀었다. "굉장히 마음도 상했고 또 약기운에 취하기도 했었다고요." 그녀는 더 세게 밀었다. "병원이라도 알아보셔야 하는 거 아니에요. 마크와 테디 둘 다 어디 병원에 입원해야 할 거 같은데."

"자일즈가 너를 죽였다고 말하며 빌에게 메시지를 남긴 게 너니?"

"자일즈는 나를 죽이지 않았어요. 상처를 냈을 뿐이지. 말씀드렸잖아요."

메시지에서 대해서는 더 이상 묻지 않기로 했다. 그녀와 이야기를 나눠본 바로는, 빌의 자동응답기에서 들은 목소리는 절대 티니가 아니었다. "부모님은 어디 계시니?" 내가 물었다.

"엄마는 무슨 암환자를 위한 자선 모임에 가셨고 아빠는 시카고에 계세요."

"내 생각에 두 분한테도 네가 말씀을 드려야 할 것 같다. 그건 폭행이야, 티니. 경찰에 신고를 해야 해."

티니는 꼼짝도 하지 않았다. 백금발의 머리를 앞뒤로 흔들기 시작하더니 내가 거기 있다는 사실을 까맣게 잊은 것처럼 책상만 뚫어져라 노려보는 것이었다.

나는 잡지를 들고 방에서 나왔다. 가려고 앞문을 여는데, 물이 흐르는 소리와 여자가 혼자 노래하는 소리가 들려왔다. 수지가 틀림없었.

택시를 타고 시내로 가는 길에 티니의 고백이 지닌 그 진부한 어조가 계속 귓전에서 사라지지 않았다. 특히 후렴구처럼 읊조리던 "내가 그 애를 사랑했다고 생각했어요"라는 그 말이. 깡마른 작은 몸, 내리깐 눈길, 주변에 흐트러져 있던 화장품과 자잘한 여자들의 소지품들을 생각하니 우울해졌다. 나는 티니를 연민했다. 황막한 하늘색 아파트 안에 있는 망가진 작은 인형을 연민했다. 그러나 그때 걸려온 전화는 여전히 궁금했다. 마크가 티니를 찍어 눌렀다는 얘기를 듣고 빌의 심장이 멈춘 걸까? 그런 얘기를 하기나 했을까? 솔직히 말해서 마크가 티니를 움직이지 못하게 한다는 건 상상하기 힘들었다. 상처는 너무 깨끗했던 것이다. 저항하고 있었는데 그렇게 깨끗한 상처를 낼 수 있을까? 하지만 티니가 한 얘기들 중에서 《사이코랜드》라든가 훔친 코데인 알약에 대한 얘기들은 더 그럴싸했다. 그리고 나는 마크의 마약 복용에 대해 추론하기 시작했다. 혹시 마약이 거짓말과 도둑질에 관한 금제를 걷는 효과가 있을까. 티니도 도덕관념이 있기는 한 것 같았다. 소위 '나쁜 일'을 비난하는 막연한 도덕적 원칙이랄까. 그러나 그런 '일'이 나쁘다는 걸 결정하는 건, 더 넓은 의미에서 윤리적 제재와는 무관했고 오로지 자기 자신한테 어떤 결과를 낳느냐에 달린 것 같았다. 약에 취해서 빌과의 대화는 기억나지 않는다고 했고, 그녀 입장에서는 건망증이 자연스럽고도 당연한 것이다. 티니가 속한 하위문화는 규제가 느슨하고 허락되는 일들의 폭이 훨씬 넓었지만, 내가 파악한 바로는 놀랄 만큼 재미가 없었다. 마크와 티니를 지표로 삼을 수 있다면, 이 아이들에게는 열정이라는 게 거의 없었다. 폭력의 미학을 상찬하는 미래파도 아니었고 법의 지배로부터 해방을 옹호하는 무성부주의자들도 아니었다. 향락주의자라 해야 하겠지만, 심지어 쾌락을 즐기는 일조차 지루해 하는 것 같았다.

  애비뉴 A와 B 사이에 있는 이스트 4번가의 좁다란 건물을 올려다보고 있을 때, 나는 지금이라도 돌아서서 떠나 버릴 수도 있다는 걸 잘 알았다.

이 다 자란 아이들과 그들의 하찮고 서글픈 삶에 대해 더 이상 아무것도 모르고 사는 쪽을 선택할 수도 있었다. 나는 초인종을 누르는 쪽을 선택했고, 그 낡은 임대건물 1층의 문을 활짝 열어젖히는 쪽을 선택했고, 복도를 걸어 들어가는 쪽을 선택했고, 뭔가 추악한 것이 도사리고 있는 방향으로 가고 있다는 걸 잘 알고 있었다. 그리고 또한 그 추악함이 나를 끌어당기고 있다는 것도 잘 알고 있었다. 그게 뭔지 보고 싶었고, 가까이 다가가서 살펴보고 싶었다. 잡아끄는 그 손길은 음산했고, 거기 몸을 맡기는 것만으로도 내가 찾고 있는 그 혐오스러운 무엇인가에 벌써 오염된 기분이 들었다.

거짓말을 할 생각은 아니었지만, 책상 뒤에 앉은 몽유병 환자 같은 여자가 날개가 달린 빨간 안경으로 가린 눈을 들어 나를 쳐다보았을 때, 그리고 그녀 뒤 벽에 진열된 〈스플릿 월드〉 표지 스무 장을 보고 그 중에 테디 자일즈가 입에서 피를 뚝뚝 흘리며 숟가락으로 사람 손가락 같은 걸 떠먹는 사진이 있다는 걸 깨달았을 때, 나는 즉흥적으로 거짓말을 했다. 그녀에게 소규모 대안 잡지 기사를 쓰려고 취재하고 있는 〈뉴요커〉의 기자라고 말했던 것이다. 그리고 〈스플릿 월드〉와 '레종 데트르'(Raison d'etre, 프랑스어로 존재의 목적이라는 뜻—옮긴이)을 좀 설명해 달라고 젊은 여자에게 부탁했다. 그리고 빨간 날개 너머 갈색 눈을 들여다보았다. 둔하고 멍했다.

"무슨 뜻인지 모르겠어요."

"잡지가 다루는 주제라든가, 표방하는 목적 같은 거 말입니다."

"아." 그녀는 이렇게 말하고 질문을 곰곰 생각했다. "제 말을 인용하실 생각이세요? 제 이름은 앤지 루프나린이에요. R-O-O-P-N-A-R-I-N-E."

나는 펜과 공책을 꺼내 종이에 커다랗게 루프나린이라고 썼다. "예를 들어서 제목을 왜 그렇게 지은 거죠? '스플릿'이라는 게 무슨 뜻입니다?"

"모르겠어요. 전 그냥 여기 직원이에요. 아무래도 다른 분한테 여쭤보시는 게 좋겠어요. 그런데 지금은 아무도 없거든요. 다들 점심 먹으러 나갔어요."

"지금 오후 다섯 시 반인데요."

"우리는 정오에 문을 열어요."

"그렇군요." 나는 테디 자일즈의 사진을 가리켰다. "저 사람 예술을 좋아해요?"

그녀는 목을 길게 빼고 표지를 보았다. "뭐 괜찮아요."

나는 결정적인 용건으로 곧장 들어갔다. "추종자들을 데리고 다닌다고 하던데요, 맞습니까? 마크 웩슬러, 티니 골드, 버지니아라고 하는 소녀, 요즘은 안 보이는 라파엘이라는 소년이던데."

앤지 루프나린의 몸이 갑자기 긴장했다. "기사에 그런 얘기도 들어가나요?"

"자일즈에게 초점을 맞추고 있습니다."

그녀는 실눈을 뜨고 나를 흘겨보았다. "원하시는 게 먼지 잘 모르겠군요. 이런 기사를 쓰시기엔 좀 연세가 있어 보이시는데요."

"〈뉴요커〉는 늙은이들을 많이 고용하죠." 내가 말했다. "어쨌든 마크 웩슬러는 알 거 아닙니까. 지난 여름에 여기서 일했다던데."

"뭐, 그거 확실히 잘못 아신 거예요. 미그는 여기서 '일한' 적이 없어요. 그냥 와서 빈둥거리는 거라고요, 네? 하지만 래리가 월급을 준 적은 없어요."

"래리?"

"래리 파인더요. 이 잡지도 그렇고 다른 것도 굉장히 많이 갖고 있어요."

"갤러리 주인 말입니까?"

"뭐 비밀이라고 할 수는 없죠." 전화벨이 울렸다. "〈스플릿 월드〉입니다." 앤지는 수화기에 대고 노래하듯 말했다. 그녀의 목소리에 갑자기 생기가 넘쳤다.

나는 그녀에게 목례를 하고 입모양으로 고맙다고 인사한 후 도망쳐 나왔다. 거리에 나와 깊이 심호흡을 하며 폐를 옥죄이던 불안감을 달랬다. 왜 거짓말을 한 거야? 나는 자문했다. 뭔가 잘못 알고 나 자신을 보호한답시고 괜히 불안해서 거짓말을 한 걸까? 그럴 수도 있다. 기자 행세를 한 걸 대단한 도덕적 타락이라 생각하지는 않았지만, 건물을 등지고 서쪽으로 걸으며 나는 우스꽝스러운 꼴이 된 데다 명분을 잃었다는 느낌이 들었다. 마크에 대해 새롭게 알게 되는 것들은 부정적 범주에 들어가는 경향이 있었다. 지난 여름 그는 해리 프로인드 밑에서 일하지 않았다. 그렇다고 〈스플릿 월드〉의 래리 파인더 밑에서 일한 것도 아니었다. 마크의 삶은 층층이 쌓인 허구들의 고고학이었고, 나는 이제 발굴에 착수했을 뿐이었다.

자동응답기에는 집에 들어오는 대로 빨리 위층으로 올라와 달라는 바이올렛의 긴급한 메시지들이 남아 있었다. 문을 열어주는 그녀의 얼굴에 핏기가 없어서 나는 괜찮은 거냐고 물어야 했다. 대답 대신 그녀는 이렇게 말했다. "보여드릴 게 있어서요."

그녀는 나를 마크의 방으로 데리고 갔고, 문틈으로 보니 바이올렛이 방 안을 모조리 뒤집어엎은 모양이었다. 옷장 문은 열려 있었고, 아직 걸려 있는 옷가지가 있긴 하지만 선반은 다 비어 있었다. 방바닥에는 종이, 전단지, 공책과 잡지가 두텁게 깔려 있었다. 장난감 자동차가 든 상자, 휘어진 엽서와 편지와 몽당 크래용이 든 또 다른 상자도 보였다. 마크의 책상 서랍들도 다 빼서 상자 옆에 한 줄로 놓아두었다. 바이올렛이 허리를 굽혀 서랍 하나에서 빨간 물체를 집어 들더니 내게 주었다. "마스킹테이프로 싼 시가 상자 안에서 발견한 거예요."

매튜의 나이프였다. 나는 은빛의 이니셜을 내려다보았다. M.S.H.

"죄송해요." 바이올렛이 말했다.

"그 많은 세월이 지났는데." 나는 이 말을 하며 코르크따개를 잡아당겼다. 코르크따개가 나오자 나는 나선형 칼날을 손가락으로 만지며 맷이 그렇게 답답해했던 걸 기억해 냈다. "항상 나이트테이블에 놓는단 말이야. 항상!" 나는 분명 굉장히 피로했을 것이다. 내 일부가 공중으로 떠오르는 느낌이 들더니, 천정까지 둥실둥실 떠올라가는 굉장히 희한한 느낌을 받았다. 내가 꼭 그 방을, 바이올렛을, 나 자신을, 그리고 내 손에 쥐어진 나이프를 굽어보는 느낌이었다. 대지와 대기의 이 희한한 분열, 공중에 떠 있는 나와 땅에 서 있는 나의 분열은 그리 오래 지속되지 않았지만 다 끝난 후에도 나는 그 방안 모든 것들과 아득하게 떨어져 있는 느낌이 들었다. 마치 거울상을 바라보고 있는 것 같았다.

"맷이 그걸 잃어버렸던 날이 기억나요." 바이올렛은 고심한 목소리로 말하고 있었다. "얼마나 그 애가 속상해 했는지도 기억이 나요. 나한테 말해준 게 마크였어요, 레오. 나이프가 없어지다니 정말 너무 안 됐다면서 나한테 말을 해줬냐고요. 맷이 속상해 한다고 같이 속싱해 하고, 슬피했단 말이에요. 사방 찾아보지 않은 데가 없다는 말도 했어요." 바이올렛의 눈은 커다랗게 떠져 있었고 목소리는 떨렸다. "마크는 그때 열한 살이었어요. 열한 살이었어요." 내 팔을 부여잡는 그녀 손길이, 그리고 힘이 꼭 들어가 팽팽해지는 손가락이 느껴졌다. "도둑질이, 아니 심지어 거짓말도, 그렇게 끔찍한 건 아니라는 걸 아시죠. 제일 끔찍한 건 연민의 흉내예요. 완벽하게 조절하고 그토록 그럴싸하게, 그토록 진짜처럼 공감하는 시늉을 한 거라고요."

그때 나는 나이프를 호주머니에 넣었고, 그녀가 무슨 말을 하는지 다 듣고 알아들었지만, 어떻게 반응을 해야 할지 알 수가 없어서 대답 대신 벽만 물끄러미 쳐다보며 가만 서 있었고, 1~2초쯤 흐른 뒤 문득 빌의 자화상에 있던 택시를 떠올렸다. 바이올렛을 그릴 때 들고 있으라고 빌이 준 장난감 말이다. 택시의 이미지와 맷의 나이프에는 뭔가 공통점이 있었고, 나는 그 둘 사이의 유사성을 표현하기 위해 말을 골랐다. '저당'이라는 말이 떠올랐지만 그건 딱 맞는 말이 아니었다. 일종의 교환 행위가 장난감 자동차 그림과 내 호주머니 속에 숨겨져 있는 실재하는 물체를 이어주고 있었다. 그 연관성은 칼이나 자동차 자체와는 아무 관련이 없었다. 나이프가 손으로 만질 수 없는 무형의 물체가 되었기에―그래서 더 이상 실재하지 않기 때문에 그림으로 그린 자동차와 유사했던 것이다. 바지 호주머니에 손을 넣어 꺼낼 수 있다는 사실은 아무 의미가 없었다. 어린애의 어두운 욕망과 비밀이 꾸며낸 획책으로 어떤 전환이 일어났다. 내가 맷의 열한 살 생일에 주었던 선물은 이제 존재하지 않았다. 그 자리에는 무언가 다른 것, 불길한 사본 또는 팩시밀리만 남아 있었고 이 생각이 떠오르자마자 나의 사고가 완벽하게 매듭지어졌다. 맷은 자기 나름대로 빌이 내게 준 그림 속에서 그 나이프의 복제본을 만들었다. 유령 소년으로 하여금 훔친 전리품을 들고 옥상 위로 올라가게 만들었던 것이다. 달빛이 유령 소년의 텅 빈 얼굴을 비추고 그가 손에 쥐고 있는 서슬 퍼런 칼날을 빛나게 했다.

바이올렛에게 티니와 〈스플릿 월드〉 이야기를 해주고 나서 나는 아래층으로 내려와 저녁 시간을 혼자 보냈다. 서랍 속에서 나이프의 자리를 찾는 데 시간이 한참 걸렸는데, 결국 나는 다른 물건들과 멀찌감치 떨어진 저 뒷구석으로 밀어 넣어 두기로 했다. 서랍을 닫았을 때 나는 그게 내가 해야 할 일을 해낼 수 있을 만큼 마음을 단단하게 다지는 데 도움이 된다는 걸 알았다. 이제 나는 단순히 마크를 찾고 있는 게 아니었다. 그 이상을 원했다. 폭로를 원했다. 유령 소년의 사라진 얼굴을 채워넣고 싶었다.

바이올렛이 집에서 나와 빌의 작업실로 가고 두세 시간이 지난 뒤, 나는 T.G./S.M.이라는 명패가 붙은 프랭클린 스트리트 21번지의 초인종을 울리고 있었다. 놀랍게도 나는 즉시 건물 안에 들어올 수 있었다. 반바지만 입은 키 작은 근육질의 소년이 테디 자일즈의 5층 아파트로 들어가는 강철 문을 열어주었다. 문이 활짝 열리자 사방에 소년의 갈색으로 태닝한 몸이 보였고, 나 자신의 모습도 보였다. 현관 복도의 사면 벽이 모두 거울이었던 것이다.

"테디 자일즈를 만나러 왔는데요." 내가 말했다.

"주무시는 것 같은데요."

"아주 중요한 일입니다." 내가 말했다.

소년은 돌아서서 거울을 하나 열고—그것도 문이었다—어디론가 사라졌다. 오른쪽으로 커다란 방이 하나 있었는데, 그 속에는 거대한 오렌지색 소파와 터키색과 보랏빛의 부피가 큼직한 의자 두 개가 놓여 있었다. 방안의 모든 게 새것 같았다. 마룻바닥, 벽, 조명. 방안을 찬찬히 살펴보다 보니 '신흥 부자'라는 말로는 도저히 내 눈앞에 펼쳐진 광경을 설명하기 힘들다는 걸 알 수 있었다. 이 가구들은 돈벼락의 소산이었다. 큰 작품 몇 점이 부동산으로 전환되면서 에이전트, 변호사, 건축가, 그리고 시공사가 모두 숨을 헐떡거리며 달려든 게 틀림없었다. 아파트에서는 담배 연기 냄새가 났고, 희미하게 쓰레기 냄새도 났다. 분홍색 스웨터와 여자 구두 몇 켤레가 바닥에 놓여 있었다. 그 방안에 책은 한 권도 없었지만 잡지는 수백권도 넘게 꽂혀 있었다. 반들반들 윤이 나는 아트와 패션 잡지들이 하나밖에 없는 커피테이블에 산더미처럼 쌓여 있었다. 잡지들은 마룻바닥에도 어지럽게 펼쳐져 있었고 어떤 페이지들에는 노랑과 분홍색 포스트잇으로 표시되어 있기도 했다. 방 건너편 벽에는 거대하게 확대된 자일즈의 사진 세 장이 걸려 있었다. 첫 번째 사진에서 자일즈는 남자 옷을 입고 영화 〈우편배달부는 언제나 벨을 두 번 울린다〉에 나오는 라나 터너를 닮은 여인과 춤을 추고 있었다. 두 번째 사진에서 그는 여성적 페르소나를 취하고, 야한 금발 가발을 쓰고 인공적인 젖가슴과 패딩을 댄 엉덩이를 꼭 감싸고 떨어지는 은빛 드레스를 입고 있었다. 세 번째 사진에서 자일즈는 뭔가 시각적 착시효과를 통해 산산조각으로 부서져 절단된 오른팔의 살점을 먹고 있는 모습으로 나타났다. 이제는 익숙해진 이미지들을 찬찬히 뜯어보고 있는데 자일즈가 거울 문 뒤에서 나타났다. 그는 진품으로 보이는 빨간 공단의 일본 기모노를 입고 있었다. 그가 내 쪽으로 다가오자 묵직한 비단이 사스락거리며 소리를 냈다. "허츠버그 교수님." 그가 말했다. "어쩐 일로 제게 이런 기쁨을 주시나이까?"

대답을 하기도 전에 그가 말을 이었다. "앉으세요." 그는 손을 크게 휘저으며 거실을 가리켰다. 나는 커다란 터키색 의자를 차지하고 앉았다. 뒤로 기대려 했지만 의자 각도 때문에 거의 뒤로 젖혀지게 누울 수밖에 없어서 그냥 끄트머리에 걸터앉았다.

자일즈는 보랏빛의 쌍둥이 의자에 앉았는데, 편안하게 대화를 나누기에는 약간 먼 거리였다. 어색한 거리를 좁히기 위해 그가 내 쪽으로 상체를 기울였고, 가운의 천이 벌어져 털이 없는 가슴의 맨살이 드러났다. 그는 우리 사이의 원탁 위에 놓여 있는 말보로 담배갑을 물끄러미 바라보다 말했다. "담배 좀 피워도 괜찮을까요?"

"물론이요." 내가 말했다.

담배에 불을 붙이는 그의 손이 떨렸고, 나는 갑자기 그가 더 가까운 데 앉지 않아서 다행이라는 생각이 들었다. 5피트 정도 떨어진 내 자리에서는, 테디 자일즈의 전체적인 효과를 관찰할 수 있었다. 생김새는 진부하고 평범했다. 연한 색 속눈썹에 눈동자는 밝은 녹색이었고 작은 코는 약간 납작했으며 입술은 핏기가 없었다. 빳빳하고 정교한 기모노로 인해 자일즈는 전형적인 타락한 세기말의 멋쟁이처럼 보였다. 빨간 천에 대조되어 피부는 시체처럼 창백해 보일 정도였다. 넓은 소매가 가느다란 팔뚝을 강조했고, 드레스처럼 생긴 모양새가 모호한 성적 정체성을 강조했다. 나를 위해 의식적으로 이런 자아 이미지를 꾸며내고 있는 건지, 아니면 다양한 페르소나들 중에서 하나를 골라 정착한 건지는 알 수가 없었다. 나를 보고 고개를 끄덕이며 그가 말했다. "자, 제가 뭘 도와드릴까요?"

"마크의 행방을 알지도 모른다고 생각했소. 사라진 지 열흘째인데, 그 애 새어머니와 나는 걱정을 하고 있어요."

그는 주저 없이 대답했다. "지난주에 마크를 몇 번 봤습니다. 사실 어젯밤에도 여기 있었어요. 작은 모임이 있었는데, 마크는 그 중에 다른 사람들과 함께 떠났어요. 그러니까 교수님께서는 마크가" – 그는 잠시 입을 다물었다 – "바이올렛과 연락을 끊었다는 말씀을 하시는 건가요? 새어머니 이름이 바이올렛이죠?"

나는 마크의 도둑질과 실종 이야기를 했고 자일즈는 들었다. 연한 녹색 눈은 담배 연기가 내 쪽으로 오지 않도록 고개를 돌릴 때만 제외하고 한 번도 내 얼굴에서 떠나지 않았다. 그리고 나서 나는 말했다. "선생님과 함께 여행을 한다는 얘기를 들었습니다. 서부 어디에? 전시회를 위해서 가셨다고요."

자일즈는 아주 천천히 고개를 흔들었다. 눈은 여전히 내 눈길을 똑바로 받고 있었다. "2~3일 동안 L.A.에 갔다 왔습니다만 마크는 같이 가지 않았습니다." 그는 생각을 하는 눈치였다. "마크는 아버지가 돌아가신 후로 엄청나게 상심하고 있어요. 물론 교수님도 아시겠지요. 몇 번인가 긴 이야기를 나눈 적이 있는데 진심으로 마크에게 도움을 주었다고 생각합니다…." 잠시 말을 끊었다가 그는 덧붙여 말했다. "아버지를 잃고 그 녀석은 자기 자신의 일부를 잃은 것 같아요."

자일즈에게서 내가 기대한 게 뭐였는지 꼭 짚어 말하기는 어렵지만, 마크를 향한 연민은 아니었다. 그 자리에 앉아서 나는 마크에 대한 내 분노와 좌절감을 전혀 알지도 못하는 이 예술가에게 부당하게 돌린 게 아닐까 혼란스러워졌다. 내가 아는 테디 자일즈는 허상이었다. 루머와 풍문과 신문이나 잡지에 실린 기사 몇 편으로 구축된 인간이었다. 나는 건너편 벽에 걸린 자일즈의 여장 사진을 바라보았다.

그가 내 시선을 눈치 챘다. "제 작품을 높이 평가하지 않으신다는 건 잘 알고 있습니다." 그는 딱 잘라 말했다. "마크가 그 정도 얘기는 해줬어요. 선생님에 대해서도 그렇고 새어머니에 대한 얘기도 해줬죠. 마크의 아버지도 마찬가지로 쓸잘데기 없다고 생각하신 건 압니다. 사람들 비위를 상하게 하는 건 내용이에요. 그래서 저는 어디에나 팽배해 있기 때문에 폭력적인 소재를 활용하는 겁니다. 저는 제 작품과는 다릅니다. 예술사학자시니까, 그런 구분은 하실 줄 아시겠지만요."

나는 최대한 조심스럽게 답하려고 애썼다. "문제는 자일즈 씨부터가 어느 정도 쟁점을 혼동하는 데 있다고 봅니다. 그간 작품으로부터 자신이 분리될 수 없다는 생각을 부추겨 왔으니까요. 자기 자신이 그러니까, 위험인물이라는 식으로."

그는 웃음을 터뜨렸다. 만족, 쾌감, 그리고 매력이 담긴 웃음이었다. 그리고 치아가 얼마나 작은지도 눈에 들어왔다. 마치 유치가 두 줄로 늘어서 있는 것 같았다. "그 말씀은 맞습니다." 그가 말했다. "저는 스스로를 오브제로 활용하지요. 새로울 건 없다는 건 알고 있지만, 저처럼 했던 사람은 아무도 없습니다."

"호러 클리셰 말이요?"

"맞아요. 호러는 극단적이고 극단은 정화작용이 있지요. 그래서 사람들이 영화를 보거나 내 작품을 보러 오는 거고요."

반복된다는 느낌이 강렬하게 덮쳐왔다. 자일즈는 저 말을 아까도 했었다. 아마 수천 번은 했던 말일 것이다.

"그러나 클리셰는 죽이는 것 아니요?" 내가 말했다. "본질적으로 의미를 죽이는 거니까."

그는 나를 보고 약간 생색내듯이 웃어보였다. "저는 의미에는 관심이 없습니다. 이 말씀은 꼭 드리고 싶은데, 의미라는 게 이제 그리 중요한 것 같지 않아요. 사실 아무도 의미에 신경 쓰지 않잖아요, 사실. 속도가 중요합니다. 그리고 사진들도. 광고, 헐리우드 영화, 여섯 시 뉴스, 그래요, 심지어 예술도―모든 게 결국 쇼핑으로 귀결되죠. 그런데 대체 쇼핑이 뭐죠? 걸어서 돌아다니다가 욕망하는 무언가가 나타나면 사는 겁니다. 어째서 사는 거죠? 왜냐하면 눈길을 끄니까요. 그렇지 못하면 다른 채널로 돌려버리죠. 그런데 어째서 눈길을 끌까요? 어쩐지 쾌감과 흥분을 주기 때문입니다. 반짝이일 수도 있고 은은한 빛일 수도 있고 약간의 유혈이나 벌거벗은 엉덩이일 수도 있습니다. 중요한 건 그 쾌감이죠? 쾌감을 주는 무언가가 아니란 말이죠. 돌고 도는 겁니다. 다시 그 쾌감을 원하면 찾아 나서야죠. 달러 지폐들을 처박고 다시 산단 말입니다."

"하지만 예술작품을 사는 사람들은 극소수요." 내가 말했다.

"그래요, 하지만 감각적인 예술은 잡지와 신문이 팔리게 하죠. 그리고 그 입소문이 수집가들을 데리고 오고, 수집가들이 돈을 들고 오고, 그렇게 돌고 또 도는 겁니다. 제가 너무 솔직하게 말해서 충격을 받으셨습니까?"

"아니요. 그저 사람들이 정말로 그렇게 얄팍한지를 잘 모르겠소."

"하지만요, 저는 피상적인 게 뭐가 그리 나쁜지 모르겠단 말입니다." 그는 담배에 또 불을 붙였다. "오히려 저는 사람들이 심오한 척 경건하게 허식을 떨면 그게 훨씬 기분이 나쁘던데요. 프로이트의 거짓말이지 않습니까, 안 그런가요? 누구나 거대한 무의식의 덩어리를 품고 있다는 건."

"인간의 심오함이라는 관념은 시대적으로 프로이트를 훨씬 앞서는 걸로 알고 있소." 내가 말했다. 내 목소리에서 밴 건조한 학자의 관점이 내 귀에도 들렸다. 자일즈의 얘기는 따분하기 짝이 없었다. 멍청해서가 아니라 계속 거리를 두는 것처럼 아득한 실용적인 어조 때문에 피로해졌다. 그는 나를 바라보고 있었고, 내 생각엔 그 눈빛에서 실망감이 느껴졌던 것 같다. 그는 나를 즐겁게 해주기를 원했다. 미끼에 펄떡펄떡 걸려 자기가 똑똑하다고 생각하는 기자들에게 익숙해져 있었다. 나는 화제를 바꾸었다. "어제 티니 골드와 얘기를 좀 했소."

자일즈가 고개를 끄덕였다. "벌써 몇 달째 연락도 못해 봤어요. 티니는 어떻게 지내나요?"

나는 쓸데없이 말을 빙빙 돌리지 않기로 했다. "배에 난 흉터를 보여주더군요. 마크의 이니셜이었는데, 그 애 말로는…." 나는 말을 하다 말고 자일즈를 보았다.

그는 주의 깊게 경청하고 있었다. "예?"

"마크가 자길 붙잡고 꼼짝 못하게 하고 선생이 글자들을 새겼다고 하더군요."

자일즈는 그냥 놀란 정도가 아니었다. "세상에." 그가 말했다. "불쌍한 티니." 그는 고개를 서글프게 절레절레 흔들며 담배연기를 하늘로 뿜었다. "티니는 자해를 해요. 양팔에 온통 칼자국이 있습니다. 그만두려고 애썼지만 도저히 못 끊더라고요. 기분이 좋아진다는 겁니다. 언젠가 자해를 하면 실재하는 느낌이 든다고 했어요." 잠시 말을 멈추고 담뱃재를 톡톡 털었다. "우리 모두 실재하는 느낌을 받고 싶어 하죠." 그가 다리를 꼬자 화려한 가운 앞섶이 벌어지며 맨살의 무릎이 드러났다. 그의 정강이에 면도기를 깎은 짧은 털이 눈에 띄었다. 자일즈는 티니의 말에 대해 내가 품었던 의혹을 확인해주었지만, 그래도 티니가 왜 그렇게 공들여 거짓말을 꾸며냈을까 하는 궁금증은 여전히 남아 있었다. "마크는 저한테 전화를 할 겁니다." 자일즈가 계속 말했다. "어쩌면 오늘 할지도 모르죠. 제가 마크와 얘기를 좀 하고 선생님께 연락하라고 하고 나서 마크의 행방을 알려드리면 어떨까요? 제 말은 들을 거 같은데."

나는 일어섰다. "감사합니다." 내가 말했다. "그렇게 해주면 우리야 아주 고맙지요."

자일즈도 일어섰다. 나를 보고 미소를 지었지만 어쩐지 입매는 굳어 있었다. "우리−이?" 그는 그 말을 질질 끌며 노래하듯 두 음절로 바꿔 말했다.

말투가 신경에 거슬렸지만 나는 차분하게 대답했다. "그래요." 내가 말했다. "마크는 나나 바이올렛 둘 중에 아무한테나 전화를 해주면 됩니다." 나는 문 쪽으로 걷기 시작했다. 현관복도로 나가니 역시나 사방에 무수한 거울상들이 나타났다. 파란 옥스퍼드 셔츠와 카키색 바지 차림의 내 모습, 그리고 현란한 빨간 기모노 차림의 자일즈, 그리고 우리 뒤로 보이는 가구의 야한 색깔들, 모두가 거울을 댄 패널에 비추어 조각나 보였다. 귓전에서 그 유들유들한 "우리?"가 떠나질 않았다. 나는 손잡이를 하나 잡고 돌려 문을 열었지만, 눈앞에 나타난 건 엘리베이터가 아니라 비좁은 복도였다. 그때 복도 막다른 끝의 벽에 걸려 있는 그림을 나는 알아보았다. 빌이 두 살 때 그린 마크의 그림이었다. 어린 남자아이는 머리 위에 모자처럼 등갓을 치켜들고 정신없이 웃고 있었고, 완전히 벌거벗은 채 소변인지 대변인지가 묵직하게 차서 골반까지 흘러내린 종이기저귀를 차고 있었다. 나는 꼼짝도 하지 않았다. 그 어린애의 이미지가 내 쪽으로 둥둥 떠서 다가오는 것 같았다. 나는 놀라서 비명을 질렀다. 내 뒤에서 자일즈가 말했다. "그 문이 아닙니다, 교수님."

"저건 빌의 그림인데." 내가 말했다.

"그래요." 자일즈가 말했다.

"빌의 그림이 여기서 뭘 하고 있는 거요?"

"제가 샀죠."

"누구한테서?" 내가 말했다.

"주인한테서요."

나는 홱 돌아서서 그를 보았다. "루실에게서? 루실한테서 샀습니까?" 그림들이 돌고 돈다는 걸 나 역시 누구보다 잘 알고 있었다. 이 주인에게서 저 주인에게로 옮겨가고 어두운 방에서 시들어가다가 다시 나타나고 팔리고 다시 팔리고 도둑맞고 파괴되고 결과야 어떻든 다시 복원되고. 그림은 어디서든 다시 나타날 수 있지만, 여기서 그 캔버스를 보게 된다는 건 무시무시한 일이었다.

"그걸 활용할까 생각중입니다." 자일즈가 말했다. 그는 내게 아주 바짝 붙어 서 있었다. 귀에 닿는 그의 숨결이 느껴졌다. 본능적으로 나는 머리를 뺐다.

"활용한다?" 메아리처럼 따라 말했다. 나는 그림이 있는 쪽으로 걸어가기 시작했다.

"이제 가시는 줄 알았는데요." 자일즈가 내 뒤에서 말했다. 그 목소리에 은근히 재밌어하는 느낌이 배어 있었고, 그 말투를 듣는 순간 나는 마음속으로 더 허둥지둥하며 깊은 혼란 속으로 빠져들었다. 지저귀는 듯한 자일즈의 "우리?"라는 말에서부터 시작된 혼란이었다. 우리가 나눈 대화에서 내가 지켰던 우위는 그 복도에서 사라지고 없었다. 힘없이 되풀이한 "활용한다?"는 나 자신을 겨냥한 코웃음이고 스스로에게 가하는 야유였기에 위트 있는 대꾸 따위로는 도저히 그 실수를 메꿀 수 없었다. 아무것도 보이지 않고 오로지 정신없이 달뜬 환희와 광적인 쾌감의 표정을 한 어린 아이의 그림만 시야를 가득 채웠다.

그때 내가 겪은 일과 정확한 사건의 발생순서에 대해서는 아직도 생각이 뒤죽박죽이지만, 포위되어 갇혔다는 느낌, 그리고 공포감이 엄습했다는 건 알고 있다. 테디 자일즈는 위압적인 인물이라 할 수 없었지만 무한히 많은, 정말로 모든 걸 의미할 수 있는 수수께끼 같은 한두 마디의 말로 나를 위협하는 데 성공했고, 어쩐지 빌이 이 모든 사태의 한가운데 있는 것만 같았다. 그가 죽었다는 사실은 전혀 중요하지 않은 것만 같았다. 나와 자일즈 사이에서 벌어진 두서없는 전투는 빌을 사이에 둔 것이었으며, 그 사실이 갑자기 깨달음으로 덮치자 나는 거의 공황상태에 빠졌다. 그때, 내가 그림에 거의 다 왔을 때, 변기 물 내리는 소리가 들렸다. 화장실 물소리는 아까도 다른 소리가 들렸다는 확신을 주었다. 그림에 대해 반응하느라 잘못 들었을 뿐이었다. 나는 가만히 서서 귀를 기울였다. 꺽꺽 목이 메는 소리가 문 뒤에서 들려오더니 낮고 쉰 목소리가 살려달라고 외쳤다. 내 바로 앞의 문을 열어젖히자 마크가 화장실 바닥에 누워 있었다. 화장실 벽은 아주 작은 녹색 유리 타일로 뒤덮여 있었다. 마크는 입을 벌리고 눈을 감은 채 욕조 근처 바닥에 축 늘어져 있었다. 입술은 파랗게 변색되어 있었다. 마크의 새파란 입술을 보니 갑자기 마음이 차분해졌다. 나는 앞으로 달려가다가 구두 밑창이 미끄러워 휘청거렸다. 몸의 균형을 잡고 서서 보니 발밑에 토사물이 흥건했다. 나는 마크 곁에 무릎을 꿇고 앉아 손목을 잡고 하얀 얼굴을 내려다보았다. 내 손가락들이 그의 끈적끈적한 살결을 따라 올라가며 맥박을 찾았다. 돌아보지도 않고 나는 자일즈에게 소리를 질렀다. "앰뷸런스를 불러요." 대답이 없어서 뒤를 돌아보았다.

"괜찮을 겁니다." 그가 말했다.

"전화하러 가라니까." 내가 말했다. "여기 당신 아파트에서 이 애가 죽기 전에 당장 911을 돌리란 말이야."

자일즈가 복도로 사라졌다. 나는 손가락으로 계속 맥을 찾았다. 희미하게 맥박이 잡혔지만, 얼굴을 보면 죽은 듯 하얗게 질려 있었다. "너는 살 거야, 마크." 나는 그에게 속삭이고 또 속삭였다. "살게 될 거야." 그의 입에 귀를 대었다. 숨은 쉬고 있었다.

마크가 눈을 뜨자 황홀한 행복감이 복받쳤다. "마크." 내가 말했다. "병원에 데려가야겠어. 잠들지 마라. 눈을 감지 마." 충격을 받지 않도록 손으로 뒷머리를 받치고 그를 굽어보았다. 마크는 눈을 감았다. "안 돼."

나는 힘주어 말했다. 나는 그를 위로 당겨 일으키기 시작했다. 워낙 무거워서 그를 질질 끌자 바짓단이 바닥의 토사물에 닿았다. "내 말 들어." 나는 엄하게 말했다. "잠들지 마."

마크는 가늘게 실눈을 뜨고 나를 보았다. "씨발. 엿이나 처먹어." 그가 말했다. 나는 마크의 겨드랑이를 붙잡고 화장실 밖으로 끌어내기 시작했지만, 그가 발버둥을 쳤다. 마크가 불쑥 내 얼굴을 잡았고, 그의 손톱이 뺨에 박히는 느낌이 덮쳤다. 갑작스런 통증은 충격이었고, 나는 그의 몸을 툭 떨어뜨렸다. 머리가 타일에 쿵 부딪히고 마크의 신음소리가 들렸다. 길고 반짝이는 침 한 줄기가 벌어진 그의 입에서 턱을 타고 흘러내렸고, 그때 마크가 또 구토를 하며 회색 티셔츠 위로 암갈색의 액체를 뿜었다.

그 구토가 마크의 목숨을 구했다. 뉴욕 종합병원 응급실에서 마크를 치료한 신하 박사에 의하면 마크는 길거리에서 '스페셜 K'라는 이름으로 유통되는 동물 마취제를 비롯해 다종의 마약을 혼합해 과다 복용했다고 한다. 신하 박사와 얘기를 할 무렵에는 그래도 남자 화장실에 들어가서 최대한 바지를 닦고 나온 후였고, 오른뺨에 세 줄로 피를 흘리고 있는 상처에 간호사가 반창고도 붙여준 다음이었다. 종합병원 복도에 서 있던 그때도 여전히 희미하게 토사물 냄새가 났고 바지에 생긴 커다란 젖은 얼룩은 에어컨 냉방이 되는 복도에서 싸늘하게 식어가고 있었다. 의사가 '스페셜 K'라고 말했을 때, 나는 그때 복도에서 들었던 자일즈의 말을 기억해냈다. "오늘밤에는 K 없다, 알았지, M&M?" 처음 그 말을 들었을 때부터 그 의미를 해독하게 될 때까지 2년도 넘는 시간이 걸렸다. 내가 뉴욕에서 거의 육십 년을 산 반면 내 통역사는 훨씬 근래에 미국에 온 게 틀림없어서, 참 아이러니하다는 생각이 들었다. 의사는 지적인 눈의 아주 젊은 청년으로 봄베이 특유의 운율 강한 영어를 썼던 것이다.

사흘 뒤 바이올렛과 마크는 미니애폴리스 행 비행기에 탑승했다. 바이올렛이 병원에서 마크에게 최후통첩을 내렸을 때 나는 그 자리에 없었지만, 한 푼도 안 주고 절연하겠다고 바이올렛이 겁을 줬더니 미니애폴리스에 있는 마약 재활 병원인 헤이젤던에 가는 데 마크가 동의했다고 한다. 바이올렛은 병원 고위직에 있는 고등학교 동창에게 전화를 걸어 신속히 헤이젤던에 마크를 입원시킬 수 있었다. 마크가 치료를 받는 동안 바이올렛은 부모님과 함께 지내면서 일주일에 한 번씩 마크를 찾아갈 계획이었다. 중독은 마크의 행동에서 많은 부분을 해명해 주었고 그의 문제에 이름을 붙인다는 단순한 행위만으로도 우리의 두려움은 어느 정도 해소가 되었다. 어쩐지 어두운 모퉁이에 손전등을 비추어 보며 그 빛의 궤적에 들어오는 얼룩과 먼지 하나하나를 낱낱이 살펴보는 것과 비슷한 느낌이었다. 거짓말, 도둑질, 그리고 갑자기 종적을 감추는 행위는 모두 마크의 '질병'이 보여주는 증세가 되었다. 이런 관점에서 볼 때, 마크는 자유까지 열두 걸음(step에는 단계라는 뜻도 있다. 중독 치료의 12단계를 말한다─옮긴이)만 내딛으면 되었다. 물론, 그렇게 쉬운 건 아니라는 걸 나도 잘 알지만, 그래도 시련을 겪은 후 그 병원에서 의식을 회복했을 때 마크는 새로운 사람이 되어 있었다. 참된 질병을 앓는 소년, 그와 같은 사람들에 대해 속속들이 파악하고 있는 전문가들이 있는 병원에서 치료를 받을 수 있는 환자로 태어난 것이다. 처음에는 마크가 가기 싫어했다. 자기는 마약 중독자가 아니라고 했다. 마약을 하긴 하지만 중독은 아니라는 것이었다. 그리고 바이올렛의 보석함이나 내 말조각도 자기가 훔친 게 아니라고 했지만, 누구를 붙잡고 물어봐도 부정은 '중독 프로필'의 일부라고 대답할 터였다. 그

진단은 또한 마크에게 새삼스럽게 연민을 품을 수 있는 문을 열어주었다. 끔찍한 갈망에 시달리다 못해 자기 행위에 통제력을 잃었으니 다시 한 번 기회를 주어야 한다고. 그러나 쉬운 해결책, 편리한 병명이란 담지 못해 흘러넘치는 부분을 남기기 마련이다. 해석에 저항하는 행위나 감정들, 예를 들어 훔친 맷의 나이프 말이다. 바이올렛의 말대로 "마크는 열한 살이었다." 열한 살 나이에 마약을 알았을 리는 없다.

그러나 아이는 불가피하게 어른을 따라다니기 마련이다. 과거의 어린 자아를 알아볼 수 없이 자란 후라도. 기저귀를 찬 장난꾸러기 두 살짜리 아들을 그린 빌의 초상은 열여덟 살이 된 아이가 죽음 일보 직전까지 간 아파트에서 나타났다. 더 이상 누군가의 거울이 아니게 되어버린 캔버스는 심란하고 불길한 과거의 유령이 되었다. 마크의 유령일 뿐 아니라 그 그림 자체의 유령이 되어버린 것이다. 루실은 바이올렛에게 5년 전 버니를 통해 그 그림을 팔았다고 말했다. 버니에게 전화를 해보니 자일즈에 대해서는 아무것도 알지 못했다. 버니는 시내의 저명한 수집가들 몇 명의 자문을 맡고 있는 수전 블랜차드라는 여자와 거래를 했다. 버니는 바이어는 링맨이라는 사람이었고, 그는 동화 상자들 중 한 점도 구입했다고 말했다. 바이올렛은 루실과 버니가 그림을 팔았다는 사실을 빌에게 알리지 않았다는 사실에 짜증이 났다. "그이는 알 권리가 있었어요." 그녀가 말했다. "도덕적으로요." 그러나 루실은 빌에게 알리기를 원치 않았고 버니에게도 함구해 달라고 부탁했다. "루실이 안됐다는 생각이 들었어요." 버니는 바이올렛에게 말했다. "그리고 자기 그림이니까 팔아도 되는 거고."

바이올렛은 배회하는 캔버스 문제로 루실을 원망했다. 나는 그렇지 않았다. 루실이 그림을 직접 자일즈에게 팔지 않았다는 사실은 크나큰 위안이 되었고, 그녀가 그림을 판 돈이 필요해서 그랬다고는 절대 생각지 않았다. 그러나 바이올렛에게는, 하나의 이야기가 또 다른 이야기와 중첩되었다. 루실은 자기 친아들의 초상화를 최고입찰자에게 팔고 병원에 입원한 아들을 단 한 번도 문병오지 않았다. 루실은 대신 전화 통화만 했고, 마크에 따르면 과다복용 얘기는 아예 입에 올리지도 않았다. 바이올렛은 마크가 거짓말을 한다고 생각하고 루실에게 전화를 해서 대놓고 물어보았다. 루실은 마약으로 죽을 뻔 했던 사건에 대해서 마크한테 아무 말도 하지 않았다고 확인해 주었다. "생산적이지 못하다고 생각했어요." 그녀가 말했다. 그러면 무슨 말을 하셨느냐고? 바이올렛은 따져 물었다. 루실은 올리의 데이 캠프와 두 마리 고양이와 저녁에 무슨 요리를 하는지 말해주고 행운을 빈다고 했다고 대답했다. 바이올렛은 화가 머리끝까지 치밀었다. 그 얘기를 내게 전해주면서 짜증으로 바들바들 떨었다. 내 느낌은 루실이 이미 일어난 사태에 대해서는 말하지 않기로 의식적인 결정을 내렸다는 쪽이었다. 세심하게 결정을 가늠해 보고 그 선을 넘어가는 건 마크에게나 그녀에게나 좋을 게 없다는 결론을 내린 거라고. 루실이 마크에게 한 말은 한 마디 한 마디가 다 의도적이었을 거라고 나는 생각한다. 루실은 전화를 끊고 나서 마음속으로 대화를 다시 짚어보면서 자기가 한 말을 두고 자책하거나 그 사실을 전제하고 대화를 재구성하기도 하지 않을까 싶다. 바이올렛은 당장 다음 기차를 타고 아들의 병상을 지키러 달려오지 않는 엄마는 '천성을 거스르는' 거라고 했지만, 나는 루실이 자의식과 불확실성에 얽매여 꼼짝달싹 못하는 사람이라는 걸 알았다. 그녀는 자기 내면의 논쟁들이 만들어낸 진창에 빠져 오도 가도 못했다. 장점과 단점, 그리고 논리적인 난제들이 그녀로 하여금 어떤 행동도 하지 못하게 발목을 붙잡았다. 병원에 전화를 건 것만으로도 아마 굉장한 용기가 필요했으리라.

루실과 바이올렛의 차이는 앎이 아니라 성격의 차이였다. 마크를 두고 혼란스러운 건 바이올렛 역시 루실과 다를 바가 없었다. 그러나 바이올렛이 의심하지 않았던 건 그 애를 향한 자기 애정의 강인한 힘, 그리고 그 애정을 위해 행동할 필요성이었다. 반면 루실은 무력감을 느꼈다. 빌의 두 아내는 마크의 두 어머니가 되었고, 결혼생활이 차례로 왔다면 루실의 어머니 노릇과 바이올렛의 어머니 노릇은 몇 년 동안 공존해 왔고 빌의 죽음보다 더 오래 버텼다. 두 여자는 한 남자의 욕망에서 죽지 않고 남은 양극이었고, 그 중 한 사람과 낳은 소년으로 인해 뗄 수 없이 하나로 묶여 있었다. 내 눈앞에서 펼쳐지고 있는 이 이야기에서 빌이 여전히 결정적인 역할을 맡고 있다는 느낌을 받지 않을 수가 없었다. 빌이 우리 사이의 치열한 기하학적 구도를 만들었고 그 구도는 여전히 유지되고 있었다. 이번에도 역시, 나는 우리 아파트에 걸려 있는 회화에서 실마리를 찾았다. 떠난 여자와 싸우며 머물렀던 여자. 풍만한 바이올렛의 허벅지에 놓여 있던 그 이상한 작은 자동차. 대상 자체도 아니고 상징도 아니었던 사물은 말하지 않은 소망들의 매개였다. 빌이 그 캔버스를 그렸을 때, 그는 루실과 함께 만든 아기의 출산을 기다리고 있었다. 자기 입으로 내게 그렇게 말했었다. 나는 다시 그 그림을 연구하기 시작했고, 오래 들여다보고 있을수록 나는 마크 또한 그 캔버스 안에 존재한다는 느낌을 강하게 받았다. 아이는 잘못된 여자의 몸속에 숨어 있었다.

　바이올렛과 마크는 두 달 동안 떠나 있었다. 그 동안 나는 그들로부터 편지를 받았고 위층의 화분 세 개에 물을 주었고 아직도 전화를 건 사람에게 삐 소리를 기다렸다가 메시지를 남기라는 빌의 목소리를 들을 수 있는 자동응답기에 귀를 기울였다. 그리고 1주일에 한 번 바워리의 로프트도 둘러보았다. 바이올렛이 한 번씩 들러서 밥 씨를 살펴봐 달라고 내게 특별히 부탁을 했다. 알고 보니 빌이 죽고 나서 얼마 되지 않아 건물주인 아이엘로 씨가 무단 입주자를 발견했고, 그와 거래를 한 바이올렛이 이제 아래층의 낡아빠진 방세까지 합쳐 돈을 더 내고 있었다. 바워리 90번지의 공식적 주민이라는 새로운 신분을 얻은 밥 씨는 주인 행세를 하며 허세가 심해졌다. 내가 찾아가면 그는 내 뒤를 졸졸 따라다니며 시끄럽게 코를 킁킁거리며 불만을 표시했다. "내가 다 알아서 하고 있단 말이요. 비질도 했어요." 빗자루 청소는 밥 씨의 소명이 되었고 그는 강박적으로 비질을 해댔다. 내가 먼지를 줄줄 흘리고 다니기라도 하는 듯 가는 곳마다 뒤에 딱 붙어서 빗자루로 쓸고 다니는 때도 많았다. 그리고 비질을 하는 동안 그는 일장연설을 하며 극적인 효과를 높이기 위해 언성을 높였다 내렸다 하며 미사여구들을 쏟아냈다.

"내 말해두지만 결코 가라앉지 않을 거야. 영원한 잠에 우렁차게 거절의 뜻을 표했으니, 하루 종일을 아울러 야심한 시각까지 나는 도리 없이 저 지붕 아래 서성이는 그 서글픈 발자국 소리를 들을 수밖에 없다네. 어젯밤 마지막 부스러기, 빵조각, 그 외에도 내 긴 하루가 남긴 찌꺼기를 쓸어 치우는데 계단에서 그걸 보고 말았네. W 씨와 꼭 닮은 그 모습, 그러나 물론 육신은 없었지. 예전 그 모습이 부풀려진 별세계의 형상이었지, 육신도 없는 유령의 환영이 말로 형용할 수 없는 슬픔의 몸짓으로 팔을 뻗어 아무것도 볼 수 없는 그 불쌍한 눈을 가렸고, 나는 그것이 그녀를, 미녀를 찾고 있다는 걸 알았지. 그녀가 사라지고 나니까 유령이 참담하게 슬퍼하고 있어. 내 말을 잘 들으라고. 전에도 본 적이 있고 앞으로도 또 보게 될 테니까 말이야. 유령은 내가 직접 겪어 봐서 잘 아는 거란 말일세. 내가 사업을 할 때(나는 고급 앤티크를 취급했었거든) '침투'된 물건들을 다뤄본

적이 있어. 당신도 그 말과 이런 특별한 경우에 쓰는 의미를 알고 있겠지. '침투'되었다고. 브루클린 디트머스파크의 자그만 노부인이 소유했던 앤 여왕 시대 서랍장이 하나 있었어. 첨탑이 있는 아름다운 주택이었지. 하지만 디어본 부인의 본질이랄까, 아니 아니무스라고 해야 하나, 생전의 그녀 존재가 그림자 같은 생령이 되어서 여전히 날아다니고 여전히 생생하게 살아 있었어. 그 훌륭한 고가구 속에서 수줍은 유령이 되어 존재하며 새처럼 파닥거렸지. 아니 그냥 딸각거렸다고 하자고. 그 앤 시대 가구를 마지못해서, 아주 마지못해서 일곱 번이나 팔았는데 일곱 번 다 구매자들이 반품을 했어. 일곱 번이나 돌려받았는데, 절대 따지지도 않았지. 이미 내게는 아는 바가 있었으니까. 그녀를 그토록 괴롭힌 건 아들이었어. 결혼도 하지 않고 정착도 못 하고 타락해서 표류하는 위인이어서 노부인이 삶에서 제자리를 찾지도 못한 아들을 두고 떠날 수가 없었던 것 같네. 윌리엄 웩슬러, 일명 W씨 역시 끝내지 못한 일이 있고, 미녀는 그걸 알고 있어. 그래서 미녀가 지금까지 날마다 여기를 찾은 거지. 미녀가 W씨에게 노래를 불러주고 이야기를 해줘서 잠이 들도록 도와주는 소리가 들리거든. 곧 미녀가 다시 그에게 돌아올 거야. 유령은 그녀 없이 못 살거든. 예전보다 훨씬 더 불안하고 변덕스러워지고 성마르게 구는데, 그를—아니 그걸 달랠 사람은 미녀밖에 없어. 그리고 내 이유를 말해 주지. 그녀는 수난 속에서 천사들로부터 구원을 받거든. 자네는 내 말 알아듣잖아! 천사들이 벌어져 내려온다고! 천사늘이 강림해! 내가 목격자일세. 문밖으로 나오는 미녀의 얼굴에 찍힌 천사들의 타오르는 낙인을 봤단 말이야. 하늘의 천사들이 지닌 불타는 손가락이 그녀 얼굴에, 그 얼굴에 닿은 거라고."

   밥 씨의 독백은 나를 죽도록 괴롭혔다. 절대로 멈추지 않았다. 종교와 밀교가 뒤죽박죽이 된 믿음만큼이나 짜증스러운 건, 귀신 들린 탁자나 고급 옷장, 비서를 들먹일 때마다 불가피하게 배어드는 부르주아의 우월감과 보통 빠지지 않는 '부랑자'라든가 '패배자' 또는 '건달'에 대한 비하였다. 밥은 자기한테 필요하다는 이유로, 온갖 것들이 뒤섞인 자신의 전설에 빌과 바이올렛을 등장인물로 써먹었다. 전설은 언어의 영역에서만 살아 숨 쉴 수 있기에 밥은 W씨와 그의 미녀를 자기가 만든 세상에 온전하게 보전하기 위해서 말하고 또 말을 했다. 그 세상에서 두 사람은 내 간섭을 전혀 받지 않고 밥 씨가 만든 하늘로 가는 사다리를 기어오르거나 악마의 시궁창으로 떨어지든가 할 수 있었다.

그러나 작업실로 걸어 올라가 문을 잠그고 그 커다란 방과 얼마 남지 않은 빌의 자취를 살펴보는 동안 혼자일 수 있었다면 나는 참 좋았을 것이다. 바이올렛이 입고 있던 빌의 작업용 옷이 걸쳐져 있던 의자를 찬찬히 살펴볼 수 있었다면 좋았을 것이다. 해가 나면 찬란하고 해가 저물면 어두워지던 그 키 큰 창문으로 빛이 흘러들어오도록 하고서 온몸으로 그 빛을 받고 서 있을 수 있었다면 참 좋았을 것이다. 가만히 서서 빌의 생전과 전혀 변하지 않은 방안의 냄새를 흠뻑 들이쉴 수 있었다면 참 좋았을 것이다. 그러나 불가능했다. 밥은 건물에 상주하는 요괴이자 쿵쿵거리고 빗자루로 쓸며 독설을 쏟아내는 소위 신비로운 경비원이었다. 그러니 나로서는 그를 어찌해볼 길이 없었다. 하지만 앞문을 열고 들어갈 때 나는 여전히 밥 씨의 축복을 바랐다. "아 주님, 누더기를 걸친 주님의 종이 시끌벅적한 주님 도시의 사람들 사이로 걸어 나갈 때 그 영혼을 높이시어 고담의 악마들에게 심히 유혹받지 않게 하시고, 그가 가는 길을 곧고 진실 되게 하시어 천국의 빛을 향해 걸어가게 하소서. 축복을 주시고 지켜주시고 주님의 빛이 비추게 하시며 평화를 주소서."

노인의 유령이나 천사 따위는 믿지 않았지만 여름이 저물어가면서 빌의 기억은 전보다 더 내 마음을 괴롭혔고, 나는 아무에게도 말하지 않고서 고야 책을 마무리해야 할 시간을 내어 빌에 대한 논문을 쓰기 위해 메모를 하고 자료를 정리하기 시작했다. 논문은 어느 날 오후 〈O의 여정〉 도록을 뒤적거리고 있을 때 시작되었다. 그리고 글자의 존재와 숫자의 부재를 동시에 지시했던 주인공의 이니셜은 나타남과 사라짐을 다루었던 빌의 다른 작품들을 부르는 것이었다. 그 후로, 나는 매일 오전 시간 동안 빌의 도록과 슬라이드를 보았고 내가 쓰고 있는 건 한 권의 책이며, 시간적 순서가 아니라 아이디어에 따라 구성된다는 사실을 깨달았다. 간단한 일이 아니었다. 예컨대 사라짐과 굶주림 같은, 내가 애초에 구상했던 범주에 들어가지 않는 작품들이 너무 많았다. 그러나 나는 굶주림이 사실 사라짐의 하위 집단이라는 걸 깨닫게 되었다. 이 분류는 학문적으로 보일지 모르지만, 이미지와 색채와 붓 자국들과 조각들을 연구하다 보니 점점 더 그 모호함은 모두 종적을 감춘다는 관념의 일환이라는 걸 깨달았다. 빌이 남긴 작품세계는 진정한 유령의 해부학을 형성했는데, 원래 고인이 된 한 남자의 예술 작품은 예외 없이 세계에 그의 흔적을 새기게 되기 때문이 아니라 그 중에서도 빌의 작품이 특히 상징적 표면의 부적절성에 대한 탐구, 즉 현실에 미치지 못하는 해명解明의 공식에 대한 탐구였기 때문이었다. 문자나 숫자나 회화의 관습을 통해 파악하고 정지하고 정확히 짚어내려는 욕망은 매번 기만당한다. 안다고 생각하지. 그러나 당신은 몰라, 라고 빌은 모든 작품에서 말하고 있는 것만 같았다. 나는 당신의 진부한 진실, 속물적인 이해를 전복하고 이 변신을 통해 당신의 눈을 멀게 할 것이다. 한 사물이 끝나고 다른 사물이 시작되는 건 언제인가? 당신의 경계들은 꾸며낸 구조물이고 농담이며 부조리다. 똑같은 여자가 부풀었다가 쭈그러들고, 양 극단에서 그녀는 인식을 거부한다. 입과 연루된 해묵은 병명을 암시하는 인형이 그녀의 등에 놓여 있다. 두 소년이 서로가 된다. 주식 보고서의 숫자들, 달러 표시 앞에 나오는 숫자들, 그리고 팔뚝에 화인으로 찍히는 숫자들. 나는 그 작품을 더 명료하게 보면서 동시에 그 속에서 허우적거렸다. 회의로 질식할 것만 같았거니와, 또 다른 것, 숨 막히는 친밀감에 시달렸다. 어떤 날에는 연구 작업이 마치 미친 듯이 열정적으로 사랑을 토로하다가는 순식간에 이해할 수 없이 싸늘하게 변해버리는 애인 같았다. 요란하게 사랑을 갈구하다가 다음 순간 뺨을 때리곤 했다. 그리고 마치 여자처럼, 예술은 나를 유혹하며 기만했고, 나는 괴로워하면서도 그걸 즐겼다. 손에 펜을 쥐고 책상 앞에 앉아서 나는 내 친구였던 숨겨진 한 남자, 자기 자신을 여자로 그리고 B라는 글자로, 뚱뚱하고 원기 왕성한 요정대모로 그린 한 남자와 씨름을 했다. 그러나 그 분투 덕분에 나 자신이 비상하리만큼 생생하게 느껴지게 되었고 여름날이 막바지에 다다랐을 무렵에는 나만의 고독 속에서 날카롭게 살아있다는 실감을 누리고 있었다.

바이올렛은 정기적으로 전화를 했다. 헤이젤던에 대한 이야기를 들려주었다. 나는 그 재활원을 어린 시절 내가 알던 요양소로 잘못 알았다. 나는 한 번도 뵌 적이 없는 외조부모님은 두 분 다 블랙포레스트의 요양소인 노드라크에서 오랫동안 갇혀 계시다가 1929년에 결핵으로 돌아가셨다. 나는 햇살을 받아 반짝이는 호수 근처의 긴 의자에 앉아 있는 마크의 모습을 상상했다. 그 판타지는 허구일 가능성이 높다. 어머니의 이야기들과 토머스 만의 《마의 산》을 읽은 기억이 뒤섞여서 만들어낸 그림일 것이다. 결정적인 점은, 그 당시 내가 마크에 대해 생각할 때마다 마크는 움직이지 않는 모습으로 등장했다는 사실이다. 그는 정지사진 속의 인물처럼 얼어붙어 있었고, 오로지 그 정적인 상태만이 중요했다. 나는 헤이젤던이 마크를 대기 상태로 잡아두었다는 느낌을 받았다. 대우 좋은 감옥이 그러하듯 헤이젤던은 마크의 활동성에 제약을 가했는데, 그로 인해 나는 마크에게서 가장 두려웠던 건 실종과 향후의 배회라는 걸 이해하게 되었다. 바이올렛은 마크의 증세가 호전되어 기운이 난다고 말했다. 수요일마다 그녀는 가족 모임에 참석했고, 12 단계에 대한 책을 읽을 마음의 준비를 했다. 마크는 처음에 순탄치 못했지만, 몇 주가 지나면서 천천히 자기를 드러내기 시작했다. 바이올렛은 다른 환자들, 아니 헤이젤던에서 환자들끼리 부르는 말을 빌자면 '또래들' 이야기도 했는데, 특히 데비라는 소녀 얘기를 입에 자주 올렸다.

여름이 끝났다. 학기가 시작되었고 그와 함께 나는 빌에 대한 책을 집필하는 매일의 리듬을 잃고 말았다. 그러나 강의노트 복습을 끝낸 밤 시간을 빌어 나는 연구를 계속했다. 10월 말에 바이올렛이 전화를 걸어 마크와 함께 그 다음 주에 집에 돌아온다고 말했다.

바이올렛과 통화를 하고 2~3일이 지났을 무렵, 라즐로가 문앞에 나타났다. 보기만 해도 나쁜 소식이 있다는 걸 알 수 있었다. 실마리를 찾기 위해서는 라즐로의 얼굴보다 몸을 보아야 한다는 걸 이젠 알고 있었다. 어깨가 축 처져 있었고, 방으로 들어올 때도 발걸음이 느렸다. 무슨 일이냐고 물었더니 자일스의 임박한 전시회에 걸릴 그림에 대한 얘기를 해주었다. 그때는 뜬소문에 불과했었다. 라즐로가 잘 주워듣는 여기 저기 흘러다니는 가십일 뿐이었다. 그러나 1주일 후에 전시회가 개막하고 나자 우리는 그게 사실이라는 걸 깨달았다. 테디 자일스가 새 전시회에서 마크의 그림을 활용했던 것이다. 스캔들은 그 값진 캔버스가 훼손되었다는 사실을 둘러싸고 돌았다. 한쪽 팔과 한쪽 다리가 없는 살해당한 여자의 형상이 아들을 그린 빌의 그림을 꿰뚫고 처박혀 있었다. 머리는 캔버스 한쪽을 뚫고 툭 튀어나와 있어서 목이 졸려 있었다. 훼손당한 나머지 신체는 반대편으로 나와 있었다. 작품의 힘은 자일즈가 소유한 예술 작품의 원본이 이제 그 마네킹처럼 불구가 되었다는 사실에 근거했다.

이 소식은 예술계를 흥분시켰다. 그림을 소유하고 있다면 훼손한다 해도 불법은 아니다. 원한다면 사격 훈련의 과녁으로 써도 된다. 나는 자일즈의 경고를 기억했다. "그걸 활용할까 생각중입니다"라고 했었다. 그때는 무슨 뜻인지 알 수가 없었다. 활용도란 예술과 무관했다. 예술이란 본질적으로 쓸모가 없으니까. 전시회가 개막한 후로 사람들 입에 회자되는 작품은 오로지 그것뿐이었다. 다른 작품들은 자일즈의 예전 작품과 유사했다. 여자들과 남자 두서넛, 그리고 아이들 몇 명의 참담하게 난자당한, 속이 텅 빈 사체들. 피에 젖은 옷가지. 절단된 머리들. 총기. 아무도 관심이 없었다. 모두를 흥분시키는 건―어떤 이들은 분노하고 또 다른 이들은 즐거워했다―여기 진정한 폭력 행위가 행해졌다는 사실이었다. 시뮬레이션이 아니라 실제였다. 시체들은 가짜였지만 그림은 진품이었다. 더욱 간질간질 흥을 돋우는 건 빌의 작품이 비싸다는 사실이었다. 그 그림의 존재가―훼손에도 불구하고―전체 작품의 가격을 올렸는가에 대해 상당한 고찰이 이루어졌다. 자일즈가 마크의 초상을 실제로 얼마 주고 샀는지는 알아내기 힘들었다. 상당한 거액들이 거론되었지만, 내 생각에 그 숫자들은 자일즈 본인한테서 나온 것일 가능성이 높다. 신빙성 없기로 악명 높은 출처였다.

바이올렛이 돌아왔을 때는 대난리가 나 있었다. 기자들 몇 명이 그녀의 입장을 들으려고 전화를 했었다. 현명하게도 그녀는 인터뷰를 거절했다.

그 후로 오래지 않아 그 여파가 마크와 자일즈와 그의 관계까지 이어졌다. 시내 무가지의 가십 칼럼니스트 한 명이 두 사람의 관계를 추론하면서 자일즈와 '젊은 웩슬러'가 연인 관계거나 사귀다 헤어진 사이라고 암시했다. 또 다른 비평가는 그 작품을 '예술 강간'이라고 불렀다. 해스보그가 뛰어들어, 그 신성모독은 예술에서 전복의 가능성을 새롭게 일깨웠다고 주장했다. "단 한 방으로 테어도어 자일즈는 우리 문화에서 예술을 둘러싸고 벌어지는 온갖 경건한 허례에 정통으로 관통상을 입혔다."

바이올렛도 나도 전시회를 찾지 않았다. 라즐로가 핑키와 함께 가서 몰래 폴라로이드 사진을 한 장 찍어 와서 나와 바이올렛에게 가져왔다. 마크는 뉴욕으로 돌아가기 전에 며칠 동안 어머니와 지내고 있었다. 바이올렛은 마크에게 그림 얘기를 했더니 영문을 모르는 얼굴을 했다고 말했다. "자일즈가 정말로 좋은 사람이라고 생각하는 거 같아요. 그래서 왜 아버지의 작품에 그런 짓을 했는지 이해가 안 된대요." 바이올렛은 작은 사진을 살펴보고 나서 테이블에 놓고 아무 말도 하지 않았다.

"사본이길 바랐는데요." 라즐로가 말했다. "그런데 아니에요. 아주 가까이 가서 봤어요. 진짜 그림을 썼더라고요."

핑키는 소파에 앉아 있었다. 심지어 앉아 있을 때도 그녀의 긴 다리는 발레의 1번 자세로 턴아웃되어 있었다. "문제는요." 핑키가 말했다. "왜 빌의 작품인 거죠? 같은 돈으로 얼마든지 다른 그림을 사서 망칠 수 있었을 텐데요. 이째서 마그의 그 초상화일까요? 마그를 알아시?"

라즐로가 입을 벌렸다가 다물었다가 다시 벌렸다. "소문으로는 자일즈가 마크를 사귄 게…" 그는 망설였다. "빌한테 집착해서 그렇대요."

바이올렛이 상체를 앞으로 기울였다. "그렇게 믿을 만한 근거가 있는 거야?"

안경 너머에서 라즐로의 눈이 살짝 가늘어지는 것이 보였다. "마크를 알기 훨씬 전부터 빌에 대한 파일을 갖고 있었다는 얘기를 들었어요. 기사 오린 것, 도록, 사진들…."

우리 중 누구도, 단 한 마디도 하지 않았다. 화장실에서 마크를 발견했던 그날 복도에서 자일즈가 아버지 때문에 아들과 교제했다는 생각이 희미하게 들긴 했었다. 그렇지만 자일즈는 무엇을 원했을까? 빌이 아직 살아있다면 훼손된 그림에 상처를 받았겠지만, 빌은 죽었다. 자일즈는 마크를 다치게 하고 싶었던 걸까? 아니, 나는 마음속으로 생각했다. 질문이 잘못됐어. 우리가 얘기할 때 자일즈의 얼굴이 기억났다. 마크에 대한 분명한 진심, 티니에 대한 말. "불쌍한 티니. 티니는 자해를 해요." 그녀 피부의 표식을 기억했다. 연결된 M들, 아니 W에 부착된 M이라고 해야 할까. M&M. 빌의 M들. 소년들, 매튜와 마크. 오늘 밤에는 K 없다, 알았지, M&M? 뒤바뀐 아이. 나는 이 생각에 대해 글을 쓰고 있었다. 사본들, 하나의 이중적, 다중적 복제본들. 혼란들. 갑자기 두 아기의 사진들이 붙어 있던 마크의 콜라쥬에 등장한 두 명의 똑같은 남성상이 기억났다. 빌이 언젠가 댄에 대해 해줬던 이야기가 뭐였더라? 그렇다. 댄은 처음 신경쇠약 발작을 일으킨 후 입원해 있었다. 빌은 그때 장발이었다가 머리를 잘랐다. 댄에게 병문안을 갔을 때, 빌은 짧은 머리로 병동에 도착했다. 댄은 그를 보더니 말했다. "형이 내 머리를 잘랐네!" 정신분열증 환자들한테는 그런 일이 일어난다고 빌은 말해 주었다. 대명사를 실수로 혼돈한다는 것이다. 실어증 환자들도 마찬가지였다. 내 생각은 두서가 없었다. 눈앞에 아들을 잡아먹는 새턴을 그린 고야의 그림, 자기 팔을 갉아먹는 자일즈의 사진, 그리고 내 침대에서 잠을 깨었을 때 눈앞에서 젖혀지던 마크의 고개. 전화응답기에 메시지가 있었다. M&M은 그들이 미를 죽였다는 걸 알고 있어요. 초록색 지갑을 들고 복도에 서 있던 소년. 미. 그들은 그를 '미'라고 불렀다.

"괜찮아요, 레오?" 바이올렛이 물었다.

나는 그녀를 보고 설명을 했다.

"라파엘과 미는 동일인이라는 거군요." 바이올렛이 말했다.

"자일즈가 죽였다고들 하는 그 아이 말이에요?" 핑키가 말했다.

그 후로 우리의 대화는 어지럽게 헤매다 금세 황당무계한 이야기들로 빠져들었다. 우리는 풍문으로 들리던 라파엘의 노예생활과 마크와 자일즈가 연인 관계였을 가능성, 티니의 정교한 자해, 그리고 도시 전역에 꿰어져 있던 죽은 고양이들을 파헤쳤다. 라즐로가 스페셜 K와 함께 엑스터시라는 또 다른 마약 얘기를 했다. 그 작은 알약들은 가끔 E라는 별칭으로 불린다고 한다. 점점 늘어나는 약품 알파벳들이 또 하나 생겼다. 그러나 우리가 맞닥뜨려야 했던 한 가지 굳건한 사실은 마크가 '미'라고 불렀던 소년을 내가 어느 날 이른 새벽 스치듯 일별한 적이 있다는 것이었다. 전화에서 미지의 소녀는 바이올렛에게 살인의 가능성과 라파엘이라는 소년에 대한 풍문을 전해주었지만, 그 이야기가 순전한 허구가 아니라고 누가 장담할 수 있단 말인가? 그러나 그때 내 상상력은 거침없이 치달리고 있었기에 나는 바이올렛과 빌에게 건 전화 두 통의 배후에 자일즈가 있을 가능성을 언급했다. "목소리를 변조해가면서 인터뷰를 하는 사람이야." 내가 말했다. "어쩌면 사일즈가 그 전화를 건 여자애일지도 몰라." 바이올렛은 그 목소리는 가성이 아니었다면서 반박했다. 핑키가 전화기에 음성변조기를 부착할 수도 있다고 말하자 바이올렛은 소리 내어 웃기 시작했다. 웃음소리는 곧 높은 스타카토의 비명소리로 변했고, 그녀의 뺨을 타고 눈물이 흐르기 시작했다. 핑키가 일어서서 바이올렛 앞에 무릎을 꿇고 앉아 두 팔로 그녀의 목을 감싸 안았다. 라즐로와 나는 앉아서 두 여자가 오랫동안 끌어안고 서로 얼러주는 모습을 바라보았다. 5분 가량이 지난 후에야 간신히 바이올렛의 눈물 젖은 웃음소리가 잦아들어 조그맣게 헐떡거리는 숨소리와 발작적인 훌쩍거림으로 변했다. "완전히 녹초가 됐네요." 핑키가 바이올렛에게 말하며 머리를 쓰다듬어 주었다. "기진맥진한 거예요."

그때쯤에는 에리카에게서 편지를 한 통도 받지 못한 지 벌써 두 달째였다. 마크가 뉴욕으로 돌아오기 전날, 나는 우리의 묵약을 깨고 전화를 걸었다. 정말로 집에 있을 거라 기대하지 않았던 것 같다. 대신 자동응답기에 짤막하게 할 말을 준비했었는데 에리카가 수화기를 들고 "여보세요"라고 말하는 바람에 잠시 목이 메었다. 내가 누구인지 밝히자 그녀는 아무 말도 하지 않았고, 그 침묵의 간격 때문에 나는 갑자기 화가 났다. 우리 우정, 결혼, 유대감—대체 무슨 관계였는지 모르지만—은 이제 가짜가 되었다고, 거짓되고 멍청하고 죽어서 아무것도 아니게 되었다고, 나는 이제 다 지긋지긋하고 지쳤다고 말했다. 누구 다른 사람을 만나고 있으면 나도 알 권리가 있다고 말했다. 그러면 나도 그녀에게서 자유로워져서 영원히 잊고 새출발하고 싶다고 말했다.

"다른 사람은 아무도 없어, 레오."

"그러면 왜 내 편지에 답장도 하지 않는 거지?"

"쓰기 시작했다가 버린 편지가 쉰 통쯤 될 거야. 허구한 날 나 자신을 설명하고 분석하고 있는 느낌이 들었어. 어쩌고저쩌고 헛소리를 하면서. 심지어 자기한테도 마찬가지였지. 모든 걸 글로 적어서 꼭꼭 짚어내야 직성이 풀리는 이 끝도 없는 내 욕구가 지긋지긋해. 그럴 때는 최악의 궤변

같거든. 영악한 거짓말 같고, 스스로에 대한 변명 같고." 에리카는 무겁게 한숨을 쉬었고, 그 익숙한 소리를 듣자 내 분노는 싹 사라져 버렸다. 분노가 사라지자 아쉬웠다. 악감에는 초점이 있다. 연민에 없는 명료함이 있다. 그래서 나는 다시 그 확산된 감정의 영역에 들어와 버렸다는 걸 깨닫고 나니 유감스러웠다.

"난 그간 너무 글을 많이 썼어, 레오. 당신한테 편지를 쓰는 것도 힘들었어. 또 헨리 제임스야."

"아." 내가 말했다.

"자기도 알다시피, 내가 정말 좋아하잖아."

"누구를?"

"헨리 제임스의 등장인물들. 너무나도 복잡해서 그들을 사랑해. 그리고 그 인물들과 그들의 시련을 연구할 때는, 나 자신을 잊게 돼. 전화할 생각도 해 봤어. 전화하지 않은 건 멍청한 짓이야. 정말로 미안해."

대화가 끝나갈 무렵 에리카와 나는 편지는 물론이고 전화 통화도 하기로 했다. 나는 그녀에게 마음의 준비가 되었다 싶으면 언제든 나한테 책을 보내라고 말하고, 사랑한다고 말했다. 그녀 역시 나를 사랑한다고 말했다. 다른 사람은 아무도 없다고. 앞으로도 없을 거라고. 전화를 끊고 나서 나는 우리가 영원히 서로에게서 자유로워질 수 없을 거라는 걸 깨달았다. 그 관계는 우리에게 어떤 기쁨도 주지 못했다. 나는 에리카를 놓고 싶지 않았지만, 이 질긴 인연에 반항심이 들었다. 우리는 부재로 인해 헤어졌지만, 바로 그 부재가 우리를 평생 족쇄로 얽어매고 있었다.

나는 책상에 앉아 전화를 했고, 1~2분쯤 있다가 나는 서랍을 열어 내가 비축해 놓은 사물들을 살펴보았다. 희한해 보였다—얇은 까만 양말, 불탄 마분지, 그리고 잡지에서 오려낸 얄팍하고 네모난 사진을 포함한 기괴한 추억의 수집품 컬렉션은. 그 사진에서 바이올렛의 얼굴을 보다가 빌을 보았다. 그의 눈길은 아내에게 머물러 있었다. 그의 아내. 그의 미망인. 죽은 사람. 산 사람. 나는 에리카의 립스틱을 집어 들었다. 내 아내와 그녀가 사랑하는 죽은 남자의 책 속 캐릭터들. 허구일 뿐이다. 그러나 우리 모두가 그 속에 살지 않는가, 하고 나는 생각했다. 우리 삶에 대해 스스로에게 들려주는 가상의 이야기들 속에서 살아가지 않는가. 그리고 나는 맷이 그린 데이브와 듀랑고의 그림을 주워들었다.

마크는 훨씬 나아보였다. 파란 눈에는 전에 없던 진정성이 보였고 몇 달 떠나 있는 동안 몇 파운드 살도 붙었다. 목소리마저도 더 울림이 생기고 확신에 찬 듯했다. 마크의 일과는 오전에는 일자리 구하기, 오후에는 익명 중독자 모임, 그리고 후원자가 된 남자와 약속들로 이루어져 있었다. 앨빈은 나이가 서른은 안되었을 마약 중독 경험자였다. 연한 갈색 피부에 바짝 깎은 턱수염을 기르고 치열한 결단으로 불타는 눈빛을 한 깔끔하고 예의바른 남자였다. 앨빈은 재활로 갱생한 남자로서, 지하에서 기어나와 도움을 필요로 하는 전우에게 손을 내미는 도스토예프스키적인 인물이었다. 그의 몸은 목적의식으로 가득 한 뻣뻣한 벽돌 같았고, 그를 그냥 보고만 있어도 나는 기운 없고 쓸모없고 무식한 사람처럼 느껴졌다. 수천 명의 다른 후원자들이 다 그러하듯 마크의 후원자 역시 "바닥을 쳤다가" 인생을 바꾸기로 결심했다. 나는 앨빈의 이야기를 끝내 알지 못했지만 마크는 나와 바이올렛에게 헤이젤던에서 주워들은 헤아릴 수도 없이 많은 이야기들을 들려주었다. 절박한 욕구에서 거짓말, 방기, 배반과 가끔은 폭력으로 이어지는 황량한 사연들이었다. 각각의 사연에는 이름이 붙어 있었다. 마리아, 존, 앤젤, 한스, 마리코, 데보라. 마크는 그 사연들에 분명히 관심이 있었지만 그런 일이 일어나게 만든 사람들이 아니라 음침한 디테일에 더 집중했다. 아마 그들의 행동을 자기 자신의 타락을 비추는 거울처럼 여겼는지 모르겠다.

바이올렛은 희망을 품었다. 마크는 날마다 모임에 나갔고, 앨빈과 자주 상담을 했으며, 그랜드 스트리트의 레스토랑에서 웨이터로 일했다. 프로그램의 규칙에 따라 바이올렛은 이제 '벌'을 주지는 않겠다고, 그러나 마약을 끊고 '클린'한 삶을 살지 않는다면 함께 살 수 없다고 말했다. 그렇게 간단한 일이었다. 그달 중순 어느 날 밤 마크는 밤 열한 시쯤 우리 집 문을 두드렸다. 나는 이미 잠자리에 들어 있었으나 깨어 있었다. 문을 열자 마크가 복도에 서 있었다. 들어오라고 했다. 그는 소파까지 걸어왔으나 앉지는 않았다. 바이올렛의 그림을 슬쩍 보더니 내 쪽을 보았다가 자기 발치를 물끄러미 내려다보았다. "죄송해요." 그가 말했다. "아프게 해드려서 죄송해요."

나는 그를 물끄러미 바라보며 잠옷 가운 끈을 꼭 여몄다. 그런다고 감정이 차분하게 고르는 데 도움이 될 것도 아닐 텐데.

"약에 취해 있었어요." 그가 말을 이었다. "그래서 꼴이 말이 아니었어요. 하지만 다 제 책임이에요."

나는 대답하지 않았다.

"용서해주지 않으셔도 돼요. 하지만 용서를 구하는 게 제겐 중요해요. 단계의 일환이거든요."

나는 고개를 끄덕였다.

마크의 얼굴이 바들바들 떨렸다.

열아홉 살이야, 나는 속으로 혼자 생각했다.

"모든 게 달랐더라면 좋겠어요. 예전처럼 돌아가면 좋겠어요." 그는 처음으로 나를 보았다. "예전엔 저를 좋아해 주셨죠." 그가 말했다. "우리끼리 재밌는 이야기들도 많이 했고."

"그 이야기들이 정말로 무슨 의미였는지 난 모르겠다, 마크야." 내가 말했다. "넌 너무나 거짓말을 많이 했어…."

그가 내 말 중간에 끼어들었다. "알아요, 하지만 이제 달라졌어요." 목소리에 앓는 소리가 섞여 있었다. "그리고 전 아무한테도 하지 않은 얘기를 삼촌한테는 했었어요. 진심이었어요. 정말이에요."

그 절박함은 그 애의 내면에서, 가슴 깊은 곳에서 나오는 것 같았다. 그 소리는 새로운 무엇이었을까? 이런 어조를 전에도 들어본 적이 있던가? 못 들어본 소리였다. 아주 잠정적으로 나는 손을 그 애 어깨에 올려놓았다. "시간이 지나면 알게 되겠지." 내가 말했다. "상황을 돌릴 기회가 있어. 다른 방식으로 살아갈 수 있다고. 할 수 있을 거라고 믿는다."

그는 내게 가까이 다가와 내 얼굴을 굽어보았다. 굉장히 마음이 놓인다는 표정이었다. 그는 길게 숨을 토하더니 말했다. "부탁이에요." 마크는 팔을 벌려 포옹을 청했다. 나는 망설였지만 곧 마음을 누그러뜨렸다. 그는 내게로 몸을 기울이고 머리를 내 어깨에 대고 나를 꼭 안아주었는데, 그 열정과 온기에 나는 그 애 아버지 생각을 하고 말았다.

12월 2일 아침 마크는 종적을 감추었다. 바로 그날 바이올렛은 데보라에게서 편지를 받았다. 마크와 바이올렛이 헤이젤던에서 친하게 지냈던 소녀였다. 거의 자정이 다 된 시각에 바이올렛은 그 편지를 들고 아래층으로 내려와 소파에 앉더니 내게 읽어주었다.

친애하는 바이올렛 아주머니,

편지를 써서 잘 지낸다고 말씀드리고 싶었어요. 술을 마시지 않아야 하니 모든 게 날마다 엄청난 싸움이지만 엄마의 도움으로 어떻게 해나가고 있어요. 엄마는 가족 모임에서 우리가 했던 얘기 이후로 그렇게 저한테 고함을 치지 않으세요. 그러면 내 기운이 꺾인다는 걸 아세요. 정말로 나쁠 때는 그날 밤 헤이젤던에서 들었던, 하늘에서 들려오는 노래며 나는 하느님의 자식이니 있는 그대로의 나를 사랑하신다고 말해준 천국의 목소리들을 떠올리곤 해요. 나는 더 이상 데비가 아니라고 말했을 때, 내가 미쳤다고 생각한 사람들도 있다는 걸 알아요. 그러나 가족 모임에서 아주머니께서는 내 마음을 알아주신다는 게 느껴졌어요. 그 노랫소리를 들은 후로 나는 데보라가 되어야만 했어요. 아주머니는 정말 좋으신 분이고, 그런 새어머니를 둔 마크는 참 행운아에요. 미네소타에 오기 전에 금단증상으로 덜덜 떨고 먹은 걸 다 게울 때 아주머니가 도와주셔서 견딜 수 있었다고 마크가 말해줬어요. 항상 저도 그런 사람이 있으면 좋겠다고 바랐죠. 모든 사람들에게 저를 위해 기도해 달라고 부탁하고 다녔는데요. 그러니까 아주머니도 저를 위해 기도해 주시면 좋겠어요. 행복한, 아주 행복한 성탄절 보내시고 새해 복 많이 받으세요!
사랑을 담아서,

데보라

추신 : 다음 주에 깁스를 풀어요.

바이올렛은 다 읽고 나서 종이를 무릎에 놓고 나를 보았다.
"마크가 금단증상을 겪었다는 얘기는 한 적이 없잖아." 내가 말했다.
"그런 적이 없으니까 말을 안 했죠."
"왜 데보라가 그럼 그런 소리를 썼지?"

"마크가 그런 소리를 했으니까요."

"하지만 왜 그런 소리를 하냐고?"

"내 생각에는 어울리고 싶었던 거 같아요. 다른 사람들과 더 같아지려고. 마크도 마약 문제가 있긴 하지만, 육체적으로 마약에 의존하지는 않았거든요. 아마 중중 중독자 행세를 하면서 자기가 저지른 그 많은 거짓말과 절도를 해명하기가 좀 쉬웠을 거에요." 그녀는 몇 초 동안 말이 없었다. "마지막 무렵에는 결국 다들 마크를 사랑했어요. 상담사들, 다른 환자들, 전부 다요. 마크를 그룹 리더로 임명하기도 하고. 마크는 스타였어요. 아무도 데비를 그렇게 좋아하지 않았죠. 헤픈 창녀처럼 옷을 입고 피부가 엉망이었거든요. 스물 네 살인데 벌써 해독 프로그램이 세 번째래요. 한 번은 익사할 뻔한 적도 있고요. 술에 만취한 나머지 호수에 빠졌대요. 한번은 도로에서 이탈해서 나무를 들이받고 면허 취소를 당했어요. 결국 헤이젤던에 오기 전에 만신창이가 되어 집에 들어오다가 친어머니 집 층계에서 떨어져서 다섯 군데나 골절상을 입었대요. 여기까지 깁스를 했더라고요." 바이올렛이 자기 허벅지를 가리켜 보였다. "그런데 그 애는 어머니 물건을 훔치고 거짓말도 했어요. 마크처럼요. 한참 속이기도 하고요. 어머니가 완전히 질린 거죠. 그래서 데비한테 계속 소리만 질러댔대요. '넌 다 큰 애야. 이십사 년 동안 울고 토하는 애기를 키운 기분이라고. 내게 아무런 도움이 되지 않는다고. 내 평생 네 뒤치다꺼리만 하고 살았다.' 그리고 어머니는 울었고 데비도 울었고, 나도 울었어요. 난 그 의자에 앉아서 불쌍한 데비와 불쌍한 어머니 때문에 애가 끊어지게 울었어요." 바이올렛은 내게 아이러니한 미소를 보였다. "전혀 알지도 못하는 사람이었어요. 그리고 두 달째에 데비가 계시를 보고 데보라가 된 거예요."

"노랫소리." 내가 말했다.

바이올렛이 고개를 끄덕였다. "다음 가족 모임에 올 때는 무슨 전구처럼 환하게 빛을 발하고 있었어요."

"그런 효과는 시간이 가면 희미해지지. 보통 다 그래."

"그래요, 하지만 그 애는 자기 얘기와 그 말을 하기 위해 쓰는 단어들을 다 믿어요."

"마크는 안 그렇다. 그게 지금 하고 싶은 말이야?"

바이올렛이 일어섰다. 손으로 이마를 꾹 짚고 서성거리기 시작했다. 빌이 죽기 전에도 바이올렛이 서성거렸던가 기억해 내려 애썼다. 몇 발자국을 걷다가 돌아서는 모습을 나는 지켜보았다. "가끔 나는 그 애가 언어라는 게 대체 뭔지 이해하지 못한다는 생각을 해요. 마치 상징 체계를 전혀 습득하지 못한 아이 같아요. 만사를 구성하는 구조 전체가 빠지고 없는 거죠. 말은 할 수 있지만 단어를 마치 다른 사람들을 자기 마음대로 조종하기 위한 수단처럼 쓰거든요." 바이올렛이 담배 한 개비를 꺼내 불을 붙였다.

"요즘은 담배를 많이 피우는군." 내가 말했다.

바이올렛은 카멜 담배를 빨고 별 일 아니라는 듯 손사래를 쳤다. "그게 다가 아니에요. 마크는 이야기가 없어요."

"당연히 있지." 내가 말했다. "우리 모두 이야기가 있잖아."

"하지만 그 애는 그게 뭔지 몰라요, 레오. 헤이젤딘에서 사람들이 계속 마크한테 자기 이야기를 해 보라고 했어요. 처음에는 이혼에 대한 이야기를 웅얼거리곤 했죠. 친어머니, 친아버지. 상담사가 그를 부추겼어요. 무슨 뜻이지? 설명을 해 봐. 그러자 이렇게 말했어요. '사람들이 다들 이혼이 원인이었을 거라고 하니까, 그렇겠죠 뭐.' 그래서 사람들이 화를 냈어요. 그들은 느끼고 싶어했거든요. 그의 이야기를 말해주길 기대했죠. 그래서 마크는 이야기를 하기 시작했지만, 생각해 보면 중요한 얘기도 별로 없었거든요. 그렇지만 그 애는 울었어요. 그래서 사람들이 굉장히 좋아했죠. 마크는 그들이 원하는 걸 준 거예요. 감정, 또는 감정의 외연. 그렇지만 이야기는 시간 속에서 연결을 하는 게 핵심이잖아요. 그런데 마크는 타임 워프 속에 갇혀 있어요. 앞뒤로 왔다갔다 왕복하게 만드는 역겨운 반복에 갇혀 있다고요."

"부모님 사이를 옮겨다니는 걸 말하는 거야?"

바이올렛은 서성거리던 발걸음을 멈추었다. "모르겠어요." 그녀가 말했다. "이혼한 부모 집을 오가는 아이들은 굉장히 많지만 마크처럼 자라지는 않잖아요. 그럴 리가 없어요." 그녀는 내게 등을 돌리고 창가로 걸어갔다. 허벅지 근처에서 담배가 타들어가게 두고 서 있는 그녀의 몸을 바라보았다. 이제는 몸에 맞지도 않게 되어버린 낡은 청바지를 입고 있었다. 짧은 스웨터와 바지 허릿단 사이에 드러난 맨살을 찬찬히 뜯어보았다. 잠시 후, 나는 일어나서 창가로 걸어갔다. 우리는 침묵 속에 서서 거리를 바라보았다. 담배에서 독한 화학물질 냄새가 났지만 그 연기 너머로 바이올렛의 향수 냄새를 맡을 수 있었다. 그녀의 어깨를 만지고 싶었지만 그러지 않았다. 우리는 정적 속에 서서 거리를 바라보았다. 내리던 비는 이제 그쳤고, 나는 산산이 부서지며 유리창에 미끄러져 떨어지는 굵은 빗방울을 바라보았다. 오른편으로 캐널가의 술집에서 깃털 같은 하얀 연기가 올라오는 광경이 보였다.

"내가 아는 건 그 애가 하는 말은 절대 믿으면 안 된다는 거예요. 지금뿐만이 아니고요. 그 애가 평생 했던 모든 말들을요. 물론 사실인 말도 있겠지만 어느 건지 알아낼 수가 없어서 그렇지." 바이올렛은 눈을 가늘게 뜨고 시내를 내려다보았다.

"마크의 잉꼬 기억하세요?"

"장례식은 기억 나." 내가 말했다.

바이올렛은 입술만 달싹거렸다. 그녀의 다른 부분은 제자리에 그대로 얼어붙은 것 같았다. "새장 문에 끼어서 목이 부러져 있었어요." 몇 초가 지난 후에야 그녀는 똑같이 나지막한 목소리로 말했다. "그 애가 키우던 작은 동물들은 다 죽었어요. 기니피그 두 마리, 하얀 생쥐, 심지어 물고기도요. 물론 그런 일은 흔해요. 작은 애완동물들은 잘 죽으니까. 약해서…."

나는 그녀에게 아무런 대답도 하지 않았다. 내게 질문을 던진 게 아니었으니. 맨홀에서 올라오는 연기가 가로등 불빛에 비추어 아름다웠고, 우리가 지켜보는 사이 그 연기는 뭉게뭉게 피어오르는 우리의 의혹이 빚어내는 지옥의 구름처럼 굽이치며 위로 위로 올라갔다.

사흘 뒤 마크에게서 온 전화 한 통이 내 평생 가장 이상한 여행의 촉매가 되었다. 바이올렛은 아래층으로 내려와서 전화 통화 얘기를 하면서 말했다. "사실인지 알 길은 없지만 테디 자일즈하고 미네아폴리스에 있대요. 자일즈의 가방에 있는 총을 봤는데 자기를 죽일까봐 겁이 난다고 했어요. 왜 그러겠냐고 물었더니 테디가 자기한테 그들끼리 '미'라고 부르던 소년을 죽였고 사체를 허드슨 강에 던졌다고 말했다는 거예요. 마크는 그게 사실이라는 설 알고 있냐고 했어요. 그래서 어떻게 아느냐고 했더니 나한테 말할 수 없대요. 그럼 풍문을 듣고 추궁을 했을 때 왜 거짓말을 했느냐고 물었어요. 왜 경찰에 가서 신고하지 않았느냐고. 그랬더니 무서워서 그랬대요. 그래서 무서운데 왜 자일즈와 함께 달아났느냐고 물었어요. 그 질문에 답은 하지 않고 파인더 갤러리와 클럽에서 소년이 실종되던 날 밤에 대해 캐묻고 다니던 형사 두 사람 이야기를 하기 시작했어요. 자일즈가 경찰을 피해 도망치고 있는지도 모르겠대요. 집으로 돌아오는 비행기 표를 사고 싶으니 돈을 달라는 거예요."

"바이올렛, 마크한테 돈을 보낼 수는 없어."

"알아요. 공항에서 표를 찾을 수 있게 해주겠다고 했어요. 그랬더니 공항까지 갈 돈도 없다고 하더군요."

"비행기 표를 교환할 수도 있어." 내가 말했다. "그걸 써서 어디 딴 데로 갈 수도 있지."

"전 이런 비슷한 경험도 해본 적이 없어요, 레오. 현실 같지가 않아요."

"거짓말인지 아닌지 육감적으로 느껴지는 게 없어?"

바이올렛이 천천히 고개를 저었다. "몰라요. 오랫동안 근저에 뭔가 도사리고 있을까봐 두려웠어요…." 그녀는 숨을 몰아쉬었다. "그게 사실이라면 마크에게 경찰서에 가라고 해야 해요."

"다시 전화를 걸어." 내가 말했다. "내가 만나러 간다고, 그를 데리고 뉴욕으로 돌아올 거라고 말해. 애를 데려올 수 있는 유일한 방법이야."

바이올렛은 소스라치게 놀란 표정이었다. "강의는 어떡하고요, 레오?"

"오늘은 목요일이잖아. 화요일까지는 강의가 없어. 나흘이나 걸리지는 않을 거야."

마크를 데려오는 건 내 일이라고, 하고 싶다고 고집을 피웠더니 결국 바이올렛이 보내주겠다고 했다. 그러나 그 말을 하면서도, 가겠다는 이유가 명료하지 않다는 걸 알고 있었다. 내가 충동적으로 굴고 있다는 사실에 난 흥분이 되었고, 그렇게 스릴 넘치는 내 모습에 도취해 그 모든 일들을 처리했다. 내가 짐을 싸는 동안 바이올렛이 마크에게 전화를 걸어 자정에 호텔 로비에서 나와 만나라고 했다. 내 비행기 편이 도착하고 한 시간 후였다. 그리고 그때까지 사람들 눈에 잘 띄는 데 있으라고 충고했다. 나는 정기적으로 중서부 도시로 날아가서 말 안 듣는 남자애들을 올가미로 묶어 잡아오는 게 일상인 것처럼, 셔츠 한 장, 속옷 한 장, 그리고 양말 한 켤레를 작은 캔버스 가방에 던져 넣었다. 바이올렛을—보통 때보다 더 당당하게—포옹하며 인사를 한 후 곧장 거리로 나가 택시를 잡아타고 공항으로 갔다.

비행기 좌석에 자리를 잡고 앉자마자 마법의 주문은 효력이 떨어지기 시작했다. 무대에서 내려오자마자 공연 내내 다른 사람 노릇을 할 수 있도록 그를 지탱해 주었던 아드레날린이 급속도로 사라진 배우 같았다. 내 옆에 앉은 젊은이의 야전 위장바지를 뚫어져라 바라보고 있자니, 영웅은커녕 돈키호테가 된 기분이었다. 젊은이가 아니라 노인이었다. 그래서 내가 지금 무엇을 향해 날아가고 있나 자문해 보았다. 마크의 이야기는 엽기적이었다. 강물 속에 유기된 시체. 이것저것 캐묻고 다니는 형사들. 여행 가방에 든 총. 이건 다 범죄 소설에서 친숙하게 등장하는 요소들이 아닌가? 자일즈가 자기 예술에서 이런 관습들을 쓰지 않았던가? 자일즈가 상상 속에서 꾸며낸 무슨 관념적 '살인 작품'에서 내가 장기 말이 된 거라면, 말도 안 되는 생각일까? 아니면 내가 자일즈를 실제보다 더 똑똑하게 여기고 있는 걸까? 그때 복도에서 레고 블록이 가득 든 비닐 가방을 꼭 붙들고 있던 둥근 얼굴의 소년이 기억났고, 내가 무기도 없이 살인자일 지 노 모르는 사람과 대면하러 나섰다는 황당한 생각이 불쑥 떠올랐다. 이차피 내가 가진 무기라고는 식칼뿐이었지만 말이다. 그러자 내 책상 서랍에서 뒹굴고 있는 맷의 스위스 아미 나이프 생각이 났다. 마음속에 나이프의 이미지를 품고 있을수록 점점 더 불쾌해졌다. 맷의 방에서 엎드려 있던 어린 마크의 모습을 기억해 냈다. 침대 밑으로 미끄러져 들어갔다가 잠시 후 다시 나타나 그 파란 눈으로 나를 올려다보던 모습. "대체 어디로 갔을까요? 여기 어디 있을 텐데."

미네아폴리스 홀리데이 인의 로비는 유리 엘리베이터와 거대한 곡면의 리셉션 데스크, 그리고 저 멀리 흉한 밤색의 얇은 금속모빌 같은 천정 장식이 있는, 엄청나게 실내가 넓은 공간이었다. 마크를 찾아보았지만 그는 보이지 않았다. 오른편의 카페는 어두웠다. 나는 앉아서 열두 시 반까지 기다렸다. 그리고 호텔 내선을 이용해 1512호에 전화를 걸었지만 아무도 전화를 받지 않았다. 메시지는 남기지 않았다. 마크가 나타나지 않으면 어떻게 해야 할까? 데스크 직원에게 가서 마크 웩슬러라는 손님에게 메시지를 남길 수 있을지 물어보았다.

나는 남자의 손가락이 글자를 컴퓨터에 입력하는 모습을 지켜보았다. 그는 고개를 저었다. "그런 이름의 손님은 안 계십니다."

"자일즈로 해 보세요." 내가 말했다. "테디 자일즈."

남자가 고개를 끄덕였다. "여기 있네요. 1512호에 계시는 테오도어 자일즈님 부부. 메시지를 남기고 싶으시면 여기 내선 전화를 쓰시면 됩니다." 그는 왼쪽을 가리켜 고갯짓을 했다.

고맙다고 인사를 하고 아까 앉아있던 자리로 돌아갔다. 부부? 자일즈가 여장을 했나 보군, 나는 생각했다. 이 모든 게 다 사기극이라도, 그걸 계속하려면 마크가 나와서 나와 만났어야 하는 게 아닌가? 다음 행동을 고민하고 있는데 시야 한켠에 아주 키가 큰 젊은 여자가 들어왔다. 로비를 가로질러 재빨리 문쪽으로 걸어가고 있었다. 얼굴은 보이지 않았지만 아름다운 여자들 특유의 당당하고 자의식적인 걸음걸이가 눈에 띄었다. 나는 고개를 돌리고 그녀를 보았다. 모피 컬러가 달린 블랙 롱코트와 굽이 낮은 검은 부츠를 신고 있었다. 그녀가 길거리로 이어지는 회전문으로 들어가자 한순간 옆얼굴이 보였는데, 내가 아는 사람이라는 오싹한 느낌을 받았다. 문이 돌아가자 긴 금발이 바람에 찰랑거렸다. 나는 벌떡 일어났다. 확실히 나는 그 여자를 알았다. 최대한 발걸음을 재촉해서 문 쪽으로 걸어가는데 밖에서 대기하고 있는 녹색과 흰색의 택시가 눈에 띄었다. 뒷문이 열리면서 자동차의 실내등 불빛이 뒷좌석에 앉은 남자의 얼굴을 비추었다. 자일즈였다. 여자가 옆좌석에 들어가 앉았다. 자동차 문이 쾅 하고 닫혔고, 그 소리와 함께 나는 방금 본 것의 정체를 파악했다. 마크였다. 젊은 여자는 마크였다.

나는 차가운 밤공기 속으로 황급히 뛰쳐나가 움직이는 택시를 향해 손을 흔들며 "멈춰!"라고 외쳤다. 택시는 호텔 입구를 벗어나 도로로 나가 버렸다. 다른 택시는 한 대도 없었기에 나는 돌아서서 다시 안으로 걸어 들어왔다.

그날 밤 묵을 방을 잡고 직원에게 편지 한 장을 남겼다. "마크야." 나는 이렇게 썼다. "뉴욕으로 돌아오는 문제에 대해서는 마음을 달리 먹은 것 같구나. 내일 아침까지는 여기 있겠다. 집으로 돌아오는 비행기 표를 원한다면 내 방으로 전화해라. 7538호다. 레오."

녹색 카펫이 깔려 있고 퀸사이즈 침대 두 개에 주황색과 녹색 꽃무늬 이불이 깔려 있었다. 창문은 아무리 해도 열리지 않았고, 엄청나게 커다란 텔레비전이 있었다. 색깔 때문에 기분이 우울해졌다. 아주 늦은 시각이라도 전화를 하겠다고 바이올렛과 약속을 했기 때문에, 수화기를 들고 그녀의 번호를 돌렸다. 한 번 울리자 그녀가 전화를 받았고 내가 사정을 설명하는 동안 아무 말 없이 들었다.

"전부 다 거짓말이었을까요?" 그녀가 말했다.

"모르겠어. 그러면 왜 나를 보고 이 먼 데까지 오라고 했을까?"
"혹시 덫에 걸린 느낌을 받았는데 빠져나올 길을 모르는 지도 몰라요. 아침에 전화해 주시겠어요?"
"그럼."
"제가 정말 좋은 분이라고 생각하는 거 아시죠?"
"그 말을 들으니 기쁘군."
"저 혼자였다면 어떻게 살았을지 모르겠어요."
"잘 살았을 거야." 내가 말했다.
"아뇨, 그렇지 않아요, 레오. 덕분에 제가 정신을 차리고 사람 구실을 한 거예요."
한 1~2초쯤 가만히 있다가 내가 말했다. "그건 내 쪽도 마찬가지야."
"그렇게 생각하신다니 기뻐요." 그녀가 부드럽게 말했다. "눈을 좀 붙여 보세요."
"잘 자, 바이올렛."
"안녕히 주무세요."
바이올렛의 목소리 때문에 마음이 심란했다. 미니바를 뒤져 아주 작은 스카치 병을 꺼내 텔레비전을 켰다. 한 남자가 거리에 죽어 자빠져 있었다. 채널을 돌렸다. 부풀린 머리스타일의 여자가 재료 다지는 기계를 선전하고 있었다. 엄청나게 큰 전화번호가 그녀 머리 위에 걸려 있었다. 마크의 전화를 기다리며 스카치 한 잔을 더 마시고 〈신체 강탈자의 침입 Invasion of Body Snatchers〉이 거의 끝나갈 무렵 케빈 매카시가 고속도로에서 맹목적으로 달리고 있고 변환포드들로 가득 찬 트럭들이 끽끽 타이어 소리를 내며 그 곁을 스쳐가는 장면에서 잠들었다. 전화벨이 울렸을 때는 몇 시간 동안 자면서 호주머니에 알약을 가득 넣고 다니는 금발의 사내에 대한 꿈을 꾸었다. 그 남자가 꺼내어 내게 보여준 알약들은 손바닥에서 하얀 벌레들처럼 꿈틀거리고 있었다.

나는 시계를 보았다. 여섯 시가 넘었다.

"테디입니다."

"마크 바꿔요."

"자일즈 부인은 주무시고 계시는데요."

"깨워요." 내가 말했다.

"그녀가 이 메시지를 전해 달라고 하네요. 준비 됐습니까? 갑니다. 아이오와 시티. 알아들었어요? 홀리데이 인, 아이오와 시티."

"그 방으로 내려가겠소." 내가 말했다. "1~2분 마크를 좀 보기만 하면 됩니다."

"그녀는 호텔에 없어요. 여기 있어요. 우리는 공항에 있습니다."

"마크가 당신과 아이오와로 간다고요? 아이오와에 뭐가 있는데?"

"우리 어머니의 무덤이죠." 자일즈가 끊었다.

아이오와 시티 공항은 인적 없고 황량했다. 파카 차림의 여행객 여남은 명이 복도를 따라 수트케이스를 굴리며 걸어갔고, 나는 사람들이 다 어디 갔을까 궁금했다. 결국 콜택시를 부르고 얼음처럼 시린 바람을 맞으며 20분쯤 기다려야 했다. 미네아폴리스 체크인 카운터의 여자는 테오도아 자일즈와 마크 웩슬러가 그 날 아침 7시에 출발한 승객 명단에 있는지 알아봐 주기를 거부했다. 공항에서 바이올렛에게 전화했을 때, 그녀는 집으로 오라고 했지만 나는 싫다고, 계속 가보고 싶다고 말했다. 택시 차창으로 밖을 내다보며 왜 그랬을까 생각했다. 아이오와는 평평하고 갈색이었으며 쓸쓸했다. 우중충하고 나무도 별로 없는 평원에 변화를 주는 거라곤

광막하게 깔린 하늘 아래로 군데군데 눈이 녹지 않고 쌓여 있는 지저분한 땅뙈기들이 다녔다. 저 멀리 농장이 하나 보였는데 회색 사일로가 평지에서 불쑥 튀어나와 있었다. 그래서 나는 앨리스가 건초 더미에서 경기를 일으켰던 일을 떠올렸다. 내가 여기서 찾고자 하는 건 무엇일까? 마크에게 뭐라고 말할까? 팔다리가 쑤셨다. 목에 담이 들어서 고개를 돌릴 때마다 아팠다. 창밖을 내다보려면 온몸을 돌려야 해서 허리에 부담이 심했다. 면도도 하지 않았고, 그날 아침에 보니 바짓단에 얼룩이 져 있었다. 너는 늙은 폐인이야, 나는 스스로에게 말했다. 그러나 이 모든 일에서 여전히 뭔가 원하는 게 있어. 자아에 대한 어떤 관념. 일종의 구원. '구원'이라는 말이 떠오른 데는 이유가 있을 텐데, 나로서는 이해가 되지 않았다. 어째서 나는 늘 내 생각의 근저에 시체 한 구가 도사리고 있다는 느낌을 받았던 걸까? 내가 알지도 못하는 소년, 단 한 번밖에 보지 못한 소년. 심지어 그 애의 이목구비를 제대로 묘사하라면 그럴 수나 있을까? 라파엘을 찾아 아이오와로 온 걸까? 그 애 이름 역시 "나Me"였다. 자문을 하고도 답을 할 수 없었다. 새로운 경험은 아니었다. 무언가를 깊이 생각하면 그럴수록 내 마음의 동굴에서 피어오르는 증기처럼 휘발해 버리는 것만 같았다.

아이오와 시티 홀리데이 인은 퀴퀴하고 습한 냄새가 났다. 뉴욕에 처음 이사 와서 얼마 되지 않아 수영 강습을 하러 다녔던 YMHA의 수영장도 똑같은 냄새가 났다. 데스크 건너 짜글짜글한 노란 곱슬머리를 한 비만한 여자를 살펴보고 있는데, 도약할 때마다 공명하던 다이빙 보드와 라커룸의 침침한 불빛 속에서 다리를 타고 미끄러져 벗겨지던 수영복의 감촉이 기억났다. 보이지 않는 수영장 물이 사방 벽과 카펫과 의자에 덮어씌운 천마다 스며들어 적신 것처럼, 온 로비가 염소 표백제 냄새에 흠뻑 절어 있었다. 여자는 커다란 분홍과 오렌지색 꽃을 수놓은 터키색 스웨터를 입고 있었다. 어떻게 질문을 구성해야 하는 건지 아리송했다. 젊은 남자 둘에 대해 물어봐야 하는 걸까, 아니면 창백하고 마른 남자와 키 큰 금발 여인의 행방을 물어야 할까? 나는 그들의 이름을 그대로 쓰기로 했다.

"웩슬러는 있네요." 그녀가 말했다. "윌리엄과 마크."

나는 바닥을 바라보았다. 그 이름들을 들으니 마음이 아팠다. 아버지와 아들.

"지금 객실에 있습니까?" 그녀에게 물었다. 내 눈길은 거대한 오른쪽 유방 위에 달고 있는 핀에 고정되어 있었다. '메이 라센'이라고 쓰여 있었다.

"한 시간 전에 퇴실하셨습니다."

내 쪽으로 몸을 기울이는 걸 보니 메이 라센의 호기심이 동했다는 걸 알 수 있었다. 정신을 바짝 차리고 신중하게 눈빛을 번득거리는 연청색의 눈을 나는 못 본 척했다. 나는 방을 하나 달라고 했다.

그녀는 내 신용카드를 찬찬히 뜯어보았다. "손님께 메시지를 남기고 갔어요." 그녀는 내게 방 열쇠와 봉투 한 통을 주었다. 그녀에게서 멀찌감치 떨어져서 편지를 읽었지만, 봉투를 뜯는 순간에도 나를 바라보는 눈길이 느껴졌다.

사랑하는 레오 삼촌,
이제 우리 모두 여기 있네요. Me 1, Me 2, Me 3. 공동묘지로 갑니다.

사랑을 엄청 담아서,
〈'여자-괴물'과 동행〉

마크와 자일즈의 대화를 주워들었는데 쇼핑을 간다고 하더라고 내게 말해준 건 메이 라센이었다. 그리고 겨우 몇 블록 밖에 떨어져 있지 않은 쇼핑몰까지 가는 길을 가르쳐 준 사람도 그녀였다. 애초에 호텔에서 나오지 말았어야 했지만, 로비에 앉아 있어야 한다니, 그것도 몇 시간 동안이나 라센 부인의 감시의 눈길을 받으며 기다린다니 도저히 있을 수 없는 일 같았다. 배회하다 보니 작은 인도를 걷고 있었다. 고풍스러움에 대한 새로운 미국적 기준에 따라 리노베이션을 한 지역이었다. 나는 매력적인 벤치들, 작고 헐벗은 나무들, 카푸치노와 라테와 에스프레소를 광고하고 있는 가게들을 바라보았다. 그 길 끝에서 왼쪽으로 돌자 금세 쇼핑몰을 찾을 수 있었다. 문으로 들어가니 진열장 꼭대기에 앉아 있는 기계 산타가 나를 반겨주었다. 허리를 굽히고 내게 뻣뻣하게 손을 흔들었던 것이다.

그 장소에 내가 얼마나 오래 있었는지 잘 모르겠다. 진열대에 걸려 있는 나긋나긋한 드레스와 색색의 셔츠들과 내 양모 코트보다 훨씬 따스해 보이던 통통한 다운 파카들을 헤치고 배회하면서. 번쩍거리는 형광 조명들은 이 상점 저 상점 엿보며 헤매는 내 머리 위에서 부르르 전율하는 것 같았다. 상점들은 하나같이 미국의 다른 도시 어디에나 있는 익숙한 프랜차이즈였다. 뉴욕에도 이런 상점들이 있지만 갭에서 탈보트를 지나 에디바우어로 옮겨 다니며 탑처럼 높이 쌓여 있는 상품들 너머로 행여 마크와 자일즈가 보일까 이제나 저제나 기다리고 있자니, 새삼스럽게 외국인이 된 느낌이 들었다. 미국 중부의 허허로운 평원에서는 빛나는 체인스토어들이라도 뉴욕시에서는 통째로 집어삼켜지기 마련이다. 맨해튼이라면 저런 깔끔한 로고들은 간판을 내리지도 못한 수천 개의 죽은 사업체들이 걸고 있는 빛바랜 광고들과 경쟁해야 하고, 거리의 시끄러운 소음과 연기와 쓰레기와 맞서야 하고, 수백 가지 다른 언어로 대화하고 소리지르는 사람들 말소리와 싸워 이겨야 한다. 뉴욕에서는 누가 뭐래도 폭력적인 사람이 눈에 띈다. 벽에 대고 유리병을 깨는 건달, 우산을 들고 비명을 지르는 여자. 그러나 그날 오후 이 거울 저 거울에 비치는 내 자신의 모습을 보았을 때, 내 생김새가 갑자기 낯설게 보였다. 아이오와 주민들에게 둘러싸인 나는 영양과잉의 이방인들 무리 가운데 방황하는 초췌한 유태인 같았다. 그리고 박해 증후군의 초기 증세가 도지기 시작하면서, 한편으로는 묘지며 묘석이며, 자일즈의 죽은 어머니며, 대명사의 말장난—Me too/Me 2(나 역시/미 2)—과 금발의 가발을 쓰고 버젓하게 여자 행세를 하고 다니는 마크를 비롯한 다른 생각들도 뇌리를 떠나지 않았다. 갑자기 피로감이 엄습했다. 허리가 아파서 거리로 나가는 출구를 찾았다. 나는 브래지어들이 흘러넘치고 있는 플라스틱 통 옆을 절뚝거리며 지나쳤는데, 그러다 욕지기가 치미는 바람에 멈춰서야 했다. 한순간 입속에 토사물의 맛이 느껴졌다.

질긴 스테이크와 프렌치 프라이 한 바구니를 먹은 후 호텔로 돌아왔더니 메리 라센이 또 쪽지를 건네주었다.

어이, 레오!
새로운 지점: 내쉬빌의 오프릴랜드 호텔. 오지 않는다면 마크를 우리 어머니한테 보내버리겠다.

당신의 친구이자 팬,

T.G.

아직도 나는 가끔 밤에 여전히 오프릴랜드 호텔 복도를 배회하고 있다.

아직도 엘리베이터를 타고 새로운 층으로 가고 아치형 유리 지붕 아래로 우거진 밀림을 헤치며 걷고 있다. 뉴올리언즈나 사바나나 찰스턴 비슷하게 만들어 놓은 축소판 마을들을 지나친다. 흐르는 물 위로 지어진 다리들을 건너고 에스컬레이터를 타고 올라갔다 내려갔다 다시 올라가면서 베이유 동의 149872 호를 항상 찾아 헤맨다. 찾을 수가 없다. 지도도 있고 데스크의 젊은 여자가 쉽게 길을 찾을 수 있도록 그려준 선을 살펴봐도 도저히 이해할 수가 없다. 그리고 든 게 거의 없는 내 가방은 어깨 위에서 점점 더 무거워지기만 한다. 허리 통증은 척추를 타고 올라오고, 가는 데마다 컨트리음악이 들려온다. 수수께끼의 틈새와 모퉁이에서 흘러나오는 음악은 절대 멈추지 않는다. 그 호텔의 주마등처럼 획획 변하는 실내는 그곳에서 내게 일어난 일과 따로 생각할 수가 없다. 그 엉터리없는 건축은 내 심리상태를 반사하는 메아리였기 때문이다. 나는 반듯한 자세를 잃어버렸고, 그와 함께 내면의 지리 속에서 듬직하게 길을 인도하던 랜드마크들도 사라져 버렸다.

아이오와 시티를 떠나는 마지막 비행기 편을 놓쳐 결국 하룻밤을 묵을 수밖에 없었다. 아침에 나는 미네아폴리스로 다시 날아가 그날 오후 내쉬빌 행 비행기를 또 탔다. 내 자신에게도, 또 전화로 바이올렛에게도, 추적을 계속하는 건 자일즈가 편지에서 마크를 위협했기 때문이라고 말했다. 그러나 나는 지금 내가 말도 안 되는 방법을 쓰고 있다는 걸 알았다. 미네아폴리스에서 나는 마크와 자일즈의 호텔방 밖에 앉아 기다릴 수도 있었다. 아이오와 시티에서도 똑같이 할 수 있었다. 그러나 오히려 나는 한 장소에 쪽지를 남겨두고 다른 장소에서 쇼핑몰을 구경하고 다녔다. 그들을 굳이 찾고 싶지 않다는 듯 행동했던 것이다. 게다가 그때마다 자일즈는 내가 쫓아오는 게 즐거워 죽겠다는 눈치였다. 전화 통화나 쪽지에서도 불길한 느낌과 추파를 교묘하게 뒤섞어 놓고 있었다. 자일즈는 경찰을 전혀 걱정하지 않는 듯 보였다. 그렇다면 다음 행동을 공포할 리가 없지 않는가? 그리고 마크가 자일즈로부터 해를 입을 위험은 전혀 없어 보였다. 친구인지 연인인지 모르지만 자발적으로 그와 함께 이 비행기 저 비행기를 타고 돌아다니고 있었으니까.

오프릴랜드 호텔의 긴 데스크―에 앉아 있던 젊은 여자는 녹색의 펜으로 무수한 동들의 지도를 따라 그려주고 "세계 최대의 호텔에 오신 것을 환영한다"고 세 번째로 내게 인사를 건넸을 무렵에는 이미 완전히 함정에 빠졌다는 생각이 들었다. 한 시간 반이 지나서야 나는 간단하게 '빌'이라고만 적혀 있는 이름표를 단 녹색 유니폼의 나이 지긋한 남자의 도움을 받아 내 방을 찾았다. 윌리엄은 흔한 이름이었지만 그 가슴에 새겨져 있던 네 글자를 보자 마음이 불편하게 흔들렸다.

마크에게 전할 쪽지를 써서 데스크에 맡기고 또 음성메시지도 남겼다. 그리고 몇 마일을 걷더라도 마크의 방까지 가서 그와 자일즈가 돌아올 때까지 기다리기로 결심했다. 그러나 레스토랑과 부티크가 끝없이 펼쳐진 그 풍광 속을 헤치고 가야 한다는 생각만 해도 속이 메슥거렸다. 속이 좋지 않았다. 이제 허리만 쑤시고 아픈 게 아니었다. 잠을 제대로 자지 못해서 둔탁하고 끈질긴 두통이 관자놀이에 묵직한 추처럼 걸려 있었다.

지나치게 잘 차려입은 인형들과 봉제 곰 인형들이 잔뜩 쌓인 상점들을 끝도 없이 지나쳐 걸어가다가 나는 희망을 잃었다. 이제 와서 마크를 찾는 게 별 의미가 없는 것처럼 느껴졌고, 자일즈는 자기가 보낸 메시지가 내가 평생 보아온 그 어떤 인공물과도 비교할 수 없는 작위적인 인공물의 미로 속으로 밀어 넣게 될 거라는 사실을 알았을까 궁금했다. 터벅터벅 계속 발을 옮기며 나는 어떤 가게에 진열된 로렐과 하디의 가면, 엘비스프레슬리의 고무 복제, 그리고 마릴린 먼로가 치마를 휘날리고 있는 그림이 새겨진 머그잔들을 여럿 보았다.

그로부터 불과 1분 후 나는 바로 아래층에서 에스컬레이터를 타고 올라오고 있는 마크와 자일즈를 보았다. 그들을 소리쳐 부르는 대신 나는 작은 조지아 저택풍의 기둥 뒤에 숨어 지켜보았다. 겁쟁이에 멍청이가 된 기분이었지만 함께 있는 두 사람의 모습을 관찰하고 싶었다. 두 사람 다 남자 옷을 입고 있었다. 그들은 편안해 보이는 모습으로 서로를 보고 웃었으며, 영락없이 실없는 장난을 치는 평범한 젊은이들이었다. 움직이는 계단 위에 서 있는 마크는 한쪽 골반을 내밀고 서 있었고 그가 자일즈에게 던지는 말이 내 귀에 들려왔다. "이런 개들은 굉장히 거칠지. 그런데 그 세일즈맨 엉덩이 봤어? 펑퍼짐한 엉덩짝이 1마일은 되는 거 같더라."

숨이 턱 막혔던 건 마크의 말 때문이 아니었다. 그 어투, 그 억양, 그 목소리의 음색이 내게 생판 낯설었기 때문이었다. 오랜 세월 동안 마크가 카멜레온처럼 색채를 바꾸는 걸 보아왔고, 자기가 처한 상황에 따라 변신하는 걸 알고 있었지만, 그 미지의 목소리를 막상 듣게 되자 그토록 오래 내 마음속에 도사리고 있던 불안이 공포의 확증을 얻은 것 같아, 한편으로는 움찔하면서도 다른 한편으로는 전율 같은 승리감이 덮쳐왔다. 정말로 그가 다른 사람이라는 증거가 있었다. 나는 기둥 뒤에서 나서며 말했다. "마크."

두 사람이 돌아서서 나를 응시했다. 그들은 진심으로 놀란 눈치였다. 자일즈가 먼저 정신을 차리고 내게로 성큼성큼 걸어와 내가 선 자리에서 불과 몇 인치 떨어지지 않은 곳에 멈춰 섰다. 그는 얼굴을 내 얼굴에 바짝 들이대었고, 생각할 겨를도 없이 나는 그 친밀한 몸짓을 피해 고개를 뒤로 뺐다. 그러나 금세 나는 실수였다는 걸 깨달았다. 자일즈가 씩 웃었다.

"허츠버그 교수님." 그가 말했다. "무슨 용건으로 내쉬빌까지 행차를 하셨나이까?" 그가 오른손을 내밀었지만 난 잡지 않았다. 자일즈가 창백한 얼굴을 내 코앞에 계속 들이밀고 있는 새 적당한 응대를 찾으려 애썼지만 아무것도 생각나지 않았다. 자일즈는 나 스스로 묻고 있던 질문을 던졌던 것이다. 어째서 내쉬빌까지 왔는지 나도 몰랐다. 마크를 바라보니, 자일즈 뒤로 서너 피트 뒤에 서 있었다.

자일즈는 계속해서 나를 뜯어보았다. 고개를 모로 꼬고 대답을 기다리고 있으면서, 자일즈가 왼손은 계속 호주머니에 넣고 그 속의 뭔가를 만지작거리고 있는 게 눈에 띄었다. "마크와 얘기를 해야 되겠소." 내가 말했다. "단 둘이서."

마크의 고개가 푹 떨구어졌다. 마크는 불행한 아이처럼 발가락을 안쪽으로 모으고 서 있었다. 잠시 무릎에 힘이 빠지는 것처럼 흔들리다 다시 정신을 추스르고 반듯하게 섰다. 나는 그가 약기운에 취해 있다고 생각했다.

"그럼 두 분이 말씀을 나누게 해 드리죠." 자일즈가 유쾌하게 말했다. "뭐 상상이 가시겠시만 이 호텔은 세 작품에 풍요로운 영감의 원천이거든요. 너무나 많은 예술가들이 미국의 상업이라는 비옥한 땅을 까맣게 잊고 있어요. 전 아직 감상할 게 많이 남아서요." 그는 미소를 짓더니 손을 흔들고 복도를 따라 걷기 시작했다.

오르필랜드 호텔에서 마크와 이야기를 나눈 지 4년이 지났다. 우리는 '러브코너'라는 카페에서 한가운데 커다란 하얀 하트 모양이 그려져 있는 작고 빨간 금속 테이블에 앉았다. 그가 내게 한 이야기는 앞으로도 오랜 세월 곱씹게 되겠지만, 아직도 어떻게 해석해야 할지 갈피를 잡을 수가 없다.

마크는 내가 익히 아는 표정을 하고 턱을 치켜들어 나를 보았다. 순진한 슬픔으로 커다랗게 뜬 눈에 입술은 아주 어렸을 때부터 잘 써먹어 왔던 식으로 뾰루퉁하니 오므려 내밀고 있었다. 얼굴 표정의 레퍼토리가 이제 줄어들고 있는 건가 궁금해졌다. 온갖 다채로운 표정을 꾸며내는 재주를 잃어버린 게 아니면 마약 때문에 연기가 취약해졌을 것이다. 나는 회한의 가면을 뚫어져라 바라보다 고개를 절레절레 저었다.

"네가 이해하는 것 같지가 않다, 마크야." 내가 말했다. "그런 표정을 짓기에는 때가 너무 늦었어. 에스컬레이터에서 다 들었다. 네 목소리를 들었어. 내가 아는 목소리가 아니더구나. 그 말소리를 내가 못 들었다 쳐도 네 그런 얼굴은 이미 수천 번도 더 본 적이 있어. 그건 네가 마음을 아프게 한 어른들을 위한 표정이지만, 이제 너는 세 살짜리 아이가 아니다. 너는 어른이야. 그런 강아지 같은 얼굴은 어울리지 않아. 아니 그 정도가 아니다. 딱해서 봐줄 수가 없어."

마크는 찰나 놀란 눈치였다. 그러더니 마치 명령에 따르듯이 그의 얼굴 표정이 바뀌었다. 입술을 쑥 집어넣자 갑자기 얼굴생김새가 훨씬 더 성숙해 보이는 것이었다. 표정을 그렇게 쉽게 바꾸는 건 그의 입장에서 보면 실수였고, 나는 갑자기 우위를 점한 기분이 되었다.

"힘들 테지." 내가 말했다. "그렇게 수많은 얼굴들, 수많은 거짓들을 바꿔 가며 살다니. 너도 참 안 됐다. 바이올렛이 너한테 돈을 보내게 하기 위해서 총이며 살인 이야기 따위를 꾸며내야 하다니. 바이올렛을 무슨 바보로 보는 거냐? 네가 그간 한 짓이 있는데 바이올렛이 돈을 송금해 줄 거라고 정말 믿었단 말이냐?"

마크는 눈길을 내리깔고 테이블을 보았다. "꾸며낸 이야기 아니에요." 그는 내가 잘 아는 목소리로 말했다.

"못 믿겠다."

마크는 눈을 들었지만 턱은 그대로 있었다. 파란 홍채가 감정으로 일렁이고 있었다. 그 표정도 알아볼 수 있었다. 내가 그 표정에 얼마나 속고 또 속았던가. "테디가 자기 짓이라고 그랬어요. 자기가 그 애를 죽였다고."

"그렇지만 그건 헤이젤던에 가기 전에도 마찬가지였잖아. 이제 와서 왜 테디하고 도망을 친 거냐?"

"나한테 같이 가자고 했는데 무서워서 거절을 못 했어요."

"거짓말이야."

마크는 강경하게 고개를 흔들었다. "아니에요!" 그 목소리는 살짝 비명이 섞여 있었다. 세 테이블 건너 한 여자가 그 소리에 고개를 돌렸다.

"마크." 나는 아주 낮게 목소리를 깔고 말했다. "네 말이 얼마나 끔찍하게 미친 소리로 들리는지 알고 있니? 미니애폴리스에서 나와 집으로 돌아갈 수도 있었어. 널 집에 데리러 가려고 거기까지 갔잖니." 난 잠시 말을 끊었다. "가발을 쓴 너를 봤다. 네가 그와 함께 택시에 들어가는 걸 봤어…." 마크가 비웃음을 머금고 어깨를 으쓱하자 나는 하던 말을 멈췄다.

"왜 웃는 거냐?"

"몰라요. 아저씨는 꼭 내가 무슨 드랙퀸이나 그런 거나 되는 것처럼 말씀하시네요."

"글쎄다, 그게 아니면 대체 뭐냐? 너하고 테디가 애인이 아니라는 거냐?"

"그저 짜릿하게 재미나 보려고 하는 거예요. 전혀 심각한 게 아니라고요. 전 게이가 아니에요. 다만 테디하고만…."

나는 마크의 얼굴을 세심하게 관찰했다. 약간 민망해하는 정도지, 그 이상의 감정은 보이지 않았다. 나는 앞으로 상체를 기울였다. "살인자라고 생각하고 무섭다고 우기면서 또 그 사람하고 야반도주를 하고 한쪽에서 재미나 보는 건 대체 어떤 종류의 인간이냐?"

마크는 내 말에 대답하지 않았다.

"그 사람은 네 아버지의 작품을 망가뜨렸어. 그게 마음에 걸리지도 않니? 네 초상화였단 말이다, 마크."

"그건 내가 아니었어요." 그는 뾰루퉁한 목소리로 말했다. 눈빛이 텅 비어 있었다.

"아니, 너였어." 내가 말했다. "대체 무슨 소리냐?"

"나처럼 생기지 않았어요." 그가 말했다. "못 생겼단 말이에요."

나는 아무 소리도 하지 않았다. 초상화에 대한 마크의 적대감이 산들바람처럼 나를 휩쓸고 지나갔다. 덕분에 모든 게 달라졌다. 그게 자일즈의 동기에도 영향을 미쳤을까 알고 싶었다. 자일즈는 마크의 감정을 알고 있었을 것이다.

"엄마는 그 그림을 꽁꽁 싸매서 헛간에 처박아뒀어요. 엄마도 그 그림을 좋아하지 않았어요."

"알겠다." 내가 말했다.

"그게 뭐 그렇게 대단한 일인 줄 모르겠어요. 아빠가 그린 그림은 수도 없이 많잖아요. 그건 그저 한 장…."

"네 아버지 기분이 어땠을지 상상이나 해 봐라." 내가 말했다.

마크는 고개를 저었다. "심지어 곁에 있는 것도 아닌데요."

"곁에 있는"이라는 말이 불을 당겼다. 마크의 얄팍하고 죽은 눈을 들여다보고 아버지의 죽음에 대한 그 멍청한 은유를 듣고 있자니 미칠 듯 화가 치밀었다. "그 그림은 지금 너보다 나아, 마크. 넌 과거에도 그랬고 앞으로도 그만큼 훨씬 현실적이고 생생하고 강력할 수 없을 거야. 추한 건너지 그림이 아니야. 너는 추하고 공허하고 차가워. 너 같은 인간을 아버지는 증오했을 거다." 나는 씨근씨근 코로 시끄럽게 숨소리를 내고 있었다. 분노에 완전히 압도되고 말았다. 나는 다시 마음을 다스리려고 애를 썼다.

"레오 삼촌," 마크가 앓는 소리를 냈다. "그건 너무 가혹해요."

꿀꺽 침을 삼켰다. 얼굴이 덜덜 떨리고 있었다. "그래도 사실이다. 내가 아는 한, 진실은 그것뿐이야. 네가 한 말 중에 하나라도 사실인지 난 알 수가 없다. 그렇지만 네 아버지가 널 부끄러워할 거라는 건 알아. 네 거짓말은 심지어 앞뒤가 맞지도 않아. 합리적이지도 않고. 멍청해. 진실이 더 수월한 법이다. 어디 이번 한 번만이라도 진실을 말해보는 게 어떠냐?"

마크는 차분했다. 내 분노에 오히려 흥미를 느끼고 빨려드는 것 같았다. "사람들이 진실을 좋아할 것 같지가 않아서요."

나는 마크의 오른 손목을 움켜쥐고 힘을 주기 시작했다. 그 손아귀에 전력을 쏟으며 소스라친 마크의 눈동자를 들여다보니 잘 했다는 생각이 들었다. "그럼 지금이라도 진실을 말해 보지 그래?" 내가 말했다.

"아파요." 마크가 말했다.

그의 수동성은 경악스러웠다. 어째서 나를 떨쳐버리지 않는 걸까? 압력을 유지하면서 나는 그를 윽박질렀다. "지금 말하라고. 오랜 세월 동안 가짜 행세를 해 왔잖아, 안 그래? 맷의 나이프를 훔치고 찾는 척하고, 맷이 칼을 잃어버린 게 속상한 척 했어." 나는 마크의 다른 쪽 손목을 잡았는데 너무 세게 쥐는 바람에 섬광같은 통증이 목을 훑고 지나갔다. 나는 마크의 목울대와 부드럽고 빨간 입술과 살짝 납작한 코를 뚫어져라 바라보았다. 루실의 코와 똑같았다. "너는 맷까지 배반했어."

"아프다구요." 그가 앓는 소리를 냈다.

나는 손에 더 힘을 주었다. 그런 힘이 내게 있는 줄도 몰랐다. 정신을 차리고 보니 나는 숨이 턱에 차게 헐떡거리고 있었지만, "널 아프게 하려는 거다"라는 말이 신음처럼 내 입에서 새어나오는 소리를 듣는 것만으로도 머릿속에서 날아가는 듯 가벼운 감각이, 텅 비고 자유로워진 듯 강렬한 쾌감이 솟구치는 것이었다. "분노로 눈이 먼다"는 구절을 기억해낸 나는 마음속으로 생각했다. 그건 틀렸어. 마크의 얼굴에 드러나는 통증의 미묘한 뉘앙스 하나하나가 나를 취하게 만들었다.

 "이제 그 손 놓아주쇼." 남자의 목소리에 나는 소스라치게 놀랐다. 마크의 손목을 툭 떨어뜨리고 올려다보았다.

 "여기서 대체 무슨 일이 어떻게 되고 있는지는 모르겠소만, 당장 그만두지 않으면 경비를 불러서 끌어낼 겁니다." 구근처럼 두툼한 코에 분홍색 피부의 남자는 앞치마를 두르고 있었다. "괜찮아요." 마크가 말했다. 이번에는 순진한 표정을 선택해서 띠고 있었다. 나는 파르르 떨리는 그의 입술을 바라보았다. "이제 전 괜찮습니다, 정말이에요."

 남자는 마크의 얼굴을 보고 그의 어깨에 손을 얹었다. "정말이냐?" 그러더니 그는 나를 보았다. "저 애한테 한번만 더 손을 대면 내가 당신 머리를 날려버릴 거요. 알겠소?"

 나는 말하지 않았다. 눈에 모래가 들어간 것 같아서 식탁 상판만 내려다보고 있었다. 팔이 아팠다. 똑바로 앉으려고 하는데 칼로 지지는 듯한 통증이 척추를 타고 솟구쳐 올라왔다. 마크의 손목을 움켜쥐고 있다가 허리를 심하게 삔 모양이었다. 제대로 움직이기조차 힘들었다. 반면 마크는 멀쩡해 보였다. 그가 말하기 시작했다.

 "가끔 내가 어딘가 잘못됐다는 생각이 들어요. 어쩌면 미쳤는지도 모른다고요. 전 사람들이 나를 좋아했으면 좋겠어요. 어쩔 수가 없어요. 가끔은 헛갈릴 때도 있어요. 전혀 다른 장소에서 전혀 다른 사람들을 만났는데 그들을 모두 같은 파티장에서 만나게 되면 어떻게 행동해야 할지 모르겠잖아요, 그런 것처럼. 굉장히 헛갈린다고요. 제가 맷을 좋아하지 않았다고 생각하시는 건 알지만 그건 잘못 생각하신 거예요. 난 맷을 정말 많이 좋아했어요. 제일 친한 친구였다고요. 그저 나이프를 갖고 싶었을 뿐이에요. 개인적인 감정도 아니고 아무것도 아니었어요. 그냥 가져간 거예요. 이유는 모르겠지만 도둑질하면 좋더라구요. 어렸을 때 가끔 싸울 때가 있잖아요. 그러면 맷은 굉장히 슬퍼하고 울면서 '미안해, 마크. 용서해 줘! 용서해 줘!' 그렇게 말하곤 했어요. 좀 웃겼어요. 하지만 나는 왜 그렇지 않은지 이상하게 생각했던 기억은 나요. 나는 전혀 미안하지 않았거든요."

자세를 바로 잡고 그 애를 보려고 애썼다. 구부정하니 엎드려 있으면서도 간신히 눈길을 들어 마크의 얼굴을 올려다보았다. 텅 빈 표정만큼이나 텅 빈 말투로 그는 이야기를 계속했다. "내 머릿속에 목소리가 있어요. 나는 들리는데 다른 사람은 아무도 못 들어요. 사람들이 좋아할 리가 없으니까, 그 사람들한테는 다른 목소리로 말해요. 테디는 나에 대해 알아요. 왜냐하면 우리는 똑같으니까. 그가 유일한 사람인데, 심지어 그와 함께 있을 때도 그 목소리는, 내 머릿속에 있는 그 목소리는 쓰지 않아요."

나는 테이블에서 손을 뺐다. "몽크 박사는 어떻게 하고?" 내가 말했다.

마크는 머리를 흔들었디. "그 여자는 자기가 똑똑한 줄 알지만 틱도 없어요."

"우리 사이의 모든 게, 다 가짜였어." 내가 말했다.

마크는 나를 흘겨보았다. "아뇨, 삼촌은 이해를 못 하는 거예요. 저는 삼촌을 항상, 어렸을 때부터 항상 좋아했어요."

정말로 차마 고개를 끄덕일 수가 없었다. 대체 어떻게 일어나야 할까 고민스러웠다. "그 남자애한테 무슨 일이 실제로 있었는지는 모르지만, 네 생각에 정말 무슨 일이 있었다면, 정말로 그 애가 죽었다고 믿는다면 경찰에 가야 한다."

"못 가요." 그가 말했다.

"가야 해, 마크."

"미는 캘리포니아에 있어요." 마크가 불쑥 내뱉었다. "다른 남자랑 눈이 맞아서 도망갔다고요. 테디는 당신네들을 속이고 싶어 했고 나한테도 장단을 맞춰달라고 했어요. 살인 따위는 없어요. 전부 다 커다란 장난이에요."

그 말이 끝나기도 전에 나는 믿었다. 그래야만 말이 되었다. 소년은 죽지 않았다. 캘리포니아에 멀쩡하게 살아 있다. 이야기의 잔혹성과 쉽게도 속아 넘어간 나 자신의 어리석음이 한꺼번에 부끄러워져서, 온몸이 후끈 달아올랐다. 팔을 식탁에 올리고서, 식탁을 짚고 몸을 일으켜 의자에서 일어서려 했다. 순간 불에 덴 듯 찌르는 통증이 목덜미를 뚫고 지나 허리께까지 내려갔다. 이제 나의 퇴장에서 품위를 기대하기는 어려웠다. "뉴욕으로 돌아올 거냐?" 나는 마크에게 물었다. "아니면 여기 머물 거냐? 바이올렛은 네가 돌아오지 않으면 연을 끊겠다고 해. 너한테 그 말을 꼭 전해 달라고 했다. 너는 열아홉 살이야. 네 일은 네가 알아서 할 수 있어."

마크는 나를 바라보았다. "괜찮으세요, 레오 삼촌?"

일어설 수가 없었다. 몸이 한쪽으로 뒤틀려 있고 목이 이상한 각도로 튀어나와 있어, 꼬락서니가 상처 입은 커다란 새처럼 보였을 것이다.

자일즈가 갑자기 내 앞에 나타났고, 나는 그 동안에도 내내 우리 근처에 있었을 것만 같은 섬뜩한 기분에 사로잡혔다. "제가 도와드릴게요."

그가 말했다. 진심으로 걱정하는 듯한 목소리는 소름이 끼치게 무서웠다. 잠시 후 그는 내 팔꿈치를 잡았다. 내 몸에 손을 대지 못하게 하려면 팔을 흔들고 전신을 반듯하게 정렬해야 했다. 그럴 수가 없었다. "병원에 가셔야겠어요." 그가 말을 이었다. "뉴욕이었으면 제가 다니는 추나 전문가한테 전화를 할텐데요. 굉장히 잘 하거든요. 믿으실지 모르겠는데 저도 춤을 추다가 허리가 완전히 망가진 적이 있어요."

"객실로 모셔다 드릴게요, 레오 삼촌. 그렇지, 테디?"

"당연하지."

그 길은 길고 고통스러웠다. 한 발 한 발 내딛을 때마다 허벅지에서 목까지 쿡쿡 쑤시듯 아팠고, 머리를 들 수가 없어서 주변에 뭐가 있는지 거의 보지도 못했다. 한쪽은 테디, 한쪽에는 마크를 두고 걷자니 막연하게 위협을 받는 느낌이었다. 보라는 듯한 예의와 친절로 나를 부축하는 그들은 사지를 못 쓰는 벙어리와 한 장면을 즉흥적으로 연기하라는 주문을 받은 배우들 같았다. 말은 자일즈가 거의 혼자 다 하다시피 하면서 추나니 침술이 어쩌고저쩌고 혼잣말을 끝도 없이 이어갔다. 중국 약초와 필라테스를 권하고 대체의학에서 예술 얘기로 넘어가서 자기 작품을 수집하는 사람들이며 최근 판매한 작품이며 어딘가에 실린 자기에 대한 기사 이야기를 했다. 그의 수다가 속없기만 한 게 아니라는 걸 나는 잘 알고 있었다. 이제나저제나 화제의 전환만 기다리고 있었고, 결국 하고 싶은 얘기를 꺼내고 말았다. 빌의 캔버스를 화두에 올렸던 것이다.

나는 눈을 꾹 감고 그의 말들을 아예 차단해 버리려 애썼지만, 그가 하는 얘기는 누구한테 상처를 줄 생각이 없었다는 둥, 그런 건 '꿈'도 꾸지 않았다는 둥, 그 그림은 자신에게 영감으로, 이제까지 예술에서 탐구된 바 없는 전복의 통로라고 느껴졌다는 둥 그런 것이었다. 그의 말투는 딱 해스보그 같았다. 단어의 선택도 그 비평가와 거의 동일했던 것 같다. 이야기를 하면서 나를 부축하고 있는 그의 손길에 약간 더 힘이 들어가는 느낌이었다. "윌리엄 웩슬러." 그가 말했다. "비범한 예술가였지만 제가 산 캔버스는 소품이었어요." 그를 볼 수가 없어서 차라리 다행이라는 생각마저 들었다. "내 작품에서 그 그림이 정말로 자기 본질을 초월한 겁니다."

"허튼 소리." 내가 말했다. 거의 속삭이다시피 했다. 우리는 내 방으로 이어지는 기나긴 복도로 돌아들었고, 복도가 텅 비어 있다는 사실에 나는 더 불안해졌다. 침침한 복도에서 탄산음료 판매기가 빛을 발하고 있었다. 전에 그 기계를 지나친 기억이 없어서 내 방문 바로 앞에 있는 저토록 거대한 발광물체가 있는데 어떻게 놓칠 수가 있나 의아했다.

"선생님이 이해를 못 하시는 건 말입니다." 자일즈가 계속 말했다. "제 작품 역시 개인적인면이 있다는 겁니다. 윌리엄 웩슬러가 그린 아들의 초상화, 나만의 M&M, Me 2, 마크 더 샤크는 이제 돌아가신 제 친어머니에게 바치는 아주 특별한 찬미의 일환이 되었거든요."

나는 아예 말을 하지 않기로 결심했다. 내가 원하는 건 그들에게서 도망치는 것뿐이었다. 엉망으로 망가진 내 몸을 방에 던지고 문을 쾅 닫아버리고 싶었다.

"마크와 저는 어머니들에 대해 똑같은 시선을 공유하고 있거든요. 그거 아셨어요?"

"테디." 마크가 말했다. "됐어." 퉁명스러운 말투였다.

나는 발밑의 카펫을 내려다보고 있었다. 그들은 걸음을 멈추었고 이윽고 내 귀에 부드러운 딸각 소리가 들렸다. 테디가 문에 카드를 집어넣고 있었다.

"여기는 내 방이 아닌데." 내가 말했다.

"아니, 여기는 우리 방이에요. 우리 방이 더 가까워요. 여기 계셔도 돼요. 우리 방에 침대가 두 개니까."

나는 숨을 들이쉬었다. "아니, 고맙지만 됐어." 자일즈가 문을 밀기 시작할 때 내가 말했다. 움직이는 문을 보며 그 너머로 내 방과 똑같은 객실이 나올 거라 기대했지만, 열린 문을 들여다본 나는 뭔가 끔찍하게 잘못되었다는 걸 깨달았다. 방에서는 연기 냄새가 났다. 담배꽁초가 아니라 뭔가를 태운 냄새였다. 복도에서는 방의 일부밖에 보이지 않았지만, 내 눈앞에 펼쳐진 카펫이 깔린 바닥에는 담배꽁초들, 케첩이 질질 흘러나온 먹다 만 햄버거가 어지럽게 널려 있었다. 트레이 옆에는 여자의 비키니 팬티와 심하게 탄 호청이 마구 뭉쳐진 채 떨어져 있었다. 불을 피워 생긴 거친 암갈색과 밤색 얼룩들도 보였지만, 그뿐 아니라 그 위로 핏자국처럼 짙은 빨강색 얼룩들도 사방에 흩뿌려져 있었고 그 모습을 본 나는 목구멍이 죄어드는 느낌을 받았다. 구겨진 이불 호청 위로 연한 색 나일론 밧줄이 둘둘 말려 있었고, 밧줄과 멀지 않은 곳에 검은 리볼버 권총이 놓여 있었다. 내가 본 광경에 대해서는 확신이 있다. 그 엽기적인 정물을 일별할 때는, 눈으로 보면서도 환각 같은 느낌이 들었지만 말이다.

자일즈가 내 팔을 툭툭 잡아당겼다. "어서 들어와서 한 잔 합시다."

"싫네." 내가 말했다. "내 방을 찾아가겠네." 나는 구두 굽을 카펫에 단단히 박아 넣었다.

"이러지 마세요, 레오 삼촌." 마크가 내게 징징거리는 소리를 냈다.

나는 허리를 똑바로 펴고 도끼로 찍는 통증을 헤치고 척추를 움직여 팔을 잡은 마크의 손을 뿌리쳤다. 입술이 달달 떨렸다. 문에서 뒤로 물러서서 복도 건너편으로 발을 질질 끌며 걸어가서 잠시 벽에 기댔다가 다시 천천히 성큼성큼 걸어가기 시작했다. 하지만 자일즈가 내게 펄쩍 달려와서 팔을 뻗었다. "그냥 새로운 아이디어 몇 가지를 갖고 작업하고 있는 겁니다." 그가 방안을 가리키며 말했다. 나는 다시 앞으로 허리를 구부렸다. 도저히 똑바로 서 있는 자세를 참아낼 수가 없었다. 그는 나를 굽어보며 속삭였다. "하지만 교수님, 제가 궁금하지 않으세요?" 그러더니 자일즈는 손가락을 내 머리카락 속에 넣었다. 두피에 닿는 그 손가락의 감촉이 느껴졌다. 그는 머리카락 몇 가닥을 만지작거리더니 내가 그의 눈을 보자 미소를 지었다. "색깔을 좀 써 보면 어떨까 생각해 보신 적 있으세요?" 그가 말했다. 나는 고개를 가로저으려 애썼지만 그가 내 얼굴 양옆을 잡고 안경다리가 살을 파 들어가도록 누르고 있었다. 그러다 그는 내 머리를 벽에 세차게 찧었다. 나는 고통스러워 신음소리를 냈다.

"정말 죄송하네요." 그가 말했다. "제가 좀 아프게 했나 봐요?"

자일즈는 나를 놓아주지 않았다. 계속해서 양손으로 내 머리를 짓눌렀다. 나는 팔다리를 버둥거리며 무릎을 들어 그를 차려 했지만, 그 동작 때문에 통증만 새삼 덧나는 것이었다. 숨이 찼고 무릎에 힘이 빠지는 게 느껴졌다. 벽에 등을 대고 미끄러지듯 주저앉는데, 겁에 질려 넋이 완전히 나갈 지경이었다. 눈길을 마크의 얼굴로 옮기며 그의 이름을 불렀지만, 마크는 내 앞에 얼어붙은 듯 미동도 없이 서 있었다. 그 얼굴을 읽을 수가 없었다. 같은 순간, 내 옆의 문이 열리더니 한 여자가 나왔다. 자일즈가 나를 일으켜 부드럽게 톡톡 손으로 쳤다. "괜찮으실 겁니다." 그가 말했다. "의사를 불러야 할까요?" 그러더니 재빨리 내게서 물러나 문간에 서 있는 여자를 보고 미소를 지었다. 그가 비키자말자 마크가 나를 향해 다가왔다. 그는 숨죽여 나지막하게 말하고 있었다. "지금은 방으로 돌아가세요. 내일 제가 같이 집으로 돌아갈게요. 로비에서 열 시에 뵈어요. 저 집에 가고 싶어요."

여자는 예쁘고 늘씬했다. 포슬포슬한 금발 머리카락이 자꾸 눈에 들어갔다. 그녀 뒤로 갈색 땋은 머리의 다섯 살 남짓 되는 여자아이가 보였다. 어머니의 허벅지를 양팔로 꼭 붙잡고 서 있었다.

"여기 다 아무 일도 없는 건가요?" 그녀가 물었다.

자일즈가 방문을 잡아당겨 닫았지만 나는 그녀의 눈길이 번개처럼 문틈을 바라보는 걸 보았다. 입술이 벌어지더니 그녀는 마크를 찬찬히 뜯어보았고, 마크는 한 발자국 뒤로 물러섰다. 그녀는 나를 바라보았다. "선생님 방은 아니죠? 그런가요?"

"아닙니다." 내가 말했다.

"어디 아프세요?" 그녀가 물었다.

"허리를 삐었어요." 내가 헐떡거렸다. "좀 쉬어야 하는데, 방을 찾기가 영 어렵네요."

"우리가 길을 잘못 들었습니다, 부인." 자일즈가 말했다. 그가 그녀에게 따스하게 미소를 지었다.

여자는 턱을 앙다문 채로 자일즈를 노려보았다. "아니Amie!" 그녀는 문간에 꿈쩍도 않고 버티고 서서 소리를 질렀다.

마크를 바라보았다. 그의 파란 눈이 내 눈길과 마주쳤다. 그가 눈을 깜박였다. 나는 그 깜박거림을 긍정의 뜻으로 해석했다. 좋아요, 내일 삼촌을 만날게요.

남편 아니가 나를 방까지 데려다 주었다. 그는 자기 아내와 잘 어울린다고 나는 생각했다. 적어도 육체적으로는 말이다. 아니는 젊고 단단한 덩치에 서글서글한 얼굴을 하고 있었다. 걸어가며 떨리는 몸을 가누려 애쓰자 아니가 내 팔을 잡아주었다. 그 손길이 마크나 테디와 전혀 다르다는 사실을 나는 깨달았다. 그 멈칫거리는 손가락에는 나를 향한 조심스러움이 느껴졌다. 다른 사람의 몸에 대한 이러한 정상적인 경의는 보통 당연하게 여겨지지만 불과 몇 분 전만 해도 나는 그걸 전혀 느낄 수가 없었다. 아니는 몇 번이나 잠깐 멈춰 서서 쉬고 싶으시냐고 물었지만, 내가 쉬지 말고 계속 가자고 우겼다. 그가 내 방까지 부축해 데려다준 후 화장실 문 옆에 세워져 있는 커다란 거울 속에 비친 내 모습을 보았을 때에야 나는 그가 베풀어준 친절이 얼마나 귀중한 것인지 실감할 수 있었다. 내 머리카락은 원래와 반대방향으로 뻗쳐 있었고 한 가닥이 빳빳한 회색 뿔처럼 삐죽 솟아 있었다. 구부정하고 뒤틀어진 몸 때문에 끔찍하게 나이가 들어 보여서 적어도 여든 살은 된 쭈그러든 노인네 꼬락서니였다. 그렇지만 충격적인 건 내 얼굴이었다. 거울 속 생김새가 나를 닮기는 했지만 도저히 그걸 내 모습이라 인정할 수가 없었다. 뺨은 사흘 동안 깎지 않은 턱수염 속으로 푹 꺼져 있었고, 피로로 분홍빛이 된 눈에 떠오른 표정은 버몬트의 도로에서 많이 보았던 내 자동차 전조등 불빛에 비친 작고 겁에 질린 동물들을 떠올렸다. 경악한 나는 돌아서서 거울 속에서 본 비인간적 눈빛을 사람의 시선으로 바꾼 후 아니에게 친절을 베풀어 주어 감사하다고 인사를 하려 애썼다. 그는 파란 스웻셔츠의 앞면을 가로질러 새겨진 '홀리 크로스 어린이 야구 리그'라는 단어 밑으로 팔짱을 낀 채 문 근처에 서 있었다. "정말로 의사한테 진찰을 안 받으셔도 되시겠어요? 아니면 적어도 얼음찜질이나 뭐가 좀 필요하지 않을까요?"

"아니에요." 내가 말했다. "어떻게 이 은혜를 갚아야 할지."

아니는 문 앞에서 잠시 머뭇거렸다. 그의 눈길이 나와 마주쳤다. "그 불량배들이 선생님을 괴롭히고 있었던 거죠?"

그저 고개를 끄덕거릴 수밖에 없었다. 그 순간 그의 연민은 내 인내의 한계를 자칫하면 넘어설 뻔했던 것이다.

"그러면 편히 주무세요." 그가 말했다. "아침에는 허리가 좀 나으시면 좋겠네요." 그러더니 그는 문을 꼭 닫았다.

나는 화장실 불을 켜 두었다. 똑바로 누울 수가 없어서 베개들로 등을 받치고 미니바의 스카치를 벌컥벌컥 마셔댔다. 덕분에 최악의 통증은 약간 둔해졌다. 적어도 짧은 시간 동안은 말이다. 밤새 나는 멀미에 시달렸다. 등의 경련 때문에 잠이 깨어 내가 어디 있는지 기억해낼 때조차 침대가 움직이는, 그것도 내 의지와 무관하게 마구 움직이는 느낌이 들었다. 그리고 잠이 들면 그때마다 꿈속에서 나는 여전히 움직이고 있었다. 비행기를 타고 보트를 타고 기차나 에스컬레이터를 타고 이동했다. 메스꺼움이 파도처럼 밀려와 내 몸을 훑고 지나갔고, 내장은 독극물이라도 마신 것처럼 꼬였다. 꿈속에서 나는 이 탈것에서 저 탈것으로 옮겨 타며 낡은 시계처럼 쿵쿵거리는 내 심장 소리를 들었으며, 잠에서 깨고 나서야 근육에서는 아무 소리가 나지 않았다는 걸 깨닫곤 했다. 눈을 뜨고 그 메스꺼운 움직임의 착란을 털어버리려 하면, 의식이 내 머리칼 속에 들어간 자일즈의 손가락과 내 얼굴을 감싸고 옥죄어 오던 그의 손길을 떠올렸다. 그 치욕은 쓰라리게 아프고 화끈거리도록 부끄러웠고, 나는 그 기억을 쫓아버리고 싶었다. 억지로라도 그 기억이 내 몸속의 불덩이처럼 자리를 잡고 새겨진 내 가슴과 폐에서 뽑아내어 추방하고 싶었다. 생각을 하고 싶었다. 실제로 일어난 일에 집중하고 그 의미를 파악하고 싶었다. 방안에서 본 것을 곱씹어 생각하기 시작했다. 이불호청, 밧줄, 총, 먹다 남은 음식. 범죄 현장처럼 보였지만 그걸 눈앞에 보고 있을 때조차도, 그 방안을 뻔히 들여다보고 있을 때조차도, 어쩐지 가짜라는 암시를 감지할 수 있었다. 총은 장난감이었을 수도 있다. 피, 염료를 섞은 물─모든 게 꾸며낸 함정이다. 그렇지만 자일즈의 손길이 다시 떠올랐다. 그건 실제였다. 두개골이 벽과 부딪혔을 때 생긴 쓰라린 혹이 뒤통수에 나 있었다.

그리고 마크는? 밤새도록 마크의 얼굴이 눈앞에 왔다 갔고, 나는 그의 마지막 말이 내게 희망을 주었다는 걸 알았다. 사람들은 희망에도 정도가 있다고 하지만, 내 생각은 다르다. 희망이 있거나 희망이 없거나 둘 중 하나다. 그의 말은 내게 희망을 주었고 그 침대에 쭈그리고 누워서 나는 마음속에서 그 말들을 듣고 또 들었다. "내일 같이 집에 갈게요." 그는 그 발언을 자일즈에게 숨겼고, 그 사실은 마크의 행동을 이해할 또 다른 가능성을 열어주었다. 훼손된 인격의 일부는 집에 가고 싶어 한다. 유약하고 진자처럼 이리 저리 흔들리는 마크는 자일즈의 강력한 인격에 감염되었고 자일즈는 마크에게 거의 최면에 가까운 힘을 행사했지만, 마크의 내면에는 또 다른 공간이 있었다. 빌이 항상 거기 있을 거라고 주장했던 그 공간이―그를 사랑하고 그가 사랑하는 사람들에게 매달리는 마음의 여유가. 내가 그를 소리쳐 부르자 그는 대답했다. 희망과 죄책감의 괴롭기 짝이 없는 조합이 아침까지 나를 버티게 해 주었다. 아버지의 그림에 대해 말하면서 나는 마크에게 끔찍한 소리들을 해버렸다. 당시에는 그 말을 믿었지만 내 비유가 너무 괴물 같았다는 확신에 가책이 들었다. 무슨 일이 있어도 사물을 인간에 대고 재어서는 안 된다. 절대로. 그때 했던 말은 취소하마, 나는 마음속에서 마크에게 말했다. 취소한다. 그리고 마치 내 생각에 다는 주석처럼 어딘가에서 읽었던 이야기의 기억이 떠오르는 것이었다. 어쩌면 〈게르숌 숄렘〉에서였는지도 모르겠다. 히브리어로 '회개하다'와 '돌아오다'는 같은 단어라는 얘기였다.

그러나 마크는 열 시에 로비로 나를 만나러 오지 않았고 그의 방을 찾아가 봤을 때는 아무도 답이 없었다. 나는 꼬박 한 시간 동안 그를 기다렸다. 그 로비에 앉아 있던 남자는 멀쩡해 보이려고 초인적인 노력을 해야 했다. 허리에 더 이상의 부상이 생기지 않도록 머리를 한쪽으로 기울인 채로 면도를 해야 했다. 허리가 끊어져라 아팠지만, 그래도 바짓단에 묻은 얼룩을 비누와 물을 묻혀 박박 비벼 씻었다. 머리도 빗었고, 그 벤치에 앉아 기다리는 동안 정상적으로 보일 거라 생각하는 자세를 만들기 위해 온몸을 뒤틀고 있었다. 그는 로비를 샅샅이 훑어보았다. 그는 희망했다. 이전에 있었던 사건의 해석들을 다 수정하고 또 다른 해석을 세우고 또 세웠다. 몇 가지 가능성을 아예 희망이 사라질 때까지 숙고했고, 그러다 가엾은 몸을 이끌고 택시에 올랐고, 택시는 공항까지 그를 데려다 주었다. 나는 그가 안 됐다는 생각이 들었다. 그가 이해하지 못했던 게 너무나 많았다.

뉴욕으로 돌아온 뒤 사흘 째 아침이 되자 호일러 선생과 릴레이펜이라는 약 덕분에 아파트 주위를 쉽게 돌아다닐 수 있었다. 그와 거의 동시에 사복형사 둘이 바이올렛의 집에 찾아와 마크에 대해 물어보았다. 나는 그 사람들을 보지 못했지만 형사들이 돌아가자마자 바이올렛이 내려와 그 이야기를 해주었다. 아침 아홉 시였고 바이올렛은 목을 덮는 상의와 길고 하얀 면 잠옷을 입고 있었다. 바이올렛을 처음 보았을 때는 옛날 인형과 좀 비슷하다는 생각도 했었다. 바이올렛은 이야기를 시작하더니 빌이 죽은 닐 스튜디오에서 내게 전화했을 때처럼 빈쯤 속식이듯 말했다.

"몇 가지 물어보려고 온 거라고 했어요. 마크가 테디 자일즈랑 여행 중이고, 마지막으로 연락이 왔을 때는 내쉬빌에 있었다고 대답해줬어요. 마크한테 문제가 있어서 저한테 다시 전화하지 않을 수도 있지만, 연락이 오면 전해주겠다고 했구요." 바이올렛은 숨을 한 번 쉬었다. "라파엘 에르난데스의 살해와 관련된 일이래요. 그 말뿐이었어요. 저한테는 아무 것도 묻지 않았어요. '감사합니다' 하더니 가버렸어요. 그 시체를 찾은 게 분명해요. 진짜에요, 레오. 경찰에 전화해서 우리가 아는 내용을 알려야 할까요? 아무 말도 안 했거든요."

"우리가 뭘 아는데, 바이올렛?"

바이올렛은 잠시 알 수 없다는 표정을 지었다. "사실 아무 것도 아는 게 없죠?"

"살인사건에 대해서는 아무 것도 모르잖아." 내 입에서 나오는 말이 들렸다. 너무나 흔한 말이었다. 언제나 어디서나 들을 수 있는 말이지만 내 입에서 쉽게 나오는 건 싫었다. 그보다는 어렵게, 힘들어서 말하고 싶었다.

"빌의 전화에 마크가 안다는 메시지가 녹음돼 있어요. 제가 지우지 않았거든요. 마크가 알까요?"

"안다고 했지만 말을 바꾸더니 그 애가 캘리포니아에 있다고 했어."

"마크가 알고 있으면서 자일즈랑 지낸다면 그게 무슨 뜻일까요?"

나는 고개를 저었다.

"그럼 범죄인가요, 레오?"

"아는 것 말인가?"

바이올렛은 고개를 끄덕였다.

"진짜 증거가 있다면, 어떤 과정으로 아는지에 따라 달라질 것 같아. 마크는 그 이야기를 전혀 믿지 않을지도 몰라. 사실은 그 애가 달아났다고 생각할 수도 있고…."

바이올렛은 고개를 흔들었다. "아니에요, 레오. 마크가 형사 둘이 파인더 갤러리에서 이것저것 묻고 있었다는 말을 한 거, 기억하죠? 자일즈가 떠났던 때였어요. 도망자를 도와주면 어떻게 된다는 법이 있잖아요?"

"자일즈의 체포 영장이 있는지도 모르잖아. 경찰한테 증거가 있는지도 모르고. 솔직히, 바이올렛. 자일즈가 그 애를 죽였는지도 모르잖아. 자일즈가 살인사건에 대해서 그저 알게 되었다는 이유로 자기가 했다고 떠벌리고 다니는 것도 확률은 낮지만 가능성은 있어. 그것도 잘못이긴 해도 완전히 다르잖아."

바이올렛은 내 뒤, 자기를 그린 초상화를 쳐다보았다. "라이트너 형사랑 밀즈 형사였어요." 바이올렛이 말했다. "백인이랑 흑인이었어요. 젊어 보이진 않았지만, 늙어보이지도 않았고요. 뚱뚱하지도, 마르지도 않았어요. 둘 다 예의 바른 사람들이었고, 저한테서 뭘 기대하지도 않았어요. 절 웩슬러 부인이라고 불렀어요." 바이올렛은 말을 멈추고 나를 쳐다보았다. "웃기죠. 빌이 죽은 후로 남들이 그렇게 불러주면 기분이 좋아요. 이제 빌도 없는데. 결혼한 상대도 없는데도 이름을 바꾸지 않았어요. 전 언제나 바이올렛 블룸이었는데 이제 그 사람 이름을 자꾸 듣고, 그 이름으로 부르면 대답하고 싶다니까요. 그 사람 셔츠를 입고 있는 것 같아요. 이름뿐이라고 해도, 그 사람이 남긴 걸로 제 자신을 가리고 싶어요." 바이올렛의 음성에서는 아무런 감정이 느껴지지 않았다. 그저 사실을 설명하는 것뿐이었다.

몇 분 뒤, 바이올렛은 위층으로 올라갔다. 그리고 한 시간 뒤, 바이올렛은 다시 나를 찾아와서는 스튜디오로 가는 길인데, 내게 시간이 있을 때 볼 수 있도록 빌의 테이프 복사본을 전해주고 싶다고 했다. 버니가 할 일이 많아서 늑장을 부렸지만, 비디오테이프 복사본을 마침내 넘겨주었다는 것이다. "빌은 그게 어떻게 보일지 모르겠다고 했어요. 테이프를 볼 수 있게 큰 방을 짓는다는 말은 했지만, 자꾸 마음이 바뀌었어요. 제목을 '이카로스'라고 붙이겠다고 했어요. 그거랑, 남자아이가 하늘에서 떨어지는 그림을 많이 그린 것은 알고 있어요."

바이올렛은 시선을 떨어뜨리고 입술을 잘근거렸다.

"괜찮아?"

바이올렛은 눈을 들더니 대답했다. "그래야죠."

"하루 종일 스튜디오에서 뭘 하는 거지, 바이올렛? 거긴 별로 남아있는 물건도 없는데."

바이올렛이 눈을 가늘게 떴다. "독서를 해요." 강한 목소리였다. "먼저 빌의 작업복을 입고 책을 읽어요. 하루 종일 읽어요. 아침 아홉시부터 저녁 여섯시까지 책을 읽어요. 글씨가 안 보일 때까지 읽고 읽고 또 읽어요."

화면에 처음 나타나는 영상은 갓난아기들이었다. 머리를 가누지 못하고, 연약한 팔다리를 꼼지락 거리는 조그만 아기들이었다. 빌의 카메라는 갓난아기를 계속해서 찍었다. 어른들은 팔과 가슴, 어깨와 무릎, 허벅지, 음성으로만 존재했고 이따금 커다란 얼굴이 렌즈 속으로 침입해 아기에게 다가오기도 했다. 첫 아기는 어느 여자의 품에서 잠들어 있었다. 머리가 커다랗고, 가느다랗고 울긋불긋한 팔다리를 가진 아기였는데 체크무늬 옷을 입고, 괴상하게 생긴 흰 보닛을 쓰고서 턱 밑에 모자 끈을 묶고 있었다. 그 아기 다음에는 어느 남자가 따로 안고 있는 아기가 등장했다. 검은 머리카락이 라즐로의 머리처럼 위로 뻐죽 솟아 있었고, 까만 눈동자가 깜짝 놀란 표정으로 카메라를 향했다. 빌은 유모차를 타는 아이들, 카시트에서 잠든 아이들, 부모의 팔을 베고 있는 아이들, 또는 어깨에 기대 앙앙 울어대는 아이들을 찍었다. 화면에 거의 보이지 않는 부모나 유모들이 아이가 잠자는 습관이나 수유, 유축기, 토하는 것에 대해 독백을 늘어놓는 가운데 자동차가 지나가거나 브레이크를 밟는 소리가 배경에서 들려오기도 했지만, 말소리나 소음은 작은 아이들의 영상에 부수적인 것에 불과했다. 맨 머리를 엄마 가슴에서 돌리고 입가에서 젖을 흘리는 아이, 자면서 젖을 빨듯 쪽쪽거리다 웃는 표정을 짓는 검은 피부의 미녀, 파란 눈동자로 엄마를 올려다보며 진지하게 집중하는 것처럼 보이는 놀란 아기가 주인공이었다.

내가 보기에 빌이 지킨 유일한 원칙은 나이였다. 빌은 날마다 밖으로 나가 전날보다 조금 더 큰 아이를 찾았던 모양이다. 차츰 그의 카메라는 갓난아기로부터 앉아서 옹알이를 하고, 찡찡거리고, 끙끙거리면서 손에 닿는 모든 물건을 입으로 가져가는 아기들로 옮겨갔다. 큰 여자아기 하나는 젖병을 빨면서 너무나 만족한 표정으로 엄마의 머리카락을 움켜잡고 있었다. 조그만 남자아기는 아빠가 입에서 고무공을 빼내자 소리를 질렀다. 어느 여자의 무릎에 앉아있던 아기는 바로 옆에 앉아 있는 조금 더 큰 여자아이에게 손을 뻗더니 그 애 무릎을 때리기 시작했다. 어른의 손이 등장하더니 그 아기의 팔을 탁 쳤다. 별로 세게 때리지 않았는지 아이가 다시 손을 뻗어 때리기 시작하다가 한 번 더 맞았다. 카메라가 잠시 움직여 아이를 안은 여자의 지치고 멍한 표정을 잡았다가 유모차에 잠든 세 번째 아이를 비추고 그 애의 지저분한 뺨과 코에서 입까지 두 줄로 이어져 있는 콧물을 잠시 클로즈업했다.

빌은 공원에서 빠른 속도로 기어 다니는 아이들과 걷다가 넘어지고 다시 일어나 술집의 늙은 술주정뱅이처럼 비틀거리며 앞으로 나아가는 아이들을 찍었다. 헉헉거리고 있는 커다란 개 옆에서 약간 불안정하게 서 있는 남자아기도 녹화되어 있었다. 아이는 개의 주둥이에 손을 내밀며 흥분해 온몸을 떨었고, 기쁨으로 가득 차 '아! 아! 아!'라고 외쳤다. 무릎이 통통하고 배가 볼록 튀어나온 또 다른 아이가 빵집에 서 있는 모습도 보였다. 그 아이가 위를 바라보며 몇 마디 알 수 없는 말을 하자 보이지 않는 여자가 "선풍기란다"라고 대답했다. 아이는 목을 길게 빼고 입술을 움직이면서 천장을 응시하고는 놀란 목소리로 '선풍기'라는 단어를 반복하기 시작했다. 짜증이 난 두 살배기는 길가에 쭈그리고 앉아 오렌지를 들고 있는 엄마 옆에서 발길질을 하며 소리를 질러댔다. "하지만 이 오렌지는 줄리 거랑 똑같아. 하나도 다르지 않아." 고함을 지르는 아이에게 엄마가 말했다.

화면 속의 아이들이 서너 살이 되었을 때 빌의 목소리가 처음으로 들렸다. 웃지 않는 남자아이의 모습을 향해, 빌이 말했다. "심장이 무슨 일을 하는지 아니?" 아이는 카메라를 빤히 쳐다보면서 가슴에 손을 얹고 심각한 표정으로 말했다. "피를 넣어줘요. 피가 나와야 살아요." 다른 아이는 주스 통을 들고 흔들더니 공원 벤치에 나란히 앉아 있던 엄마를 쳐다보았다. "엄마, 주스에 중력이 없어졌어요." 하얗다시피 한 금발을 하나로 묶어 땋은 여자아이 하나는 깡충깡충 뛰다가 갑자기 멈추더니 빨개진 얼굴로 카메라를 쳐다보면서 맑고 성숙한 목소리로 말했다. "행복한 눈물이 바로 땀이에요." 지저분한 투투(발레용 스커트─옮긴이)를 입고 찌그러진 왕관을 쓴 여자아이는 머리에 분홍색 스커트를 쓰고 있던 친구에게 다가갔다. "걱정하지 마." 아이가 음모라도 꾸미는 듯 속삭였다. "끝났어. 그 아저씨한테 전화했으니까 우리가 화동이 될 수 있어." "인형 이름이 뭐니?" 콘로(여러 갈래로 단단하게 땋은 흑인들의 머리모양─옮긴이) 머리를 하고 단정하게 옷을 입은 여자아이에게 빌이 물었다. "말해드려. 말해도 괜찮아." 어른 여자 목소리가 들렸다. 여자아이는 팔을 긁적이더니 카메라 쪽으로 인형을 내밀었다. "샤워예요." 아이가 말했다.

  이름 모를 아이들이 등장했다 사라졌고, 여러 가지 것들이 어떻게 작동하고, 무엇으로 만들어졌는지 설명하는 얼굴에 빌이 카메라를 대고 바라보는 동안, 아이들은 조금씩 커갔다. 어느 여자아이는 빌에게 애벌레가 라쿤으로 변한다고 했고, 또 다른 아이는 자기 머리는 눈물이 든 쇳덩이라고 했으며, 또 다른 아이는 세상이 '아주 아주 커다란 알'로 시작했다고 했다. 좀 지나자 피사체 중 몇몇은 빌이 거기 있다는 사실을 잊어버린 모양이었다. 어느 아이는 손가락을 콧구멍에 넣고 즐겁게 파더니 코딱지를 두어 개 끄집어내 곧바로 먹어버렸다. 또 다른 아이는 바지에 손을 쑥 집어넣더니 불알을 긁고는 만족한 한숨을 내쉬었다. 어린 여자아이 하나는 유모차 옆에서 허리를 숙였다. 그 애는 아이 어르는 소리를 내더니 앉아 있던 아기의 뺨을 꼭 잡았다. "사랑해, 귀여운 아기야." 그 애는 이러면서 아기 뺨을 꼬집고 흔들었다. "우리 강아지." 아기가 아파서 울자 여자아이는 더욱 크게 말했다. "그만 해라, 새라." 아주머니가 말했다. "살살 해." "살살했어요." 새라는 눈을 가늘게 뜨고 이를 앙다물고는 대답했다.

  조금 더 나이가 많아 다섯 살쯤 된 또 다른 여자아이는 미드타운 어딘가의 보도에서 엄마 옆에 서 있었다. 둘이 가게 창문을 들여다보는 모습을 뒤에서 찍은 것이었다. 몇 초 지나자 빌이 아이의 손에 가장 관심을 갖는 것이 분명했다. 카메라는 어머니의 등에서 북쪽으로는 어깻죽지까지 올라갔다가 엉덩이를 향해 남하하는 아이의 손을 뒤따랐다. 조그만 손은 천천히 위로 아래로 위로 아래로 엄마의 등을 쓰다듬었다. 빌은 보도에서 멈춰 선 남자아이도 찍었다. 아이는 조그만 얼굴을 호전적으로 잔뜩 찡그리고서, 눈꼬리에는 눈물을 반짝이고 있었다. 목에서부터 아래만 보이는 여자가 화가 나서 온 몸을 뻣뻣이 굳히고 서 있었다. "지겨워 죽겠다!" 여자가 아이에게 외쳤다. "이제 못 참겠어. 이렇게 못되게 굴지 말고 그만 좀 해!" 여자는 허리를 숙여 아이의 어깨를 양손으로 쥐더니 흔들기 시작했다. "그만 좀!" 아이의 뺨에 눈물이 흘렀지만 표정은 변함없이 굳어 있었다.

그 테이프에는 결연하고 무자비한 면이 있었다. 열심히 들여다보겠다는 끈질긴 욕구가 있었다. 아이들의 키가 자라고 말이 늘어도 카메라의 초점은 내내 가까운 곳을 파고들었다. 일곱 살이라고 한 레이먼이라는 아이는 삼촌이 닭을 모은다고 했다. "닭이 있는 거면 뭐든지 사요. 삼촌네 지하실에는 닭이 가득해요." 여덟 살이나 아홉 살쯤 되어 보이는 통통한 남자아이는 통이 넓은 청 반바지를 입고 사탕 한 상자를 들고 야구 모자를 쓴 키 큰 남자아이를 노려보고 있었다. 키가 작은 아이가 불쑥 화를 내며 '나쁜 놈'이라면서 상대를 거칠게 밀었다. 땅바닥에 쓰러진 아이가 신이 나서 "욕했대요, 욕했대요!"라고 외치고, 사탕 조각이 마구 날아다녔다. 어른의 다리가 화면 안으로 달려 들어왔다. 격자무늬 교복을 입은 여자아이 둘이 시멘트 층계에 앉아 서로 속삭이고 있었다. 한 걸음 떨어진 곳에서 같은 교복을 입은 세 번째 여자아이가 고개를 돌려 그 애들을 쳐다보았다. 빌은 그 아이의 옆모습을 잡았다. 아이는 다른 아이들을 쳐다보며 서너 번 침을 꿀꺽 삼켰다. 카메라는 학생들 사이를 움직이다 교정기를 한 남자아이 하나가 배낭을 내리더니 그걸로 옆의 아이 어깨를 때리는 모습을 찍었다.

보면 볼수록 화면의 내용을 이해할 수 없었다. 도시의 아이들을 찍은 평범한 이미지로 시작했던 것이, 시간이 흐르면서 인간의 개성과 공통점을 훌륭하게 기록한 다큐멘터리로 변해갔다. 아주 많은 애들이 나왔다. 뚱뚱한 애들, 마른 애들, 흰 애들, 검은 애들, 예쁜 애들, 평범한 애들, 건강한 애들, 장애가 있거나 기형인 애들. 빌은 휠체어를 땅에 내려놓는 리프트가 달린 버스를 타고 온 아이들도 찍었다. 여덟 살쯤 된 통통한 여자아이는 그 기계에서 휠체어를 굴려 나오면서 허리를 꼿꼿이 세우더니 빌에게 공주를 흉내 내며 손을 흔들었다. 윗입술에 흉터가 있는 남자아이는 비뚤어진 미소를 짓더니 입으로 방귀 뀌는 소리를 내기도 했다. 빌은 알 수 없는 병이나 타고난 기형으로 뺨은 부풀어 있고 턱이 없는 남자아이도 뒤따라갔다. 그 애는 호흡기 같은 것을 쓰고서 짧은 다리로 엄마를 종종거리며 따라 걸었다. 아이들 사이의 차이가 또렷했지만, 결국에 그 아이들의 얼굴은 구별하기 어려워졌다. 무엇보다도, 테이프들은 아이들의 맹렬한 활동을, 깨어 있을 때 아이들은 움직임을 멈추지 않는다는 사실을 보여주었다. 한 블록을 따라 걸어가는 동안에도 아이들은 손을 흔들고, 뛰고, 줄넘기를 하고, 빙빙 돌고, 여러 차례 걸음을 멈추고서 쓰레기를 살피거나 개를 쓰다듬고 깡충 뛰어오르고 시멘트벽이나 낮은 담벽을 따라 걸었다. 학교운동장이나 놀이터에서 아이들은 서로 밀고 때리고 무릎으로 치고 발로 걷어차고 찌르고 두드려주고 안고 꼬집고 잡아당기고 소리를 지르고 웃고 구호를 외치고 노래를 했고, 나는 그들을 지켜보면서 어른이 되는 건 진짜 느려지는 것이라고 중얼거렸다.

빌은 아이들이 사춘기가 되기 전에 죽었다. 여자아이 몇몇은 티셔츠나 교복 블라우스 아래로 가슴이 약간 나온 것이 보이기도 했지만, 대부분 아이들은 2차 성징이 시작되지도 않았다. 빌이 아이들을 더 많이 찍어서 화면 위의 인물들을 어른과 구별할 수 없는 순간까지 가고 싶었던 것이 아닐까 싶다. 마지막 비디오가 끝나자 나는 텔레비전을 껐다. 줄줄이 이어지던 몸뚱이와 얼굴들, 내 앞에서 지나간 어린 아이들의 어마어마한 양 자체에 기진맥진한 기분이 들었다. 자신 안에 내재한 모종의 열망을 채우기 위해 아이들을 자꾸만 찾아다니는 모험 중인 빌을 상상해보았다. 내가 본 내용은 편집하지 않아 거칠었지만, 함께 연결시키면 그 조각들은 어떤 의미를 읽어낼 만한 구성을 지니고 있었다. 빌은 여러 아이들의 삶을 하나의 존재로 연결하여 다수 속의 하나, 또는 하나 속의 다수를 보여주려고 했던 것 같았다. 모두가 시작하고 끝난다. 테이프들을 보는 내내 나는 매튜를 생각했다. 아기였다가, 아장거렸다가, 마침내 소년인 상태로 영영 남아 있는 매튜.

이카로스. 테이프에 들어있는 아이들과 신화의 관계는 여전히 애매했다. 하지만 빌이 그 제목을 택한 데는 이유가 있었다. 두 사람, 아버지와 태양에 날개가 녹아 떨어지는 아들을 그린 브루겔의 그림이 떠올랐다. 위대한 건축가이자 마법사인 다이달로스는 탑의 감옥에서 탈출하기 위해 아들과 자기 몫으로 그 날개를 만들었다. 그는 이카로스에게 태양에 너무 다가가면 안 된다고 주의를 주었지만, 아들은 그 말을 듣지 않았다가 바다에 빠졌다. 그럼에도 불구하고 다이달로스는 그 이야기 속에서 무고한 인물이 아니다. 그는 자유를 얻기 위해 너무 많은 것을 내걸었고, 그 이유로 아들을 잃었다.

바이올렛도 나도, 모든 이야기를 알고 있는 캘리포니아의 에리카도 경찰이 마크를 찾아 심문하리라는 사실을 의심하지 않았다. 그건 시간 문제였다. 라이트너와 밀즈 형사가 찾아온 후, 나는 마크에게 일어날 수 있는 일과 없는 일을 분간할 수 없게 되었고, 혼란 속에서 두려워하며 지냈다. 내쉬빌 호텔 복도에서 일어난 사건은 사라지지 않았다. 매일 밤마다 아무 것도 할 수 없는 나의 무능함이 되살아났다. 자일즈의 손. 그의 목소리. 내 머리가 벽에 부딪쳤을 때의 충격. 그리고 아무 것도 느껴지지 않는 마크의 두 눈. 마크를 부르는 내 목소리가 들리고 그를 향해 뻗는 내 팔이 보이고, 그 다음에는 로비의 벤치에 멍하니 앉아 있다. 대부분 사실을 바이올렛과 에리카에게 이야기했지만, 목소리는 차분하고, 설명은 냉정하게 유지했으며 자일즈가 내 머리카락을 만진 이야기를 하지 않았다. 시간이 지나자 그 행동은 도저히 말할 수가 없게 되었다. 그가 내 머리를 벽에다 부딪쳤다고만 말하는 것이 훨씬 쉬웠다. 무슨 이유인지 그 폭력행위가 그 전에 있었던 일보다 더 나았다. 잠들기가 어려웠고, 가끔은 몇 시간씩 뜬 눈으로 누워 있다가, 열쇠를 채우고 체인까지 걸어둔 것을 알면서도 문이 잠겼는지 확인하곤 했다.

　신문을 통해 확실히 알 수 있었던 유일한 사실은 라파엘 에르난데스라는 소년의 부서지고 부패한 시신이 허드슨 강 부두 근처 어딘가로 떠밀려 온 가방에서 발견되었으며, 신원은 치과기록을 통해 알 수 있었다는 것뿐이었다. 나머지는 소문이었다. 테디 자일즈의 사진을 싣고 '소년 유괴!'라고 헤드라인을 단 긴 기사에는 맹렬한 공격이 이어졌다. 그 기사를 쓴 델포드 링스라는 기자의 말에 따르면, 미술계와 클럽에 다니는 사람들이 라파엘의 실종을 한동안 알고 있었다고 했다. 아이가 사라진 다음 날, 자일즈는 친구들과 지인들에게 전화를 서너 번 걸어 방금 '진짜'를 했다고 주장했다. 바로 그날 저녁, 그는 온통 피가 말라붙어 보이는 옷을 입고 클럽 USA에 가서 '여자-괴물'이 '궁극의 예술 행위를 저질렀다'고 발표했다. 자일즈의 말을 진지하게 받아들인 사람은 한 명도 없었다. 주니어라는 17세 소년은 이렇게 말했다고 했다. "그 사람은 항상 그런 말을 했다니까요. 방금 누굴 죽였다는 소릴 그때 말고도 열다섯 번은 했을 거예요."

　해스보그도 이렇게 말했다고 적혀 있었다. "자일즈의 작업에 내재한 위험은 우리 신성불가침의 존재들을 하나 같이 공격한다는 겁니다. 그의 작품은 조각이나 사진이나 공연에만 국한되지 않습니다. 그의 페르소나도 그의 예술이에요. 자꾸만 변하는 아이덴티티를 보여주는 건데, 거기에는 신비한 인물로 찬양되는 사이코패스 살인마도 들어 있는 거죠. 텔레비전을 켜보세요. 극장에 가보세요. 그는 어디든 나옵니다. 하지만 그 페르소나가 그 이상의 어떤 것이라고 말한다면 헛소리입니다. 자일즈가 라파엘 에르난데스를 알았다는 사실만으로는 그를 죽인 범인이라고 할 수 없습니다."

내쉬빌에서 돌아온 다음 일요일 저녁, 바이올렛과 내가 위층에서 식사를 하고 있는데 라즐로가 현관의 벨을 눌렀다. 라즐로의 표정은 보통 진지했지만, 우리가 문을 열어주고 보니 그는 거의 슬프다시피 한 얼굴이었다. "이런 게 나왔어요." 라즐로가 그것을 바이올렛에게 건넸다. 그 기사는 무가지 〈블립〉의 가십 컬럼에서 나온 것이었다. 바이올렛이 소리 내어 읽었다. "예술계 모 악동, 그리고 그가 데리고 놀던 열세 살짜리 소년 엑스터시 딜러의 시체가 허드슨 강에 떠오른 사건과 관련해 온갖 루머가 나돌고 있다. B. B.의 전 '여자친구'는 증인이 있다고 주장하는데, 그 증인도 B. B.의 숱한 전 애인 중 하나이다. 이보다 더 흥미로운 사건이 있을까? 기대하시라⋯."

바이올렛이 라즐로를 쳐다보았다. "이게 무슨 뜻이지?"

라즐로는 입을 다물고 있었다. 바이올렛의 질문에 대답 대신, 라즐로는 명함을 하나 내밀었다. "제 사촌 남편인데요, 아서는 진짜 좋은 사람이에요. 형사 담당 변호사예요. 예전에 지방검사 사무소에서 일했어요." 라즐로가 잠시 말을 멈췄다. "이 사람이 필요 없을 수도 있지만요." 라즐로는 꼼짝도 하지 않았다. 숨을 쉬는 것도 보이지 않았다. 그러더니 이렇게 말했다. "핑키가 기다리고 있어요."

바이올렛이 고개를 끄덕였고, 우리는 라즐로가 문을 아주 살짝 닫고 나가는 것을 보았다.

몇 분 동안 우리는 아무 말도 하지 않았다. 밖이 어두워지더니 눈이 내리기 시작했다. 창밖에 하얀 눈이 내리는 광경을 쳐다보았다. 라즐로는 무엇인가 알고 있었고, 명함을 놓고 간 데는 이유가 있다는 것을 바이올렛과 나는 모두 알고 있었다. 창문에서 고개를 돌려 쳐다보니 바이올렛은 너무나 창백해 피부가 투명해진 것 같았는데, 목덜미에 붉은 자국이 보였다. 바이올렛의 내리 깐 두 눈 아래는 희미한 자줏빛 그늘이 드리워 있었다. 그것이 무엇인지 알 수 있었다. 건조한 슬픔, 오래 되어 친숙해진 슬픔. 그런 슬픔에겐 살이 필요 없으니 뼛속으로 파고들어 거기서 산다. 그렇게 좀 지나고 나면 우리는 교실에 놓아둔 해골 모형처럼 단단하게 말라붙은 뼈가 된 느낌이 든다. 바이올렛은 작은 명함을 만지작거리더니 나를 쳐다보았다.

"그가 무서워요." 바이올렛이 말했다.

"자일즈가?" 내가 흐리멍덩한 목소리로 말했다.

"아뇨. 마크 말이에요. 마크가 무서워요."

바이올렛과 내가 위층 소파에 앉아 있을 때 그가 열쇠로 문을 땄다. 그 소리를 듣기 전, 바이올렛은 지금은 기억나지 않지만 내가 한 말에 웃고 있었다. 그래도 마크가 문을 열고 들어올 때, 바이올렛의 웃음소리가 내 귀에 울리고 있었던 것은 기억난다. 마크는 슬픈 표정이었고, 약간 소심하고 온순한 모습이었지만, 그를 보자 내 몸은 싸늘하게 식었다.

"드릴 말씀이 있어요. 중요한 일이에요." 마크가 말했다.

바이올렛의 몸이 뻣뻣하게 굳었다. "그럼 말해봐라."

마크는 우리 쪽으로 다가와 탁자를 돌아서 허리를 숙이더니 바이올렛을 껴안았다.
 바이올렛이 몸을 빼냈다 "아니, 이러지 마. 싫어." 바이올렛이 말했다.
 마크는 놀라고 상처 입은 표정을 지었다.
 낮고 침착한 목소리로 바이올렛이 말했다. "나한테 거짓말을 하고, 강도짓을 하고, 배신하고는 포옹을 하고 싶니? 돌아오지 말라고 했잖아."
 마크는 믿을 수 없다는 표정으로 바이올렛을 쳐다보았다. "그럼 어떻게 해요? 경찰에서 이야기를 하자는데." 마크는 숨을 한 번 들이쉬더니 뒤로 물러났다. 그 애는 두 팔을 힘없이 늘어뜨리고 있었다. "테디가 한 짓인 건 알아요." 마크가 말했다. 마크는 눈을 가늘게 뜨고 바이올렛을 노려보았다. "그날 밤에 테디를 봤어요." 마크는 탁자 맞은편에 앉았다. 그리고 고개를 푹 숙였다. "온통 피투성이였어요."
 "그 사람을 봤어?" 바이올렛이 큰 소리로 말했다. "누구? 누구 말이야?"
 "테디를 만나러 갔어요. 만나기로 했거든요. 테디가 문을 열었는데 온통 피투성이였어요. 처음에는 장난인 줄 알았어요. 웃기려고 말이에요." 마크는 눈을 깜빡이더니 우리를 가만히 쳐다보았다. "그런데 그 사람이 – '미'가 바닥에 있었어요."
 머릿속에서 뇌가 떠오르는 것 같았다. "그가 죽은 걸 알았어?"
 마크는 고개를 끄덕였다.
 바이올렛의 목소리는 침착했다. "그래서 어떻게 된 거야?"
 "말하면 절 죽인다고 했어요. 그래서 전 돌아나왔어요. 겁이 나서 기차를 타고 엄마네로 갔어요."
 "왜 경찰에 신고하지 않았니?"

"말했잖아요. 무서웠다니까요."

"미네아폴리스에서는 겁난 표정이 아니었잖아." 내가 말했다. "내쉬빌에서도. 자일즈랑 같이 있는 게 즐거워 보였어. 마크, 난 널 기다렸지만 오지 않았잖니."

마크의 음성이 높아졌다. "따라가야 했어요. 헤어질 수가 없었어요. 아직도 어떻게 된 건지 모르겠어요? 어쩔 수 없었다니까요. 제 잘못이 아니에요. 겁이 나서 그랬어요."

"이제 경찰에 이야기해야 해." 바이올렛이 말했다.

"못해요. 테디가 죽일 거라구요."

바이올렛이 일어났다. 그리고 어디론가 가더니 잠시 후에 돌아왔다. "이제 경찰한테 말해야 해. 안 그러면 경찰이 널 잡으러 올 거야. 이 번호로 전화를 해. 형사들이 두고 간 번호야."

"변호사가 필요해요, 바이올렛." 내가 말했다. "변호사 없이 갈 수는 없어요."

라즐로의 사촌의 남편, 아서 겔러에게 전화를 한 것은 나였고, 알고 보니 그는 전화를 기다리고 있었다. 이튿날 마크가 경찰서로 들어갈 때, 변호사가 옆에 있어야 했다. 바이올렛은 변호사 비용을 내주겠다고 마크에게 말했다. 그러더니 이렇게 정정했다. "아니, 빌이 낼 거야. 빌의 돈이니까."

바이올렛 그날 밤엔 마크에게 자기 방에서 지리고 했지만, 그 후에는 다른 집을 찾아야 한다고 했다. 그러더니 바이올렛은 내게 소파에서 자겠는지 물었다. "마크랑 단둘이 있고 싶지 않아요."

마크는 어이가 없다는 표정이었다. "말도 안돼요." 마크가 말했다. "레오 삼촌은 자기 집에서 자라고 해요."

바이올렛은 마크를 쳐다보았다. 공격을 막듯 양손을 들어 마크의 얼굴 쪽으로 향했다. "아니." 바이올렛이 날카롭게 말했다. "아니야. 난 너랑 단둘이 있지 않을 거야. 널 믿을 수가 없어."

나를 소파에 보초로 세움으로써, 바이올렛은 전처럼 살 수는 없음을 분명히 밝히고 싶었지만 내가 있다고 해서 여느 때와 다르다는 느낌도 들지 않았다. 마크가 도착한 이후의 시간은 불안했지만 무슨 일이 벌어져서 불안한 것이 아니라, 아무 일도 없었기 때문에 불안한 것이었다. 그 애가 이를 닦고 이상하게 명랑한 목소리로 나와 바이올렛에게 잘 자라고 인사하더니 자기 방으로 들어가 잠드는 소리를 들었다. 여느 때와 다름없는 소리였지만, 그랬기 때문에 무서웠다. 마크가 아파트에 있다는 단순한 사실이 그 속의 모든 것을 바꿔놓는 것 같았다. 탁자와 의자들, 복도에 켜둔 야간 등, 내가 임시 침대로 쓰는 붉은 소파가 모두 달라졌다. 가장 심란한 것은 그 변화를 느낄 수는 있지만 볼 수는 없다는 사실이었다. 마치 모든 것에 장식을 붙여, 그 아래 감춘 무시무시한 형태를 볼 수 없도록 가면을 씌운 것 같았다.

건물 전체가 잠들어 조용해지고 난 뒤에도 나는 잠들지 않고 밖에서 나는 소리를 듣고 있었다. "마음씨는 착한 아이야, 우리 아들은." 빌이 창가에서 바워리를 내려다보며 그 말을 했고, 그가 그 말을 믿고 있었던 것을 나는 알고 있다. 바로 몇 년 전, 그가 《체인질링》이라고 부른 동화에서 바꿔쳐친 아이의 이야기를 했다. 바꿔쳐친 아이가 유리관에 누워있는 것이 기억났다. 빌은 알고 있었다고 생각했다. 마음 한구석으로는 알고 있었다.

아침이 되자 마크는 아서 겔러와 함께 경찰에 진술하러 갔다. 이튿날 테디 자일즈는 라파엘 에르난데스의 살해로 체포되었고 재판을 받을 때까지 라이커스 아일랜드에 보석 없이 구금되었다. 증인이 극적으로 등장해 사건이 종료되었으리라고 생각하겠지만, 마크는 살인 장면을 본 것은 아니었다. 피투성이가 된 자일즈와 라파엘의 시체를 본 것뿐이었다. 그것도 중요했지만, 검사는 그 이상을 원했다. 법은 사실을 정리해야 했는데, 사실이 별로 없었다. 이 사건은 주로 가십이니 루머, 마크의 증언 같은 이야기뿐이었다. 여행 가방에서는 시체 전체가 나오지 않았기 때문에 시체에서도 증거를 별로 찾을 수 없었다. 시체는 토막이 나 있었고, 물속에서 몇 달 동안 부패한 뒤라 뼈와 물에 젖은 조직, 치아는 신원 이상은 아무 것도 밝혀주지 못했다. 신문에서 라파엘 에르난데스가 멕시코인이 아니며 자일즈가 돈을 내고 산 것도 아니라는 사실은 알 수 있었다. 라파엘이 네 살 때 마약중독자였던 그 애 부모가 그 애와 아기였던 누이동생을 버렸다. 아기는 두 살 때 에이즈로 죽었다. 라파엘은 브롱크스 어딘가의 세 번째 수양가족에게서 달아났고, 클럽을 돌아다니다 자일즈를 만났다. 그 애는 몸을 팔았다. 사겠다는 사람들에게는 엑스터시를 팔았고, 열세 살에 꽤 큰돈을 벌었다. 그것 말고 그 애에 대해서는 모두 수수께끼였다.

자일즈가 체포되면서 그의 작품에 대한 인식이 완전히 뒤바뀌었다. 예전에는 호러 장르에 대한 절묘한 논평으로 간주되었던 작품이 살인자의 가학적인 판타지로 보이기 시작했다. 뉴욕 예술계 특유의 편협한 태도가 종종 빤한 작품을 복잡한 작품으로, 멍청한 작품을 시적인 작품으로, 센세이셔널한 작품을 전복적인 작품으로 만들어주었다. 모든 것이 작품을 '광고'하는 방식에 달려 있었다. 자일즈는 비평가와 수집가들이 모두 선호하는 일종의 유명인이 되었기 때문에, 중죄인이 될 수도 있다는 사실은 그가 불쑥 떠나버린 예술계로서는 당혹스럽기도 하고,

흥미롭기도 한 일이었다. 체포 이후 첫 몇 달 동안, 예술 잡지와 신문, 텔레비전 뉴스에도 '예술 살인' 관련 보도가 나왔다. 래리 파인더는 미국에서는 유죄가 증명될 때까지 모든 사람은 무죄이지만, 자일즈가 유죄 판결을 받는다면 그 행위를 강력 비난하고 다시는 그의 대리인 역할을 하지 않겠다는 성명을 발표했다.

하지만 그 사이 작품의 가격은 올랐고, 파인더는 테디 자일즈를 파느라 분주했다. 구매자들은 그 작품이 현실을 모방한 것처럼 보이기 때문에 사고 싶어했지만, 라이커스에서 자유롭게 인터뷰를 하던 자일즈는 정반대의 변호를 내놓았다. 〈대시〉와의 인터뷰에서 그는 모두 거짓말이라고 했다. 그는 친구들을 위해 가짜 피와 라파엘과 똑같이 만든 모형으로 살인 연기를 한 것이었다. 그는 라파엘이 캘리포니아에 사는 친척을 만나러 떠날 계획이었음을 알고 있었고, 그 여행을 이용해 정교한 '예술 장난'을 친 것이었다. 라파엘 에르난데스는 살해되었지만 자일즈는 자기 소행이 아니라고 주장했다. 그는 '제작자'들이 자신의 계획을 알고 있었다는 사실도 언급했다. 그 중 하나가 그를 잡으려고 살인을 저질렀을지도 모른다고 했다. 자일즈는 경찰의 사건이 어느 이름 없는 친구에게, 그날 와서 문을 통해 그의 아파트를 들여다본 친구에게 달려 있는 것을 아는 모양이었다. 그 친구가 그가 본 피가 진짜 피라고 맹세할 수 있는지, 바닥에서 본 시체가 가짜가 아니라고 맹세할 수 있는지? 어쩌면 이 사건에서 가장 알 수 없는 점은 자일즈가 모조 시체를 내놓을 수 있었다는 점이었다. 피에르 랭거는 기자에게 라파엘이 사라지기 전 화요일에 라파엘의 시체를 본뜬 인형을 만들었다고 했다. 자일즈는 언제나 그렇듯 그에게 몸에 난 상처에 대해 지시했고, 그는 경찰과 시체보관소에서 나온 사진을 보며 그 상처가 그럴싸하게 보이도록 작업했다. 물론, 시체 인형은 속이 늘 비어있었다.

피와 내장을 덧붙여 효과를 높이기도 하지만, 조직이나 근육, 뼈는 만들지 않았다. 그 기사에 따르면 경찰은 가짜 시체를 압수했다.

이 사건은 8개월이나 이어졌다. 마크는 '친구'의 아파트에서 지냈는데, 우리가 본 적 없는 아냐라는 여자아이였다. 바이올렛은 아서 겔러와 정기적으로 통화했고, 그는 재판에서 마크가 증언하면 유죄판결이 나올 거라고 자신 있게 말했다. 바이올렛은 마크와 일주일에 한 번씩 이야기했지만 두 사람의 대화는 억지로, 기계적으로 주고받는 것이라고 했다. "그 애 입에서 나온 말은 믿지 않아요." 바이올렛이 말했다. "어째서 그 애와 이야기를 하고 있는지도 가끔 궁금하다니까요." 가끔 저녁때 바이올렛은 창밖을 내다보며 내게 이야기하곤 했다. 그러다 바이올렛은 말을 멈추고 믿을 수 없다는 표정으로 입을 벌렸다. 더 이상 울지 않았다. 두려움에 온몸이 얼어붙은 모양이었다. 바이올렛은 몇 초씩 움직임을 멈추고 석상처럼 가만히 서있기도 했다. 하지만 다른 때는 깜짝깜짝 놀라기도 했다. 작은 소리만 들려도 바이올렛은 흠칫하거나 헉하며 놀랐다. 잠시 충격에서 회복하고 나면, 바이올렛은 추운 사람마냥 팔을 문질러댔다. 신경이 날카로워지는 밤이면 바이올렛은 내게 소파에서 자달라고 했고 나는 빌의 베개와 마크의 침대 이불을 가져다 거실에서 잠들곤 했다.

바이올렛의 불안이 나와 같았는지는 알 수 없다. 대부분의 감정이 그렇듯 그런 막연한 두려움은 말로 정의해주어야 하는 거친 감정이다. 하지만 그런 내면의 상태는 우리의 외면을 빠르게 감염시키는 법이고, 내 아파트와 바이올렛의 아파트, 도시의 거리, 심지어 내가 숨 쉬는 공기에서도 위협이 퍼져있는 냄새가 나는 것 같았다. 서너 번은 그린 스트리트에서 마크를 본 것 같았는데, 그때마다 검은 머리에 배기팬츠를 입은 다른 남자아이인 것을 확인할 때까지 심장이 두근거렸다. 마크 때문에 위험하다는 생각은 들지 않았다. 나의 공포는 그 애나 테디 자일즈보다는 훨씬 더 큰 어떤 것에서 기인한 것 같았다. 누구든 한 사람이 그것의 원인이 될 수는 없었다. 그 위험은 보이지 않고, 시시각각으로 변하며, 널리 퍼져나갔다. 그렇게 모호한 것을 두려워하다니 미친 사람처럼, 망상 때문에 자살을 시도하는 댄같이 불안정한 사람처럼 보이겠지만, 사실 실성이란 정도의 문제이다. 우리는 대부분 이따금, 이런 저런 방식으로 실성을 겪으며, 그것에 휘둘리거나, 정신을 놓아버리고 싶은 충동을 느끼기도 한다. 하지만 그때 나는 그렇게 가볍게 휘둘리는 정도가 아니었다. 내 목을 조르는 불안이 이성적이지 않다는 건 인식했지만, 내가 두려워하는 것을 이해할 수 없어도, 그 말도 안 되는 무언가가 실제일 수 있다는 것도 알았다.

4월, 아서는 바이올렛에게 스탠드 이야기를 해주었다. 한 동안 사건은 그 스탠드에 초점을 맞추었지만, 내게 그것의 의미는 경찰의 일이나 결국 기소가 어떻게 될 것인지와 무관하게 보였다. 자일즈의 아파트 주위를 샅샅이 뒤지던 경찰은 프랭클린 스트리트에 디자인 가게를 갖고 있는 어떤 여인과 이야기를 했다. 아서는 그 여자를 찾아내는데 왜 그렇게 오래 걸렸는지 설명해줄 수 없었지만, 로버타 알렉산더는 자일즈와 마크가 살인이 있었던 날 초저녁에 자기 가게에 있었던 젊은이들이라고 확인해주었다. 문제는 시각이었다. 알렉산더 씨에 따르면, 두 사람은 마크가 자일즈의 아파트에서 달아나 기차역으로 간 뒤 몇 시간째 고민하다가 결국 프린스턴으로 가는 기차를 탔다고 말한 '다음' 가게로 들어왔다고 했다. 마크와 테디는 테이블 스탠드를 샀다. 알렉산더 씨는 날짜가 찍힌 영수증을 갖고 있었고, 일곱 시에 가게 문을 닫을 준비를 하고 있었으므로 시각도 확실하다고 했다. 그녀는 자일즈나 마크에게서 특별한 점은 발견하지 못했다고 했다. 사실 둘 다 유난히 정중하고 상냥했으며, 값을 깎자고 하지도 않았다고 했다. 그들은 천 2백달러를 현금으로 내놓았다.

아서의 말에 따르면 검사는 스탠드를 산 것을 알기 전부터도 마크의 말을 의심하기 시작했다. 자일즈의 주위 사람들과 이야기를 하면 할수록, 마크가 대부분의 사람들에게 거짓말을 한 것이 밝혀졌던 것이다. 변호사는 마크가 상습적으로 거짓말을 한다는 사실을 쉽게 증명할 수 있었을 것이다. 아서는 한 가지 사실이 이상하면 다른 사실도 뒤따라 나오기 마련이며 그가 말한 사실이 하나씩 허구로 바뀌고, 증인이 용의자로 바뀐다는 것을 알고 있었다. 마크는 스탠드 건만 빼면 자기 이야기가 완벽하게 사실이라고 맹세했다. 테디는 함께 아파트에서 나왔고, 자기는 무서워서 함께 갔다는 것이다. 마크는 그렇게 말하면 의심을 살 수 있기 때문에 말하지 않았다고 했다. 그렇다. 그는 테디가 옷을 갈아입을 때까지 기다렸고, 두 사람은 아파트로 돌아가 스탠드를 놓아두었으며, 그 밖의 모든 이야기는 사실이었다. 루실은 이미 마크가 그날 저녁, 자정 무렵에 자기 집에 도착했다고 말했다.

마크는 살인사건을 발견한 사람의 두려움과 비겁함이 동정심을 살 수도 있다는 것을 알고 있었다. 하지만 피해자의 시체를 본 다음, 살인자와 아무렇지도 않게 스탠드를 사는 행동은 그렇지 않았다. 프랭클린 스트리트의 다락방에 마크가 도착한 시각은 아무도 증언해줄 수 없었고, 아서가 염려한 대로 검사는 증인이 아니라 공범을 상대하고 있을지도 모른다고 의심하기 시작했다. 우리 모두 그랬다. 아서는 마크가 체포될 수도 있다고 바이올렛에게 마음의 준비를 하도록 시켰지만, 내 생각에는 불필요한 일이었다. 바이올렛은 오래 전부터 마크가 그 사건에 대한 진실을 모두 이야기하지 않았을 거라고 의심했고, 충격을 드러내는 대신 아서가 불쌍하다고 내게 말했다. 마크는 우리 모두를 속인 것처럼 아서도 속인 것이었다. "미리 경고했는데도 아서는 마크 말을 믿었어요." 바이올렛이 말했다. 마크가 자일즈가 라파엘을 죽이는 것을 도왔든지, 살인이 끝난 후에 현장에 도착했든지, 프랭클린 스트리트의 가게에 함께 나타나 비싼 스탠드를 샀다는 사실로 인해 마크에 대해 내게 남아있던 감정은 싹 사라졌다. 어떤 기준에 따르면 테디 자일즈와 마크 웩슬러가 모두 미쳤다는 것을, 많은 이들이 비정상적이며 초자연적이라고 여기는 무관심의 사례임을 나는 알고 있었다. 하지만 사실 그들은 독특하지도 않았고 행동이 인간적이지도 않았다. 공포와 비인간성을 동일하게 보는 것은 편리하지만 오류처럼 느껴졌다. 단지 내가 그런 이야기를 영영 끝냈어야 하는 세기에 태어났다는 이유만으로도 그랬다. 내게 그 스탠드는 비인간이 아니라 너무나 인간적인, 신호처럼 공감능력이 사라졌을 때, 타인이 나와 같은 사람이 아닌 물건으로 변했을 때 사람들에게 일어나는 착오나 결함처럼 느껴졌다. 마크에게 일말의 공감능력도 없다는 것을 아는 순간, 마크에 대한 나의 공감이 사라졌다는 사실에 진정한 아이러니가 있다.

바이올렛과 나는 무슨 일이 벌어지기를 기다렸고, 기다리는 동안 일했다. 나는 빌에 대한 글을 썼고, 쓴 내용을 다시 썼다. 작업한 것 중 쓸 만한 것은 없었지만 내 생각이나 글보다는 내가 그 일을 계속할 수 있다는 사실이 더 중요했다. 바이올렛은 스튜디오에서 책을 읽었다. 바이올렛은 종종 머리가 아프거나 눈이 쓰리다면서 돌아왔고, 내내 피우는 담배 때문에 기침을 했다. 나는 바이올렛이 바워리에 가져가도록 샌드위치를 만들기 시작했고, 먹겠다고 약속해달라고 했다. 더 이상 살이 빠지지 않았으니, 샌드위치를 먹었던 것이라고 믿는다.

몇 달이 지났고, 아서에게서는 검사가 확증을 줄 증거나 증인을 찾고 있다는 것 이외에는 새로운 소식이 없었다. 바이올렛과 나는 뜨거운 여름을 대부분 함께 보냈다. 운하 아래 처치 스트리트에 작은 레스토랑이 하나 문을 열었고, 우리는 일주일에 두세 번씩 거기서 만나 저녁을 먹곤 했다. 어느 날 밤, 바이올렛은 도착하고 잠시 후 화장실에 갔고, 웨이터는 내게 부인의 음료를 시킬 것인지 물었다. 바이올렛이 7월, 미네소타에서 2주를 보냈을 때 나는 날마다 전화를 했다. 밤이면 바이올렛이 죽을 병에 걸리거나 미드웨스트에 살기로 결심하고 돌아오지 않으면 어떻게 하나 염려했다. 하지만 바이올렛이 돌아오자 우리는 계속해서 어정쩡한 상태로, 그 사건이 끝나기는 할 것인지 궁금해 하며 지냈다. 신문에서는 관련 기사가 나오지 않았다. 마크는 아냐와 헤어져 리타라는 다른 여자아이와 지냈다. 그는 바이올렛에게 화원에서 일한다면서 가게 이름을 알려주었지만 바이올렛은 전화를 걸어 사실인지 확인해보지도 않았다. 별로 중요하지 않게 느껴졌던 것이다.

그러다 8월 말, 인디고 웨스트라는 소년이 나타났다. 그리스 비극에 등장해 사건을 해결하는 신처럼 하늘에서 뚝 떨어져 마크의 혐의를 풀어주었다. 그는 자일즈 아파트의 복도 문을 통해 살인을 목격했다고 주장했다. 필시 인디고는 자일즈 아파트의 열쇠를 갖고 있는 여러 사람 중 하나였던 모양이다. 그는 새벽 다섯 시쯤 도착해 침실 한 곳으로 들어갔다. 그는 다음 날 하루 종일 자다가 방 앞에서 유리가 깨지는 소리에 깨어났다. 무슨 일인지 보려고 가자, 사일즈가 한 손에는 도끼, 한 손에는 깨진 화병을 들고 이미 팔이 잘린 라파엘을 내려다보며 서 있었다고 했다. 커다란 플라스틱 물받이가 바닥에 놓여 있었는데 피로 가득했다. 인디고의 이야기에 따르면, 라파엘은 묶여 있었고, 입에는 테이프가 붙어 있었다. 그 애'가 그때 죽지 않았다면, 거의 죽은 상태였다. 자일즈 모르게 인디고는 다시 침실로 돌아가 침대 밑에 숨어서 토했다. 그는 한 시간 가량은 꼼짝도 하지 않고 있었다. 자일즈가 돌아다니는 소리가 들렸고, 침실 바로 앞으로 온 소리도 들렸다고 했다. 전화벨이 울리자 자일즈는 전화를 받았고, 그리고 얼마 지나지 않아 자일즈가 복도에서 누군가와 이야기를 했는데, 마크의 목소리였다. 그는 마크가 배가 고프다고 한 것을 똑똑히 들었지만 나머지 대화는 너무 낮은 소리라 듣지 못했다. 문이 쾅 닫히고 소리가 멈추자 그는 몇 분 동안 기다려 침대 밑에서 기어 나와 그곳에서 달아났다. 그는 퍼피스에 가서 파란 머리의 웨이트리스에게 커피를 시켰다고 했다.

인디고는 열일곱의 헤로인 중독자였지만 아서는 이 이야기를 똑같이 여러 차례 반복했으며, 경찰이 자일즈의 아파트에서 혈흔을 하나도 발견하지 않았지만 인디고가 잔 침대 아래 카펫에서 오물 자국을 보았고, 퍼피스에서 그때 파란 머리를 하고 있던 웨이트리스도 그를 기억했다. 웨이트리스는 그가 에스프레소를 마시면서 덜덜 떨며 울고 있었기 때문에 특히 눈여겨보았다. 인디고 웨스트와 대질 심문을 하자 테디 자일즈는 유죄 인정 교섭을 받아들였다. 그에 대한 기소는 가중 치사로 줄었고, 그는 15년 형을 받았다. 인디고 웨스트는 증언에 대해 책임 면제를 받았고 그도 마크도 아무런 기소를 받지 않았다. 일주일 동안 신문에서는 사건 종료에 관한 기사가 실렸지만 그 후로는 사라졌다. 아서는 검사가 수상쩍은 증인 둘과 재판으로 가는 위험을 감수하고 싶지 않았을 거라고 했다. 웨스트는 이미 마약 소지죄로 소년원에서 1년을 지냈다. 그 애는 엉망이었지만 정직한 아이였다고 믿는다.

그럼에도 불구하고 그의 외모에는 마법 같은 면이 있었다. 라즐로가 인디고를 발견한 사람임을 알게 되었을 때, 놀라움은 조금 줄어들었다. 아서의 지지를 받아 라즐로는 자신의 실마리를 계속 좇아 어느 증인의 이야기를 낸 가십 칼럼니스트와 만나기도 했다. 그 칼럼니스트는 인디고를 알지 못했지만, 그의 양어머니가 친구를 통해 터널에서 매주 목요일 밤을 보낸 아이가 그 살인을 목격한 제삼자가 있다는 사실을 또 다른 사람을 통해 들었다고 했다. 루머의 고리는 인디고 웨스트에게로 이어졌는데, 그의 본명은 네이선 퍼뱅크였다. 문제는, 라즐로가 경찰이 찾아내지 못한 목격자를 찾아낼 수 있었던 까닭이었다. 그 성공의 비결은 핑클만 집안의 눈과 귀와 코가 비범한 덕분이라고 할 수밖에 없었다.

사건이 진행되는 동안 바이올렛은 루실에게 정기적으로 전화를 해 소식을 알렸다. 가끔 둘은 다정하게 이야기를 했지만 바이올렛은 루실이 내놓을 생각도, 능력도 없는 것을 요구할 때가 많았다. 바이올렛은 루실이 마크에게 일어난 극단적인 상황을 인정하기를 바랐다. 그녀는 동물적인 고통과 괴로움, 절망을 원했지만 루실은 그 애에 대해 "걱정이 된다"거나 "심히 염려스럽다"는 말뿐이었다. 자일즈가 형을 받은 후 루실은 더욱 차분해졌다. 바이올렛과 이야기하는 동안 루실은 마크의 마약 문제를 탓했다. 그 약 때문에 마크의 감정과 반응이 무뎌진 것이라고 했다. 가장 중요한 것은 그 애가 약을 끊는 것이었다. 루실이 마크를 두둔하는 것도 이상한 일은 아니었다. 마크의 마약은 항상 복잡한 문제였다. 하지만 루실이 부드럽게 말하며 예의를 차리려고 애쓰는 동안 바이올렛은 점점 더 화가 날 수밖에 없었다.

11월 말 어느 저녁, 바이올렛과 내가 저녁식사를 마치고 몇 분 뒤 전화벨이 울렸다. 바이올렛의 꾹꾹 참는 어조로 보아 루실의 전화임을 곧 알 수 있었다. 재판이 종료된 후 마크는 잠시 자기 엄마와 새아버지와 지냈다. 그런 다음 마크는 친구들과 같이 살기로 했고, 동물병원에서 일자리도 구했다. 루실은 바이올렛에게 마크가 동거하는 친구 한 명에게서 돈을 훔치고 그 친구의 차도 훔쳤다고 차분히 말했다. 마크는 일하러 가지 않았고, 며칠째 보이지 않는다는 것이었다. 바이올렛은 침착한 태도를 유지했다. 바이올렛은 루실에게 아무도 어쩔 수 없는 일이라고 했지만, 전화를 끊고 나서는 얼굴을 붉히고 손을 떨었다.

"루실은 좋은 뜻으로 전화를 했을 거야." 내가 바이올렛에게 말했다.

바이올렛은 나를 잠시 쳐다보더니 소리를 지르기 시작했다. "그 여자는 산 사람이 아니라는 거 몰라요! 그 여자는 마음이 죽었다니까요!" 새하얀 얼굴과 비명소리에 나는 깜짝 놀랐고, 뭐라고 대답해야할지 알 수 없었다. 바이올렛은 내 팔뚝을 붙잡더니 흔들기 시작하고는 이를 앙다물고 외쳤다. "저 여자가 빌을 서서히 죽이고 있었던 거 몰라요? 나는 똑똑히 봤어요. 그리고 마크, 내 아들도 마찬가지에요. 그 애는 내 아들이기도 했어요. 둘을 사랑했어요. 사랑했다구요. 저 여자는 아니에요. 사랑할 줄 몰라요." 바이올렛은 갑자기 겁이 나는 듯 눈을 번쩍 떴다. "기억해요? 빌을 지켜달라고 했잖아요." 바이올렛은 눈물이 그렁그렁한 채 나를 더 세게 흔들었다. "당신이 알아들은 줄 알았다구요! 당신도 안다고 생각했어요!"

나는 바이올렛을 내려다보았다. 손가락에서 힘은 빠졌지만 그래도 바이올렛은 나를 붙잡고 있었고, 그녀가 체중을 실어 내 팔을 한 번 당기고는 손을 놓는 것이 느껴졌다. 바이올렛은 숨이 차서 헉헉거리더니 곧 흐느끼기 시작했다. 바이올렛이 소리 내어 우는 것을 듣고 있으니 마치 나의 울음소리를 드는 것처럼, 아니면 그녀와 나의 마음이 하나인 것처럼 가슴이 죄어왔다. 바이올렛은 허리를 숙이고 양손으로 얼굴을 감쌌다. 나는 손을 뻗어 바이올렛을 당겨 안았다. 가슴이 터질 것 같았다. 바이올렛의 얼굴이 내 목에 닿았고, 가슴이 내 가슴에 닿는 것이, 팔이 나를 꼭 끌어안는 것이 느껴졌다. 나는 손을 그녀의 골반으로 뻗어 허리 아래 뼈를 꼭 누르고, 더욱 세게 안았다.

"사랑해." 내가 말했다. "내가 사랑한다는 걸 모르겠어. 영원히 당신을 돌보고, 함께 있어 줄게. 당신을 위해서라면 뭐든 할게." 나는 키스하려고 했다. 바이올렛의 얼굴을 잡아 내게로 당겼고, 그러다 안경이 비뚤어졌다. 바이올렛은 작은 비명을 지르며 나를 밀어냈다.

바이올렛은 놀란 눈으로 나를 쳐다보았다. 바이올렛은 무엇을 애원하는 사람처럼 두 손을 들더니 내렸다. 터키석 테이블 옆에 그렇게 서서 이마에 머리카락을 한 가닥 늘어뜨리고 서 있는 그 여자를 보니 그렇게 아름다운 사람을 본 적이 없는 것 같았다. 그 여자는 내가 세상을 버리지 않는 이유였고, 내가 괴로워하고 사랑한 대상이었으며, 그 순간 그 여자를 잃어버리게 된 것을 알고서 온몸이 차갑게 식었다. 나는 테이블에 앉아 손을 모으고는 아무 말 없이 두 손만 바라보았다. 방 한 가운데 서 있던 바이올렛이 나를 쳐다보는 것이 느껴졌다. 바이올렛의 숨소리가 들리더니 잠시 후 발걸음소리가 내게로 다가왔다. 바이올렛의 손가락이 내 머리를 만지는 것을 느꼈을 때, 고개를 들지 않았다. 바이올렛은 "레오"라고 서너 번 말하더니 목소리가 갈라졌다. "미안해요. 정말 미안해요. 미, 밀어버릴 생각은 없었어요. 전…." 바이올렛은 내 곁에 무릎을 꿇더니 말했다. "말 좀 해줘요. 말 좀." 쉰 목소리였다. "너무 우울해요."

나는 테이블에 대고 말했다. "아무 말도 하지 않는 게 낫겠어. 당신과 빌이 어떤 사이였는지 누구보다 잘 알면서 내 감정에 응하리라 생각하다니 내가 멍청했지."

"의자를 돌려요." 바이올렛이 말했다. "얼굴이 보이게요. 나를 보고 이야기를 해요. 그래야 해요."

나는 거부했지만 잠시 뒤에는 고집부리는 것이 유치한 것 같아서 바이올렛의 말에 따랐다. 일어나지 않고서 의자 위치를 바꿨고, 바이올렛을 마주하고 보니 뺨에는 눈물이 흐르고 있었고 진정하려고 손등을 깨물고 있었다. 바이올렛은 침을 꿀꺽 삼키고는 얼굴에서 손을 떼고 말했다. "너무 복잡한 문제에요, 레오. 당신 생각보다 훨씬 더 복잡해요. 당신 같은 사람은 없어요. 착하고, 너그럽고…."

나는 시선을 떨어뜨리고 고개를 젓기 시작했다.

"제 마음을 알아주면 좋겠어요. 당신이 없다면…."

"그만 해, 바이올렛." 내가 말했다. "괜찮아. 변명할 필요 없어."

"그런 게 아니에요. 빌이 죽기 전에도 당신이 필요했다는 걸 알아줬으면 좋겠어요." 바이올렛의 입술이 떨리고 있었다. "빌한테는 둔한 면이 있었어요. 그 사람이 작품에 내놓는, 아무도 모르게 감추어놓은 속이 있었어요. 그 사람은 거기 집착했고, 가끔 제가 무시당한다는 느낌이 들면 속이 상했어요."

"빌은 당신을 흠모했어. 빌이 당신을 두고 한 말들을 들었다면 그런 생각 안 할 거야."

"저도 그이를 흠모했죠." 바이올렛이 두 손을 어찌나 꽉 쥐었던지 팔이 떨리기 시작했지만 음성은 좀 침착해졌다. "사실, 남편이 제게는 남보다 가깝지 않았거든요. 그이에게는 닿을 수 없는 것이 늘 있었어요. 뭔가 손에 잡히지 않는 것이었어요. 전 가질 수 없는 것을 원했어요. 그때문에 전 살아있었고, 사랑했어요. 그게 뭔지 몰라도 찾을 수가 없었으니까요."

"하지만 둘은 그렇게 친했잖아." 내가 말했다.

"최고의 친구였죠." 바이올렛이 그렇게 말하고 내 손을 잡았다. 꼭 쥐는 손길이 느껴졌다. "늘 모든 문제에 대해서 이야기했어요. 그이가 죽은 뒤에 전 '우리는 함께 있었어'라고 혼잣말을 했어요. 하지만 아는 것과 존재하는 건 별개의 문제예요."

"항상 철학자처럼 구는군." 내가 말했다. 그 말에는 날이 서 있었고, 바이올렛은 내 잔인한 말에 손을 빼내는 것으로 반응했다.

"화를 내는 것도 당연해요. 전 당신을 이용했으니까요. 제게 식사를 차려주고, 돌봐주고, 함께 있어주었는데, 저는 자꾸만 자꾸만 받기만 하고…." 바이올렛의 목소리가 점점 더 커지고 눈에는 눈물이 그렁거렸다.

바이올렛이 괴로워하는 것을 보니 가책이 느껴졌다. "그렇지 않아." 내가 말했다.

바이올렛이 내게 고개를 끄덕였다. "아뇨, 맞아요. 전 이기적이에요, 레오. 그리고 전 차갑고 냉정한 구석이 있어요. 증오심으로 가득하구요. 마크를 미워해요. 전에는 그 애를 사랑했지만요. 물론, 곧바로 사랑하게 된 건 아니었지만, 그 애를 서서히 사랑하게 되었고, 그러고는 미워하게 되었죠. 그 애를 낳았다면, 친아들이라면 미워할까? 하고 자문해보기도 해요. 하지만 진짜로 무서운 질문은 이거예요. 내가 사랑했던 건 무엇이었을까?"

바이올렛은 잠시 입을 다물었고, 나는 무릎 위에 올려둔 손을 쳐다보았다. 핏줄이 튀어나와 있는, 늙고 색이 변한 손이었다. 어머니가 늙었을 때 손과 비슷하다고 생각했다.

"부실이 마크를 벡사스로 데려가시는 그 애를 키울 수가 없다면서 돌려보낼 때 기억나요?"

나는 고개를 끄덕였다.

"그 애는 정말 고집이 세고, 다루기 힘들었지만, 크리스마스에 그 여자가 찾아왔다가 다시 떠나면 돌아버렸어요. 절 밀고, 때리고, 소리를 질렀어요. 그 애는 잠도 안 잤어요. 밤마다 난리가 났죠. 전 그 애한테 상냥하게 대했지만, 저한테 못됐게 구는 사람을 좋아하긴 어려워요. 그 애가 여섯 살짜리 꼬마라고 해도 말이에요. 빌은 마크가 제 엄마를 너무 보고 싶어 하니 돌려보내야 한다고 생각했고, 둘이서 휴스턴으로 갔어요. 그건 치명적인 실수였다고 봐요. 그걸 깨달은 지 얼마 되지 않았어요. 1주일 뒤, 루실은 빌에게 전화를 해서 마크가 '완벽'하다고 했어요. 그 여자가 한 말이었어요. 말 잘 듣고, 협조적이고, 다정하단 뜻이었죠. 2주일 뒤, 마크는 학교에서 어떤 여자아이 팔을 하도 세게 물어 피가 나는 일이 있었지만, 집에서는 아무 문제가 없었어요. 그 애가 뉴욕으로 돌아왔을 때, 버럭쟁이 꼬마는 영영 사라지고 없었어요. 누가 그 애한테 마법을 걸어서 말 잘 듣고 착한 아이로 바꿔놓은 것 같았어요. 하지만 제가 사랑하게 된 건 바로 그 로봇이었어요." 바이올렛의 눈은 말라 있었고, 나를 쳐다보며 이를 앙다물었다.

나는 바이올렛의 긴장한 얼굴을 살피며 말했다. "하지만 당신은 마크에게 무슨 일이 있었는지 모르는 줄 알았는데."

"그 애한테 무슨 일이 있었는지 이해하진 못해요. 제가 아는 거라고는 그 애가 돌아오니 딴 아이가 되어 있었다는 것뿐이에요. 그걸 확실히 아는 데도 오랜 시간이 걸렸어요. 그 애가 거짓을 몇 년째 보여준 다음에야 전 그 가면 뒤의 본모습을 볼 수 있었어요. 빌은 그걸 보려고 하지 않았지만, 저와 그 사람 모두 그 일에 연루되어 있었어요. 우리 때문에 그렇게 된 걸까요? 그건 모르겠어요. 우리가 그 앨 망쳐놓은 걸까요? 모르겠지만, 그 애는 우리가 자길 버렸다고 생각했을 거예요. 사실 전 루실도 미워해요. 그 여자가 어쩔 수 없이 그렇게, 저주 받은 집처럼 꽉 막혀 있는 거라고 해도 말이에요. 전 그 여자가 그런 사람이라고 생각해요. 처음에 빌이 그 여자와 헤어진 다음에는 미안하다고 생각했지만, 동정심은 모두 사라졌어요. 그리고 빌도 미워요. 날 두고 죽었으니까요. 그이는 병원에 가지 않았어요. 담배를 피우고, 술을 마시고, 우울증에 찌들어서, 전 그 사람이 더 단단하고, 강해야 한다고, 더 못되게 굴고, 더 화를 내야지, 내내 만사에 그렇게 죄책감을 느껴서는 안 된다고, 절 위해서 더 강해져야 한다고 생각했어요!" 바이올렛은 잠시 말을 멈췄다. 눈물에 젖은 검은 속눈썹이 반짝였고, 눈동자에 붉은 핏발이 보였다. 바이올렛은 침을 삼켰다. "누군가 필요했어요, 레오. 증오심 때문에 너무 외로웠어요. 당신은 나한테 너무 잘해줬고, 전 당신을 이용했어요."

나는 그때 웃기 시작했다. 처음에는 왜 기분이 좋아졌는지 알 수 없었다. 장례식에서 키득거리거나, 끔찍한 자동차 사고 소식을 전하는 사람 앞에서 웃는 것 같았지만, 그녀의 솔직함에 웃음이 나왔던 것이다. 바이올렛은 자신이 아는 대로 사실을 말하려고 몹시 노력했고, 함께 숱한 거짓말과 도둑질, 살인을 겪고 난 뒤 그렇게 자신을 비판하는 것을 보니 우스웠다. 고해소에서 훨씬 더 큰 죄를 저지른 사제에게 사소한 잘못을 고백하는 수녀가 떠올랐다.

바이올렛은 내 미소를 보더니 말했다. "우스운 이야기가 아니에요, 레오."

"아니, 우스워." 내가 말했다. "느낌이 드는 건 어쩔 수 없어. 중요한 건 사람들의 행동인데, 제가 보기에 당신이 잘못한 일은 없어. 당신과 빌이 마크를 루실에게 보낼 때는 그게 옳은 일이라고 생각했지. 사람들은 그 이상은 할 수 없어. 이제 내 말을 좀 들을 차례야. 나도 감정을 마음대로 할 수 없지만, 그걸 입 밖에 꺼낸 건 잘못이었어. 우리 둘 다를 위해 아까 한 말을 취소하고 싶군. 머리가 돌았어. 그런 거야. 난 이제 어쩔 도리가 없어."

바이올렛은 초록색 눈동자로 나를 가만히 바라보았고, 내 어깨에 손을 얹고는 팔을 쓰다듬기 시작했다. 그녀의 손길에 잠시 당황했지만, 그로 인한 행복감을 거부할 수 없었고, 근육이 이완되는 것을 느꼈다. 누군가 나를 그렇게 만져준 지 오래 되어서 마지막이 언제였는지 기억해보려고 했다. 에리카가 빌의 장례식에 왔던 때였다.

"떠나기로 결정했어요." 바이올렛이 말했다. "여기 더 있을 수 없어요. 빌 때문이 아니에요. 그 사람 물건에 가까이 있고 싶어요. 마크 때문이에요. 그 애 근처에는 있을 수 없어요. 한 도시에 살 수도 없어요. 그 애를 다시 보고 싶지 않아요. 파리에 사는 친구가 아메리칸 대학교에서 세미나를 하라고 불러주어서, 몇 달만이긴 하지만 그 일을 하기로 했어요. 2주 뒤에 떠날 거예요. 저녁 식사를 하면서 이야기하려고 했지만, 전화가 와서…." 바이올렛은 잠시 얼굴을 일그러뜨리더니 말을 이었다. "당신이 사랑해주다니 운이 좋아요. 정말 운이 좋아요."

내가 대답을 시작했지만, 바이올렛은 내 입을 손가락으로 막았다. "말하지 말아요. 다른 이야기가 있어요. 이렇게 계속할 수 없을 거라고 생각해요. 제가 너무 혼란스러운 상태니까요. 전 온전한 상태가 아닌 걸 알잖아요." 바이올렛은 손을 내 목으로 옮겨 부드럽게 쓰다듬었다. "하지만 원하면 오늘 밤에 함께 있을 순 있어요. 당신을 정말 사랑해요. 당신이 원하는 방식은 아닐지 모르겠지만…."

바이올렛은 말을 멈췄다. 내가 그녀의 손을 잡아 부드럽게 떼어냈기 때문이었다. 나는 그녀의 얼굴을 바라보며 내내 그 손을 잡고 있었다. 그녀를 간절히 원하는 것을 알고 있었다. 그녀를 원하지 않는다는 것이 어떤 것인지도 잊은 상태였다. 하지만 그녀의 희생을, 그녀가 내게 내민 달콤

한 제안을 원하지는 않았다. 내 욕심과 욕망을 받아들이기만 하고, 보답해주지 않는다고 상상하니 울음이 나왔기 때문이다. 바이올렛의 눈에서 커다란 눈물 두 방울이 뺨을 타고 흐르는 사이 나는 고개를 저었다. 바이올렛은 이야기하는 내내 무릎을 꿇고 있었고, 내 허벅지에 얼굴을 대더니 일어나 나를 끌고 소파로 가서는 내 옆에 앉았고, 내 어깨에 머리를 기댔다. 나는 바이올렛을 팔로 감싸 안았고, 우리는 아무 말 없이 한참 함께 앉아 있었다.

그때, 버몬트에서 빌이 떠올랐다. 빌은 저녁식사 직전 바워리 2의 문에서 걸어 나왔다. 버몬트 집의 주방 창문을 통해 그가 보였고, 유난히 또렷한 기억이긴 했지만 아무 감정도, 그리움도 느끼지 않았다. 그저 내 인생을 엿보는 것뿐이었다. 일상을 살아가는 남들을 쳐다보는 냉혹한 관찰자였다. 빌은 층계 위에서 매튜와 마크를 맞이하려고 손을 들었고, 담배에 불을 붙이느라 걸음을 멈췄다. 그가 잔디밭을 가로질러 농장으로 걸어가는 사이 맷은 그의 팔을 잡아당기고, 내 아들은 빌을 올려다보았다. 마크는 씩 웃으면서 그들 뒤에서 비틀거리며, 한쪽 팔은 허리에 대고, 다른 팔은 마구 흔들면서 경련을 일으키는 척 했다. 마음속으로 커다란 주방을 살펴보니 에리카와 바이올렛이 테이블에 앉아 올리브 씨를 빼고 있었다. 문이 쾅 닫히는 소리가 났고, 그 소리에 여자 둘은 빌을 쳐다보았다. 파란색과 녹색 물감이 묻어있던 그의 손가락 사이 담배꽁초에서 연기가 피어올랐고, 빌이 담배를 피우는 사이 그의 머리에는 아직 스튜디오가 가득했고 아무하고도 이야기할 준비가 안 되어 있음을 알 수 있었다. 그 뒤에서 아이들이 층계 아래 사는 누룩뱀을 찾느라 허리를 숙이고 있었다. 아무도 말하지 않았고, 침묵 속에서 문 오른쪽에 걸려 있는 시계가 똑딱이는 소리가 들렸다. 검정 숫자가 또렷이 적힌 커다란 구식 시계였고, 나는 어떻게 시간을 원반 위에서, 자꾸만 같은 곳으로 돌아오는 침이 달린 원으로 계산할 수 있는지 이해해보려고 애썼다. 그 논리적인 혁명은 실수 같았다. 시간은 원형이 아니라고 생각했다. 그건 틀렸다. 하지만 내게 기억은 사라지지 않았다. 기억은 맹렬하고, 강하게, 벗어날 수 없이 계속되었다. 바이올렛은 시계를 보고 빌에게 손짓했다. "여보, 온통 끈적거리잖아. 씻고 와. 딱 20분 남았으니까."

바이올렛은 12월 9일 늦은 오후에 뉴욕을 떠났다. 낮게 내려앉은 하늘이 어두워지기 시작했고, 작은 눈송이가 떨어지기 시작했다. 나는 바이올렛의 무거운 여행 가방을 들고 계단을 내려가 보도에 올려둔 뒤 택시를 잡아주려고 손을 흔들었다. 바이올렛은 긴 군청색 코트 허리를 묶어 입고, 내가 늘 좋아했던 흰 털모자를 쓰고 있었다. 택시기사가 트렁크를 열어주었고, 우리는 함께 가방을 실었다. 작별인사를 하는 동안 나는 거기 있는 것, 내게 다가오는 바이올렛의 얼굴, 찬 공기 속 그 여자의 냄새, 입에 남긴 짧은 키스, 차 문이 열리고 닫히는 소리, 창문을 짚은 손, 모자 챙 아래 상냥하고 미안한 기색을 담은 두 눈을 모두 꼭 붙잡았다. 바이올렛이 돌아보며 다시 손을 흔들었고, 나는 그린 스트리트까지 노란 택시를 따라갔다. 택시가 그랜드 스트리트로 접어드는 것을 보았다. 택시가 한참 내게서 멀어졌을 때까지 움직이지 않았다. 조그만 노란 물체는 복잡한 자동차들 사이로 사라졌다. 택시가 내 그림 속의 택시만한 크기가 되었을 때에야 나는 돌아서서 집까지 걸어왔다.

이듬해에도 눈이 계속 방해가 되었다. 앞이 흐릿하게 보이는 것은 작업 스트레스이거나 백내장 탓일 것이라고 생각했다. 안과의사가 이런 시력

감퇴는 건성이 아니라 습성이기 때문에 치료할 수 없다고 했다. 나는 고개를 끄덕이고, 고맙다고 인사한 뒤 일어났다. 의사는 내 반응이 이상하다고 여겼는지 이맛살을 찡그렸다. 나는 그때까지 건강하게 지냈으니 불치병에 걸려도 놀랍지 않다고 했다. 의사는 그건 미국인답지 않은 태도라고 했고, 나도 수긍했다. 몇 해 동안 흐릿하던 시야는 안개 속처럼 되었고, 이제는 짙은 구름 때문에 앞이 보이지 않는다. 나는 여전히 사물의 윤곽은 보여서 지팡이 없이 걸어 다닐 수 있었고, 지하철도 조심하면 탈 수 있었다. 하지만 날마다 면도를 하기는 너무 힘들어서 턱수염을 길렀다. 매달 한 번 빌리지에서 나를 꼭 레온이라고 부르는 사람을 찾아가 수염을 다듬었다. 이제는 그가 내 이름을 틀리게 불러도 고쳐주지 않는다.

에리카는 내 삶 속에 반쯤만 남아있다. 우리는 전화로 더 자주 이야기하고, 편지는 전보다 적게 쓴다. 해마다 7월이면 우리는 버몬트에서 2주를 함께 보낸다. 올해 7월은 세 번째 해이며, 우리의 전통을 이어나갈 것이다. 365일 중 14일이면 우리한테는 충분한 것 같다. 우리는 오래된 농장집에서 지내지 않지만, 멀리 나가지도 않는다. 작년에는 차로 언덕을 올라간 뒤 차를 세우고 잔디밭을 걸어 다니며 빈 집의 창문을 통해 안을 들여다보았다. 에리카는 건강하지 않다. 두통 때문에 에리카는 방해를 받고, 며칠씩, 때로는 몇 주씩 아무 것도 못하지만 그래도 열심히 가르치고 글을 많이 쓴다. 1998년 4월, 에리카는 《난다의 눈물: 헨리 제임스 작품 속 억압과 해방》을 출간했다. 버클리 집에서 에리카는 종종 주말을 데이지, 랩 음악에 반한 통통한 여덟 살짜리 여자아이와 보낸다.

내년 봄이면 나도 은퇴할 것이다. 그때면 내 세상은 줄어들 것이고, 학생들과 에이버리 도서관, 연구실과 책이 그리울 것이다. 동료들과 학생들은 내가 매튜와 에리카, 시력을 잃은 것을 알기 때문에 나를 존경할 만한 인물로 만들어놓았다. 시력을 거의 잃은 미술사학과 교수에게 낭만적인 구석이 있는 모양이다. 하지만 컬럼비아에서 내가 바이올렛도 잃은 것을 아는 사람은 아무도 없다. 알고 보니 요즘 내게 바이올렛과 에리카는 비슷한 거리에 있다. 하나는 파리에, 하나는 버클리에 있고, 아무 데도 가지 않은 나는 뉴욕의 중립지역에 있으니까 말이다. 바이올렛은 바스티유에서 멀지 않은 마레 지구의 작은 아파트에 산다. 12월이면 바이올렛은 뉴욕으로 돌아와 며칠 지낸 뒤 미네소타의 고향으로 돌아가 크리스마스를 보낸다. 바이올렛은 늘 뉴저지에서 댄과 하루를 보내는데, 댄은 전보다 조금 더 낫다고 한다. 댄은 여전히 종종걸음을 치고, 줄담배를 피우고, 손가락으로 O를 그려 보이고, 다른 사람들보다 몇 데시벨 높은 소리로 말하며, 아직도 하루하루를 살아가는 법을 마스터하지 못했다. 청소나 장보기, 식사준비는 모두 어렵다. 하지만 바이올렛은 댄의 환경은 예전과는 달라졌으며, 그의 존재 자체가 약간 줄어들거나, 한층 옅어진 것 같다고 했다. 댄은 아직 시를 쓰고 이따금 희곡의 장면을 쓰지만 전만큼 다작하지는 않으며 원룸 아파트에 흩어져 있는 종이조각이나 원고에는 '…'로 이어지는 시 구절이나 대화가 잔뜩 적혀 있다. 나이가 들고 30년간 센 약을 먹은 덕분에 댄이 좀 누그러지기도 했지만, 침묵이 그의 삶을 조금 더 편하게 만들어준 것 같다.

 4년 전, 바이올렛의 동생 앨리스가 에드워드와 결혼했다. 1년 뒤, 마흔의 나이로 앨리스는 로즈라는 딸을 낳았다. 바이올렛은 로즈를 너무나 사랑했고, 해마다 뉴욕에 올 때면 미니애폴리스의 천사에게 가져다 줄 파리의 인형과 드레스를 가방 가득 가져온다. 바이올렛에게서는 두세 달에 한 번씩 연락을 받는다. 바이올렛은 편지 대신 테이프를 보내고, 나는 소식과 자기 작업에 대한 생각을 중얼거리는 내용을 듣는다. 바이올렛이 쓴

《후기 자본주의의 로봇들》에는 '열광적인 쇼핑,' '광고와 인공적인 신체,' '거짓말과 인터넷,' '이상적인 소비자로서 기생적 사이코패스' 같은 장이 들어있다. 연구를 통해 바이올렛은 19세기에서 현재로, 프랑스의 의사 피넬에서 살아있는 정신과의사 컨버그로 옮겨왔다. 바이올렛이 연구하던 질병의 용어와 어원은 시간이 지나면서 바뀌었지만 변화 과정을 모두 추적했다. 제 정신의 어리석음, 윤리적인 실성, 윤리적 백치, 소시오패스, 사이코패스, 반사회적 인격, 줄여서 ASP. 요즘 심리학자들은 정신질환에 대한 체크리스트를 이용하는데, 위원회를 구성해 그 내용을 개정하고 업데이트하지만 가장 자주 포함되는 특징은 입담과 매력, 병적인 거짓말, 공감능력 및 후회의 부재, 충동성, 잔꾀와 속임수, 아동기의 행동 문제, 실수로부터 학습하거나 처벌에 반응하지 못하는 것이다. 이 책에 들어가는 광의의 개념은 모두 각각의 사례가 설명해줄 것이다. 바이올렛이 수년 간 여러 사람들에게서 모은 숱한 이야기들이 그 사례이다.

바이올렛도 나도 내가 사랑한다고 말했던 날 이야기는 하지 않지만, 나의 고백은 아직도 두 사람이 공유하는 상처처럼 남아있다. 그때문에 우리 사이에 새롭게 조심스러운 금기가 생긴 것이 후회스럽지만, 진짜 불편한 점은 없다. 바이올렛은 매해 귀국할 때마다 늘 나와 하루 저녁을 함께 보내고, 저녁을 준비하는 동안 나는 즐거움을 억누르려고 애쓴다. 하지만 한 시간쯤 지나면 나는 그런 자의식을 잃어버리고, 우리는 전과 비슷하기는 하지만 좀 다른, 낯이은 친밀한 사이로 돌아간다. 에리카는 바이올렛에게 이브라는 남자가 있으며 둘은 호텔에서 만나 관계를 갖기로 '합의'를 보았다고 했지만, 바이올렛은 내게 그 사람 이야기를 하지 않았다. 우리는 함께 아는 사람들, 에리카와 라즐로, 핑키, 버니, 빌, 매튜, 마크 이야기를 한다.

마크는 이따금 나타났다가 사라진다. 빌이 떼어놓은 돈으로 마크는 시각미술 학교에 입학해 첫 학기 성적으로 제 엄마와 (파리에서 성적을 확인한) 바이올렛까지 놀라게 했다. 우편으로 도착한 성적표에는 A와 B뿐이었던 것이다. 하지만 2학기에 루실이 뭔가 알아보려고 학교에 전화를 했더니 마크는 학생이 아니었다. 성적표는 컴퓨터로 정교하게 위조한 것이었다. 가을에 1주일 반 학교를 나간 뒤, 마크는 등록금을 환불 받아 미키라는 여자아이와 달아났다. 마크는 봄에 다시 입학했다가 또 등록금을 환불 받아 달아났다. 그 애는 이따금 엄마에게 전화해 뉴올리언스나 캘리포니아, 미시건에 있다고 했지만 아무도 확실한 건 알지 못한다. 이제 스물두 살이 되어 패션 인스티튜트 오브 테크놀러지에서 공부하는 티니 골드는 내게 해마다 크리스마스카드를 보낸다. 2년 전, 티니 골드는 친구 하나가 마크가 뉴욕의 CD가게에서 나가는 것을 보았다고 편지로 알려주었지만, 그것도 백퍼센트 확실하진 않다고 했다.

마크와 다시 만나거나 이야기하고 싶지 않지만 그렇다고 그 애를 털어버릴 수 있는 건 아니다. 건물이 상대적으로 조용해 모든 소리가 증폭되는 밤이면 신경이 곤두서고 어둠 속에서 맹인이 된 것 같다. 그 애가 현관문 앞이나 화재 비상구에서 움직이는 소리가 들린다. 그 애가 없다는 걸 알면서도 맷의 방에서 그 애 소리가 들릴 때가 있다. 반쯤은 기억, 반쯤은 지어낸 환상 속에서 그 애가 보이기도 한다. 빌이 그 애의 조그만 머리를 자기 어깨에 대고 안고 있는 모습도 본다. 바이올렛이 아이를 목욕시키고 타월을 덮어준 뒤 목에 키스하는 것도 보인다. 그 애가 맷과 함께 버몬트에서 어깨동무를 하고 숲으로 들어가는 모습도 보인다. 시가 상자를 테이프로 감는 것도 보인다. 하포 막스가 미친 듯 빵빵거릴 때 그 애 모습도 보이고, 내쉬빌의 호텔 방에서 테디 자일즈가 내 머리를 벽에 부딪칠 때 쳐다보는 그 애도 보인다.

    라즐로는 테디 자일즈가 모범수라는 얘기를 전해준다. 처음에는 자일즈가 범죄자들 사이에서도 비난 받는 죄를 저질러 교도소에서 살해될지도 모른다는 추측이 있었지만 그는 모두에게, 특히 간수에게 잘 보인 것 같다. 그가 체포된 후 얼마 안 지나 〈뉴요커〉는 자일즈에 대한 기사를 실었다. 그 기사를 쓴 기자는 조사를 철저히 했고, 몇 가지 수수께끼가 풀렸다. 자일즈의 어머니는 매춘부도 웨이트리스도 아니었음을 알게 되었다. 그녀는 죽지 않았고, 애리조나 투산에서 살고 있지만, 인터뷰는 거부했다. (본명이 앨런 존슨인) 테디 자일즈는 클리블랜드 교외의 중산층 가정에서 자라났다. 그의 아버지는 회계사로 일했고, 테디가 한 살일 때 아내와 헤어져 플로리다로 떠났지만 아내와 아들에게 생활비는 계속 보냈다. 자일즈의 이모 한 사람의 이야기에 따르면, 존슨 부인은 남편이 떠난 지 한 달 뒤 심한 우울증에 걸려 입원했다. 자일즈는 할머니에게 보내져 어린 시절 대부분을 어머니와 여러 친척 집을 오가며 보냈다. 자일즈는 열네 살에 퇴학을 당하고 여행을 시작했다. 그 후 그 기자는 앨런 존슨의 종적을 놓치고 그가 뉴욕에서 테디 자일즈로 등장할 때까지 무엇을 했는지 알아내지 못했다. 기자는 폭력과 포르노그래피, 미국 문화에 대한 흔한 논평을 했다. 그는 자일즈의 작품의 추한 내용, 예술계에서 잠시 센세이션을 일으킨 점, 검열의 위험, 이 모든 상황의 암울함에 대해 생각했다. 그는 글을 진지하게 잘 썼지만, 기사를 읽는 동인 나는 그가 독자들의 기대에 따라 말하고 있다는 느낌에 사로잡혔다. 매끄러운 언어와 용인된 사상으로, 그 기사를 읽은 누구도 불편하지 않을 것이다. 한 페이지에는 일곱 살의 앨런 존슨 사진이 실려 있었다. 배경에 가짜 하늘이 그려진, 질 낮은 초등학교 증명사진이었다. 그도 한 때는 금발에 귀가 뾰족한 귀여운 아이였다.

라즐로는 오후에 나를 위해 일해 준다. 라즐로는 내가 잘못 보는 것을 볼 수 있으니 우리는 효율적인 팀이 된다. 나는 사례를 후하게 하고, 라즐로도 일을 즐거워하는 것 같다. 1주일에 세 번, 그는 저녁 때 내게 와서 순전히 재미로 책을 읽어준다. 핑키가 밤에 아이 봐줄 사람을 구하면 함께 오기도 하지만 책 읽기가 끝나기 전에 소파에서 잠든다. 윌리, 위 윌리, 윙키, 윙커라고도 하는 윌은 지난 달에 두 살 반이 되었다. 핑클만 집안의 아들은 쉬지 않고 뛰고, 깡충거리고, 기어오른다. 부모와 함께 여기 오면 그 애는 내가 전용 정글짐이라도 되는 듯 달려들어서는 내 늙은 몸에 온통 발자국을 낸다. 하지만 나는 그 붉은 머리 개구쟁이를 좋아하고, 그 애가 내 위로 기어 올라와 얼굴이나 머리에 손을 대면 그 손의 떨림을 느끼면서 윙커도 아버지의 남다른 감수성을 물려받았는지 궁금하다.

하지만 윌은 내게 아버지가 두 달 동안 읽어주고 있는 《자질 없는 남자》를 읽는 시간에 함께 올 정도가 되진 않았다. 말 수 없는 사람 치고 라즐로는 꽤 낭독을 잘한다. 라즐로는 맞춤법에 주의하고 발음이 꼬이는 법도 드물다. 이따금 라즐로는 한 부분을 읽고 목구멍에서 콧구멍으로 쿵하는 소리를 낸다. 나는 '핑클만의 웃음'이라고 부르는 그 소리가 들리기를 기대한다. 콧소리와 문장을 연결시킴으로써, 나는 마침내 라즐로에게서 희극적인 깊이를 발견했기 때문이다. 그의 유머감각은 건조하고 절제되어 있으며, 주로 뮤실에 잘 어울리는 블랙유머다. 서른다섯의 라즐로는 이제 젊지 않다. 그가 신체적으로 늙었다는 느낌은 없지만, 그건 그가 머리모양이나 안경, 네온색 바지를 바꾸지 않고, 내 눈이 침침하기 때문일 수도 있다. 라즐로에게도 이제 판매상이 있지만, 판매상이 기뻐하기에는 너무 적은 양을 팔고 있다. 그럼에도 불구하고 라즐로는 움직이는 팅커토이를 계속 연구하고 있으며, 이제 그것들은 작은 물건과 인용구가 적힌 깃발을 쥐고 있다. 라즐로가 뮤실을 읽는 이유는 신랄한 인용문을 찾기 위해서이다. 멘토인 빌과 마찬가지로, 라즐로도 순수함에 끌린다. 그에게는 은둔자의 기미가 있다. 하지만 라즐로는 다른 세대이고, 관찰하는 그의 두 눈은 허영과 부패, 잔인한 짓, 약점, 운명, 뉴욕 예술계의 추락을 너무 오래 지켜보았으므로 거기서 영향을 받지 않을 수 없다. 가끔 쇼에 대해 이야기할 때면 그의 목소리에 냉소가 기어들기도 한다.

지난 봄, 라즐로와 나는 라디오에서 메츠 경기를 듣기 시작했다. 이제 8월 말인데, 지하철 시리즈가 나올 수도 있다는 것에 대해 흥분된 대화가 오간다. 라즐로도 나도 광팬이 되어본 적은 없다. 우리는 죽은 두 팬들을 대신해 경기를 듣고, 홈런이나 멋진 2루타, 3루로 아름다운 슬라이드, 1루에서 진짜로 아웃인지 판정 시비가 있을 때면 그들 대신 즐거워한다. 슬라이더, 속구, 너클볼, 플라이볼 등, 야구 용어가 재미있어서 라디오로 밥 머피의 중계를 듣는 것이 즐겁다. 자세한 중계는 예상보다 흥미진진해졌다. 지난 주 나는 의자에서 벌떡 일어나 환호하기도 했다.

라즐로는 맷의 드로잉을 꺼내 보길 좋아한다. 내가 잘 볼 수 없을 때면 라즐로가 그 장면을 설명해주기도 한다. 나는 의자에 기대앉아서 매튜가 그린 뉴욕의 조그만 사람들에 대해 라즐로가 전하는 설명을 듣는다. 지난 주 라즐로는 데이브의 그림을 설명해주었다. "데이브가 의자에서 쉬고 있어요. 좀 지친 표정이지만, 눈은 뜨고 있어요. 맷이 이 노인의 턱수염을 삐죽삐죽한 선으로 그리고 흰 색으로 칠한 것이 마음에 들어요. 데이브 할아버지는 아마 옛날 애인 생각을 하나 봐요." 라즐로가 말했다. "마음속으로 슬픈 일을 기억하고 있어요. 맷이 눈썹 사이에 작은 주름을 그린 걸 보면 알 수 있어요."

빌에 대한 책에 관해서라면 라즐로는 나의 오른 손이 되어주었다. 몇 년 동안 그 책은 늘었다, 줄었다, 다시 늘어나고 있었다. 2002년 위트니에서 빌의 회고전을 하기 전에 그 책을 완성하고 싶다. 그해 여름이 시작될 무렵, 이 책을 쓰기 위해 라즐로에게 불러주던 그 책 수정작업을 중단했다. 그 일을 진행하기 전에 해결할 사적인 프로젝트가 있다고 했다. 라즐로는 그 말이 사실인지 의심한다. 라즐로는 내가 그 일을 위해 수동 타자기에서 먼지를 털어내고 날마다 몇 시간씩 열중해 타자를 치고 있다는 것을 알고 있다. 낡은 올림피아 타자기를 꺼낸 것은, 그것을 쓰면 컴퓨터처럼 키 위치를 손가락이 쉽게 잊어버리지 않기 때문이다. "눈이 피로할 거예요, 레오." 라즐로가 말한다. "무슨 일인지 몰라도 저한테 도와달라고 하세요." 하지만 라즐로는 이 이야기에 대해서는 도움을 줄 수 없다.

파리로 떠나기 전, 바이올렛은 바워리에 빌의 책 한 상자를 내 몫으로 놓아두었다고 했다. 바이올렛은 내가 좋아하고 내 작업에 도움이 될 책을 모아두었다. "모두 표시가 되어 있어요. 그리고 가장자리에 길게 노트를 적은 것도 있어요." 나는 두 달 넘게 그 책들을 가지러 가지 않았다. 마침내 그 책들을 가지러 가자, 밥 씨가 나를 따라 나오며 빗자루로 쓸면서 긴 연설을 늘어놓았다. 내가 빌의 유령에게서 물건을 훔치고, 망자의 성역을 침범하고, 미인에게서 유산을 빼앗아간다는 것이었다. 바이올렛의 글씨로 상자에 적힌 내 이름을 가리키자 밥은 잠시 아무 말도 하지 않더니 곧 20년 전 플러싱에서 귀신이 붙은 책장을 발견한 이야기를 늘어놓았다. 작은 상자를 들고 현관을 걸어 나오자, 밥은 기계적인 축복으로 내게 벌을 주었다.

바이올렛은 바워리 스튜디오를 내놓지 않았다. 바이올렛은 아직도 자신과 밥 씨를 위해 그곳의 세를 내고 있다. 결국 아옐로 씨와 그 상속자들이 건물을 처리하겠지만, 지금으로서는 그곳은 실성했지만 입담 좋은 노인이 사는, 아무도 기억하지 못하는 낡은 건물일 뿐이다. 밥은 요즘 무료 식당에서 주로 식사를 한다. 한 달에 한 번쯤 나는 그곳에 찾아가 그 사람이 잘 있는지 확인하거나, 노인의 독백이 내키지 않을 때면 라즐로를 보낸다. 그곳에 찾아갈 때마다 식료품 꾸러미를 가져가다보니 밥이 내가 가져온 것이 마음에 들지 않는다고 짜증내는 소리를 듣는다. 밥이 내게 '혓바닥'이 없다고 비난한 적도 있다. 그렇지만 나에 대한 그의 태도가 약간 누그러진 것은 느꼈다. 그의 적대감은 조금 덜해졌고 축복기도는 더 길고 현란해졌다. 밥 씨를 찾아가는 것은 이타주의 정신 때문이 아니라 그 사람의 멋진 작별인사를 듣고, 신과 세라핌, 성스러운 비둘기와 희생양에게 바치는 기도를 듣고 싶기 때문이다. 그가 시편을 기발하게 바꾸어놓는 것이 기대된다. 그가 가장 좋아하는 구절은 시편 38편인데 자기 마음대로 신께 내 사타구니에서 병을 없애시고, 살이 튼튼하기를 기도한다. "오, 주여, 이 사람이 큰 절을 받지 말게 하옵소서." 바워리에 지난 번에 갔을 때는 밥이 내게 이렇게 외쳤다. "이 사람이 하루 종일 슬퍼하지 말게 하옵소서."

    5월이 되어서야 바이올렛의 편지들을 찾았다. 다른 오랜 된 책들은 열어보았지만, 다 빈치 드로잉 책은 열어보지 않았다. 〈이카로스〉에 대한 조사를 시작하면 보려고 아껴두었다. 빌의 미완성 작품이 그 드로잉에 영향을 받았다고 확신했지만, 식섭적인 것이 아니라 다 빈치가 하늘을 나는 새 기계 드로잉을 했기 때문이었다. 〈이카로스〉는 미뤄두고 있었다. 마크를 언급하지 않고 그 작품에 대해 쓸 수 없을 것 같았다. 그 책을 펼치자마자 편지 다섯 통이 나왔다. 몇 초 만에 내가 발견한 것이 무엇인지 알고 읽기 시작했다. 읽고 쉬고 읽고 쉬고 긴장에 숨을 몰아쉬면서도 다음에 무슨 말이 나올지 궁금했다. 그 연애편지를 해독하는 나를 아무도 보지 못해 다행이다. 나는 숨을 몰아쉬고, 현기증을 느끼며, 눈을 깜빡이면서 긴장한 상태로 두 시간 동안 다섯 통의 편지를 모두 읽었고, 그리고 눈을 한참 동안 감고 있었다.

"내 무릎이 아름답다고 한 때 기억나? 무릎이 마음에 든 적이 없었어. 못생겼다고 생각했지. 하지만 당신 눈이 내 무릎을 재활시켜주었어. 당신을 다시 보든, 보지 못하든, 나는 아름다운 두 무릎으로 삶을 살아낼 거야." 그 편지에는 이런 단상이 가득했지만, 이런 말도 적혀 있었다. "이제 당신에게 사랑한다고 말해야 되겠어. 비겁해서 그 말을 하지 않았어. 하지만 이제 큰 소리로 외치고 있어. 당신을 잃었지만, 항상 내 자신에게 말할 거야. '나는 사랑을 누렸어. 내겐 그이가 있었고, 그건 달콤하고 신성하고 아름다웠어'라고. 당신이 허락한다면 늘 특이하고, 야만스럽고, 그림만 그리는 당신을 사랑할 거야."

그 편지들을 파리의 바이올렛에게 보내기 전, 복사해서 사본을 서랍에 넣어두었다. 나도 그런 짓을 하지 않을 만큼 훌륭한 사람이고 싶었다. 그것을 읽고 싶은 욕심을 참을 수가 없었지만, 시력이 더 좋았더라면 사본을 만들지 않았을지도 모른다. 내용을 읽으려고 그것을 둔 것이 아니다. 내용을 살피기는 너무 어려웠다. 다양한 환유에 매료되어 오브제로서 편지들을 간직한 것이다. 요즘 내가 서랍에서 물건들을 꺼낼 때는, 바이올렛이 빌에게 보낸 편지들과 두 사람의 작은 사진은 서로 떼놓는 일이 거의 없다. 하지만 마분지 조각과 매튜의 칼은 다른 것들과 떼어두었다. 몰래 먹은 도넛과 훔친 선물에는 마크의 흔적과 나의 두려움이 가득하다. 그 두려움은 라파엘 에르난데스의 살해 이전으로 거슬러 올라가며, 움직이는 물건 게임을 할 때면 친척들과 조부모님, 쌍둥이의 사진을 칼과 상자 조각 옆으로 옮기고 싶을 때가 많다. 그러면 게임에서 공포가 느껴진다. 그러면 나는 벼랑으로 내몰리는 것 같아 건물에서 뛰어내린 것처럼 떨어지는 느낌이 든다. 아래로 곤두박질치다가, 떨어지는 속도에 내 자신이 형태는 없지만 귀가 멍멍한 소리를 내는 것으로 변해버린다. 비명으로 들어가는 것, 비명이 되는 것 같다.

그러다 나는 고소공포증 환자처럼 뒤로 물러난다. 배열을 바꾼다. 부적, 초상, 화신. 이런 조각은 연약하지만 의미를 지켜내는 것들이다. 이성적인 수를 두어야 한다. 애써 모든 배치에 일관성 있는 설명을 제시하지만 따지고 보면 이 게임은 마술이다. 나는 죽은 자들, 사라진 자들, 상상 속의 인물들의 영혼을 불러내는 마법사이다. 배가 고파 쇠고기를 그린 O처럼 나는 나를 만족시키지 못하는 유령을 불러낸다. 하지만 그 영혼들은 그 자체로 힘을 갖고 있다. 오브제들은 기억을 불러내는 뮤즈가 된다.

우리 자신에 대해 하는 이야기는 모두 과거시제로만 말할 수 있다. 그 이야기는 우리가 지금 서 있는 곳으로부터 이야기 속 배우들이 아닌, 말을 하기로 선택한 관객들을 과거로 데려간다. 우리 뒤에 남은 발자국은 헨젤이 남긴 것 같은 돌멩이일 때도 있다. 동틀 무렵 새가 날아와 빵조각을 다 먹어버려서 자국이 하나도 남지 않을 때도 있다. 이야기는 공백 위로 날아와 '그리고'와 '그래서'로 이어지는 종속구문으로 그 공백을 채운다. 내가 알기로 얕은 구덩이와 서너 개의 깊은 함정이 있는 길에 계속 머무르기 위해 나는 이 책을 채워냈다. 글쓰기는 나의 허기의 자취를 찾는 방법이고, 허기란 구멍이 아니면 아무 것도 아니다.

이 이야기의 한 가지 판에서 도넛 상자의 불에 탄 조각이 허기를 상징할 수도 있다. 마크는 늘 뭔가에 굶주린 것 같다. 하지만 그게 무엇일까? 마크는 내가 자신을 믿어주고, 우러러봐주기를 바랐다. 적어도 그 애가 내 눈을 들여다본 동안에는 그것을 몹시 바랐다. 어쩌면 그에게서 유일하게 온전하고 진실한 것이 그 바람이었으며, 그것이 그 애를 빛나게 했을 것이다. 그 애가 내게 아무런 감정이 없거나, 내 존중을 얻기 위해 거짓말을 해야 했던 것은 중요하지 않았다. 중요한 것은 그 애가 나의 믿음을 느꼈다는 것이다. 하지만 남을 기쁘게 하는데서 얻는 기쁨은 오래 가지 못했다. 마크는 허기를 채울 수 없어 크래커와 도넛을, 훔친 물건과 돈을, 약과 추격 자체를 끊임없이 원했다.

내 서랍에는 루실을 의미하는 물건은 없다. 루실의 일면을 가진 물건을 모으기는 쉬웠겠지만 그러지 않았다. 빌은 루실을 오랫동안 뒤쫓았지만, 마음속 어디에 있는지 결코 알지 못했다.

나도 루실을 한동안 좇았지만 막다른 골목에 다다랐다. 루실이 지니는 의미는 강력했지만 그 의미가 부재에 의해 가장 잘 표현되는 도피 자체가 아니라면 무엇인지 모르겠다. 빌은 자신도 알 수 없는 것을 그의 욕구와 의심과 소망의 무게를 짊어질 실재 물건들, 그림과 상자, 문, 그리고 테이프 속 온갖 아이들로 바꾸었다. 수천 명의 아버지. 흙과 물감과 포도주와 담배와 희망. 빌. 마크의 아버지. 빌이 어린 아들을 바워리에서 직접 만든 파란 보트 침대에 태워 흔드는 모습이 아직도 눈에 선하고, "테이크 어 워크 온 더 와일드 사이드"를 낮은 쉰 목소리로 부르는 음성도 귀에 쟁쟁하다. 빌은 바뀐 아이, 공백의 아들, 유령 소년을 사랑했다. 빌은 아직도 이 도시 저 도시를 전전하며 여행 가방에 손을 넣어 가면과 가짜 목소리를 꺼내는 소년도 어른도 아닌 아들을 사랑했다.

바이올렛은 여전히 공기 속의 질병을, 희생자들에게 소리 지르고, 굶고, 먹고, 죽이라고 속삭이는 시대정신을 찾고 있다. 바이올렛은 사람들 마음을 뚫고 지나가고는 그 풍경의 흔적이 되는 개념상의 바람을 찾고 있다. 하지만 전염이 어떻게 외부에서 내부로 옮겨가는지 확실하지 않다. 그것들은 언어와 그림, 감정, 그리고 뭐라고 부를 수 없지만 우리 사이에 존재하는 어떤 것 속에서 움직인다. 베를린, 몸센스트라세 11번지의 아파트 이 방 저 방을 걸어 다니는 나 자신을 발견하는 날도 있다. 가구는 좀 흐릿하고 사람들은 하나도 없지만 빈 방의 느낌과 창문으로 들어오는 햇빛을 느낄 수 있다. 아무런 의미도 없는 곳. 나는 아버지처럼 그곳에서 돌아서서 아버지가 장부의 그들 이름을 찾기를 그만 둔 날, 아버지가 알았던 날을 생각한다. 말이 안 되는 것, 이루 말할 수 없이 끔찍한 넌센스와 함께 살기는 어렵다. 아버지는 그럴 수 없었다. 어머니는 돌아가시기 전 작아졌다. 병원 침대에 누운 어머니는 매우 작아보였고, 시트 위에 놓인 주근깨 난 팔은 창백한 살이 늘어진 꼬챙이 같았다. 그것은 모두 베를린과 탈출과 햄스티드와 독일과 그 무렵의 혼란이었다. 어머니의 머리에서 40년이 사라졌고 어머니는 아버지를 불렀다. 어둠 속의 무터.

바이올렛은 빌의 작업복을 싸서 파리로 가져갔다. 아직도 그 옷을 가끔 입고 위로를 구할 것이다. 빌의 낡은 셔츠와 물감이 묻은 청바지를 입은 바이올렛을 떠올리면 카멜 담배를 쥐어주고 마음속으로 그 이미지를 '자화상'이라고 부른다. 이제는 피아노에 앉은 바이올렛을 상상하지 않는다. 나로부터 바이올렛을 멀리 쫓아버린 진짜 키스와 함께 레슨은 마침내 끝났다. 인생이 돌아가고, 변하고, 헤매면서 상황이 전개되는 과정은 참 이상하다. 매튜는 노인을 여러 번 그리고 데이브라고 불렀다. 세월이 지나고 보니 그 애는 자기 아버지를 그리고 있었던 것이다. 나는 이제 눈에 안대를 붙인 데이브가 되었다.

위층에 또 다른 가족이 이사 왔다. 2년 전 바이올렛은 많은 돈을 받고 위층 집을 웨이크필드 가족에게 팔았다. 날마다 저녁 때면 그 집의 두 아이 제이콥과 클로이의 소리가 들린다. 아이들은 잠자리에 들기 전이면 항상 격렬한 춤을 추어 우리 천장에 붙어 있는 것들을 뒤흔든다. 제이콥은 다섯 살, 클로이는 세 살이고 하는 일이 소리를 내는 것이다. 아이들이 몇 시간씩 쿵쿵거리면 짜증이 났겠지만 일곱 시쯤 꼭 시간 맞춰 아이들이 폭발하는 것에 적응이 되었다. 제이콥은 마크가 쓰던 방에서 자고 클로이는 바이올렛의 서재에서 잔다. 거실에는 붉은 소파를 두었던 자리에 플라스틱 미끄럼틀이 있다. 실화에는 모두 몇 가지 가능한 결말이 있다. 이것은 나의 결말이다. 위층이 조용한 것을 보니 아이들이 잠든 모양이다. 2000년 8월 30일, 밤 8시 30분이다. 저녁을 먹었고, 그릇을 치워두었다. 이제 타자를 그만 치고 의자로 옮겨가 눈을 쉬게 할 것이다. 30분 뒤에는 라즐로가 책을 읽어주러 올 것이다.

옮긴이의 말

"자아와 재현, 예술과 비평, 사랑과 절망에 대한 세상에서 가장 지적인 소설"

《내가 사랑했던 것》의 작가 시리 허스트베트가 누구냐고 묻는다면 소위 미모와 지성을 겸비한, 작가 폴 오스터의 완벽한 아내라는 대답이 먼저 돌아올지 모르겠다. 우리나라에서 특히 유명한 《뉴욕 삼부작》의 폴 오스터와 시리 허스트베트는 뉴욕 문단이 자랑하는 황금의 커플이다. 알고 보면 허스트베트는 사실 남편의 명성에 절대로 빛바래지 않는, 아니 심지어 가끔은 남편의 명성을 훌쩍 앞지르는 독자적인 세계를 이미 구축한, 경이로운 이력의 중진 필자다. 한 독서 블로거의 표현을 빌자면 "미친 게 아닌가 싶을 정도로 지적이고, 무서우리만큼 날카로운 통찰력을 지녔다고 악명이 높은" 그녀는 현재 전방위 인문학자로서, 비평가 겸 수필가 겸 소설가로서 활발한 활동을 펼치고 있다. 미네소타 주의 사립명문 세인트 올라프 대학을 수석으로 졸업하고 뉴욕 컬럼비아 대학에서 영문학을 공부하던 중 작가 폴 오스터와 만나 결혼한 허스트베트는 시인으로 문단에 데뷔했으나 곧 소설가로 전향했다. 그리고 첫 소설인 《눈가리개The Blindfold》는 잡지에 미리 공개된 일부가 '올해의 미국 단편The Best American Short Stories'에 2년 연속으로 선정되었으며 무려 17개국 언어로 번역 출판되는 대성공을 거두었다. 후속작으로 출판된 《릴리 달의 매혹The Enchantment of Lilly Dahl》, 《어느 미국인의 슬픔The Sorrows of an American》, 그리고 《내가 사랑했던 것What I Loved》 중에서도 2003년 출간된 《내가 사랑했던 것》은 평단의 찬사 속에 29개국 언어로 번역되어 국제적인 베스트셀러가 되었다.

소설가로서 평단의 인정과 대중적 성공이라는 두 마리 토끼를 모두 잡고 나서도 허스트베트의 작가적 지성은 하나의 형식에 갇히거나 안주하지 않는다. 영문학 연구를 포기하지 않고 병행해 컬럼비아 대학에서 찰스 디킨스 연구로 박사학위를 받았을 뿐 아니라, 워싱턴 내셔널 갤러리에서 열린 요하네스 베르메르 특별전에서 〈진주 목걸이를 든 처녀〉에 대해 기고한 소논문 한 편으로 미술 평단에 엄청난 화제를 몰고 전격 입성하게 된 것이다. 그후 해박한 미술사 지식과 문학적 소양, 비범한 필력과 통찰력을 갖춘 미술 비평가로서 인정받은 그녀는 노르웨이 문학 교수였던 아버지의 장례식을 계기로 또 전혀 다른 학문 분야에 관심을 갖게 된다. 아버지의 장례식장에서 추도사를 하던 중 사지에 격렬한 경기를 일으켰던 것이다. 그러나 주체할 수 없이 사지가 흔들리는 와중에도 그녀는 추도사를 또박또박 끝까지 마쳤다. 마치 자아가 정신과 육체로 분열되는 듯했던 그 트라우마적 경험을 기점으로 계속적으로 간질 발작과 편두통을 겪은 허스트베트는 신경과학과 심리학에 심취하게 되고, 그 결과 자신의 병증을 의학사적, 심리학적, 정신석학적, 정신과적으로 분석해 기록한 《덜덜 떠는 여자 또는 내 신경의 역사Shaking Woman or The History of My Nerves》를 출간해 화제를 일으킨다. 철학, 문학, 미학과 신경정신분석학에 대한 아카데믹한 접근을 바탕으로 허스트베트는 계속해서 키에르케고르에서 제인 오스틴까지 주제와 장르를 가리지 않는 강연과 집필 활동을 이어가고 있으며 2012년에는 그간의 연구 업적을 인정받아 가바론 국제 인문학 상을 수상한 바 있다.

시리 허스트베트의 네 번째 소설이자 지금까지의 소설들 중 최고작으로 평가받는 《내가 사랑했던 것》은 허스트베트의 얼핏 산만해 보이는 관심사들을 꾸준하고도 끈질긴 단일한 탐구로서 이해하는 길을 열어준다는 의미에서 가장 '허스트베트답'다. 예술과 심리와 사랑과 가족과 언어적 재현, 허스트베트의 지적 편력이 일관되게 파헤쳐 온 주제들이 모두 집약되어 있기 때문이다. 특히 시리 허스트베트는 여러 인터뷰와 글에서 기억과 정체성이라는 키워드가 분야를 가리지 않는 자신의 탐구를 이끌고 있다고 밝힌 바 있는데 이 두 단어야말로 《내가 사랑했던 것》의 핵심에 도사리고 있는 커다란 물음표를 구성한다. 주제 뿐 아니라 글쓰기의 양식에 있어서도 《내가 사랑했던 것》은 그 누구도 감히 모방할 수 없는, 작가로서 시리 허스트베트 고유의 특징을 고스란히 품고 있다. 소설이 캐릭터와 스토리의 힘에 근거한 꾸며낸 이야기로서의 미덕을 잃지 않으면서 동시에 얼마나 멋지게 심리학적이고 미학적이고 철학적이고 의학적이고 사회학적인 사변을 남을 수 있는 양식인가를 기가 막히게 근사한 방식으로 입증하기 때문이다. 그것도 사변을 이야기 사이에 중간 중간 끼워 넣는 게 아니라 이야기의 사변성 자체를 탐구하는 방식으로 말이다. 소설이라는 양식이 영화나 멀티미디어 서사매체에 밀려 갈수록 가볍고 피상적인 여흥거리로 전락하고 있는 현실에서, '엄정한 지성과 서사적 쾌감'을 결합한 이러한 소설적 사유는 뉴욕 타임즈 북리뷰나 뉴스데이에서 격찬한 대로 '현대 독자들이 꿈꾸는' '희귀한' 보물이 아닐 수 없다. 그리고 이처럼 심도 깊고 해박하면서도 섹시하고 유혹적인 글쓰기야말로 단순한 줄거리 설명으로는 도저히 설명할 수 없는 마력을 지닌 이 소설의 힘이 펑펑 솟아나는 원천이다.

이야기는 단순하다. 비슷한 또래의 외동아들을 둔 미술사 교수와 화가가 만나 친구가 되고, 두 가족의 인연이 뒤얽히게 되면서 서로의 삶의 희비극을 함께 나누게 된다는 이야기. 그러나 이 소설은 그 '삶'을 바라보고 이해하는, 그 무엇보다 복잡하고 중층적인 시선과 구조를 담고 있다. 중심부에서부터 시야가 흐려지는 안질환을 겪고 있는 노년의 미술사 교수는 한 점의 그림에서 시작되어 평생 이어진 한 화가와의 우정과 인연을 회상하기 시작한다. 컬럼비아 대학 미술사 교수라는 박식하고 분석적인 화자를 전면에 내세우면서 시리 허스트베트는 삶이 제공하는 체험의 디테일에 대해 지성적인 반응을 보이고 심도 깊은 논평을 할 수 있는 의식의 초점을 마련하게 된다. 이 중층적이고 복합적인 서사에서 이야기를 구성하는 사건의 연속만큼이나 중요한 건 그 사건에 반응하는 주체의 의식이고, 그 의식의 총체적 반응에 대한 더 광범한 차원에서의 논평과 해석이기 때문이다. 불가해한 것들을 이해하려는 모든 진지한 학자들의 학문적 호기심은 삶이 제공하는 수많은 불가해한 사건과 체험을 이해하려는 인간 본연의 욕구와 맞닿고, 그러한 이해가 궁극적으로 중재와 재현을 통해서만 가능하다는 포스트 모던한 인식과 이어져 점점 더 깊은 존재론적 의문들을 환기한다. 사건에 반응하고 해석하고 재현하는 주체의 의식이 불완전하고 파편적이라는 전제를 놓고, 그 의식의 절대적인 고독을 인간

조건으로 인정하면서, 그 고독한 인간의 의식이 얼마나 절박하게 관계를 맺고 사랑하고 이해하고 표현하려 몸부림치는지를 보여주고 그 몸부림의 중심에 학문이 있고 소설이 있고 예술이 있고 사랑이 있다고《내가 사랑했던 것》은 말한다. '본다'는 것이 정체성이었던 미술 비평가가 시각을 잃고 죽음에 다가가는 황혼기에, 예술과 삶과 학문은 다 같이 기억이 된다. 예술적 체험도, 삶의 체험도 궁극적으로는 기억으로 귀결되기에, 화자가 그 기억의 불완전한 주관성을 인정하고 왜곡되고 흐려지는 유동의 진실을 있는 그대로 인간 삶의 조건으로 받아들이는 순간 이 시적이고 철학적인, 아름답게 흔들리는 소설이 시작된다. 평생 구경꾼이고 바라보는 사람이었던 레오 허츠버그 교수는 이야기를 통해, 그가 사랑하고 존경했던 친구 빌 웩슬러처럼 이제 화폭이 아닌 언어를 통한 재현을 통해, 예술적 창조의 주체로 나서는 것이다.

1975년 영문학자인 에리카와 결혼한 미술사학자 레오 허츠버그는 소호의 한 갤러리에서 무명 화가의 구상회화 한 점을 보고 형용할 수 없는 매력을 느껴 그림을 사게 된다. 티셔츠 한 장을 걸치고 손에 장난감 택시를 든 반라의 여인에게 드리워진 관객, 또는 화자의 그림자, 그림의 구도에서 빠져나가고 있는 로퍼를 신은 발목을 그린 이 그림은 빌 웩슬러라는 젊은 화가의 작품으로 〈자화상〉이라는 제목이 붙어 있다. 그리고 이 그림의 구매로 인해 화가를 만나게 된 레오는 향후 25년에 걸쳐 화가와 평생에 걸친 우정을 맺게 되고 그림 속의 두 여인과 복잡하게 얽힌 생의 여정을 함께 하게 된다.

너무나 생생하게 묘사된, 그러나 실제 세상에 존재하지 않는, 말하자면 시리 허스트베트의 언어로 그려진 이 한 장의 그림은 여러 모로 소설의 핵심적 심상이다. 〈자화상〉이라는 제목은 자아, 또는 정체성의 경계가 절대로 뚜렷한 게 아니라는 소설 전반의 불안한 인식을 반영한다. 특히 화가 빌은 아내를 떠나 그림 속의 여인인 심리학과 대학원생 바이올렛에게 정착하게 되는데, 자유기고가로 책을 쓰는 바이올렛이 강박적으로 매달리는 주제가 바로 히스테리와 식이장애, 즉 자아의 불안한 경계 구획으로 일어나는 심리적 병증이기 때문이다. 이 그림은 등장인물들이 서로와 맺게 되는 관계를 또한 상징적으로 압축해 드러내며 그 속에서 정체성의 '혼합'을 교묘하게 중첩적으로 재현한다. 빌의 그림자는 그림을 보는 레오의 그림자와 겹쳐져 두 남자의 욕망의 대상인 바이올렛의 몸에 드리워진다. 바이올렛은 그녀가 모든 걸 내던져 사랑한 빌의 셔츠를 걸치고 있으며, 빌과 루실의 아들을 상징하는 택시를 손에 들고 있다. 그리고 이들의 자화상 속에서 지울 수 없는 흔적으로 남는 것은, 어두운 구석에서 지독하게 세밀한 하이퍼리얼리즘으로 묘사된 빌의 전부인前婦人 루실의 떠나가는 로퍼 구두다. 미술사학자인 레오는 화가인 빌을 선망하고 사랑하며 동일시한다. 그리고 그 선망은 빌과 바이올렛 모두에게 느끼는 어지러운 성적 매혹으로 드러나며, 바이올렛에 대한 불가항력적 끌림은 빌에 대한 애증을 낳고, 그 복잡한 애증은 루실과의 충동적인 하룻밤 섹스로 이어진다. 화가인 빌과 미술비평가인 레오는 서로 철저히 이해하고 또한 공생하는 관계이다. 빌의 작품세계는 오로지 레오의 비평이 중재하고 재현해야만 세상과 맞닿을 수 있다. 예술과 비평의 관계는 욕망의 대상을 공유하는 두 남자의 동성애적 공생관계와 마찬가지로 내밀하고 음란한 것으로 묘사된다.

그리는 사람인 빌과 보고 감상하는 사람인 레오의 정체성이 뒤얽히고 혼재되는 양상은 둘이 비슷한 또래의 아들을 낳고 키우는 과정에서 증폭

된다. 두 사람은 서로가 서로의 아이를 자기 아이처럼 사랑하고 부러워하고 질시하며 헛된 환상을 품는다. 예술적 천재인 아들 맷에 대한 레오의 사랑은 화가 빌에 대한 선망과 겹친다. 그리고 빌 역시 야구와 그림에 대한 열정을 공유한 맷을 자신이 꿈꾸었으나 갖지 못했던 아들로서 사랑한다. 이 자동적인 사랑에서 버려지는 빌의 친아들 마크의 심리는 이 소설이 급전직하 비극적 스릴러로 떨어지는 순간부터 차츰 차츰 불안하게 드러나며 이야기를 추동하게 된다. 두 아버지들은 작품 세계와 여자와 아들을 공유하며, 서로 다른 방식으로 고통스럽게 각자의 아들을 잃게 되는 과정을 또한 공감하고 관조한다. 그리고 처음에 〈자화상〉이 그러했듯, 이와 같은 소설 속의 사건들은 빌이 계속해서 창조하는 허구적인 작품들 속에서 이중으로 재현된다. 빌의 작품 세계는 뉴욕 미술계의 흐름과 생리, 시대적 변천을 누구보다 잘 알고 있는 허스트베트의 지식에 힘입어 마치 실존했던 예술가에 대한 전기처럼 놀라운 디테일과 개연성으로 묘사되는데, 구상회화부터 설치미술에 이르기까지 다양한 현대 미술의 기법을 종횡무진 섭렵하는 빌의 작품에 대한 레오의 애정 어린 묘사들은 단연 이 소설의 백미다. 손에 잡힐 듯 눈앞에 보일 듯한 이 작품들 중 단 하나도 실제로 이 세상에 존재하지 않는다는 사실을 생각하면, 말 그대로 레오의 글이 없다면 빌의 예술은 존재하지 못하는 셈이다. 언어를 통해 타인의 예술 세계를 해석하고 중재하는 비평적 언어의 강력한 창조성을 허스트베트는 이 허구적 설정을 통해 강력하게 입증해 보인다.

   삶과 해석, 욕망과 재현의 불온한 공조관계는 2부로 돌입하면서 폭력적이리만큼 과격한 전환을 맞게 된다. 공유하는 욕망의 대상인 맷의 죽음과 함께, 자식을 잃은 부모의 운명이라는 인생의 끔찍한 부조리 앞에서 레오는 절대적인 의식의 고독 속에 빠져 붕괴되는 합리성을 부여잡으려

발버둥 치며 아내 에리카와의 결별을 맞게 된다. 그리고 이 사건과 함께 하나 남은 아들 마크와 두 아버지들의 문제적 관계가 탄생하게 된다. 마크와 젊은 설치 예술가 테디 자일즈의 우정 내지 동성애적 관계는 레오와 빌의 관계를 끔찍하게 뒤틀고 왜곡한 무서운 패러디다. 자식 역시 자아를 재현하는 거울이라면, 빌은 인생의 역작에서 끔찍하게 실패한 셈이다. 그리고 레오는 빌의 실패작을 읽고 사랑하고 해석하려 노력하고 또 노력하지만 참담하게 실패한다. 마크의 인격 장애는 과학적이고 철저한 정신적 병증의 묘사인 동시에, 예술에 삶을 걸었던 두 남자의 인생이 궁극적인 재현에 실패했음을 보여주는 슬픈 증거다. 마크는 테디 자일즈가 자신과 '같은' 사람이며, 그런 사람은 한 번도 본 적이 없다고 말한다. 말하자면, 사랑받기 위해 다중의 인격을 투사하는 마크와 바라보는 사람과 시대의 욕망을 공허하게 반사하는 테디 자일즈의 피상적 예술세계는 삶을 죽인다는 점에서 근본적으로 동일하며 폭력적이다. 마크와 테디 자일즈는 불안한 현대인들의 자아 경계가 완전히 붕괴되는 대재앙의 표상이고 그 대재앙이 예술에 남긴 족적이다. 해석을 절망하게 하고 해석의 노력을 무위로 돌리는, 현대 예술과 비평에 횡행하는 무의 기표인 것이다. 불안하고 흔들리는 욕망과 자아를 삶의 조건으로 받아들이고 타자와의 혼재를 두려워하지 않으면서 사랑할 것인지, 어떻게 하면 유동적이고 불안한 진리를 좌절에도 굴하지 않고 재현하고 해석하는 노력을 이어갈 것인지, 그리하여 관계를 맺고 희망을 말하고 사랑을 말할 수 있는가를 소설은 진지하고도 서정적으로 짚어나간다.

이 소설 속에서는 단 하나의 설정, 단 하나의 인물, 단 하나의 심상도 낭비되지 않는다. 그 어떤 층위에서 읽어도 의미를 갖는다. 이 소설은 평생에 걸친 러브스토리로도, 인격 장애라는 병증에 대한 탐구로도, 한 예술가의 치열한 삶에 대한 탐구로도, 그리고 미술 비평의 본질에 대한 은유로도 읽을 수 있다. 1970년대부터 현재까지 뉴욕 미술계의 부침에 대한 통렬하게 비판적인 논평으로도 읽을 수 있고, 학자로서 살아간다는 것이 무엇인가에 대한 소고로도 읽을 수 있다. 사랑하는 아들을 잃어버리는 날것의 경험을 뼈아프게 대리체험하게 하고, 고통을 공유한 사람들이 삶을 재건하는 기록으로도 의미가 있으며, 실수와 부조리로 점철된 우리 삶에 대한 단상으로도 다가온다. 그러나 시리 허스트베트라는 작가에게 하나의 꼬리표를 붙이는 행위가 무의미한 것처럼,《내가 사랑했던 것》역시 그 모든 층위가 한꺼번에 오케스트라 교향곡처럼 어우러질 때 비로소 참모습을 드러낸다. 세상 그 어떤 소설과도 닮지 않은, 세상 그 어떤 소설보다 지적이고 풍요로운, 찬란하고 아름다운 참모습을 말이다.

2013년 10월, 김선형

내가 사랑했던 것

첫판 1쇄 펴낸날 2013년 11월 11일

지은이 | 시리 허스트베트
옮긴이 | 김선형
펴낸이 | 박남희
디자인 | Studio Bemine

종이 | 화인페이퍼
인쇄 | 청아문화사
제본 | 정민제본

펴낸곳 | (주)뮤진트리
출판등록 | 2007년 11월 28일 제318-2007-000130호
주소 | 서울시 영등포구 양평동 2가 37-2 양평빌딩 301호
전화 | (02)2676-7117 팩스 | (02)2676-5261
E-mail | geist6@hanmail.net

ⓒ 뮤진트리, 2013

ISBN 978-89-94015-60-6 03840

• 잘못된 책은 교환해드립니다.